徳間文庫

カミカゼの邦（くに）

神野オキナ

徳間書店

KAMIKAZE NO KUNI

cover design : AFTERGLOW

細谷正充
唐澤正
渡辺亮
中津宗一郎

この方々がいなければ、この作品は世に出なかった。──著者

スウィッチブレード

※中国政府、日本への渡航を制限

本日19時、中国外務省は東京オリンピックの終了をもって、日本への渡航者の数を制限すると発表。アメリカ大統領選による株の乱高下を警戒し、元の流出を抑える狙いがあるのではないかとの有識者の意見（yaer! ウェブニュース10月14日）。

「お昼のニュースです。本日より中国政府の海外への渡航制限が始まり、これを受けた成田空港、羽田空港では今朝から、出発ロビーに設置されたカプセル玩具の機械の撤去がなされました」

「今晩は、今日のニュースです。本日午後十二時ごろ、尖閣（せんかく）諸島のひとつ、魚釣島（うおつりしま）にＮＰＯ団体『真ノ日本人（シンノヒノモトジン）』が上陸、日章旗を立てるという動画を配信しました」

かれこれ二〇分は旋回していただろうか。

沖縄の海の上で、飛行機はゆっくりと着陸態勢に入るために、最後の旋回を始めた。

《皆様、お疲れ様でした、もうすぐ当機は那覇空港に到着いたします、現在那覇空港上空は緊急航空管制が発動されており……》

そんな機内アナウンスを聞きつつ、政長恭子は機内用のイヤフォンを外し、丁寧に封を切ったビニール袋に戻した。

それを前の座席の背もたれ裏にある物入れに収め、軽く目を閉じる。

恭子は目立たない眼鏡に肩までの髪、さらに灰色の、身体のラインが一切分からないもっさりしたデザインのスカート姿。

二泊分の衣類が詰まった旅行用カートは頭上の物入れに入っているが、基本、恭子の職場での服装そのまま……つまり、気軽なひとり旅ではない。

修学旅行の引率者として、だ。

恭子の同僚たちも同じ様に目を閉じていた。

その背後に居るおよそ八十人の同行者たちは、さすがに三時間以上のフライトで疲れ切っていてもう騒がなくなっているのが有り難い。

（生まれて初めての飛行機の旅なのに、気疲ればかりね）

皮肉な思いが脳裏をよぎるが、それは無視する。

恭子はクラスの担任教師になってまだ日が浅い。

研修の時の公立高校の生徒ならともかく、都内のそこそこに名の知れた私立の女子校ともなれば大丈夫、教師はきっと楽に引率出来るに違いない。

——そんな甘い考えで修学旅行に参加したのが間違いだった。

女子高生の集団が家庭や校舎という抑えから解き放たれたらどうなるか。

かつて同じ立場だった自分が綺麗さっぱり、忘れ去っていたことを思い知らされた。

絶え間ないお喋りと甲高い声。

授業中ならもっと厳しく注意も出来るし、恭子はどちらかというと生徒たちの人気を気にせず、びしびしと叱るタイプだ。

だが、修学旅行では教師の鋭い声も他人には〈周囲への迷惑〉に聞こえてしまう。

それがＳＮＳにでも上げられようものなら進退問題にまで発展しかねない。

結局、どうするかといえば教師が走りまわって注意するか、あとは放置しかない。

放置すればするだけ、今度は「無責任教師」などと書き込まれる可能性もある。

恭子としては、どちらがいいか問われ続ける、恐ろしい程胃の痛い東京からの三時間となった。

(さて、これからがまた大変ね)

そう思いつつ、中央の三座席の右通路側から窓を眺めると、碧の海が広がっているのが見えた。

(ああ、ほんとだ、海の色が違うのね、綺麗)

そんな感慨を浮かべる。

飛行機のすぐ近くを日の丸をつけた自衛隊の小さな飛行機が飛んでいくのが見えた。

「あれ、戦闘機……よね?」

恭子にとって耳に心地よい、ただひとりの少女の声が後ろから聞こえた。

名前は結城真琴。

声を聞くだけで背の高い、活発なベリーショートの彼女がどんな表情を浮かべているかが分かる。

いまは少し不安げだ。

「あ! Ｆ４ファントムＪ３だ! 爆装してる!」

彼女の同行者のひとり、東京都内某所の女子校生徒、恭子が受け持っているクラスの女生徒のひとり立川由美が、興奮気味に大画面で再生される動画を指差す。

この女生徒はネトウヨ界隈での有名人と言われる人物と父が付き合いがあることを無意味に自慢するような「愛国少女」だった。

とはいえお嬢様学校として名高いこの学校に通う程度に常識は弁えているので、授業中声高に主義主張を叫ぶこともないため、恭子は気にしないことにしている。

奇妙な事にのめり込む時期が、十代の頃にはあるものだ。二十歳を過ぎても続けるかどうかは当人の決断である。

一介の英語教師に過ぎない恭子にとってそれは埒外のことだった。

正面にあるスクリーンには機首に据え付けられたカメラからの映像で、みるみる滑走路が迫ってくるのが見える。

やがて、ずしん、という着陸時の衝撃と逆噴射のエンジン音が響いてきて、恭子は椅子に軽く押しつけられた。

「きゃあ！」

クラスで一番気が弱い會川静が悲鳴をあげた。

ガタガタと機体が震える感触がしたが、それはすぐに納まり、窓の外には自衛隊の航空機が次々と離陸態勢に入っていく姿が見える。

「なんでどれもこれも古いＦ４なんだろう？　Ｆ35はどこ？」

立川由美が疑問を口にするが、答えられる余裕のある生徒も教師もいない。

生徒たちは一刻も早く外に出たくてうずうずしている。

《皆様、本日は航空管制による到着の遅延でまことにご迷惑おかけしました。那覇市は現在摂氏一七度、快晴です。暖かい沖縄へようこそ、本日は当社をご利用頂き、ありがとうございました……》

と機内アナウンスが到着時のアナウンスを流暢に喋り、そのあとってつけたような独特の発音の英語で同じ内容を繰り返す。

（なんか気持ち悪い発音ね）

渡米経験はないものの、通訳資格を持つ程度の英語が喋れる恭子にとって、独特のキャビンアテンダント発音は耳障りだった。

だが、恐らくこういうものは駅のアナウンスと一緒で発音まで定型化されているものなのだろうと割り切る。

やがて搭乗口が開き、前の座席の客たちが一斉に立ち上がった。

「皆さん、まだ立たないで下さーい、私たちは最後におりまーす！」

すでに着陸して滑走路を移動しはじめたあたりでシートベルトを外した五十がらみの学

年主任が立ち上がって生徒たちを牽制する。

前半分の座席を占めている一般客が降りた後、恭子たち教師と生徒たちはそれなりに整然と飛行機を降りた。

搭乗通路に脚を踏み入れた瞬間、暖かい空気が恭子の顔を覆う。

(本当だ、一七度なんだ)

まだ新品の旅行用カートを引っ張りながら、子供っぽい感慨が浮かぶ。

かくして、政長恭子は初めて那覇空港に降り立った。

空港の到着ロビーは爽やかな陽の日差しに満たされている。足下には濃紺の絨毯、ところどころにハイビスカスの花が置かれ、ソテツの鉢植えが置かれていた。

日差しも緑も、関東と違って勢いと生命力が溢れているように思える。

「沖縄、あったかいねー」

「ねー」

倉野夏音と狭川幸恵のふたりが仲良く頷く。

「東京マイナス二度だってのに、一七度だもんねー」

その後ろを歩いてきたクラス委員の松澤香菜が、大人ぶって感慨深げに頷き、

「あ、あれシーサー？　かーわいー！　みんなで写真撮ろ、写真！」

と作田ゆうが、同じ班の多奈川睦美と瀬戸香苗に声をかける。

恭子の周囲は、制服姿の女子高生たちがこんな感じに黄色い声をあげて、幼稚園児のように今にも走りまわりかねない勢いで「南の楽園」に辿り着いた興奮を露わにしていた。

「ほら、あんまり走らないの！　学校の恥になるわよ」

半ば諦めながら、恭子は声をかけるが、女子高生たちは「はーい」と口だけで答えるのみで、行動は改まらない。

一行は手荷物は旅行用カートなど、機内に持ち込めるサイズのみと義務づけられているので、整然と荷物受け取りのベルトコンベアで待つ人々を横目に到着ゲートをくぐる。

すると「歓迎」の横断幕を持った今回のツアーの添乗員たちが待っていた。

学年主任に添乗員たちといっしょに来ていた旅行会社の社員が頭を下げて確認を取る。

ここからバスに分乗して今夜のホテルを目指すのだ。

「はい、みなさんのクラスを担当する、添乗員の親泊一恵でーす！　みなさん並んで下さぁい！」

唯一の教師の味方、添乗員の女性が声をあげて旗を振る。彫りの深い顔立ちに日焼けし

た肌がいかにも南国美人、という感じだった。

のろのろと、女子高生たちは列を組んで並びはじめた。

(整然と移動しなくてはいけない、なんて決めなきゃいいのに)

ぼんやり思うが仕方がなかった、規則で決められているのだ。

オマケに恭子のクラスは担任が旅行直前に盲腸で入院し、今回の旅行には付いてきていないため、副担任の恭子と添乗員のふたりで何でもやらねばならない。

「はい、みなさん、並んで並んで!」

恭子も他の教師たちも、大声にならない程度に声を張り上げて、生徒たちを並ばせる。

こういうとき二十代の教師は率先して走りまわり、生徒たちを制御しなければならない。

「はいそこ、あなた別のクラスの子でしょう? 自分のクラスの列に戻って」

恭子がお喋りに夢中な女子生徒ふたりの間に入ってお喋りを中断させたとき、

『お昼のニュースです』

出入り口にある巨大な水槽の側に設置されている一〇〇インチの8Kモニタのひとつが、公共放送のニュースを流しはじめた。

恭子を含めた教師たちと添乗員の奔走により、生徒たちは大分おとなしくなってようやく一列に並ぶ。

「はいそこ、お菓子しまって！」

声をかける恭子に、ふと視線があってにっこりと結城真琴が微笑んで手を振った。

思わず手を振り返す。

（まるで同級生じゃないの、教師なのよ、私）

恭子は自分の反射的にしてしまった行動を恥じたが、心は奇妙に浮き立っている。

同時に深く自分を戒める。

自分が同性しか愛せないとはいえ、生徒に手を出すことは教育者としては、ダメだと判断するだけの理性と知性が恭子にはあった。

真琴が手を振ってくれただけで、羽田空港からここまでの苦労も疲労も一気に消え去る気がした。

地味で目立たないことを身上に生きてきた恭子とは正反対の、ひとまわりも年齢の離れた真琴は、最初のうちから奇妙にウマが合った。

むしろ年が離れていたからこそ気があったのかもしれない。

真琴は自分の子供っぽさに悩み、心身共に早熟だった恭子は逆に真琴の無邪気な幼さが眩しく思えた。

一瞬、気が抜けてアナウンサーの声がクリアに耳の中に流れ込んでくる。

「先日起きた、NPO団体『真ノ日本人』が魚釣島に上陸したことに対し、中国政府が艦艇一隻を出動させ、彼らを逮捕、拘束している事件について、臨時国会が召集されました。首相は『魚釣島は日本固有の領土であり、立ち入り禁止区域である、従って不法侵入したとはいえ中国政府が彼らを逮捕、拘留する権限はない。武力行使も視野に入れた、断固とした対応を与野党一致で取るべきである』と発表しました。これを受けて野党最大派閥……」

「武力行使？」

耳にした言葉が信じられなくて、思わず恭子は振り向いた。

モニタが切り替わり、昨日から大騒ぎになった、今時のスマホによって録画されたとおぼしい、高解像度動画が数日前の日付のテロップ入りで再生された。

髪を染めて日焼けし、ヘラヘラと笑う若者たちとスーツ姿に得意げな笑みを浮かべた一団が、魚釣島の浜辺で脚を濡らしながら上陸する姿が映る。

「あ、先生、あたしこの前見せた奴だよ！　あの人たちすごくね？　すごくね？」と、先ほど戦闘機を見て声をあげた立川由美が、興奮気味に大画面で再生される動画を指差す。

恭子は付き合いで「あら」と目を丸めて反応してやった。

政治は彼女の人生から最も遠く、意味の無いことだった。

選挙にだって行ったことはない。それが普通というもので、彼女は普通でいたかった。

「馬鹿の尻ぬぐいか……」

通りがかった老人の旅行客があきれかえったように呟（つぶや）いた。

東京オリンピックの前から、中国政府と日本政府の間はギクシャクしている。

特にオリンピック前に施行されたスパイ防止法と共同謀議法は、国内に住む中国人数百名を強制送還する事態となった。

その結果が十月からの日本への渡航制限開始である。

とっくに〈爆買い〉などの恩恵は消え失（う）せていたものの、それでも年間八〇〇万人近い観光客の売り上げが一気に消えた。

日本政府も黙ってはおらず、中国への関税を強化という形で報復し、日中双方が険悪な空気に陥っている中の魚釣島上陸がただですむはずはなかった。

「また渡根屋（となや）の仲間か、ネトウヨ煽（あお）って政府動かして、さらに（マタ）動画サイトで自慢して、釣られてくるバカ（フラーター）共を集めて金儲け（ジンモーケー）、か……馬鹿野郎（フリムンヤー）め」

こちらは東京行きの便のカウンター前に座っていた、いかにも沖縄人らしい眉の太い中年男性が独特のイントネーションと文法で、吐き捨てるように言う。

「頭の足らない（タランヌーター）連中集めて御山（おやま）の大将だから、アレはそれでいいわけサー、いずれバチが当たるはずヨー」

連れらしい別の中年男性が同意しながらも相手を諫める。

「そうだ、政府はもっと強気でいーさー！」

こちらは別の搭乗口近くの椅子に腰掛けた若者が快哉を叫んでる。

先ほどの中年たちは若者のほうをジロリと見たが、それ以上何も言わずに黙り込んだ。

若者はそんな大人の顔を見ないまま、中国人と中国に対するひどい差別用語を交えた罵倒を早口でまくし立てている。

沖縄という場所はどうしても〈政治的〉な話題が増えるから、子供たちにそういう話をしないように、と修学旅行前の教職員会議でも通達されていた。

とはいえ、こんな会話が不意に見ている風景に入ってくるというのは、驚く。

これは沖縄の人間にとって政治の話題が天気の話題に近い、のではなく、自分たちの世代が意図してそういうものから遠ざかっているからだろう。

恭子の叔父や叔母の世代は、沖縄と言えば〈反戦平和〉と同義語だったが、この数年、そういう話題は東京では滅多に聞かれなくなった。

今回の修学旅行も、戦跡巡りは殆どない。これは二年前同じく沖縄に来たときに保護者から「日本が悪かったというようなことを子供たちに教えるな」という意見が出たからだ。

この少子化傾向の世の中では有名女子校といえども、真の〈顧客(ユーザー)〉である保護者には逆らえない。

だから三日間の間、それらしいのは「安保の丘」近くにある「道の駅かでな」から見下ろす嘉手納(かでな)基地の風景だけだ。

それも〈日本の戦後の平和と安全について生徒たちに各個自由に考えてもらうため〉で実際には「道の駅かでな」の屋上で一服という体(てい)である。

ｗｅｂでは〈共産主義の島〉であり、〈中国の手先に乗っ取られた島〉という声が当たり前になり、それを公然と口にする国会議員がマスコミから叩(たた)かれることもなくなって久しい。

だが恭子にとってはあくまでもここは南の楽園。雪が降らず、花粉症がない場所という印象が強い。

それに〈デフレ世代〉である恭子にとって政治は避けて通りたいものの筆頭だ。

政治に熱中する人たちはどこか危なげで、敵味方でしか物事を判断しない厄介な人たちというイメージが恭子にはあり、それが裏切られたことはまだない。

魚釣島が沖縄県の中にあることも、普段は政府でさえ上陸許可を出さない場所であることも、そこを中国が近年ずっと領有権を主張していることも、ぼんやり考えるだけにしてやり過ごす。

（大丈夫、どうせ政府の偉い人たちが話をつけてくれるわ）

これまでも日中間の関係が悪くなったことは何度もあった。

だがその度に上手く官邸は〈日本の主張〉をしてこれを切り抜けてきた。

〈日本の主張〉というのは非公式見解、ということだ。公的には大抵の場合、これまで通りの低姿勢外交を続けている。

だからきっとこれも東京に帰る頃には忙しく外交官や外務省の役人たちが右往左往して、何とか玉虫色の決着が付いているのだろう、と頭の隅っこにある「解決済み」の箱の中にしまう。

「はい、A組の皆さん、バスまで移動しまーす！」

思わず手を叩いて注意を引きたくなるのを抑えながら、恭子は女子高生の一団を率いての移動を始めた。

そのとき、先ほどの中年男性が、

「これで戦争にでもなったら、真っ先に焼かれるのは沖縄なのにヨー」

と呟いたのが、やけに恭子の耳に残ったが、無意識のうちに記憶から削除していた。

なにしろ、これから一〇〇キロ近くを北上し、本部町にある「美ら海水族館」近くのホテルまでいかねばならない。

沖縄の交通のメインは車であり、電車による大量移送という手段はない。

結果道路は混む——恭子たちが一〇〇キロ近くの道程を終える頃には、陽がとっぷりと暮れていた。

沖縄は暖かい、と思ったのは空港を出るまでで、ホテルに着く頃には「涼しい」に感慨が変わり、ホテルの玄関では吹き付けてくる海風を「冷たい」と感じるようになった。

「東京がマイナス二度でここが一七度なら暖かいと思うのは当たり前ですけど、まー、ここはずーっと風が吹いてますからねえ」

添乗員の親泊一恵が笑った。サーフィンが趣味で、普天間基地に海兵隊員の恋人がいることを、ここまでの道程であっさりと教えてくれていた。

生徒たちとたちまちに打ち解けて、まるで最初からクラスの一員であるかのように会話が弾んでいるのを見て、恭子は溜息をついた。

新任教師の彼女は副担任ではあるものの、殆ど生徒たちと会話がない。

「北海道からきてTシャツ一枚で残波岬までいって、帰りに風邪引いて帰った人も珍しくないです、ええ」

独特の沖縄訛りのイントネーションで説明され、恭子は納得する。

とりあえずホテルに入ると、教師の半分は荷ほどきもせず生徒たちの入浴の監督をする。

大浴場での大騒ぎとは別に、気苦労で気抜けしている教師たちのうち、半分はそれぞれにあてがわれた個室のシャワーを浴びてすませた。

幸いにも恭子は今日の担当ではなかった。

ただし、明日は水族館見学と沖縄本島の東海岸沿いでの観光のあと、那覇に辿り着いた最後の夜の担当だから、気は抜けない。

ショートヘアなのでさっさとシャワーを浴びるため、恭子は服を脱いだ。

服を脱ぐと恭子のプロポーションは、首から上の地味さとは打って変わってグラビアモデルばりだと分かる。

恭子自身にとっては迷惑な話だった。

シャワーを手早く浴びると、「修学旅行のしおり」にしたがって学校指定の教職員用の青いジャージ姿になる。

わざと二サイズ大きめのものを買っているので、恭子は袖をまくらねばならなかった。

あとは夕食時、生徒たちの管理をしなければならないが、一同総出で引率者の長である学年主任の〈お話〉に耳を傾けた後は、ビュッフェでのバイキング形式だ。

お座敷じゃなくてありがたい、と別の中高年の職員がボヤくのが聞こえた。

「せんせーい！」

湯上がりにジャージ姿の真琴がトレーを持ったままやってくる。

「これ、ラフテーですって！　ぷるぷるしてて柔らかいんですよ！」

幸い、生徒も教師も誰と何処に座るかは決められていない。

「沖縄って、涼しいんですね！」

「そうね、ちょっと驚いたわ」

「一七度っていうからヒーターみたいな環境だって思ってましたけど、どっちかっていうとクーラーって感じ」

「ああ、確かにね」

「あ、先生ちょっと私、お代わり取ってきます！　お水、要りますか？」

「私のほうはまだ大丈夫、行ってきて」

他愛のない会話をしながら恭子は心が弾むのを感じた。

この少女の笑顔を見られるから、教師をやっていける、そんな馬鹿なことさえ考える。

地味目で、口数も少なく、社交的な性格でもない恭子にとって、生徒たちの殆どは「他人」でしかない。

だからといって手を抜ける性分ではなかったし、むしろ他人だからこそきっちり教育者としてのつとめを果たす熱意はあった。

それだけに、真琴の存在は自分にとっても意外だったし、こうしているとまるで自分が恋をしている少女のように思えてくる。

食事が終われば二時間ほどの自由時間。

自室に戻り、テレビをつけると魚釣島上陸者たちを巡るニュースが流れ、恭子はすぐにチャンネルを変えた。

ところが沖縄の民放は殆どこの魚釣島を巡る独自の臨時番組を流していた。

空港で受けた印象どおり、どうやら沖縄の人間にとって政治というものはかなり近いものであるらしい。

BSに切り替えたら、古い映画を流していた。昭和も終わりの頃のアイドル映画。

冒頭に男女共学の学園生活が映った瞬間、テレビを消してベッドに仰向けになる。

スマホを取りだし、ロックを解除してメアドのひとつを開けると、出会い系サイトからのメッセージ到着を告げるメールが溜(た)まっていた。

どれも待ち合わせ場所と時間、「穂別二万五(ニイゴ)〇〇〇円」などの明るく健全な言葉が並ぶ。

恭子にとってそんな学園生活はなかった。

地獄の始まりは、中学生のとき、相手は陸上部の顧問で体育教師だった。

団体競技は苦手であったが、個人で身体を動かすことが好きだった恭子は信頼しきっていたその顧問にある日、犯された。

教師は学校の教師たちの中で最も古株で、かつ暴力的でもあり、学年主任たちまで頭を押さえ込んでいた。

同時に教頭や校長など、地位の高い連中に対しては、その下半身を握るために、恭子のように大人しい女生徒を犯して自分のものにし、それを〈根回し〉していた。

恭子以外にもふたりそういう女生徒がいて、いずれも大人しい、レイプされたと訴えられないような少女たちだった。

半年近く放課後になると教師たちにレイプされる日々が続いたが、やがてその中のひとりが自殺、事件が明るみに出た。

恭子はレイプ被害者であることを否定した――せざるを得なかった。

父母は大人しい市役所の職員の共働きで、娘がレイプされたと知ったら家庭が壊れる――何よりも自分が〈汚れた娘〉になって棄てられてしまうかもしれない、多感な少女はそれを怖れた。

自殺した少女の次に、警察で証言したもうひとりの少女は妊娠していたため、周囲の好奇の目と、当時すでに存在していた裏サイトなどに顔写真から住所まで晒され、結局町を去った。

恭子は「危ない所までいったが、自分は地味すぎて手を出されなかった」と主張し、親もその嘘にすがった。

親が自分の嘘にすがったことが、親子関係に最初の亀裂を生んだ。

恭子は両親が自分を抱きしめ、敢然と立ち上がってくれることを何処かで期待していたのだ。

亀裂は日を追うごとに徐々に広がり、その大きさに耐えられなくなった恭子が東京の大学に行くと言ったとき、両親はむしろホッとした顔をして娘を送り出した。

仕送りは両親の罪悪感を示すように潤沢だったが、恭子は殆どそれに手をつけず、アルバイトと学業を掛け持ちした。

制服のかわいらしさが気に入って始めた、バイト先のファミレスではアルバイト仲間の青年にレイプされた。

首から上は地味な恭子だが、高校時代から乳房と尻は豊満ながらも、腹部や手足は、質素な生活で引き締まっていた。

後に出会い系サイトで行きずりの一夜を明かすようになって、そのひとりに「男好きのする身体」と言われるようになるほどに。

「顔さえ見なければ世界一の美女だぜ」

バックヤードで恭子を犯しながら、その青年は囁いた。

皮肉にも恭子は不妊体質らしく、これまでどんなに男たちに抱かれても妊娠したことはない――このときも結局妊娠しなかった。

あとは地道に単位修得に励み、実家に戻らない仕事を考え、教師を選んだ。

肉体的にはともかく、自分が精神的には女性しか愛せないことを自覚したのは教育実習先の女子校でだった。

だから、就職先も女子校を選んだ。

女子校の生徒は、美しく清らかな少女たちばかりではないが、性欲がむき出しになった男子生徒の相手などは死んでも嫌だった。

だが、今でも出会い系サイトに登録して月に一回、東京の都心部に出て、行きずりのセックスをすることが止められない。

恋愛対象は女性だが、肉体は男を求める……自分は性欲と愛情において、完全に矛盾した存在なのだと自覚してもう何年になるのか。

メッセージを全て削除し、恭子は溜息をついた。

気持ちが果てしなく落ち込みそうだ。

荷物の中から最近流行り（はやり）の向精神薬「シンポン」の小瓶を取り出す。

去年、「シンどい疲労をポン！」のキャッチフレーズで一躍有名になったこの薬は、実際には第二次世界大戦中に当時の政府が開発した「ヒロポン」と呼ばれる覚醒剤の一種であるらしいが、今の彼女にとって教師生活を続けるには欠かせないものだ。

それを通常の処方の二倍、四錠をまとめて口の中に放り込む。

ホテルのウェルカムドリンクであるミネラルウォーターで流し込んだ。

ふと時計を見ると午前一時を過ぎていた。

「明日は寝不足ね……」

シンポンを飲んだ以上、あと三時間は起きっぱなしになるだろう。

気分転換に、と思って外に出た。

ホテルのロビーに降りると、ホテルの従業員たちが声を押し殺して私物のスマホや携帯電話を使っているのが見えた。

「エー！　だからとにかく飛行機のチケット買え、いーから買え、カーチャンとお前と、オバーの分でいいから！」

深夜勤のクローク係の声。少し離れたところで警備員が同じ様に携帯電話に向かって何か必死に喋っている。

嫌な感じがした。

ロビーのテレビは公共放送になっていて、「緊急ニュースが入り次第、情報をお伝えします」という表示を出していた。

そのまま階段で部屋まで戻る。

その途中の階、生徒たちが寝ているはずの部屋の並ぶ廊下の隅で、結城真琴がスマホを片手に声を押し殺しているのが見えた。

「NO！　どうして今すぐ帰らなくちゃいけないの！　修学旅行なんだよ？　一生に一度の思い出なんだよ？」

真琴は廊下に背を向けているので、恭子には気付いていない。

（ああ、羨ましいなあ）

ぽつんと恭子は思った。

自分は中学も高校も、修学旅行には行かなかった。

どうしても自分が、クラスメイトたちよりも汚れている、と自覚してしまうから。

結城真琴は中学時代までをロンドンで過ごしていたらしい。

経済産業省の高官である父親の仕事についていったのだ。

日本で言う中学――実際には高校一年まで含むが――にあたるセカンダリースクールに入って三年目に母親を失い、日本に戻ってきて恭子の高校に入った。

だから彼女にしてみれば本当に「一生に一度」の修学旅行なのだろう。

バスケ部員で英語と数学が出来る真琴はクラスでも人気者の部類に入る。

二年生になった今年は、同性の一年生から告白されることも相次いで戸惑って相談に来たこともある。

同年代だったら親密になるどころか直視さえ出来ない眩しい存在。

「絶対帰らないからね、あたし！」

真琴は荒々しくスマホの画面をタップした。

さらに真琴が〈着信拒否〉のアイコンをタップするのが肩越しに見える。

「どうしたの？」

声をかけると驚いて真琴は振り返った。

「先生、なんでここ……あ、そうか見回りですよね」

「え、ええまあ、そんなところよ」

曖昧(あいまい)に頷いて、恭子は真琴を廊下のソファに誘い、並んで腰を下ろした。

「何があったの？」

「寝ようとしたら父から今の時間に電話をかけるってメッセージが来てて、抜けだして受けたら、いきなり『明日の早朝の便で帰ってこい』って」

「どうして？」

「話してくれないんですよ、父さん、いえ父は『とにかく今すぐ戻って来い』の一点張りで」

「…………」

恭子は喉元まで出かかった「じゃあ私がお父様とお話ししましょうか」という言葉を飲み込んだ。

家庭の問題なのかもしれない。

ひょっとしたら真琴の近い親族の誰かが危篤状態なのか、あるいは、何か父親の都合か。

（そういえば高級官僚だったわね）

最近あった外務省官僚の多額の横領事件と、警察の手が伸びる前にその官僚の一家が〈蒸発〉したという話が恭子の脳裏によぎった。

（ひょっとして、真琴さんのお父さんも……？）

そういえばニュースではこの横領事件は外務省のみならず経産省のかなりの範囲を巻き

こむ事件になるという有識者のコメントを流していた。

真琴の父もそこに連座している可能性は、あった。

(もしもそうだとしたら)

恭子は固く決意していた。

(私が、この子を守ろう)

マスコミの好奇の目、世間の冷笑の目、それがどれだけ恐ろしいものかは知っている。

「明日、心が落ち着いたらお父様に御電話して、事情を説明してもらいなさい。よろしければ、私もお父様とお話しするわ」

恭子が微笑むと、ぱあっと真琴の表情が明るくなった。

「先生っ!」

恭子よりも二〇センチは背が高い真琴が抱きついて、その胸に顔を埋める。

出会い系の行きずり相手のセックスとは違う、心の満たされる電流が恭子の背中を駆け上った。

そのとき、ぱあん、という遠雷のような音が聞こえたような気がしたが、恭子は気にも留めなかった。

ただ、真琴の頭を抱きかかえるようにして、清廉な少女の身体からほんのり立ち上る石瞼の香りと、体臭を嗅ぎながら、恍惚と目を閉じていた。

夜が明けると、恭子を取り巻く世界は変わっていた。

浅い眠りから醒めた恭子が、ドア越しに伝わってくる奇妙な気配に胸騒ぎを覚え、身支度してホテルの廊下に出る頃には、騒然とした気配はホテル中に充満していた。

大勢の人間がまだ夜も明けきらぬホテルのロビーに設置されている大画面液晶テレビの前に群がっている。

「……朝五時になりました。引き続き臨時ニュースをお送りしております」

いつもの見慣れた公共放送のベテランアナウンサーの表情は、別人のように強張り、緊張しているのが8Kの大画面から伝わってくる。

「たった今入った情報によりますと、魚釣島海域において、海上自衛隊の護衛艦三隻が中国海軍の軍艦二隻と交戦状態に入りましたことをうけけ、いえ、失礼しました、交戦状態に入りましたことを受け」

このアナウンサーが言葉を噛むのを恭子ははじめて見た。

以前、民放のバラエティで「決して噛まないアナウンサー」として様々な実験をされて、余裕で全ての難関をこなしていた人物が、だ。

「日本政府は本日午前三時、ワシントンのアメリカ大統領に対し、日米安全保障条約に則り、在日アメリカ軍の行動開始を要請しました。アメリカ政府はこれを受けるものと見られております」

アナウンサーが今告げた単語の並びが何を意味するのか、恭子が理解するまでに二〇秒はかかった。

「今のまさか……つまり……戦争？　戦争がはじまったってこと？」

自分の呟きは思ったより大きかったらしく、その場にいた全員が自分へと視線を向ける。いつもなら震え上がってそれ以上口をつぐんでしまうが、今の恭子はそのまま呆然と言葉を続けた。

「そんな……そんな馬鹿なことって」

口にして改めてそう思う。

馬鹿なことだ。あり得ないことだ。

この日本で、しかも自分のいる場所のすぐ側で戦争が始まるなんて。

だが魚釣島で自衛隊の艦船と中国海軍の軍艦が衝突し、日米安保条約に基づいてアメリカへ政府が要請を出した、というのは戦争が始まったことに他ならない。

厳密には宣戦布告がないので、戦争ではないが、恭子にとってそういう認識だった。

「沢村先生は？」

思わず恭子は、学年主任の行方を尋ねる自分の声が跳ね上がるのを抑えられない。

だが、それは同僚の男性教師も同じだった。

「そ、それが行方不明なんです！　何処へ行ったのか誰も知らないんですよ！」

その途端、ロビーに集っていた人間の半分以上がぞろぞろと動き出した。

彼ら、彼女らはポカンとした表情のまま、それぞれの部屋の階へ上っていくエレベーターのボタンを押した。

静かに、ゆっくりと、一見、落ち着いて見える動きで。

いや落ち着きすぎている動きだった——専門家が見れば彼らは「正常化バイアス」状態にある、と言ったかもしれない。

余りにも非現実的な状況に放り込まれたことを脳が理解していても、危機感に直結せず「とりあえず落ち着いて考えよう」という言葉に精神が逃げ込むことを、脳が選んでしまっているのだ。

この状態にある人間は通常状態であり続けようとする、という異常な状態に陥る。

自然災害において、こういう状態に陥った人間が結局「逃げ遅れた人たち」となってしまうのだが、当人たちにはいつの場合も自覚はない。

半分弱がロビーにそのまま残った。

彼らは正常化バイアスに飲み込まれなかったが、同時にどうしていいのか思考が停止しかけていた。

最初は静かに、そして次第にざわざわとした気配がロビーに広がっていくのを、ぼんやりとその場に立ち尽くしたまま、恭子は感じていた。

思考停止に陥りそうになった彼女の脳裏に、一瞬、真琴の顔がひらめいて、消えた。

我に返り、恭子はロビーを後にした。

「ま、政長先生、どこへ？」

こちらは完全に思考停止したらしい同僚の男性教師に振り向いて、

「生徒たちを集めましょう！　とにかく空港へ向かわないと！」

と答えると、同僚たちもまた我に返ってそれぞれの生徒たちの眠っている階へ急いだ。

他の人々も恭子が「空港」と口にした瞬間、我に返ったような表情になりこちらは先に上がっていった正常化バイアスの人々とは違う、切羽詰まった顔でじりじりしながらエレベーターのボタンを乱打し、あるいは階段を駆け上っていく。

そうでなければクロークに詰め寄っていった。

「チェックアウトだ！」

「いえあの、お客様、決済するとお部屋に戻れなくなります、お荷物をまとめてこちらにいらしてください！」

「いい、このままで逃げる！」

「いえ、那覇まで一〇〇キロ近くあるんですよ？」

「いいからチェックアウトさせて！」

「チェックアウトさせろ！」

こちらはこちらで手順を守る、という正常化バイアスと同時に、パニック状態に陥っていた。

政長恭子にはどうでもいい話だった。

その騒動を背に、階段を駆け上って六階の部屋に辿り着く。

質素な生活というのは基本、歩くことから始まる。電車で二駅分毎日歩いていく恭子は幸い、六階を駆け上る程度で息が上がる身体ではない。

途中、上着のポケットに入ったスマホが異様な音を立てた。

政府が制定した国民警報サイレン。

それがホテル中に小さく、微(かす)かに響く。

「起きて！」

恭子はホテル側から預かっているマスターキーで各部屋を開けては、大声を張り上げた。

「どうしたんですかあ、先生」

修学旅行初日の夜に早く眠れるはずはなく、ようやくウトウトし始めたところをたたき起こされた生徒たちが不満の声をあげるのへ、

「戦争が起きたの」

と恭子は嚙んで含めるようにゆっくりと答えを口にした。

始まったの、のほうが正しいかもしれないが、細かい言葉の解釈の問題はどうでもよかった。

「いい？　戦争。人が死ぬの、私たちもあなたたちも例外じゃない。とにかく急いで着替えて、荷造りして！」

そう言って回って四つ目の部屋。

「せんせえ、眠いィ　おきたくなーい」

布団にくるまり、甘えた声でふざける作田ゆうの顔を、恭子はひっぱたいた。

「何するんですか、先生！」

クラス委員の松澤香菜が詰め寄ろうとするが、

「ふざけないで！　全部本当の事なの！　早く荷造りして！」

普段は目立たず、大人しく、ひっそりとして気配もない恭子の豹変に、松澤香菜も息を呑んで踏みとどまった。

他の生徒たちが騒ぎ出す前に、恭子はその場にいた全員の顔を睨み付けた。

「いいから急いで！」

迫力に押されて、生徒たちは弾かれたように慌てて服を着替え、荷物をまとめた。

「結城さん！」

真琴の部屋に入ると、彼女の部屋の人間はすでに身支度を終えていた。

「先生……お父さんの……いえ、父の電話の意味って」

恭子はスマホの画面を見せた。

政府が強制的に鳴らす、国民警報サイレン音とその内容表示がされていて、発令理由欄には「他国の軍事行動による脅威につき」とあった。

誰のスマホも、充電さえされていれば鳴る音だが、殆どの生徒が気にも留めていなかった――恐らく、誰も教えられていないからだ。

「多分、そうね」

頷いて恭子は自分の迂闊さを呪った。

そうだった、真琴の父が汚職などに巻きこまれているなら、そもそも娘を修学旅行に行かせる必要はない。

高級官僚が自分の娘だけに「とにかく帰ってこい」と修学旅行を中止させようとするのなら、当然、いまこの沖縄で起こっていることと照らし合わせるべきだった。


学年主任の行方は、生徒たちをそれぞれのロビーに降ろした所でようやく分かった。

ホテルのクローク係が、戸惑いながら「どなたが責任者なんですか」と訊いてきたのを問いただして、発覚した。

どうやら真夜中、着の身着のままで、チェックアウトもせずにタクシーを呼んで飛び乗ったらしい。ホテルの人間が何が起こったのかと尋ねても答えることはなく、ただ急いで出て行ったという。

時間的に考えれば翌日の日程の調整などの事務作業をして、偶然、ニュースをいち早く知ったのだろう。

生徒たちを放置して、自分だけ逃げ出したという事実に、恭子は呆然とした。

以後はその怒りが恭子を突き動かす原動力になった。

恭子はチェックアウト作業に時間を取られる愚を犯さず、一緒に泊まっていた添乗員とバスの運転手に事情を説明し、そのまま那覇空港に向かうように頼んだ。

あとは空港のカウンターで事情を説明し、場合によっては職員総出でクレジットカードで当日チケットを購入する、ということで話が付いた。

チェックアウトをしないのは、万が一の場合はここに戻る可能性を考えてのことだ。だからあくまでも「外出」ということになる。

カードキーは修学旅行時に決められたしおり通りに学級委員が集め、教師たちが管理する。

ホテルの従業員たちはその間も走りまわり、声をあげ、手作りの看板を掲げ、クローク対応に追われていた――昨日の夜の電話する彼らの姿が思い出された。

ひょっとしたら、彼らは沖縄の人間ならではの判断で「マズイ」と考えてあのような電話をかけていたのではないか。

（教えてくれれば良かったのに）

ふと恭子は思ったが、今は自分たちのことを考えるべきだと頭を振った。

おそらく、彼らもそうだったのだ。

バスに乗る。海風が昨日よりも冷たい気がして恭子は一瞬震えた――南国の楽園が地獄に変わる前触れのように思える。

運転手も添乗員の一恵も、昨日までの愛想の良さが嘘のように緊張していた。

「全員乗った？」

バスの運転手がぶっきらぼうに訊く。最後に乗った恭子が頷いて答える前に、

「じゃ、出すよ」

そう言ってドアが閉まる。

慌てて恭子は最前列のシートに座った。

隣は昨日同様に添乗員。本来副担任が座るはずだったシートには、一恵の荷物を詰めたデイパックが置かれている。

「恭子先生……」

恭子のすぐ後ろの席に座った真琴がシートの背もたれにすがるようにして声をかける。

「大丈夫よ、みんなきっと帰れるわ」

恭子は自分でも信じられないぐらいしっかりした声で言い、背もたれに置かれた真琴の手を軽く握った。

それだけで、心が躍る、勇気が湧く。

バスが走り出し、数時間後に見学するはずだった「美ら海水族館」を横目に国道58号線

に向かう。

昨日添乗員が「大混雑の始まりが見られますよ」と苦笑交じりに言っていた水族館の前はがらんとして車も人もいないのが見えた。

日常が終わったのだ。

はっきりそう自覚する。

バスの中は驚く程静かだ。

少女たちはスマホを見つめて一生懸命情報収集をしている。

「あの、先生」

小声で一恵が恭子に話しかけた。

振り向くと、黒くて細長く、分厚い樹脂製の棒を添乗員はこちらに手渡した。

「これ、念の為に」

「何ですか？」

一恵は答える代わりに受け取った恭子の手に自分の手を重ね、棒状のそれの一部、トランプのダイヤモンド型になっているボタンを押した。

かしん、という音がして、棒の中に折りたたまれていた刃が飛びだした。

この棒状のものは飛び出しナイフ（スウィッチブレード）だった。

刃渡りは三〇センチ以上はある。

「これ……」

銃刀法の知識のない恭子の目にも、明らかに非合法の匂(にお)いがした。

「護身用に持ってて下さい」

添乗員は真顔だった。

「海兵隊の彼がくれたんです、二本あるから、一本あげます、ここの掛け金をこっちに」

その顔が、これから何が起きるか分からない、という事実を告げていた。

「曾祖母(ひいばあ)ちゃんがいってました、戦争が起きたら男は敵味方問わず獣になるって」

ふたりはじっと見つめ合った。

「わかりました、ありがとう」

そう言って、恭子は刃を苦労して折りたたみ、ポケットにしまい込んだ。

「あたし、普天間まで来たら降りて、海兵隊の基地にいる彼に会いに行きますから、その代わりに」

「え？」

好意は嬉しいが、渡されたものがものだけに戸惑っていた恭子は、「降りる」と言い出した一恵を見た。

「…………大丈夫、運転手さんは家族が那覇にいますからちゃんと送り届けてくれます」

「いや、そういう問題じゃ……」

「先生、戦争が始まったんです。自分と家族が第一です、私、普天間に彼と家族がいるんです。すみませんけど、そうさせてもらいます、運転手さんにも話は通してありますから」

　彼女の目は自分以上の緊迫感と気迫があり、恭子には返す言葉がない。

「でも、あなたどうするの？」

「南部に逃げます。東海岸沿いに行けば、きっと大丈夫ですから」

「飛行機には乗らないの？」

「どうせ本土の人が優先です。それに私、本土には身内も知り合いもいないんです、まだ海兵隊の彼に守って貰(もら)った方がいい。本にもそう書いてありましたし」

「本？」

「ええ、去年、県内の小さな出版社から戦争が起こったらどうするべきか、って本が出てたんです」

　たとえそういうマニュアル本があるにしても、淡々と、恨むでも、怒るでもなく、一恵は冷静にこれからの自分の行動目標を語った。

恭子の中で、ホテルの従業員たちの夜の電話と、今朝のあの冷静な対応が一恵に重なる。

全ての沖縄県民が彼女のように動けるわけではないことは、ラジオのニュースで告げられた那覇市内、及び浦添、嘉手納基地周辺での大混乱で明らかだが、それでも何割かは戦争時のマニュアル本を出版し、読み込む程には、この日がくるのをある程度覚悟しているようだった。

「本当に、大丈夫なのかな?」

「大丈夫よ、日本の自衛隊は強いんだから！　中国の軍隊なんてあっという間よ！　在日米軍だっているんだし！」

クラスでも一番気の弱い會川静の声に、立川由美が威勢のいい声をあげる。

無根拠もいいところの話だが、それでも生徒たちは安堵の溜息をついた。

「だって、お父さんが言ってたもの、日本の自衛隊の装備も訓練の度合いも中国なんかよりもずっと上だって。一騎当千の強者ばかりだから絶対負けないって！」

あとは詳しくない恭子が聞いていても聞きかじりの知識丸出しの、冷静なデータなしの根性論のような「自衛隊最強論」と「日本最強論」が滔々と流れる。

「そ、そうよね、なんかの番組でそう言ってた」

倉野夏音と狭川幸恵のふたりが仲良く頷く。

「だ、大丈夫よ、私たち日本人だもの、日本政府がみ、見捨てたりはしないわ」

松澤香菜が無理矢理明るい声を作るが、

「ほ、本当に大丈夫かな？」

と真琴と並んだ席に座っている多奈川睦美が囁いた。

「信じるしかないよ」

真琴の返事はキッパリとしていた。

「下手に絶望してもどうしようもないんだもの、空元気でも元気は元気なんだし」

その会話を聞きながら、恭子はくすっと笑った。

さすがは真琴だ、と思う。他の女生徒のように無理矢理何かを信じて正気を保とうとしているのではなく、絶望が無駄だと知っているから、動揺を抑え込む——並みの大人にだって出来ない。

やがてバスは料金所を通過して沖縄高速自動車道に乗った。

ようやく水平線の向こうに朝日が見えた。

「朝、六時になりました、引き続き特別編成でお送りしております、中国政府が、魚釣島における戦闘行為に関して声明を発表しました。『日本国は我が国の領土を侵し、行政権、司法権を妨害した上で戦闘行為を行った、これは卑劣な行為であり、ちゅ、中国政府としては』……し、失礼しました。『我々中国政府は、今回の事態を日本国からの宣戦布告と見なし、両国間において戦争状態が発生したことをここに宣言するものとする』」

運転手が付けっぱなしにしたカーラジオから、地元ラジオ局のアナウンサーの切迫した声が流れる。

同時に空港情報も流れ、各旅行社と航空会社は今日明日は運航出来るダイヤギリギリ昼夜を問わない臨時便の増設を発表した、と恭子は知った。

なら、今日中に那覇に入り、空港に辿り着けられれば帰れるかも知れない。

希望が持てた——その次は間髪いれずに焦燥が来た。

恭子は道路標識が通り過ぎる度に、空港のある「那覇まで」の距離を確認する。

やがて、バスが金武(きん)からうるま市にかけての長い高架橋部分にさしかかる。

昨日までは「ここでバスを停めて周囲を見回せたら気持ちいいかも」と思った、本州とはちがう、力強い緑の木々が、今は不気味に思えてならない。

運転手は大分スピードを出していて、後続のバスは置いてけぼりを喰(く)らっていた。

「あれ、何?」

後ろの席の生徒が、空を見上げて声をあげるのが、バックミラーに見えた。

思わずつられてその方角を見ようとした恭子の目に、白くたなびく煙を従えた丸い物が目に入った。

ゆっくりと回転しながらやってくる丸い物には、上下左右に突き出た小さな板があるのが見える。

それが他の方向から見たらどう見えるかを考えるよりも先に、それはみるみる大きくなってきて、角度が変わっていく。

「ミサイル……」

誰かが呟いた。

次の瞬間、激しい衝撃と爆発の轟音が響き、恭子たちを乗せた十数トンの観光バスは、爆風に煽られて、大きく後ろから浮き上がった。

悲鳴と絶叫が響く中、バスはそのまま逆立ちするようにして倒れるかと思ったが、後輪は無事にアスファルトに戻り、今度は上下の震動で悲鳴があがった。

だが後輪が着地する瞬間、弾ける別の音を恭子は聞いた。

激しくバスが蛇行する。

恭子は思わず前にあるステップ用の手すりにすがり頭を伏せた。

やがてバスは横転し、視界が転がる中、恭子の上に砕けた前後左右の窓ガラスの破片が降り注ぐ。

どれくらいそうしていたのだろう。

二台目以後のバスはその瞬間に炎の中に消え、爆風で恭子の乗るバスは激しく蛇行し、横転した。

気がつくと、恭子はバスの天井に倒れていた。

上下逆になっている。

うめき声と助けを求める声、そしてなにかが燃える匂いがした。

「て、添乗員さん」

膝立ちになって周囲を見回す。

首が異様な角度で曲がった運転手がフロントグラスの破片を全身にまとわりつかせ、外に転がっているのが見えた。

白目を剝いて、舌がだらりと出ている。明らかに死んでいた。

その側に、一恵の首から下が倒れていた――手足は関節の構造上ありえない方向に曲がり、首から上はどこにいったのか、分からない。

歪な首の断面が見えた。

横転するバスの中から放り出されるとき、首を何かに挟んでねじ切られたようだった。

不思議に吐き気は感じなかった。ただ呆然とした。

「…………」

呆然とする恭子だったが、すぐに真琴のことを思い出した。

「痛い……」

狭川幸恵の声がした。

「おかあさぁん……」

松澤香菜がボロボロと泣きじゃくりながら声をあげている。

「ねえ、由美、なんか言ってよう」

狭川幸恵が、有り得ない角度で頭を前に垂らしたまま、身動きしなくなった立川由美を揺さぶっている。

「折れてる……右手……折れてるぅ……」

瀬戸香苗が右手を押さえながら泣き出した。

そんな少女たちの悲鳴やうめき声と共に、風に乗ってガソリンの匂いが流れてくる。

危険だった。

「結城さん！　結城さん！」

叫んで車内を探そうとすると、真琴がぐったりと、今は床になった天井に倒れているのがすぐに見つかった。

何とか中腰で立ち上がった恭子は真琴の両脇の下に腕を回し、砕けてひしゃげたフロントガラスからその身体をバスの外へ引きずり出した。

「先生、痛い」

指がくにゃりと曲がって白いものがところどころ突き出た、倉野夏音の手が暗闇から差し出された。

「先生、助けてえ、お腹から、何かが出てる……」

會川静の声。

「恭子先生、私の脚……」

「見えないよう、先生、何にも見えない……助けてえ」

他の生徒たちの声が見えない手となって恭子にまとわりつくが、無視した。

今は真琴が最優先だった。

「せん……せえ？」

引きずり出す途中で真琴が声を出し、恭子は安堵の溜息をつく。

「大丈夫？　結城さん」

「はい……」

力なく頷く真琴。だが生きている。

真琴は自分の力で立ち上がった。

「身体は？」

「あちこち痛いですけれど、折れてはいないみたいです」

ぼうっとした声は、気絶していたことと、今起きたことのショックが大きくてまだ頭が正常に回っていないからだろう。

ふたりはバスから数十メートル離れた。

振り向くと、横転した恭子たちのバスの背後には陸橋の残骸が見える。

後続していたバスの姿はない。

恐らく、先ほどのミサイル攻撃で陸橋ごと吹き飛ばされてしまったのだろう。

「他の子たちは……？」

「まだバスの中、あなたが最初のひとり」

「じゃあ……助けなきゃ……」

その状態でも他のクラスメイトを気遣う彼女の優しさに、素直に恭子は感動した。

自分が恋している少女はやはり素晴らしいことを再確認する。

「そうね、そうよね、でもあなたはここで休んでて、私が音を上げたら代わって貰うわ」

そういって恭子は真琴以外の女生徒を救助しようと引き返そうとしたが、その時漏れた燃料に電気系統の火花が引火して爆発が起こった。

身を翻して思わず伏せた恭子の背中を衝撃波が叩く。

バスから立ち上り、燃えさかる炎の向こうから悲鳴と叫び声が聞こえた。

「ゆう、幸恵！　睦美！　香苗！」

クラスメイトたちの名前を叫びながら、真琴が駆け寄ろうとするのを抱き留める。

「ダメ、もう助からないわ！」

「でも、でも、でも！」

泣きじゃくる真琴の頰を、恭子は叩いた。

「助からないの！　私たちは、生き延びなくちゃいけないの！」

呆然とする真琴の両肩を摑んで、恭子は揺さぶった。

「いい？　分かった？」

「は、はい……」

涙を流しながら、それでも恭子の気迫に押されて真琴は頷いた。

「さあ、行くわよ」

自分でも驚く程自信に満ちた声で、恭子は真琴の手を握り、歩き始めた。

片方の手で、自分が今何を持っているかを確認する。

スマホ、財布、そして……スウィッチブレードのナイフ。

ナイフを固く恭子は握りしめた。

那覇までまだ数十キロの距離がある。空港まではさらにあるだろう。

これから歩いてでも、這ってでも、真琴をそこまで送り届ける、いや、羽田か成田……九州地方の空港まででもいい。

いつの間にか曇った空を、幾筋もの煙をたなびかせながらミサイルが飛んでいくのが見える。

爆発音と震動が靴底を通じて響いてくる。

本来なら脅えて、不安に駆られる筈なのに、恭子は酷く心が浮き立っているのを感じていた。

世界が終わりになろうとも、側に愛する人がいればいいという流行歌にありがちな陳腐な言葉が、本当の事なのだとたった今、理解した。

戦場のまっただ中にあって、政長恭子は愛する少女とふたりっきり、ここで死ぬかもしれないことより、この事実だけが大事だった。

「好きよ、真琴」

初めて少女の姓ではなく名前を呼んで恭子は微笑んだ。

「は、はい、先生っ！」

それが愛の告白だとは気付かず、少女は頷き、恭子はそれだけで満足した。

ミサイルの炸裂する音の轟く中、ふたりは脱出口を目指して歩き出した。

「貧しき者は地の底へ、虐げる者と地の底へ」

Poor people go to the bottom of the hell, together with the oppressor too.

overture　開戦

「四月一日、夜九時のニュースです……本日、国会は国家財政の立て直しと、将来における社会保障制度の維持を名目として、〈新邦人法〉を賛成多数で可決しました」

※ロシアマフィア壊滅、貧俠(ピンシア)か？
本日未明、ロシア、クルスク郊外の自宅で、ロシアンマフィア《オルトヴァ》のリーダー、ダヴォル・オシエンチェフ（45）が射殺死体として発見された。

彼の護衛をしていた部下22名は全員毒殺され、ロシア当局はこの大量殺人が〈貧俠(ピンシア)〉の手口であると発表した。

またオシエンチェフの自宅にはコック、メイドを含めた数十名がいたはずであるが、彼らは皆行方(ゆくえ)不明であり、このことからも〈貧俠〉の仕業(しわざ)ではないかと言われている。

※也打正美@アメリカ@nariuXXXX・二年九ヶ月前・12月14日
ABCニュース。アメリカでも最近〈貧俠〉が水面下で勢力を拡大中の話題。ネットでは本来アメリカや欧米にはなかった〈任俠〉や、〈義俠心〉等の言葉がgikyo-shinとかローマ字表記で出てくるようになった。この前の大統領選挙以来、逆戻りしたアメリカの有色人種政策に対する叛乱の予兆では、と

※日本を思う男@KUN_XXX・二年九ヶ月前・12月15日
アメリカで義俠心という言葉が流行ってるってさ、すげえ。やっぱり日本スゲエ！

※書きおこしサイト記事　二年七ヶ月前・2月14日
「おはようございます。今朝の篠岡光の『あさらじをと』。今朝の『ニュースの単語』のテーマは、〈貧俠〉という言葉についてです」

「そういうわけで、本日はアメリカ在住のコラムニスト、也打正美さんにお越し頂いております」

「おはようございます、也打です」

「最近だと先週、脱法ドラッグの売人のアジトを襲って、全員殺しちゃったりしてますよね。単なる犯罪者じゃなくて、貧乏な任俠、という意味があるそうで……中国では任俠の俠、という文字はそれひと文字で漢気(おとこぎ)とか、正義とか、そういう法律では裁けない悪を裁くものとかその覚悟を意味すると聞いたことがあるんですが、どうなんでしょう？」

「元々貧俠というのは中華系に十六、七年ぐらい前から存在すると言われている、伝説の犯罪ネットワークの名前だったんです。そのころは単なる犯罪者で、金次第で何でもやると言われてたんですが、この五年ぐらいで急速に『正義を成す集団』という側面が強くなってきた。それと同時に『貧俠とは心である』ということで中国系、アジア系以外にも貧俠を名乗る人たちも出てきたんですね」

「『貧俠とは心』ってどういう意味ですか？」

「つまりですね、義を成そうと思う者、世の理不尽に怒りを抱えている者はすべて貧俠たる資格がある、ということです」

「それは貧俠の偉い人が決めたんですか？」

「そこがこの組織の奇妙なとこでして。偉い人の姿も名前も誰も知らないんですよ、ただなんとなく『そうなってるらしい』というわけでして」

「えー？　僕てっきりこの貧俠っていうのは、それこそＩＳ(アイエス)、ちょっと前のマスコミ表記で言うところのイスラム国の新興宗教版みたいな人たちなのかなあと……」

「そこが本当に不気味なんですよ」

「といいますと？」

「例えば殺人を犯して無罪になったマフィアの幹部やその息子が憎い、と思ってる人をどういう方法を使ってか、いつの間にか取り込んで、協力してそのマフィアを殺してしまう」

「へえ」

「具体的に言うと、同じことを考えてる仲間を見つけて実行の計画まで立てて、逃亡の手助けまでしてくれる、でもひとりひとりを逮捕しても結びつきはその人に誰が依頼したか、までなんです。三人以上は辿れない」

「え？　え？　どうしてですか？」

「普通、こういうことって記録が残るんですよ、監視カメラの映像とか、メールのやりとりとか。そういうものがね、ある程度までいくとぷつっと切れちゃう。メールが残ってない、携帯電話の記録もない……どうやら、直接やって来て、言葉で伝えるだけらしいんですね」

「あの、テンサン・エンジェルとは違うんですよね？」

「ええ、テンサン・エンジェルはもっと組織化されてて、お金は成功報酬として確保されてます。でも貧俠は違う。時にはまるっきりお金にならないこともやるんです」

「正義の味方の殺し屋集団、って感じですか……怖いなあ、だってその人たちに〈悪〉って思われたら殺されちゃうんでしょう?」

「そこなんです。イギリスではこの前、判事が貧俠に殺されました。彼はとある児童養護施設の解散手続きの裁判を担当したんですけれども、そこの児童養護施設は幼児虐待とか、ひどい経営をしてたんですよ。だから、解散の判決を下した。でも殺された。実行犯は児童養護施設の施設長の息子でした。彼は父親をとっても尊敬していたんです。だから偉大な父を貶(おとし)めた男に仇(かたき)を討ちたかったんですね」

「それ正義じゃないですよね?」

「ええ、そうです……だからね、最近貧俠は『ニューヨーカー・タイム』のジョイス・シフレンっていう社会部の記者の言葉を借りて『反知性主義と憎悪のフランチャイズ』あるいは、『怨念(おんねん)と絶望のソーシャルネットワークシステム』、って呼ばれているんです」
※中国政府、日本への渡航を制限
本日19時、中国外務省は東京オリンピックの終了をもって、日本への渡航者の数を制限す

ると発表。アメリカ大統領選による株の乱高下を警戒し、元の流出を抑える狙いがあるのではないかとの有識者の意見（yaer! ウェブニュース10月14日）

※也打正美@アメリカ@nariuXXXX・一年十ヶ月前・11月14日
ＢＢＣが北朝鮮の最高指導者が意識不明の重体という報道。北朝鮮国内、及び各国の北朝鮮領事館に戒厳令。韓国軍事境界線に集結中。
（☆クリックすると該当記事に飛びます）

「12月8日、お昼のニュースです。本日正午ごろ、尖閣諸島のひとつ、魚釣島にＮＰＯ団体『真ノ日本人』が上陸、日章旗を立てるという動画を配信しました」

※日本を思う男@KUN_XXX・一年九ヶ月前・12月08日
「真ノ日本人」やったー！　英雄的行為！（※差別用語につき運営側判断により削除、以後は☆運営側削除と記載）たちに思い知らせてやれ！

※ふろいど@fro……・一年九ヶ月前・12月08日

また馬鹿がやらかした。

※カルトン45@k4aartWXSS・一年九ヶ月前・12月08日

さあこれから戦争だ

中国観光客はみんな中国のスパイ、ヤレ！

※あーかんそー@akan_xxxx・一年九ヶ月前・12月08日

@k4aartWXSS

黙れネトウヨ

※ぼんば@bon00000・一年九ヶ月前・12月08日

@k4aartWXSS

通報しますた

「臨時ニュースです。本日正午過ぎ、魚釣島に上陸したＮＰＯ団体〈真ノ日本人〉に対し、中国政府は艦艇一隻を出動させ、本日午後二時、彼らを逮捕、拘束したと発表しました。繰り返しお伝えします、本日正午過ぎ、魚釣島に上陸したＮＰＯ団体〈真ノ日本人〉に対し、中国政府は艦艇一隻を出動させ、本日午後二時彼らを逮捕、拘束したと発表しました」

※日本を思う男@KUN_XXX・一年九ヶ月前・12月08日
許すまじ（☆運営側削除）、自衛隊、今こそ立つべし！
愛国者を救え！

※ふろいど@fro……・一年九ヶ月前・12月08日
うわぁ、最悪のシナリオ……

※カルトン45@k4aartWXSS・一年九ヶ月前・12月08日

みんな、やることはわかってるね？
中国観光客はみんな中国のスパイ！　〇せ！

※あーかんそー@akan_xxxx・一年九ヶ月前・12月08日
殺人予告だけでも罪に問われるの分かってる？
@k4aartWXSS

※ぼんば@bon0000O・一年九ヶ月前・12月08日
通報しますたＰＡＲＴ2
@k4aartWXSS

「……年末特番の時間ですが、番組を中止し、臨時ニュースを続けます。中国人民解放軍の尖閣諸島に上陸した日本人十五名の拘束に対し、内閣は先ほど臨時国会の召集を決定、航空自衛隊にスクランブル要請をすると同時に、海上自衛隊の護衛艦〈まつゆき〉ほか二隻を魚釣島に派遣したと発表しました」

※真ノ日本人をまもれ！@sinnihonjiyyyyy・一年九ヶ月前・12月08日
いっけー自衛隊！　愛国者を救え！
※（☆このユーザーのハンドルネームは差別用語につき運営側削除）_XXXX・一年九ヶ月前・12月08日
始まってしまったようだな……中国、お前は怒らせてはいけない国を怒らせた
それが日本だ　#日中戦争
※ただの愛国者だよ@aikoku4759xxxx・一年九ヶ月前・12月08日
始めたからには勝たないと！　#日中戦争

「……引き続き臨時ニュースをお伝えしております。たった今入った情報によりますと本日、午前一時二〇分頃、魚釣島海域において、海上自衛隊の護衛艦三隻が中国海軍の軍艦

二隻と交戦状態に入りました、現地近くの石垣島から中継が入っております……」

※ただのおっさん@osanyyyxxxxxx・一年九ヶ月前・12月09日
始まったよーΣ(ﾟ∀ﾟ)ノｷｬｰ

※南の果てのプー@hatepuxyxyxyxyxy・一年九ヶ月前・12月09日
こちら石垣、海の向こうから凄い音が聞こえる、閃光も
(☆この動画は削除されました)

※おーさん98777@ohsanXXXXXXXYYYY・一年九ヶ月前・12月09日
○ヨク涙目
#日中戦争

※日中戦争リアルタイム実況@japanchinawarxxxxx・一年九ヶ月前・12月09日
横田から何機か飛んだ模様

#日中戦争

「……朝七時になりました。引き続き臨時ニュースをお送りしております。たった今入った情報によりますと日本政府は本日午前三時、アメリカ政府に対し、日米安全保障条約に則（のっと）り、在日アメリカ軍の行動開始を要請しました。アメリカ政府はこれを受けるものと見られております」

※真ノ日本人をまもれ！@sinnihonjiyyyy・一年九ヶ月前・12月10日
米軍ｷﾀ━(ﾟ∀ﾟ)━！

「おはようございます、12月10日、朝九時になりました。引き続き臨時ニュースをお送りしております。アメリカ政府は日米安保条約に基づき、日本国内にある全アメリカ軍基地に、中国に対する作戦行動の開始を命令しました、繰り返します……」

※（☆運営側削除）_XXXX・一年九ヶ月前・12月10日
米軍ｷﾀ━(ﾟ∀ﾟ)━!

※（☆運営側削除）_XXXX・一年九ヶ月前・12月10日
米軍ｷﾀ━(ﾟ∀ﾟ)━!

※ただの愛国者だよ@aikoku4759xxxx・一年九ヶ月前・12月10日
米軍ｷﾀ━(ﾟ∀ﾟ)━!

※おーさん９８７７@ohsanXXXXXXYYYY・一年九ヶ月前・12月10日
米軍ｷﾀ━(ﾟ∀ﾟ)━!
#日中戦争

※日中戦争リアルタイム実況@japanchinawarxxxxx・一年九ヶ月前・12月10日
横田からまた何機か飛んだ模様
#日中戦争

※ただの愛国者だよ@aikoku4759xxxx・一年九ヶ月前・12月10日
始めたからには勝たないと！　#日中戦争

※おーさん9877@ohsanXXXXXYYYY・一年九ヶ月前・12月10日
パ〇ク涙目
#日中戦争

※日中戦争リアルタイム実況@japanchinawarxxxxx・一年九ヶ月前・12月10日
嘉手納（かでな）から何か飛んだ模様
#日中戦争

※なぐらーた@naguraxxxxxxYYY・一年九ヶ月前・12月10日
米軍行動、遅くね？

※也打正美@アメリカ@nariuXXXX・一年九ヶ月前・12月11日

今、ＦＯＸＴＶで戦果が発表されてる。中国側は潜水艦二隻、巡洋艦二隻の被害、アメリカ側は被害ゼロ、日本の護衛艦が二隻沈められて、一隻が大破。#日中戦争
（☆リンクをクリックすると該当ページ〈英語〉に飛びます）

※也打正美@アメリカ@nariuXXXX・一年九ヶ月前・12月11日
ＡＢＣニュースでも戦果報告。中国側は潜水艦一隻、巡洋艦二隻の被害、アメリカ側は被害ゼロではなくて潜水艦が浮上する被害、日本の護衛艦の撃沈は一隻、大破が一隻、ほとんど被害がないのが一隻、死傷者数百名
（☆リンクをクリックすると該当ページ〈英語〉に飛びます）

※チャイナフリー@aikokusha4744xxxx・一年九ヶ月前・12月11日
始めたからには勝たないと！　#日中戦争

※おーさん９８７７@ohsanXXXXXXYYYY・一年九ヶ月前・12月11日
ついでに（☆運営側削除）と将軍様もやっちゃえ！
#日中戦争

※（☆運営側削除）_XXXX・一年九ヶ月前・12月11日

大勝利！ヽ(´ー`)ノ ﾊﾞﾝｻﾞｰｲ

※（☆運営側削除）_XXX9・一年九ヶ月前・12月11日

「朝、六時になりました、引き続き特別編成でお送りしております。中国政府が、魚釣島における戦闘行為に関して声明を発表しました。『日本国は我が国の領土を侵し、行政権、司法権を妨害した上で戦闘行為を行った。これは卑劣な行為であり、ちゅ、中国政府としては』……し、失礼しました。『我々中国政府は、今回の事態を日本国からの宣戦布告と見なし、両国間において戦争状態が発生したことをここに宣言するものとする』、くりきゃえ、失礼しました。繰り返します。『両国間において戦争状態が発生したことをここに宣言するものとする』と発表しました」

※日本を思う男@KUN_XXX・一年九ヶ月前・12月12日
まだ開戦してなかったのかよ

※ふろいど@fro……・一年九ヶ月前・12月12日
戦争!?

※カルトン45@k4aartWXSS・一年九ヶ月前・12月12日
もう一度言うお、みんな、やることはわかってるね？
中国観光客はみんな中国のスパイ&貧侠！

※あーかんそー@akan_xxxx・一年九ヶ月前・12月12日
@k4aartWXSS
もう戦争だもんな

※ぼんば@bon00000・一年九ヶ月前・12月12日
@k4aartWXSS

警察に勾留させろよ。あいつら全員テンサン・エンジェルか貧侠だろ

※南の果てのプー@hatepuxyxyxyxy・一年九ヶ月前・12月12日

潜水艦らしいのが沖合に出た！

（☆この動画は削除されました）

※南の果てのプー@hatepuxyxyxyxy・一年九ヶ月前・12月12日

潜水艦から中国兵が出た、みんな殺されてる、駐留自衛隊全滅。

俺らも殺される、助けて、助けて、助けて

※complec@compXXXXX・一年九ヶ月前・12月12日

韓国から来た友人がさっき殺されました。中国人に間違えられたみたい。

殺したのは中学生。（☆運営側削除）って笑いながら襲ってきました

信じられない

※（☆このアカウントは現在停止しています）・一年九ヶ月前・12月12日

@complec　お気の毒ですが、今の日本では仕方がないことです、戦争中ですから
※complec@compXXXXX・一年九ヶ月前・12月12日
@（☆このアカウントは現在停止しています）
信じられない、あなた議員さんでしょ！
※真ノ日本人をまもれ！@sinnihonjiyyyy・一年九ヶ月前・12月12日
@complec
うぜえぞパヨク、そんなに（☆運営側削除）と仲良くしたけりゃペキン行け、非国民！
「韓国大統領は12月12日づけで日韓軍事同盟に基づき、沖縄へ韓国海兵旅団の派遣を決定
（12月12日・共同通信）」
※おーさん9877@ohsanXXXXXYYYY・一年九ヶ月前・12月12日

（☆運営側削除）が改心を！

＃日中戦争

※ただの愛国者だよ@aikoku4759xxxx・一年九ヶ月前・12月12日

（☆運営側削除）でさえ改心する中国のひどさ

＃日中戦争

※中国嫌い@fuckchina_XXXX・一年九ヶ月前・12月12日

オスプレイﾏﾀﾞｰ?(･∀･)つ/凵⌒☆ﾁﾝﾁﾝ

＃日中戦争

※ただの愛国者だよ@aikoku4759xxxx・一年九ヶ月前・12月12日

@complec

悲しいけれどこれ、戦争なのよねｗ

＃日中戦争

※日中戦争リアルタイム実況@japanchinawarxxxxx・一年九ヶ月前・12月14日
海兵隊のオスプレイ出動した模様
#日中戦争

※はてしない22@hatesinaiXXXXX・一年九ヶ月前・12月14日
友人の娘さんたちが沖縄に修学旅行に行ったまま足止め喰らってると判明。
戦争早く終わらないかな

※軍事アナリスト志望@mirt222=ygs/・一年九ヶ月前・12月14日
なんでこんなに中国海軍のろいの？

空軍は米軍のラプターが抑え込んでるからいいけど、ラプターもなんで対艦攻撃しないの？

※日本軍愛@japanarmylove˜ghyuawawawa・一年九ヶ月前・12月14日
@mirt222=ygs/
お子ちゃまは何にもわかってないなー

※漫画化されたよ@gukkenhime344//WWWWEEEE・一年九ヶ月前・12月14日

@japanarmylove~

教えてやる叔父さんキター

※（☆このアカウントは非公開です）@kurohige??????・一年九ヶ月前・12月14日

普天間の海兵隊基地で先月結成された地元の人間だけの義勇兵部隊に知り合いがいるんだが、連絡が取れない……まさか、中国軍、那覇まで来るの？

「……ここは那覇です、お聞きの通りかなり激しく砲弾が飛び交っております……石垣、宮古を殲滅させた中国海軍が今、波之上の大型客船発着場と、牧港の米軍港を占拠し、そこから沖縄本島の南北に向けて進軍を開始しました。現在、那覇市内と宜野湾、浦添、普天間基地周辺が激戦地となりまして、海兵隊と普天間基地の中で今年あらたに編成された琉球義勇ぐ……」

※おーさん9877@ohsanXXXXXXYYY・一年九ヶ月前・12月15日
アナウンサー撃たれた！
#日中戦争

※ただの愛国者だよ@aikoku4759xxxx・一年九ヶ月前・12月15日
頭飛んだ！
#日中戦争

※（☆運営側削除）_DDXX・一年九ヶ月前・12月15日
マスゴミザマァ
#日中戦争

※ただの愛国者だよ@aikoku4759xxxx・一年九ヶ月前・12月15日
@complec

すげえ、マスゴミ死んだ！　アカがアカに殺された！　ザマァ！

　#日中戦争

※日中戦争リアルタイム実況@japanchinawarxxxxx・一年九ヶ月前・12月15日

今亡くなったのは地元琉球第二放送の新人アナウンサー、嘉手苅（かでかる）りゅうけん（文字変換できなかった）さん27歳。

#日中戦争

※サイバーセキュリティの斉藤さん@cybersaito-h_uuuuuu・一年九ヶ月前・12月16日

アメリカの発電所、ナスダックへのサイバーアタック、双方共に未（いま）だないから不思議だと思ってたら、内閣府の公表情報にアメリカの軍ネット複合体、ガンマインターナショナルとの契約を結んだちっこい発表があった、納得

※（☆このアカウントは非公開です）@tripleww2AAAAA・一年九ヶ月前・12月16日

中国、核使わないね？

※（☆このアカウントは非公開です）@garey3333XXXX・一年九ヶ月前・12月16日
使いはしなかったけど、原発へのミサイル攻撃はあった。
それも各地で。ひょっとしたら人海戦術で来るかも。
今危険なのは九州地方。
報道規制で止められてるけど、うちのデスク、いま社長と直談判中

@triplew2AAAA

※カルトン45@k4aartWXSS・一年九ヶ月前・12月19日
アメリカ、核使って沖縄焼けば良いのに
どうせアカの島だし

※そうだ沖縄焼こう@okinawabarn_gggggg・一年九ヶ月前・12月19日
@k4aartWXSS
イイネ！

※（☆運営側削除）_XXXX・一年九ヶ月前・12月19日

フォロー外から失礼します、イイネ！

@k4aartWXSS　@okinawabarn_

イイネ！

序章　戦時中

一年四ヶ月前・五月十九日

渋谷賢雄の目の前には、街だったものが延々と夜の闇の中に横たわっている。

那覇は焼き尽くされ、破壊し尽くされ、その残骸だけだ。

二月初頭のような寒さが、このところ続くなか、海風は特に冷たい。

その海風の中、じりじりと、匍匐前進を繰り返して移動してきた賢雄の小隊の前には、波之上宮の裏手にある砂浜が広がっていた。

浜辺には、かつてあった海中道路と那覇大橋を粉砕して、人工ビーチへと半ば乗り上げるようにして座礁した中国のミサイル巡洋艦〈光州〉がそびえ立つ。

ロシアで造られウクライナで就航するはずだった〈スラヴァ〉が予算不足から名前を変え、強引な法的屁理屈を経て中国海軍に渡った経緯を持つこの艦は、三日前海上自衛隊の護衛艦との戦闘で沈没寸前、ここに座礁することで即席のミサイル基地として、沖合に隠れている潜水艦と共同で沖縄本島のあちこちにミサイルを撃ち込み続けていた。

皮肉にも〈光州〉が行っていることは、ミサイルと砲弾の違いはあれど、かつて、太平洋戦争において日本海軍の誇る戦艦〈大和〉が、沖縄防衛において行うはずだった戦略そのものだった。

以来、沖合に隠れている潜水艦と共同で、沖縄本島のあちこちに潜伏しているアメリカ軍、自衛隊や住民たちへミサイルを撃ち込み続けている。

不思議なことに核弾頭は〈まだ〉使用されていなかった。

ともあれ、ここを叩かなければ制空権を取られたも同様であり、同時に本島内を軍も民間人も移動することができない。

賢雄は父親譲りらしい灰色の目を、周囲に隙なく走らせつつ、ヘッドセットのマイクの無線を入れ、指先でコツコツと叩いた。

この小隊で唯一、無線封鎖を解かれている人物が後方から同じ様にマイクを叩く音がヘッドセットから聞こえてくる。

腕時計の布カバーを僅かにずらし、時間を確認するとすぐ元に戻す。

最新鋭の暗視装置は蛍光塗料の光すら感知するからだ。

こちらも顔面を黒く塗り、米軍の、旧型とはいえ敵からの夜間視認性の困難さは折り紙付きの真っ黒な夜間戦闘服に身を包んでいるが、それでも訓練された人間の肉眼と暗視装置の組み合わせにはかなわない。

噂(うわさ)では、中国軍の山岳地帯出身の狙撃兵(そげきへい)の中には、蛍光塗料の光が映った兵士の目を狙(ねら)って撃てる奴(やつ)がいるという。

賢雄はじりじりと〈合図〉を待った。

無意識のうちに、琉球(りゅうきゅう)義勇軍に最も多く配布されたFN／SCAR－Hのフォアグリップから手を離し、腰の後ろ、真横になるように装着したUSマチェットのグリップに手をやる。

この分厚くて頑丈なだけが取り柄の重いナタは、屋内戦のとある状況においては抜群の威力を発揮する。

（出来ればこの戦闘で〈トッカン〉だけは避けたいな）

開けた場所での戦闘が主ではなく、破壊された都市部、あるいはこのように乗り付けてきた敵の軍艦などでの戦闘が多いこの沖縄では、第一次世界大戦の塹壕(ざんごう)戦と同じ、至近距離での肉弾戦が普通に発生するから、これは必需品と言えた。

隊員によっては銃剣のグリップが入る鉄パイプを見つけてきて圧着して溶接し、パイプ中にコンクリートを流しこんだ手製の槍を持つ者までいる。

　昨日まで生きていた元自衛隊だった七十二歳の部下が「我々にとって拳銃ではなく『刃物が最後の武器』ですな」と笑っていたのを思い出す。

　賢雄の身長は一七五センチ、体重八十キロ……いや、この半年で十五キロほど落ちた……の身体は無駄な脂肪が一切ない。

　開戦前は多少柔らかい線だった顎のあたりも、今や骨が浮き出るような鋭角さだ。

　もっともそれは、いま沖縄県内に生きている男女すべてにおいて共通した特徴といえた。

　安保条約を結んでいるはずのアメリカはこの戦闘において、積極的参戦をしなかった。

　直前に就任した大統領が「日米安保条約の見直し」を大々的に宣言し、日本政府が浮き足立っている中での開戦であるのを理由に「駐米大使と、在沖米軍の家族の保護」を最優先と決定したからである。

　嘉手納基地は開戦から那覇港に敵が侵入する前日まで、ひたすら米軍の家族と貴重な装備類を本国に送り出すための空港となった。

　最新式の戦闘機、F－35ライトニングⅡは米軍兵士の家族を乗せた旅客機の護衛として飛び去り、自衛隊は従来のF－4ファントムEJ（改）とF－15Jイーグル、日米共同開発のF－2A／B戦闘機で、膨大な中国空軍と対峙するハメになった。

　とはいえ正式に安保条約を破棄したわけではないので、海兵隊を中心とした「軍事顧問団」を五〇〇〇人ほど残した。

　中国側も微妙に動きが鈍い。

　軍部の暴走で始まったこの紛争は政府上層部はもとより、軍部でさえも意見が四分五裂する有様で、連携をそれぞれの軍の〈誰か〉としか言いようのない人物たちが渋ったのだ。結果として、石垣、宮古島は焼き尽くされ、今は沖縄本島という小さな島を支点にして、アメリカと中国が微妙なシーソーゲームを繰り広げていた。

　このシーソーゲームの、米中それぞれのシートの下には核のボタンがある。

　それには触れないよう、しかしできるだけ自分に有利に傾けたいという攻防の結果が、現在のこの沖縄の風景だった。

　賢雄たちにとっては無関係である。

　そんな状態で、武器弾薬、食料の充分な補給は受けられない。

　今回の攻略戦に関しても、武器弾薬を揃(そろ)えるのがやっとだった。

　今から三〇分、今朝から行われているアメリカと台湾、ベトナム、タイ、シンガポール、フィリピンからのサイバーアタックがここの軍の中央システムにむけて本格的に〈妨害(サボタージュ)〉レベルから〈停止攻撃(シャットダウン・アタック)〉レベルに引き上げて敢行され、中国軍のハイテク兵器がらみのネットワークシステム、センサー類の警報、通信網はダウンする予定だ。

センサー類と通信網だけでもダウンすれば、敵の電子機器を利用する兵器のうち、七割の機能は失われる。

近代軍隊の要は情報の共有であり、兵器の電子機器はそれを可能とする夢のシステムであると同時に、断たれてしまえば復旧するまで軍隊そのものの機能は二〇世紀初頭まで引き戻される——通信すらない戦闘では、地の利のあるほうが圧倒的に優勢になるからだ。目と、耳で知った物を声で伝達して、あるいは自分で判断して決断を下せばよい。

この半年ですりつぶされてきた中国軍の疲弊度はこちらの必死さとほぼ等しいが、これで戦場の大天秤は僅かにこちらへ傾く。

復旧までの時間は長くて半日、短ければ一時間と賢雄たちは教えられた。

賢雄たちはこの混乱に乗じ、機を見て海辺の要塞と化したミサイル巡洋艦に乗り込み、これを制圧、もしくは破壊するのが使命だ。

本来は中隊以上の規模の部隊がやるべき任務だが、不幸なことに賢雄たちの部隊は二ヶ月前に壊滅した二つの小隊の残り人員を引き取ったため、総員は七〇名を僅かに越えていた。

数だけは小隊超以上、九十名規模の中隊以下という変則的な編成になっているため、この任務に駆り出されることとなった。

軍上層部も無茶を押しつけるばかりではなく、そのための道具として、小さなＵＳＢメモリを用意し、全員が防弾ベストの下、戦闘服の内ポケットに忍ばせている。

（こんな任務を与えられるのも、〈首狩り部隊（ネックチョッパーズ）〉なんて渾名（あだな）のせいだろうな）

賢雄は胸の中だけで溜息（ためいき）をついて、腰の後ろのＵＳマチェットにまた触れた――今回も結局これを使うことになるかもしれない。

琉球義勇兵に持たされたＳＣＡＲ－Ｈは海兵隊に採用されてはいるものの、予算問題で今なお米軍の殆（ほとん）どはＭ４アサルトライフルを使用している。

ＳＣＡＲ－Ｈは別名ＭＫ17。Ｍ４アサルトライフルの後を継ぐ、といわれている新型銃だ。

装弾数はＭ４アサルトライフルと同じく三〇発の箱形弾倉を持つが、口径はひとまわり大きい７・62ミリで、安物の防弾ベストの貫通はもちろん、高級品であってもその着弾衝撃で標的を行動不能に出来る。

人間工学にも基づいていて頑丈だが、米軍が未だに使い続けるＭ４とは違う弾丸を使用するため、常に弾薬は不足気味だ。今回も充分な補給を受けたとはいえない。

弾薬が尽きた時、殺した敵兵の武器を奪って使うことは、義勇兵にとっては当然の技術だが、間に合わなければやはりUSマチェットの出番になる。

巡洋艦へは、即席のタラップが地上まで延びている。

周囲には二重、三重はおろか十五層にも及ぶ警戒網が敷かれていた。

やがて、超低空で突っ込んでくる自衛隊のF－4ファントムのエンジン音が聞こえ始める。

F－2戦闘機は虎の子な上に繊細な機体で、今回のような自殺覚悟の作戦に航空自衛隊は出し渋ったために、ベトナム戦争以来、五十年以上の運用期間で知られるロートルの機体が投入されていた。

中国の対空機銃を積んだ戦車数台が砲塔中央部のレーダーを微調整しながら銃口を調整し始める。

三機編隊がふたつ、微妙に位置をずらしながら突っ込みつつ、最大積載量ギリギリにまで積みこんだ空対地ミサイルを放った。

機関砲の閃光が闇を斬り裂き、周辺にいる中国軍の兵士たちを瞬間的に映し出す。

閃光と爆発音が連続して響き、さらに低空で突っ込みながらミサイル巡洋艦ギリギリのところでファントムは機首を上げた。

その瞬間、二機の尾翼が火を噴き、そのまま巡洋艦に激突した。

爆発の閃光と火花。

（本当にサイバー攻撃は上手くいってるのか？）

ふと賢雄は考え、頭を振って考えを追い払った。

予定時刻。

真っ先に戦車、装甲車目がけて米軍が〈忘れていった〉名目の、ＦＧＭ－１４８ジャベリン対戦車ミサイル四〇発が賢雄たちの後方数百メートルから飛んでいき、炸裂する。

岩が露出し、雑草とかつて建物だったコンクリ片の残骸が敷き詰められたような周囲を閃光が染め上げる。

戦車は大破し、幸運な乗員は脱出して味方の戦車の陰に、あるいは砲撃あとの窪地に隠れた。

いっぽう、攻撃した側は生身の兵士である。

ミサイルをくぐり抜けた数台の戦車の報復砲撃で、ジャベリンミサイルの射手たちは次々と、文字通りに粉砕された。

爆発の煙にまじり、さらに煙幕弾、閃光手榴弾の類いが次々と後方に配置された小型迫撃砲から射出され、ただでさえ夜の見えにくい戦場の視界を奪う。

「砲兵隊はまだかよ！」

誰かの叫び声に呼応するかのように、賢雄たちのいる遥か彼方、有効射程距離のギリギリまで引っ張ってこられたアメリカ海兵隊、砲兵部隊が操る155ミリ／M777榴弾砲二門の砲声が響き始める。

榴弾砲は戦車や迫撃砲を凌ぐ射程距離と威力を持つ。

アメリカ軍の誇る〈無敵の戦車〉M1A2エイブラムスの主砲の有効射程距離は三キロ以内、M777榴弾砲の有効射程距離は二〇キロ——戦車でさえ手の出せない距離からの攻撃が可能なのだ。

砲弾自体の威力はミサイル以上に大きく、ミサイルほどに弾薬が高価ではなく、大量に牽引して運べる上、どの銃弾も戦車の主砲も届かない位置から、一分間に数十発、受ける側からすれば雨あられと降らせることができ、何よりもどんな戦車や塹壕も唯一強化の限界がある〈真上〉から撃ち込まれる。

ミサイルや戦車の砲弾のように拠〈点〉ではなく戦場という〈面〉そのものを最も安価に、安全に、確実に制圧出来るという意味で、榴弾砲に勝る兵器は現状、原水爆以外、存在しない。

これゆえ、歩兵が突撃する前に榴弾砲による斉射とそれによる〈整地作業〉は、味方にとっては福音であり、榴弾砲を〈戦場の女神〉、それを運用する砲兵隊を、かつてのソヴィエト連邦の独裁者にして第二次大戦を勝利に導いた指導者スターリンは〈戦場の神々〉と呼んだほどだ。

そして、今回も榴弾砲はそう呼ばれるだけの破壊力を示した。

空中で分散する榴弾の爆発の下には死だけがばらまかれる。

装甲車程度では防ぎきれない榴弾に貫通されて人も機械も皆原形を失う。

巡洋艦の上に配置されたサーチライトが次々とライフルで撃ち砕かれ、明かりも途絶えた。

支援攻撃はあと一分続く。

それが止（や）まないうちに、賢雄は立ち上がってヘッドセットに向かって叫んだ。

「いけーっ！」

つい半年前までは兵士どころか、銃に触れたことさえなかった人間たちがこのとき一斉に立ち上がり、発砲しながら突撃を始めた。

雄叫（おたけ）びは、すでに隠れる必要がなくなったのと、叫びでもしないと身体が恐怖で固まるからだ。

賢雄たちの小隊はひたすら走る。

走る賢雄の頬（ほお）を銃弾がかすめた。

どこの国のものともわからない悲鳴や絶叫が上がった。

無数にわき起こるそれらに耳を傾けることなく、爆発音や銃声同様、戦場のＢＧＭとして賢雄と部下たちは走る。

たとえ知り合いの声でも、聞いて止まれば死ぬ、と理解していた。

今はいけるところまで駆け抜けるしかない。

右手数十メートル先で手榴弾が炸裂（さくれつ）し、生暖かいものが賢雄の頭上から降ってきた。

何かを確かめる余裕もなく、目に入る前にそれをヘルメットから拭（ぬぐ）う。

拭いながら引き金を引く。フルオートだがトリガーでカットして撃つ。

相手の陣地が見えた。

ＳＣＡＲ－Ｈアサルトライフルの下に装着した擲弾筒（グレネードランチャー）の引き金を引いた。

しゅこん、というどこか気の抜けた音に反した、鋭いライフルとは違う、激しい反動。

煙の尾を引いて吸い込まれた擲弾が爆発して、中国軍の兵士を引き裂き、手足を空中へバラバラに放り投げる。

動くものがいれば躊躇（ちゅうちょ）なく撃った。

相手は負傷者ではない。

負傷者とは味方の怪我人のことだ。

敵は敵だ。

殺す、という意気込みすら半年の戦場で賢雄の心からは削ぎ落とされていた。

引き金を引き、弾倉を取り替え、尽きたら相手の死体から03式アサルトライフルと弾倉数本を奪う。

タラップと艦をつなぐロープを切断しようとする兵士の頭ががくん、と後ろに小突かれたようになって倒れ、次々と同じことを試みた兵士たちが倒れる。

〈戦場の王〉と指揮官が呼ぶのが榴弾砲と砲兵隊なら、兵士にとっての〈神〉である狙撃手たちが仕事をしてくれているのだ。

「上れ！」

叫びながら賢雄はタラップを駆け上った。

コンバットブーツが硬い音を立てる。

鉄板とワイヤーで組み立てられたタラップはひと足ごとにぐらぐらと揺れるが、止まれば死ぬ。

構わず前だけを見た。

甲板から降りてくる敵を射殺する。

幸い、ここから先も、動く物は皆敵だ。

腰の手榴弾のピンを全部抜いて次々と放り投げた。

傾斜のある場所での手榴弾の使用は万が一跳ね返ってきたときのことを考えれば危険だが構わなかった。

一〇メートルほどの高さを手榴弾は飛んだ。

こういう軍艦の場合タラップを上り切ったところに土嚢と機銃が据えてある。

連続して爆発が起こった。

先頭を切って賢雄は中に飛びこむ。

果たして土嚢が積んであった。

その中に飛びこみ、ボロボロになった機銃と、兵士だったものの残骸の上を転がり、甲板にいる連中を片っ端から撃ち殺す。

こういうときの賢雄は異様なほど動きが素早く、正確で、そして運がいい。

野獣に躍り込まれた鼠の群れのように、兵士たちは地に倒れた。

弾倉を交換し、周辺を警戒する。

甲板にいるのはごく一部だ。今頃侵入警報が鳴らされ総員がこちらに向かってやってくる。

船尾と船首のハッチからも次々と敵が出てきた。

撃ちまくるが手が足りない。

「隊長、早すぎ！」

若い声が背中合わせになって撃ちまくり始めた。

「お前が遅いんだ」

言いながら賢雄は笑う。

「これでも努力したほうだよ！」

嘉和ユウスケ。県立芸大の学生で、戦争が始まって最初の戦闘の時に拾った。初陣だったのと、中隊長が無能だったため、賢雄の小隊はその時半分以上が戦死していたから、手を挙げたユウスケを賢雄は拒否する状態になかった。

結局その後も賢雄たち義勇軍の損耗は激しく、半年経った今、ユウスケは賢雄の次にこの小隊に長くいる存在になった。

「普久原さんと金城さんが死んだ。上江洲さんもダメだと思う」

「嘉川のおっさんは？」

「突撃の命令のあと、いの一番に逃げようとしたから殺した。やっぱ中国の工作員だったよ、死ぬ間際中国語で何か言ってた。おんなじヨシカワでも、大城小隊に転属った、吉の字の吉川さんとはえらい違いだ」

「お前なぁ」

溜息をつきながら賢雄は空になった03式を棄てて中国兵の死体から95式自動歩槍を拾い上げ、艦内から出てこようとする兵士に向けて引き金を引いた。

「無駄弾を撃つなとあれほどいっただろうが」

賢雄は味方を殺したことを咎めなかった。

ユウスケが殺したと言う嘉川は、入隊直後から口が上手くて調子がいい、そのくせ目が死んだ魚のように怪しい男だったからだ。

スパイを疑ったのは直感だ。

「投げナイフだから弾は無駄にしてないよ」

ユウスケは手首に巻いた鞘に納まる、投擲用のナイフを示した。

「ならいい」

戦場ならではの奇妙な理屈に従って賢雄は頷いた。

更にやってくる相手に95式自動歩槍をまた撃つ。

また着弾が散るが、余計に弾丸を浴びせて、仲間の死体を踏み越えて通路から出てこようとした敵兵たちを射殺する。

「くそ、ブルパップは使いにくい」

弾倉が銃把(じゅうは)より後ろ、ストックの中に入るデザインのブルパップライフルは狭いところでの取り回しは楽だが、照準線が短くなる。

つまり、狙いにくい。

イライラと賢雄は呟(つぶや)きながら、腰の手榴弾を一つ取ると、太腿(ふともも)のナイフの鞘(シース)の突起物に引っかけてピンを抜き、通路に放り投げる。

「狙って撃ってるんですか？」

「いや、勘がズレるってだけだ」

「艦(フネ)の連中は95式っぽい」

言いながら、ユウスケは銃剣の付いたM４を油断なく構え、撃った。

「くそ、こっちも空だ」

言いながらユウスケは腰に挿した95式用の銃剣を取りだし、撃ち殺した中国兵の95式を奪って装着する。

まだ辛うじて生きていたらしく、呻(うめ)いて腰の拳銃を抜こうとするその兵士の心臓へ、素早く銃剣を突き刺して、捻(ひね)った。

空気が傷口から入り、今度こそ兵士は即死した。

銃剣を引き抜きながら飄々(ひょうひょう)として穏やかな表情を浮かべるユウスケの顔に、一瞬喜悦の光が差したが、賢雄は無視をした。

ユウスケに殺人淫楽症（いんらくしょう）、それも刃物によるもの、の気（け）があることは大分前から気付いている。


だが、賢雄はあえて問題にはしなかった。

刃を味方に向けない限り、頼もしい片腕なのは変わらない。

戦場では役に立つ、ならば誰でも使う。戦わせる。

通常の常識や刑法はここには存在しない。

さらに言えば、義勇兵は兵隊としての訓練も受け、武装もするが、所属そのものはアメリカでも日本でもない、自警団的組織、日本では存在そのものが違法だ。

義勇軍と名乗ってはいるが、民兵（ミリシア）、という概念が一番近い。


渋谷賢雄の小隊に所属する選抜狙撃手（マークスマン）、淀川裕樹（よどがわゆうき）は、二脚で支えたボルトアクションライフルの遊底を引いて次の弾丸を薬室に送り込んだ。

中国のミサイル巡洋艦のすぐ側（そば）にそびえ立つ波之上宮跡地。

他にも数名のスナイパーがこの近くに潜んで、そっとバックアップを行っているはずだ。

神社の建物も、拝所（ウガンジュ）と呼ばれる沖縄独自の祖先信仰の霊廟（れいびょう）も吹き飛ばされ、今はごつごつしたサンゴ岩がむき出しになり、焼け落ちた建物の残骸が転がる中に、彼はいる。

三日かけて匍匐前進しながらここまで来た。

これもジャベリン同様〈米軍の忘れ物〉であるM24狙撃銃の残弾は残り少ない。

特殊だが、琉球義勇軍の選抜狙撃手にはスポッターと呼ばれる観測役兼護衛役がついてくる。が、淀川のスポッターは匍匐前進を始めたその日に、うっかり張り巡らされたワイヤートラップに引っかかって、対人地雷で吹き飛ばされた。

だからここへは彼ひとりできている。

不安はすでにない。

勤めている大手運送会社の国際流通倉庫を沖縄に造るための案件で会議に出て、帰ろうとしたら那覇空港にミサイルが落ちて来た。

自分の乗るはずだった飛行機がそのミサイルに吹き飛ばされて以後、臆病（おくびょう）で神経質だったはずの淀川は物事に動じなくなっていた。

スポッターはマークスマンの護衛もする。そして選抜狙撃手（マークスマン）や狙撃兵（スナイパー）は戦場において「唯一ハーグ陸戦条約（※戦場で降伏したものは捕虜として扱う国際条約）に守られない存在」と呼ばれるほど敵味方から忌（い）み嫌われる。

安全な遠くからいきなり死を送り込む卑怯者と思われるからだ。

同時にそれは敵に限りない畏怖と恐怖を与えることの裏返しであり、スナイパーがどこかに隠れている、と判明すれば部隊の士気そのものを低下させる。

故にスナイパーを警護するスポッターは〈盾〉として最初に殺される。

淀川のスポッターはこれまですでに三人死んでいた。

多いのか、少ないのかは分からない。

だが二人目が死んでからというもの、部隊の連中がスポッターに任命されると「嫌な役割になった」と苦い顔をするようになったのは事実だ。

だから小隊長の賢雄はスポッター役を任務ごとに持ち回りにしてくれた。

(小隊全体の中で半年で三人戦死というのは悪い部署じゃないよな、全滅だってあるわけだし)

そう頭の片隅で思いながら、淀川は引き金を引いた。

中国軍の兵士が喉を吹き飛ばされてかくん、と頭が前に落ち、ついで身体全体が真下に落ちるようにして倒れる。

遊底を引いて次の弾を装塡する。

あと二発。プロは五発入る本体弾倉の弾を最後まで使わず、一発撃つごとに排莢と同時に次の弾を押し込むらしいが、淀川は四発撃ってから装填するようにしていた。

そうすることで自分がプロの兵士ではなく義勇兵という名前の素人（しろうと）、民間人なのだということをどこかに残しておきたかった。


諸見座暁三郎（もろみざこうざぶろう）は戦争が始まったその日、ドサクサで自分の〈親〉を失った。

暁三郎はヤクザである。

子供の頃からかわいげというものとは無縁で、金壺眼（かなつぼまなこ）に三白眼、さらに空手と剣道で鍛えて真四角に近い分厚い身体。

子供の頃から喧嘩（けんか）が好きで、勝つためには刃物を使うことも辞さなかった。

実際小学校時代に袋だたきにしようと来た上級生数名をアイスピックでめった刺しにしたこともあって、中学に上がる頃には高校生の不良たちでさえ暁三郎に手出しをしなかった。

十四歳で暁三郎は通りすがりの女子高生を強姦して童貞を卒業し、学業に対しても一切興味がない、と揃ってしまえば、あとはヤクザになるしかない。

実際本人もヤクザのほうがいいと思っていた。

昨今流行りの、一応まっとうな仕事をしながらも、ヤクザと同じことをして小銭を稼ぐような生活をする〈半グレ〉になるのは性に合わなかった。

殴るなら殴る、騙すなら騙す、そしてまっとうに働くならまっとうに働く。

まっとうに働くフリをしてという器用な真似は面倒だった。

自分がやるのは殴って脅して金を稼ぐ。

晄三郎はシンプルな生き物だった。

沖縄のヤクザ事情は当時から少々特殊で、本土系の二大暴力団のどこことも公式には手を組まず、その代わりどこへもつかない、という形で沖縄だけで権威を振るっているという、風変わりな存在だ。

そして〈親〉と〈子〉と呼ばれる上下関係の中に、しばしば本当の血縁関係が混じることも特徴と言える。

晄三郎にとっての〈親〉は血筋で言えば大叔父に当たる人物だった。

中国軍が攻めてくるまさに前日、晄三郎は一時の短気から、接待を言いつかった大手ゼネコンの社長を半殺しにしてしまった。

相手は晄三郎を訴える、訴えないの騒ぎになり、晄三郎にこの仕事を斡旋した大叔父は大いに面目を潰された。

親はもちろん、親族一同にさえ相手にされなかった晄三郎を唯一庇護（ひご）し、面倒を見てくれていた大叔父でさえ、これにはさすがに口添えすることも、庇（かば）うこともできない事態だった。

ヤクザは面子（メンツ）が何よりも最優先だ。甥（おい）っ子可愛（かわい）さにどこまでも甘い顔を見せれば、いずれ下につく者たちに呆（あき）れられ、棄（す）てられ、裏切られ、殺される。

しかも、晄三郎の失態はこれまでに数え切れないほどあった。

厳（いか）つい身体なのに銭勘定に五月蠅（うるさ）く、すぐに人を殴る、となれば下につくものはなかなかいない。

他の組と抗争でもあれば話は別だったかも知れないが、武闘派気質（かたぎ）の強い上に人望も、運すらもない男を甘やかす余裕は、暴対法以後、どこの組にもなかった。

「ああ（アイエ）、叔父さん（ウンチューヨ）、俺には（ワンネー）運（ウン）がないんだろうか（ヌネシーガヤ）」

もう何度も繰り返した言葉に大叔父はもう「気にするな」という意味の「ジョートーサー」という言葉を口にして肩を叩いてはくれず、終戦直後の闇ドル貿易で儲（もう）けた頃に購入したイタリア製のソファに身を沈め、腕組みをして、独特のイントネーションの標準語で答えた。

「もうダメだよ、三郎（サンラー）」

三郎と書いて沖縄の古い読み方ではサンラーと呼ぶ。

この呼び方になったとき、大叔父は大抵、暁三郎にきつい「おしおき」をした――これまでは、金銭、あるいは半殺しですむ話だった。

今回は、声が冷え切っている。

「お前をもう叔父さんは庇(かば)いきれんさ」

大叔父の背後には、かつて本土の大物から送られたという山姥斬国広(やまんばぎりくにひろ)を〈写し〉て、備(び)前長船(ぜんおさふね)の刀工が作った大業物(おおわざもの)が、額縁形のケースに入れられて保管してある。

かつての「沖縄やくざ戦争」と今は呼ばれる戦後における沖縄の一大ヤクザ抗争の時、若かった大叔父はこれで数名の首をたたき落としたという。

そして身内の恥もまた、その刀でたたき落とす。

実際、暁三郎はその様子を何度も見ていた。

「サンラー、もう、終(しま)いだネェ」

しみじみと、しかし一片の同情も声に混ぜず、大叔父は言った。

立ち上がり、額縁型ケースの扉を開ける――普段、鍵(かぎ)をかけているはずの扉はあっさり開いた。

今日、暁三郎を呼び出した時点で、大叔父は自分を殺すことを決めていたのだ。

「叔父(ウンチュー)さん(ヨ！)、この通りだ(クヌトーリ！)！」

「ならん(ネーラン)」

大叔父は泣いていた。

泣きながら刀を抜いた。

晄三郎は、諦(あきら)めた。

土下座の格好のまま動かない。

動けなかった。

微(かす)かな期待がなかったといえば嘘(うそ)になる。

大叔父が、最後の最後、刀を首筋で止めて「逃げろ」と言ってくれないか、という夢を見た。

だが、刀はそのまま振り上げられ、振り下ろされようとした。

ミサイルが落ちた。

晄三郎がその時、ソファの陰で土下座していたことが、彼の命を救った。

爆発音があったはずなのだが、晄三郎の脳はそれを記憶していない。

偶然、左右にある数人掛けのソファの陰、しかも床に伏せた形になった彼は爆風の衝撃から守られた。

が、大叔父は爆風を横からモロに喰らって壁に叩きつけられた。

晄三郎はそれを視界の隅で見たが、自身も爆風に巻きこまれ、すべてがかき回される中、気を失った。

目覚めたのは数時間後。

瓦礫(がれき)の中から夢中で這(は)い出した。

大叔父の家のある西原(にしはら)の盆地から、首里(しゅり)城が、首里城のある高台の向こうの那覇が燃えているのが、夜空を焦がす炎となって見えた。

大叔父の豪邸は半壊し、半壊した瓦礫の中で呆然(ぼうぜん)と周囲を見回していた晄三郎は、薄明るい炎で照らされる夜の闇の中、瓦礫の山の上にぽつんと突き立っている大叔父の刀を見つけた。

無傷で、光り輝く刀のそばに、鞘(さや)まで同じく無傷で落ちていた。

「運が向いてきたやっさー」

思わず呟いて、晄三郎は刀を瓦礫から引き抜いて鞘に納めた。

戦争だ、自分が開けた穴なんか誰も追及する暇はない。

思わぬ福が来た。

驚喜した。

大叔父の死を悲しむ気は、もう暁三郎にはない。

刀を振り下ろそうとした時点で、自分は死に、大叔父との絆は断ち切れた。

振り向きもせず、彼は北上して北谷の家に戻ることにした。

身体の頑丈さには自信があるし刀もある、大叔父も死んだから問題ない、と思っていた。

北谷の家に戻れば武器も金もまだある。あとは船で島伝いにフィリピンか、ベトナム、タイあたりに逃げ込めばいい。

だが彼の場合、生き残ったことは運が良かったのか、悪かったのか。

彼が家にたどり着いてありったけの荷物を抱えて出て行こうとしたところへ、中国軍が上陸した。

ここでも敵が上陸する前にまずミサイル攻撃が行われた。

強運は続いてくれて、暁三郎は刀だけを手に瓦礫の山から這い出ることが出来たが、すでに周辺は中国軍で溢れている。

日本刀だけで勝てる相手ではない。そして武器はすべて瓦礫の下にあった。

瞬く間に暁三郎は殺されそうになったところを、民間人保護の名目で出動した賢雄の小隊に救われた……正確には賢雄が「ヤクザなんか助ける必要はない」という小隊の他の連中を説得して救助に来てくれたのである。

この後も度々発揮される、純粋な道義心からだ。

「大丈夫か？」

と賢雄に言われたとき、晄三郎は自分に優しくしてくれていた若い頃の大叔父と、年下の賢雄が重なって見えた。

これで晄三郎は賢雄に一生がかりの恩ができた。少なくともそう本人は思った。

数日後、難民キャンプに行かず、晄三郎は大叔父の形見の刀を背中に、義勇兵になった。

義勇兵になって翌日には賢雄の小隊に配属されていた——正確には賢雄の小隊に配属されるように手を尽くした結果である。

とはいえ、こんな貧乏くじを引かされるとは思わなかった。

「これでもう(ムークシクリデ)貸し借りはねえぞ(カシカリネーランドー)！」

当人以外意味を知るもののない言葉を叫びながら晄三郎はＭ４を撃ちまくった。

本来ならこの突撃任務の前日に、物資調達と偽って逃げ出すはずだったのに、段取りをしくじってここへ来る羽目になった。

「も、諸見座さん、もう弾がないです！」

入隊してまだ二ヶ月の若造が悲鳴をあげる。

こちらにももう弾はなかった。

ミサイル巡洋艦のタラップを上る前に武器がいる。

右手、移動してくる中国兵の姿が見えた。

予備弾倉も。

「どうしましょう?」

「よし、こっち来い!!(ダァ、クッチクワー)」

暁三郎は有無を言わせず若造の襟首を掴(つか)んで背後に回すと、近くに転がっていた死体を持ち前の馬鹿力でぐいっと自分の盾(たて)にし、そのまま走り出した。

「なななにを!」

疑問を最後まで口にする前に若造の細っこい身体が細かく震えた。

暁三郎が振り向くと、若造は隠れていた敵に頭から首にかけて銃弾を喰らって倒れるところだった。

「この糞野郎(クヌフラークァーヤー)!」

暁三郎は方向を変えた。

貫通力の高い高速弾でも、ボディアーマーを着けた身体がひとつ自分との間にあればこっちまで貫いてくることは滅多にない。

そのまま右手の、若造を撃った中国兵に突撃し、死体を突き飛ばしながら背中の刀を抜く。

突き飛ばされた死体にぶちあたった中国兵ふたりが思わずたたらを踏むのへ、

「すりゃあああああ！」

叫びながら盾にした死体の背中ごと中国兵を貫いた。

相手の筋肉が収縮するよりも先に、手首で抉るように刃を回し相手の傷口に空気を入れつつ素早く引き抜き、横殴りに斬りつける。

盾にした死体の首を飛ばしながら、もうひとりの中国兵の両目が真横に斬り裂かれた。

盾にした死体の背中と首から噴水のように噴き出る血を晄三郎は厳つい顎を僅かに引いて額で受けるようにした。

「りゃあああああ！」

下から逆袈裟懸けに斬り上げる。

03式アサルトライフルを握った腕が飛んだ。

備前長船の業物と、晄三郎の馬鹿力のなせる技だ。

「どれ、気ぃ抜くからだよ、兄ちゃん」

ぽかんと口をあけ、自分に何が起こったのか分からぬまま命を絶たれた若造の顔と目が合うと、晄三郎はそう言って片頬を歪めて笑い、歩み寄って首の認識票を引きちぎった。

認識票をタクティカルベストの胸ポケットに、意外に丁寧な手つきでそっと納めると、二挺のアサルトライフルと予備弾倉を拾い上げた。

「そこで目ぃ開けてしっかり見てれヨー、俺たち、お前の仇討ちするからヨー」

呟いて一挺はスリングで背中にまわし、予備弾倉は空になったＳＣＡＲ－Ｈ用のポーチに無理矢理突っ込んで、タラップを駆け上る。

生きていれば賢雄に背中の一挺は渡すつもりだった。

暁三郎がわめきながらタラップを駆け上るのを最後に、残された賢雄の小隊と、生き残りの他の小隊の義勇兵たちはタラップの前に、大破した中国軍の装甲車を何とか押してきて橋頭堡の代わりにした。

義勇兵の中にＦＮ Ｐ90を構えた、まだ十代の少女がいる。

十七歳の結城真琴の髪はこの半年ですっかり伸びた。

父親への反発からベリーショートに刈り込んでいたのだが、修学旅行でやって来た沖縄で戦争に巻きこまれ、あれよあれよという間に義勇兵になって転戦を繰り返しているうちに伸びてしまった。

だから戦場でヘルメットを被るときは前髪が目に掛からないようにバンダナを巻いている。

そのバンダナが酷く湿っているのを感じながら、真琴はP90を撃った。

独特なブルパップ形状のFN P90は本来、後方支援につく任務の兵士たち、あるいは戦車や装甲車の乗員、指揮官が車両を放棄して逃げる際に所持する個人自衛火器として開発された。

形状とサイズはSMGに分類される大きさだが、銃弾は9ミリパラベラムではなく、肉体に対してはマンストッピングパワーに優れ、ある程度の硬さを持つ物体ならライフル弾並みの貫通力を誇る5・7×28ミリ弾を使用する。

銃身の上に、薬室の上で九〇度弾丸が回転して装塡されるという、奇妙な構造を持つ五〇発弾倉を持つため、素人には心強い。

欠点とまでは言えないが、困ったことにP90の弾倉は、長く特殊な構造のため、琉球義勇軍に支給されたタクティカルベストのベルトポーチにちゃんと入りきらず、上からガムテープで押さえねばならないところが不評だ——これがSCAR-Hと一緒に琉球義勇軍に配備されているのは、義勇軍が正規軍ではないからだ。

SCAR-HもこのP90も表向きは〈米軍が廃棄した銃を勝手に義勇軍が回収して使っ

ている〉という形式を取っている。

一時期は自壊する寸前にまで酷使されたH&KのMP5SDや、M3グリスガン、M16まで押しつけられていたこともある。

だから真琴にとってP90とは「新しくて、いい銃」だった。反動も少なく、軽い。真琴はP90を確実に操り、次々と敵兵を倒していく。

大抵の敵兵に三発ずつ、ほぼ外さない。

小隊長である賢雄たちはタラップを上って艦内に躍り込んだ。

真琴にしてみれば、戦争の行方はどうでも良かった。

生き延びたかった。

思わず腰に装着したUSマチェットに手が伸びる。

真琴は開戦当日、沖縄北部にある「美ら海水族館」から空港へ移動する修学旅行のバスの中でミサイル攻撃にあった。

一番前を走っていた真琴の乗るバスが金武町からうるま市にかけての長い高架橋部分を渡りきったあたりで、中国軍のミサイルが道路を粉砕した。

二台目以後のバスはその瞬間に炎の中に消え、爆風で真琴の乗るバスは激しく蛇行し、横転した。

気がついたとき、真琴は担任で、今彼女とともにタラップ下に橋頭堡を作って戦う政長恭子にバスの外へ引きずり出されているところだった。

何が起こっているか分からぬうちに、バスに火が付いた。

真琴のクラスメイトの悲鳴があがったが、少女たちの助けを求める声は、気化した燃料による大爆発で消え去った。

呆然としながらも、恭子と女ふたりでどうにか数十キロ先の那覇空港まで歩き出し、二日もしないうちに上陸した中国兵に襲われた。

面白半分に身体をかすめて銃弾を撃ち込まれ、悲鳴を上げて逃げ惑いながら、このまま嬲り殺しにされる、と思っていたところへ、賢雄たちの部隊が助けてくれた。

那覇空港はミサイルで破壊され、嘉手納から逃げられるのは米軍人の家族のみ。

密航すれば米軍基地職員でも射殺されると聞かされて、真琴は義勇兵になることを即断した。

意外だったのは地味で大人しい、滅多に声を荒らげないことで有名だった恭子まで義勇兵に入ったことだ。

驚く真琴に「だって私はあなたの担任なのよ」と恭子は笑った。

さらに驚くべきことに、戦争が長期化することで乱れ、気の荒くなった兵隊たちの中で、恭子は敵味方の男たちから真琴を守ってくれる強さを示したのである。

時にはそれは銃弾とナイフを伴い、あるいは男も怯（ひる）む罵声（ばせい）を伴った。

半年近く経った今、真琴の横で恭子はきっちり残弾を数えながらＦＮ Ｐ90の弾倉を交換し、真琴にも予備弾倉を投げた。

「そろそろ切れるわ、今のうちに代えて」

早口の冷静な声は、半年前、生徒たちにからかわれながら英語の授業をしていた女性教師と同一人物には思えない。

唯一、接着剤による補修の跡も痛々しいボストンフレームの眼鏡だけがその名残（なごり）だった。ジャベリンランチャーで破壊された戦車は、巡洋艦の周囲に配置されたものだけだ。

現在行われているアメリカからの電子機器のクラッキングを排除、修正したら、沖合にある潜水艦と他の軍艦からお代わりの戦車や兵隊がくるのは間違いない。

「対空戦車（ハエタタキ）早くして！」

仮の分隊長に任命された恭子がヘッドセットのマイクに叫んだ。

歩兵から遅れて、貴重な対空砲を載せた対空戦車がキャタピラを鳴らしてやってくる。

87式自走高射機関砲。

自衛隊の工兵部隊と国道58号線の北谷付近の数キロを使って造り上げた急造滑走路に、

つい二時間前に九州から急遽空輸してきた五両のうちの三両までが、そのままここに投入されている。

同時に沖合の空母から攻撃ヘリが飛び立つ音が聞こえた。

87式自走高射機関砲はそれぞれに距離を置いて停車すると、砲塔を動かして機関砲の位置を定め、撃ち始めた。

閃光が浜辺の岩を白く染める。

賢雄からの連絡はまだない。

そろそろ撤退の時刻だった。

小隊の生き残りへ「撤退」の指示を出し、恭子も引き揚げようと部下を集める呼びかけをしようとしたところへ、

「恭子先生」

真琴は橋頭堡に戻ってきて、フル装塡されたマガジンを取り替える恭子に声をかけた。

本来は分隊長と呼ぶべきだが、ここから先は自分のワガママだから、あえて〈先生〉と呼んだ。

「わたし、隊長のところへ行きます」

「ダメよ」

にべもなく、しかしいつものように彼女の顔を見ずに恭子は懇願を拒絶したが、

「隊長の側にいたいんです、お願いします、先生！」

真琴は食い下がる。

「お願いします！」

「……分かった。でも生きて帰って」

「はい、先生！」

そういうと、少女は恭子の身体を抱きしめた。

「感謝します！」

中学時代までイギリスにいた真琴はボディランゲージは外人なみだった。

少女に抱きしめられて、恭子の目が潤み、頬が紅(あか)くなるが、思いっきり深呼吸をして突き放す。

夜の闇と顔に塗った黒い戦闘塗料が彼女の発情を隠してくれた。

「嶺井(みねい)！　名嘉真(なかま)！　彼女に付いていって！」

分隊のメンバーに声をかける。

少女は跳ぶような勢いでタラップを上り始めた。

慌てて残りふたりの分隊メンバーも走る。

銃弾はまるで彼女と護衛を避けるように艦に着弾して火花をあげた。

元バスケ部員だった素早い身のこなしで、真琴の姿は艦の中に消えていく。

「…………」

真琴の姿が見えなくなると、熱い溜息をついて、恭子はＰ90の弾倉を新しい物に交換し、構えた。

「さあ、殺すわよ！　殺して殺して、あと三分、誰ひとりここから先に行かせないで！」

残った部下たちへ、半分自棄が混じった声で叫んだ。


艦内に突入した賢雄たちに対して中国軍は隔壁を下ろそうとしたが、艦のコントロールにまでクラッキングは及んでいた。

警報も鳴らず、士官たちが兵士たちをどやしつけ戦闘に向かわせる。

故に乱戦となった。

賢雄は先陣を切っている。

だからタクティカルベストにありったけ下げた手榴弾を、曲がり角を見つける度にナイフシースに引っかけるようにピンを抜いて三秒待ってから放り投げた。

手榴弾のピンを抜いて放り投げ、爆発するまでには一〇秒ある。

安全レバーがはじけ飛んで転がっていくまでに三秒、相手がそれを視認して拾い、処理するか投げ返そうとすると七秒たって爆発する。

どこをどう移動していくべきかは指示されていた……この船を造ったロシアから、アメリカ軍を通じて内部情報はすでに得ている。

中国側は今回の紛争が突発的であったがために、独自に艦内を改修する余裕はないまま戦線投入しているので楽だった。

後ろはユウスケたち小隊メンバーがぴったり付いてきて応戦してくれている。

階段を上り下りし、時に大きく迂回(うかい)して予想される待ち伏せポイントを避けながら、賢雄たちの部隊は戦闘指揮所(CIC)の扉の前に立つ護衛たちを瞬時に射殺した。

ユウスケとアイコンタクトし、射殺した兵士の身体を持ち上げて盾にしながら扉を開けた。

戦闘指揮所に残った兵士たちが腰の拳銃を抜いて撃つが、中国軍のボディアーマーと兵士の死体も義勇軍の死体とボディアーマーの組み合わせ同様に銃弾を防いでくれた。

賢雄は暁三郎が持って来た03式の引き金を絞るように、素早く引いた。

フルオートにしてあるのをトリガーカットで数発ずつ見える人影すべてに叩き込む。

彼の背後から獣の叫び声をあげながら晄三郎が例の備前長船の名刀を抜いて飛びこみ、棒立ちになっている連中を次々に撫で斬りにした。

非常灯よりもなお赤黒い液体がコンソールの上に降り注ぎ、壁面にぶちまけられる。

ここまで、ほんの数秒。

「なんでだ……どうしてだ……我が軍のサイバー部隊……」

なおも生きて口を動かしている艦長らしい男の頭に、持っていたＳＩＧ　Ｐ３２０の最後の一発を撃ち込んで黙らせ、賢雄は突入して生き残った仲間たちに言った。

「……任務を遂行するぞ」

そう言って賢雄はタクティカルベストの下、戦闘服のポケットから人差し指ほどの長さのＵＳＢメモリを取りだし、手近なＵＳＢポートに差すとそのまま差し込み口が残るように本体を押し下げてへし折った。

ＵＳＢポートの中には、差し込み口だけが残る。

差し込み口の中に仕込まれたチップがこの作戦の鍵だった。

同じ様に他の連中もそれぞればらばらなところにあるＵＳＢポートに差し込み、へし折った。

銃弾を受けてひび割れた液晶モニタの画面が起動画面に切り替わり、プログラムの数字が変動していく……仕込まれたウィルスが艦内システムに感染し始めたのだ。

「任務は終わった、さっさと出るぞ」

その言葉が終わる前に、警報が鳴り響いた。

各国からのクラッキングを、ついに中国軍のサイバー部隊がはねのけたのだ。故にすべての警備システムが復活し、隔壁が閉まり始める。

「隊長！」

叫ぶ暁三郎に、

「安心しろ、予定通りだ」

と賢雄は答えた。

「急げ、二〇分で船から離れる」

五〇分以内に艦から脱出し、危険区域から離脱する必要がある。

危険区域はこの艦から半径一〇キロ——国道58号線を、米軍と自衛隊が陣地を築いている浦添まで北上するのが一番安全だった。

「急げ！」

通路に残っていた他の中国兵たちが殺到してくる足音がそこかしこから聞こえてくる。

賢雄たちは通路に出た。

とにかく撃ちまくる。

小隊の半分以上、三〇名が来ていたが、現時点ですでに一〇名が失われている。

弾薬も尽きかけていた。

そして隔壁は閉まり始めている。

「トッカンしますか？」

と訊ねるユウスケに、

「いや、こっちの人数が少なすぎる。それに時間はまだある……全員こいつらの上着をはぎ取れ。帽子をかぶれ」

賢雄は中国兵の上着を脱がしにかかった。

部下たちは意図を理解している者も、いない者もふくめ、それに従う。

上から制服の上着を羽織ると、帽子を目深にかぶり、ほとんど弾のないアサルトライフルは天井に向けて発砲しすべて棄て、合図代わりの音響手榴弾を部屋のなるべく奥に放り出すと、手榴弾が作動する前に賢雄たちは外へ出た。

直前に教えた「助けてくれ」という言葉を中国語で繰り返し、あるいは悲鳴をあげながら三々五々に散っていく。

そこで部屋の中で音響手榴弾が爆発する。

ＣＩＣに詰めかけていた兵士たちは一瞬騙されてくれた。

血まみれの士官たちの制服と帽子、わめき声、そして何よりも普段よりも暗い艦内と非常灯と警報の音が彼らの判断を誤らせた。

抱きついた瞬間、賢雄たちは制服の上着の中、脇の下に挟んでいたＵＳマチェットを抜いて相手の頭に叩きつけた。

思いっきりの膂力で撃ち込んだ分厚い山刀は最初の兵士の頭頂部から鼻の下までを見事に叩き割った。

手首でＵＳマチェットをこじりながら引き抜き、血飛沫を避けるように身をかがめ次の兵士のアサルトライフルを持った右腕を脇の下からすくい上げるように肩口までを叩き斬る。

素早いが力任せの斬撃。

右腕が飛んで、壁にはね返る。

一番優雅に動いたのはユウスケだ。

両手にそれぞれ、違うデザインで優美なラインを描く大ぶりなハンティングナイフを、独特の鞘走る音とともに引き抜くと、躊躇なく、恐ろしい速さと正確さ、回数で、タクティカルベストの隙間を狙って急所へナイフを突き立てる。

脇の下、肋（あばら）の間、脇腹、股間（こかん）、首筋、どこも太い血管が走っている。

人を殺すなら斬るよりも刺すほうが早い。

だがユウスケの速さは異常だった。

一秒に三〇回は刺して次の相手に、を繰り返す。

賢雄たちは同じナイフを使っても一〇回がやっとだし、そのうち三回はベストの隙間を逃す。

爆発したあとの部屋から、晄三郎が刀を抜きながら飛びだしてきた。

「死なあああああす！」

叫びながらユウスケにやや劣るが遥かに力強く、斬りつけ、突き刺し、抉（えぐ）る。

ほんの一〇秒ほどで、中国軍兵士たちは通路を血で染めて骸（むくろ）に変わった。

「お、こいついい指輪してやがる（クニヒャー・イィユビワシトン）、富裕層のボンボンだったかな（クガニムチヌニーセーヤネーランナ）」

顔を赤鬼のように鮮血で染めた晄三郎が刀の切っ先でごりごりと死んだ中国士官の指を切り落とし、塡（は）めていた金の指輪をポケットにしまってから、アサルトライフルを取った。

「なんで一緒に出てこなかった、晄三郎」

賢雄が訊ねると、晄三郎は耳の中から丸めた紙を器用に太い指先で取り出して「何を言うのか」という顔をして答えた。

「小隊長、俺に合う服がなかったんだよ（ワンネーンカイアウフクネーラン）」

だが音響手榴弾の炸裂した中から飛びだしてきたはずだ。いくら耳に詰め物をしていても、普通なら真（ま）っ直（す）ぐ歩くこと自体が不可能なはずである。

「……まったく（ツシャヨー）」

賢雄は珍しく沖縄方言で嘆息した。

「お前には敵（かな）わん」

「……馬鹿は頑丈」

賢雄にだけ聞こえるように小さな声でそばに立ったユウスケが呟いた。

「急ぐぞ、隔壁はドンドン閉まる」

言って、賢雄は駆けだしたが、階段を降り、角を曲がり、通路を駆け抜けて道半ばで、待ち受けている中国人部隊の銃口に晒（さら）された。

今度は躊躇なく、雨あられと銃弾が飛んでくる。

慌てて曲がり角を戻った。

「あと三〇分！」

ユウスケが叫んだ。

艦内は広い、すでに二〇分が経過している。

こんな所で時間を無駄にしていたらどうなるか分からない。

このまま突破するか、それとも引き返して別の道を選ぶか。

賢雄の逡巡（しゅんじゅん）は、不意の爆発音にかき消された。

「小隊長！」

聞き慣れた少女の声。

「総員、撤退しました！　隊長たちだけです！」

「真琴！　なんで他の連中と一緒に撤退しなかったんだ！」

「嫌な予感がしたんです！」

結城真琴はまだ煙をあげるグレネードランチャーを装着したM４を手に駆け寄った。

「とりあえず、助かったことに変わりはないよ、小隊長、急ごう」

それでも叱責（しっせき）しようとする賢雄を制し、ユウスケが笑う。

「エー、小隊長、急ごう」

沖縄方言のイントネーション丸出しで、晄三郎が促した。

賢雄たちがタラップを駆け下り終えたあたりから、不気味な音がミサイル巡洋艦の甲板の上から聞こえ始めた。

ミサイルハッチの開放される音だ。

「おいおい、嘘だろ……」

ユウスケが呆然とするが、今度は賢雄がその肩をどやしつける番だった。

走り出したユウスケの背後を狙った中国兵の頭がライフルの銃声とともに吹き飛ばされる。

「急いで！」

橋頭堡の向こう側から声がした。

「まだ五キロ離れてないぞ、急げ！」

あと一五分しかない。

橋頭堡には波之上宮から引き揚げてきたスナイパーの淀川と、恭子が残っているだけだった。

「急ぎましょう！」

と淀川がライフルを抱えて助手席に飛びこむ。

すでに運転席に座った恭子は「他のみんなは？」とは聞かず、確保した中国軍のＢＪ２０２２のエンジンをかけ、ハンドルを握り直した。

戦場を半年駆け抜けてきた女にとって、緊迫した状況で、見れば分かることを口にする愚かしさはない。

「出すわよ!」

本来、この軍用車両は、ドライバー以外四人乗りだ。

波之上宮から引き揚げてきたスナイパーの淀川まで乗って六名という少々定員オーバーの状態のまま、ロシア軍の軍用車両、GAZの中国版は軽快な走りで波之上を抜けだした。

エンジン音の他、酷使されているらしいタイヤとサスペンションの悲鳴を響かせながら、今や爆撃のクレーターだらけになった58号線を、その中に落ち込まないようにしながら駆け抜けていく。

生き残った中国軍警戒網からの銃撃がかすめていくが、どこか相手側も浮き足立っているようで弾はあらぬ方向へばかり着弾し、飛んでいく。

無理もない。恐らく通信が復活した彼らは「誰もコントロールしてないのに勝手にミサイルが発射される」という状況を知って不安に思っているのだろう——と思うには少々混乱がひどいように思えた。

すぐに射撃はやみ、中国軍は次々と銃を背中に背負い、あるいは放り棄てていく。

「何があった?」

賢雄には撤退準備を始めているように見えた。

枠しか残っていないリアウィンドウ越し、沖合の無事な艦船からのサーチライトに照らされ、その様子が見えて、後部座席で賢雄は首を捻った。

「撤退命令が出てる」

ＢＪ２０２２の無線機から聞こえる中国語を聞きながら、淀川が呟いた。

「二時間以内に那覇市周辺の中国軍は撤退行動に移れって、何度も繰り返してる」

「どうしてだ？　核でも撃ち込むつもりか？」

口にして、賢雄はぞっとした。

ほぼ同時に後にしたミサイル巡洋艦〈光州〉の方角から激しい閃光が空に向かって延びた。

以前と違って58号線沿いの建物は破壊し尽くされ、天久を越えたあたりからでもその様子が見えた。

「ミサイル！」

バックミラーを見た真琴が叫ぶ。

「発射されずに爆発するんじゃないんですか⁉」

彼女の叫びは賢雄以外の人間のほとんどの意見を代弁していた。

先ほど、賢雄が口にした「核」を搭載したミサイルが〈光州〉から発射されるという悪夢。

「まあ見てろ」

短く言い、賢雄は黙って前を見た。

天に飛び立った光はそのまま月まで昇る勢いだったが、不意に斜めになった。

「こっち来る（コッチグワーキィン）！」

暁三郎が珍しく切迫した声で叫んだ。

だが、暁三郎の言葉に反して、打ち上げられたミサイルは賢雄たちの後を追わず、ぐるりと半周した。

自分を撃ち出した艦の元へ、そのまま戻っていく。

閃光が走り、衝撃波が周辺を駆け抜けていく。

衝撃波に伴われた爆風が後を追いかけてきて、賢雄たちの乗るＢＪ２０２２を木の葉のようにくるりと持ち上げ、何度も前転させながら道路に叩きつけた。

賢雄たちの意識は、そこで途絶えた。

「臨時ニュースを申しあげます、ただいま、中国政府から発表がありました。
中華人民共和国は首都北京(ペキン)を中心とする従来の中華人民共和国と、上海(シャンハイ)を第一首都、台北(タイペイ)を第二首都とした中華民主共和国とに相互独立し、これまでのすべての財政、経済、軍事政治のすべてを再編成する、とのことです。繰り返します……」

「えー、本日午前三時二五分、現在沖縄方面を主戦場とする紛争状態に対する和解案が、中華人民共和国、および中華民主共和国の双方から申し出がありました。我が国と致しましては、恒久的平和主義と、専守防衛の理念に基づき、休戦協定の提案をいたしました。これは現在外務省を通じ、二つの中国政府に対し、完全に一言一句、同じ条件で提示されるものであり……」

※おーさん9877@ohsanXXXXXXYYYY・一年四ヶ月前・05月22日
なんだそりゃ？
#日中戦争

※ただの愛国者だよ@aikoku4759xxxx・一年四ヶ月前・05月22日

中国分裂して二つになったってこと？

これからどっちと戦うのよ？

＃日中戦争

※（☆運営側削除）_XXXX・一年四ヶ月前・05月23日

日本大勝利！

＃日中戦争

※ただの愛国者だよ@aikoku4759xxxx・一年四ヶ月前・05月23日

根性ねえなあ（☆運営側削除）。

＃日中戦争

※日中戦争リアルタイム実況@japanchinawarxxxxx・一年四ヶ月前・05月23日

中国海軍は南部に移動、地上軍が一万人投入という話
#日中戦争

※サイバーセキュリティの斉藤さん@cybersaito-h_uuuuuu・一年四ヶ月前・05月24日
正直、この戦争は中国のサイバー部隊が新しい中国についた時点で終わったんだと思う。

これから多分、ちょっと地上戦を続けて、適当なところで手打ち。

何よりもサイバー部隊のほとんどが上海にいるんだもの。

※（☆このアカウントは非公開です）@tripleww2AAAAA・一年四ヶ月前・05月24日
結局中国、核使わないままで終わりそう、ホッとした

※（☆このアカウントは非公開です）@garey3333XXXX・一年四ヶ月前・05月24日
@tripleww2AAAAA
原発のほうは何度か襲撃された。
もんじゅは一時期マジやばかったらしい
うちのデスクが生きてたら、今頃何が何でも……

※カルトン45@k4aartWXSS・一年四ヶ月前・05月25日
沖縄頑張ってるじゃん
やっぱりアカが死に絶えたからか?

※そうだ沖縄焼こう@okinawabarn_gggggg・一年四ヶ月前・05月25日
@k4aartWXSS
ソウダネ!（☆運営側削除）も心を入れ替えて日本のために戦ってくれたしね!

※（☆運営側削除）@fuckchina_XXXX・一年四ヶ月前・05月25日
@k4aartWXSS　@okinawabarn_
本当に沖縄はいい県になりましたね!　戦争の炎が愛国者だけを残した!

☆

渋谷賢雄はミサイル巡洋艦〈光州〉の破壊任務から一ヶ月後、北部訓練場にいた。
正確にはその跡地である。

あれから後も、停戦交渉を続ける各国政府をよそに、ここ沖縄では相変わらず地上戦が続いていた。

あの爆風でひっくり返った車の中、信じられないほどの幸運で、誰も怪我をせず、当然死ぬこともなかった。

〈光州〉は自ら発射したミサイルの直撃を受けて大破。さらにその前に数発のミサイルを友軍に向けて発射し、また停泊していた中国軍の艦船すべてが手近な友軍を勝手に攻撃し始めるという事態に陥った。

その話を聞いて、脱出直前に中国軍が撤退を始めようとしていたのはこのためだったのだ、とようやく賢雄は理解した。

ウィルスプログラムがこれほどの猛威を振るったのは、賢雄たちがシステムに感染させたウィルスプログラムは中国軍に〈光州〉を建造したロシアの協力を得て作られたからとも、ウィルスプログラムの正体がイスラエルのサイバーセキュリティ会社の〈最高機密兵器(スーパーウィルス)〉だったからだとも言われるが、真相は定かではない。

中でも中国空軍の武装ドローンは被害が深刻で、戦場の混乱は一週間に及んだ。

その間に陸自の一個大隊が九州から資材ごと到着し、北部訓練場跡地を根拠地とした抵抗戦を続ける旨の指示が出された。

賢雄は任務成功により義勇軍中尉に昇進。

小隊は翌日には再編がなされ、〈光州〉攻撃部隊の生き残りが入ることとなったが、戦闘は暫くない。

他の部隊が捉えた捕虜の監督を任されていた――義勇軍の管轄は自衛隊だが、彼らはこの〈内地人〉とも自分たちの仲間ともつかぬ存在にそれなりの気を遣ってくれているらしかった。

五月が終わると同時に沖縄特有の日差しと湿気を伴った暑さが襲ってきた。

もっともその暑さは木陰で涼んでいる分には、常に吹いている海風で何とかやり過ごせる類いの物で、幸い北部訓練場跡地にはまだ、緑が奇跡的に残されていた。

荒れ地ではない緑溢れる周辺と、豊富な食料、銃声も砲声も遠い地帯での警備任務。

ここは天国だった。

そのせいだろうか、小隊全体の雰囲気が緩んできて、四日目の夕方に、捕虜を押し込めていた簡易兵舎から脱走者が出た。

「知念曹長！　なにをしてた！」

と賢雄が歩哨に立っていた分隊長を怒鳴りつけると、弁護士の息子だったという市役所の元職員は大柄な身体に丸顔のクチを尖らせて、

「俺は動物園の飼育員じゃ、ナイっすよ」

と不満を口にした。

「あんな連中どうせ……」

それ以上の言い訳を言う前に、賢雄はこの新しい小隊のメンバーを拳で殴り倒し、腹を蹴り飛ばした。

「探せ！」

捕虜はタダでさえ厄介だが、逃げた捕虜はさらに厄介だ。

食事の回数、兵隊の様子、見える風景、すべてが情報になる。

中国軍はあのサイバー攻撃以後、ほとんどの電子情報を信じないようになったが、それ故に実際に見聞きした情報は貴重だ。

敵軍に情報を渡すわけにはいかない。

正直に言えば、賢雄は気が重かった。

今回の捕虜は、タダの捕虜ではなかったからだ。

「見つけた！」

遠くでアメリカ軍の「軍事顧問」として残ったＭＰが叫び、犬が吠える。

「追うぞ！」

呻いている知念曹長を見て狼狽えている、新入りの小隊の兵士に怒鳴り、賢雄は米軍のハンビーに飛び乗った。

すでに晄三郎がちゃっかりと運転席に座っていて無言で車を出す。

賢雄はFN／SCAR－Hの装填を確認した。

いやな結末の予感がした。

顔見知りのMPの車が横転しているのを見て車を停めるが、元海兵隊員のエジプト系のMPはすぐに車から這い出してきて「あっちへ行った！」と指を差した。

「四人だ、武装してやがる！」

兵舎にいた捕虜の数と一致する。

やがて岩がごつごつと露出した大石林山へと延びる道沿い、木々の間から細い人影が必死に駆けていく後ろ姿が見えた。

脱走した捕虜たちが目指す大石林山は、山と名前は付いてはいるが本来の意味でいえば丘に等しい高さの、沖縄最北端の場所だ。

熱帯カルストならではの、石灰岩が露出して雨風に削られることで生まれた奇怪な山は、同時に沖縄の民間伝承において、四十四ヵ所もの聖域——拝所があるの山でもある。

中国軍のいる南へと行けなかったのはMPたちに見つかったからだろう。

賢雄は沖縄県民として、できれば拝所のある山の中で射殺したくなかった。

脱走兵達は時おり振り向いて発砲するが、五〇〇メートル以上離れて、しかも慣れない敵国の銃を振り向きざま、散発的に撃つのだから当たるはずもない。

一瞬、憐れみが賢雄の胸の中をよぎったが、逃がすわけにはいかなかった。

「行くよ、隊長」

晄三郎が呟くように言い、ハンビーのアクセルを踏む。

加速するオープントップのハンビーの座席に立って、賢雄はＳＣＡＲ－Ｈを構えた。

みるみるハンビーは木々をすり抜け、脱走兵四人から五〇メートルほど離れたところで停まる。

賢雄はフロントグラスの枠の上に銃身を置いて、上に載せた近距離照準器を引っ張って横に倒し、代わりに裸眼用の長距離照準器を立てる。

アイアンサイトの狙撃は、久々だが、迷いはない。

一〇〇メートルを超えると難しいので、すぐに撃った。

ひとり。さらにひとり。

後ろを振り向いて叫んだ三人目の肩を撃ち、驚いてのけぞった身体の真ん中に更に三発。

動きの固まった最後のひとりが我に返り、逃げようとする後頭部へ一発。

無言のまま、賢雄はハンビーから降りて、四つの死体のほうへSCAR－Hを構えたまま歩み寄っていった。

死体は、どれも幼く、戦闘服はダブダブだった。

十六歳から十七、八歳。誰ひとり二十歳（はたち）を超えているようには見えない。

戦場は人の顔から幼さをはぎ取るが、それでも大人の顔とは作りが違う。

ヘッドセットが鳴った。

「脱走者四名は処理した、あとで人をよこしてくれ。埋める前に認識票をとって記録しなくちゃならん」

《いえ、違うんですよ、隊長……》

どこか冷笑的なユウスケの声は、いつになく狼狽（うろた）えている。

「どうした？」

《て……停戦合意が、出ました》

その瞬間、自分が何を言われたのか、賢雄は理解出来なかった。

「なんだと？　もう一度言ってくれんか？」

《日本政府と、ふたつの中国政府との間で、停戦合意が成されて、戦争が終わりました……中国軍は沖縄から引き揚げるそうです》

しばらく、呆然と賢雄は空を仰いだ。

夕暮れの空。

目を地上に戻す。

少年兵の死体。

「すまん、教えてくれないか。つまりそれは、俺たちは勝ったのか、負けたのか？」

《多分……勝ちだと、思います。中国は撤退、俺たちは奴らの捕虜にならないですむ……尖閣諸島は所有権を日本政府と日本国に譲渡すると、管轄の新しい方の中国が宣言したとかで》

「…………」

戦争の終わり、というものがあるとは考えていた。

だがそれはもっと派手な、もっと巨大な爆発のあとに厳かに訪れるものだ。

こんな初夏の夕暮れに、少年兵を殺した直後に、ひょいと無線で届くものではなかったはずだ。

「いつ、合意した？」

《……一〇分前、捕虜が脱走して、ＭＰを撃ったあたりの時間です》

どうやらユウスケは自分たちがジュネーブ条約に違反したのではないか、と賢雄が憂慮していると感じたらしい。

《大丈夫です》とまで念押しをした。

「いや……そういう意味じゃないんだ」

言いかけて賢雄は言葉を飲み込んだ。

数分……あと五分でも早く、この報せが入っていれば、自分は引き金を、多分引かなかった。

だがもう引いてしまった。

じっと、賢雄は倒れた少年たちの姿を見つめた。

みな、あっけにとられたような顔をしている。

無理もなかった。

普通の十代であれば、あるいは、戦争がない状態であれば、十代は最も死から遠いはずの時代だ。

彼らよりも遥かに長く生きた自分や、自分以上に長生きしているはずの老人だってたいていは受け容れられないのが〈死〉というものだ、少年たちに受け容れられるはずはない。

そして、それは自然死ではない。

戦場で幾百となく命を奪ってきた自分だったが、今は戦争だからと言い訳がついた。

少年兵を終戦その日に殺したことも、言い訳の中に入るのだろうか。法律的にはそうであったとしても、自分自身は納得出来るか。

分からぬまま、賢雄はじっと立ち尽くして、夜の闇の中に沈みながら、己がこの戦争で最後に作り出したものを見つめ続けていた。

三ヶ月後の九月、九州は福岡において、日本と、ふたつに分かれた中国政府の間で正式な停戦合意の調印式が執り行われて、戦争は終わった。

中華人民共和国、北京郊外。

その日の早朝、鋭い銃声が、とある屋敷で一発だけ鳴り響いた。
数分後、人民警察公安部に通報が入ったが、やって来たのは青の制服の人民警察ではなく、深緑の制服を着用した人民武装警察の車だった。
数台のイタリア製のイヴェコ・デイリー——意外な事に、この車は制式車両として輸入されている——に分乗した武装警察官たちは手に手にアサルトライフルをもち、緊張した面持ちで現場に入る。

鑑識などはいなかった。

やがて武装警察官たちは屋敷中をくまなく探し、雇い人たちを一ヵ所に集め、銃声が鳴り響いた部屋の中を確認すると無線連絡をした。

二キロ離れた地点で待機していた国産高級車の紅旗Ｈ７が敷地内に入ってくる。

後部座席のドアが開けられ、背広姿の初老の男が降り立った。

彼は武装警察の指揮官自らの案内をことわり、屋敷の中を進んで屋敷の主のいる部屋に足を踏みいれた。

異臭が彼の鼻を襲ったが、気にしなかった。

これまでの人生で何度も嗅いだ匂いだからだ。

彼が被っていた帽子を取るのを見て、後を付いてきた指揮官が軽く目を丸くした。

この男は、滅多に他人の家で帽子を取らない——それが許される地位にあり、同時に彼は自分以外の誰にも実は敬意を抱いていないという評判だったからだ。

「ひとりにしてくれないか」

彼は振り向かずに指揮官に頼んだ。

「は、閣下」

踵(かかと)を鳴らして敬礼し、指揮官は言われるままに下がった。

屋敷が主の表向きの顔を示して、質実剛健ながら高級な素材をふんだんに使う豪壮なものであるのだとしたら、この部屋は主の人柄そのもので質素極まる、古き良き中国の都市に住む小市民的なものだった。

壁一面には古い写真が並べられていた。白黒の写真も多い。

家電製品は照明ぐらいのもので、それすらおそらくほとんど使わなかったのだろうと思われるのは、サイドテーブル上のランプに、新しい煤(すす)がついているのを見れば明らかだ。古ぼけた、頑丈だけが取り柄の書き物机の本立てには手擦れした本が並び、中には表紙がボロボロになった初版の毛沢東(もうたくとう)語録がある。

紅衛兵を指揮したことのある世代最後にして、唯一の生き残りだったという事実は、その本立ての横に置かれた小さな額の中に納められた抗日戦争に参加した者にのみ与えられる、独立自由褒章が保証している。

晩年、部屋の主は幾つもの勲章をその胸に与えられたが、勲章はどこにもなかった。よく冗談で「まとめて孫の玩具(おもちゃ)にした」といって略章のみを胸に着けていたが、存外本当のことかも知れない。

初老の男は自分の若い日の顔を壁の写真の中に見つけ、思わず目頭を押さえた。

男は口を大きく開けて笑い、隣に立っている部屋の主は満足げな笑みを浮かべている。どちらも野戦服姿だった。

大きな演習で見事な勝利を得たときの記念写真。

壁の中央からはカラー写真が並んでいる。

すでに退色しているものもあれば、デジタルプリントされたものまで。

退色している写真の赤ん坊たちが十年単位で成長していき、最後は己の子供を抱きかかえ、軍服を脱いだセーター姿の屋敷の主とともに写っているものもあった。

屋敷の主は、その小さくて質素で歴史の詰まった部屋の中央で、揺り椅子に腰掛けていた。

片手はだらりと下がり、常に軍服を着けているときは頭の上にあった帽子は、真ん中に大きな穴と、すでに乾き始めた液体と破片をべっとりとこびりつかせて床の上に転がっている。

それを拾い上げるかどうか迷い、彼は結局拾い上げないまま、揺り椅子の前へと進んだ。

微動だにしない部屋の主は、折り目の付いた隙のない軍服姿で、口に拳銃をくわえて自殺したもの特有の、のけぞった後、首を斜めにして己の肩に頭をのせたような姿勢をとっていた。

トカレフを握った右手はだらりと肘置きの外に垂れていたが、左手はぴったりと膝の上に置かれ、背中も背もたれから浮いていない。

老人が手にしているのは通常見かける中国製の54式手槍ではなかった。

中国製の54式は、オリジナルであるTT－33トカレフにはなかった安全装置が組み込まれているが、これにはない。

銀色に輝いているが、数十年前に日本に大量輸出された物のように、廃棄寸前まで消耗したものを少しでも高く見せかけるための偽りの装飾ではない。

丁寧に磨かれ、地金を保った銀色であり、プラスティックのグリップには、トカレフの象徴である星のレリーフがない。

中国兵器工廠が54式手槍を作る前、最初に作った、トカレフの完全コピー品である。

初めて作ったこの完全コピーのトカレフを元に、54式手槍は設計され、作られた。

この完全コピートカレフは、殆どが耐久試験などで使い潰されたが、最初に組み立てられた十二挺は、当時の国民英雄に任ぜられた人々に贈られた。

純粋な軍人では老人だけだ。

その真っ白な栄誉の光が、初老の男の衰え始めた目を射た。

「将軍……」

彼は呻く声でいい、膝をついて左手の上に己の両手をのせた。

まだぬくもりが残っている。

彼は口を真一文字に引き締め、涙がこぼれるのをこらえた。

そして、軍服の胸ポケットに、不似合いな色を見つける。

それは折り紙だった。

孫のために、慣れぬ手つきで執務の合間に、子供用の教本を読みながら折っていたのを思い出して、彼は涙がまたこぼれそうになるのをこらえたが、同時に職務から来る冷徹な頭脳は疑問を抱いた。

そっと二本の指で取りだしてみる。

二枚の折り紙を使う「虎」の折り紙。

明らかに何か裏に書かれているのが分かる。

頭と尻尾（しっぽ）で一枚、身体と手足でもう一枚という構造の折り紙で、最後は糊（のり）でくっつけるものだが、これは糊を使っていなかった。

広げてみる。

遺書だった。

最初に男への呼びかけで始まっている。

そこには自分が自殺することへの詫び(わ)が短く書かれ、なぜ自分が死を選ぶのか、君なら理解出来るだろうと続いていた。

簡潔で短い遺書は、最後にこう結ばれていた。

「老兵、老残をさらし生きながらえるも、ついに生に疲れ果てて絶望し死を求む、後のことは貧侠と紙の虎に。我が愛すべき中華人民共和国、人民万歳」

その部分だけを、彼は声に出して読み上げた。

目を閉じて、折り紙に書かれた遺書を握りつぶす。

暫く目を閉じていた彼はやがて能面のような無表情になると、声高く指揮官を呼んだ。

「将軍閣下は今朝方、高齢による全身衰弱にて亡くなられた。発砲音はなく、動転した屋敷の者たちが誤って通報したものである。諸君らは任務を遂行した、帰って良し(よ)」

一瞬、指揮官の目が訝(いぶか)しげに光ったが、それはすぐにぬぐい去られた。

日本と紛争状態にあった時はいざしらず、今の中華人民共和国において、老将軍は「輝かしき毛沢東時代の最後の証言者」であり、自ら命を絶つ、という事実が公になればこの〈古い中国〉に絶望しての、と受け取る人民が出てくるであろうことは理解出来た。

「は、了解いたしました」

それ以外の答えはこの中華人民共和国に生きる者としてはあり得ない選択肢だった。

第一章　虚街

「彼」を引き取った祖父は立派な軍人だった。

「お前は、この国に必要とされない存在として生まれ落ちた」

だから、きっぱりと引き取った孫である「彼」に、こう言い聞かせた。

「理不尽に思うかも知れぬが、お前は世間の人間とは違い、まず存在を許可されるための行為をなさねばならない」

祖父は古い共産党員らしく〈対価〉という資本主義の言葉を嫌っていた。

「国家に必要とされる男になれ」

「彼」は言葉の裏にある祖父の意図と願いを正確に読み取り、迷わず少年軍事学校に入った。この世で、「彼」の肉親で、味方なのは祖父だけだったからだ。

祖父が行けと言えば、炎の中でも飛びこむ覚悟があった。

基礎教育は受けていたので学問に問題はなかったが、軍事教練は身体(からだ)に堪(こた)えた。

だが、若い身体はしなやかに慣れていく。

二十歳を超える頃には、装備学院（士官学校）のトップクラスの成績を収めることが出来る様になったが、「彼」はそれを控えた。

トップになれば注目される。注目されれば「彼」の出自が問われる。

偉大な将軍である祖父の経歴に傷がつくかも知れないし、トップに目をつける程度の考えの浅い人間の下で働くことを「彼」は嫌った。

学院の中で様々なことを学ぶうち、「彼」は課報という任務に興味を持ち、課報任務に就くためには、注目されるトップの成績であるより、常に目立たない三番手であるほうが有利だと結論したからだ。

その代わり、決して三番手から下がらないように努め、やり抜いた。

「彼」の意図に気づく人間の下で働きたかった。

事実、「彼」の国の課報組織は、「彼」の目指すような人材を、トップと中間管理職に望んでいたことを、祖父の話で知っていた。

課報機関での仕事に興味を引かれたのにははっきりした理由がある。

なによりもいいのは、課報の世界では身分や素性はすべて「嘘」になることだ。

「彼」は「なにものでもない」存在になりたかった。

元から「彼」は両親にとって「存在しない」。

だとしたら、それを突き詰めて武器にしてしまうほうがいい。

「彼」はそう思うようになっていた。

やがて、「彼」の願いは叶う。

二十二歳の秋口だった。

渋谷賢雄が米軍基地に関する考えを固めたのは十四歳の時だった。

親戚の娘が海兵隊員にレイプされた。

十代ではなく二十四歳。大学を卒業したてのアルバイトだった。

親はこの事実を隠した。

メディアによるセカンドレイプを恐れたからである——特に基地反対派の旗印として娘を使われるのは堪らなかった。

娘も望まなかった。

基地賛成派からの嫌がらせもあった。

「お前の娘が米兵を誘ったくせに補償金目当てで訴えた」「基地反対派に味方するための

でっち上げに協力して金をもらうつもりだろう」と、匿名の投書やわめき立てる電話が掛かってきた。

県内ばかりではなく、県外からも多くきた。

また、米軍関係者には〈裏技〉がある。

特に白人の兵士である場合、現行犯逮捕でない限り、MPに身柄を拘束されるが、沖縄県警から逮捕協力の依頼が来る前に〈休暇〉で本国に戻って除隊願いを出せば、米軍の籍を外される。

以後アメリカ軍は本国の除隊者に対して一切の責任を負わない。

なぜなら軍人としては〝除隊という責任を取って、民間人になった〟のだから、以後はアメリカの警察と交渉してくれ、という理屈が成り立つのだ。

また物損事故や窃盗、レイプなども含め、殺人事件でもない限り、政治的安定を考慮して、日本の警察は本気でこの手の事件に取り組まない。

結果、事件は「終わって」しまうのだ。

米軍側としても日本政府側としても、裁判になる前にことが有耶無耶(うやむや)になる上「米兵犯罪があった」という記録にならないという利点があるため、このグレーゾーンは現在も放置されている。

今現在、米軍人でも有色人種はともかく、何故か白人だとこうなる確率が高い。

理由は不明であるが、今回の事件の容疑者も白人の兵曹だった。

ところが数日後、レイプした米兵は半殺しの目に遭って、山原にある北部訓練場の奥地で見つかった。

誰が彼をそうしたのか、その米兵は語らず、他の軍関係者も「わからない」と肩をすくめ、あるいは黙してしまい、ＭＰはもちろん、県警も捜査を打ち切った。

後で、兄が県警に勤めているクラスメイトから「あれは同じ海兵隊員のリンチにあったんだ」と言われた。

地元新聞には親戚の中で繋がりのある者が、この事件を報道させないように働きかけた。

被害者女性の両親の「裁きは終わったのだから」という言葉に地元紙は沈黙を守った。

この件はその後も少し騒ぎになりかけた。

東京から来た基地反対派がレイプがあったことを取り上げようとし、基地賛成派がそれを察知して海兵隊の〈正義の制裁〉を取り上げて騒ぎを起こそうとしたのである。

結局は、どちらも沙汰止みになった。

前者は地元の平和活動家の大物が一喝し、後者は本土……特に東京の政府関係者からの働きかけがあったためだと言われている。

「昔に比べれば、自分たちで私刑をするだけまっとうになったもんだ」

大人たちは口々に言った。

日本復帰前は五人殺すまでは本国に送還すらされない「ストライク・ファイブ」と呼ばれるほど沖縄における米兵の犯罪は酷かったという。

実際、賢雄が図書館で調べてみると、祖母がまだ三十代だった一九六〇年頃の新聞には「在沖米軍司令官の訓示により、今月の犯罪は二〇〇件しか起こらず、先月までと違い、殺人事件はゼロだった。効果抜群である」と感謝の記事があって仰天した。

同時に何故、米兵犯罪はこれだけ騒がれるのか、そしてなぜ、米軍関係者内の私刑でさえ「良くなった」と評価されるのか、少し分かった。

だが、どうしてこうなっているのか。

この事件が賢雄にそれまでの人生であまり深く考えたことのない、米軍基地という〈異国〉に目を向けさせた。

賢雄の知るアメリカ人は三種類だった。

基地近辺の街中で酔っ払って暴れ、ＭＰに捕まったり、傲慢な発言で県民を怒らせる連中と、ボランティアで海岸のごみを拾ったり、ハーリーと呼ばれる地元の祭りに参加したりする、身体のゴツい、気の良いスポーツマンのような連中。

そして軍属と呼ばれる、普通に街中を歩いて買い物をしているその家族たち。

基地反対派の言うような悪人の集団ではなかったし、かといって賛成派のいう善意の武人集団でもなかった。

ただ、なんとなく『基地は少なくすることは出来ても完全になくすことは出来ないし、必要なのだろう』とは肌で感じていた。

玄関に鍵をかけないでおいて近所づきあいが出来るのは理想だが、現実には隣人を疑わないためにも鍵が必要だ。

軍隊は鍵のようなものだ。

だが、何故沖縄だけ扉が開かないほどに鍵をつけなければならないのか。

子供の頃から基地に関する数々の事件や裁判の報道はイヤでも耳に入ってくる。

不思議なのはなんでこんなに沖縄に基地があるのか、どうして他の県にはこれほどの物がないのか、どうして他の県にあった物まで沖縄に移転するのか、だ。

地政学だ、という友人もいた。

だが、一番納得したのは高校の日本史教師の言葉だった。

「ゴミ処理場と同じだ。必要だが自分の近所には欲しくない。すでにゴミ処理場がある所に処理場を新しく造ったり、造り直したりすることには同意するが、自分の所に新しく造ることには反対する……同じことだ」

溜息(ためいき)交じりに教師はつづけた。

「だから沖縄に基地は増えても、減らすことは難しい。今さらゴミ処理場を自分の近所に造りたいと思う人はいないからだ」

でも納得がいかなかった。

だとしたらそれは日本のためなのに、何故本土の連中の中には感謝より「沖縄を守るために基地を置いてやっている」という態度を取る人間が多いのか。

「ここは、植民地なんだ」

賢雄のクラスを最後の教え子にして定年退職することが決まっていたその教師は、寂しそうに笑って言った。

「ここは沖縄、日本じゃない。良くも悪くも東京から遠いからね。ここに基地があるのが当たり前なんだよ。しかも彼らは金を払っているから責任は取らなくて良いと思ってる」

では、ここに住む沖縄の人間は何人(なにじん)なのだろう。

祖母の代は沖縄がアメリカの一部として吸収され、ハワイのような「州」になることも、中国に味方することも、独立することも拒否して「日本に戻る」ために戦ったはずなのに。

そして、自分たちは日本人だと思って生きてきた。

自分たちは何者なのか。何者に見えているのか。

その答えを見つけるためにも、基地の中に入ろうと思った。

基地内大学に通いながら働ける基地従業員の道を賢雄は選んだ。

沖縄から日本は見える、だが日本から沖縄は見えない。

では、一番身近な外国から沖縄はどう見えるのか。

知りたくなったからだ。

教員だった養父は、息子が自分と同じ道を歩まないと知って激怒した。

養母は複雑な顔をしたが、諦(あきら)めたように溜息をついた。

「そんな気がしてたのよ」と。

サンバで鍛えたという、砂時計のようにくびれた腰と、そこから高く張り出す大きなバレーボールのような褐色尻に、賢雄は手加減なしに腰を打ち付けていた。

残暑というにはむっとする暑さの六畳一間の布団の上、女の長い指先でかきむしられ、びっしょりと汗に濡(ぬ)れた背中がくねり、ぽってりとした唇からは断続的にブラジル語で、絶頂が近いことを意味する「エストゥ・ゴザンド」というあえぎ声が漏れている。

女の背中、腰が始まるあたりには片方が天使の翼、片方が悪魔を意味する蝙蝠（こうもり）のそれに棘（とげ）をつけたような翼のタトゥーがあり、その上にはフランス語で「運命と愛は、剛胆なものをこそ愛す（Le destin et l'amour aiment ce qu'une personne de courage）」と刻まれている。

賢雄はこの女の尻を後背位で初めて貫いたときに見えた、その文字に懐かしさを覚えた。十二の時、嘉手納の基地開放祭にやってきた賢雄はその場で海兵隊の女性兵士ふたりを相手にして童貞を失った……その片方、白人の女兵士の腰にも同じ文字が刻まれていた。鍛え上げ、引き締まった身体の女の美しさを知ったのはその時だ。

いくらか外国人の血を引いているらしい賢雄の顔立ちは、彼女たちにとっては〈オリエンタル〉で〈エキゾチック〉に見えるらしいと知って、複雑な気分になったのをよく覚えている。

沖縄の人間からすれば、賢雄の顔立ちは「アメリカ」ならぬ「アメリカー」と表現されるほど、外国人に近いと評されていたからだ。

以来、不思議と基地の女性たちとの関係が多いし、半分以上はアフリカ系やアラブ系、ラテン系の女性だった。

ほとんどの日本人――沖縄の人間も含め――の男たちは、会話はともかく、抱いたこともキスしたこともなく、ただ肌が黒いというだけで忌避（きひ）することが多いが、賢雄は彼女たちの肉体の美しさを認めようとしないのは馬鹿だと思う。

特に戦争の中でそれは確信に近いものになった。

どうせ死ねば皮膚の色も国籍もなく、蛆とゴキブリ、鼠や野良犬に食い散らかされて骨になる。

何よりもラテン系は大きく持ち上がった尻の形が堪らなかった。

何度もそれを平手で軽く叩くと、相手も腰をくねらせ、愛液を滴らせるのがいい。

女は何度も「エストゥ・ゴザンド」を小さく繰り返していたが、そろそろ果てようと賢雄が腰を激しく動かし始めると、やがて言葉すらかなぐり捨てて女は布団をかきむしりながら髪を振り乱し、獣のような声をあげ、絶頂の締め付けを賢雄の男根に与えた。

女の中は柔襞の数が多く、それが締めつけられて亀頭の裏をしゃぶるように擦りあげる。

こらえきれずに本日五回目の精液を、賢雄は放った。

精液だけで女の腹を膨らませるような勢いで射精が始まる。

熱い飛沫を受けて、女の膣内が収縮し、男根全体を飲み込むように蠢いた。

「OH! HOOOOOOOW!」

甲高い絶頂の声。日本の女が恥じ、大抵の男が嫌う、獣が快楽を貪りつくす咆哮。

女は引き締まった尻肉に笑窪を刻みながら振るわせ、どっと布団の上に倒れ込んだ。

女の背中に、賢雄も重なる。

やがて、ふたりは汗みずくの身体のまま絡み合って仰向けになった。

豊満な褐色の二つの乳房が激しく上下する。

女の汗まみれの水蜜桃の下部にも、腰と同じ悪魔と天使の翼、仏語の警句が刻まれている。

ピンと立った乳首は無毛の丘の中にある性器同様に、綺麗な桃色をしていた。

賢雄の男根も女のヴァギナから抜け出る。

ゴムは着けていない。

ＨＩＶウィルスの予防薬はアメリカ軍兵士に投与が義務づけられた数年前、琉球義勇軍に入るときに受けた。

その副作用なのか、性欲だけは旺盛だ。

戦場では感じないが、前線から後衛に回されたときは必ず慰安所——表向きは〈第二医務室〉と呼ばれていたが——に行ったし、また救助した民間人の女性と何度も関係を持った。

戦場では日常のモラルは崩壊する。だから一人で二人を相手にしても女のほうも気にしなかったし、小隊長ともなれば食料や安全ルートなどの〈余得〉も期待できる。

彼女たちも生きるために必死だったのだろう。

当然、賢雄は報酬を惜しまなかった……とはいえ、小隊に迷惑をかけない程度に、ではあったが。

女たちから不満の声が出なかったのは、賢雄とのセックスが濃厚で強烈だったからだろう。

性欲の強さ、激しさが素直に男の魅力に転じるのも戦場ならではの話だった。

問題は〈戦後〉だった。

賢雄の所属する琉球義勇軍は解散、日本政府から防衛予算の一部を使い、〈義勇兵特別恩給〉という名目の増額された年金の前払いが二年間約束された。

まず、その年金を自分と自分の部隊の人間に受給させるための証拠資料の作成と提出のために数ヶ月、賢雄は義勇軍の中で残務整理をさせられた。

アメリカ海兵隊基地生活支援サービス（MCCS）に勤めていた頃の貯金もあって、数ヶ月は残務処理をしながら戦火を免（まぬが）れた妹夫婦の今帰仁（なきじん）にある家で同居していたが、復興の忙しさは同時に、それまで足止めを喰（く）らった観光客や、南国の楽園を求めてやって来た県外移住者の魔法が解けての大移動と重なった。

不思議なことに、今度は「聖戦の地、沖縄」という言葉が、〈本土〉の広告代理店の作ったポスターに躍るようになったのは紛争終結から三ヶ月もしないうちだ。

——彼らの話によれば、那覇空港の本格整備が終わる来年の頭から、沖縄への観光旅行はまた再開し、それは爆発的なブームになるだろう、とされていた。

賢雄の問題はそこにない。

「聖戦の地」に入っている〈聖〉という言葉の厄介なところは、〈俗〉の部分を追い出すことだ。

さらにここへ今回の紛争の最中に殉職した県警本部長の後任が来て、その妻が「古く美しい日本の復活」を標榜する市民団体の代表のひとりだったことが拍車をかけた。

沖縄県警は徹底的な〈性風俗浄化作戦〉を全島で実行してしまい、性風俗は地下に潜った。

お陰で風俗の値段は高騰し、賢雄は困り果てた。

戦場においても賢雄は性欲を解消するために女をレイプするような人間ではなかったし、むしろ嫌忌していた——小隊内に、レイプに慣れて常習としかねない諸見座晄三郎がいたせいかもしれないが。

結局、三十面を下げた男がこっそり甥っ子たちもいる妹の家で自慰にふける、という情けない上に教育上よろしくない行為を続けるのも限界があって、那覇に出てしばらく日雇労働で働いた後、賢雄は貯金のあるうちにと東京へ渡った。かつては沖縄と東京では値段が倍以上も違うと言われた風俗は今や逆転している、と風の噂に聞いたからであるが、それだけではない。

東京は、賢雄にとっていつか来るべき場所だった。顔も知らない産みの母親が向かった場所。

東京にやってきて、すぐにこの女……リマ・シャルニエに出会えたのは幸運と言えた。

不動産屋で「一番新宿に近くて安いアパートを」ということで紹介された物件にカバンひとつで入ったその日のうちに、仕事帰りのリマと出会い、彼女の曾祖父が沖縄の人間だということで意気投合、後は酔って騒いで、気がつけばリマがホットパンツを脱いで、賢雄のそそり立ったものの上に乗って腰を上下に振っていた。

四つに割れた腹筋が浮かび上がり、楽しそうに快楽を貪っている無邪気さが昔日に付き合っていた海兵隊の女たちを思わせ、懐かしくなって、賢雄はこの女が気に入った……と思った瞬間射精し、相手は絶頂を迎えた。

以来、毎日セックスしている。

「ケンユー、良かったよ」

息を整えて、リマは賢雄の唇にキスしてきた。

セックス最中のディープキスではなく、軽く触れるキス。

「日本の男ってタンパク、セックス弱いもの」

「ブラジル人が旺盛すぎるんだよ」

苦笑すると、リマは「んー」と笑顔を浮かべて賢雄の無精髭(ぶしょうひげ)の生(は)えた顔を両手で抱きしめた。

圧倒的な量感を持つ黒い乳房が柔らかく、そして室温よりは冷たく賢雄の顔を包む。

「でもケンユー、私がへとへとになるぐらいセックス好き。曾祖父(ひいじい)ちゃんも曾祖母(ひいばあ)ちゃんだけで物足りなくて四人と浮気してたって。沖縄の人ってみんなそうなの？」

リマはいつか曾祖父の国に行くことを夢見て、日本語を幼いときから学んでいたという。

これまでの会話で、その顔を知らなかったら古風な日本語を使う美女、としか思えないだろう。

「知らんよ」

さっさとシャワー使えよ、と賢雄は名残(なごり)惜しさを感じつつ、リマを引き離した。

「そろそろ仕事だろう？」

「あ、そっか」

彼女は枕元(まくらもと)に転がった腕時計を嵌(は)めて、時間を確認した。

「じゃ、先に使うね」

リマは腕時計の横に転がっていたピルケースから錠剤を一粒取りだして握りしめつつ、六畳一間の片隅にある三点式ユニットバスの中に入る。

逆ハート型のヒップが揺れ、太腿(ふともも)に無毛の股間(こかん)から溢(あふ)れた賢雄の五回分の精液が流れ落ちていく。

「ああ」

一緒にはいるとまた圧倒的なリマの身体……特にきゅっと持ち上がった尻肉に男根が反応して彼女を遅刻させせかねない……というより、一度そうなったから、仕事の前には一緒にシャワーには入らないことにしている。

理性ではダメだと思っていても、一度勃起(ぼっき)して、相手がそれを許すことを知っているとどうしても耐えられなくなる。

(『カエルとサソリ』のサソリだな、まるで)

賢雄は沖縄にいた頃、甥っ子と姪(めい)っ子に読み聞かせた童話をふと思い出して苦笑を浮かべた。

大きな池の向こう岸に渡りたいサソリを、気の良いカエルが乗せてくれるが、何故かサソリは向こう岸に着く寸前、我慢できずカエルを毒針で刺してしまう。

自分が死ねばサソリも沈んでおぼれ死ぬ、どうしてこんなことを、と聞くカエルに対してサソリは「仕方ないんだ」と謝るという物語だ。

子供たちにはどうしてもサソリの行為が理解出来ず、賢雄はその日一日、甥っ子と姪っ子の質問攻めに遭って往生した。

だが、世の中にはどうしようもないことがあるのだ。性欲のように、自分でもコントロール出来ない衝動というものがある、とはさすがに教えられなかったので、「サソリみたいな人には最初から親切にしない方がいい」と適当に誤魔化して母親である妹に睨まれたのを思い出す。

その風景から、随分遠くへ来た。

性欲はリマのお陰で何とか収まっているが、問題は日に五、六回もセックスすると、仕事を探しに行く暇もない、ということだ。

どうなるか分からないからと、アパートの家賃は大家が「沖縄の義勇兵の人たちにそんな」と遠慮するのを逆に拝み倒して一年分入れてある。

光熱費も大して使わない。

東京がヒートアイランド云々といっても、最近は、ある程度都心から離れると大した暑さにはならないし、戦場よりは遥かにマシだ。

寒さに閉口はしたが、それも慣れた。

一度、新聞の勧誘とNHKの職員が来たが、何もない部屋と厳つい男の顔を見て「気が向いたら電話して下さい」と名刺だけをそっと差し出して帰って行った。

よほどの生活困窮者とみられたのだろう。

「ケンユー、今日は昨日よりも多く出てるね」

楽しそうにリマが言う。

出てる、というのは賢雄の精液のことだ。

リマは中に出されるのも飲むのも好きだ。あっけらからんとセックスを楽しんでいる。

そこもいいと思う。

セックスをスポーツのように楽しむことを、どうしても大抵の日本人は罪悪だと思うらしい。

馬鹿馬鹿しい話だ。

どうせ男と女は成り行きだし、セックスの相性も大事なのだ。

性病の問題さえクリアすれば処女であるとかなんてどうでもいいと思う。

やがて、シャワーから全裸で颯爽とリマが出てきた。

そのまま彼女は、部屋の隅にタンス代わりに転がしてあるいくつかの段ボール箱の中から、畳(たた)んでおいてあるバスタオルを取りだして身体を拭(ふ)く。

日本人の遺伝子のお陰よ、と自慢する長いストレートの黒髪の水分をもう一枚出したタオルに吸わせ、自分の部屋から持って来ておいてあるドライヤーで乾かす。

そして脱ぎ捨てた青のタンガを穿(は)き、ピチピチのTシャツにホットパンツを着けた。

ホットパンツは股上(またがみ)の浅いもので、タンガの紐(ひも)が露出するようなデザインだ。

Tシャツは腹筋が見える様に乳房の下で縛る。

こんな格好が似合うだけの肉体は、滅多に日本人ではお目にかかれない。

「そういえばケンユー、私来週の水曜日、誕生日」

「へえ、幾つだ？」

「二十八」

「何かプレゼントでも買いに行くか？」

「あー、だったら私、折り紙が欲しい」

「折り紙？」

「ケンユー、財布(ウォレット)に入れてるでしょ」

「折り紙で折り鶴(づる)を折って欲しいのか？」

てっきり光り物の指輪かネックレスあたりを注文されるかと思った賢雄は拍子抜けした。

「お祖母ちゃんが生きてた頃は毎年折ってくれてたんだ。せっかく日本に来たのに、そういえば見たことなかったし、うちの部屋は殺風景だしさ」

「……わかった」

頷(うなず)いて賢雄は立ち上がった。

「帰ってきたらまたセックス、しようね」

「明け方は勘弁しろよ。このアパート、子供もいるんだからな」

「ああ、一階の秋元(あきもと)さん？　あそこは親子でヤってるわよ」

「な……？」

「気づかなかったの、ケンユー意外と鈍(にぶ)いのね」

「だってお前あそこ……」

ニッコリ笑うリマに、賢雄はポカンとした。

下に居る秋元というのは母子家庭で、どこか陰のある母親と元気な中学生の息子のふたり暮らしだ。

「貧乏なんだもの。それにあの息子、野球部でケンユーみたいに性欲余ってるみたいだし」

「お前、まさか手を出したりは……」

「しないわよ、そんなことしたら母親に刺されるわ。あの人多分、旦那も始末してるわよ」

「始末ってお前……」

思わず賢雄は鼻白んだ。リマの口調からしても、玄人の使う暗喩だ。

「間接的表現、こう見えても勉強してるのよ？」

リマはけろりとした顔でウィンクする。

「なんで分かる？」

「女の勘」

ケラケラと笑ってリマは「じゃあね」と賢雄の部屋を去って行った。

〈からかわれたかな、俺は？〉

ぽかんと賢雄は考える。

そういえばリマの仕事が何かは聞いてない。

聞く必要もなかった。

身体の相性で付き合ってるし、それなりの友情も感じているが、相手が話さないことを聞き出すほど深い仲でもない。

賢雄は石鹸を身体にこすりつけるようにして泡立て、シャワーでそれを流した。

毎日シャワーは浴びているが、やはり風呂(ふろ)が恋しい。

銭湯にでも行こうかと思ったが、定休日だと思い出す。

今は夕方で人通りが多い。

金はあるから近くのスーパーでビールでも買おうかと思ったが、レジで並ぶのは御免だった。

シャワーを浴びた後、六畳一間の部屋に戻る。

水分の残った身体に、外の風が涼しい。

先ほどリマに言われた折り紙のことが頭の中にある。

なんとなくそのままサンダルをつっかけ、近くの１００円ショップに出向いた。

そういえば買い置きの醤油(しょうゆ)とチリソースがなくなってる——後者は主にリマのせいだが——のを思い出して買い足しつつ、折り紙を手に取る。

普段、生活必需品ばかり買いに来る色の浅黒い男が、子供も最近は買わないような物をレジに置いたので、店員が少し驚いた顔になった。

「お子さん、いらっしゃるんですか？」

「いえ、女のためです」

そういって、小さく微笑(ほほえ)むと、大学生らしい女店員は頬(ほお)を赤らめていつもよりも手早く会計を済ませてくれた。

部屋に戻って、粗大ごみの日にゴミ捨て場から回収してきた古いちゃぶ台を引っ張り出し、折り紙を折ってみる。

見事なぐらい、折り紙の折り方を忘れていた。

昔は養母と妹と三人でよく折っていたのだが……と思いかけ、それがもう三〇年近く昔の話だと気づいて苦笑する。

「昔は折れたはずなんだがナア」

溜息が出た。

手元に出来上がるのは、折り線が付いただけの紙だ。

寝転がって、充電器に繋いだままのスマホの電源を入れ、無料配信のウェブニュースラジオに切り換える。

「日中戦争の勝利の調印から来週末で丸一年となります」

アナウンサーの声に、賢雄は鼻で笑った。

（あれは戦争じゃなくて、〈紛争〉だよ……それも沖縄と九州の一部だけが戦った紛争だ、あんたらの勝利じゃない）

空しいと分かっていてもそう頭の中で呟く。

アナウンサーの話によれば、東京オリンピック以後、落ち込んだ景気はあの〈戦争〉で回復し、〈古い中国〉のサイバー部隊による攻撃を凌ぎきったナスダック市場はそれを記念したプレートを本社ビルの床にはめ込み、記念イベントを行うという。〈新しい中国〉はこれを歓迎したが、例によって〈古い中国〉はこの話に対して不快感の表明を行ったとも。

最後に、北朝鮮の最高指導者が彼の王宮にあたる建物の中、初の肉声を交えた記者会見を行ったこと、などが報じられた。

コメンテイターと称する男が、

「沖縄の人たちの尊い犠牲で」

とか言い出したのでチャンネルを変えた。

どうしてもこの手の言葉が賢雄には〈犬を褒める飼い主の声〉に聞こえてならない。

賢雄はまんじりともせず、いつも財布の中に入れてある、甥っ子と姪っ子からの折り鶴を取り出す。

不器用な幼い手で折られた鶴が二羽。

尖閣のあたりで交戦があった時点で沖縄の人間のかなりの数が「戦争が来た」と覚悟を決めていた。

賢雄もそうだった。

琉球義勇軍の司令官である海兵隊の少佐はさりげなく全員に〈今から十二時間の自由行動〉を許可した。

妹の家に行き、甥っ子たちの顔を最後に見ておこうと思ったら、妹も同じ様に「戦争が来た」と考えていたらしい。

子供たちに鶴を折らせて「おじさんに」と渡させた。

ずっと肌身離さずこれだけは持っていたのですっかり薄汚れ、折り紙の色もあせているが、それでも大事な〈お守り〉だ。

あの時、自分が生きて帰れるとは欠片(かけら)も思わなかった。

その数年前、米軍基地の中で偶然テロリストと対峙(たいじ)する羽目になったときは、そんな暇がなかったが、今回は「覚悟」を決める時間があって、そのほうがよほど残酷だとも。

そしてすべては過ぎ去って、何もかも遥かな過去のように扱うマスコミの報道を聞いていても何の感慨も湧(わ)かない。

じっと折り鶴を見ていると、スマホに政府のサーバーから、恩給の口座入金を知らせるメッセージが来たことを告げるチャイム音が鳴った。

東京二十三区の片隅にある新井薬師（あらいやくし）の商店街は、昭和の時代の名残が、そこかしこにまだあるところだが、二年ほど前から段階的移民受け入れをしたせいか、シャッターが降りている店はほとんどない。

商店街には中東、南米、ヨーロッパ、様々な国の出身者が思い思いの店を開けている。

古着屋、スパイスショップ、喫茶店。

建物自体は昭和、あるいは平成初期のデザインなのに、中にはめ込まれているのは極彩色だったり、逆にモノトーンだったりとこれまでの日本人のセンスとは違う異質な物ばかりだ。

飛び交う言語も様々だが、カタコトの日本語がかならず混じっているのが賢雄には微笑ましかった。

沖縄のアメリカ軍人たちはほとんど日本語を話そうとしない。スマホの翻訳アプリさえ使わず、こちらが気を遣って英語を理解するのが当然だという顔をしていた。

彼らは違う。「新邦人」という言葉で表されるように新しい日本人、なのだ。

しかも日本の新移民法は知能テストを行ってから入国させ、日本語教育の面倒も見るという段階を踏ませるので、それなりに日本における常識を弁（わきま）えた上で彼らはここに来ている。

とはいえ、トラブルが皆無とはならない。

商店街の中でも何軒かに「外人(ガイジン)お断り」の張り紙をしている店がある。

大抵は飲み屋と喫茶店——四十代から五十代の男性が集まりやすい店である。

一番変化に柔軟に対応出来ず、諦めるという選択もできない世代だった。

だがそんな店は段々減ってきている。張り紙を剥(は)がすか、潰(つぶ)れるか……商売は冷酷だ。

「貧俠(ビンシア)は死ね！」とスプレーで書かれているのを苦い顔をしながら韓国系の店主が専用のシンナーで拭(ふ)き取っている。

ここの商店街で店を開く「新邦人」や在日外国人は、シャッターに落書きされるのが常だから、専用の溶剤を使えば跡形もなく消せるような特殊な塗装を施している。

「ひどいな」

賢雄は声をかけた。

「まったく、ひでえ奴らだよ」

店主は賢雄が琉球義勇兵だと知っているので態度は柔らかいが、それでも言葉の端に尖(とが)ったものが混じる。

「手伝おう」

言って賢雄も手をさしだした。

「すまんね、まったく」

悪びれもせず、「まったく」が口癖の店主は賢雄に渡すべく、もう一枚の雑巾(ぞうきん)に専用溶剤を含ませた。

「まったく、アジア系だと思ったら誰でも貧俠だと決めつけやがる。中東系はIS(アイエス)だってのとおんなじだ、くそったれ(シッパル)」

「あんたは十年も前からここで店を出してるってのにな」

賢雄は独特の臭気を含む布で力強く落書きを擦り落としながら言った。

「日本人は恐れてるんだよ、移民に乗っ取られるってな。でも労働力と税金がなくなるから移民を受け容(い)れるしかない。でもお客じゃなくて家族として移民を受け容れる度量がないんだ」

店主は「まったくだ」と頷(うなず)く。

「まったく……今度の紛争で俺たち韓国人への風当たりが少し柔らかくなったと思ったらこれだよ。在日特権だ、なんだかんだと抜かすくせに、自分たちの過去の戦争責任は……いやこれは沖縄のあんたにいう言葉じゃないな」

汚れはふたりがかりで三〇分もしないうちに跡形もなく消えた。

新井薬師駅前の郵便局で残高を確認して金を三万ほど下ろす。

義勇軍の恩給は毎月二十万円。

火力発電所しかなく、紛争のお陰で食料品のほとんどが外からの輸入に頼る沖縄ではひとり暮らしがやっとの金額だが、東京で、あと一年は家賃の心配をしなくていい身分となれば充分過ぎる金額だ。

Ｓｕｉｃａをチャージして、そのまま電車に乗る。

東京に来た当初はあちこちをふらついて、毎月二万円はこの中に入れていたものだが、今はもっぱら小銭を出すのが面倒くさいコンビニなどでの決済用に使っている。

新宿まで出て、久々に歌舞伎町(かぶきちょう)あたりをうろついてみようと思った。

つり革に摑(つか)まると、天井近くに設置された液晶モニタに、

「さーみんな、シンどい疲労をポンと棄てちゃえ！」

と元気良くジャンプする女性アイドルの顔が映った。

向精神薬の解禁で、かつて「ヒロポン」と呼ばれたものが再び市場に流通。

〈シンポン〉の名前でサラリーマンたちが栄養ドリンクよろしく飲むＣＭが流れている。

「疲労には、シンポン！」とコミカルに躍る商品ロゴと定番の「ご使用上の注意」に重なって、「山手線上野駅～御徒町(おかちまち)駅間、人身事故のための遅延」のインポーズが入る。

同じことをアナウンスが告げた。

皮肉なものだと賢雄は思う。

このところ毎日、中央線と山手線のすべての駅で平均三時間おきに人が死んでいる。

〈シンポン〉は多少構造式が違うだけで、かつての国民的覚醒剤の一種、ヒロポンと同じ代物だ。故に切れたら副作用としての鬱症状を呈しやすい。

中和剤も発売されているが効果は疑問視されるような代物で、うっかりシンポンを切らした連中が、鬱症状に耐えかねて引き起こす飛びこみ自殺に、歯止めが掛からない状態だ。

シンポンよりは、処方箋必須で医療用大麻を解禁するほうがよいのでは？　という話が本格的に持ち上がっているが、煙草からシンポンに乗り換えた族議員と、厚生労働省の官僚との間の攻防が未だに収まらないため見通しが立っていないという。

政府と鉄道会社は先頭車両の下部に〈フォロー・スカート〉と呼ばれる傾斜板を装着させ、「三人までの人身事故は終業後の回収、その時は清掃するのみ」という指示をだしただけだ。

シンポンのＣＭ動画が終わると、今度はいくつかのｗｅｂニュースが流れ、またＣＭになった。

今度は病気に対する自己医療診断アプリのＣＭ。

国民健康保険は崩壊しつつあり、今や「過去三年間病院で国保を使わなかったものだけが医療費を安く済ませられる」という矛盾した状態になっていて、病院に行かず、国保を使わず、カメラ機能と自己会話機能を使ってちょっとした病気を治せる、この手のアプリが大流行だ。

顔や音声、患部をアプリを起動して写真や動画で撮影、それで診断結果が数十秒後には表示され、どの薬を服用すればいいか、どの薬局に行けばすぐ買えるかが表示される。「診断満足度98％以上！　薬局とも連動しているのでスムーズにお薬がもらえます！」の文字が楽しそうに躍ってる。

薬局は薬事法改定で薬剤師に相談すればどんな病院の薬も手に入るようになっているから、中国人旅行者の爆買いが失われた今、貴重な収入源として取って代わった自己医療診断アプリを大歓迎している。

ただし「満足度98％」という数字は2％の「不満足」がいることでもある。

アプリの自己診断が間違っていて死亡するものも増え、訴訟沙汰は連日のものとなってもはやニュースにもならない。

目線をめっきり少なくなった中吊り広告に移せば、今度は「日本のこれまでの善行が恩返しになってやって来た」「日本が中国に勝利したことで世界中に勇気を与えた」という内容の記事ばかりが目立つ。

曰く、フィリピンが我ら日本の勝利に奮いたち、これまで中国側の物と勝手にされていた南沙諸島を取り返した、チベットで人々が蜂起して中国軍を追い散らした――などなど。

ほぼネットの伝聞記事からの転載で、実際には「その最中」もしくは「その動きが予想される」ことを、さも確定したことのように煽ってる。

弱ったことに、拡散したデマを取り消して正しい事実に塗り替える技術は今に至るも確立されていない。

また、破壊されたインフラの復興と国際援助が集まる、というニュースに至っては、大仰に日本の首相と握手する外国の経済団体のお偉いさんの写真。

どの記事も笑顔ばかりだ。

そして「戦後一年目を考える」と題した「沖縄県民、これまでの戦いの歴史」と称する太平洋戦争時の地上戦から今回の〈戦争〉にいたるまでの「沖縄県民はエライ」という賞賛記事。

気持ちが悪い。

賢雄はそれからも目をそらした。

父母の顔を知らず、その素性もわからない賢雄にとって、〈沖縄県民〉と言われるのも違和感があるが、それ以上に〈日本の英雄〉扱いが気持ち悪い。

記憶が蘇る。

ようやく滑走路が復旧した那覇空港から臨時転用された軍の輸送機に乗って初めて羽田空港に降り立ったとき、賢雄は呆然とした。

破壊し尽くされ、焦土と化した沖縄とは違う風景がそこにあった。

明るく、輝き、整理され、塵ひとつ落ちていない整然とした世界。

人々は飢えもせず、ボロボロの、一ヶ月は洗濯してないような垢まみれの、ツギの当たった服も着ず、颯爽と賑やかに歩いている。

賢雄は自分が、宮殿の舞踏会に迷い込んだ乞食に思えた。

彼の背後で、一緒の輸送機に乗ってきた沖縄から引き返してきた人々の安堵の溜息が一斉に起こったのを覚えている。

「良かった、日本は無事だ」

誰かがそういったことも。

沖縄は日本ではないのだ、と賢雄はその時、毛穴のひとつひとつに染みこんでくるように理解した。

同時に、自分がここでは〈沖縄県民〉なのだという事実がひどく窮屈に思えた。

電車は駅に着いた。

ホームから出口へと移動していく。

途中、イラン系らしい男性と、フランス系らしい白人の女が口論していて、慌ててＪＲの職員が割って入るのが目に入った。

おそらくどちらも〈新邦人〉同士なのだろう。

日本語と日本の常識を教育してから、と入管は移民の門戸を広げたが、それはおざなりの二ヶ月講習で、言葉や元の国籍や文化の違う他の〈新邦人〉同士のトラブルに関しては想定していない。

だからこんな風景も珍しくなくなった。

中には言い争いから過熱して相手をホームに突き落としたり、刺し殺したりという案件も出てきている。

さらに人々を疑心暗鬼にさせているのが〈貧俠〉、〈テンサン・エンジェル〉などの犯罪ネットワークの噂(うわさ)だ。

賢雄は東口改札を抜けて、階段を上ると、広場に出た。

ライオン広場の向こう側に新宿アルタがある風景は賢雄が高校生の頃にテレビで見た風景と変わらない。

変わったのは街中のいたるところで日の丸が翩翻(へんぽん)と翻っているということだ。

無感動に賢雄はそれを眺めた。

足を止めて風景を眺める賢雄の前を、様々な国の言語で「立ち止まるな、路上商売をするな」と警告している交番のスピーカーと、疑り深い眼で警戒している完全武装の警官が行き過ぎる。

〈新邦人〉と呼ばれる移民を含めた日本人と、外国人の比率は新宿においては三対七と言われている。

発砲事件と、警察が銃を使う件数は日本一。

新宿は今やマスコミやｗｅｂ世界の住人たちからは、「日本最大の混沌(こんとん)の街」「日本一危険な場所」と呼ばれている。

賢雄はぶらぶらと歩き始めた。

「危険な場所」ということは、それ以外は「安全」ということだ。

ここからひとつ、ふたつ駅を過ぎれば、そこにはいつもの「安全な日本」が広がっている。

だが、いずれそうはならなくなるだろう。移民は増え続け、五年後には三〇万人に達するという。

その時起こるであろう混沌を、ほくそ笑んで待ち望んでいる自分がいることに賢雄は、かなり前から気づいていた。

歩いていくと、電柱やビルの壁に、「愛国心！」という言葉が書かれたビラやポスターが貼られているのが目に付く。

「！」マークのついた「愛国心」。これまでの古くてカビの生えたものではないですよ、という表示。

昔のように日本人はこの言葉にアレルギーを持たなくなった。

勝ったからだ。

だが、何に勝った？

戦ったのは日本の一部だ。

東京はなにもしていない。

アルタ前から元有名百貨店のあたりを望むと、そこが一番新宿で風景が変わった場所だ。かつて「高級なもの」の代名詞でもあった某有名百貨店は新宿から引っ越し、残された建物には〈新邦人〉の教育機関が置かれている。

「喚起せよ愛国心！　新宿を穢れた移民から取りもどせ！」

「愛国心！　心と思いがあるのなら、純潔日本人こそ最高である！」

「移民は穢れ　新宿から出て行け！」

そんな文字がデカデカと書かれたポスターによれば、もと百貨店だった教育機関においては麻薬、誘拐、武器密輸などあらゆる悪事が企まれ、日本を汚染すべく脈動しているという。

夜中にこそこそ貼られた張り紙。日本語で書かれた張り紙。

外国人向けではない。

身内だけで通じると思っている〈専門用語〉。

馬鹿馬鹿しい。

ムカムカする物が胸の奥からわき上がってきそうで、唾を吐き捨てて賢雄はゴールデン街の方角へ歩く。

酒を飲む前に腹ごしらえをしようと、アルタ裏の古い食堂に入った。

その大きさで有名なロールキャベツを注文して軽く腹ごしらえをすると、賢雄は立ち飲みの焼き鳥屋に入った。

店員も客もほとんどが〈新邦人〉あるいは外国人観光客だ。

少々日本人も客に混じっているが、大抵が客引きと半グレのヤクザもどき。

日本人客はあからさまな嫌悪の視線を周囲に向けているか、一心不乱で機械的に酒を飲み、つまみを食べて、一定時間で「それじゃ、おあいそ」と叫んで出て行く。

不思議に後者のほうはどれもおなじ顔、同じ背広を着けているように見える。

もっともここは基本「おまかせ」で串が焼かれ、最後にテールスープが出てきたら「お勘定して出てけ」という店だ。

賢雄もテールスープを飲んで出た。

夜の闇が街の中に染みこんでいる。

アルコールはまだ足りない。

外に出ようとした賢雄は自分の顔に視線が向けられているのを知って身構えた。

即座に走ろうとして何とかそれを押しとどめる。

戦場ではないし、殺気もなかった。

ゆっくりと視線の主を探すと、いかにも軽薄そうなサラリーマンたちだった。

「やっぱりそうだ！」

と彼らは満面の笑みで近づいてきた。

嫌な予感がした。

「琉球義勇兵の人でしょ？」

五人のサラリーマンのうちひとりが甲高い声で訊いた。

「俺、ニュースで見たッスよ」

内心、賢雄は舌打ちをした。

一度だけ、賢雄の姿はニュースに出たことがある。

嘉手納からアメリカ本国に帰った軍属のひとりが、民間人保護のさい、最前線で指揮する賢雄たちを動画に撮り、それをインターネット動画で公開したのである。

紛争が終わって一年経った記念番組や、ニュースかなにかで流れていたのだろう。

（いやな日に外に出たもんだ）

賢雄は後悔した——戦場と違って、日常の危険を回避する直感はこの一年あまりで鈍ってしまったようだ。

これならアパートでリマを待ってセックスしてたほうがずっといい。

「エライっすよねえ、日本人の鑑っすよ」

別の若いサラリーマンが言った。

「沖縄の人間なんて基地に反対したり中国にすり寄ったりでアカばっかりだと思ってたけど、あんたらみたいな立派な日本男児がいるんだから、素晴らしいよね！」

パンパン、と親しげに肩を叩かれた。

賢雄が〈日本男児〉という言葉に違和感を覚えるのは、以前からのことだが、紛争後はそれが特に酷くなった。

そもそも、自分の身体の中には何割か、外国人の血が入っている。

では、沖縄の人間だ、と言い切れるかと言えばわからない。

渋谷賢雄はそういう生まれだった。

「いやあ、戦争が起こらなければ分からなかったよ！」

年かさのサラリーマンが赤ら顔で笑った。

どうせ酔っ払いだ、適当なところまで来たら解放してくれるだろう。

それまで我慢だ。

自分に言い聞かせる。

「沖縄は戦争で生まれ変わった！　立派な日本の領土だ！　君たちは立派な日本人にようやくなったんだよ！　君たちは我々に代わって中国軍を打ち破ってくれた！」

芸をした犬を褒める飼い主の声。

閉まりかけた我慢の蓋が外れる。

そう言ったサラリーマンの顔面を思いっきり賢雄は殴っていた。

相手の歯が折れるのが伝わってくる。前歯が全部いったのは間違いない。

「なんだ、こいつ！」

「偽者だ、義勇兵の偽者だ、こいつ、中国人だぞ！」

「目が灰色だ、中国人だぞ！」

周りの関心を引こうとメチャクチャを叫ぶ馬鹿の腹に蹴りを入れてやり、その隣のマヌケの懐に飛びこむと反転しながら肘を顔面にくれてやる。

「なんだ、中国人だって！」

わらわらと人が——歌舞伎町に溢れている血の気の多い、人相の悪い連中が集まってきた。

歌舞伎町には滅多にやくざは顔を出さない、裏では仕切っているらしいが、実際表に出てくるのは半グレと呼ばれる組には表向き所属してない、それだけに暴力に躊躇のない連中だった。

あっという間に賢雄は囲まれていた。

「このチャイナ野郎が！」

殴りかかってくるのを三人までさばいた。

だが相手はそれでも七名はいた。

警察が来るだろうか？

中国人だと誰かが指差せば、賢雄の命も危なかった。

新宿は「国内における拳銃の使用率第一位」の街だ。

（五人までなら何とかなるんだが）

と思っていると、先ほど殴り倒したサラリーマンたちのうちのひとりが、鞄の中からナイフを抜くのが見えた。

「ぶっ殺してやる！」

鼻を肘で潰された奴がふがふがと叫ぶ。

琉球紛争と呼ばれるようになったあの戦いの後、〈往来戦場〉や〈常在決戦〉などの古い言葉の意味と並びを、適当に変更された造語が、男性向けファッション雑誌やビジネス書に乱舞した。

こういうことには普段敏感な警視庁は、当代の首相が演説で述べた〈未だ日本においては戦時状態〉であるという言葉と、紛争後激増した銃器関係の密輸の摘発に躍起になって、刃物関係の取り締まりの手を緩めている。

おかげで銃の禁止された日本社会における〈武器〉としての刃物、特にナイフがクローズアップされることになり、〈サバイバルツールとしてのナイフ〉から段々エスカレートし、〈一見するとナイフに見えない刃物〉などの特集が組まれ、巷(ちまた)はいまや空前のナイフブームになっている。

これがその結果だった。

半グレ連中ももちろん腰の後ろからナイフを抜く。

一斉に飛びかかってこられたらどうなるか。

（まあ、三人さばいたあたりで後ろから刺されるな、こりゃ）

自分のことだが、冷徹に賢雄は判断していた。

あいにく、武器らしいものは持ってないし、普段から持つつもりもなかった。

もう紛争は終わったのだから。

（やっぱり、奪うか）

殺したくはないが、殺されるのはお断り。

ナイフがあれば少なくとも八人までは殺(と)れる。

問題なのはこの新宿で人を殺せば勲章じゃなくて犯罪になるということだ。

賢雄は覚悟を決めて、最初にナイフを抜いたサラリーマンに狙(ねら)いを定めた。

その時、鋭い気合い声が響いて、半グレ連中のひとりが前に向かって吹っ飛んだ。

振り向いた別の半グレの顔面に、横からの鋭い蹴りが決まる。

「おい兄弟、逃げるぞ！」

厳つい顔がそう言いながら、半グレの取り落としたナイフを素早く拾い上げ、その喉（のど）に突きつけながら笑った。

「ほらほら、日本人は仲間を見捨てないんだろう？」

一瞬、誰なのか賢雄は首を捻（ひね）ったが、すぐに思い出す。

「あんた、走れ」

言われたまま賢雄は雑踏の中に飛びこんだ。

「ほらよ」

人を蹴り飛ばす音がして、少し経つと足音が賢雄の後ろに追いついた。

振り向く。

やはりあの男だった。

「永（エイ）少尉！」

「新宿で渋谷に出会うとはな」

賢雄の危機を救ってくれた韓国陸軍の少尉、永嗟現（エイ・チャヒョン）は野太い笑顔を浮かべた。

「永」と書けば韓国では通常「ヨン」と読むが、彼は何故か「エイ」と名乗っている。

元在日韓国人なので日本人名もあるはずだが、それは「棄てた」と教えてもらえなかった。

「ちょっと待ってろ」

永は不意に足を止めるや、振り向きざまに身を沈め、腰を捻りつつ追いかけてきた半グレの顔面を掌(てのひら)の底で打った。賢雄のように手加減はしていない。

半グレの首はあらぬ方向を向いて、そのままヨタヨタと倒れると悲鳴が上がった。

さらに追いかけてきたひとりの金的を素早いサイドキックで潰し、丸めた背中に容赦なく肘を落とす。

「糞が(シッバル)」

呟いて永はペッと唾(つば)を、悶絶(もんぜつ)してのたうち回る半グレの顔に吐きかけると、

「さあ、行こうか。負傷兵の手当で敵の進行は遅れる、基本だな」

また走る。

慌てて賢雄がその背中を追いかけるハメになった。

だが、次第に楽しくなっていた。

セックス以外で、アドレナリンが身体を駆け巡る感覚。

たかが半グレと、刃物を持ってイキがってるだけのサラリーマン数名と喧嘩(けんか)した程度だというのに。

新宿駅西口まで来ると、さすがに追手に脅えなくて良いだろうと思い、賢雄は永に声をかけた。

「もう来ないよ」

「だろうな……いやあ、久々に運動するとキツイ。俺も年だ」

カカカ、と永が楽しそうな笑い声をあげた。

「久しぶりだな、兄弟」

「まったくだ」

永が頷いて賢雄の手を握り、肩を叩いて抱きしめた。

「全くだ、少尉殿」

賢雄もそれに応えて抱きしめる。

「あんたには全く助けて貰ってばかりだな」

「そう言うな戦友」

まあ、飲みながら話そう、と永は手近な韓国料理屋に賢雄を誘った。

中に入るとむっとした熱気と肉の焼ける匂いが漂う。

「おばさん、ふたりテーブルがいいな」

と韓国語で永はいい、店主らしい老女が頷いて奥の席を示す。

席に着くとまずは冷たい眞露(ジンロ)の水割りを頼んだ。

胡瓜(きゅうり)の薄切りが数枚中に入ったグラスがすぐに運ばれてくる。

「いつもならビールなんだが」

「構わんよ、どうせ東京のビールは口に合わん」

「やっぱりオリオンが一番だから東京のビールはいらんか、この琉球人め」

にやりと笑って永はグラスをあげた。

「戦友に」

「戦友に」

グラスを合わせて飲む。

さきほどまでの全力疾走で焼き鳥屋で入れたアルコールも水分も全部飛んでいて、喉(のど)がカラカラに渇いていたせいか、眞露が砂糖水のように甘く感じられた。

「しかしなんであんたがこんなところにいるんだ?」

賢雄は人心地(ひとごこち)ついて訊(たず)ねた。

「沖縄での戦闘が終わったら韓国に戻って昇進だったろう?」

そこまで記憶を辿って、相手がそこから更に昇進してたら俺よりも上官ってことになるのかと考えたが、

「いや、結局今回の事は韓国においては『紛争』あつかいでな……今度の大統領は『新しい中国』と仲良くしたい。だから俺たちは結局危険手当をいただいただけでおしまいだ。馬鹿馬鹿しくなって除隊したよ」

吐き捨てるように、苦く永は答えた。

「それで日本に……？」

「ああ」

見れば、永は背広姿で、あまりファッションに興味のない賢雄から見ても、かなりいい身なりだと分かる。

タイピンにもカフスにも貴金属が使われてる。

それなのに、腕時計だけが軍隊時代と同じカシオのGショックなのに安堵した。

「ああ。日本には貿易の仕事で来ている」

「風当たりはどうだ？」

賢雄が覚えている日本と韓国の関係は今もあまり良くない。

今回の「戦争」による勝利で嫌韓関連の話題はすっかり姿を消していたが、差別が「区

別」と名前を変えて残ることは身をもって知っていた。

果たして、永は皮肉そのものの笑みで片頬を歪めた。

「日本の勝利に貢献してくれた、どこも好待遇だよ」

「名誉日本人か、俺と同じだな」

賢雄も同じ笑みを浮かべた。

この永少尉とは、沖縄の戦場で一ヶ月を過ごし、助け、助けられした仲だった。


同じ国の中にＣＩＡが支局長をふたり置く国は、日本の他はドイツとロシアだけである。

ただし、「琉球紛争」が起こる三年ほど前から、沖縄の場合表向きは米国海兵隊情報部（ＭＣＩＡ）へ出向したＣＩＡが運営する支局、という面倒くさい肩書きになっていた。

指揮系統としてはＣＩＡ日本支局の下……ＣＩＡ局内においては出世コースに外れた人間が放り込まれる場所として悪名高い。

ジョン・マイヤースという男はそのＭＣＩＡの沖縄支局長だった。

がっしりした体つきのアングロサクソン系で、京都人の妻をもち、親日派として知られる人物だが、沖縄の人間は「猿以下」だと公然と発言するような男だった。

だから、武器弾薬、食料の補給および、半数以上が初戦で戦死した部隊の人員補充に関して賢雄が呼び出されたときも、彼は賢雄に対して椅子に腰掛けることをすすめず、自らは深々と革張りのソファに腰を下ろし、脚を投げ出すように組んで、「沖縄県民による乞食同然の米軍と日本政府に対するたかり」に関する論説を述べていた。

普天間基地はまだ本格攻撃にさらされる前で、那覇港に上陸した敵と自衛隊、及び海兵隊が地上戦を繰り広げている最中のことである。

「米軍基地をなくせと騒ぎ立てるくせに、軍用地や各種補償はすべて受け取り、爆音訴訟を起こし、哀れな米軍兵士が少し間違いを犯せば吊し首にしろと騒ぐ、生来の怠け者で、人の屑、それがお前たちオキナワの人間だ」

ＭＣＳに勤めていた賢雄のことも、「結局日本政府とアメリカ軍の提供する仕事という砂糖に群がる蟻であり知能の足りない猿」だと斬り捨てていた。

「お前たちのせいで我がアメリカ合衆国の貴重な海兵隊員たちが命をすり減らし、我がアメリカ合衆国が貴重な軍事支援物資をお前たちに回さなければならない、何故だ？」

くどいほど「我がアメリカ合衆国」を強調すると、二メートル近いマイヤースは机から身を乗り出して顔を賢雄に突きつけた。

「お前たちのだらしなさが、やつらにつけ込ませる隙を与えたんだ！」

マイヤースの息は、戦場においてもブレスケアされていて香しいが、同時にドブの匂いもした。

「お前たちが我々アメリカと日本政府から金を絞るために小賢しい知恵を回したことが、最終的にこの事態を引き起こしたんだ、さあ、どう責任をとるんだ？」

（さて、こいつは延々二時間も何を求めて罵詈雑言を並べ立てているのか）

無表情の仮面の下で、賢雄はほとほと途方に暮れていた。

アメリカ人上司の厄介な所は、演説好きな面があると、迂闊に遮ることができないということだ。

「まったく、恥ずかしい限りであります」

賢雄の側で、お追従としか取れない言葉を直立不動で繰り返す男がいる。

渡根屋三勝といい、ＭＣＩＡの現地協力員……ＭＣＩＡ専属の基地内従業員であり、副官の役割をしていた。

「やつら沖縄県民は人の屑です。彼らに資材を与える必要はないと愚考いたします」

この状態にもかかわらず栄養状態が良いのか、丸顔の二重顎、眉が太くてぎょろ目という典型的な沖縄の人間そのものの顔立ちだし、実際、生粋の沖縄県民だが、この男は親や兄弟はもちろん、親戚一同まで役人ばかりの家系の中で、唯一の落ちこぼれだった。

十八歳で暴走族に入り、盗んだバイクで人を撥ね殺して鑑別所に入った後、フラフラとしているうちに、反・基地反対運動の中に紛れ込むと、国政に打って出ることを企んでいたとある新興宗教の支部長と仲良くなり、沖縄県内にくすぶっていたネット右翼の人間たちを結びつけ、ひとつの勢力に育てあげた。

その辺りからマイヤースに目をつけられたらしいが、この男はその新興宗教団体を見限り、あっさりとマイヤースに下った。

世話になった新興宗教の支部長の児童買春スキャンダルをリークし、警察に逮捕させる前に、その資金のほとんどを自分の懐に放り込んだ。

そしてネット右翼たちを扇動し、

「反基地運動派の中に本物の沖縄県民はいない」

「反基地運動派の連中は交通費別、日当二万円で中共に雇われたアルバイトばかり」

「基地反対住民は警官を襲い、救急車を燃やし、付近住民の家に放火して米軍のせいにした」

あげくは、

「反基地運動の旗印の某氏は《復讐》と称して基地内の米軍関係者の家族、中でも小学生を襲ってレイプしている」

という噂のみならず、本土のネット右翼からつながった頭の軽い中小企業の社長たちをまとめて制作スポンサーにすると、東京ローカルの〈ドキュメンタリー〉番組を作って放送した。

さすがに名誉毀損（きそん）などで訴えられたが、表の社会はともかく、ネットに広がった〈真実〉は〈隠された真実〉というラッピングを施されてじわじわと〈事実〉を侵食していく。

もちろん、そんなことが可能になったのはＭＣＩＡの後ろ盾があってのことである。

皮肉なことに、彼のＭＣＩＡでの出世は、仲間である〈真ノ日本人（シンヒノモトジン）〉の連中が魚釣島に上陸し、この紛争が起きたことで台無しになった。

今の彼はマイヤースの通訳という腰巾着（こしぎんちゃく）となってついて回るだけの存在にまで落っこちていた……何しろ本物の〈敵〉が来ているのだから、「敵が来るぞ」と煽る存在など必要ない。

だが、物事には常にひとつ以上の意味がある。

彼の出世は一時停止状態になったが、彼の作った番組がもたらした名誉毀損などの民事、刑事裁判はこの紛争がなければ今でも継続していただろう。

そういう意味で、差し引きしたとしても、この男こそが今回の紛争で最も得をしていたとも言える。

第一ＭＣＩＡ内部での出世は「一時停止」になっただけで、「戦後」が来れば、また自分の出世物語が始まると、彼があちこちで吹聴しているのは賢雄も知っていた。

恐らくそれは正しい。こいつが生きて「戦後」を迎えれば今度は「戦争帰り」という箔が付く。それは県内ではともかく、東京や本土のネット右翼たちにとっては英雄そのものに見えるだろう。

ほとんどのネット右翼が口先だけで、己は行動しないのだから。

正直、ふたりともいっそぶん殴ってやろうかと思ったが、賢雄たちの部隊が物資の補給を受けるにはどういうわけかこの男が首を縦に振らないとダメだ、ということになっていた。

琉球義勇兵は在沖アメリカ海兵隊によって訓練され、運用されるのだが、その実態は一種の民兵であり、国際法に照らしあわせればゲリラに近い。

それ故に補給物資の管轄はＣＩＡになり、ＭＣＩＡでありながらＣＩＡからの出向者であるマイヤースたちの管轄となる。

これが厄介だった。

今現在、沖縄と交互にマイヤースに悪し様に罵られているのは韓国だった。

沖縄と韓国は同じようなたかり屋のゆすり屋国家だというのが彼の主張だった。

「韓国は身内の北朝鮮の制御もできず、米国の支援をアテにしているくせに沖縄と同じ様に米兵が少し過ちを犯しただけで火が付いたように騒ぐ猿だ」と。

賢雄の隣に立ってこれを黙って聞いているのが永だった。

やがて興奮してきたマイヤースは部屋の中を熊（くま）のように歩き回りながら、沖縄と韓国をごっちゃにして話し始めた。

それに渡根屋が相づちを打つ。

渡根屋が、ちらりとこちらを見る目線には「お前たちと俺は違う立場だ」という優越感が見えた。

壁の時計を見ると、もう一時間が過ぎている。

(馬鹿馬鹿しい)

賢雄は腹をくくった。

「大変申し訳ありませんが（ベリー・ソーリー）、マイヤース支局長（オフィサー・マイヤース）」

賢雄はわざと日本人丸出しのピジョン・イングリッシュで言った。

「自分たちは一刻も早く前線に戻るための準備を始めねばなりません。これ以上お話を続けられるのでしたら、そこに居る黒いサルそっくりなミスター・ドネヤにぶつけていただきたい。サインをいただけないというのであれば結構。自分たちは実力で補給倉庫にいき、実力で装備等々を調達させていただきます」

一気呵成にそう言った賢雄を、ぽかんとマイヤースは見つめ、みるみるうちに顔を真っ赤に染め、大声を上げようとした瞬間、

「自分も同じであります、マイヤース支局長」

と永が「愚鈍の大声」と後に自称する、腹の底から響くような大きくて虚ろな声をあげた。

「自分たちの部隊は物資がすべて不足しております、我々はここに戦争をしに来ているのであります、あなたの高邁な思想はこの戦闘が終わってから、くそったれのアメリカの大学のくそったれなレッドネックとプア・ホワイト・トラッシュの学生どもにでもしてください」

そう言って、ゴツい顔をマイヤースに突きだした。

「自分たちは兵士であります、意味はご存知ですね」

永は軽く腰のホルスターに手をかけた。

「きっ、きっ、貴様らっ」

マイヤースが口をわななかせる。

渡根屋はあまりにも唐突に、それまで羊のように大人しかった「たかが小隊長」ふたり

が猛然と牙を剝くのをみて動けない。

「お国の言葉に〈戦場で、常に前から弾丸が飛んでくるとは限らない〉というのがあります。ご存知でしょうか？」

さらに賢雄が畳みかけ、腰の銃に手をかける。

この韓国陸軍の小隊長は間違いなく「味方」だとこのとき思った。

マイヤースはしばらく硬直していたが、支局長に選ばれる人間だけあって、渡根屋を「私が熱くなりすぎたら止めないか！」と八つ当たりに怒鳴りつけ、書類にサインをしてふたりにつきだした。

賢雄と永がすました顔で「ありがとうございます」と部屋を出ようとすると、彼らの小隊はこれから先、共同して最も激戦区になっている天久近郊の攻撃に当たれと指示を出して、ようやく片頰を引きつらせるような笑顔を浮かべた。

「幸運を」

賢雄も永も、その歪んだ顔に一級の笑顔を向けて、まるで打ち合わせでもしていたかのように同じ言葉を同時に口にした。

「お前もな、クソ野郎」

彼らが回された戦場は酷いものだった。

ひっきりなしに撃ち込まれる艦砲射撃、空爆。

そして練度の高い中国兵。

天久方面の攻略に関しては二日間で一個大隊が投じられ、ほぼ全滅して終わった。

数少ない生き残りが賢雄たちの小隊と、永の小隊だった。

夕暮れになり、永の小隊へ挨拶（あいさつ）に行こうと思い立った賢雄はテントの中で嫌な物を見た。

中国軍の看護兵を、永の部下が犯している真っ最中だった。

永本人は折りたたみ式の椅子に腰を下ろし、大麻を吹かしていた。

「やめさせろ」

「なんでだ？　お前の仲間たちもやってるぞ……部下の不満は解消しなくちゃいかんだろうが！」

もう反応しなくなった女性兵士の上で腰を使う部下を見ながら永は空しく笑った。

側にはすでに犯し尽くされ、地面に放り出された女性兵士が、股間から精液を垂れ流しながら死者のように宙天を見つめている。

本当に死んでいるのかもしれなかった。

「ここに来るまでに見ただろう？　それに俺は在日だ、本国の兵隊に指揮は出来てもプライベートの命令はできんよ。ジュネーブ条約はこいつらの性欲を満たしてからだ」

片頬を歪めて彼は引きつる笑みを浮かべた。

「お前も見逃してるだろ？」

そう言われると賢雄は何も言えない。

事実この時、生き残った義勇兵たちはもちろん、仲間の海兵隊や自衛官たちも、中国兵らしい女を、場合によっては男を犯している荒々しい罵声が戦場には響いていたのである。

人殺しの興奮が、敵への恐怖と憎悪が、そうでもしないと収まらない……と口にすることさえ馬鹿馬鹿しかった。

人の理性の仮面は容易く剝がれ落ちてしまうのだ。

戦場で今行われている行為はまさにそれだった。

味方の女性兵士や男の部下にやる奴もいる。

保護したはずの民間人をレイプし、殺した部下を、賢雄は二回射殺しているが、よその部隊の行為まで口出しはできなかった。

「お前もどうだ？」

あの時、マイヤース相手に「クソ野郎」と言ったのと同じ笑顔で永は大麻煙草を薦めながら言ったが、賢雄は冷たい気分で首を振った。

だからといって永の部下を殺すべきか——答えは否だ。

永とその部下たちは「味方」だ。

隊長の永が賢雄とともにマイヤースに罵声を浴びせた仲という意味だけではない。

事実、数年前に結ばれた日韓同盟に基づいて韓国軍は味方だった。

そして、犯されているのは日本人でもアメリカ人でもない以上、彼を止める理由は、戦場にいる兵隊の薄汚い仁義としては、ない。

おぞましい仁義だが、これを守らなければ本当にどこから弾が飛んできても文句は言えないのだ。

そのまま立ち去ろうとする賢雄の視線の片隅に、死んだと思っていた女性兵士が幽霊のようにすっと、音も気配もなく動くのが映った。

思わず腰のホルスターからSIG P320を引き抜き、撃っていた。

胸から頭と喉にかけSIG P320の9ミリ弾を三発くらって、隠し持っていた銃剣を永の背中に突き立てようとした女性兵士はのけぞって倒れた。

同時に永の部下に組み敷かれていた女も叫び声を上げながらその顔に爪を立ててひっかき、部下の抜いたS&Tモーティブ製K5自動拳銃から発射された9ミリパラベラム弾数発で顔面を吹き飛ばされ、その返り血がテントの中の空気を真っ赤に染めた。

テントの中に永の部下たちと賢雄の連れてきた部下たちが溢れたが、ふたりは「安心しろ。もう終わった」とそれぞれの部下を安心させた。

テントから部下が引き揚げ、永は大麻煙草を棄てて身繕いをした。

「俺が嫌いだと今、目で言ってたのに何故助けた？」

まだ空気の中を女たちの血飛沫が漂っているように、顔を手で何度も拭いながら永は訊ねた。

「お前は味方だからだ」

我ながら曖昧な答えだと思いつつ、賢雄は答える。

「……なるほど、琉球人は日本人とは違うらしい」

「俺は日本人だ」

言い捨てて、賢雄はテントを後にした。

自分の言葉に虚ろさのみを感じる。

自分がおそらく米軍人と日本人（少なくとも髪が黒く肌が黄色いアジア系）女性の間に生まれた、ということを知って以来、ずっとつきまとっていることだ。

本当に自分は日本人なのか。

この紛争が始まる前に、何度も感じていたことが蘇ってきて、賢雄は思いっきり唾を地面に吐きかけた。

そんな疑問を抱いて戦場で生き残れるはずはない。

この日が丁度戦場に派遣されて一ヶ月目で、次の戦場ではふたりの部隊は違うところへと配置された。


「……俺は軍隊を離れた後、離婚された」

西口近くの韓国料理店で顔を紅くした永は、吐き棄てるように言った。

ふたりの飲み物はコップに入った眞露から素焼きの杯に満たされたマッコリに代わった。

「経済問題か？」

永は在日韓国人だったが、韓国に戻り軍隊に入って、結婚したことは知っている。

相手も同じ軍人だったはずだ。

「いや。帰国して妻を抱いたとき、首を絞めたんだ……あの時の女兵士が重なって」

「………」

「最初は戦場でのＰＴＳＤだと嘘をついた。だがカウンセリングで俺は……全部喋っちまった。それをカウンセラーの野郎、妻に告げ口しやがったんだ」

だん、とマッコリを満たした杯を握った手が、テーブルを叩く。

日本人だけなら驚いて注目されるだろうが、ここでは珍しくないのか、誰も驚かず談笑を続けている。

「くそったれ……戦場でのレイプは仕方ないじゃないか、俺たちは死ぬか生きるかだったんだ、それも味方じゃない、敵を、しかも部下がだぞ……それなのに妻は俺を獣を見るような目で、俺もレイプに加わったといいやがった！」

賢雄は何も言えなかった。

肩を叩いて励ます気もない。

戦場が人を変えるという。

だが、それが嘘だと言うことを賢雄は理解していた。

平和な世の中であれば死ぬまで気づくことのない己の中にある真っ黒なものを、戦争は引きずり出してしまうのだ。

「嫌なやつ」と呼ばれる人間が身を挺して人を庇って死ぬのを見た。「人格者」と呼ばれる人間が助かるために文字通り人を蹴り落とし、逃げるのを見た。

永少尉も、自分も、選択したのだ。

賢雄も、永も、そういう意味では何の変わりもない。ただ「選んで」結果を受け容れるだけだ。

――因果応報。

そんなことを口にしても、もはや何もならない空しさを賢雄は感じていた。

永は、戦場で捕らえた捕虜をレイプするような情景を看過する男でありながら、一緒になって嫌な上官に盾を突き、妻に去られたと言って泣く男でもある。

――卑劣漢と頼もしい戦友、どちらが正体というのでもなく、ただ、その瞬間を選んで、その結果を受け取ったというだけなのだ。

賢雄は黙ってマッコリを飲んだ。

酒のつまみのオイキムチをつつきながらアルコールで鈍った脳を思考させる。

永の部下たちのように、レイプをしてでも戦場に適応して生き残るものもいる。

同じ韓国軍で決してそういうことに手を染めなかったが戦死した兵士もいる。

義勇軍でも同じだ。

晄三郎は決して賢雄の前では行わなかったが、隠れて捕虜をレイプしていたらしいことは薄々分かっている。

永の部下たちのレイプも、結局賢雄は止めることはしなかった。

傍観者は同罪だ。

賢雄は今のところ、その件について断罪されていないというだけで、永と同じ罪人なのだ。

自分の選択に罪悪感はあるが、覚悟もあった。

どんなに汚れていようが、高潔であろうが、戦場で役に立つなら守る必要があった。平等に扱う必要があった。

それが軍隊と戦争というものなのだ。

歪(ゆが)んでいるとかいないとかというのは、それこそ戦場以外の論理であるが、戦場は日常と違って継続されない。

故(ゆえ)に戦場から出て行けば、その論理で裁かれる。結果を押しつけられる。

永は先に断罪され、罰を与えられた分、自分よりもましなのだろうか。

あるいは、永と自分の断罪はこれからはじまるのだろうか。

自分の断罪はもっと激しいものになるのか。

思考に沈んでいる賢雄を呼び戻したのは永の言葉だった。

「で、あんたは今何をしてるんだ、渋谷少尉殿」

永の言葉に我に返る。

「まあ……何もしてない」

無職の現在を飾るのも、戦友を前に酔った頭では無駄に思えて正直に答えた。

「なら、俺の仕事を手伝わないか？　あんたは俺とは資質が違うがリーダーとしては優秀だ。人を使うコツを知ってる、度胸と根性がある」

永が冗談でも言ってるのかと思ったが、どうやら大真面目らしかった。

「金にはなる、即金だ。ビットコインでも電子マネーでもない、電子送金でもない」

何か、危険の匂いがした。

「今時珍しいな」

酔ったままで頭が回らないフリをしながら賢雄は自分の杯のマッコリを飲み干した。

「相手は紙幣で全額支払うとかいうのか？」

「ああ。だから取り逃がしや焦げつきはない」

「そんなに美味しい仕事ならお前ひとりでやった方が儲けが大きいだろう？」

「ひとりでできる仕事には限りがある、知ってるだろう？　だがおいそれと適当な人間を仲間にはできないんだよ」

（ヤバイ仕事だな）

沖縄にいたとき、那覇の港でこういう話を一度もちかけられた。

「ちょっとしたスクラップのパソコンを廃墟から掘り出すだけの仕事だよ」と。

その時も「ヤバイ仕事だ」と直感し、「考えとくよ」と言って席を立ったが、翌日、賢雄に話を持ちかけてきた男は中国への密輸で海上保安庁とアメリカ海軍に蜂の巣にされた。

〈新しい中国〉〈古い中国〉とふたつに分かれてもCOCOM協定を引き継いだワッセナー協約は有効で、しかも今回の琉球紛争と分裂によってダメージを受けた〈古い中国〉は電子機器に飢えていた。

おそらく今回もそれだろう。

「足が付くんじゃないのか？」

「全部紙で取引だ。指示書も、指定ルートも紙で来る。たまに電話も掛かってくるが意味のある言葉じゃなくて確認のためだけだ」

「ナニをするんだ？」

まるでスパイ映画——それも今時の派手なハイテクものではなく、たまに新作が公開される地味な、リアルな方向のやつ——そのもののイメージが賢雄の中に浮かんで、アルコールがさらに好奇心をかき立てていた。

どうやらこれは、沖縄で聞いたような雑な密輸商売ではないらしい。

「物の移送だ。ヤバいもんじゃない、武器弾薬——今現在、この国とうちの国で一番余ってる物だよ。それと循環型のスキューバユニット」

「輸出か」

「そんなところだろう。俺も詳しくは知らん。あとは沖縄で何度か使用されたスティンガーの照準装置だけだ」

「スティンガーの照準装置？」

　中国軍の戦車に対し、琉球紛争で猛威を振るったスティンガーミサイルは、基本使い捨ての武器だが、その光学照準装置とトリガー部分だけは使い回しされる。沖縄で、となれば「何度か」というのは激戦をくぐり抜けたポンコツという意味になる。

「だが、おっかないコトに変わりはない。お前さんに声をかけたのはそのためだ」

「いくら支払う？」

「これだけだ」

「三〇か……」

「桁が一個違う」

「おい、マジか？」

「戦友に嘘を言うバカがいるかよ」

　永は笑った。

戦友や、父として子供に見せる暖かい笑み。

それで賢雄は興味を引かれたが、とりあえず今現在、懐は温かい。

「わかった、でも今日は酔っ払ってる。後で電話するよ、名刺はあるか？」

「ああ」

永は分厚く膨らんだ革の長財布の中から名刺を賢雄に渡そうとして、

「ちょっと待て」とボールペンで裏に何事か書き込んだ。

「なんだ？」

「表に印刷した番号で連絡が取れなかったら、裏の番号に必ず公衆電話からかけてくれ
……本気で考えておいてくれよ」

そう言うと、永は女店主を呼んだ。

「ここは俺が払う。手付金だと思え」

そう言って万札を数枚女店主に手渡した。

釣り銭を渡そうとする店主を遮り「チップ」と言って永は笑みを浮かべ、

「俺は先に出る。ここから先は自前で飲め」

と告げた。

「……すまんな」

「気にするな、戦友」

永は出て行った。

背広の背中にどこか寂しさを見たような気がしたのは先ほどの身の上話のせいだろうか。

賢雄はテーブルの上の名刺を指先でつまみ上げ、しばらく矯(た)めつ眇(すが)めつしながら酔った目で眺めた。

よく読むと、永の名刺の肩書きは「個人輸入会社Ａ貿易ＣＥＯ」と書かれていた。

（意外とあいつ、ユーモアのセンスがあるんだな）

と苦笑して賢雄はその名刺を棄てずに自分の財布に入れると、腰を上げた。

第二章　義勇兵

空港のコインロッカーに子供は棄(す)てられていた。

泣き声にたまたま気づいた観光客が警備員に連絡、鍵(かぎ)を開けると生後数時間の赤ん坊が血まみれのままに、タオルでくるまれ、ボストンバッグの中に放り込まれていた。

ほぼ同時刻に空港の女子トイレが血まみれだという報告があり、そこがこの赤ん坊の出産場所だろうと推定された。

赤ん坊はすぐに病院に搬送されたが、産んだ母親は特定されなかった。

監視カメラが空港に必要だとはあまり思われなかった時代のことである。

赤ん坊は病院に搬送され保育器に入れられた。

その日の担当の看護師（当時はまだ看護婦と呼ばれていたが）は、親に棄てられた赤ん坊に少しでも幸運が舞い込むようにと、小さな折り紙を折ってその枕元(まくらもと)においた。

しばらくして、養子縁組を求める夫婦がこの病院に来たとき、妻のほうが、ベッドに並ぶ赤ん坊の中、その折り紙を指差して言った。

「あの子がいいと思うの」

「どの子だ？」

訊ねる夫に、妻は、

「あの折り鶴が枕元にある子」

と答えた。

夫婦の姓は沖縄には珍しい〈渋谷〉であり、赤ん坊は〈賢雄〉と名付けられた。

それから二十数年後、琉球紛争より五年前の年末。

渋谷賢雄は呆然とベレッタＭ９を握って座り込んでいた。

普天間基地内のＢＸビルの中。

基地従業員の顔をして入ってきた男たち三人が突然、隠し持っていた銃を乱射して、アラーの名前を叫びながらクリスマスの買い物に来ていた兵士たちと、その家族を射殺した。

賢雄はＭＣＣＳの仕事の途中でたまたまＢＸに寄って、事務用品を買いながら、妹夫婦へのクリスマスプレゼントを物色していた。

たまたま、だ。

銃声に気づいた賢雄が振り向くと、知り合いの警備員が倒れ、駆け寄った賢雄がふと横をみると、ＡＫを構えた男たちが彼方にいる子供たちへ銃口を向けるところだった。

倒れた警備員の腰のホルスターからＭ９を抜いて、油断して背を向けていた相手に向けて撃てたのは奇跡だった。

映画で、もしもこんなシチュエーションになったらと思うことはこれまでもあった。

中学生、高校生の頃、つまらない授業を受けながら。

だが現実に自分が、というリアルさはなかった。

一時期ＭＣＣＳの研修ということで基地警備業務に廻されたときに実弾射撃を経験した――基地内はアメリカであり、そこに勤める警備員はアメリカ国内である基地内での射撃実習を行うことがある――が、実弾を撃ってみて、自分の妄想にいかにリアリティがないかを痛感した。

多分、何もできずおろおろしている間に射殺されるか、人質にされるのがオチだろうとボンヤリ思っていた。

実際にはその時、無我夢中で発砲した銃弾はテロリストのひとりの頭を貫き、もうひとりの喉から首の骨を粉砕した。

残りひとりがアサルトライフルを撃ったが、倒れる仲間に邪魔されて床を撃ち抜くだけで終わり、駆けつけた憲兵隊（MP）が撃った銃弾がそいつを貫いた。

ＩＳのメンバーが基地賛成派を装って、浅はかな基地内従業員数名を買収、もう少しで乱射事件だけでなく、自爆テロまで引き起こすはずだった、と分かったのはその後、彼らの服の下にアフガニスタンで使用されたはずのＣ４と起爆装置が見つかってからである。

賢雄が撃たなかったら、彼らはそのボタンを押して、ＢＸごと吹き飛ばすはずだった。

とりあえず基地内の病院に担ぎ込まれた賢雄は精密検査を受け、異常なしで退院したが、自分たちのすぐそばまで、〈敵〉が来ていることを自覚した。

〈敵〉には話し合いも、言葉も通じない。同じ言語を使っていても、同じ人類ではない。殺すか、殺されるかの間柄であるという事実も。

そんな彼の元に、海兵隊の大佐がふらりとやって来て、こう言った。

「ケン、間違いなく中国とＩＳはこの国にも来る。特に沖縄は必ず狙（ねら）われる。ワシントンもノーフォークも関係なく、現場判断で我々はこの島に民兵組織（ミリシア）を作ろうと思う。といっても武器を持ってフェンスから出ることは出来ない。この基地の中だけで存在する民兵だ……いや、ミリシアではネガティブなイメージが大きいから義勇兵（ミリタリー・ボランティアーズ）、という言い方にする」

「ボランティア、ですか」

賢雄は思わず苦笑した。日本人にとって〈ボランティア〉と〈軍〉ほど遠いものはない。

賢雄は〈琉球義勇兵〉に入る最初の四十二人のひとりとなった。

三年後に中国が攻めてきたとき、彼らの数は三〇〇まで増えていたが、その〈正規の義勇兵〉は賢雄以外十二人しか生き残らなかった。

うち八人までが最初の琉球義勇兵である。

秋の風がようやく賢雄のアパートにも吹き込むようになっていたある日。

賢雄は近所の郵便局のキャッシュディスペンサーの前で、出てきた現金を封筒に詰めながら溜息(ためいき)をついた。

こうして、恩給が入金されたその日のうちに、渋谷賢雄の懐はほぼ空っぽになっていた。

「ご用意はできましたか?」

「マルガネ金融のもの」と名乗った取り立て屋は、細面(ほそおもて)にかっちりとポマードで撫(な)でつけた髪の下、へらへらとわざとらしい作り笑顔を浮かべて賢雄を出迎えた。

「ああ」

「じゃあこれで二ヶ月分、ってことで」

取り立て屋は新井薬師の郵便局から出てきた賢雄が押しつけた二十万円の札束を勘定して懐に入れようとした。

その手首を、賢雄が摑(つか)む。

「受け取りを書け」

じっと顔をのぞき込むと、取り立て屋は一瞬顔を強張(こわば)らせたが、またヘラヘラ笑いながら上着のポケットから領収書を出した。

領収書を広げ、白い帯線が黒い本体に入ったボールペンで書き込もうとしたが、賢雄は「待て」と再び手首を摑んだ。

「そのボールペン、知ってるぞ。一ヶ月したら消える奴だ」

「そんなインクあるわけナイでしょ」

「知り合いのヤクザが教えてくれた。そのボールペンはお前たちみたいな闇金(やみきん)がよく使う奴だってな……そこの郵便局ので書け」

やれやれ、と取り立て屋は首を横に振って言われるまま、郵便局の窓口へ行き、そこのボールペンで領収書を書いた。

「拇印(ぼいん)も押せ」

「はいはい」

肩をすくめて取り立て屋は言われるままにした。

「はい、これで」

賢雄はその紙切れをずっと付いてきたネパール人の親子に手渡した。

「ありがとうございます」

と小学校高学年の娘は頭を下げたが、まだ年若い父親は傲然と顎をあげ、こちらを睨み付けている。

「このお金、必ず返します」

娘が父親の非礼を詫びるように付け加えた。

賢雄は何も言わずに首を横に振った。

秋の心地よい風についうたた寝をしていたら、怒鳴り声とドアを蹴りまくる音で目が醒めた。

ビザが切れた、と言ってリマが消えて一週間、欲求不満が溜まってイライラして眠れなかったのがようやく、というところだったので、腹を立てて外に出ると、隣のネパール人親子が借金の取り立てにあっていた。

どうやら二ヶ月前に父親が怪我で入院したとき、医療費が支払えなくて闇金から借りたらしい。

それが色々あって二ヶ月。十日で一割、トイチの利息である。利息が利息を生んで、えらい金額になっていた。

「せめて利子だけでも支払えや。こら、お前ら新邦人だろう？　日本人だろう？　日本人だったら日本の法律は守れや、コラァ！」

「日本人だったらな、こういうときは娘を差し出して、手前の腎臓の片っ方売ってでも金返すのが本領だろがよぅ！　日本人ならよぅ、義理堅くって美しい心ってのがねえとなぁ！」

「日本人だったら」という言葉が気にくわなかった。

イライラしていたのが拙かったのかも知れないが、賢雄はその半グレを装ったチンピラの顔面をぶん殴っていた。

もう片方が反応する前に、股間を蹴り飛ばす。

まだ、顔面をぶん殴ったチンピラの口から飛んだ歯は、壁に跳ね返って床に落ちていく途中だった。

世にも悲惨な苦鳴をあげて、そのチンピラは股間を押さえたまま白目を剝き、最初にぶん殴ったチンピラは慌てて下へと駆け下りていった。

やった後で迷っても仕方なかった。

ああいうチンピラが次にやることと言えば仲間を呼んで戻ってくることだ。

賢雄はさっさと金的で悶絶させたチンピラのポケットを探り、大ぶりなナイフと、足首のシースに別の細いナイフを見つけた。

ついでに財布を取り出すと、ドアを細く開けてこちらを見ているネパール人の親子に放り投げる。

娘は躊躇したが父親は飢え死にしかけた人間が食い物を取るように財布を奪う。

賢雄は部屋に戻ると、タンス代わりの段ボール箱の上、ハンガーに掛かったままのCWU－45Pフライトジャケットに袖を通した。

何もかも焼かれて吹き飛ばされた沖縄の、冬はただでさえ冷たく酷い海風に震える賢雄たち義勇軍の様を見かねたアメリカ空軍が〈汚損在庫の廃棄処分〉の名目で支給してくれた物だ。

背中には〈汚損〉の証である黄色いラインがペンキで描かれた跡があり、肩には色あせた琉球義勇兵のワッペンが縫いつけられている。

大ぶりのナイフは刃を外側に向くようにして右袖の中に入れた。

ジャケットの手首はゴムで軽く絞られている。ちょっと手を振ればナイフが滑り出てくるのを確かめた。

(まあ、死ぬかもしれないな)

他人事のように賢雄は思いながら外に出た。

最後に甥っ子か姪っ子の声を聞きたいと思ったが、そんな時間はないだろうし、相手がヤクザならどんな被害が及ぶか分からないから、スマホの着信、発信履歴はすべて消去する。

必要な電話番号は頭の中に入れてあるから、電話帳は消去する必要もなかった。

慌ただしい足音が幾つか重なった。

「兄貴、コイツっす!」

先ほど賢雄に顔面をぶん殴られたチンピラがフガフガと口元を押さえながらそういった。

その横から出てきた似たり寄ったりのチンピラふたりが股間を押さえてぴくぴくと痙攣しているチンピラを抱きかかえる。

「そうか……ああ、お前、こいつはいけないよ」

でっぷりと太った、イギリス風の襟のデザインをした背広を着こなした三十男は、七三きっかりにポマードで撫でつけた髪を僅かに小指の先で直しながら苦笑した。

きざったらしい上に大きな腹まわりと顎のたるみで油断しそうになったが、脚の運び方と目線の配り方、何よりも仕草の動きがすべて「ぴたり」と停まるようになっている。脂肪の下にはちゃんと「動ける」筋肉が蓄えられている証拠だ。

こういうのを昔の言葉で大兵肥満という。

「この人、人殺しだ。それも大勢殺してる」

「……え？」

「沖縄の義勇兵の人だよ、ワッペン見えんだろ？　そりゃお前ぐらいの腕じゃ瞬殺されるよ」

「で、ですから兄貴が……」

「俺でも素手じゃ無理だ。拳銃持っててもこの距離じゃ危ない」

あっさりと「兄貴」と呼ばれた大兵肥満は笑った。

「オマケに俺たちみたいなのが義勇兵を借金のトラブルで殺してみろ、マスコミにどれだけたたかれると思う？　蒲生の旦那だって庇っちゃくれないぜ」

「でも……コータが、コータが、俺の顔が……」

「お前ェの顔なんか知るか」

にこやかな笑みが消え、じろりと男の目が片方だけ、顔面からダラダラ血を流している弟分に向けられて、不平を潰し、すぐに賢雄に戻された。

「第一、お兄さん、あんたその袖に刃物があるだろ？」

「よく分かるな」

「俺も昔よくやった」

取り立て屋は破顔した。意外と愛嬌（あいきょう）のある顔になる。

「で、どうする？　あんたも面子（メンツ）があるだろう」

この辺は晄三郎（こうざぶろう）から聞いての知識だ。

「一体あの親父（おやじ）さんはいくら借りた？　今の利息込みじゃなくて、最初の金額だ」

「三十万」

聞いて、腹が決まった。

「よし、そいつは今すぐ俺が払う。それで借金はチャラにしてくれ」

「踏み倒さないのか」

「そしたらたとえあんたが許しても、あんたの後ろにいる連中が許さないだろう」

「筋モンに知り合いでもいるのか？」

「昔の部下がそうだった」

いわれて取り立て屋の男の目がすうっと細まった。

警戒している。

「……あんたが渋谷小隊の隊長さんか」

「晄三郎を知ってるのか？」

「ああ、今東京（こっち）に来ていろいろやらかしてるよ」

あからさまにこちらとの会話を打ち切りたい雰囲気を全身で放ちながら男は言った。

「……だろうな、部隊に居るころからヤバい奴だとは思ってた」

思いがけないところで部下の名前を聞き、しかも相変わらずらしいと知って賢雄は苦笑を浮かべた。

「俺はさっさと帰る。この隊長さんはいい人だが、間にいる奴が剣呑（けんのん）すぎらぁ、いいな？」

ポマード男はそういって、立ち去り、彼を半分の体積にしたような細面のポマードにスーツ姿の男がもみ手をせんばかりの作り笑顔を浮かべつつ後の処理を引き受けた。

賢雄は入ったばかりの恩給全額を引き出して借金取りたちに手渡し、相手は去って行った。

ネパール人の娘は何度も頭を下げたが、父親は変わらず傲然として睨（にら）み付けてくる。

「お父さん、ジッシューセイセイドで日本に来たから、日本人嫌いなんです」

娘は明らかに言葉の意味を知らない者の口調で何度も繰り返して頭を下げた。

「気にしないで。俺も日本人かどうかわからない、ってことじゃお仲間だ」

ひと言だけ言って、賢雄はアパートを後にした。

少女が自分の言葉をどう理解したかに興味はなかったし、そんなことを口にする自分の心理を分析するつもりもなかった。

商店街をフラフラ歩く。

実習生制度(ジッシューセイセイド)というのは外国人技能実習制度のことだろう。

数年前には牛馬のごとく海外からの実習生を働かせ、ブラック企業以下の賃金で、ということで問題になったし、待遇に耐えかねた実習生が事件を起こすことが多発した。

おそらくあのネパール人の父親も何も知らぬままに日本に憧(あこが)れて、その日本に色々な物を……おそらく優しさとか、心の柔らかい部分を……金ヤスリのようなこの国で削(けず)り落とされてしまったのだろう。

同情はするが、これ以上、救ってやろうとは思わない。

彼もまた、日本を信じ、故郷に帰る、あるいは他の国に移るという選択肢を選ばなかったのだ。

(晄三郎、ここにいるのか……)

それよりも、名前を出したときの借金取りの「兄貴」の顔が、道ばたで汚物を見たように歪んだのを見て、賢雄はかつての部下がどうなっているのか、部隊解散後、これまで考えたこともなかったことを思い出す。

ユウスケは学校に戻ると言っていた。淀川は埼玉の本社に、恭子と真琴はそれぞれ教師と学生に。

結局ユウスケ以外は東京にいるのだ。

(だからといって、同窓会をやるわけにもいかんしな)

それよりも問題なのは懐だ。

行方の知れないリマから金を借りるわけにも行かない——もっとも彼女に貸してくれる金があったかどうかは疑問だが。

(そろそろ働くか……?)

そんな殊勝なことを考えるが、働いてその日払いで稼げる商売はさて、この東京のどこへ行けば良いのやらと自堕落さが身にまといついた身体で思う。

それにどこへ行っても〈琉球義勇兵〉の肩書きがつきまとう。

東京に来た当初は真面目に職を探そうとハローワークや登録センターに足を運んだこと

もあったが、更新した運転免許証なのか、それともマイナンバーなのか、賢雄の経歴にはすでに記録されているらしい。

職員に自撮りで一緒に映ることをせがまれたり、募集企業の社長室に通されてそこの社長の「国際戦略と自国の歴史論」を一席ぶたれたりして、賢雄は当分無職でいいと腹をくくったのである。

(沖縄に戻った方がいいのかもしれん)

とは思うが、東京にもう少しいるべきだ、という直感がどうしても頭から離れない。

先ほどのチンピラを殴った感触が拳(こぶし)に蘇(よみがえ)り、同時に新宿での悪ぶったサラリーマンたちを殴った感触を思い出す。

賢雄は自分が高揚している事実に気がついていた。

(苛立(いらだ)ってるんだ、色々と)

冷静な判断のはずだが、それは酷く嘘くさい説明のように思えてならない。

(とにかく、どうでもいいから今後を考えないとなぁ)

永の顔が浮かぶ。

(どうせ金に困ってるんなら、乗ってみるのも悪くないか)

そう考えると、賢雄は財布を広げた。

棄てた記憶はなかった。ちゃんと永の名刺があった。

取り出そうとすると、反対側のポケットで電話が震えた。

発信人は沖縄の妹からだ。

「どうした、敏江(としえ)」

《あ、お兄ちゃん？　元気？》

後ろのほうで賑(にぎ)やかに子供たちが騒いでいるのが聞こえ、賢雄は自然に笑顔になった。

あの戦争とも呼べない紛争が終わって一番元気を取りもどしたのは子供たちだ。

甥っ子と姪っ子は妹夫婦にとってはもちろん、賢雄にとっても心の支えであった。

《子供たちがこのまえ送ってくれたゲーム機のお礼が言いたいって》

「ああ、ようやく届いたか」

この前、ふたりの誕生月だからとバースデープレゼントとして中古のゲーム機を送ったのだ。

戦争から一年経過したが、沖縄への運送のインフラは未だ正常に戻らず、二ヶ月以上かかることは珍しくもない。二週間なら早いほうだ。

《代わるねー》

そう言うと興奮した子供たちが「ケンユおじさんありがとう！」と代わる代わるに絶叫

するような声で言い、同梱されてたゲームソフトも楽しい、ずっと大事にするねと早口で何度も言った。

「そうか、そうか」

まるで孫を前にした老人のように暖かく、嬉しい気持ちで賢雄は頷いた。

結婚して子供がいれば、もう少し自分はしゃっきりしていたのではないか、という考えが頭の片隅をよぎるのはこういう時だ。

だが、自分と結婚する相手というのもイメージが湧かなかったし、子供が欲しいと本当に思っているかどうかの自信もなかった。

甥っ子姪っ子なら可愛がるだけでいいが、自分の子供はそうはいかない。

そもそも、コインロッカーに棄てられていたアジア系と白人ハーフの自分と、結婚相手の間に生まれる子供は何人になるのだろうか。

（俺は一体、何をしに東京くんだりまで来てるんだ？）

ここへ来て毎日のように浮かぶ疑問であったが、戦場で直感に従うことで生きてきた自分にとって「直感が囁くから」ということを無視することは難しくなっていた。

さらに、黙っていても支給される恩給は、心の中を見つめるという辛（つら）いことから逃避させるに充分な金額だったのだから。

姪っ子が「折り鶴はー？」と聞くので「まだ持ってるよ」と財布の中から取りだし、掌（てのひら）にのせて写真を撮る。

「送ったぞー」

やがて向こうにも届いたようで、母のスマホを開いて「うわー汚くなってるー！」「おじさん、あたらしいのおくるね！」と少年と少女が叫ぶように言った。

この子供たちと会話していると自分の心が渇ききっている、と実感する。

今は日本全体がそれぐらい〈渇いて〉いる。

子供たちの声を聞いていると、自分の中に人間らしい湿り気の部分が蘇るのを感じる。

「ああ、待ってるよ」

それから子供たちは賢雄の妹に代わり、ふたりは少し世間話をした。

沖縄のインフラがまだ整備不足だということ、ひと区画丸ごとミサイルで消え去って登記簿も住人も見つからない土地の管理のトラブル、そして何よりも、先の見えない復興。

ＭＣＳ時代親しくしていた在日韓国人の友人が一家無事で生きているという話題になったあと、妹は不意に思い出したように、

《そうそう、基地反対運動のシンボルだったほら、あのお婆ちゃんいたでしょう？》

「ああ」

《この前、家が火事になって死んじゃったのよ》

嫌な感じがした。

《放火？　かもしれないって話だけど、あんなに周囲の人たちに慕われてたし、戦争も終わったから、気が抜けちゃったのかもね》

妹の言葉に適当に相づちを打ちながら、賢雄はもう一枚、普段は決して他人には見せない折り鶴を広げた。

今から三十年以上前、自分の枕元に置かれていた折り鶴。

当時の看護師が折ってくれた心づくしの小さな折り紙。このおかげで養父母が自分を養子にと指名してくれた。

これがなければ、今頃自分も晄三郎のようなヤクザになっていたかも知れない。

賢雄が生まれたのは那覇空港のコインロッカーの中だった。

正確にはそこで「発見」されたのだ。

母親は空港のトイレで賢雄を産み落とし、彼をボストンバッグごとコインロッカーに入れたまま、飛行機に乗ったのか、それとも引き返したのか……ともかく、賢雄は生まれて数分で棄てられたのは間違いない。

彼が児童養護施設に送られずにすんだのは、この古い折り鶴のお陰だ。

彼のことを哀れに思った当時の看護師が、折り鶴を折って枕元においてくれた。

当時、子供ができずに悩んでいた夫婦が枕元の折り鶴を見て、そして賢雄を見いだした。

だから、折り鶴が賢雄を養父母に引き合わせたことになる。

妹の言った老婆は、その折り鶴を折ってくれた看護師だった。

当時、教師だった両親はその七年後に本当の子供……今賢雄と話をしている妹を授かったが、賢雄は彼女とほぼ平等に育てて貰(もら)った。

唯一、対応が違ったのは祖母だ。

共働きだった両親は賢雄を祖母に預けることが多かったが、彼女は賢雄を可愛がることはせず、妹を溺愛(できあい)した。

元々情の薄いひとだだと、近所に住んでいた母方の叔母が言ってよく慰めてくれた。

養母はさすがに表だっては同意しなかったが、賢雄と二人きりになると「気にしちゃダメよ」と言った。

元々の姓は沖縄らしい金城(かねしろ)とか嘉手苅(かでかる)、濱川(はまかわ)とかだったそうだが、一族から縁を切られることを覚悟で本土の男性と結婚し、「渋谷」に姓を改めた。

沖縄において「本土の姓」はハンデになる時代だった。

太平洋戦争において馬鹿正直に「一億玉砕」を信じて地上戦を経験し、その後広島と長崎に原爆が落とされるとあっさり降伏してしまった本土に対する失望がそうさせていた。

数年後、賢雄にとって義理の祖父であるその人が死んで、親戚中が「元の姓にもどしたほうがいい」と薦めても、頑として名前を変えなかった。

子供たちにも「沖縄方言も訛(なま)りも、本土に行けば恥にしかならない」と言ってアナウンサーばりの発音訓練を施し、さらに自らは方言と標準語、英語を使い分けて復興間もない公設市場で道ばたの野菜売りからはじめ、最後は四階建てのビルを建てるまでになった。

また異様なほど博打(ばくち)が強く、ポーカーから花札、麻雀、パチンコに行けば必ず勝った。

「最初に足を踏み入れて今日は勝てないと思ったらやらない、やって勝ってたら、負ける前に帰るのがコツ」

とよく言っていたが、実際他にも直感が鋭いところを賢雄は何度も見ている。

博打場といえば、嘘か誠か、一度昭和の三十年代終わりに、旅行に来た本土のヤクザの組員が酔っ払って麻雀屋で絡んできたとき、理路整然と言い負かして半泣きにさせた、というのが自慢の女性でもあった。

だが不思議な事に、彼が基地に就職したいと高校卒業前に両親に宣言した時、両親と違って反対せず、むしろ応援してくれた。

「この家の姓は私が渋谷に変えた。理由は沖縄にいるだけでは飢え死にするからだ。敏江は嫁に行くからいいが、男の子は名前を背負って生きていく。だから外に出ていく方が良い。せめて県内じゃなくて基地のアメリカー（祖母はアメリカという国とアメリカ人を常にまとめてこう呼んだ）を相手に仕事しなさい」

と。

翌年祖母は脳梗塞で呆気なくこの世を去り、賢雄は基地内大学に通いながらの就職となったが、その結果として賢雄は海兵隊のサービス部門、ＭＣＣＳに入り、そこから琉球義勇兵へとつながった。

親友を酔った米兵の起こした交通事故で失った父は、賢雄を激しく怒り、結局「琉球紛争」の二年前にこれまた祖母と同じ脳梗塞で亡くなるまで彼を許さなかった。

「渇しても盗泉の水は飲まず」が身上で、賢雄の就職先が許せなかったのだろう。

もっとも、賢雄のほうも中学時代のとある出来事以来、養父を許さなかったが。

養母は開戦の前年に心筋梗塞で死んだ。

良いタイミングで世を去ったと言える——沖縄の女には珍しく気の弱い人で、おそらくあの戦火の中では生きていられなかっただろうし、すべてが燃え吹き飛ばされるのを見て心が耐えられたとは思えない。

実際、今回の地域紛争の死者のかなりの割合を六十五歳以上の高齢者が占めていて、生き延びても戦後パタパタと死ぬ老人が後を絶たない。

自殺者も増えた。かつての長寿県は今や短命の島に変わっている。

《そうそう、旦那がね、新しく軍雇用に入ったの！》

妹の弾む声が賢雄を現実に引き戻した。

《お兄ちゃんが義勇兵だから、って誰かが伝えてくれたみたい》

そう言われて、賢雄の口元にほろ苦い笑みが浮かんだ。

渋谷小隊の生き残りは何名か米軍基地の雇用責任者になっていると聞いたことがある。

融通を利かせてくれたのは彼らだろう。

「そうか、そっちも少しずつ良くなってるみたいだな」

《東京はどう？　働いてるの？》

「ああ、まあな……友人の貿易会社を手伝うことになりそうだ」

《まさか、密輸じゃないでしょうね？》

この血のつながらない妹は、器量はともかく直感だけは祖母の鋭さを受け継いでいる。

「かもなぁ、まあ捕まらないようにするよ」

《もう、お兄ちゃんったら！》

妹は笑い、賢雄も笑いながら「じゃあな」と電話を切った。

改めて永の名刺を財布から取り出す。

笑みはもう消えていた。

とりあえず、金が要る。

折り鶴を畳んで財布にしまいながら、自分に言い聞かせるように呟いた。

「ダメモトだな」

名刺の表に書かれた電話番号をプッシュしようとして裏を何気なくひっくり返して気づく。

そこには「ＭＣ45」の文字が書き込まれていた。

ＭＣは賢雄たちの小隊と永の小隊との間で出来上がった個人的符丁のひとつで「マジック・コード」を意味する――これは敵に無線を傍受されていると分かったときの符丁だ。

変更の幅は作戦ごとに変わった。場合によっては毎日だ。

たとえば「××小隊内コールサインＭＣ３より○○小隊へ伝言」という通達があった後、チャンネル１２５から１５６へ変更するという通達があった場合、本当の意味は「チャンネル１２２から１５３へ変更」といった具合だ。

何もなければそのまま数字を引いたチャンネル番号になるし、+、あるいはαの文字があれば足したり倍数になったりする——倍数の場合は出た数字の下三桁までだ。

子供だましに近い符丁だが、これでも戦場では重宝した。

電話番号は基本×××－××××－××××という三桁と四桁二回で表示される。ハイフン（－）ごとに45を引いた数が本当の電話番号と言うことだろうか。

「本気で真っ暗闇の仕事だな、これは」

呟いてはみたが、言葉ほどに自分が危険だと考えていないことに、賢雄は驚いた。むしろワクワクしている。

それぞれの三桁と四桁二回から45を引いた番号をプッシュする。

電話は自動音声ガイドになっていた……海外の音声サービスだ。

永の音声録音に切り替わる。

《……かけてきたのが渋谷少尉なら、渋谷駅の公衆電話から、今から言う番号でかけ直してくれ。断っておくが引き返すなら今だぞ。MCは一緒だ》

思わずにやりと笑っていた。

永の声には「でも来るんだろう？」という、こちらを見透かしたからかいの響きがあったからだ。

同時に確信する。

自分の身体は、やはり何らかの「荒っぽいこと」を欲していると。


二時間後。

賢雄は渋谷駅の地下ホームに降り立った。

東京の新たなハブ駅となるべく大改装を十年前に受けた渋谷駅だが、戦争による経済悪化とインフラ保持予算への打撃が酷く、今年に入ってからは運休路線が目立ち、さらにそこへもってきてＪＲそのものの赤字対策としての省エネ照明政策が入った。

結果生まれたのは巨大な墳墓のような薄暗くて広大な地下迷宮もどきだ。

賢雄は歩き始めた。

（さて、やっぱりヤバイ仕事なんだろうな、こいつは）

そう考えるのは、途中の駅から、ずっと彼を尾行してきている人間を察知したからである。

丁寧に髪を撫でつけ、さして高額でもなければ、相手に軽んじられるほど安くもない背広を身にまとい、カバンを提げたサラリーマン風の男と、渋谷という街にいかにもイメージされるような、細くて日焼けして髪の毛を立てて、ちゃらちゃらとアクセサリーを下げているような青年。

だが、どちらも動きが一般人と違う。

無駄がなさ過ぎた。

気配を消し過ぎてもいた。

普通の人間なら気づかないかも知れないが、戦場で気配を消す相手を直感で見つけ出すことが日常だった賢雄にとっては彼らは「良くやってるが分かる」相手だった。

彼らが四人いれば、もう少し気配の消し方は自然になっていただろうと思う。

少人数のほうがこういう場合はどこか「やりすぎる」。

どちらにせよ、彼らの尾行を撒く必要があった。

どうして自分を追うのか、ということに関しての不審はない。

間違いなく、彼らはプロだ。

永への電話をしたあとで追いかけてきたということは電話会社のシステムに介入して永の録音に電話をかけてくる相手を突き止めることができる程度の権力と能力を持つ組織。

録音内容を知っていれば賢雄の先回りができるはずだが、海外の電話サービスの内容開示まではさせられない組織。

日本の警察関係だろう。

軍事関係なら国外に対していくらでも「裏技」がある。

間違いなく永の商売は密輸で、法に触れる物を動かす商売だ。

(奴に会って足を洗うように警告するだけにするか)

仕事をすれば、おそらくもう逃げられないような網が張られているに違いなかった。

一旦賢雄は地上にあがった。

駅を出ると、有名なスクランブル交差点に出る。

この雑踏だけは昔テレビで見たときとなにも変わらない。

信号が青に変わり、賢雄は真っ直ぐに雑踏の中を歩き始めた。

ひたすらに真っ直ぐに。

交差点を渡りきると去年移転となった元TSUTAYA渋谷店跡に入って三日で焼失した大手コンビニの廃墟(はいきょ)と、大盛堂(たいせいどう)書店の間の道を更に真っ直(まっす)ぐ進む。

自分を追う男たちの動きが必死になるのが分かった。

賢雄は歩き続け、まるで地下に続く階段があるかのような滑(なめ)らかな動きでかがんでいき、最後に地面に膝(ひざ)を突いて靴紐(くつひも)を直すフリをしながら横にズレ、電柱の陰に隠れる。

スマホからSIMカードを抜いて、カードを財布の中にしまい込んで電源を切る。

男たちは賢雄の横を過ぎていくが、彼は目を閉じ、全身の力を抜いて気配を消し、やり過ごした。

彼らは電柱と一体化したように気配を消した賢雄に気づかず通り過ぎていく。

賢雄は彼らが充分距離を取ったと見て、身をかがめたまま大盛堂書店の中に入った。

店の中、適当な雑誌を立ち読みしながら外を見ていると男たちが慌てて戻ってきて、携帯電話でなにやら連絡しているのが自動ドアのガラス越しに見えた。

この間、賢雄は意識して自分の感情を消している。

ただ淡々と身体を予定通りに動かしていた。

やがて男たちはスクランブル交差点を渡って去って行く。

それでもなお、しばらく賢雄は雑誌を立ち読みして、店内に伏兵がいないかを確かめた。

どうやらそこまでの予算はなかったらしい。

三〇分待って、賢雄は書店を出た。

ここへ来るまでの間に、街中と駅の監視カメラの位置は把握している。

その半分が故障していることも。

だからカメラに映らないようにまた渋谷駅に戻るのは楽だった。

地下にまた潜る。

利用者が激減し、麻薬などの犯罪に使用されることから撤去されたコインロッカーゾーンの跡地の入り口にぽつん、と残されているピンク色の公衆電話がすぐに見つかった。今時、テレホンカード方式ですらない電話が渋谷駅の中にあること自体が何かの冗談に思える。

ともあれ、賢雄は十円玉をその中に放り込んで、例のＭＣ45を引いた番号で電話をかける。

コール二回で相手が出た。

《誰だ》

「俺だよ永少尉」

《良かった、でどうだ？》

「ついさっき尾行を撒いた。お前、公安かどっかにマークされてるぞ。どんな仕事かしらんし聞きたくもないが、もう止め時だ」

《だからあんたが必要なんだ、金が要る……俺も、あんたも。最後の一回なんだ、デカい金が動く。途中まででもいいから手伝ってくれ、金は全額のうちから五〇万、今日、前払いで渡す》

五十万という微妙な数字が賢雄の心を揺らした。

警告して帰れば、危険はないが五十万はない――慎ましやかに暮らせば二ヶ月、いや三ヶ月は暮らせる額だ。

「ウォンじゃないよな?」

五十万ウォンは今や数万円の価値もない。

《円だよ。ドルじゃなくてすまんな……で、どうする?》

決断の時だった。

経済的なものと、好奇心。

歯止めするのは遠い沖縄にいる妹の顔だが、警察に捕まったら、その時は無実を訴えて首でもくくれば良いだろう、とあっさり思った。

結論を出すまでに二秒もない――戦場ではもっと短い時間で決断を下さねばならなかったからこれでも熟考したほうだ。

「わかった。引き受ける」

永が安堵の溜息をついた。

《そう言ってくれると思ったよ》

「だが間抜けなことで足が付いて、手が後ろに回るのは御免だ」

《安心しろ、すべて紙と有線でやりとりだ、電波も、Ｗｉ－Ｆｉも、光回線もない。お前

が電話しているのは固定電話だ。俺たちがやる取引は〈ジン・ウェイ・パラム〉って呼ばれてる》

「なんだそりゃ？」

「日本語で言えば紙の風、カミカゼだな」

「洒落(しゃれ)てる場合か」

どうにも永のユーモアは鼻につく、と賢雄は感じていた。

監視カメラを避けつつ、時に地上に出ながら、電車を乗り継いで賢雄は何とか待ち合わせ場所、神田神保町(かんだじんぼうちょう)の古本屋街裏手にある、古いビルまでたどり着いた。

レンガ造りの表面にも苔(こけ)が生えているような古いビルで、出入り口は消防法に引っかかること請け合いの狭さと暗さだ。

すでに周囲は暗くなり始めている。

朝から引っ張り回されてとうとう四時半を過ぎようとしていた。

薄暗いビル内に足を踏み入れる。念のため、今朝がた借金取りのチンピラから取り上げたナイフを持って来るべきだったかもしれないと思ったが、今さら遅いと考え直す。

冷たいコンクリートの打ちっ放しの、角が摩耗した階段を上がっていくと、リノリウムのひび割れた床を通じて人が争う物音が響いた。

拳が肉を殴る音。そして……これまで排ガスと香水、あとは埃（ほこり）とほのかな下水の匂いだけが満ちていたビルに血の匂いが加わった。

「！」

賢雄は階段を駆け上る。

永が指示したのは三階の一番奥の部屋だった。

扉が開いている。

中に飛びこんだ。

履き古したスニーカーの靴底がクシャクシャの紙を踏みかける。

以前は足にも目があるようにこういうものを踏まなかった。

賢雄は内心舌打ちしながらそれをつまみ上げた。

英字新聞が印刷された折り紙。

音を立てないようにポケットに入れる。

中には山のように段ボール箱が積んであった。

元は事務所だった部屋を倉庫代わりにしていたのだろう。

天井近くまで積まれた箱でできた壁が織りなす迷宮の真ん中に、永が倒れていた。駆け寄るまでの間に永の呼吸は途絶え、瞳孔が開いていくのが見える。

「永少尉！」

叫ぶ賢雄だが、明らかにもう死んでいた。後頭部からゆっくり血が広がっていく。

複数の足音に振り向く。

背広姿の、細いが鍛え上げたと分かる体つきの男たちが三人、部屋の中に駆け込んできた。

「お前たち、誰だ！」

振り向いて誰何する賢雄に構わず、男たちは永の状態を見て背広の内側に手を入れた。

明らかに銃がある。

緊迫した一瞬を破ったのは、賢雄と男たちが入ってきたドアのほうからだった。

内側に向かって開く方式のドアの陰から、小柄な影が飛びだし、廊下を走り出したのである。

賢雄がそれに気づいて追いかけようとしたが、男のひとりが賢雄の前に立ちふさがった。

問答無用でしなやかな回し蹴りが来る。

咄嗟に肘で受けようとしたが、蹴り脚はまるで鞭のようにしなり、賢雄のこめかみを爪先が打った。

　正確で精密な蹴り。

　永が新宿で見せた蹴りをさらに高い技術で行っている……テコンドーだ。

　思わずよろける賢雄の腕をとって押さえ込む男だが、小柄な影を追いかける仲間から何事か韓国語らしい言葉を投げられ、慌てて賢雄を放置したまま走り出した。

　賢雄は何とか起き上がった。

　よほど上手い蹴りで、かつ手加減してくれたらしく、ふらつきはすぐに治まった。

　アドレナリンが身体を駆け巡っているせいもあるかもしれない。

　ふと見ると、永の手に銀色の短銃身リボルバーが握られているのが見えた。

　賢雄は迷うことなくそれを永の手から外し、弾倉を振りだして六発の３５７マグナム弾が一発も撃たれていないことを確認する。

　３インチ銃身に刻印されているのは「Manurhin（マニューリン）」の文字。

　それをそのままジーンズのベルトの後ろに挟み込み、賢雄はまだ微妙にふらつく頭のまま、彼らの後を追った。

　甲高いクラクションの音が連発し「バカヤロー！」「死にたいのか！」という日本語とそれに類する他の国の言語が連発した方向へ進む。

すると小柄な、ハンチングを目深に被った少年らしい細っこい小柄な人物と、背広の男たちが都道302号線を横断し、地下鉄神保町駅へ向かって走って行くのが見えた。

大分遅れている。賢雄は走った。

好奇心ではなかった。

戦場で戦友が殺されたら仇を討つ、それだけの兵隊の本能が彼を突き動かしていた。

やがて彼らの進む先にパトロール中の制服警官が見えた。

「人殺しダ、捕まえてクれ！」

背広の男のひとりが微妙にイントネーションの違う声で叫んだ。

同時に振り向いた少年が白いコートのOL風の女性にぶつかり、そのコートにべっとりと紅い手形をつけた。

女性の叫び声が警官を動かす。

警官が腰の拳銃に手をかけながら、地下鉄の階段へ飛びこもうとした少年に駆け寄った。

次の瞬間、賢雄は目を見張った。

少年はまるで風に吹かれた木の葉のように、摑みかかろうとした警官の周囲をくるりと一周し、次の瞬間、警官の喉がぱっくりと割れた。

くさび形に切れた切断面を確かに賢雄は見た。

一瞬遅れて血が噴き出し、周囲の通行人の服や顔を紅いシャワーで染め上げ悲鳴が周囲を包む。

同僚の警官が腰の銃を抜き、スライドを引いて初弾を装塡した。

それよりも早く、少年の手が喉を掻き切られた警官のホルスターから銃を抜いた。

すべての警官の銃がＳＩＧ Ｐ２３０Ｊに切り替わったのは東京オリンピックの前年。

だが未だに平和気分が抜けないと諸外国の警察関係者や国内のマニアに言われるのは、薬室を空にして持つことが義務づけられていることだ。

警官はそのことを熟知しているが少年は知らなかった。

だから、少年の銃は警官よりも早く引き金を引かれたが、弾丸は発射されず、警官の銃は遅れたが装塡されて火を噴いた。

が、相手の太腿に着弾し、少年はガックリと膝を突いた。

ハンチングがその頭から外れ、中に納めてあった長い髪が夕暮れの中に広がる。

少年と思っていたが少女だったらしい。

警官があっけにとられて、次の攻撃の手を止めてしまった。

そして少女は手早く遊底を引いて装塡すると、遠慮なく警官の喉と額に銃弾を撃ち込んだ。

血煙と脳漿と骨の欠片が夕暮れの街に噴き出す。

さらに少女は振り向いて背広の男たちに銃を向けた。

男たちは背広の中から自動拳銃を抜いていた。

こちらは初弾を装塡していない、というマヌケはいない。

リーダーらしい男が韓国語で何かを叫んだ。

おそらく「殺すな」と注意したのだろう。

たちまちのうちに少女の肩と左臑に銃弾が集中した。

少女はそのまま階段を転げ落ちる。

少女の身体から何か小さいものが飛んで、夕焼けに煌めいた。

男たちが少女を追って階段を降りていく。

賢雄はなんとか五〇メートルは先にいる彼らに追いつこうとした。

このままでは何もかも分からぬまま終わってしまう。永少尉が何故殺されたのか、あの少女は何者なのかも分からぬまま。

が、直感が賢雄の足を止めさせた。

一瞬の静寂のあと、地下鉄の入り口から噴き出した爆風と煙が、偶然居合わせた人々をなぎ倒し、通りすがったタクシーの窓ガラスを粉々に砕いて横転させた。

次々と玉突き衝突が起こる。

爆発の音の凄まじさと衝撃の余波によろめきながらも、賢雄は何とか立っていられた。足を止めず、あのまま地下鉄の入り口に足をかけていたら、賢雄もこの爆発に巻きこまれていたのはいうまでもない。

呆然と、鳴りっぱなしのクラクションと人々の悲鳴、何かの燃え上がる音を聞きながら、賢雄はゆっくりと歩いて、なおも煙が立ちこめている地下鉄の階段をのぞき込んだ。

階段は崩落し、「穴」としか表現のしようのないものがそこにある。

崩れかけた階段入り口の軒先から、何かがぽとりと落ちた。

白い、少女の手首。

賢雄につられてのぞき込んでいた野次馬がわっと下がるが、賢雄はそのままかがみ込み、手の中に何かが握られているのを、指を開いて取りだした。

白い人差し指には、手榴弾の安全ピンが塡まっていた。

だとすれば、彼女は自爆したのだろう。

手の中にあったのは紙切れだ。

二枚の紙を複雑に折りたたんだもの。一枚は白地、もう一枚は赤地に英字新聞を印刷した折り紙だった。

のり付けされた姿は虎に似ていた。
賢雄はとりあえずそれを自分のポケットに入れると、雑踏の中に紛れた。
真っ直ぐに歩く。
しばらく身を隠す場所が必要だった。
救急車とパトカーのサイレンがもう近づいてきている。

三時間後、賢雄は帰宅ラッシュの地下鉄の車内にいた。
ジャンパーのポケットの中身を考える。
(馬鹿なことをしてるな、俺は)
自嘲したが仕方がない。
どうにも納得がいかないのだ。
あの爆発のあと、とりあえず、永の死体のある部屋に戻った。
永の死体は消えたりせず、そこに残っていた。
ビルの中は、他に住人がいないのだろう、人の気配は皆無だった。
永は何故殺されたのか、あの少年の格好をした少女は。そして背広の男たちは。

何かヒントになるものがないかと思って探したが、段ボール箱はすべて中身は空で、そこに積み上げられているだけであり、永の生活している痕跡もない。

おそらくここもダミーの待ち合わせ場所で、ここから本当の仕事場、もしくは仕事の話ができる場所に移動するつもりだったのだろう。

死体を改めると、分厚い長財布が出てきた。

中を漁ると、二枚の別名義の免許証と、複数枚の別名義のキャッシュカード、クレジットカードが出てきた。

明らかに違法なことに永が首を突っ込んでいたのは間違いない。

それ以上の情報はなにもなかった。

「調べ事の専門家がいるな」

呟いて賢雄は部屋を後にした。

風が吹いて、最初に入ってきたときに踏みつけたのと同じ折り目だらけの折り紙が、別れを告げる掌のようにクルクルと目の前を舞った——。

思わず、ポケットの中に入れたものを握りしめ、賢雄は別の手でその折り紙を掴む。

偶然にしては出来すぎという気がした。

同時に、

（今さらそんなものを集めて何になる）

という声も頭の片隅で聞いたが、手はポケットにその折り紙を入れた。

（馬鹿なことをした）

もう一度同じことを賢雄は考え、苦く笑った。

首を突っ込むんじゃなかった、これはデカいトラブルになる、という予感からくる後悔と、これが犯罪になることを理解して落ち込みそうになる。

（まあ、他に選択肢なんてなかったが）

同時に、そういう風に開き直ってもいた。

永は戦友で、殺された。

戦場では人格の最低の部分を見せたりはした。

自分と同じ傍観者。在日という「本物の韓国人」ではないという引け目から本国から来た部下たちを叱責（しっせき）も止めも出来ない弱い男、それが永だった。

今思い返せば、「本物の日本人」かどうか分からない賢雄にとってはどこか鏡に映った自分の弱い部分を見せられているかのような苛立ちと怒りの対象でもあった。

それでも戦友だった。

永が殺され、あの少女を追いかけ、爆死され、また永のビルに戻ってこの電車に戻るまで、自分はずっと戦場に居るのと同じ精神状態だった。

やられたらやり返せ。

殺される前に殺せ。

仲間の仇は討て。

仲間の部隊が全滅させられた現場に到着したときのように、彼は逃げる敵を追いかけ、取り逃がして仲間には死なれた。

次にとって返して戦友の死体から役に立つものと、復讐すべき相手の情報を少しでも得ようとした、それだけのことだ。

相手が復讐出来る立場か、集団か、という推測はなかった。

すべて機械的な「兵士の行動」の延長だった。

問題なのは、ここは東京で、日本で、戦地ではない。

すべて警察のするべき仕事だ。

捜査攪乱、いや、この場合は公務執行妨害にあたる罪を賢雄は犯したことになる。

しかも軍隊だったら自分たちの得た情報は上に持っていけば勝手に分析し、これからのことを――それが感情的に納得出来るかどうかは別として――命じてくれる。

今の賢雄には上官はいない。

自分でやらねばならない。

呆然とした。士官教育は受けているが、刑事の仕事の教育は受けていない。

とはいえ、もうやらかしてしまったのだ。

（まあ、やれるところまでやるさ）

賢雄は気持ちを切り換えるべく頭を振り、さらに電車を乗り換える。


秋葉原は最初、食料品の街で、次に電子部品の街になり、前世紀の末から今世紀の頭にかけては「オタクの街」と呼ばれるようになった。

だがこの街は基本的にいつの時代においても、「いま世の中で最も売れるモノを売る街」なだけだ。

監視カメラを避けてあちこちを歩き、電車を乗り継いで賢雄が最後にたどり着いたのはこの街だった。

夜も八時を回っている。

今の秋葉原は電子部品と食料品の街だ。

生鮮食料品、加工食品を大規模安売りする倉庫と各種電子部品を扱うショップが駅前ビルとその周辺に並ぶ。

さらにその隙間を埋めるように、３Ｄプリンタを駆使して自分だけの、必要な機能かつオリジナルデザインの電化製品を組み立てて売るショップなどが乱立している。

ここにかつてアニメやマンガの絵が描かれたノボリや看板で埋め尽くされていたという名残はラジオ会館の一部の窓にある、剝がし忘れて退色したポスター程度だ。

賢雄は三階にある総武線のホームに移動し、ベンチに腰を下ろすとジャンパーのポケットからＳＩＭカードと、バッテリーを抜いている永のスマホを取り出す。

自分のスマホにＳＩＭカードを挿し直して起動、一〇分のアラートをセッティング。もう一度永の財布を調べ、スマホの電源を入れた。

言語設定を日本語にするが、メールの内容などはやはり韓国語だった。

仕方ないので自分のスマホを使って韓国語を翻訳していく。

五分が過ぎたが大した手がかりはなかった。

仕事用のスマホか携帯電話でも別にあるのか、永のスマホにあるのは簡単な――しかも相手がだれかは特定できないようにイニシャルしかない――打ち合わせスケジュールなどのメモと、妻からの養育費の請求メール、振り込み確認のメールが数通。

履歴も全部消されていた。

つまりこれ以上は専門知識で「消された記録」を復活させる必要がある。

アラームが鳴った。

それぞれの電源を落とし、ＳＩＭカードを抜いて賢雄は移動する。

真っ直ぐエスカレーターを降りて昭和通り口に抜けようとする賢雄の前に、ニコニコと笑っている三十代はじめの男が片手をあげた。

こちらに見覚えはない。だが相手にはあるようで、親密な笑みと視線を真っ直ぐ賢雄に投げてくる。

細身の黒いコート、そして杖……ステッキと呼ぶようなオシャレな物ではなく、Ｔ字型の取っ手の付いた医療用の杖だ。

一瞬、ぎくりとなるが、同時に自分の周囲に六名の男の視線を感じて観念する。

腰にリボルバーがあるとは言え、五人以上をひとりで相手にして勝つ自信はない。

可能性があるとしたらこの目の前の杖の男を人質にとることだが、上手くいく可能性はなさそうだった。

「どうも今晩は、渋谷賢雄中尉」

男はニッコリと笑って言った。

「私、外務省の国際情報統括官組織（ＩＡＳ）の人間でタカハラと申します。仮の名前ですので漢字でどう書くかの講釈は省略いたしますよ」

男は慇懃に頭を下げた。

そして、まっすぐにこちらを見る。

男の目もまた、賢雄と同じ灰色だった――どこかの国の人間の血を引いているらしい。

一瞬、賢雄は男に親近感を抱いたが、すぐにそれを振り払う。

自分と同じような境遇でも、味方とは限らない。

「あなたのお友だちの元韓国陸軍所属、永少尉の死についてお話があります」

「嫌だと言ったら?」

「別に何も」

タカハラは肩をすくめた。

「私は横にどいて、あなたはここを通る。アパートにも帰れる。ただし、あなたの軍人恩給は今月で打ち切り、妹さんの旦那さんも明日から失職、でしょうね」

じっとタカハラは賢雄を見つめて言葉を重ねてきた。

「……なるほど、お役人は怖いな」

「泣く子と地頭には勝てぬと昔から言いますしね」

他人事のようにタカハラと名乗った男は言った。

昭和通り口の、元は船着き場だったという公園のそばにあるチェーン店の喫茶店へタカハラは賢雄を案内した。

護衛の男たちも一緒である。

「すみませんね、あまり経費に余裕がないものですから」

にっこりとタカハラは言う。

そして奥の席を取って賢雄を座らせた。

一応壁を背にする上座というのは気遣いなのか、洒落なのか。

「実を言うとやっかいな話でしてね」

ウェイトレスがコーヒーを運んで来て去ると、前置きなしにタカハラは切り出した。

「彼はＫＣＩＡ……いや、今は大韓民国国家情報院(NIS)でしたね……そこの関係者なんですよ」

といきなり驚くことを口にした。

「あなたは彼の死に関与してるかも知れない……琉球義勇兵のかたということは爆発物にも長(た)けてらっしゃるでしょう？　ましてほら、あの島はまだ《アカ》いし……と刑事課辺りがいうでしょうね」

茶飲み話のような口調のタカハラ。

「ですが、私はそうじゃないと知っています」

「俺を監視してたのはあんたか」

「ご明察」

そんな会話をしながら、賢雄は沖縄で一緒に戦った自衛隊の連中から聞かせて貰ったIASの話を思い出していた。

現在、日本国内の課報(ちょうほう)組織は一応「内閣情報会議」という「会議」によって情報を共有、分析して判断を行うことになっている。

これに参加するのは、まず内閣官房から〈内調〉の名で古くから知られる内閣情報調査室。

警察庁からは警備局公安課、同・外事課。

法務省からは公安調査庁。

防衛省からは防衛政策局、情報本部、カウンターインテリジェンスを担当する情報保全隊。

そして最後に外務省から国際情報統括官組織、つまりタカハラたちの組織がここに加わっている。

状況や扱う情報の種類によっては経済産業省配下の日本貿易振興機構(JETRO)はもちろん、財務省、金融庁、さらに海上保安庁の警備救難部警備情報課が加わる。

あくまでも会議、であって組織ではないというところに問題があって、アメリカのような大統領がすべての権限を持つトップダウン方式でも、イスラエルのような、現場に近い諜報機関が独自に動いて、特殊な判断のみ上に決裁を求めて動くボトムアップ方式でもないため、ただの腹の探り合いの場に堕している……というのは、以前、一緒に戦った自衛隊員のひとりから聞いたことのある日本の諜報業界の仕組みと現状である。

中でも国際情報統括官組織の評価が低かったのを賢雄はよく覚えている。

表向きは組織だった公文書などからの非積極的情報収集（シギント）のみで、工作員などを雇うなどの積極的情報工作（ヒューミント）などは「していない」ことになっているが、個人の裁量でやることは黙認されている組織。

だが、「琉球紛争」の前後でいくつも不正確な情報を掴んでは振り回され、たいしたことはできない連中だ、というのが自衛隊の評価だった。

後で賢雄の部下になってすぐ戦死した公安課の出身だった男もそれを肯定していた。

予算もなく、人もなく、度量もない。ただ「外務省」という看板の面子のためだけに存在する「情報を受け取るための窓口係」。

それがここまでして自分に会いに来るということはかなりの「博打」だろうと予測が付

く。

「〈紙の虎〉を追ってくれませんかね？」

「〈紙の虎〉？」

賢雄はとぼけることにした。

「永さんが〈紙の風〉とも呼んでいた、中国陸軍の潜入工作隊のことです。連絡のほとんどを紙で行うからこの名前が付きました……うちの組織はご存知のように表だって国内だろうが国外だろうが課報活動ができない。臨時職員が必要なんですよ」

「アルバイトか……報酬は？」

「受けてくれればあなたは臨時雇いではありますが、うちの職員になりますから、警察はあなたを追わない、永さんの所持品の件も不問。あとの調査での必要経費は払います。報酬は軍人恩給の支給期間の二年間延長。厚生労働省の許可も得ています」

課報業界での相場は分からないが、意外な高収入を約束された、と賢雄は感じた。

少なくとも今の自分にとっては。

「で、どうやって証明する？」

「受けて下さったら三日後に書類が届きます。厚生労働省の書類で、きちんと沖縄県の恩給支給管理課のほうからも届くでしょう」

つまり、三日後にならないと本当かどうかは分からない、ということになる。

「〈紙の虎〉ってのは何を企んでる?」

「自国の戦争が終わっても動き続ける非合法工作員がやることは決まってますよ。日本への復讐(テロ)です」

「具体的には?」

「日本全国にある原発への一斉攻撃」

「デカ過ぎる、ホラじゃないのか?」

沖縄にいたときには判(わか)らなかったが、東京に来て、テレビやラジオ、雑誌などでは日本が原発防衛にどれだけ神経質になっているかは知っている。

どの原発にも最低二個小隊と戦車か装甲車が三両、ないし二両は配備され、対空ミサイルによる防空網も網の目のようになっているらしい。

その厳重な警戒を見て「この半分でも沖縄によこしてくれれば」と思う半面、どれだけ「311」が本土の人間にとってショックだったかを改めて感じた。

「ホラかどうかを確かめて欲しいんですよ、まず最初に、ね。情報共有会議はもちろん、自衛隊も、公安も、それに原子力規制庁も紛争が終わって以来、この手の情報をなかなか本気にしないもので……確かに、原発襲撃には大人数と予算が必要ですから、今のふたつの中国には無理だろうと思っても当然でしょうが」

タカハラは笑った。

笑うと育ちのよさげな顔が意外に貧相に見える。

（まるで、落語に出てくる死神みたいだな）

子供の頃にテレビで見た落語家が演じた死神の演目を思い出す。

どちらかというと丸顔の関西の落語家が演じた死神は、その見事な話芸で、目の前に居るタカハラのような細面の上品そうな、しかし笑うとどこか貧相な存在に見えた。

（落語じゃ呪文を唱えると消えてたが、さてコイツを追い払うにはどんな呪文が必要だろう？）

ぼんやりと賢雄は思ったが、どうせ死神にも戦場で何度かあったのだからと考え直した。

「いいだろう、受けるよ、その仕事」

三日経たなければ本当かどうか分からない約束だが、それでも、目の前にぶら下がった紐は引いてみるべきだ。

「そう仰ると思いましたよ」

満足げにタカハラは頷いた。

「ではこれが当座の費用です。無駄遣いなさらないように」

懐から分厚い札束が出てきた。

「ＩＡＳは金がない部署だと聞いてるが」

「公務員退職金の前借りです。だから無尽蔵には差し上げられない」

タカハラは笑って言った。

「なんでそこまでするんだ？　愛国心か？」

「いいえ、意地ですよ」

痩せた、育ちの良さそうな顔に凄惨な色が浮かんだ。

「私が生きている間に、ＩＡＳの有用性を世間に残しておきたいんです。だからですよ」

三十代前には見えない。幽鬼のような顔。

死神という賢雄の印象が間違っていないと、その表情が示していた。

第三章　平和なる戦場

物心ついたとき、彼は自分の住んでいる場所が〈家〉ではなく正確には〈車庫(チエクウ)〉であると教えられた。

〈家〉とは自分の住む場所から見える、遠くにある、あの白くて大きくて絵本に出てくるような建物のことなのだ、と。

ずっと面倒を見てくれている梢(チヨウ)という脚の不自由な元軍人の男とその妻が自分の親でないことは聞かされていたが、では誰が親なのかを、その時初めて知った。

どうやら自分の境遇が本当はかなり悲惨だということも。

彼にとって、世界はその車庫の中にあったから、言われてもピンとこなかったが。

「あなたはふたり目だから仕方がないのよ」

家の使用人の中でも特に仲の良かった女はそう言って「ここがあなたの家なの、あっちにいっては駄目」と少年に命じるように言い聞かせた。

「あなたは存在しないの、あの家に住む人たちにとっては」

この国が〈一人っ子政策〉と呼ばれる法律をつくったのは彼の生まれる二年前だ。人口が増え過ぎないような政策を推し進め、〈家〉に住んでいる彼の遺伝子学上の両親のうち〈父親〉にあたる人物はそれを大々的に推し進める派閥の人間だった。

故に彼の存在そのものが、この世に生まれ落ちた瞬間から疎ましいものであるとはまだ理解の外にあったが、やがてそれも少年は知るようになる。

転機はそのことを知った三年後にやって来た。

枕代わりに敷いていた包みの、更に上に置いたスマホのアラームブザーが鳴って賢雄は目を醒ました。

音そのものは最小にしてあるがさっさと止める。

リクライニングさせていた椅子を元に戻し、目の前にあるパソコンの画面を見ると時間は朝の四時丁度。

八時間は寝た計算になる。

起き上がり、枕代わりにしていた物をジャンパーの内ポケットに納め直した。

分厚い札束の入った封筒。

昨日声をかけてきたＩＡＳのタカハラと名乗る男から渡された〈当座の軍資金〉だ。

二十代のころなら、金額に浮かれて躍り上がるか、緊張のあまり眠れなかっただろうが、さすがに三十も半ばの声を聞いた上、戦場の中を渡ってくると、あまり感慨はない。

そして、印刷後十八時間で完璧に消えてしまうインクで印刷された資料……これもタカハラが渡してくれた資料だ。

賢雄に渡される九時間前に印刷され、時間が経過した今は、言われたとおり印字跡もなく綺麗さっぱり白紙の束になっていた。

札束のほうも思わず確認してしまうが、こちらはそのままだった。

中身は永少尉の最近の旅行日程、電話をかけた相手、移動先、等々。

身体を狭いブースの中で動かしてみる。

多少の筋肉痛を感じたが、問題はないと言い切れる。

それよりも東京に来て以来、うっすらと霞がかかったようになっていた頭がクリアになっているのを感じた。

鍵の掛かるコインシャワーに入って、ここで身体を売る男女の残した使用済みコンドームをうっかり踏まないように注意しながら頭と身体を洗った。

「すみませーん、一時閉店しまーす」

がらんがらん、という鐘の音を響かせながら漫画喫茶の店員がブースを歩いて回る。

「一時閉店しまーす。皆さん三〇分だけ外に出て下さーい」

おかしなカラクリで、東京オリンピックの際、これまで通り宿泊は不可だが〈閉店〉することで〈一日の営業〉をクリアすれば深夜営業であり、早朝営業をする店として漫画喫茶の宿泊は事実上認められることとなっている。

ぶつぶつ言いながらブースを出る者、始発へ急ぐ者、様々だ。

賢雄は始発へ急ぐ者たちの側に並んだ——もっとも、家である新井薬師のアパートに戻ろうとは思わない。

昨日の段階で、東京（ここ）は彼にとっての戦場になった。

安全が確保されていない場所にとどまるのは愚である。

元々アパートに置きっ放しの貴重品はなかった。

衣類は買えば良い。

外へ出ると、池袋はまだ夜の余韻が残っている。

風俗店の入っているビルの出入り口でうろうろしている若いのに声をかけた。

「電話が欲しい」

「いくら分？」

「一台でいい。五万分通話出来れば」

漫画喫茶を出る前に別に分けた五万円を丸めたものを差し出すと、相手はそれを指に挟んだまま腰のポーチからビニール袋に入った外国製多機能携帯電話（フィーチャーフォン）を取りだした。

足の付かない〈飛ばし（トバシ）〉と呼ばれる偽造ＳＩＭを使った携帯電話だ。

電源を入れ、試しに記憶にある電話番号にかける。

戦後、琉球義勇軍の管理をしている那覇防衛施設局の代表電話番号。

案の定時間外のアナウンスが流れた。

「ＯＫ？　変なことに使わなきゃ五年は使える」

というが実際には二年というところだろう。

「ああ」

賢雄は頷き（うなずき）、お互い納得してから売り手の若いのは、丸めた五万円分の札をポケットにしまった。

そのまま別れる。

始発の電車に乗ると、賢雄は先ほど購入した日本ではガラホともよばれる、キーパネル付きの高機能携帯を起動して、携帯自体の新しいメアドを取得する。

一番手数料の安い会社を選んで、ビットコインの口座を作った。

とある駅で降りると、コンビニに寄り、自分の口座に一回の入金上限、二十万を放り込む。

隣の駅のコンビでも同じことを、さらに隣の駅のコンビニと繰り返すと、山手線を一周するころには口座の中身は二一〇万ほどになった。

さすがにそろそろ通勤通学者で駅が混み始める。

駅近くの喫茶店に入り、モーニングを注文して尾行を確認する。

モーニングが来るまでの間に、フィーチャーフォンを使って、今度は口座の一〇〇万円分のビットコインを、賢雄は妹の口座へ送金した。

これは万が一賢雄が検挙されたとき、妹の金を「犯罪に関わる金」として取り上げられないための用心だ——未だに海外を経由して国内に戻ってくるビットコインに関して、日本の警察は情報開示の権利を持っていない。

昨今の日本の不景気もあって手数料も込みで換金時には十万円ほど目減りするだろうが、それでも九十万あれば共働きの親子四人、年末は豊かに過ごせるだろう。

フィーチャーフォンとビットコインを使ってホテルを取る。

安宿はこういう場合危険だ。

デリヘル嬢を呼ぶ客も多いから、どうしてもチェックが甘く、扉の鍵の甘さは紙と同じで、場合によっては非常口がないところもある。

東京に来たとき、神田の安いホテルで三日ほど過ごしたが、風呂はともかくトイレまで外にあって、「襲われたら死ぬなあ」とやくたいもないことを考えたのを覚えていた。

中東系のウェイトレスが運んできた、ゆで卵と分厚いトーストのモーニングセットを半分だけ食べた。

食欲がないわけではない。

むしろ旺盛だが、戦場で満腹になるまで飯を食べれば、撃たれたとき、刺されたときに胃の内容物が体内に漏れて死に至ることがある。

コーヒーだけはカブ飲みした。

会計を済ませると、賢雄は再び電車に乗り、東京駅で降りた。

雑踏の中を移動して、構内にある鞄屋にたどり着くと大きめのデイパックを買い、すぐ近くのユニクロで下着、肌着とシャツを買い込み、別の専門店でジーンズとジャケットを買う。どれもタグは取って貰った。

裾上げは断った。

時間がないのでコンビニで身体を拭くためのアルコールシートと布用接着剤を購入し、

最近設置された有料トイレに入った。

かつてはその清潔さを世界に絶賛された日本の公共トイレも、二度目の東京オリンピックを境に、維持費の削減と人手不足などで、再び薄汚れたものの代名詞になり、多少金が掛かっても、という清潔で安全な有料トイレを求める声が高まった。

その結果、いくつかの駅で導入され、どんどん広まっている。

新宿では十数年前に造られたときは、利用者の少なさですぐに撤去されたが、今は好評だという。

個室の中で賢雄は全裸になると下着から靴下まで全部を着替える。

ジーンズの裾はめくりあげ、安全ピンと布用接着剤で留めた。

ジャンパーはデイパックに入れたが、それ以外の服類はすべてビニール袋にまとめてトイレの壁に設置された〈ゴミ用エレベーター〉の中に放り込んだ。

《布ゴミが多すぎます。超過料金をお入れ下さい》

電子音の要求のままに携帯電話のビットコイン支払い画面を呼び出し、センサーにかざす。

導入当初は各所から抵抗のあったビットコイン支払いも、デビット機能とリンクすることによって大分抵抗が薄らいで、今や普通にコンビニや居酒屋の支払いも出来る。

決済完了を示す小銭の鳴る音がしてビニール袋が下に落ちた。

鏡を見ると、休日に調子に乗って終電を逃してしまった元体育会系サラリーマン、といった風情（ふぜい）の自分が立っていた。

苦笑する。

ＭＣＳに入ったばかりの頃もこんな感じでよく朝まで飲んでいた。

海兵隊員とその家族の娯楽、生活の便利さの管理維持、いわば後方支援のみの半分民間団体のような組織は居心地がよかった。

あの頃は、戦争がくるなんてことは冗談で口にすることはあっても、リアルに考えたことはなく、リアルに考えることがたまにあっても、まさか自分が銃を取るとは思わなかった。

海兵隊の家族を楽しませるためのハロウィンやクリスマス、アメリカ独立記念日のイベントや、基地開放祭、フリーマーケットの仕切りを考えるのが楽しかった。

数年前、そこでテロ事件が起こるまでは、自分は定年退職するか、それとも他にやりたいことを見つけるまで、こういうことを繰り返していくんだろうとボンヤリ思う程度だったのだ。

そのまま賢雄は今度はタクシーで移動して水道橋まで向かった。

中近東から来たらしい運転手は綺麗な日本語で「この時間なら電車で行った方が良いんですよ」と忠告してくれたが、賢雄にとっては「いや仕事しながらゆっくり行きたいんだ」といって運転手を喜ばせた。

とある電話番号を記憶から呼び起こし、フィーチャーフォンに入力した。

運転手に「悪いけどビジネスの話なんだ」と告げると、にっこり頷いて後部座席と運転席との仕切りガラスを閉めてくれた。

少々早い時間だが、学生なら起きているだろうと思う。

案の定、コール数回で相手が出た。

《はい、嘉和です》

「久しぶりだな、ユウスケ」

とりあえず、世間からこの一年近く引きこもっていたのも同然な自分としてはまず、どこから調べるのか、そのとっかかりを得る必要があった。

《隊長！　久しぶりッスね！　今、どこなんすか？》

ユウスケの声が弾んだ。

「東京だよ。ちょっと厄介ごとに関わることになってな。お前の知恵が借りたい」

《?》

賢雄はざっと永少尉がNISがらみのヤバい商売に手を出して殺されたこと、相手が少女で自爆までしたこと、IASからその筋の調査を頼まれたこと、引き受けなければ沖縄の妹夫婦の仕事が危ないので引き受けたことを話した。

原発云々(うんぬん)の話は伏せておいた——いくら何でもデリケートな話題過ぎる。

「どこから調べたら良いと思う?」

《IASのほうは何も言ってこなかったんですか?》

「予算がないから、永少尉のところまで辿(たど)るのがやっとで、それ以上は省庁同士の思惑が出てくるから深く突っ込めないんだと」

《なるほどねえ……》

と電話の向こうでユウスケが考え込む気配が伝わり、

《その襲撃者の女の子、なんか〈貧俠(ピンシア)〉っぽいですね》

「貧俠?」

《最近話題なんですよ。テンサン・エンジェルと違って、最初は中国の血を引いてる人間がやたらと「中国のために」ってんでボランティアしてたりすんのがメインで、たまーに

それが高じて犯罪同盟まで結んでるって話だったんですが》

「そっちは知ってる。〈テンサン・エンジェル〉ってのはなんだ？」

比較に出した対象のほうを賢雄は知らなかった。

《ああ、最近国会議員を刺したんで話題になった、二度と日本に戻ってこない外国人に一万円以上渡すと何でもしてくれるっていう犯罪者の斡旋所(あっせんじょ)みたいなサイトと、そこに登録してる連中のことですよ……そっちのほうが有名だと思うんだけどな》

英語では一万のことを「テン・サウザンド」と呼ぶ——そこから来た造語なのだろう。

「よく知ってるな」

《ｗｅｂ見ないんでしたっけ？　小隊長は……で、貧侠ですけど》

とユウスケは話を戻した。

《最近になって中国人の血が入ってるかどうかは無関係になったみたいで、金は貰うけど傭兵会社(PMC)やさっきのテンサン・エンジェルみたいにそれ目当てじゃなくて、己の怒りや義侠心(ぎきょうしん)のために戦うんだと……》

何か、彼らの中でのみ知られる合い言葉をいえば、それだけで無償の協力が得られることが多々あるという。

《まあ、あの国にそんなロマンチックな概念がまだあるとは思えないんで、何かの欺瞞(ぎまん)工

作じゃないか、ってwebの軍事クラスタの連中は言ってますけど》

「お前は相変わらずインテリだよ」

《小隊長が世間に興味がなさ過ぎるんですよ》

「だから物知りのお前さんに聞いてる」

〈紙の風〉や〈紙の虎〉についてはユウスケは知らなかった。

話題は自然と他の小隊のメンツの現状の話になる。

「そういえば暁三郎の行方をしらないか？　あいつはヤクザだ。こういうことなら蛇の道は、って奴だと思うんだが」

《モロさんですか》

露骨に嫌な顔をするのが電話の向こうから伝わってくる。

以前、戦場で暁三郎はユウスケを勝手に囮（おとり）にして敵陣を突破したことがある。元から敵の待ち伏せが予測されるような狭い道であったが、相手の戦力も分からず、こちらも次の作戦に向けて移動を急ぐ必要があった。

先行した暁三郎はユウスケに「こっちには何もない」と報告した。

信じて進んできたユウスケを目がけて隠れていた敵が機銃掃射をしたのを見て、暁三郎は敵の位置を確認し、擲弾筒（グレネードランチャー）を撃ち込むという真似（まね）をしたのだ。

戦闘はもちろん味方の勝利に終わった。

なんで自分を騙(だま)すような真似をしたと詰め寄るユウスケに、

「前もって言ったら、お前が慎重になって敵が撃ってこない」

という単純明快だが他者の命を何とも思ってない物言いが戻ってきて、ユウスケが激怒して摑(つか)みかかった。

しまいにはユウスケが愛用のハンティングナイフを、暁三郎がいつも背負ってる日本刀を抜くの抜かないのの大騒ぎになった。

ユウスケにしてみれば、戦場で味方に裏切り寸前の利用をされたとなれば生涯忘れないのも当然だった。

以来、暁三郎と組みたがる人間はいなくなり、賢雄は彼を使う場合、自分がついていくか（最初に助けられた恩義で賢雄にだけは暁三郎は忠実だった）、ど素人の新兵教育を分隊長として任せる、あるいは単独行動をさせることになったのは言うまでもない。

「で、他の連中の電話番号か連絡先を調べてくれないか」

防衛施設局に電話をかけると自分の身分証明やら何やらで面倒くさいことになる。

沖縄での「足跡」はなるべく残したくなかった。

《分かりましたよ、隊長のメアド、教えて下さい》

それに応じて電話を終え、しばらく目を閉じていると水道橋に到着した。

水道橋駅のすぐ近くにある商業ビルの半地下にある喫茶店に入ると、賢雄は再び永の携帯にＳＩＭを挿してスケジュールアプリを呼び出した。

日にちと場所をナプキンにメモしていく。

ダメモトで片っ端から当たるつもりだった。

念のため、身分証の永の顔写真もスマホで撮る。

五分でスケジュールを書き写し終えて外に出る。

水道橋駅付近にはニュース動画の配信サイトの本社がある。

賢雄はそこへ足を向けた。

中国のスパイが日本で何をしているか調べるなんて雲を摑むような話だが、とりあえずは事情通らしいのを摑まえることからはじめることにした。

受付に着く前に、目的の人物の名前を思い出すことには成功した。

「朝霞さん、いらっしゃいますか。琉球義勇軍の渋谷が来たとお伝え下さい」

丁寧な口調でそう言うと、服を新品に着替えたお陰か、それとも胡散臭い相手になれているのか、受付嬢は特に怪しみもせず、内線を繋いでくれた。

「少々お待ち下さい」

受付嬢がロビーに置かれたテーブルと椅子のセットのひとつを指し示す。

言われるままに腰を下ろし、二〇分ほど待たされて、Tシャツにダメージジーンズ、赤に黄色という派手な組み合わせのクロックスを履いた三十代後半の男がやって来た。

「いやいや、お久しぶりですねえ、渋谷さん」

この男は以前、賢雄の従軍している姿を撮影したｗｅｂ報道サイトの人間だった。

戦後初の国内戦に参加した従軍カメラマン、ということで名前を売って、今はこの大手ｗｅｂニュース会社に入り込み、報道関係のチーフディレクターを務めているという。

「いつ東京に出てこられたんですか？」

「まあ、ちょっと前に」

賢雄はＭＣＣＳ時代に叩き込まれた「マスコミへの接触方法」についてのマニュアルを頭の中で広げながら答える。

「てっきり追い返されるものだと思ってましたよ」

「まさかそんな……あ、今、自分こういう役職でして」

そう言って名刺を差し出し、にっこりと笑う。

以前は自宅のプリンタで出力したと思しい貧相なものだったが、今は箔押しまでされていて、そこにこの人物の軽率さが表れていた。

「馬鹿いっちゃいけませんよ。渋谷さんのお陰で俺はここに潜り込めたんですから」

からからと笑いながら、こっちを疑い深そうな目で見ている。

無理もない——戦争が終わって一年も過ぎてから、不意に現れたのだ。

「最近、〈古い〉中国が東京でなにかはじめようって話、聞いたことはありますか？」

マスコミから何かを聞き出したいときは最初に一発大きな物をカマす。ただしそれは具体的な形を与えてはならない。大枠だけを与える。

「中国が？」

「ええ。そんな話を耳にしましてね」

「渋谷さん、あなたもう軍はお辞めになったんですよね？」

どうやらあの後、ちゃんと賢雄のことは追いかけていたらしい。

「除隊して今は次、何をしようかと考えているところです。で、そういう話を小耳に挟んだんですよ、あなたなら何か知ってるかも、と思いまして」

「…………」

朝霞は再び疑い深そうな目で賢雄を見つめた。

「あなた、今、どこに所属してるんです？」

「どこにも」

賢雄は首を横に振った。

「ただ、中国はかつての敵ですから、興味がありましてね」

「なんでご自分で調べないんです？」

「俺はただの元兵隊ですよ。それにネットは虚実取り混ぜて色々ありすぎてね。あなたなら事実をちゃんとより分けて、俯瞰から分析してらっしゃってると思いまして」

表情を穏やかな笑みから動かさず賢雄は説明した。

相手が喋るまで待つ。

「……正直言って初耳ですね」

僅かに顔が横を向こうとして朝霞はそれを自分の意志で固定した。首の筋肉が緊張しているので分かる。

それなりに修羅場をくぐっているだけあって、嘘をついていると相手に悟られるような身体の動きを封じるように、自分で訓練したのだろう。

が、如何せん、賢雄のほうがこういう観察では上手だった……というより、朝霞はずぶの素人ではないが、まだアマチュアだ。

戦場では遥か彼方から双眼鏡で敵の指揮官や歩哨を観察し、次にどちらを向くか、どこへ行くかを予想しなければならない。

こういう点で、賢雄は予想を外したことはなかった……海兵隊で受けた訓練の中に、心理学者を呼んでの行動学の講座があったのと、彼自身が興味を持って学んだ結果である。

朝霞の動画取材があった後にやってきた全国紙の記者と、アメリカの有名ｗｅｂメディアの記者は、完全に感情をコントロールしていて、こちらの反応を操ろうとさえ試みてきて、往生すると同時に感心した。

つまり、朝霞が見せたものは動揺のサインで、何かを知っているという証拠だった。

ここで彼を追及することに意味はない。

軍隊の中での権力争いに関する情報収集のやり方の応用でもある。

朝霞のような半可通は、賢雄に駆け引きの心理学を教えた教授の言う「脅えたガチョウ」型の行動を起こす。

ちょっと刺激的な言葉を吹き込まれると、自分がうっすら理解したものと勝手に結びつけ、動揺してガアガアとあちこちで騒ぎ立て、騒ぐことで情報を掘り起こそうとするのだ。

そんな軽率な人間に同調して情報を漏らすのは同じぐらい軽率な人間だ。

当然、誤情報が多く、それでますますパニックを引き起こす。

だが、ガチョウたちが騒げば、情報を抑えておきたい連中は〈動く〉。下手に騒がれて、話題になる前に潰すのがこういう仕事の基本だからだ。〈動く〉ことは様々な形を取る。

小さな動きかも知れないが、朝霞には伝わるようにはっきりしたものだ。そこから辿ることも出来る……賢雄に与えられた情報が正しければ。

「そうですか。何か分かったらこちらに電話を下さい」

賢雄はＳＩＭカードを抜いた方のスマホの電話番号を朝霞の名刺の裏に書いて返した。二度と連絡を取るつもりはないし、向こうも連絡をしてこないだろう。

それでいい。

賢雄はビルを出ると、ライバル会社のオフィスへ向かった。

朝霞の記事の後に取材しに来た記者がいる。

賢雄は朝霞の時と同じ様に喋った。

こちらは神妙に話を聞いて、しきりに頷いているが、やはり何も知らない、と嘘をついた。だが、完全に動揺が顔に出ていた。

さらにもう一件、大手新聞社のほうに電話をかけ、自分を取材した記者へ、アポイントを取って、御茶ノ水へ向かう。

そこでは「渋谷さん、それは気にしない方が良い」と忠告を受けた。

「あなたがどこで聞きつけたか知らないが、今中国はふたつになった。陰謀論をまき散らす連中もいるでしょう。沖縄の人としては聞き捨てならない話でしょうが、聞き流した方がいい」

心からの忠告なのか、それとも自分は知らないという嘘を補強するための演技なのかは分からない。

どちらでも良かった。

この記者の言葉は、賢雄に与えられたＩＡＳの情報は「正しい」と保証してくれたからだ。

だとしたらマスコミのガチョウをつつくだけではない、別の手も必要だった。

そのためにも御茶ノ水駅から中央線に乗って、神田で山手線に乗り換えようと考えた。

神田で気づく。

尾行がいた。

ふたり。昨日のＩＡＳよりも遥かに気配の消し方が上手い。

片方はＴシャツにジーンズの白人だった。

もう片方は大学生っぽいラフなシャツの着こなしをした眼鏡の青年。

神田で大量の客が乗り込んできた時、それまで見事に他人を装っていたもの同士が一瞬、知り合いに対する視線を交わして距離を置きなおした。

賢雄は予定を変更して、御徒町(おかちまち)まで足を延ばして一旦(いったん)降り、逆回りの山手線でまた神田に戻ると今度は中央線で御茶ノ水駅へ戻る。

丸ノ内線のホームへ移動すると男たちはついてきた。

追跡者は彼らふたりだけか。

ちがう、と賢雄は直感していた。

ＩＡＳの連中よりも彼らのそぶりには余裕があった。

丸ノ内線が到着するとそのまま乗り込む。

やがて、発車のベルが鳴る直前、賢雄は電車から降り、慌てて彼らが後を追ってホームに降りた途端、バックステップで元の丸ノ内線に乗った。

ポカンとする男たちの顔を見るのはなかなかに爽快(そうかい)だった。

古典的すぎるやり方だが、相手の呼吸を摑めば結構上手(うま)くいく。

だが、丸ノ内線の車内で周囲を見回してみて、賢雄はやはり尾行者が他にいると理解した。

賢雄のいる車両の奥で、マフラーを巻いた主婦らしい女性が喉(のど)に手を当て、咳(せき)を我慢するような仕草で唇を動かしていた。

唇の動きに連動した喉の筋肉の動きを読み、音声変換するスロートマイクのスイッチを一時的に入れている。

戦場で重宝した通信装置だけに賢雄も良く覚えている。

さらに優先席に座っている老人もまたこちらに一瞬だけ視線を向けた。

賢雄は面倒くさくなった。

つかつかと老人のところまで歩み寄る。

こんな大規模な網を、これだけ高度な尾行テクニックを身につけた連中にやらせる組織は国内にない。

「アンタたちのボスのマイヤースか、腰巾着(こしぎんちゃく)の渡根屋(どねや)と話がしたい。さっさと連絡しろ」

老人の顔が一瞬引きつり、そのあとポカンとした表情に移行した。

構わず、賢雄は自分のスマホのほうの電話番号を告げた。

次の駅に着く。

賢雄はすぐに降りたが彼らは追って来なかった。

ジョン・マイヤースと、渡根屋の媚(こ)びた笑みを浮かべた丸顔が脳裏(のうり)に浮かぶ。

反吐(へど)が出そうだった。

昨日、ＩＡＳのタカハラはこう言ったのだ。

「今回のことは東京のＣＩＡ支局長は関与してないんです。だから私もあなたを雇って動ける。つまりＣＩＡ本家も公安同様に気にしてないんですよ。早くＤＣに戻りたいマイヤース沖縄支局長と、その副官の渡根屋は彼らの失策だと判断して、こっちに来て色々指揮をしている」

「なんでＣＩＡの本家は動かない？」

「彼らのネットワークに〈紙の風〉は脅威として認識されてない。単に大規模な密貿易組織だと思っている。〈古い中国〉をこれ以上刺激しないためにも、しばらくは泳がせておこうという判断なんでしょう……北朝鮮の麻薬密売と同じです。外国のことは外国の警察に任せる、ということで」

納得はいったが、賢雄はどこか引っかかるものを感じた。

一見、無関係な記憶が蘇る。

琉球紛争の緒戦のころの話だ。

最初に任官された義勇兵の中隊長は、大原信夫という東大出で、色々あって元は浦添市役所の職員だったが、タカハラと同じ目つきと口調で作戦を立案し、指示していた。

片面だけの情報を元に、大急ぎで立身出世のための作戦を練り、結果敵の「裏」を読み取れず、賢雄たちの部隊も含め、琉球義勇軍は実に四分の一を失い、多くを現地召集、あるいは志願兵を募るハメになった。

皮肉にもそれが急ごしらえの民兵もどきの義勇兵の運用と実能力に柔軟性を与えたのだが。

悲惨な初陣が終わり、次の作戦会議が開かれた夜。

「どういうわけか後ろから飛んできた弾丸」が頭を撃ち抜いて中隊長は戦死した。

中隊長の頭から、米軍の5・56ミリではなく、ひとまわり大きな7・62ミリの弾丸が摘出された。

射殺したのは56式自動歩槍と呼ばれるＡＫ47の中国版から飛んできた弾だったらしいとその日のうちに知れた。

「友軍からの誤射（フレンドリー・ファイヤー）」ではない、とわかり、上層部は安堵（あんど）し、中隊長の死体の上に勲章を増やして葬った。

ただし、同じ小銃をとある小隊の隊長が持っていることを、その小隊が、中隊長の背後に配置されていたことを賢雄は翌日に知ったが、彼もまた他の義勇兵同様に黙っていた。

中隊長の死んだ夜、作戦会議に出席した賢雄は、「軍において、無能な働き者は殺してしまえ」というどこかの軍事学者が言ったことは事実だと骨身に染みていたからだ。

緒戦を敗戦で終え、何も反省せず、自分の死んだ部下たちを作戦会議で貶し、同じことを再現しようとした司令官ならなおさらだろう。

タカハラも同じ様に功名心に急いている気がした。

ひょっとしたらタカハラもあの中隊長のように、身を守るために殺すべき上官かもしれない。

（うっかり鵜呑みにはできんな）

とはいえ、ＭＣＩＡの支局長の名前と、金魚の糞のような副官の名前を出したのだから、何らかの動きはあるだろうと思う。

駅に降りると、賢雄は自分のスマホのＳＩＭを戻し、電源を入れてベンチで待つことにした。

少し不愉快だった。

マイヤースも渡根屋も、初対面から最悪だったが、渡根屋にはあの紛争の最後、特に不愉快な思い出があった——もっとも向こうからすれば殺したいほどの憎悪だろうが。

停戦して二ヶ月後。

戦争が終わり、普天間まで引き揚げてくると普天間基地の司令部は新たに建て直されていた。

工兵隊が作業をしていて、外観はまだ未完成だったが、内装はすでに完成していて、真新しいリノリウムの床と木製のドアが並ぶのを見て、今さらながら賢雄はアメリカの底力に感心した。

今考えれば、あれは沖縄の業者が突貫で行ったのかも知れない。

琉球紛争が終わったあと、焼け野原になった普天間基地で琉球義勇兵の叙勲式が行われることになった。

賢雄はその日、ちょっとした記入の手違いで突っ返された、叙勲する自分の小隊の戦死者と生存者のリストを改めて提出しに来たのである。

プリントアウトされたばかりの紙はまだ温かかった。

ところが、海兵隊中将の部屋から大声が響いてきて、秘書がウンザリした顔をしていた。

「どうしたんだ？」

訊ねると若い女性士官は首を振って、

「米国海兵隊情報部の馬鹿が腰巾着と一緒にご意見を述べに来てるのよ、ボスを助けるためにも部屋に入って《次が待ってるから出て行ってくれ》って言わせるチャンスを作ってあげて」

その話を聞いてドアを開け、二秒もしないうちにマイヤースが怒鳴り込んできた理由が分かった。

義勇軍は戦死者を含めて全員叙勲と決まっていたが、今頃になってマイヤースと渡根屋がごねている。

マイヤースと渡根屋は、叙勲を受ける中に以前「普天間基地移設反対派」の運動に関わっていた人間が混じっているので排除するように強く要請していた。

馬鹿馬鹿しいにも程があるが、義勇兵はMCIAや海兵隊ではなく、あくまでも自分の古巣であるCIAの管轄であるとマイヤースは強く主張し、CIAの職員として撤回を求めていたのだった。

「クソ野郎」と永少尉と一緒に罵った相手が、今度は戦友たちを貶めようとしている。

今回は渡根屋までが加わっていた。

「彼らのせいで今回の戦争が起きたのです」

と渡根屋は断言した。

「彼らが日本国土の防衛を損ねようと基地移設反対運動に荷担したがために中共どものスパイを潜り込ませ、今回のような戦争を招き、新しい辺野古の基地の建設を遅らせたがためにここまでの被害を受けたのです、それをたかが義勇兵に参加したからと言って、勲章を授与するなど、もってのほかです、彼らは裁かれるべきなのです！　彼らはテロリストだ！」

拳（こぶし）で机まで叩（たた）いた。

だが、沖縄における海兵隊の最高指揮官である海兵隊中将は、冷たく彼らにこう告げた。

「どのような思想信条を持っていたにせよ、彼らはこの島を守るために戦い、我々の同胞と同じ様に死んだのだ。それを不公平に扱えばアメリカの正義の真偽が問われる」

「しかし！」

「かつて戦争前、この島から多くの人々がハワイに移民した」

遮ろうとするマイヤースの声を中将は無視した。

「そこで彼らは日系人収容所に入れられたが、あの伝説の第１００歩兵大隊（ワンプカプカ）となって猛戦した……あの陸軍のクズ野郎どもでさえ勇者を勇者として認めた。海兵隊がこれを認めないのであれば、それはアメリカ海兵隊の恥である」

この海兵隊中将は、就任直後に痴情のもつれから起こった海兵隊員による沖縄県民女性の殺人事件について「殺人を誘発するようなことをした沖縄県民こそ問題である」と発言し、今回の紛争がなければ沖縄県の歴史に残る「キャラウェイ陸軍中将」以上の差別主義者だと処分されるはずだったが、このときばかりは賢雄も彼を見直した。

「さあ、帰り給え。彼らの過去の罪を問いたければ日本の警察と連動して裁くことだ」

傲然と中将は言った。

「ラングレー経由でDCからなんと言われようが、我が海兵隊は断固として彼らと、彼らの棺の上に勲章を置く……何をしているのだね？　私のサインが必要な書類を持って、待機しとる勇士が見えんのか！」

中将は大喝すると、背後に立っていた賢雄をアメリカ人特有の、人差し指を立てて折り曲げる形の手招きをした。

賢雄が歩み出て、マイヤースが憤然とその横を通り過ぎ、後を追ってそそくさと歩く渡根屋がすれ違う際に、

「いい気になるなよ海兵隊の犬め、撫でられたからって……」

その後の言葉を言わせず、賢雄は渡根屋の頬げたを拳で叩き折った。

犬というのであれば、この渡根屋こそがＭＣＩＡの飼い犬だった。

戦場においても、後方の避難住民のいる北部地域で「中国の犬」と彼と対立している人物たちを名指しで批判し、焼き討ちをさせるような真似をしていることは知っていた。

理由は簡単だ、マイヤースと同じく、この男も沖縄県民を左右を問わず嫌い抜いていて、

マイヤースがＤＣに帰還するときは自分もアメリカ人として移民するのが目的だからだ。

まだ戦争が始まる前、ＭＣＣＳの職員に過ぎなかった賢雄はそう公言するこの男の姿を普天間基地の廊下で見ている。

「何をしている！」

マイヤースより先に、海兵隊中将が怒鳴った。

「は、失礼しました。ミスター・ドネヤの頬に蚊が止まっていたのでつい」

「貴様、さっさと書類を持って来い！　ドネヤをさっさと医療室に連れていけ、マイヤース支局長！　こいつは私が処分する！」

一瞬の緊迫の後、マイヤースは渡根屋を引きずって執務室を出て行った。

その後、海兵隊中将が何も言わず、サインをして賢雄に処罰もなにも下さず、「さっさと行け」とだけ告げた。

あの時は頬げたを砕くぐらいで済ませたが、今度会うときは口の利き方如何(いかん)で首をへし折ってしまうかも知れない。

いや、折るまでもない。腰の後ろにあるマニューリンリボルバーを抜いて一発撃ち込めば終わりだ。

奇しくも永の遺品になって以来、まだ撃ったことのない銃だが、昨日１００円ショップで購入したドライバーなどを使って完全分解し、組み立てた上、何度もグリップを握って構え、弾倉から弾を抜いた状態で引き金を引いて、使い心地の予想をつけてある。

恐ろしい程精密かつ、滑らかな動きの部品で出来た銃だ。引き金を引いて殆ど銃がブレない。

埃や泥水に浸かった銃を扱うことばかりだった賢雄からすれば、まるでロールスロイスのような高級車めいた銃に思えた。

グリッピングもいい。初弾でも外れるはずはないと確信している。

問題なのは殺人ではなく、永の死に関して、別角度の情報が入手できなくなることだ。

どうせ渡根屋のことだ、すぐに賢雄に会いに来るだろうから、それまでにこっちが相手の顔を見たときのガス抜きの準備をしておく必要があった。

賢雄はぶらぶらと再び秋葉原に移動した。

ＰＣ用の長期無停電装置、太陽光発電で動く、個人に合わせたデザインのカスタム家電、食料などの戦後高騰している物資とシンポンなどの薬物を扱う薬局が溢れている。

「売れるモノが常にある街、秋葉原！」

その文言を示した旗竿があちこちに翻っている。

賢雄はそのまま、万世橋を背にして歩き続け、横断歩道を渡って川沿いの裏道へ出た。

ひび割れた外壁が何とも貧乏くさい細長いビルの中に入る。

オタク街になるまえの電子部品の街だった頃からある、怪しげな海外ゲーム関係のソフトを扱っているところまで階段を使って上った。

乾いたカビの匂いがする細長い店内に入ると、奥のレジからひょろっとした店員がこちらを睨み付けた。

構わず、真っ直ぐに店員のほうへ歩いていく。

店員の目つきは悪かったが、それは疑って恐れているだけの話で、殺意や敵意がないことは理解していた。

賢雄は永のスマホとSIMカードをレジのカウンターに放り出した。

「妻の浮気相手との証拠が欲しい。時間がないから丸ごとコピーしたい。消去しているデータがあればすぐにでもそれを復活させてくれ。再消去はこっちでやる」

「あ、あ、あの、お、お客さん、うちは、そ、そういうのは、ちょっと……」

こういう手合いは補給部隊に結構いた。

だから扱い方は知っている。

賢雄は穏やかな表情のまま、ジャケットの裾を開いて、腰の後ろに回していたマニューリンリボルバーのグリップを握り、少し見えるような位置へと移動させた。

「俺は、こういうスジの人間だ。怒らせないでくれ」

穏やかに、なるべく穏やかに目を見ていう。

「このレジの裏側にあるボタンとかに手を伸ばすのも、ナシだ」

相手の肩の動きを先読みして言うと、ギクリと店員は動きを止めた。

「タダで、じゃない……俺も仁義は心得てる」

フィーチャーフォンを開いてビットコインの支払い画面を見せる。日本円で三〇万相当の金額がディスプレイされた。

「一括だ。領収書は要らない」

「で、でも……」

店員の目が泳いだ。

「どうする？　時間が経てば経つほどこの手のことはトラブルになる。この店のオーナーは知らんが、俺はあんたを許さなくなる」

静かに、落ち着いた声で、淡々と賢雄は言った。

「どこで、聞いたんですか」

「沖縄じゃ有名だ、あんたのところは」

半分は本当だ。

この店でそういう違法な電子情報のコピーや解析を行うことを知っていたのは、賢雄の小隊の元警官である。

サイバー関係の部署に配属されていた彼は、この店を「時に警察もアテにするところで、金払いが良ければ大丈夫」と薦めてくれた。

だが情報元の名前も事情も明かすわけにはいかない。

その部下は紛争を生き残り、今でも沖縄で警官をやってるからだ。

「沖縄の人？　うちもそろそろ店じまいかなぁ」

ブツブツ言いながらも、店員は「分かりましたよ」と頷いた。

「うちの名前は……」

「出さない。第一この店、看板も掲げてないだろうが」

溜息をついて店員はレジの側のデスクトップに向かうと手際よく様々なコードを携帯に繋ぎ、ＳＩＭカードをホルダーにはめ込んでデスクトップの挿入口に挿した。

それから一〇分。

賢雄はビットコインを店員のスマホに表示された口座に送り込み、さらに二万円を「迷惑代だ」とポケットにねじ込んで店を後にした。

大通りに出て、道沿いのコンビニに寄って封筒と切手、ＵＳＢメモリと外国人観光客向けの安売りＳＩＭカードをそれぞれ二つとボールペンを買う。

店内チラシのコーナーから数枚引き抜き、ボールペンでその裏に数行の適当な走り書きを書いた後、封筒に宛名（あてな）を書き、切手を貼（は）り、店員に頼んで糊（のり）を借りて封をする。

それを三通作った。

一つはコピーした永のＳＩＭと携帯から吸い出した消去データも含むすべての情報が入ったＵＳＢメモリ。残り二つは空っぽのＳＩＭと空っぽのＵＳＢメモリだ。

ちょっとした意趣返しには悪くない道具立てだ。

（まるで子供だな）

と自嘲（じちょう）しながら、そうでもしなければ渡根屋を即座に殺しかねない気分が未だに賢雄の中にはあった。

コンビニを出て、隣の喫茶店に入ると、賢雄はオリジナルの永の携帯にＳＩＭを挿して起動させた。

翻訳アプリを使って調べるが、消されたデータを復元させたものをどう丹念に調べても、やはり、あるのはスケジュールと妻からの素っ気(そっけ)ない養育費支払いを催促するメールだけだ。

ただ、あちこちに荷物を移動させ、その度に多額の礼金を得ていることは事実だ。

具体的にどこからの指令なのかは分からない。

明らかに誰かからの指示通りに荷物を移動させている。

どうやって指示を出しているのかが分からない。

電話すら、ほとんどかかっている記録がないのだ。

電話帳さえ登録されてないのは、彼が元軍人だからだろう。

場合によっては数十桁の数字を数秒見て頭に叩き込む必要がある小隊長クラスから上の人間にとって、電話帳など不要、と公言する者は多い。

ましてＮＩＳの任務に就いているなら、証拠となりそうなものは全部頭の中にしまっておいたほうが安全だろう。

数少ない登録番号にもかけてみた。

《こんにちは、日ノ本通運・神田神保町支店です》

《こんにちは、ネコヤマト・集配自動受け付けセンターです》

ほとんどがデリバリーサービスと都内の宅配便センターで、唯一名前があるのは「妻」

の文字だけだ。

さすがにそこへ電話するのは躊躇われた。

ただその数字だけは写真に撮っておく。

やはり〈紙の虎〉の情報はなさそうだった。

「……だが、あいつ、本当にＮＩＳだったのか？」

もっと深いところまで分析出来る奴が必要だと、賢雄は思った。

（あんまりやりたくないが、あのＩＡＳのタカハラに連絡を入れて情報を提示するべきかもな）

と考え、賢雄は苦笑した。

自分が事実を辿るだけでなく《真実》という厄介なものを追い始めていることに気がついたからである。

これは雇われ仕事だ。永少尉の死について多少の謎が解ければそれでいい。

《事実》を集め、送るのが仕事で、人によって様々に変化しかねない不安定な《真実》を突き止めることではなかった。

謎解きは、ＩＡＳのタカハラの役割だ。

からん、と喫茶店のドアに付いたベルが鳴った。

視界の隅、喫茶店のドアから見覚えのある顔が入ってくるがあえて無視したふりをする。

数名の護衛を従えた小太りの男は、賢雄の背後の座席に背中合わせに座った。

相手が何か皮肉なことを言おうとして息を吸うのが感じられた。

こういう場合は先手が肝要だ。

「ＶＩＰ待遇だな、おい」

だから賢雄はあっさりと声を上げた。

背中合わせに小太りの男……渡根屋三勝がびくりと飛び上がりそうになるのを感じてにやりと笑う。

「なんのつもりで俺を泳がせている？」

「今すぐそのスマホと財布を置いてここから立ち去れ」

挨拶もなしの言葉に、相手も挨拶なしで応えた。

忌々しげな響きが隠せないのは、この男の器の小ささの証明だ。

「……財布の金はくれてやる。クレジットカードもな。今日一日使い放題だ。誰も罪に問わんから那覇にいる甥っ子姪っ子に東京土産でも買って送ってやれ」

「なんでそんなことを言われにゃならん。ＭＣＩＡのお前らに」

「……お前は危険領域に近づいてる。ＩＡＳのタカハラに何を言われたかはしらんが、Ｉ

ＡＳは今じゃ日本で一番アンテナが低い組織だ。高度な政治事情は分からん。お前が関わっていることは危ういバランスを崩す。お前が義勇兵じゃなかったらとっくに始末してるところをマイヤース局長が温情をかけた。何しろ琉球義勇兵の英雄様だからな」

最後のあたりに渡根屋の憎悪が固まって聞こえた。

おそらく華々(はなばな)しく英雄と称(たた)えられる賢雄たちが、この男はハナから気にくわないのだろう。

更にそれがあの基地での殴打事件で決定的になっている。

そしてそれを冷静に見て、自分の感情を抑えるだけのこともできないのだ。

「お前には俺に恩をかぶせる義理がないからな」

楽しそうに賢雄は言った。こういう馬鹿は怒らせると口が滑りやすくなる。

「当たり前だ、局長が言わなければ……」

「沖縄支局長だろ。自分の地位を上げるために上司の底上げをするのは歪(ゆが)んだ虚栄心の表れだ。俺はお前が薄汚い名誉アメリカ人の地位が好きな工作員だってことは知ってる。飾っても無駄だ」

背中越しに渡根屋の怒気が膨れ上がるのがわかるが、賢雄はそ知らぬ顔でコーヒーを飲んだ。

同時に何故、渡根屋がここへ来たのかを考える。

ＩＡＳのタカハラの情報はＣＩＡとＭＣＩＡに関しては正確だった。

だとしたら、本当にＣＩＡとＭＣＩＡは永少尉とＮＩＳ、〈紙の虎〉の一件に対して無関心なのか。

「で、永少尉の携帯の中で何を探すつもりだ？　〈紙の虎〉に関する話なら一切この中にはないぞ？」

カマをかけてみる。

驚く渡根屋の気配に満足する。

こいつらは何かを探してる。

そいつを永が持っていると思っていたのだろう。

「このスマホの中ぐらい、お前らのことだ、どうせお見通しなんだろう？」

「…………」

逡巡(しゅんじゅん)の気配を渡根屋に感じる。

「お前、何が怖いんだ？」

「お前には分からない。これは微妙な問題なんだ」

声に逡巡はなく、即答だった。

これで渡根屋が、上司に詳しいことは教えられていないと分かった。

渡根屋のような薄っぺらい男が、事態の真相を知っているなら今の段階で口を滑らせているか、もっと迷う。

（まあ、あのマイヤースが日本人を利用はしても信頼や信用はしないだろうしな）

哀れに思ったが、屑に同情はしない。


賢雄が初めて会って言葉を交わしたのは紛争時だが、マイヤースの姿を見かけたのはまだ義勇軍に入る前の頃――ＭＣＳの若手職員だった頃のことだ。

ある日、司令部へ黒塗りのリムジンで乗り付けたマイヤースを見て、側を通りがかった知り合いの海兵隊員が顔をしかめ、唾を吐いたので訊ねた。

「おいどうしたんだ、嫌いな相手か？」

その黒人の海兵隊員は部隊のムードメーカーだった。

誰にでも分け隔てなく接し、妻と子供を愛し、この翌年除隊して教師になった。

ただ口は悪く、最初に付いた渾名は〈宣教師〉。

後にその悪癖は自ら望んで直していったので、最後はその渾名を誰もが普段の彼が丁寧で大人しい人物だからだと思うようになった。

「あれはＭＣＩＡの所属ってことになってるが、本当はＣＩＡだ。人のクズだ」

彼は明らかに憎悪に顔を歪めていった。

賢雄はそこで初めてＭＣＩＡの名前を聞いた。

ＭＣＩＡは海兵隊の情報局で、本来は国内が管轄だが、お役所仕事の手品で、中国がらみで沖縄にも支局を置いておきたいＣＩＡと海兵隊の上層部が手打ちをして、基地の中でＭＣＩＡの看板を貸しているらしいというカラクリも。

「しかしなんでそんなに嫌うんだ？」

賢雄はそれでも不思議だった。アメリカ国外の戦場においてＣＩＡと軍隊が一緒にいる状況が珍しくないことは、映画などで知っていたからだ。

「結局、部外者だからか？　それとも映画みたいに情報を隠したり嘘をついたりとかを本当にするのか？」

「ああ……冗談みたいだが本当だ。特にあのマイヤースはひでえ。奴は俺たちを犬だと思ってやがる」

「犬？」

「星条旗のチェッカーフラッグを振って、俺たちを追い立てて、獲物をあっちへこっちへ翻弄(ほんろう)して、最後は美味(おい)しいところをひょいと持っていく」

　普段の丁寧な口調が〈宣教師〉という皮肉な渾名の由来になるほどの、ひどく荒れたものに戻っていた。

「その間に俺たちが何人死のうが関係ない。戦死叙勲への口添えさえしてくれない。《重要機密任務中の死は公にできない》からだとよ……だからケン、お前も奴の顔を覚えとけ、ＭＣＳだからって、やつらと無縁でいられるかどうかは判らねえからな」

「…………」

「奴がお前に声をかけてきて、星条旗のチェッカーフラッグを振ったら、言われたとおりのことをして、あとは逃げろ」

〈宣教師〉はまた唾を吐いた。

「儲(もう)けようとか、誰かを助けようとか、そういうことは考えるな、逃げろよ。ましてあいつの部下になんかなってみろ。狩りが終わったら頭を潰(つぶ)されて埋められるぞ……奴は自分より無能な奴は嫌いだが、有能な奴は敵として殺す」

　冗談を言っている顔ではなかった。

「これをやるよ、コピーだが」

賢雄はそう言ってニセ物の封筒をわざと二通とも取りだし、一通を後ろに投げる。

「元々普天間の司令官殿を通してお前たちに贈るつもりだったしな」

「貴様、そんなことをしたら海軍犯罪捜査局（ＮＣＩＳ）が乗り出してくるだろうが！」

これでもうひとつ確信が持てた。

本来ＭＣＩＡの看板を貸してはいるが、中身がＣＩＡのマイヤースたちが関わることにＮＣＩＳは首を突っ込んで来ないし、それをＮＣＩＳの上層部からも禁止されている。

海軍や海兵隊関係者が死んだりしていない限りは。

つまり今回の永少尉の死の前に、あるいはその後に、海兵隊、海軍関係の誰かが死んでいる、ということになる。

さらに言えば、今回のことで動いているＣＩＡは、ＭＣＩＡに左遷されたも同じマイヤースだけだ……渡根屋の目には明らかな怯（おび）えと狼狽（ろうばい）があった。

狼狽は自分の上司が望まないことを賢雄が起こそうとしたから、怯えはその後の叱責（しっせき）を思ってのことだ……マイヤースの後ろ盾なしで、こいつが沖縄に戻って、生きていられるとは思えない。

渡根屋が「非国民」「売国奴」と紛争前に見なし、紛争直前と紛争中の混乱期に殺されたものはかなりの数に及ぶ。

直接手を下したことはほとんどないが、頭の軽い無分別な「憂国者」たちを煽って殺人に持っていったという意味で主犯でもある――薄れつつあるとは言え未だに親族同士の絆の強い沖縄には、渡根屋の帰りを拳を握りしめて待っている者たちが大勢いるはずだ。

この一件が賢雄の予想通りだった場合、渡根屋がマイヤースから見捨てられる状況が発生する。

それは「部下が勝手にやりました」といってマイヤースが言い訳せねばならない状況だ。

政治的に遥かに上のところでは話がついている。

(CIAとNCISが持ちつ持たれつの関係で、トップ同士が話を決めればそれに従うのは、別にテレビの中の話だけじゃないからな)

よっぽどそう言ってやって、さらに渡根屋の怒りをかき立ててやろうかと思ったがそれは我慢した。

プライドの高い屑を怒らせすぎると、思わぬ暴力に出る。

この喫茶店で銃撃戦を起こしたくはなかった。

渡根屋の命を惜しんだのではない。周囲の無関係な人間を巻きこみたくなかったからだ。

渡根屋の銃の腕は戦場で何度も見ている。目をつぶって叫びながらフルオートを振り回す、典型的な素人のパニックショットで、ほとんど敵に当たった例はない。

「じゃあな」

賢雄は空のＳＩＭとコピーの入った封筒をヒラヒラさせながら外へ出た。

さりげなく、渡根屋の側を通りながら、喫茶店のレシートを彼のテーブルに置いていくのも忘れない。

「支払いはよろしく」

殺気の視線が賢雄の背中に投げられたが、それは本物の殺し合いをした賢雄にとって子猫がじゃれてくるのと同程度のものだった。

ドアをくぐると、賢雄はわざと相手に見える様に最後の空のＳＩＭとＵＳＢメモリ入り封筒を放り棄てた。

真っ直ぐ雑踏の中を駅に向かって歩き出す。

背後で慌てて喫茶店のドアを開けて出てくる複数の気配と、「今の封筒を探せ！」と怒鳴る渡根屋の声が聞こえた。

おそらくこれで、渡根屋は賢雄が情報を本当はまだ隠しているのではないか、と疑心暗鬼になるだろう。

実を言えば、この空のＳＩＭは、渡根屋が現れず貧侠やテンサン・エンジェルに襲われた時に使うつもりだった。

が、渡根屋が来たのなら嫌がらせに転用することにしたのだ。

空白に人は色々なものを見いだす。渡根屋のような人間は「ないものはない」という決断を自分では決して下せないのだ。

しばらくは部下に回収させた二通の空のＳＩＭとＵＳＢを相手に睨めっこをしているに違いない。

そして、本物のコピーＳＩＭから得た情報が本当なら、彼らはいずれ、賢雄ではなく、賢雄の上、タカハラに圧力をかけるだろう。その方が手っ取り早いからだ。

賢雄を殺せばタカハラは逆に疑いを持って別の誰かを雇うのは目に見えている。

つまり、渡根屋は今回も賢雄に手出しは出来ない。

憂さ晴らしには丁度良かった。

だが、それはそれとして、調査を出来る範囲で進めねばならない。


賢雄は六本木に向かった。

マスコミと諜報機関のガチョウはつついた。

今日やることの最後に、もっと〈紙の風〉だか〈紙の虎〉だかに近い筋に当たってみるべきだと思ったからだ。

〈新邦人〉を含めた〈ガイジン〉の多さで知られるこの街は、そのコミュニティの中のいいことも悪いことも伝わるのが早い。

滅多に足を向けることはないが、それでも半年以上東京に住んでいれば顔見知りの店がひとつくらいはできる。

リマと何度か飲んだ店だ。

アブサンと、いいテキーラが飲めるからと誘われた店。

眠い目を擦(こす)りながらマスターが開店の準備をしていた。

ここの開店時間は早い上、良心的な値段と清潔さで売ってる。

だから今の時間からマスターが店にいるのは、リマに最初につれて来られたときに知っていた。

口ひげを丁寧に整えたマスターは日本人で、賢雄の顔を覚えていた。

この辺の酒場ではかなりの古参になるこのマスターは、外国人のコミュニティネットワークに対し、ヨーロッパ系、アメリカ系、中東系を問わず顔が広い上に、「配慮」の出来る善人であるがために誰からも被害を受けないという希有(けう)な人物でもあった。

「ちょっと時間つぶしのついでに、マスターに聞きたいことがあるんだ。一杯飲む間だけ、頼むよ」

リマが最初に賢雄をこの店に引っ張ってきたときと同じことを、賢雄は口にした。

マスターは苦笑し、「いいですよ」と招き入れてくれる。

もちろん、ドアにかかった看板は「CLOSED」のままだ。

「リマさん、最近見ませんけどどうしてますか?」

口開け前だが、賢雄は詫びのつもりで山崎をロックで一杯だけ注文し、カウンターに腰を下ろした。

「ビザの都合で帰ったらしい。俺に別れの言葉もなかったよ」

苦笑しながら山崎を舐めた。

久々に味わうウィスキーだが、イギリス人が歯ぎしりしながら「世界の飲むべきウィスキー」リストに加えたその味わいは、記憶通りに美味い。

舌と喉が、もっと飲ませろと要求するのを我慢する。

ちょっと前まではかなりの努力を要したが、いま「戦場」にいる身としては比較的簡単なことだった。

「ところで、知り合いが殺されたんだ、この前……神保町で爆発事件があっただろ」

「ええ」

「こんなものを握りしめてた」

誰が誰に殺された、とはあえて言わずに賢雄はあの爆死した少女の手から回収した折り紙をカウンターの上に置いた。

「何かの組織に属してたらしい。そいつはこの国の人間じゃなかった……マスター、何か知らないか？」

「………………」

口ひげのマスターの顔が強張（こわば）った。

「渋谷さん、こんな物、棄ててしまった方がいい」

折り紙に血が付いているから、ではない。

「そうも行かない。これだけが手がかりなんだ。俺は死んだ奴の妻子に奴がどうして死んだかの説明をしなくちゃいけない」

「通り魔にやられた、でいいんですよ。貧俠がらみの殺し、なんて深く追及しても誰も幸せにならない」

マスターは吐き捨てるように言った。

「テンサン・エンジェルよりも始末に負えない。彼らは犯罪が終われば国外に消えるけど、貧俠はどこにいるか判らない。何のために動くのかも、その理屈も分からない」

やはり、この折り紙は貧俠に絡むものらしい。

「これ、見たことがあるのかい？」

「噂(うわさ)には聞いたことがありますよ」

マスターは「見た」とは言わなかったが、明らかに嘘だった。

「関東で新邦人や外人がらみの人殺しがあった後、たまにそういう折り紙が落ちてて、深く追及しようとすると刑事だって殺されるって話です」

それ以上は何も言えないよ、とばかりにマスターは口をつぐんだ。

沈黙が開店前のバーの中に満ちた。

しばらく賢雄は山崎を舐めていたが、

「ありがとう、そうする」

嘘をつく後ろめたさを少し感じながら、賢雄は万札二枚をグラスの下に敷いてスツールから降りた。

まだ山崎が八割方残ってるが諦めた。

バーから出て駅へ向かう。

ここにはもうしばらく来られないだろう。

ともあれ、〈紙の虎〉と〈貧俠〉に何らかの結びつきがあるのは間違いなかった。

今日、明日、永少尉の足取りを追いながら、今度は電話で別のマスコミにこの話をするつもりだった。

朝霞のような「脅えたガチョウ」を増やすためである。

やがて、相手は賢雄の存在に気づくだろう。

気付けば接触してくる。あるいは朝霞たちに何らかの圧力をかけるかもしれない。

賢雄を手っ取り早く殺しに来る可能性もあるが、どちらにせよ動くからには姿が見える。

姿が見えるなら、追いかけることが出来るはず。

随分乱暴だが、結局、手詰まりになったら荒っぽくて雑な手法が、敵を動かすには一番簡単だ——雑な動きには相手も乗ってくる隙を見いだしやすい。

昔と違って自分ひとりの命だから気は楽だ。

これで動かないなら、それこそタカハラに頼んで資料を山のように取り寄せ、自分の足で調べるしかない。

だが、そんな時間があるかどうか。

ＩＡＳの低いアンテナに引っかかるぐらいだとしたら、相当ことが大きくなっている可能性がある。

つまり、取り返しの付かない事態が起こるまで、もう時間がないかもしれない——それなのに、賢雄は不思議に焦(あせ)りを感じなかった。

自分の中に、暇つぶしのゲームのように、この仕事を楽しんでいる節がある。

(どこかで、奴らの計画が実行されれば良いと願ってるのかも知れんな)

苦く笑った。

それから、賢雄は山手線内の喫茶店にふらりと入っては、永のスマホで、その通話記録に残っている日付で各宅配会社に電話をかけ、その日に永から何か荷物を預かっていないかと訊ねた。

表向きは自分を永だと名乗り、「今、帳簿を整理していたら誤った配送があるらしくって」と誤魔化した。

相手の電話に表示されるのは永の電話番号なので、相手は信用し、どういう荷物をいつ送ったかを教えてくれた。

それに対し「いやもっと大きいの」「貴重品、貴金属表示が」などと適当な指示を口にしていくと、大抵の物が精密機器扱いで、電子部品も多いことが裏付けされた。

「スティンガーミサイルの照準器」

という永が口にした言葉が思い出される。

さらに木箱が多く、陸路と船のみで持ち込んだ段階で永から航空輸送禁止を指定してきた、とも言われた。

頭に引っかかるものがあった。

それから賢雄が半ば勘でふたつのサイズを口にする。

と「その通りだ」と答えが返ってきた。

そのふたつのサイズの箱が、永がこの数ヶ月、宅配会社に送らせた荷物のほとんどだという。

「おいおい、冗談じゃないぞ」

山手線を二周して、神田駅の北口にある喫茶店から出ながら、賢雄は溜息をついた。

神田から大手町まで歩き、東京メトロで高田馬場へ移動する。とにかくひとつところに長くとどまらないのが重要だった。

本当に〈紙の風〉と呼ばれる存在がいるのだとしたら、とどまっているだけで標的になる。

移動し続けられる場所にいることは、逃げられる場所にいるということだ。

賢雄が口にしたサイズは、アメリカ軍のアサルトライフル輸送コンテナを保護するための木箱のサイズ、そしてＣ４プラスティック爆薬や榴弾砲用の装薬（発射用の火薬）も含めた、弾薬類輸送コンテナ保護用のケースを、さらに保護するために納める木箱とほぼ同じだった。

それもかなりの数になる。

送り先は様々だった。東北、大阪、福岡、広島、北海道、未だに戦争の後遺症が激しい沖縄以外のすべての地域に、それぞれ数百挺のアサルトライフルと数千発の弾薬、Ｃ４爆薬が送り込まれた計算になる。

航空機輸送の際にはどうしてもＸ線検査を通すが、サイズが大きい上に陸路輸送のみと指定された場合、宅配業者は中身を見ないし知ろうともしない。

精密機器、工作機器と書かれた通りに輸送する。

この輸送方法は、八十年代からちょくちょくアメリカ軍がやらかした輸送方法だった。

しかもこれまでのオリンピック不況と〈戦争〉でインフラは混乱の極みにあるのに、「なによりも急ぐこと」がこれまで以上に求められ、トラックドライバーに個人的に金を摑ませることで「急がせる」企業、個人も後を絶たない。

「だが、本気で原子炉襲撃なんて……」

高田馬場駅近くの喫茶店を後にして、賢雄は頭を振った。

タカハラに報告するべきだと考える。

大通りで立ち止まるのは避けたかったから少し路地に入る。

嫌な予感がして、さらに奥へ進む。

視線を感じた気がしたのだ。

しばらく行くと視線は消えた。

自分は兵隊だ。まずはタカハラに情報を分析させるべきだろう。

教えて貰った番号に電話をかけようとする。

電源が入っていないか、電波の入る場所にいない、というアナウンスが流れた。

伝言は残さずに切る。

しばらく経ってからかけ直すことにした。

移動は続けなければならない。

停まるな、と頭のどこかが囁(ささや)き続けていた。

フィーチャーフォンが震えた。

《隊長、元気かー?》

強烈な沖縄訛(なま)りの声が聞こえてきた。

「晄三郎か、どうしてこの番号が分かった？」
《隊長が俺のこととか探してるって、小さい方の金城が電話したばーよ》
押し潰したようなざらざらした声は変わらない。
どうやらユウスケに聞いて電話をかけたうちのひとりが、晄三郎に偶然つなげてくれたらしい。金城という姓は沖縄には多く、賢雄の隊にもふたりいて古参のほうを「大きい金城」、新しい方を「小さい金城」と呼んでいた。
《それよりもエー、隊長、気をつけレー》
「？」
《隊長の顔がテンサン・エンジェルのサイトに載ってるんだよ！》
「！」
思わず賢雄は立ち止まった。
《三〇〇万、落札者六人で分けても一人五〇〇万さあ。今朝うちの若いのが知らせてくれてびっくりしたバーヨ！》
晄三郎の声の後ろから、エンジン音が微かに響いていた。
《今どこだバー？　俺迎えにいくからよー、そこから動かないでいてくれよ》
「今は高田馬場だ」

《あー、じゃあ近くさー。車でいくから待ってろよ（チョーケョー）》

「じゃあ西友の裏の駐車場……いや、西友の前で会おう」

沖縄にいると必ずああいう大きなスーパーやデパートには大型駐車場がつきものだが、東京ではせいぜいが駐輪場がある程度である。

狭いし、逃げ場もない。

とにかく今は急いで大きな通りに出るべきだった。

《了解》

電話が切れた。

テンサン・エンジェルに関しては、ユウスケに言われたこともあり、六本木に向かう途中で調べてみた。

テンサン・エンジェル。日本から帰国する前、テン・サウザンド、一万円以上で殺しや非合法な行為を請け負う連中とサイトのことだ。

スマホでのアクセスはできず、使い捨てのフィーチャーフォンと呼ばれる多機能携帯電話から特殊な電話番号（新邦人や特殊な外国人の間でしか知られていない電話番号）に電話をかける。

するとその番号から折り返し電話がかかってきて、特定のコードを伝えてくる。そのコードと電話番号をパスワードにしたｗｅｂページが一回だけ開けるように作られており、欲しい金額とやりたい業種――殺人、輸送、襲撃行為、誘拐など――を選ぶと対象者――あるいは場所――の写真と名前、今の居場所と要請内容が出るという。

支払いはビットコイン。

犯罪に抵抗がなく、二度と日本に戻らない人間にとっては楽な「行きがけの駄賃」をもらえるアルバイトに違いない。

だれがテンサン・エンジェルのサイトに……と思い、一瞬、渡根屋の朱に染まった顔が浮かんだが、あの男は金に汚いことを思い出す。

三〇〇〇万も賢雄の首にかけるぐらいなら自分で殺しに来る――市民団体の間を行き来している時もＭＣＩＡからの工作資金をチョロまかしてため込んでいるという評判が立った男だ。

ともあれ、殺し屋が雇われ、賢雄を狙っているのは間違いがなく、それはもうじき来る。

しかも今自分がいるのは駅からも大通りからも離れた寂しい道だった。

車道を通る車の中からの射撃……ドライブ・バイ・ショットをかけられたら車道側に近ければ近いほど危険だ。

それにわざわざ敵に自分の姿をさらすのは愚の骨頂だった。

腰の銃に手をやりそうになるのを自制する。

そんな歩き方をすれば目立ってやはり標的として発見されやすくなる。

とにかく表通りに戻ろうとすると、ヘッドギアをきちんと装着したロングスカートの白人女性ふたりがにこやかに会話しながらこちらへゆっくりとやってくるのが見えた。

典型的なキリスト教系新興宗教の勧誘員だ。

賢雄を見るとニッコリ微笑み、自転車を路肩に寄せるようにして徐行してすれ違う。

瞬間、白人女のスカートが翻った。

女は自転車のハンドルの上に上半身を預け、鞍馬の要領で見事に蹴りを入れてきたのだ。

あまりにも滑らかな日常から攻撃への移行は、並みの人間ならそのまま蹴りを喉に食らっていたかも知れない。

機械的に反応し、賢雄はマニューリンを引き抜いて撃った。

白人女はバランスを崩してそのまま地面に仰向けに倒れ、下腹部を押さえたまま痙攣を始める。

女の靴先にナイフが飛びだしているのが見え、口から血の泡がみるみるあふれ出すが、
賢雄は次の標的に銃口を向けつつあった。

もうひとりのほうは相棒の吹っ飛ぶのに巻きこまれることなく、自転車から飛び降りる

とママチャリと呼ばれる買い物自転車のグリップを引き抜いてこちらに向けていた。

太く短い銃身の隠し銃だ。

グリップの中には薬室があり、引き抜くと同時にグリップの一部が起き上がって引き金になる。

口径の大きさとこの距離からすれば使用するのは散弾と相場が決まっていた。

賢雄の銃のほうが早かった。

女の頭に穴が開き、ビルの壁面に脳漿がぶちまけられる。

下腹部を撃たれた女がのたうちながら自分の自転車のグリップを引き抜こうとするのへ、さらに一発。

こちらは長い首の真ん中に穴が開いた。

かくんと女の首が折れ、地面に額をぶつける重い音が響く。

その音を聞きながら、賢雄は身を翻して走り出した。

大回りになるが西友の駐輪場のあたりから店内を突っ切った方が早い。

いやその前に暁三郎に連絡を……。

と思った瞬間、銀色の光が首目がけて煌めいた。

電柱の陰に潜んでいた制服姿の男子高校生が、カッターナイフを振るったのだ。

舌打ちする声が聞こえ、賢雄は銃口を向けたが一瞬躊躇(ためら)った。

終戦の日、撃ち殺してしまった少年兵の姿が頭の中をよぎる。

その瞬間、カッターナイフが銃を握りしめた賢雄の右の小指から中指までを深く斬り裂いて、思わず賢雄は銃を取り落としそうになりながら後ろへ飛んだ。

返す刃がさっきまで賢雄の喉があった空間を薙(な)ぐ。

「来たぞ！　三〇〇万俺たちで総取りだ！」

丸刈りの高校生が英語で叫んだ。

路上駐車していたトラックの下から浅黒い肌にどう見ても南米系の顔立ちをした高校生が三人転がり出てきて有刺鉄線を巻いた黒光りする木製バットを振り上げた。

古いタイプの有刺鉄線ではなく、ところどころに剃刀(かみそり)のような刃が仕込まれているタイプだ。

木製バットは飛び退(の)いた賢雄の右肩口を浅く殴りつける。

剃刀(かみそり)で裂かれる痛みと殴打の痛み。

マニューリンを左手に持ち替えながら発砲した。

さっきの少年兵の幻は頭から消えている。

過去は過去でしかなく、今目の前にいるのは自分よりも強い「敵」だ。

だが銃弾はビルの壁に弾けた。

やはり左手では上手くいかない。

「おっさん、相手が悪かったな」

ヘラヘラと少年が笑った。

「こいつら、明日にはドミニカに帰るんだよ」

最初にカッターナイフで襲ってきた少年が笑った。

「みんなビンボでさ、金が要るんだよ、な？」

へらへらと笑う顔面の真ん中に賢雄は穴を開けた。

思った通り素直な銃で、左手でもきちんとグリップすればちゃんと当たる。

他の三人が罵声を上げて襲いかかってくる。

振り向きざま、一人の心臓に銃弾を撃ち込み、カッターを持ったまま倒れる高校生の死体の背後に回り込みながら突き飛ばして身代わりにする。

味方だったものへの、殴打の音と、血飛沫の撒かれる音が路地に響いた。

賢雄は銃を腰のベルトに突っ込み、代わりにナイフを引き抜いた。

残ったふたりがバットを仲間の身体から引き抜くのに合わせて飛び出す。

左側のひとりの身体にしがみつくようにしながらナイフを連続して突き立てる。

血飛沫が噴き出す中、血とともに急速に命を失っていくそいつの身体をまた盾にして残った一人に向けて突き進む。

相手が賢雄の突進を避けて横に飛ぶと、そのまま下からすくい上げるようなスウィングを見せた。

相手の足場がしっかりしていれば、賢雄の後頭部をジャストミートしたかも知れない。

だが、友だちの死体から噴きだした血が最後の一人の靴底を滑らせた。

慌てて踏ん張った結果、バットは大きく賢雄の後頭部をよけて空振りになる。

後はまた懐に飛びこんだ賢雄が素早く十数回ナイフを突き立てて離れ、最後の一人はそのまま地面に倒れ、少し痙攣してから動かなくなった。

人通りのない裏通りで、賢雄は思わず座り込みたくなったが、何とか血まみれのジャケットを脱ぎ、バットで表面をザクザクに裂かれたデイパックの中からジャンパーを取りだして着用した。

全身用のアルコール消毒ペーパーを数枚使って顔と手に付着した血を拭(ぬぐ)う。

そして周囲を見回す。

奴らが襲ってきたからありえないとは思っていたが、やはりこの周辺に監視カメラはなかった。

安堵の溜息をついて歩き出そうとすると、ちゃきり、という遊底が動いて初弾を装塡する時の音がした。

視線を前に戻すと、そこには賢雄のアパートのネパール人の少女が四角いグロックの自動拳銃を構えていた。

護身用に最近開発された9ミリパラベラムを薬室のぶんも含めて七発収納できるG42。

グリップの薄い銃は少女の手に馴染んでいた。

「ごめんなさい」

少女は目に一杯涙を溜め、両脚を軽く開き、銃と両腕で見事な三角形を作って賢雄の心臓に狙いをつけていた。

賢雄のアパートのある新井薬師からこの高田馬場までは近い。

少女はここまで歩いてきたのだろうか、と賢雄は思った。

この拳銃はどこから手に入れたのだろうか。あの父親か。それとも買ったのか。

落札者は六人、すでに六人……と思いかけて、あの日本人の高校生は餞別代わりに助っ人しただけ、という可能性を思いついた。

だとしたら、この少女が最後の六人目だ。

そこまでのことが、ほんの一瞬で脳の中を駆け抜けていった。

「私たち、お金、いるんです」

引き金に指がかかる。

彼女の右手にある道から甲高いクラクションの音がした。

振り向く少女が銃口をクラクションの音源に向け、躊躇なく発砲するが、9ミリパラベラム弾は防弾フィルムを貼ったフロントグラスに弾かれた。

低く力強く、静かと言えるエンジン音はそのまま一トン以上の塊（かたまり）となって少女を撥（は）ね飛ばし、反対側にあった駐輪場の料金支払機に激突させる。

横に数回転した彼女は首からその四角い機械へとぶつかり、異様な音と角度に首を曲げて機械に深々と埋められた。

「小隊長！　大丈夫かー！」

少女を撥ね飛ばした、傷一つない銀色のベンツから四角だけで作ったような晄三郎の顔が現れた。

「助かったが……いいんか？」

つられて賢雄のイントネーションにも沖縄訛りが出る。

「いいさー。どうせ人殺しの屑なのに、女（イナゴ）も男も子供（ワラバー）も関係ナイサ」

笑うと晄三郎の顔は意外に人なつっこく見えるが、安堵する気にはなれなかった。

助かったという思いが半分、罪悪感が半分。

後の半分が贅沢な感情なのは理解している。

「さあ、隊長、逃げよう」

「あ、ああ」

賢雄はデイパックを背負い直して晄三郎のベンツに乗り込んだ。

ちらりと、支払機に突っ込んで動かないキュビズムの彫刻のような姿になったネパール人少女の死体、その伸びやかな脚の奥で括約筋が緩み、みるみる汚物の染みを広げる下着を見ながら晄三郎は呟いた。

「あいえー、ガキがなんで銃を持つカネェ」

呟いた晄三郎の顔には後悔もなにもない、怪物のように見えたが、賢雄はナイフを握りしめそうになる手を緩め、頭を振った。

コイツが怪物なのではない。今さっき六人を殺した自分だって充分に怪物だ。

ただ、殺した相手の素性を知っているから怒りを覚えているだけだ。

そして晄三郎は自分が殺した少女にもう興味がないという顔でベンツを発車させた。

賢雄は溜息をついて目を閉じ、少女のことを忘れようと努力した。

第四章　過去と今と過去と

「彼」の祖父が好きだった映画がある。

「追捕」という題名で、高倉健という俳優が主役の映画だ。

彼が生まれる前に中国で公開され、当時は大ヒットしたらしい。

文化大革命を乗り切った祖父は、しかしその後半、毛沢東が死んだあとを継いだ元映画女優にして未亡人の、江青を含めた「四人組」と呼ばれる権力者たちによって投獄された経験がある。

それ故に理不尽な濡れ衣で投獄されそうになり、無実を晴らすべく逃亡し、望みを叶える主人公の姿に拍手喝采したそうだ。

「日本にはあの男ひとりでいいだろうが、中国にはもっとああいう男が必要だ」

祖父は無邪気なことを珍しく口にしつつ、同じビデオをすり切れるまで見ては、観賞不能になると新しい物を取り寄せ、さらに晩年はＤＶＤを繰り返し見ていた。

彼が祖父の家に引き取られたのは、中国政府が共産主義、社会主義を一部解除し、資本主義を導入しはじめた時期のことである。

「今の中国人は向上心を失った。党の顔色をうかがって、必要以上のことはしない、義は死に絶えようとしている。これはいかんことだ」

祖父の言葉はやや共産党員としては危険な思想ではあるが、「彼」の感想は別だった。

最後、主人公は政府高官への未来を捨てて野（や）に下る。

それから先、主人公が何を成すのかを知りたかった。

主人公は世界を変えたのだろうか。

自分だったらどうするだろう。

まだ少年だった「彼」はそう考えた。

「彼」は二十二で日本へ、任務として留学した。

到着したのは東京で、「彼」は観光客として入国した。

観光客としての「彼」は大阪で姿を隠し、中国人民解放軍総参謀部が数十年前にとある夫婦から買い取った戸籍にしか存在しない日本人の息子として東大を受験した。

政府は受験までの御膳（おぜんだ）立てはしてくれたが試験そのものは実力で通るしかない。

そして「彼」は合格した。

日本人として日本人の思考を学び、考えられるようになったが、中国人としての思考回路も維持せねばならなかった。

それは時に人格が分裂する危険すら孕む行為であったが、「彼」は耐えきり、学内でも三番目の成績を、ここでも常に維持した。

「彼」の上官が命じたのは、その上で日本及び世界に向けて作り上げる独自の、使い捨て工作員ネットワークの構築。

最初は無理だ、と思いながら引き受けた任務だったが、やがて「彼」は日本に特有の精神的土壌に目をつけた。

中国や共産圏ではシステムとして機能する相互監視。それがこの国では「空気を読む」という同調圧力として常に国民の中で機能している。

そして政府に逆らうことへの忌避感。

同調圧力が強い分だけ、匿名性を得た時の攻撃性の高さ。集団としての理性の喪失の速さは中国人よりも遅いが、喪失後の持続時間は中国人よりも遥かに長い。

日本人には〈大義名分〉と覆面、あるいは仮面があればいい。

あとは報酬……ささやかでもいい、むしろささやかな方が彼らの自尊心をくすぐる。

だが、ささやかすぎるのは良くない。

その金額を探り当てたあたりで、彼はこの組織に名前をつけた。

日本らしい名前に擬装することも考えたが、この国ではむしろ逆に中国語のままでおいたほうが、〈悪〉を感じさせていいと考えた。

〈悪〉は強いものだ、と誰もが潜在意識で考えるからである。

だから、貧俠、とした。

最初に勧誘した日本人は四人。そこから十年かけて人数は一〇〇〇倍以上に増えていった。

ささやかな、しかし少し多めの報酬、自己満足、正義の旗印。そしてインターネット。

あとはこう囁いてやれば良い。

「あなたは正しい。敵は強大でずる賢い。対等に戦うためには顔を隠すべきだ。自分の人生を悪党なんかにかける必要はない。どうせ司法は役に立たないのだから、個人で迅速に実行すれば良い。そうすれば勝利し、あなたは自分の望む英雄になれる」と。

安全な復讐。

自分の思う悪しき者たちへ、自分たちの人生に傷を付けず、安全に、正義の鉄鎚を振り下ろすための〈仲間〉たち。

法律では裁けぬ悪を裁く、という魅惑的な子供の理想に大人の怯懦で補強することで完成するネットワーク。

あとはあなたが勇気をふるえばいいのです、という〈ひとつだけの条件〉。

最初の一人が成功し、三人目が成功し、五人目が成功するのを見せれば、そこからは簡単だった。

大丈夫なんだよ、安全なんだ。悪い奴(やつ)らをやっつけられるんだ。

あとは口コミで広まっていく。電脳的な手段を用いたものは〈処罰〉された。

もっとも官憲の手がたどれないように二重三重の仕掛けは施(ほどこ)してある。

やがて一〇〇人を超えたあたりで〈貧俠〉は形を整え、世界各地に流出していくのを見守っていれば良かった。

もちろん時折手を入れる。

並行してすでに存在していたテンサン・エンジェルにも関わるようにした。

憎悪より金銭を優先させる人間用に。

金持ちの共産党員の庭のようなものだ。手を入れすぎれば台無しになる。

幸いにも「彼」が組織を作り、育てているころの中国の経済はまさに日の出の勢いで、潤沢(じゅんたく)な資金を「彼」は扱うことが出来た。

風向きが変わりはじめたのは東京のオリンピックが決定した辺りからだ。

「彼」はある日、それまで会ったことのない上官、徐文凱に直接、接触された。

中国と日本との間に「紛争」を仕掛けると彼ははっきり言った。

そして、中国は軍の過激派のガス抜きと人員整理を行いつつ、国として二つに分かれ、今後の世界を生き残り、またいつかひとつになると。

経済のバランス云々の話は理解出来るが、納得しかねた。

そして……彼はＣＩＡに協力しろと言い出したのである。

「この任務が終わったら、君は組織から離れろ。ここまで大きくなった組織だ、潰せとは言わない。ただし、我が国が創立に関わったという証拠は徹底的に消せ」

その言葉が、「彼」に決意させた。


現在。

「徐はしくじったようです」

「テンサン・エンジェル」の動向を外部からクラッキングし、監視していた女はそう言って背後に控えていた「彼」に告げた。

「落札した六人のエンジェルは全員死亡、賞金は運営側の総取り……渋谷賢雄という男、

「元軍人だけあってしぶといようですね」

「軍人だからしぶといとはかぎらない」

彼女の横で、クラッキングをするためのバックドアを仕掛けた男が口を尖らせた。

「愚かなことだ。放っておけばいいものを……奴はまあ、小心者だから仕方がないが」

かつて、車庫で育てられていた少年であった「彼」は、そう言って笑った。

「しかし増額分は無駄になりました」

「構わない。戦争とは無駄遣いの別名だ」

鷹揚に頷きながら、「彼」はバックドアを仕掛けた男に声をかけた。

「渋谷賢雄の詳しいデータが知りたい。頼めるかね？」

「ええ」

男は嬉しげに頷いた。

数分後、ＭＣＣＳ時代に作って放置されていた賢雄のＦａｃｅｂｏｏｋが表示された。

「更新は五年前で途絶えているのか」

「彼」はモニタ画面を覗き込む。そこには「ＭＣＣＳ」と青字に白で書かれたＴシャツをつけた若い賢雄が、無邪気に同じＴシャツ姿の男女と肩を組んで笑っている写真があった。

「どうやら元は脳天気な半公務員みたいですね」

「調べてくれ」

江古田にいる、犯罪者は勿論ヤクザなども診てくれる医者に傷口を縫って貰い、服を買い換えると、万札を二〇枚ほど抜いた封筒の残りを、賢雄は暁三郎にすべて渡した。永の財布にあったものも含めて、それでもまだ手元に五〇万は残る。

「これからしばらく迷惑をかける。使ってくれ」

暁三郎の金壺眼が大きくなるのを見るのは少し面白かったが、ネパール人の少女のことを思うと心の重みは取れない。

「ああ、それとお前の伝手でリボルバー用の弾が欲しい。38SP弾でいいが、357があればそれを。ひと箱ぐらいあればいいだろう」

「小隊長どの、了解であります」

鮫が笑うような笑顔を浮かべる暁三郎をよそに、賢雄は包帯だらけの手で苦労して携帯電話を取りだした。

タカハラを電話で摑まえたのは医者の病院ともいえないマンションの一室を出て、椎名町のあたりまで来たときだ。

《二時間後、靖国でお会い出来ませんか？》

タカハラはそういった。

《それまでには身体が空きます》

「すまないがついでにテンサン・エンジェルに俺の賞金首依頼を載せた奴を調べてくれ。CIAか、それとも別の奴か、どっちにしろ知っておかなくちゃならん」

仮にCIAなら資金は潤沢だ。また数百万をかけて賞金首にしかねない。

そうなら変装する必要もあった。

だが、今回は違う気がした。

《テンサンは……難しいですが、陸自の特殊作戦群のサイバー部隊に貸しがあるのが一人います。お会いするまでには何とか》

「頼む」

言って賢雄はベンツの助手席に身体を深々と埋め直した。

「どうしてた、暁三郎」

「沖縄じゃ食えんくてヨー、東京に出てきて、ヤクザの用心棒やってるサー」

「じゃあこの車はヤクザの車か」

「自家用車」

「買ったのか」

「持って来た」

それは普通窃盗と言うんだ、と思ったがあえて賢雄は口にしなかった。

暁三郎に善悪の別はない。必要ならどこからでも、どんな手段ででも持って来る。

金も、女も。

この男の命を救って恩義を抱かせたのは自分にとっての幸運なのだろう。

でなければ暁三郎は賢雄の命さえもひょいと奪うに違いない。

「二時間あるから、鉄砲の弾買おう、だぁ」

そう言ってハンドルを切った。

「どこにいるんだ？」

「下落合に知り合いの組の事務所があるからヨー。三万でひと箱買えるさー」

銃弾が買えるけれどどうしますか？　とは聞かない。

言われたことをさっさとやる、依頼した人間の都合も考えない。

数十分後、いきなり押しかけてきた暁三郎に、ヤクザの連中は半ば戸惑い、半ば呆れと諦めが入り交じった顔でひと箱分の３５７マグナム弾を売ってくれた。

代金は三万円を要求したが、暁三郎は金壺眼でぎょろりと睨み付け「二万」、と言って押し切った。

靖国神社は、賢雄の目には巨大な神社の撮影セットに見えてならない。巨大すぎる鳥居、整然とし過ぎて広大な敷地、境内に建つ、いつも真新しい木の匂いをさせている建物。

他の神社仏閣とは違い、親しまれる人間味が欠片も見えない。

ここにあるのは「整然とした美しさ」だけだ。

九時ちょうどに、タカハラは暗くなった靖国神社の敷地に現れた。

以前あった時とは微妙にデザインの違う黒いコート姿。

「お呼びたてして申し訳ありません」

軽く頭をさげるタカハラの側には例の護衛の姿が見えた。

「まず、あんたの予想を裏付ける話が出てきた」

と賢雄は宅配業者の話をした。

「問題なのは奴がどこから荷物を持ってきたか、そしてどこに送り届けたか……だが俺は警察じゃないから、そこまで調べられん」

「テンサン・エンジェルのほうは、あっさり割れました……彼らもお上には貸し借りがあるので、そこを突くとよほどのことがない限りは教えてくれるそうで」

そういってタカハラは懐から折りたたまれたプリント用紙を取りだし、賢雄に手渡した。

高級そうなコートを着け、ポマードでかっちりと髪型を作った険しい表情の五十男の顔が望遠で撮られている写真が一番上にある。

「徐文凱（シュ・ウェンカイ）、中国の諜報（ちょうほう）組織の人間です」

「今回の《紙の風》の黒幕か？」

「そんなに簡単なら楽なんですが。徐は今の《貧乏な中国》……いえ、《古い中国》の武官です。あの国は我々の援助を求めている、今この国を害することがあれば分離による経済危機を回避出来ない」

「じゃあ何故俺を？」

「中国人は大雑把（おおざっぱ）ですから、あなたを消すことで自分の所属するほうの中国との関わりが消えると思ったんじゃないんですか？　最初は二十五万だったのが、二時間後に三〇〇万に増額するぐらいですから、結構行き当たりばったりですね」

「それこそ、そんな簡単な話じゃなかろう」

賢雄は少々むっとした。子供の理屈で殺されたのではたまらない。

「徐に会いたい、手はずはつけられるか？」

子供の理屈で襲ってくるような相手なら殺す。

それとも用心深いだけなら〈警告〉する。

命を狙われたのだからそれぐらいする権利はあるだろう。

「彼は用心深い男ですが、あなたの伝手で会えるでしょう」

「？」


赤坂のポーランド大使館近くにそのＳＭクラブはある。

政長恭子は以前と変わらぬボブカットの髪をかき上げ、眼鏡を外した瞳を暗い照明に光らせながら、ひと組の母子の前に立っていた。

半年間の兵士としての戦闘経験と、その後一年間のジム通いで引き締まった肉体は筋肉が目立たないようにしっとりと脂がのっていて、胸と腰ははち切れんばかりだ。

そして鎖骨から下は南方部族風意匠を含めたタトゥーが肌の面積の六割以上、手首足首まで覆っている。

最も大きいタトゥーは背中にある十字架とバラ、右脇から臍にかけてはハートマークと頭蓋骨(ずがいこつ)をモチーフにしたもので、首の後ろと、張り詰めた一〇二センチGカップの乳房の下には「memento mori(死を忘れるなかれ)」とラテン語の飾り文字で刻まれている。

その肉体をエナメルのボンデージスーツに包んだ彼女はピンヒールの音をわざと高く響かせながら、床の上に縛られ、転がっている母子の周囲を歩いた。

「お前たちは本当に淫(みだ)らな母子ねえ」

手にした鞭(むち)を長い舌を出して舐(な)めながら恭子は言った。

「本当は父親と夫に隠れて、近親相姦(きんしんそうかん)まんこをしてたんでしょう?」

彼女を見上げて、母子は一斉に首を横に振った。

母子はよく似ていた。

まだ二十代と言っても通るぐらいのみずみずしい肉体をした美貌(びぼう)の母親。

母親の上に重ねられているその十代半ばの息子も、ウィッグを装着させられた上に化粧まで施されている。

もともとほっそりした中性的な肉体が、目から下の体毛全てを処理され、さらに紅(あか)い女性用のボディスーツを着、ストッキングまで穿(は)かされている姿は、退廃的に美しい。

えびのように背中を反らせているのは手足をまとめて拘束され天井から滑車を経由して下がったロープに固定されているからだ。

だから完全には母親の身体の上に、少年は密着していない。

「坊やはお母さんのおまんこを思ってチンポをしごいて、ザーメンを出していたのよね？　そしてお母さんのほうはそのことを知りながらわざと息子の前で服を脱いだり、おまんこ汁のいっぱいついた下着を放置したりした……時にはオナニーする息子を覗いて自分もオナニーしたんでしょう？」

頑丈な樹脂でできた球体に網目状に穴を開けた猿轡——ボールギャグをはめられた母子は第三者には意味不明の声をあげながら、それでも必死に首を横に振った。

「あなたたちがここへ来て三日目。知っているのよ？　昨日、檻の中でお母さんが息子を抱きしめておっぱいを吸わせたこと。息子さんがおちんちんを勃起させて、お母さんが寝た後にしごいてオナニーしてたことも」

ピンヒールの足を止め、恭子は冷たい目つきでふたりを見下ろした。

照明の明るさや、母子の衣装、配置、恭子自身の立ち位置にいたるまで、全ては計算で成り立っている。

異様な状況で、見たこともない場所で、あり得ない格好をさせられ、異様なシチュエーションに脳が対応出来なくする。

そこへ露骨な性器名称の連呼と、勝手な妄想を事実として押しつける。

逆らうことは勿論、反論すら出来ない。

これを数日行い続けることで、常識と理性を麻痺させ、書き換えていく……軍隊の新兵教育と形と目的が違うだけで、やっていることは同じだ。

「私はここへあなたたちが連れてこられたときに言ったわよね？　淫らなことは私の前で、お母さんのおまんこ汁も、息子さんのザーメン汁も、全部私の見ている前でしか出しちゃいけない、って」

抗議の声ならぬ声が上がるが、恭子は構わず、乗馬用の鞭を息子の尻と、母親の乳房の上へ素早く打ち付けた。

肉を打つ鋭い音。

悲鳴と苦鳴が紅い照明の部屋の中に響く。

「あなたたち、ここへ来た時言ってたわよね？　セックスなんかに屈しないって、淫らなことなんかしない、って」

そう言って、恭子は仰向けになった母親の肛門から女性器、そしてうつぶせに折り重なった息子の、まだ包皮に包まれたペニスの先端から後ろのすぼまりまでを鞭の先端で撫でていく。

「それが、なに？　このおまんこは？　このチンポは？」

女教師の顔が淫らに歪み、タトゥーに覆われた白い肌が紅潮する。

「やはりあなたたちには生まれついての肉奴隷の素養があるのよ」

恭子はボンデージスーツのアンダービキニ部分を脱ぎ、脱毛して無毛の股間に双頭の張型が付いた革のショーツを装着した。

息子のペニスをしごくと、この三日間、強壮剤を投与され続けたために、少年はたちまちのうちに硬くなった。

包皮に包まれた先端が切なげに顔をだして透明なカウパー液がつうっと糸を引く。

その先端を母親の女陰にこすりつけると、まだピンク色の名残のある経産婦の膣奥から白濁した液体が溢れて少年の透明な液と混ざり合う。

「あははは！」

恭子は狂騒的な笑い声をたてた。

手を離すと、少年は呻きながら必死になってまだ未熟な性器を母親のそれにこすりつける。

だが挿入するまでにはいたらない。ロープでつり下げられているため、腰を密着させることができないのだ。

息子のほうに性的経験がないことは恭子に渡された資料に明白だった。

義父に犯されかけたことが、母とふたり暮らしになるきっかけというほどの美貌の持ち主だが、それ故に性行為には臆病になっている。

そして母親は九八センチでGカップのバスト、六〇センチのウエスト、一〇〇センチのヒップの持ち主で、自身の性欲が強いのを前の夫との離婚から理解し、高学歴の理性で抑えつけているという女性だった。

今は貿易会社の専務取締役。

ふたりを恭子に委ねたのは、その貿易会社の会長だった。

愛人ではなく母子揃っての性奴隷を求めてのことだ。

一週間まえに拉致監禁し、性欲増進のための薬を食事に混ぜて与え、三日前、その効力が高まり始めた辺りでここへ移送させた。

そろそろ「堕とす」頃合いだった。

少年は夢中になって幼い先端を母親の性器にこすりつけ続け、母親は拒絶のうめきをあげつつ、いつしか息子のタイミングに合わせて腰を浮かし始めていた。

「さあ、ふたりとも〈女〉になってもらうわ」

潤滑用のジェルをディルドーにたっぷり塗り込めると、まず恭子は少年の腰を掴み、ディルドーの先端を微温度浣腸で空にした直腸の入り口へと押し当て、一気に突っ込んだ。

ここまでの間に毎日調教し、今日もこの状況になる前に恭子自らがアナルバイブなどでほぐしていたアナルはあっさりと少年の手首ほどもありそうなディルドーを飲み込んだ。

細い背中をのけぞらせ、びっしりと汗の珠を浮かばせながら少年が叫ぶ。

ずぶずぶとディルドーを根元まで押し込むと、恭子は少年のペニスを包む包皮を無理矢理下に押し下げてむき出しにした。

そして恭子は手早く包皮が元に戻らないように、睾丸ごと締め上げるコックロックを少年のペニスの根元に装着した。

さらに甲高い悲鳴とともに、ボールギャグが噛みしめられて軋む。

「あはははは！」

背後からディルドーに肛門を深々と貫かれ、ウィッグを振り乱しながら苦痛に脂汗を浮かべ顔をしかめる少年の顔を見て、恭子は自分の予想通り「彼女」に似ていると思った。

「ほうら、もうお前は女、これからはチンポとアナルでイクことのできるメス娼婦になるのよ！」

激しく腰を使いながら、ディルドーの先端の部分でごりごりと、少年のペニスの根元の裏にある前立腺を擦りあげる。

堪らず少年は射精しようとするが、コックロックが根元を締め上げてできない。

しばらく少年を犯し続け、恭子は前立腺を擦られまくったせいで、包皮から顔を出して膨張し、光る亀頭を、ローションでぬらぬらと擦り上げると少年の声は苦鳴から甘い悲鳴に変わった。

ボールギャグを外すと少年は「射精させて下さい」と懇願した。

「出させて下さい、お願いします」

喘ぎながら言う少年の声はすでに牝のそれになっていた。

「いいわよ、その前に」

とひときわ深く少年を貫きながら、恭子は手を伸ばし、母親のボールギャグも取り去った。

「ねえ、あなた。お母さま？　これからメス穴イキで男娼になるあなたの息子の最初で最後のメスまんこ射精、あなたが受けとめてみたら？」

と訊ねた。

わななく唇で母親はそんなことはできない、と最初は言った。

恭子は息子の剝き立てのペニスを、ぱっくり口を開いて泡を吹くように濡れているヴァギナにそって何度か動かした。

息子が甘い声を上げる。

何往復かすると、ますます息子が甘い声をあげ続けるのに、母親としての最後のなにかが「キレ」たのか、「頂戴！」と叫んだ。

「頂戴、頂戴！　マノくんのおチンポ、ママのオマンコに頂戴！」

叫ぶ母親の声は敗北の声だった。

高笑いしながら恭子は天井から少年をつり上げているロープを引き下ろし、コックロックを解除すると少年のペニスをその母親のヴァギナに手を添えて突っ込んでやった。

母子の甘い鳴き声が、壁を揺らす中、男以上の荒い腰遣いで少年を犯した。

ディルドーから絶頂の快楽は伝わってこない。

だが清廉清楚でハイソサエティな生活をしていた母子を、近親相姦の泥沼に見事填めてやったという満足感が恭子の中にあり、そして自分に犯されている少年の横顔は「彼女」に似ていた。

それが脳内の絶頂を発動させ、呻きながら恭子は人を殴り慣れた白い指でディルドーに内蔵されたスイッチを押しながら、さらに深く、トドメの一撃を少年に与えた。

脳内物質を解放する覚醒剤の一種が混じった、ゼリー状の物質がディルドーの先端から解き放たれ、少年の直腸を満たし、最後の一撃を食らって少年は母親にとって麻薬以上の快楽を与える精液をぶちまけた。

これまで五時間以上かけて焦らした結果、驚く程大量の精液が放たれ、母親も白目を剥いて絶頂し、手足を強張らせる。

数分の間、恭子は少年の上に覆い被さっていたが、ずるりとディルドーを引き抜いた。

「今日からは、もう《帽子のおじさま》に引き渡せるわね」

こういう「調教」依頼の客は本名では呼ばない。彼女たちが自分を変えた人物が誰なのかを最後の最後に知ることが、「調教」の最終的な仕上げだからだ。

満足げに恭子はしばらくの間、重なり合って甘い息をついている母子を見つめていたが、やがて不意に、空しい顔に戻った。

(結局、あの子じゃないのよね)

壁のインターフォンで母子の「後始末」をスタッフに命じて、恭子はディルドーを装着したまま部屋を出る。

控え室に戻る通路で、このクラブのマネージャーが困った顔をして立っていた。

「どうしたんですか、マネージャー」

かつての真面目な女教師の顔に戻って恭子が訊ねると、額の後退した温厚そのものという顔をしたマネージャーは「あなたにお客さんなんですよ」と告げた。

「普段なら追い返すんですが、今回は外務省筋の人のからみなので……何かあなた、トラブルでも起こしましたか？」

「いいえ？」

首を傾げながら恭子は「では着替えます」とクラブのロッカールームのほうへ足を向けた。

「隊長、どうしてこんなところに？」

控え室に入った恭子は、ソファに居心地悪そうな顔をして、かつての上官が手と顔に包帯やら絆創膏やらを貼り付けて座っているので驚いた。

「申し訳ない、色々あってね」

恭子は溜息をついた。

「嫌な予感が今朝からしてたのよね。モロさんをこの前、ここの近くで見かけたし」

「じつは晄三郎に連れてきて貰ってる」

「あら」

恭子の笑顔が引きつった。

「いまどこですか？」

彼女は一度、晄三郎にレイプされかけたことがある。

幸い、賢雄が止めに入り、以後手出しさせてはいないが、恭子は晄三郎を完全に警戒していた。

「とりあえず外の車に待たせてある」

「そうですか」

恭子の顔にあからさまな安堵の色が出た。

「しかし、こんなところに君がいるとはね。てっきり真琴と一緒に学校に戻ったとばかり思ってたよ」

賢雄としては一番意外な小隊の仲間の現状だった。

「一旦は教師に戻ったんですけれどもね、セクハラ仕掛けてきた教頭の腕を折っちゃったもんですから」

自嘲の笑みを恭子は浮かべた。

「ついでにその時、人の悲鳴っていいもんだなあ、って思って」

恭子の口から言葉が出ると同時に、目に浮かんだ喜悦の色を賢雄は無視することにした。

彼女もまた、戦場で剝がれた自分の仮面の下に、思わぬ素顔を見いだしたのだろう。

それを仕事に選ぶしたたかさが女性の強さだ、とも感じる。

だが物思いにふけっている暇はない。

「で、ちょっとした頼みなんだが」

と賢雄は事情を説明し、スマホに保存した徐の顔写真を見せた。

「……というわけで、その中国大使館の徐という男と会いたい。このクラブに迷惑はかけん。外に出てからことを起こす。何か知らないか？」

タカハラの資料によると、徐は滅多に公務以外で外に出ないが、必ず週に一回、ランダムでこのＳＭクラブに通っている。

そして、今週はまだクラブに顔を出していない上に週末だ。

「ああ、《足長さん》ね」

あっさりと恭子は答えた。

「かれ、ここのＳコースの常連なんですよ。お気に入りは頭の良い外語大学のＭの子の男女、ふたりを必ず買うわ」

「いいのか、顧客の秘密をバラして」

「どうせ中国の大使館員よ？」

眼鏡の奥に憎悪の色があった。

「それに、ここでことを荒立てないならＯＫですよ。やらかしたらオーナーの雇った傭兵会社(PMC)の連中が黙ってないですから。彼女、決断は早い」

「案内してくれたのは男だったぞ?」

「彼はマネージャー。オーナーは別にいるんですよ」

「なるほどね……で、いつ、奴は来そうだ?」

ちょっと待って下さい、と恭子はスマホを取りだしてなにやら操作すると顔を上げて微笑(ほほえ)んだ。

「運が良いですね隊長、いつものM奴隷、今チェックしたらそろって明日の今頃に予約が入ってます……このふたりを同時に買うのは《足長さん》だけだから、間違いなく彼が来ると思いますよ」


SMクラブに《足長さん》が来たのは翌日の夜九時。

恭子からのメールで「ごめんなさい、今日は遅くなります」という文面が合図だった。

クラブを出て、尾行してから、とも思ったが賢雄は面倒くさくなった。

奇襲は意外な場所でやるに限る。

「晄三郎、スマンが」

賢雄がシートベルトを締めながら、あの車にぶつけろ、と言う前に金壺眼の男はアクセルを踏んでいた。

車はベンツではなく、目立たないものに替えてある——どうやって調達したかはあえて賢雄は聞かなかった。

ＳＭクラブの駐車場から出てきたばかりの車の後ろから思いっきり追突する。

これがリムジンやＳＵＶなら警戒するだろうが、平均的なファミリーカー、スズキのソリオというミニバンなら、単なる事故にしか見えない。

実際ソリオの前面は大破したが、相手のロールスロイスは塗装以外の損傷は見られなかった。

「うわうわ、すみません！」

賢雄はぺこぺこと頭をさげながら大声でそう言いつつ、シートベルトを外して外に出る。

民間人の車に偶然ぶつけられたと思い込み、中国語で何かわめきながら出てくる運転手の股間をそのまま蹴り上げ、前のめりになった背中に肘を落とした。

助手席に座る護衛が銃を抜く前に、ジャンパーの背中に隠してあったナイフの柄をねじ込み、三分の一コンクリートを流しこんだ簡単な手槍を引き抜き、投げつけた。

ノリンコ製の口径５・８ミリ92式手槍のスライドを引こうとした護衛の手の甲を、賢雄の手槍は貫いてその太腿(ふともも)に縫い付ける。

苦鳴をあげながら、手から取り落ちる二〇連発の拳銃を、なおも拾い上げようとする護衛に、賢雄はジャンパーの内ポケットに放り込んであったマニューリンを引き抜いて突きつけた。

「抵抗是徒労的(ディカンシー・トゥラオ・ダー)」

あの紛争で覚えた「抵抗は無意味だ」という意味の中国語を口にすると相手はやむなく無事な片手をあげた。

その間にエアバッグを銃剣で引き裂いた暁三郎が、助手席にガムテで固定していたM4カービンを構えながら後部座席の徐(シュ)を狙う。

すっかり白くなった髪を丁寧に撫でつけたふっくらした顔の男は、しかし慌てもせず、緊張してもいなかった。

穏やかに頷(うなず)いてシートベルトを外すと窓を下げた。

「そろそろ来る頃だと思ってましたよ」

流暢(りゅうちょう)な日本語だった。

「申し訳ありませんがクラブのほうでお話ししましょう。ここには警察が来ます」

にこやかに微笑み、徐文凱(シュ・ウェンカイ)はそう言って車から降りた。

「お互いに〈紙の虎〉に踊らされたようですからね……ああ、そこのふたりも連れてきて下さるとありがたい」

そういう徐の様子は穏やかでおっとりしていたが、目の光だけは尋常ではない暗さを持っていて、賢雄を軽く緊張させた。

ＳＭクラブの中の待合室の一つを徐はマネージャーに命じて開放させた。

「車の故障でね、しばらく待たせてもらえないだろうか」

後ろには金壺眼のゴツい晄三郎が毛布にくるんだ銃をもち、運転手は悶絶状態で賢雄に担がれ、護衛のひとりは手の甲から血を流している。

が、マネージャーは数秒、徐の顔を見て、

「承知いたしました」

と十二畳ほどもある大きな部屋へと案内した。

悶絶から醒めた運転手は徐の一瞥で怒りの表情を浮かべたまま大人しくソファの上に座り、手の甲を貫かれた護衛もまた、マネージャーとともにやって来た医者の治療を黙って受けた。

「あんたを殺そうというつもりはない」

マネージャーたちが去った後、マニューリンではなく、徐の護衛と運転手から奪った92式手槍の一挺を膝の上に置いて構えながら賢雄は言った。

5・8ミリ口径弾はボディアーマーを貫くことを目的とした鋼鉄の芯を持つもので、反動は鋭いが、コントロールしやすい。

あの戦場でも何度か扱ってコツは知っている。

「だが、何故俺を狙った？　〈紙の風〉を守りたいからか？」

賢雄の言葉ににこやかな笑みを口元だけに浮かべたまま、徐は首を横に振った。

「ＣＩＡに誠意を見せるためですよ。それと君と会うために」

「……？」

「もっともテンサン・エンジェルに奴が追加金を入れて本格的に君を狙わせるところまでは分からなかったのです……いや、予測すべきだったかもしれませんが」

「？」

「君が追っている人間は我々とアメリカ政府、日本政府との三者間の合意の上で動いている……そしてそれは、この三つの国の国益となるはずです」

徐は静かに語った。

だが、何かが賢雄には引っかかる。

「知らないのは優秀な前任者を皆失った、あなたの雇い主ＩＡＳだけです」

「つまり、手を引け、と？」

一昨日までなら、賢雄は納得していただろう。

昨日、引き返せないところまで来た。

ネパール人の少女。

父親と苦労して金ほしさに銃をむけたあの娘を、直接殺したのは暁三郎だが、彼は賢雄を救おうとしただけのことだ。

分かっていても、感情が納得してくれなかった。

五分遅れで殺してしまった中国の少年兵たちの骸(むくろ)が、あの少女と重なっている。

「だが優秀な公安調査庁も、君たちを監視している公安警察も知らない事態が発生してる……低いアンテナのほうが引っかかる情報というのもあるし、見えてくる事実というのもある」

「原発襲撃以外に、〈紙の風〉がやろうとしていることがあるとでも言うつもりか？」

マネージャーが医者を連れて行くのを見て、昨日の母子の調教の最後の仕上げを終えて依頼者に引き渡した恭子は「どうしたんですか？」と訊ねた。

「《足長さん》の車の故障ですよ、しばらく４１５号室には近づかないで下さいネ」

マネージャーは穏やかな笑みで答える。

「そうですか」

こういうＳＭクラブにおいて、Ｓの客とＳである女王との交流は基本、あまり上手くいかない……磁石が反発しあうのと同じで、あまり一つところに無意味にいれば、トラブルの元だ。

だからマネージャーはそう言い、恭子も「今日は上がります」とだけ言って別れた。

ロッカールームに戻り、ダッフルバッグの中身を取りだしてボンデージスーツから着替える。

来た時の地味なワンピースではなく、ジーンズにＴシャツ、使い込んだボディアーマーと一体化したタクティカルベスト、グローブ、そして「彼女」のバンダナ。

足回りは頑丈なコンバットブーツ。

最後に銃床から機関部までと、薬室と銃身部分を分離してビニールにくるんで保管したＭ４ライフルを取りだして接合部にピンを押し込み、結合させ、家を出るときにほぼフル装填（そうてん）した弾倉を叩（たた）き込んで装填する。

最後に恭子は「シンポン」の瓶（びん）と水の入ったペットボトルを取りだし、中の錠剤をじゃらりと掌（てのひら）の上に出して口に放り込み、かみ砕くと水で飲み干した。

彼女のスマホが鳴る。

「来たのね？　ええ、話は通しておくわ……やっぱり何か起こるのよ、もう決まってる」

短く指示を出してから、恭子は壁のインターフォンのスイッチを入れた。


「まず、一つ間違いを指摘しておきましょう。〈紙の風〉という名称は間違いです」

「？」

「それは追いかけている現象の名前であって、作戦名でも、実行者の名前でもない……一種の欺瞞（ぎまん）、攪乱（かくらん）用の名称です」

徐はそう言って長い脚を組み直した。

「あなたたちが追っている人間に名前はない。彼の軍籍も戸籍も経歴もすべて最初から存在しない」

「？」

「電子上も、紙の書類の上でも……彼はひとりっ子政策のために、政府に生まれたという届け出すらない存在なのです……軍に入ってからは貧侠というネットワークの構築と対日作戦の要になっていた存在でしてね」

「つまり潜入工作員ということか？　どこからの命令で動いている？」

「どこからも」

「？」

「我が国は世界の電脳化にアメリカに次いでいち早く対応しましたが、同時にその限界も知っていたし、弱点も熟知している。そしてアメリカと違って古い物を大量に残している……アメリカではすでに棄てられ、イギリスでは架空の存在になったもの。果てしない裁量を持つ、ひとりだけの諜報組織、彼の上司はただ一人。そしてその上司も彼に目標を伝えるだけで経過報告は一切受けない。受け取るのは、失敗したか、成功したか」

女のように白く、滑らかな長い指先を組み合わせながら徐は微笑んだ。

「そんなのを世界各国に送り込んでるのか。よく中国の諜報組織が瓦解しないものだ」

「いいえ、今のところ、この国だけですよ、琉球の人」

賢雄に徐は微笑みを崩さず、底光りのする目を向けた。

「……この国は余りにもアメリカに近い。そのくせ、一〇〇年近く前には〈カミカゼ〉という気の狂った政府主導による社会的自己犠牲システムを生みだし、運用し、終戦まで誰もそれを疑うことも異を唱(とな)えることもしなかった上、戦後は美しく飾り立てた狂気の民族だ」

神風という言葉自体は、他ならぬ中国から攻められたときに生まれた言葉だが、徐が言っているのはそのことではなく、太平洋戦争において英語の辞書にも記載されるようになった〈神風特別攻撃隊(しんぷうとくべつこうげきたい)〉のことだ。

正確には、〈神風特別攻撃隊〉を成り立たせてしまった日本の精神的土壌のことを。

「近年でもオウム真理教を生み出したし、今回のあなたたちのように、中央政府と仲の良くない地域の住民でさえ、非常時には我々と民兵として戦い続けた」

皮肉にも中国人の徐の目からは沖縄県民も、少々変わっているが紛れもなく〈日本人〉に見えるらしいと分かり、賢雄は複雑な気持ちになったが、中国のスパイマスターの話は続く。

「第二次世界大戦の時、アメリカと戦ったように。おまけに社会全体ではいつの間にか労働争議を完全に無効化させた……まあ、これは我が国も同じですが……だから彼のような存在を今回の紛争前から潜入させていた。これまで〈作動〉させなかったのは政治的理由からです」

「…………」

「君たち琉球人は早々に気づいたかもしれないが、この国は未だにアメリカからも要注意存在なのですよ。我々共産主義者と同じ、彼らからすれば狂気の民族なんですよ、日本人はね」

賢雄の隣で晄三郎が大きくあくびをしたが、手にしたアサルトライフルは護衛と運転手に向けられて微動だにしない。

難しい話に一切興味のない男だが、与えられた仕事に手を抜くことだけは決してしない。

「……さて、話が脱線しましたね。つまり『彼』は存在しない、そして世界中に散らばる中国の血を引く者たちを動かすための技術と組織をひとりで構築した一種の天才だ……だが、『彼』はその出自故に、人民解放軍の表に出てくることは決してない」

「だが、それだけの人物だ、コネぐらいあったんだろう？」

「ああ、とある老将軍の孫のひとりでしたよ。老将軍は不憫に思ったのか、それとも登録された長男の孫が凡庸の極みだったからか、とてもよく彼を可愛がった」

「黒幕はその将軍か」

「いや、もう将軍は死んでいます。あとを『彼』と貧俠に任せると書き残して……表向きは急死ですがね。何しろ今の〈古い中国〉にとって心のよりどころの一人ですから」

自殺したらしい。

「で、それがアメリカや日本の国益にどう結びつく？」

「彼は、未だに小さく戦争を継続しているのです――わが〈古い〉、いえ、〈貧しい方の中国〉を維持するために。時折日本国内でテロを起こし、時には未然に防がれ、時には小規模な成功をして、国内の不穏さと、この国の監視制度の完成に貢献する」

「……まて」

賢雄が話を遮った。

「今回の原発攻撃、って話はヤラセなのか？」

「最初はそうだったんですがね……いえ、今でもＩＡＳ以外の日本の公安、特殊作戦群、ＣＩＡはそう思ってる……いや、ひとりだけ蚊帳(かや)の外のマイヤースＭＣＩＡ沖縄支局長は別ですが」

マイヤースの名前を口にした瞬間、徐の口元にあざけりの色が出た。

「ＩＡＳは情報不足、マイヤースは本局から疎(うと)まれて、出世コースから外されているんで情報が流れていないだけですが……私は彼の行動がだんだんこちらのコントロールを外れ始めていると考えているのですよ。いい例が君の友人の殺害です」

少しだけ徐の眉間(みけん)に皺(しわ)が寄った。

「彼は本職のスパイではありません。ただの元軍人の違法輸入業者だ。一〇日ほど前に大韓民国国家情報院（ＮＩＳ）に捕まって協力者にさせられた」

つまり、賢雄が電話をかけた時点で彼はＮＩＳの協力者だったことになる——賢雄を引き入れて、一体どうするつもりだったのか、と考えたが、永の顔色と事情を考慮すると、自分ひとりではそんな潜入捜査官みたいなことは不安だったのだろう。

殺されなければ多分、自分をＮＩＳに引き込もうとしたかもしれない。

いずれにせよ、もう永が死んだ以上、聞くことは出来ないが。

「で、貧侠の手で殺害された……あなたの知らない彼の本当の職場は翌日すべて焼き払われ、扱っていた物資は消えた……本当は焼かれたんじゃない、焼く前に消えたんですがね。物資の目録はエアレギュレーター。軍用のものだ。それとスティンガーミサイルの照準装置、そこまでは分かってる」

「で、そこからどうして俺を襲う方向に来る？」

「あれはＣＩＡへの義理立てでした。我々はあなたたちの作戦に乗って、知らぬ存ぜぬを通す以上、首を突っ込んでいた民間人を厄介ごとの前に始末しようとするフリだけはしないと」

「フリにしちゃ随分と多額の金をかけてくれたな？」

「さて、そこです……私が出したのは二十五万円。上乗せした者がいる」

「嘘つくな」

それまで興味がないものだとばかり思っていた暁三郎が、不意に口を開いた。

「テンサン・エンジェルの仕事依頼は一人ひと口、後ろから誰かが追課金することはない。一人の標的に一回だけ」

「……だそうだが」

「それは会員の場合。運営側がたまに特別に課金することがある、という噂は知ってるでしょう？　諸見座上等兵」

どうやら徐は賢雄の小隊の人間の名前も顔もよく熟知しているらしかった。

「彼は、テンサン・エンジェルを運営する側の人間です」

「待て、テンサン・エンジェルって何年前からやってると思ってるんだ？」

沖縄の人間独自の言い回しで暁三郎が徐を質す。

「彼は今回の紛争の遥か前から日本に潜入して、時期を待っていたんですよ」

課報組織の用語で言うところの〈スリーパー〉。長期潜入工作員ということらしい。

「つまり、彼は今まで自分が構築してきた組織すべてを使い、あなたを本気で潰したいと思ってる。これまでの連中と違って正しい情報を得るかも知れないと考えているからでしようというのか？」

「本気で奴は日本の原発を、紛争が終わって一年以上にもなる今頃になって爆破しようというのか？」

「時期としては最悪です。中日米、極東どころか世界が揺らぎかねない大戦争が、辛うじて紛争レベルで終結し、日本は軍事力の重要性を、アメリカは新たな武器の売り込みを、そして中国は……戦争を回避するという安寧と、紛争レベルで止めることも出来るという軍事力のコントロールの高さを内外に示し、さらに経済的なリスクをも分割することが出来た」

徐はそこで言葉を濁した。

賢雄はここまで話を聞きながら、銃弾を徐の頭にぶち込んでしまいたいという欲求が、自分の中にわき上がっていることに少し驚いていた。

結局、この三つの国の間ですりつぶされる人間たちのことは、彼らの考慮にはないのだ。最初から。

賢雄は今、はっきりとその〈紙の虎〉の作戦を、成功させてやりたいとさえ思った。

「……ここで、日本の原発が〈古い中国〉の軍人たちの手によって爆破されればどうなるかは、お分かりでしょう？」

「戦後は終了、あらゆる和平会議は終了、そして今度は沖縄だけじゃなくて、日本と中国が本格的に戦争を始める、と」

「そのほうがいいんじゃないか」と賢雄は思った。

あの地獄を、ここの連中は知らない。

一瞬で人生すべてが終わる恐怖も、親が死んでも涙が出なくなるほどの日常も、飢えも、寒さも、暗さも、帰る家のない哀しみも。

すべて破壊された街並みも。

「何故、やつはそんなことをする」

それでも戦友を殺し、あのネパール人の少女を殺したことに対するケリはつけねばならない。

何より、沖縄で今復興という戦いをしている妹たち、かつての部下たち、そして甥と姪のために、再びの戦乱は食い止めねばならない。

沖縄がなくても日本はやっていけるだろうが、日本が滅びれば、沖縄はお終いだからだ。

もう引き返せないと賢雄は自分の状況を理解した。

「侠客と軍人にはつきものの病気ですよ、つまり面子です」

「……奴に名前はないと言ったが、便宜上の呼び名はあるんだろう?」

「彼を我々は〈紙の虎〉と呼んでいます」

徐は穏やかな笑みを浮かべた。


携帯電話が鳴った。

スマホのメッセージの着信を告げる振動が起こった。

彼らは、彼女らはプレイを止めて、それぞれの通信装置を手にする。

声が、メッセージが、同じ言葉をその建物の中にいる者たちへ、その周辺にいた者たちへ告げた。

「貧しき者は地の底へ、虐げる者と地の底へ」(Poor people go to the bottom of the hell, together with the oppressor too.)

ノックの音がした。

「お飲み物です、《足長》様にオーナーから」

声はいたって穏やかで、洗練された知性の響きがあった。

ドアノブが回る。

だが、賢雄は振り向きざまに銃の引き金を引いた。

ほぼ同時に、晄三郎が動こうとした徐の護衛と運転手を撃った。

防弾ベストを貫くことを目的に作られた５・８ミリ拳銃弾はあっさりと扉を貫通して、ドアを開けようとしたスーツ姿の青年が倒れた。

右の腕の上にトレイをのせ、手には日本の警官が使うのとおなじＳＩＧ　Ｐ２３０Ｊに減音器をつけた物を握りしめている。

「お見事」

自分の護衛もふくめ、何故撃った、と徐は聞かない。

「警告しなかったな」

素早く銃口を徐に戻して賢雄が言う。

「こういうところのボーイはこちらが『よい』というまでは絶対に入ってこない、という常識ぐらい、部下の政長さんからお聞き及びかと」

しれっと言ってのける。

その横で、頭と首を撃って射殺した徐の護衛と運転手の懐から晄三郎は財布を抜いていた。

「意外と持ってる」

にんまりと笑うと、ヒキガエルが笑ったように見えた。

この悪癖は戦場以前からの物らしく、これまで何度か注意したが改まらない。

だから今回も賢雄は何も言わなかった。

それにこの状況下で銃を突きつけられて、動く方が悪い。

「行くぞ」

賢雄はそう言ってボーイのＳＩＧを拾い上げてグリップ横のレバーを操作して撃鉄を落とすと、ベルトの横、マニューリンの反対側に挿そうとした。

「どういうことですか、これは！」

マネージャーが息を切らせて走ってくるが、賢雄はそれに無表情にＳＩＧの銃口を向けた。

「コイツがいきなり撃とうとした。あんたも同じことをすれば撃つ」

「こ、ここで警察沙汰は困ります！」

「問題なかろう？　ここは金さえ積めば人を殺しても何とかしてくれると聞いた」

「それはプレイの上で死んだ場合です、殺し合いはよそでやって下さい！」

何とも奇妙な職業倫理を、マネージャーは平然と主張した。

「私たちはここを出るよ、迷惑はかけない」

「足長様、申し訳ないですがここを永久退会していただきますッ！」

「構わんよ。だが今日結んだ、私の愛しい双子の譲渡契約は有効ですよね？」

「……それは、代金を頂戴しておりますから」

「それは嬉しいことです、はい」

「さっさと出るぞ」

ここの連中はイカレてる、と辟易した気分で賢雄は部屋を出た。

素早く左右を確認する。

「クリア」

といって進もうとした瞬間、それまで普通の壁だと思っていたところをぶち抜いて、素っ裸にゴムマスク、股間にゴムのコックロックだけを着けた筋骨隆々の白人が大型リボルバーを構えた。

賢雄が引き金を引くより先に、けたたましいＭ４ライフルの銃声とともに、男の顔面が横から粉砕される。

「小隊長！」

完全武装の恭子が同じ壁の穴から顔を出した。

「こっちです！」

「こいつは客か？」

「ええ。ドＭの元大リーガー」

言って恭子は男の長大なペニスを、それを包む黒革のコックロックごとＭ４の銃弾で撃ち砕いて唾を吐きかけた。

「コイツも〈エンジェル〉か」

「いえ、多分こいつは貧侠。日本人嫌いだからこそ、日本の女王様にいじめられたくて大リーグ入りを蹴った奴だから」

恭子は目線をあげ、晄三郎と目が合った。

「モロさん、久しぶり」

「ああ」

レイプしかけた者とされかけた者同士にしては親密な挨拶を交わし、恭子は「先導します」と言って歩き出した。

何のつもりか、徐まで一緒に歩き出した。

「おい」

「誘拐したんですから、最後まで面倒をみてほしいですね」

ニコニコと笑いながら言う。どこまで本気かは判らない。

そして一行は迷路のような中を通り抜け、裏口のドアを開けようとした瞬間、通路の左右の壁隅へ伏せた。

鉄板を思いっきり大きなハンマーでぶっ叩く音が響き渡り、ドアが内側に膨らむ。

さらにパラパラと音がして、リズミカルにドアが鳴った。

「外のは、ここの従業員じゃないわね」

呟いて、恭子は蝶番（ちょうつがい）が壊れて開かなくなったドアに担いでいたダッフルバッグの中からレンガのようなものを取りだして貼（は）り付けた。

「よく東京まで持ち込めたな」

「宅配便で一ヶ月かかりました。でも航空便じゃなければこういう荷物、普通に送れますよ」

にこりともしないで言いながら、彼女は四角いレンガのような形をした指向性爆薬にタイマー式の信管をセットした。

「下がって」

自分たちの背後から足音が響いてくる。

最後尾からきた晄三郎が徐を盾にしようとするが、賢雄が横から割り込んだ。

「俺がやる、先に行け」

襟首を摑んで徐を引き寄せ、その背後に隠れると、賢雄は脇の下に腕を突っ込み、92式手槍の引き金を引いた。

角を曲がって姿を現したＳＭ嬢が、こちらにベレッタＭ９の銃口を向ける前に胸元に三発を喰らってくたりと倒れ、後に続く連中がたたらを踏むのへ、徐を盾にしたまま賢雄は突き進む。

「――！」

徐が中国語で何かわめくが、賢雄は一切無言だった。

(マチェットがあればな)

ふと思った。あの重くて鋭い山刀が腰にあれば、ここはもっと気楽なのだが。

角を曲がる。

そこにひしめく、異様な殺意に目をぎらつかせ、銃やナイフを握って殺到してくるボンデージスーツの群れの中へと一気に突っ込み、92式手槍を撃ちまくる。

相手は数が多いが素人だった。

でなければこんなに統率の取れない密集隊形でどたばたとはやってこない。

一方、賢雄たちはお互いに一定の距離を置き、素早く動いた。

鋭い剃刀（かみそり）となった賢雄が、徐を盾にしたまま有象無象（うぞうむぞう）の集団の中に切り込む。

数だけは多い、ボンデージ姿の貧俠の連中は狭い廊下では逃げようもなく、至近距離からの十数発のアーマーピアシング弾を喰（く）らって血肉の塊になった。

さすがに最後尾の連中は己の愚を悟って撤収し、ほんの数十秒、安全な空白時間ができた。

賢雄は空になった92式を棄て、もう一挺、腰の後ろ、徐の運転手から奪い、ベルトに挿していた同じ銃を引き抜き、撃鉄を上げると、殺したＳＭクラブのメンバーだった貧俠たちの銃器をざっと物色する。

Ｈ＆Ｋ（ヘッケラーコック）の折りたたみ銃床付きＭＰ５Ｋを持っているＳＭ嬢が目に留まった。

沖縄で義勇軍の訓練を受けたときに扱いを覚えている——当初、義勇軍の装備は米軍の廃棄品のみという予定だったため、こういう二〇世紀末の武器をメインで使っていた。

全身タイツに腰まで切れ上がったエナメルのハイレグボディスーツを着けたＳＭ嬢の、これまた肘まであるエナメル手袋を塡めた手指からドイツの名サブマシンガンを引き剝がす。

装塡を確認、弾倉を外して念のため靴の踵（かかと）に軽く弾倉の底を叩きつける。

中に詰まった弾丸数十発はその中では小揺るぎもしない。

「素人だな」

と呟いて親指で弾くようにして弾倉から二発抜いた。

箱形弾倉（ボックスマガジン）式の銃はスペック通りにフル装塡する場合、装弾不良を起こしやすくなる。常にカタログスペックの数を装塡するのではなく、二発か三発を抜く。これは賢雄が最初に銃火器の扱いで教え込まれたことでもあった。

賢雄はＭＰ５Ｋの弾倉を再装塡した。

「ひどいじゃないですか！」

返り血で真っ赤に染まった徐が叫んだ瞬間、裏口のドアは外へ向けて吹き飛んだ。

「文句は書類にして提出しろ」

さらに何か言おうとする徐の腕を摑みねじり上げると、賢雄は大股（おおまた）で歩き出した。

ドアの外には高級住宅地が広がり、路地や屋根から、次々と弾丸が飛んでくる。

暁三郎と恭子は互いにリカバーしながら、壁や路駐の車を盾にしつつ、移動を開始していた。

「しかたない」

賢雄はふたりに叫んだ。

「走るぞ！」

暁三郎と恭子が走りだすと、徐を突き飛ばすようにして裏返し、今度は襟首から引きずるようにして賢雄はＳＭクラブの外へ出た。

すでに暁三郎と恭子は外に待ち受けていた敵と交戦を始めている。

賢雄が徐を盾にして敵に向かってＭＰ５Ｋを撃つ。

９ミリパラベラムではさほど当たらないが、それでも数名の敵が動揺して隠れていた場所から姿を現した。

いつものように、賢雄は何も言わずそのまま進みはじめると、後ろに目が付いているかのように恭子と暁三郎が交互に場所を移動しつつ、賢雄の移動を待つ。

賢雄もまた、恭子と暁三郎が移動する時は物陰に隠れ、徐を盾にしてＭＰ５Ｋを撃った。

「あなたは本当に酷い、酷い人だ（ニージェンダ・クバァ、クバァバ・デレン）!!」

と徐は叫びながら髪の毛を振り乱し、賢雄の盾にされながら移動する。

だがＳＭクラブのほうからも銃弾が飛んでくる。

賢雄は路地に隠れた。

徐は盾のままである。

同じ様に路地へ暁三郎と恭子が逃げてくる。

路地を抜けると、ＳＵＶが音を立てて停車した。

中からアサルトライフルを構えた男たちが出てくる。

その更に後ろから、別のＳＵＶが突っ込んできた。

ブレーキ音はなかった。

金属同士がぶつかる派手な音。

停車していたほうが吹っ飛び、横転する。

横転する車体に巻きこまれ、追っ手の男たちは呆気なく血肉の塊に変じた。

突っ込んできた方の大型ＳＵＶの運転席が開いて、見覚えのある顔が突きだされた。

「早く乗って下さい、小隊長！」

「ユウスケ！」

沖縄にいるはずの嘉和ユウスケだった。

さらにサンルーフが開いて、Ｍ４ライフル片手の淀川裕樹まで顔を出す。

「ご無沙汰してます、小隊長」

「どうしたんだ、一体？」

「ユウスケに待ち伏せされたんですよ。どうしても小隊長を助けるために必要だ、と。わたしは射的屋で突撃のほうは苦手なんですよ、妻子もいるし」

「すまんな」

片手で拝む格好になる賢雄に、ユウスケは言った。

「話は後です！」

足音が近づいてくる。

賢雄たちはそのままSUVに乗り込み、フェンダーのひしゃげた七人乗りの可能なSUVはタイヤを鳴らして発進した。


しばらく走って、元麻布の〈古い中国〉大使館の近くで賢雄は徐を車から降ろした。

「まったく何て人なんだ！　私は友好的に話し合いをしようとしたというのに！」

それまでの冷静な諜報部員の顔が剝がれおちて、感情を露わにして徐は叫んだ。

「俺の命を二五万で狙わせたんだ、それぐらい我慢しろ。命は助かっただろうが」

「こんな格好でどうしろというんです！　ここは麻布だ！　一〇〇メートルも行かないうちに警察に職質される！」

「むしろ警察に電話しろ。中国人へのヘイトクライムで暴漢に襲われたと、その汚れは豚の血をかけられたとでも言えば笑って見送ってくれるさ」

賢雄は冷たく言って、何とか拳銃の引き金から指を離した。

手の怪我の痛みが、今さらのように戻ってきてちくちくと苛む。

こんな万能の神きどりのチェスマスター、スパイマスター連中のせいで、自分たちがあの戦場に放り込まれ、色々なものを無理矢理奪われたと思うと腹が立つ。

本当を言えば今すぐ徐を撃ってすっきりしたいが、こいつは生かしておくべき情報源になる可能性があった。

もっとも、大使館まで無事にたどり着けるかどうか、今の日本、東京では判らないが。

数秒間、徐は賢雄を睨み付けていたが、やがて深呼吸して元の穏やかな笑顔を取りもどした。

そのことに賢雄は驚く——諜報戦をしたたかに生き抜くためには、ここまであっさり自分の感情をコントロール出来る技術も必要らしい。

「そうですね、あなたの言うとおりにしてみましょう」

徐は続けた。

「私からの助言です。『彼』を追うならｗｅｂよりも足で探しなさい。彼はサイバーテロの可能性も含めた戦闘遂行を専門にしている。通信連絡手段は私たちにも不明ですが、古く、忘れられた物を上手く使って、そして時には自ら足を運んで人を説得し、魅了する。結局それが一番だと知っている……『彼』の足取りが電脳で追えるようになったら、いよいよ最後の段階に来てる証拠でしょう」

「催眠術でも使うのか？」

「その訓練も受けていますが、万能ではないでしょう。催眠術は万能の魔法じゃない。術をかけられた当人の願望とこちらの命令が一致しないと意味がない」

「厄介な相手だ」

ともかく、と徐は真っ赤に染まった背広の内側から封筒を一通取りだした。

「明日入荷する荷物の受け渡しの情報が《紙の虎》の下っ端に渡るのが今日わかりました。場所はここに——私に出来るのはここまでです」

「なんでさっさと渡さなかった？」

「このところ、日本人と会話することがめっきり減ったもんですからね。まさか盾にされるとは思いませんでしたが」

そういって面白そうに徐は笑った。

「よく笑えるな」

さっきまでの取り乱しようがまるで遠い昔のようなそぶりを見せる徐に賢雄は半ば呆れ、半ば感心した。

こういう精神がなければ、他人を駒扱いはできないのだろう。

自分もその駒なのだが、妙に納得していることに賢雄は気づいて驚いた。

「だが、原発をやられたんじゃ笑ってもいられません……何よりもそんなことになったら世界中の中国人が、アメリカにおけるムスリム以下の扱いになります、それは困る」

今夜聞いたこの男の言葉の中で、最後の部分だけに真実の響きがあった。

では、ごきげんよう、と一礼して、徐は闇の中に去った。

徐が大使館の門を無事にくぐったことを「彼」が知ったのはその一時間後である。

「それもいいでしょう」

「彼」は驚きもせず、怒りもしなかった。

移動する車の中、「彼」はただ頷いただけである。

どちらにせよ、計画は動き出している。

「〈頭〉たちに知らせてください。渋谷賢雄という人物を監視し、隙があれば殺すように」

「具体的な指示は出さなくてよろしいんですか？」

「彼」に報告を持って来た男は、その隣で首を傾げた——警官の制服を着けている。

「本格的な計画実行までに間があります。血の気の多い人たちには耐えられない時間になるでしょう。気散じにはいいと思いませんか？」

「彼」はニッコリ笑った。

「上手くいけば重畳、いかなくても問題はないでしょう……決して、精鋭は使わないように伝えておいてください」

やがて車は人気のない高田馬場のとある交差点で停まった。

住宅街で、数百メートル先にはぽつんと交番がある。

「わかりました」

警官の貧俠はそう頷いて車から降りると、振り向きもせずに歩き出した。

徐を降ろしてさらにまた走る。

「ところでどうして俺たちのことを知った？」

「沖縄の金武曹長と嘉手苅曹長から連続して電話があって、小隊長がテンサン・エンジェルに狙われたって。そしたら〈紙の風〉がらみっていうじゃないですか、やべえと思ったんでこっちに来るとその足で、淀川さんと合流したンっスよ」

「淀川、お前いいのか？　奥さんと子供さんは？」

賢雄は助手席で、慣れない手つきでＭ４を布のケースにしまい込んでいる淀川に尋ねた。

「うちは恭子さんに呼ばれました。小隊長さんがモロさんと一緒に現れた、絶対ひと波乱あるって……戦友に言われちゃあ、ねえ。カミさんは昨日から実家のお袋さんが病気だから看病に戻ってますし、いいかなあ、と」

淀川はそういって苦笑した。

恭子は賢雄の隣の席で腕組みしながら「そうね」とだけ答えた。

「そいつは構わんが、敵はかなり数が多い上にどれが敵か襲ってくるまで判らん。沖縄よりもきつい」

賢雄は最後部の座席で腕組みした。

徐が居なくなった分、広くなっているのが有り難い。

隣には恭子がいる。

晄三郎を警戒しているのだ。

さりげなく、腰のホルスターのベレッタM9を抜いて膝に置いてある。

前にある三人用の中間後部座席では、晄三郎がゴロリと傍若無人に寝転がっている。

腕組みしているが、バックミラーにちらりと映る、晄三郎の組んだ腕の右手には、撃鉄を起こして安全装置をかけたウィルディ・ピストル44マグナム自動拳銃が握られている。

銃口が恭子を狙っているのは明白だ。

このふたりの関係というのは戦場でもそういうものだった。

最初の頃はこのふたり、なんとかならないかと思ったものだが、暁三郎にとってはレイプできなかった上に、隙あらば自分を殺そうとするから「必要があれば最初に殺すべき味方」だし、恭子にしてみれば「出来れば最初に殺したい味方」という事実は変えられなかった。

となれば、小隊長としては「いざというとき兵士として自分の命令に従って動いてくれれば良い」というあたりに落ち着けるしかない。

「で、この車はどうした？」

「手切れ金っす。最近付き合ってる女がいたんッスけど。そいつ東京の上場企業の御曹司（おんぞうし）と結婚するから別れてくれってんで、こいつ買ってくれって言ったらくれたんッス」

ユウスケが笑った。

「相変わらずだな」

賢雄は苦笑する。

ユウスケは戦場でも後衛でも女出入りが激しかった。元々芸術家という部分と、兵士としての明るさと頼もしさがある。戦場では女が惚（ほ）れるのは当たり前だ。

「まあ、今でも琉球義勇兵っていやあ、それなりにモテますからねえ」

あははは、と快活な笑い声。

「で、これからどうします？」

「とりあえず遠くでばらける。特に淀川と恭子には生活があるしな」

賢雄はここに来るまでの間に、それだけは決めていた。

明らかに淀川の肩から力が抜けた。

「妻子持ちが関わるにしちゃ危険すぎるし金にもならん」

「えー、ただ働きっすか」

「お前も帰りたければ帰れ」

「モロさんは？」

「晄三郎には金を払った」

しばらくユウスケたちが黙った。晄三郎はレイプが好きだし、殺しを躊躇わないし、守銭奴だが、それだけに「貰わなかった」ものを貰ったとは言わない。

答えは沈黙で、それは「貰った」という意味だった。

「どれだけ渡したんですか？」

「結構払ったと思う」

賢雄は未だに金銭感覚が曖昧だ。

使わないで暮らそうと思えば水と雑草で二ヶ月暮らせるようにも出来るが、ネパール人の親子にひょいと恩給の全額をくれて後悔もする。

だから、すでに晄三郎にいくら払ったかは忘れていた。

これに関しても晄三郎は何も言わない——肯定だった。

「じゃあ、淀川さんはともかく、俺も今度小隊長の懐に金が入ってきたら分けて下さいよ」

へらへらとユウスケ。

「私はやめときます」

恭子がベレッタを握っていない左手でスマホを操りながらサバサバと言う。

「どっちにしてもあのクラブにはもう戻れないし、先月分の給料は振り込まれたし」

どうやら銀行口座にアクセスしたらしかった。

「悪いんですが小隊長、俺も……」

淀川もまた、おずおずと、しかしキッパリと「降りる」と宣言した。

「わかった。ただこちらの行く先の駅近くで降ろす」

恭子が「私も降ります」と手を挙げた。

止める理由は賢雄にない。金を払った晄三郎と、ユウスケが残っただけでも僥倖(ぎょうこう)だった。

そろそろ夜が明ける。

賢雄は徐から渡された封筒を開けた。

簡単な日時と場所が書かれている。

「……クイズか？」

賢雄は目を細めてその情報を眺めた。

東京都内には「終電」は存在するが地方に延びていく支線は去年から「戦後復興に向けて」二十四時間営業になった。

数駅手前で淀川を降ろし、賢雄たちが新小岩駅についた頃にはすでにラッシュアワーは始まっていた。

朝〇五時四五分。

この駅で目に付くのは真新しい「自殺はいけない！」と書かれたポスターと自殺防止の看板の多さだ。

「ここで受け渡しですか。上手いこと考えるなあ」

近くの駐車場に車を止めたユウスケが笑う。

「最近は成田エクスプレスも乗り入れるし、総武線快速を使えば都内にも行ける。オマケに自殺の名所だから尾行を撒くついでに殺しても不自然に見えない」

「そんなに多いのか」

「ええ。特にこの二年ぐらいで増えました。ホームドアを越えてでも、って人が」

「止めないのか？」

「死にたいと思う人間を止める方法はないでしょう？」

戦場での光景が賢雄の頭をよぎる。

人間が死を本気で求めた時、周囲の人間はその現場に居合わせたとしても止めることは難しい。

両親を失った少年、恋人を失った女性看護師、兄弟を殺された少女、孫を殺された老人に、利き腕を吹き飛ばされた絵描き、爆撃で盲目になった兵士。

彼ら、彼女らが失った物は様々だが、全てに共通しているのは〈夢〉や〈未来〉と彼らが考えていた物を失った、ということだ。

――沖縄の戦場で出会った彼ら、彼女らは、〈夢〉と〈未来〉を失ったために、本気で自らの死を願い、せめてもの意地として敵兵を道連れに壮絶な戦闘の中に飛びこみ、あるいは居残った。

それだけではない。戦場という状況に耐えかねて手榴弾のピンを外し、その上に覆い被さるようにして自殺する兵士も、あの半年で賢雄たちは何人も見た。

「そういう、ものかな」

「ええ」

駅の中を行き交う人々はラッシュアワーということもあり、どこか疲れているが、全員晴れやかな朝の光に輝いていて、自殺志願者が紛れ込んでいるようには見えなかった。

目がキラキラと潤んでいる人間も多い。例の「シンポン」を朝からキメているのだろう。

「で、どうします？」

「売店で飯を買ってこい。パンとコーヒーでいい。あのロッカーの周辺を見張る」

駅のホーム前後から斜めに降りてくる構造をした階段の陰にある、背の低いコインロッカーの列。

情報の受け渡しが今朝の七時にここで行われるということだけが、徐のくれた情報のすべてだ。

「了解」

頷くと、成田エクスプレスから降りたと思しいサラリーマンが、巨大なカートを引きずりながら、コインロッカーに向かう。

金を入れて、カートを中に押し込んだ。

「あれですかね?」

動こうとするユウスケの腕を、賢雄は摑んだ。

「違う、あっちだ」

高校生らしい制服を着けた少年が、通勤ラッシュの列から離れた。

「なんで?」

「俺なら仲間に直接やらせるより、高校生に一万摑ませて頼む。美人の女の仲間を通じてなら同性愛者じゃない限り、一〇〇パーセント引き受けるさ」

「なるほど」

言いながら三人の目は少年を追う。

「俺、反対側に行きます」

そう言ってユウスケが雑踏の中に紛れた。

そして少年はコの字型に配列されたコインロッカーの奥のほうの床下に何かを貼り付けた。

そのまま足早に雑踏の中に紛れる。

「追います」

と言うユウスケに、

「あの少年を誰か監視してるかもしれん。そうなったら目の前で〈自殺〉させられるぞ」

「…………」

「とにかく散れ、携帯電話とスマホは着信音カット、マナーモードで握ってろ。暁三郎はバス停で俺らが指示した相手が出てきた場合に備えろ」

それ以上は言わなくてもユウスケはさっさと移動を開始した。

室内戦において、隠れやすく、見通しのいい場所を探すのは彼らの本能だった。

廃墟（はいきょ）の中、そうでなければ敵を追うことも、迎え撃つことも出来ない。

駅の片隅、公衆電話が撤去されてぽつんと出来た空間に身体を押し込めた賢雄は、ゆっくりと息を整え、自分の気配を、広げた布を畳むように小さくしていくイメージを作り上げた。

いつもこれで、大抵の潜伏をこなしている。

御茶ノ水や渋谷で、ＭＣＩＡや公安関係の尾行を撒いたのも同じ方法だ。

人々は賢雄に見向きもせずに歩いていく。
○六時五九分、五分遅れで総武線が入ってくるという報告のアナウンスが聞こえて来た。

あの戦争からJRが遅れるのは当然になっていて、投身自殺の処理同様、遅延運行停止に関しては謝罪の言葉がなくなって久しい。

五分遅れの〇七時〇八分、予定よりさらに二分遅れて電車が入ってくる音がした。

どっと駅の中にまた新たな人の流れが出来る。降りる者と乗る者のバランスがそろそろ変わって、降りる者の数が増える。

その中で、タンクトップにデニムのミニスカートをはいた長身の白人の女が人の列からするりと外れた。

ハイヒールをカツカツと鳴らしながらロッカーの列、奥の方でかがみ込んだ。

発達した大臀筋（だいでんきん）がデニムスカートを張り裂けんほどに圧迫するのを見て、賢雄はリマを思い出す。

そういえばここ数日、女を抱かないのに、性欲が突き上げてこない。

女は先ほど男子高校生が何かを貼り付けたところに手を入れる。

取りだしたものを小脇に挟んだハンドバッグの中に滑り込ませ、歩き出す。

賢雄は外にいる暁三郎にメッセージを送った。

「白人女」

これだけで暁三郎なら分かる。

魯鈍（ろどん）に見える男だが、それが実際には相手を油断させる外装に過ぎないことは生き残った小隊の全員が知っていた。

女は駅前の広場と交番を横切って、真っ直ぐルミエール商店街のアーケードへ入っていった。

「ユウスケ、車で左側から回れ、俺と晄三郎でまっすぐ行く」

ユウスケが走るのが視界の隅に映った。

女はドンドン歩いていく。

商店街は早朝のせいか二割しか開業している店は見えず、不景気でシャッターを降ろしたところが三割、残りは「移転しました」の張り紙をしている――「新邦人」の受け入れは地方に行けば行くほど進まず、中には「日本人のより多いところへの引っ越し」をする人や店も多い。


花屋の店の奥で、筋骨逞（たくま）しい白人男が、エプロン姿の女主人のタイトジーンズを引き下ろし、赤いタンガと呼ばれるTバックの下着の股布をずらすと、丸い尻を貫いた。

「！」

激しく腰を動かしはじめると削岩機が暴れるように、普段は大きな花束のアレンジメントや鉢の植え替えなどを行うための作業台が揺れる。

「せ、せめてドアを、ドアを……ああ」

獣のような責めに、女主人は必死に口を押さえ、太く、長く柔らかい独特のアングロサクソンのペニスを自ら腰を動かして迎え入れるようにしながら作業台の上でのけぞった。

「ママさん、ありがと、ありがとね」

この半年前、ぶらりとこの店にやって来て、花の知識で盛り上がり、意気投合して雇って貰ったスミス・ブラウンはそううわごとのように唱えながら女を責め立てる。

女店主は三十四歳の未亡人で、二年前に夫を亡くしていた。

その前はアメ女と呼ばれる、横田の米軍兵のおっかけのようなことをしていた時期があったため、スミスの身体にふらふらと惹かれたのだろう。

一方、異国の地に転がり込み、碌な金もなかったスミスにとってこの半年は女と寝床と金をもらえる有り難いチャンスだった。

いっそ〈新邦人〉になったら、という女店主の言葉に頷きかけたこともある。

「お、おねがい、スミス、ゴム、ゴムつけて……せめて……外でぇ」

女の中がうねり、くねり、微熱を持ってスミスの男根を包みながら、奥へ奥へと誘う。

「ああ、だめ、だめええ！」

バックで貫かれてのけぞる女の首に、スミスは手をかけ、思いっきり握りつぶした。女は白目を剝き、泡を吹きながら毛むくじゃらの手をかきむしろうとするが、ぬれ雑巾で包んだ青竹が折れるような音が小さく響くと、だらりと首を横に倒して動かなくなった。獣の吠え声を上げながら、男は絶命の引きつけを起こすヴァギナの奥へ大量の精液を放った。

「ああ、ママさん、ありがとね、ごめんね」

心の底から感謝の言葉を口にして、スミスは女店主の頰に口づけをし、心ゆくまで射精後のヴァギナの中で己の肉棒が萎えていく感覚を味わってから、ゆっくりペニスを引き抜いた。

「ああ、久しぶりの死のヴァギナは素晴らしかった……」

うっとりと言いながら十字を切った。

この性癖のためにスミスは故郷のカナダから逃げざるをえなかったのだ。

すでに萎え、縮みはじめたペニスを拭いもせずにズボンの中に納める。

連続して殺人を犯すときは、こうするのがスミスの儀式だった。

前もって貰った「手紙」通りに裏口の呼び鈴が鳴って、スミスはドアをあけた。

これまで一度も会ったことない男たちが数人、並んでいる。

スミスは抑揚のない声で、男たちも同じ声で一斉に同じ言葉を口にした。

「貧しき者は地の底へ、虐げる者と地の底へ（Poor people go to the bottom of the hell, together with the oppressor too.）」

それが彼ら貧俠の合い言葉だった。

男たちは店に入り、手にしていた段ボール箱や釣り竿（ざお）ケースからそれぞれ持ち寄った武器を出した。

「どんな奴なんだ？」

「日本の諜報機関に雇われた兵隊くずれだ」

「ということはジエータイか。特戦群（スペシャルユニット）なのか？」

「違う、琉球義勇兵（リュウキュー・ミリタリー・ボランティア）だそうだ」

「ああ、あの民兵（ミリシア）か。ならチョロいな」

「ああ、どうせ海兵隊の後ろをちょろちょろついて回って、戦った気になってる程度の素人だろうよ」

目標の白人女は次第に商店街の奥へ、奥へと進んでいった。

嫌な予感がした。

「引き返そう」

と賢雄が言う前に、先行して女を追っていた晄三郎が足を止めた。

空気の中に嗅ぎ慣れた香りを嗅いだのだ。

何が起こったかを頭が理解するよりも先に身体が動いていた。

賢雄と晄三郎が横っ飛びに伏せると、ふたりがそれまでいた場所に銃弾が炸裂した。

転がって電柱の陰に隠れながら、銃声の方向に92式手槍を発砲する。

商店街を覆うアーケードの上、今は開いた天窓から撃ってきた五十がらみの男が「うわっ」と驚き、足を滑らせて落下するのが見えた。

「彼」らの行く先にある、かつて国際学院と呼ばれた建物の跡地から様々な人種の男たちが殺到する。

アジア系もいれば筋骨逞しい黒人、白人もいた。

手に手に拳銃を握っていた。数は四人。

「モロ、女、追え!」

短く叫びながら賢雄は、背後から来る男たちに素早く銃弾を浴びせた。

移動しながら撃ってくる相手は、咄嗟に横に隠れたが、ひとりのアジア系が足首を撃ち抜かれて倒れ、それを助け起こそうとした黒人のこめかみに賢雄は冷静に銃弾を送り込んだ。半身を捻（ひね）って撃とうとする脚を撃たれたアジア系の胸板にも三発。

――こいつらは素人だ。

素早く判断する。

戦場を走りまわれば、自分の安全が確保されるまで仲間を助けに行く愚は犯さない。そして賢雄の背後からユウスケのSUVのエンジン音が響いてきた。

甲高いブレーキ音を響かせながら、SUVの窓からユウスケが握ったM4の銃身がつき出されると、残るふたりにフルオートで銃弾を撃ち込んだ。

花屋のシャッターを穴だらけにしながら、男ふたりは瞬（また）く間にダンスを踊るようにして痙攣（けいれん）し、身体中に穴を開けられて動かなくなった。

そのままSUVは狭い路地にがりがりと左右の鈑金（ばんきん）を削る音を響かせながら潜り込む。

賢雄は、最初の路地に入った女と晄三郎を追ったが、やがて、三つ叉（また）に分かれた路地で迷う。

しかし数秒後、再び悲鳴のようなブレーキ音が響き、

「隊長！」

晄三郎が珍しく荒い声を上げたのでそちらに進む。

「ユウスケが殺した！　この馬鹿野郎！」

暁三郎の怒号の方角へ、弾倉の弾が数発のみの92式手槍をベルトに挿した賢雄が、女の消えた路地に駆け込む。

と、ユウスケのSUVがエンジンをかけたまま、左右のドアをボコボコにした状態で、うねりくねった細い建物同士の間の路地の奥に停まっていた。

車で先回りして出口を塞いだのだ。

SUVの前には、白人女が右の手首と細い首から派手に血を流して地面に倒れ、時折痙攣していた——もう助からないと誰にも分かる。

女のそばには、沖縄の戦場でも何度も見た、あの大ぶりなハンティングナイフを手にしたユウスケが、その刃どころか腕の付け根まで血で染めて息を荒くして立っている。

女の瞳孔は完全に開いていて、息もしていない。絶命していた。

痙攣はたんなる絶命前の肉体反応だろう。

「先回りしたんだ、そしたら襲ってきて」

「お前が苦戦するような腕だったのか？」

賢雄は自分が口にした疑問が少し的外れだと思った。

つい最近東京に来たばかりのユウスケがどうしてあんな路地を使って先回り出来たのか。

単純に、情景を見て直感しただけなのかもしれないが。

金属の鞘（シース）にナイフを出し入れするときの独特の〈しゅるり〉と表記するしかない音を響かせて、ユウスケはナイフを腰の後ろに戻した。

「全然、でもヤバかったんで」

軽い口調で答えて、ユウスケは女のハンドバッグをそっと蹴飛ばした。

開いた口から封筒と一緒に化粧品、さらに、信管を挿し、掌大に丸められたＣ４爆薬が転がり出てくる。

この大きさなら路地ごと賢雄たちを吹き飛ばしてもなお被害が出る。

今さらの冷や汗とともに、賢雄の頭からぼんやりした疑問が吹っ飛んで、Ｃ４を拾い上げた。

確かめると薄いプラスティックカバーのついた信管の作動時間はゼロ……何か硬いものにこの信管を思いっきり叩きつけるか、信管の頭を軽く捻るとその場で爆発だ。

路地の中にいる人間は誰も助からない。

「死体が吹き飛ぶより、殺して死体を調べた方が良いでしょ」

そういうユウスケの股間が膨らんでいるのに、賢雄は気づかないフリをした。

封筒の中には荷物の引き渡し書、倉庫の住所は、検索すると東京の銀座の外れだ。

他に何もないかを確かめた賢雄は、その封筒の内張の紙に見覚えがあるのに気づく。財布にしまわれているのは、神保町で自爆した少女の手の中にあった折り紙と同じ紙。英字新聞が印刷された折り紙。

封筒の内張にしては分厚すぎるし、こんなものを内張にする理由がない。

（これが、鍵かも知れない）

思って賢雄は封筒をポケットに納める。

死体の女がゴツいダイバーズウォッチをしていて日に焼けているのが気になる。肩幅も女性にしては広い。銃のトリガーだこもある。

銃声が止んだのを確認したのか、パトカーのサイレン音が近づいてくる。

「こいつ、ダイバーだよ」

暁三郎がつまらなさそうに女の肩口を爪先で蹴った。

確かに目をこらせば肩口にうっすらタトゥーの痕跡が見えた。

「石垣島にあったダイバーズクラブのタトゥーさ」

「これだけでよく分かるな？」

「前に俺と取引のある、ロシアンマフィアが使ってた密輪屋の表看板だったサー」

「今どうなってる」

「潰れた」

素っ気ない話だった。ロシアンマフィアと旧ソヴィエト軍の繋がりは有名だ、〈紙の虎〉とはその辺りでつながっているのかもしれない。

第五章　玩具（おもちゃ）と玩具（がんぐ）

賢雄がはじめて人を撃ったのは六年半ほど前のテロリストだったが、琉球紛争における最初の戦闘は無我夢中だった。

何しろテロリスト相手の時は完全に相手は賢雄の存在を知らず、武器を持っていることも分からず、タイミングを計って相手が背中を向けた瞬間を狙（ねら）っただけだった。

が、今回は部下を率いて、正面からの戦闘だった。

那覇港から上陸してきた敵を、西武門（にしんじょう）の病院跡で待ち伏せての攻撃だった。

敵の部隊の列が、目の前を半分通り過ぎるのを狙い、予定通り突撃を仕掛けた。

最初にロケットランチャーによる砲撃で装甲車と戦車を黙らせ、切り込んだ。

まだ当時ＵＳマチェットは賢雄たちの腰に下がってはなかったから、敵とは真っ正面から一定の距離を保って撃ち合った。

バタバタと部下が倒れ、生き残ったものを敵の戦車と装甲車が蹂躙（じゅうりん）する。

乱戦の最中、さらに分断するための部隊の指揮官が、弱気を起こして命令を出すのが遅れたために、賢雄たちの部隊は戦死者が続出し、消耗した。

結局、作戦は失敗し、賢雄の小隊の生き残りは三人だけ。

渋谷小隊は最初の再編を余儀なくされた。

紛争が終わるまでのたった半年の間に五回は再編されたと思う。

民間人が手を挙げて、新規の義勇兵たちが集まらなければ、とっくに海兵隊か自衛隊預かりで吸収されていたに違いない。

失った部下は数百人。

名前と顔は今も全部覚えている。

常に小隊の数としては数名欠ける状態で、波之上のミサイル艦〈光州〉攻略前、最後の再編で中隊規模にまで膨れあがることになるとは思わなかったが。

中でも、特に賢雄が死なせずにいて良かったと思う小隊のメンバーがいる。

結城真琴（ゆうきまこと）。

修学旅行で沖縄に来てこの紛争に巻きこまれた少女だ。

たまに後衛に戻ると、アメリカ製の、粉から作るオレンジジュースを飲ませてやるのが常だった。

十七歳と言えばもう大人びていてもいい。

しかも戦場の中で生き延びているのだ。

だが彼女は最後まで人間として柔らかい部分を失わなかった。

戦友が死ねば泣き、無事なら飛び上がるほどに喜んだ。

ひょっとしたらそうしなければ精神のバランスが保(たも)てなかったのかも知れない。

ともあれ小隊のメンバーも……最初の頃はともかく、中盤からはあの諸見座暁三郎でさえ……彼女に関しては特別の扱いをしていた。

正確に言えば、暁三郎だけでなく、大人の兵隊たちは十代の義勇兵たちを分け隔てなく、ちゃんと守ろうとした。

もっとも、ほとんどその行為は無に帰して、十代の義勇兵たちはその七割が命を落としたが、三割は生き残った。

真琴はその幸運な三割に入ることが出来た。

紛争が終わり、嘉手納基地が臨時の民間空港として、観光客や県外移住希望者を乗せた旅客機が飛ぶようになったとき、賢雄は大急ぎで、使えるだけのコネを使って彼女と保護者である恭子の席を取った。

白い翼が大空に飲み込まれていくのを見て、安堵(あんど)の溜息(ためいき)をついた。

あの紛争で、自分が何かを成した、と唯一胸を張って言えるのはそのことだけだ。

警察無線を傍受している貧侠のひとりからの電話で、朝の新小岩駅の情報が流れた。

電話は有線、相手も自宅電話。

受話器をハンドマイクに近づけての報告だ。

今の「彼」は東京湾近くの倉庫の中にいた。

「ありがとう、また後で」

「彼」は受話器を置いた。

「貧侠の同志が十二人も死んで、エルマも死んだか」

溜息をついて、「彼」は深々と椅子に腰を下ろした。

「意外にしぶといな、ＩＡＳに雇われる程度なら適当な人間だと思ってましたが」

「殺人は人を変える。ましてそこが戦場で、生き残る唯一の方法だったとなれば、通常の人間とは違うなにかが目覚める……我々のように」

「彼」は静かに首を傾げる。

「彼らと我々はよく似ているかもしれないね」

そして、「彼」のために集まった数十名の「同志」たちに呼びかける。

その背後には巨大な鋼鉄の塊が置かれていた。

〈戦場の王〉と陸軍では呼ばれる榴弾砲、それもアメリカ軍の新型榴弾砲Ｍ７７７。

重量は四トンに満たないながら、有効射程距離は二〇キロを超えるという代物である。

書類上は今も嘉手納基地の弾薬庫に納められているはずの一門。

「エルマは死んだ、だが計画は予定通り第二段階に入る。私と君と、君と君は一緒に来てくれ……資金がそろそろ足りなくなるからね。他の者は準備に……榴弾砲の擬装を頼む」

言って「彼」は微笑んだ。

「彼らの始末はＭＣＩＡかＣＩＡにつけてもらおう。何しろ我々は貧俠の名の通り、貧乏だからね……それでも彼らが生きのびていたら、色々変えなくちゃいけないが」

軽い冗談を言うような口調だったが、周囲を見回す「彼」の目は、思考の中に潜む闇の中にあって、その中ではあらゆる物が平等に、ある目的のために消費される。

「彼」自身も、例外ではない。

封筒の中の荷物の送り先は銀座の外れにある倉庫になっていた。

ユウスケと晄三郎がＭ４を構え、賢雄はひとりだけＭＰ５Ｋを構えて、慎重に中に入る。

広い倉庫の真ん中には、大きな木箱の残骸と、空き箱、その中身の山があった。

カラフルな色で作られた大量生産品のバイブレーターやディルドー、オナホールの山々があって、さらに四方八方から固めて支えるように、木箱や空になった樹脂、あるいは薄い金属製の箱が積まれている。

「遅かったみたいッスね」

ユウスケが空の箱を蹴飛ばした。

どれもこれも、沖縄の戦場で見慣れたカーキ色に塗られていた。

「大人の玩具か……」

紛争以前から膨らみはじめた不況はその終結で誤魔化され、今や多少怪しい商品でも、陸路を行くのであれば見逃されがちだ。

「Ｍ４にミニミに、Ｍ40に暗視装置に、弾薬箱……多分これ、淀川さんがよく欲しがってた最高級のＭ40の狙撃用ライフル弾ですよ、ほら」

スプレーで消された箱の文字を読み取りながらユウスケが言う。

「永の奴、嘘吐いたな」

その中でもひときわ大きくて分厚い長方形のケースを蹴り飛ばして、賢雄はさすがに疲れの浮き出た声で呟いた。

「どうしたんです？」

「あいつ、スティンガーの照準装置ぐらいのもんだと言ってたが」

賢雄が見下ろしていた箱を、横からユウスケが覗き込んで暗い顔になった。

「これ……」

ずんぐりした砲弾型にくりぬかれたウレタン。その形状には全員見覚えがあった。

義勇兵なら一度は見せられて「空のケース」。

中国軍が上陸してきたとき、敵を那覇市内に留めるために在沖米軍が、その持てる分量すべてを三日で使い切ってしまった武器。

「『こいつが後一〇〇発あれば那覇も取り戻せたが、今は違う、このような空のケースがあるばかりだ。故に諸君らはこのオキナワを取り戻すための聖なる剣となるのだ』……か」

当時の海兵隊司令官の演説を思い出し、ユウスケがほろ苦い顔になった。

このケースの中に納められていたものはＭ９８６エクスカリバーⅡ。榴弾砲で使用出来るＧＰＳ誘導弾で、着弾誤差が四メートル以内という脅威の命中精度と威力を誇る。

これと米軍のＭ７７７榴弾砲が組み合わされれば、絶大な威力を誇ることになる。

巡航型ミサイルよりも小さく、早く、そして安価に短時間で大量に撃ち込める。

「スティンガー本体どころじゃない。どこから持って来たんだこんなもの」

「十発はありますよね、これ」

ユウスケが空箱の数を数えた。

「これが波之上の時に五発でもあればなぁ……」

ほろ苦い感慨にふけるユウスケの背中を、賢雄はどやしつけた。

「しゃっきりしろ。こいつが敵の手にある、ってことはどこからか榴弾砲を持ってくれば原発の真上から攻撃が出来るってことだ」

原発は一般に思われている以上に堅固に出来ている。

さらに今回の琉球紛争に応じて、自衛隊とアメリカ軍の協力の下、各種防衛機能を備えるようになったが、戦車も建物も、基本的に直上からの攻撃には弱い。

「でもまあ、エクスカリバーⅡって確か〈ニューク・ロック〉がかかってるでしょ?」

「とは聞いてるがな……鍵があれば外されるのが世の中だ」

ユウスケの言う〈ニューク・ロック〉というのはエクスカリバーⅡになってから実装されるようになったシステムだ。命中精度は上がるのだが弾頭に搭載されたＡＩが原子力施設であると判断した場合、攻撃目標を勝手に変更するというシステムである。

現在は製造を終了した最初のM982エクスカリバーIの性能が余りに高いことから、テロリスト側に渡った場合の最大の懸念を払拭したという話であるが、同時にそれは原子力で動く兵器には通用しないということである。

つまり原子力潜水艦、空母など地上には縁のない兵器だけでなく、敵の核ミサイルサイロにも攻撃出来ないことになる。

このために兵器としては中途半端だと言われ、一説にはそれを解除する暗号キーコマンドがあるとも言われているが、定かではない。

「しかし、榴弾砲なんてそんなに簡単に持って来れますかね？」

「自作した例がある。去年、アフガニスタンでアメリカの榴弾十八ケースを奪ったISの連中が、一回しか使えない使い捨ての榴弾砲を造って国連軍に攻撃しかけてきたそうだ」

賢雄がユウスケの疑問を解いた……だがエクスカリバーIIの有効射程は二〇～三〇キロ、となれば三人で原発襲撃を止めるのは不可能に近い。

「エー隊長、変な話聞いた」

倉庫の管理業者に話を聞きにいった晄三郎が戻ってきた。

「ここヨー、搬入のトラックはあったけど、搬出のトラック来てないって」

「？」

「搬入しに来たトラックに積んでいったんですかね？」

ユウスケが暁三郎のほうを見もせずに言うと、

「入り口の警備員にも話聞いた。荷台は空。露天の荷台だから一発で分かるッテ」

じろりと暁三郎が「それぐらい聞いてる」と言いたげな目つきを送った。

「つまりこの中で消えた、ってことですかね」

またも暁三郎を無視して首を捻るユウスケに対して、

「全員でこの大人の玩具をどかそう」

と賢雄は言った。

「どうしてですか？」

訊ねるユウスケに、賢雄は広い倉庫全体を見回して言った。

「この下に何もなかったら、ここへは最初からケースを捨てに来ただけだ。そうじゃなければ」

「地下からどこかに運び出した？」

ユウスケの言葉に、

「それを確かめる」

賢雄がそれを言い終える前に、もう暁三郎は空っぽの弾薬ケースをどかし、片っ端から大人の玩具を後ろに放り投げはじめていた。

食事を取りながらの作業を続けて三時間後、昼過ぎには大人の玩具の山の下から、大きな金属のマンホールが顔を出した。

「これか……念のため、みんな離れてろ」

汗みずくになった賢雄は倉庫の隅に転がっていた古いバールを引っ張ってきて、マンホールに開いた穴に突っ込んだ。

通常、これで何回か蹴飛ばしていくと、やがてマンホールの蓋(ふた)は開いて横にずらすことが出来る。

だが、突っ込んだときに妙な手応えがあったように思えた瞬間、賢雄はバールから手を離し、慌てて背を向けながら地面に飛びこむようにして伏せた。

どん、と腹に響く音がして、マンホールの蓋が周囲五〇センチの地面ごと吹き飛んだ。派手な爆発ではないが、人を殺すには充分な威力。

天井で跳ね返った分厚いマンホールの蓋がぐにゃぐにゃになって落下し、賢雄のそばに置いてあった空の弾薬箱を突き破る。

「大丈夫ですか、隊長！」

駆け寄ってくるふたりに、賢雄は仰向けになって苦笑いした。

耳を押さえ、大声を上げながら爆心部に向かって足を向けるようにして地面に伏せる――兵隊の訓練で最初に教わる危機対処法だ。

「基本ってのは大事なもんだなあ」

そう言いながら賢雄は立ち上がった。

「指向性爆薬ですね」

ユウスケが中を覗き込んで言った。

「早いとこ逃げましょう。警備員が来る」

「心配はないぞ（ネーランドー）」

暁三郎が表情を動かさずに同じく穴を覗き込みながら答えた。

「警備員には眠って貰（もら）った」

「まさか殺したのか？」

賢雄が眉（まゆ）をひそめるが、

「いや、煙草吸いだったからマリファナあげたサー」

「マリファナだけか？」

「まあ、少しクラックも入ってるから、俺はさっさと出たけどね（ワンヤソーソーイディタン）」

「どっちにしろ早く出ないと。警察がめんどくさいですよ」

早速車のエンジンをかけるべくユウスケが走ろうとするのを止めるようなタイミングで、賢雄の携帯電話が鳴った。

「小隊長？」

「この電話はマナーモードにしたはずなんだが」

首を捻りながら賢雄が電話を取ると、

《まだこの一件の中をうろついてるのか、渋谷少尉》

という、押し殺した渡根屋の声が聞こえて来た。

「永少尉の他の情報を渡せ、というならもうなにもないぞ。スマホの情報も全部渡した。もう一つの捨てたＳＩＭには何も入ってない、最初からな」

ケラケラ笑いながら言うと、

《お前たちはなんにも分かってない。俺たちがお前たちを守ってやろうっていうんだ、邪魔をするな。これは日本が次の段階に行くには必要な犠牲なんだよ！　今朝の貧侠との戦闘、だれがもみ消したと思ってる！》

「ほう、あれは表沙汰（おもてざた）になってないのか？」

《当たり前だ！　新小岩なんて場所で銃撃戦をしやがって！　犯罪移民（テンサン・エンジェル）と貧俠どもだから今は公安も警察も協力してくれてるが、二度とやるな！》

爆発の後静まりかえった倉庫の上をレシプロ飛行機が飛んでいく音が響いた。

同じ音が、渡根屋の声の後ろからも聞こえる。

賢雄はそのことに気づくとハンドサインで「下へいけ」とユウスケたちに示した。

「ところでよく俺の電話番号が分かったな？」

《日本のサイバーセキュリティはザルなんだよ。どうやって中国に勝てたと思う？　俺たちアメリカが後押ししたからだ。お前の電話の番号だってすぐに分かった、そういうものなんだよ》

「お前、日本人だろう？　ＣＩＡの手先ってことは《美しいこの国、日本を売り渡した魂のない売国奴》じゃないのか？」

基地運動に対抗する工作員として渡根屋があちこちの右翼団体に潜入していたころ、連呼していた言葉を皮肉に賢雄が口にすると相手はたちまち激高した。

《勘違いするなよ？　アメリカの国益は日本の国益だ、俺は立派な日本人だ。お前みたいにどっちつかずの義勇兵が偉そうに言うな。大局も見えないくせに》

だが、その怒り具合が少しわざとらしい。

遠くからＳＵＶのエンジン音が数台分、段々と近づいてきた。

すこしだけ、話を長引かせることにした。

「ところで、気になる話を中国の徐から聞いた……お前らが奴のスポンサーか？」

《ベラベラ喋（しゃべ）ると思うか？》

「いや」

全員が穴の中に飛びこむのを確認し、

「聞いてみたかっただけだ。じゃあな、俺は調べ物がある。あとで会いに来い」

賢雄もまた穴の中に飛びこむ。

携帯は放り棄てた。

必要な電話番号は頭の中に入れてある。

荒々しくドアを開閉する音が倉庫の外で響く。

装備同士が響かせる微（かす）かな音と殺気。

穴の中に入ると、下水道がかなり昔に廃棄されたものらしい。

コンクリートのトンネルの中は、排泄物（はいせつぶつ）やゴミなどが経年して土に変わったものが敷き詰められていて、一〇メートルほど進むと、八方向に広がる横穴がある。

そのひとつで、ユウスケが両手に細いなにかを握ってにやっと笑いながら頷（うなず）いた。

身をかがめてその横を賢雄が通ると、ユウスケはその細い何かを結びつけ、後を追う。

倉庫の扉が開く音と足音。

賢雄は彼らが穴に飛び降りてくると同時に振り向いてＭＰ５Ｋを連射した。

当たるとは期待していない。相手を驚かせ、こちらの位置をわざと知らせるためだ。

空になるとＭＰ５Ｋを棄て、ユウスケから借りた、ＳＩＧ Ｐ３２０を抜きながら、暗いトンネルの中を走る。

走りながらフラッシュライトとレーザーサイトの赤い光が後ろから照射されるのを視界の片隅で見たが、相手もさすがに無駄弾は撃たない。

だが先ほどユウスケが立っていた位置に来ると「待て！」「トラップだ！」の声が響く。

ユウスケの得意技だ。

瞬間接着剤とピアノ線で〈足を引っかけると作動するブービートラップのようなもの〉を作って相手の足を止める。

足止めを喰らった敵は、それが偽物であると分かるとまた走りはじめる。

そしてもう一回、今度は胸の辺りにピアノ線と瞬着で作った偽物のトラップがある。

そこまでは用心深い連中も解除する。

さらにもう一回。これもプロならばその先端がどこにあるのかを確認する。

だが四回目はどうか。五回目はどうか。

やがて、近づいてくる足音の中、ピン、という小さな、バネが弾(はじ)ける音がした。

「しまった、待避！」

叫ぶ声をかき消すように爆発が周囲を響かせる。

ユウスケのこの技術は、元からの手先の器用さに加え、琉球義勇軍の、少ない物資で出来るだけ多くの敵の進行速度を遅らせるための戦場の知恵だ。

最後にユウスケが立ち止まり、賢雄が駆け抜けたのを確認してから残ったピアノ線でトンネル一杯に蜘蛛(くも)の巣のようにピアノ線を張る。

ここまで来た相手はしばらくこれで動けない。

最後にユウスケは奥からやってくる敵が見えるか見えないかのギリギリで手榴弾のピンを抜き、器用に蜘蛛の巣のように張り巡らせたピアノ線の隙間(すきま)から彼方(かなた)へと放り投げていた。

転がっていく手榴弾の威力を確認もせず、彼もまた賢雄を追い越すようにして走る。

七秒後、爆発音がした。

「小隊長！」

突き当たりにあるのは高架橋の下にある保線工事のための道具を納める倉庫だ。

晄三郎が、中に納められていたコンクリートカッターのエンジンを始動させると、派手な火花をあげながら扉を閉めている閂（かんぬき）を切断した。

アサルトライフルは工事現場を覆うブルーシートをユウスケがナイフで切断してくるんでいる。

切断して扉が開くと、賢雄は床におかしな痕跡を見つけた。

コンクリートの床に、はっきりと分かる丸い凹（へこ）みとひび割れ。

かなり大きい。

そして汚れが溜まっていないことからすると大分新しいものだった。

「これは……？」

何故かそれが気になり、かがみ込んで賢雄は触った。

単に重いコンテナなどが落下してつけた傷にしては広くて、深い。

この凹み自体から想定される大きさは直径で三〇センチ……昔のディスコに下がっていたミラーボール程度の大きさだろう。

だが、この倉庫の天井ギリギリから落としても、ここまで深い傷は付かない。

単に、ヒビが入るだけで、痕跡（こんせき）まではできない。中身が丸ごと詰まった金属の球なら別だが。

た。

「小隊長、急いでください。奴らこっちに来るかも！」

ユウスケの声に思考を中断して顔をあげ、賢雄はＳＩＧを腰のベルトに納めて走り出した。

政長恭子はかつての職場で彼女が客に、あるいはあの母子のような調教対象に使っていたボールギャグを嚙(か)まされていた。

両腕全体を背中で本革製の拘束具にまとめられた上、両脚を足枷(あしかせ)と膝枷、鋼鉄のポール二本によってＭ字開脚の形で拘束されていた。

タトゥーが随所に入った身体は、細い革紐(かわひも)で出来たＭ奴隷用の、引き締まった身体をあちこちから絞り出すように作られた衣装で飾られている。

どれも赤。

赤いエナメルは支配者のもの、赤い革は被支配者のためのもの。

恭子は正に今、被支配者の立場にあった。

板張りの床に敷かれた絨毯(じゅうたん)の上、うつぶせに、引き締まった丸い尻を高く掲げられ、五本目の五リットル浣腸液(かんちょうえき)を挿入されたあと、アナルプラグで三〇分も出口を塞(ふさ)がれている。

排泄欲求は気も狂わんばかりだった。

人前で脱糞排泄を強要されたのは初めてだった。

それを五回も繰り返させられている。

一回目は彼女を拉致した駅の近くにあった廃ビルの地下で。

戦場では武器がある。

拳銃、ナイフ、アサルトライフル。

それらを持っていても、女性はレイプされる。

賢雄たちと別れて厄介ごとが去ったと思い、元々今借りている部屋に戻るつもりはなかったから、すべての預金通帳と現金を持って、東京駅にいって、一番早い新幹線に乗ってから考えようと思っていた彼女の前に、男たちは現れた。

完全に今日〈戦闘〉は終わったと、ダッフルバッグの中にベレッタを入れていたのが間違いだった。

何とか抵抗して四人の男の歯をへし折り、ふたりの顎を掌底で砕いたまでは良かったが、鉛の入った革の棍棒、ブラックジャックで頭を殴打されて気を失った。

そして、廃ビル。

気がつくと恭子のジーンズは脱がされ、縛り上げられた上、男たちに手足を押さえつけられていた。

ジーンズと下着をさげられた彼女の初々しい肛門に、グリセリンをたっぷり満たした馬用の浣腸器が押し当てられた。

噂に聞いたアメリカ……特にＣＩＡが女性相手に行う性的拷問のことを思い出した。

必死になって肛門括約筋を締めても、すでに塗りたくられていたローションがあっさりとほ乳瓶の先のような先端を受け容れてしまった。

最初の五リットルは地獄だった。

一時間、耐えた。

男たちは一切質問をしなかった。

やがて恭子は何でも喋るからトイレに行かせてと叫んだ。

男たちは答えない。

賢雄たちの電話番号を喋った、行きそうな場所も喋った、他の仲間たちの電話番号と、知りうる限りの住所も喋った。

自分の過去もすべて喋った。

中学生の頃体育教師にレイプされたことも、それ以来レズビアンに目覚めたが、戦争の最中は戦闘が終わると身体が疼き、指揮する分隊の男たちに犯されるのを夢見ながらオナニーするのが毎晩だったこと。

部隊が後衛に下がったときは、男子トイレで下半身を露出させ、入ってきた男を片っ端から抱いたことも。

「彼女」について以外はすべて喋った。

「お願いだから、トイレに行かせて！」

唇まで真っ青にし、寒さに震えるようにガタガタと身体を震わせて叫ぶ恭子に、男たちの間から現れた、白髪の白人男性はにこやかに語りかけた。

「君の持っている情報はすべて知っているんだよ、マサナガ・キョーコさん。この浣腸は私の趣味だ、君を人として壊したい。我々に逆らうオキナワのイエロー・ジャップに報いを与えるためにね」

そう言って男は引きつった笑い声をあげ、恭子の横に回り込むと、綺麗に磨き上げられた革靴の先端で腹を思いっきり蹴った。

それが、最初の決壊になった。

二時間我慢した行為の呆気ない終了。

男たちの笑い声が一斉にあがった。何を言っているのかは分かる。だが頭の中で翻訳したくなかった。

人として、もっとも隠していたい排泄という行為を、複数名の男たちの目の前で行う屈辱と恥辱、そして圧倒的な排泄による肉体の快感。

やがて脱糞だけでなく、放尿までして恭子は気絶した。

更に二回、恭子のアナルに薬液が注入され、放出があり、男たちは笑い、大げさに鼻を摘まんだ。

これまでの人生も、教育も、教師だった矜持(きょうじ)も、ＳＭクラブの女王だった記憶もすべてを否定し、踏みにじり、粉々にする拷問だった。

男たちは恭子の身体に麻酔を打って眠らせ、気がつけば彼女はこの豪奢(ごうしゃ)な、マンションなのか、ホテルなのか分からない室内にいた。

「あ…………ぐ……ま、また出る、でるぅ！」

今、五回目となって浣腸液だけとなった中身を放出すると、用意された黄色い工事作業用バケツにすべて受けられた。

「これで身体の中に不純物はないな」

あの白髪の白人男が笑った。

全裸で、元は鍛えていたであろう厚い胸板と、ぷっくりとつきだした腹。

「お前らのようなイエローを抱くときはすべて汚いものは流し出さないとな」

にやにや笑いながら、男は別の注射器を高々と掲げて見せた。

「お前はこれから我々の仲間になる」

注射器の先端が、恭子の白い尻肉に突き立てられた。

ピストンが下げられた。

ボールギャグが外された。

「なにを……何を打ったの？　私に何をしたの」

「お前はもう考えなくていい。私のような人間に抱かれる喜びだけを脳に刻めばいいんだ、この淫売（いんばい）！」

男は恭子の尻を平手で打つと、股間（こかん）にそそり立つものをしごいた。

白人男性特有の芯（しん）のない柔らかい、しかし巨大なペニスが自分のヴァギナに当てられたとき、恭子は自分の奥底がしとどに濡（ぬ）れそぼっていることに気がついた。

男が一気に突き入ってきたとき、自然なものではない、化学物質的（ケミカル）なものが与える快楽が恭子の脳裏を焼いて、彼女は獣のような声をあげて尻をのたうたせた。

自分自身が、心は同性しか愛せないのに、身体は男を欲して堪らない、矛盾した存在であることに気づいたのは高校で担任教師に二度目のレイプをされてからだ。

だが、男を漁るほどになったのは、戦場で死ぬような目にあうようになってから。後衛陣地で短い休息を取る間、深夜〈彼女〉が寝た後を見計らい、シャワーだけを浴びた身体で、暗がりで戦闘服のズボンを下ろして男を誘った。

首から上は地味なのに、その下は一〇二センチのGカップ、ウエスト六十五センチ、一〇のヒップというプロポーションはむしろ戦場で鍛え上げられて引き締まり、男たちは誰彼構わず彼女を抱いた。

不思議に妊娠はしなかった。

中でもアメリカ兵はタフだった。

黒人も白人も、プエルトリコ系、アラブ系も等しくタフだった。彼女を女神だと称え、女王だとも言った。

射精はたっぷりと、膣から溢れるほどだ。

そして今、彼女を犯す白人男も堪らずに腰を震わせた。

柔らかくて長いペニスが膨らみ、どくどくと量の多い精子を流しこむ。

男のペニスは萎えなかった。

「お前はいいプッシーを持っている」

白人男は恭子の引き締まった大きな尻を叩きながら、己の精液で満たされた膣内をそのまま蹂躙し始めた。

犯しながら、太腿に巻いたベルトから次々とペン型のボタン式注射器を取りだし、それを恭子の左右の尻肉に、そしてベルトで絞り出された見事な乳房に押し当てて本体底部にある注射ボタンを押した。

その度ごとに薬液が注入され、彼女の声は甲高く、獣のように太くなった。

男が「私を愛しているか？」と訊ね恭子が「はい、愛しています」と叫ぶようになるまで三〇分もかからない。

頭の中が恐ろしい程クリアで、多幸感がわき上がってくる。

「これは神のペニスだ」

男は……ＭＣＩＡ沖縄支局長ジョン・マイヤースは恭子にのしかかり、両の乳房をねっとりとこね回しながら囁いた。

「お前は神に犯されている。喜べ、お前のヴァギナは生涯私のものだ、私のペニスがお前の神だ。お前は何も考えなくていい。私が微笑めと言えば微笑み、泣けと言えば目が潰れるまで泣け、殺せと言ったら殺せ」

はい、はい、と恭子は叫んだ。大学生までの引っ込み思案で、大人しい被虐の性質だと自覚していたものが、急速に膨らみ、それが彼女の中で堪らない安堵として結実する。

「さあ、次の段階に入るぞ」

そう言って、マイヤースは彼女にバイザーと一体型になったヘッドフォンを被せた。

その間もペニスの抽送は停まらない。

「お前はこれから私に一日中犯される。妻が壊れて以来、久々のイエローフッカーだ、それを外す頃には、お前は私なしでは排泄と食事以外、何も考えられない。何もしなくていい存在に生まれ変わる」

激しい光の明滅と天地が引き裂かれるようなヘヴィメタルの音量が彼女の目と耳を麻痺させる。

激しい光の中に様々な映像が映る。賢雄の証明写真、後ろから撃たれる兵士、人の喉を斬り裂く女。

肉体から与えられる快楽と、視覚と聴覚から送り込まれる情報が、薬物によって脳の中でシェイクされる。

二時間後。

マイヤースはうめき声をあげながら、女の中に六回目の精液を放った。

「ボス、やつが面会を求めてます」

マイヤースの背後でユダヤ系の護衛が囁いた。

息をついて引き抜くと、部屋の隅に影のように立っている護衛を指を曲げて招いた。

黒人の護衛は物も言わずスラックスを脱ぎ、節くれ立った木の根のような黒人ならではの巨根をマイヤースの精液が溢れる女陰に躊躇(ためら)いなく挿入する。

黒人の護衛は機械のように女を犯し始めた。

「やつが飽きたらお前たちで代わる代わる犯せ、薬と機械の影響でペニスさえ入っていればずっと私が犯しているのと同じ喜びになる。道具は使うな、絶えずお前たちのペニスで犯せ。アナルも使って構わん」

マイヤースは言い捨ててシャワーを浴び、スーツに着替えた。

戻ると、恭子は立たされて、前からは黒人の護衛に責められ、肛門を先ほどのユダヤ系護衛に犯されていた。

「ひいいっ、くひいいっ！」

恭子は黒人の護衛が射精すると同時に手足を引きつらせて泡を吹き始めた。

慌てて護衛たちが前後の穴を埋めていたペニスを引き抜く。

「ボス！」

「ヒドロゲルを心臓に突っ込んでやれ。運が良ければ二〇分で生き返るだろう」

マイヤースは部屋の鏡で自分の背広姿を確かめ、さっさと部屋を出た。

護衛たちが慌てて部屋の壁にある救急道具入れから太いペン型注射器を取り出すのがちらりと視界に映ったが、マイヤースは気にも留めない。

「なぜ来た」

隣の部屋は応接間である。

そこに座った「彼」に、マイヤースは口をへの字に曲げた。

東洋人にしては端整な顔立ちなだけでも腹立たしいのに、その左右に白人と黒人の女を侍（はべ）らせている。

ふたりとも良く発達した、引き締まった体つきをしていた。

「今日は随分と人の気配がないようですが」

セイフ・ハウス内を見回しながら「彼」が言う。

「君たちのことを嗅（か）ぎ回っている愚か者の処分だ、あと二〇分で戻る」

（誰のせいだと思っている、中国人（チーノ）風情が）

吐き気がするのを感じながら胸の中でマイヤースは毒づく。

マイヤースが大学で東洋史を学び、アジアの、特に日本のエキスパートになったのは親日家であった父の影響ではなく、父を嫌悪しつつも、冷静な計算ができたからだ。

アジアにおけるライジングサン、と呼ばれた日本はすでに零落し、中国とタイ、ベトナムの台頭で「空気のような国」になった。

だが、マイヤースは父の見識だけは利用し、いずれ巨大すぎる中国と、独自宗教によるタイの伸び悩み、いわゆる〈共産主義国〉でしかないベトナムはその成長に頭打ち、ないし崩壊が迫り、再び日本が地政学上の重要拠点になることを予測していた。

そしてこの極東で琉球紛争が起こった。彼はその中を立ち回り、そこそこの地位を確保したが、CIA本局とDCはマイヤースをさほど信頼してくれず、この〈紙の虎〉と〈古い中国〉、さらに日本政府との密約を最近まで教えてくれなかった。

なだめるようにCIA本部がマイヤースに与えた任務はこの〈紙の虎〉のバックアップというのがまた腹立たしい。

だが、本来沖縄にいるべきMCIAの支局長が、勝手に東京まで出てきたという、本来なら命令違反を犯しているのだから、罰せられないだけ温情のある判断がなされたと言うべきだろう。

――と思いつつ、マイヤースにはひとつだけ懸念があった。

〈紙の虎〉いいや、「彼」に渡ったエクスカリバーⅡ誘導弾はケースのみのダミーだと言われていたが、どうしても沖縄の海兵隊基地の在庫が合わない。

「彼」に渡ったものは、本当にただの「マスコミを納得させるための空のケース」だったのだろうか。

「ワシントンの意向はご存知のはずです。あなたはもう少しでこの計画を台無しにするところだった……私があなたの首を繋(つな)いだことをお忘れなく」

穏やかに、温厚に、しかし目だけは鋭く「彼」の目がマイヤースを見つめる。

マイヤースは口を閉じたまま「彼」を罵(ののし)ったが、

「よかろう、で、いくら必要だ？」

と額に癇癖(かんぺき)の筋を浮かべつつ頷いた。

「全部です」

「彼」は東洋人特有のアルカイックスマイルでとんでもないことを言った。

「どういう意味だ？」

「金庫の中にある貴金属と紙幣を洗いざらい頂きたい」

「貴様！」

怒鳴りつけようとしたマイヤースの口の中に、銃弾が飛びこんだ。

後頭部と脊椎(せきつい)を粉砕して銃弾が飛び出す。

「彼」の側に居た女ふたりが護衛の顔の真ん中にそれぞれ銃弾を撃ち込んでいた。

銃身を丸ごと減音器(サプレッサー)にしてある67式微声手槍の銃声はかなり低く、軽く手を叩いたような音しかしない。

護衛たちは腰のホルスターから銃を抜きかけたままの姿勢でズルズルと倒れた。

女たちは玄関に通じるドアを開けると、そこにいる護衛たちの後頭部を撃ち抜いた。

それからマイヤースが出てきた部屋へ歩み寄るとノックし、恭子の心臓に太い簡易注射器を打ち込んで引き抜いたばかりの白人の護衛の喉を撃ち抜いた。

喉を押さえて膝を突く男の後頭部、首の付け根に67式微声手槍を押しつけて撃つ。

男はマイヤースの襟首を引きずって部屋の中に入った。

「その女は？」

「死んでるようです」

恭子の首筋に手を当てて、黒人女が言った。

「彼」は頷いた。

女たちはマイヤースの死体を軽々と引きずってさらに奥にある階段を上りながら、降りてこようとした護衛の最後のふたりを射殺した。

上ってから延びる廊下、再奥の部屋に設置されたシステムに、「彼」はマイヤースの体温が残る掌を押し当て、静脈を認証させた。

黒人女が尻ポケットから銀色に輝く大ぶりなスプーンを取りだし、白人女がマイヤースのまぶたを開く。

血飛沫が部屋の床に散った。

中に入ると、今度は部屋そのものを占めている巨大な金庫の眼紋認証システムへ、黒人女はスプーンの上にのせたマイヤースの目をかざした。

数秒の間、スキャニングの光がえぐり出されたマイヤースの眼球を走査する。

やがて、認証完了を告げるロック解除の音が部屋に響き渡った。

渡根屋三勝はビクビクしながらCIAのセイフ・ハウスに部下とともに戻ってきた。

突入させた現地雇いのPMCたちはかなりの深手を負った。

やはり、ちゃんとした工作員か、公安の突入部隊を強制的に駆り出すべきだったと後悔する。

高円寺駅ビル近くのマンションの地下駐車場に車を停め、渡根屋は車を降り、エレベーターに向かいつつ、マイヤースへの言い訳を考える。

ここはＣＩＡの持ち物なので、停まった車もすべてＣＩＡの車両だ。それ故に皆、ぴたりと定規で測って並べたように等間隔に並んでいる。

マイヤースは白人至上主義の癖に性欲の対象としては東洋人、特に日本人を好む癖がある。

妻を日本人にしたのはそれだが、彼女はマイヤースの性欲に対応しきれず、去年とうとう心身ともに壊れて自殺した。

「良い日本人」と国益に反する「悪い日本人」に対する対応を心得ているマイヤースは妻の両親には当然前者の顔を見せ、外務省の有力筋に連なる家系でもある彼らの前で「仕事に夢中になりすぎてしまった自分が悪い」と頭をさげた。

そして渡根屋に命じて妻に浮気の事実があるかのような証拠をでっち上げ、葬儀の翌日にさりげなくそれを開示した。

両親は「娘に裏切られていた義理の息子」に大いに同情し、むしろ彼に許しを乞うようになった。

以後、義父は色々と情報をマイヤースに流すようになり、〈紙の虎〉に関する情報も義父から流れてきた。

妻の自殺はこうしてマイヤースの汚点にならないですんだが、以来半年間、性的には悶々と過ごしてきているはずだから今朝、人質に取った政長恭子の肉体に溺れているだろうと考える。

（あの元女教師は良い身体をしていたし、今ごろは上機嫌のはずだよな？）

出来ればお裾分けが欲しいところだが、それは諦めている。

マイヤースは黒人と白人、プエルトリコ人まではセックスの共有を許してくれるが、東洋人の自分には決して許さないだろう。

とにかく、上機嫌なのは間違いない。

問題はこれから先だ。

マイヤースは部下に対して失敗しようが成功しようが、常に「次のプランと対応」を求める——当面は、〈紙の虎〉の原発擬装襲撃を彼らはバックアップしなければならない。

本当に「擬装」なのか、という点で、渡根屋は〈紙の虎〉たちを信用していない。

あいつらは沖縄の人間よりタチの悪い、生粋の共産主義者で、さらに言えばエクスカリバーⅡを本当に入手している可能性が高い。

「ふたつの中国」に分かれた際に、西側が最も脅威と感じていたかつての中国人民軍のサイバーセキュリティ部隊は〈新しい中国〉に人員と設備のほとんどを持って行かれ、今の〈古い中国〉のサイバー部隊はかつての韓国以下の御粗末な物になり果てた。

　が、それでもエクスカリバーⅡ内の誘導制御装置に搭載されたICチップを辿って米軍内の情報共有システムにアクセスするぐらいのことは出来る。

　アメリカのサイバー部隊がそれを考慮していないとは思わないが、脅威になることは事実で、シリアスに考えていないだろうという推測は成り立っていた。

　アメリカは、中国との戦争とその解体という一大事業に成功して気抜けしているのだ、というマイヤースの言葉は真実だと渡根屋は思う。

　あの白人至上主義者は歪んだ差別思想家だが、歪んだ人間に時折宿る直感に素直に従う力があり、残念ながら自分にそれはない。

　そこまで考えて思いついた。

　大胆な方向転換。渋谷賢雄たちを自分の側に引き入れればいい。

　足を止めて自分の中にひらめいた提案に声を上げようとした瞬間、銃声が轟いて護衛たちが一気に撃ち倒された。

　振り向いた渡根屋の目に、三つの銃口が映る。

　渋谷賢雄とその部下ふたりがM４アサルトライフルを構えて立っていた。

「よう、久しぶりだな」

にこりとも笑わず、賢雄は相手の額にM４アサルトライフルの照準を合わせて告げた。

「何故ここが分かった？」

「ＩＡＳは脆弱な組織かもしれんが、ＣＩＡのセイフ・ハウスぐらいは知ってる。だから電話して聞いたら教えてくれたよ」

「ど、どうやってここに入った」

両手を挙げながら渡根屋。

「飼っていた猫が逃げ込んだと管理人に頼み込んだら入れてくれた。今は当分の間、管理人室でお休みだ」

改めて、嫌な顔だと賢雄は渡根屋を見ながら思った。

銃口を向けただけで、みるみる青ざめ、ガタガタ震えはじめる小太りな中年男の顔。まだ中国情報部の徐のほうが好ましかった。

元々、この男は自分の自堕落をすべて他人と、他人の思想のせいだと思い込み、攻撃することで偶然権力のある連中に褒められ、以後は人生の波に乗ったと勘違いして生きてきているだけの小者だ。

そのくせ自らは手を汚さず、嘘を吐き、偽の証拠を作って扇動し、ことが起こると口を拭ってはー「やり過ぎだ」と良識派の仮面を被って非難する小賢しさがあった。

この男の口車に乗せられて過激な行動に走った反基地運動の連中や、基地推進運動の連中こそ哀れだった——もっとも、中にはこの男の後釜を狙ったお調子者も多かったが。

紛争が起こったことで「無用の存在」になると、今度は本格的にＣＩＡの職員になり、戦場から合法的に逃げ回り、食料の補給ルートを一手に握った。

紛争中、渡根屋はその立場で後方支援と避難した沖縄住民救済を行った……とは名ばかりで、食料を使って、戦場という異常局面下で疑心暗鬼に陥りがちな人々の扇動をした。

〈反戦運動家は全員中国の工作員とその手先〉

〈今も彼らは中国に通じている〉

〈殺さないと自分たちが中国軍に殺される〉

という〈噂を流す〉ことで避難した人々の間で疑心暗鬼とリンチを黙認させる空気を生み出し、暴走した人々にかつての反基地運動派の人々を殺させている。

「コイツ、殺していいですか？」

若い頃に陸軍の兵士にレイプされて以来、反基地運動家になった叔母を、紛争中に疎開した北部の避難所で、渡根屋に扇動された頭の軽い若者に撲殺されたユウスケが冷たく訊ねる。

「右手を撃て」

「はい」

乾いた音がして、渡根屋の右掌が撃ち抜かれた。

平日のがらんとしたマンションの地下駐車場に、甲高い悲鳴が漂った。

身体を「く」の字に折り、渡根屋は掌を押さえながら、ユウスケへの悪口雑言をわめき散らす。

「暁三郎、そいつの銃を取れ」

罵詈雑言には耳を貸さず賢雄が命じると、暁三郎が歩み寄った。

ショルダーホルスターに納めたＳＩＧ Ｐ３２０とナイフを奪った。

「殺してやる」

「どうかな?」

身体を折ったまま、上目遣いで睨み付ける渡根屋を無感動に見下ろし、賢雄は言った。

渡根屋の後方、彼が乗るつもりだったエレベーターの表示が段々下がってくる。

賢雄はここの住人だったら地下駐車場に降りてくるかもと一瞬思ったが、表示は一階で停まった。

「彼」は重くなったダッフルバッグを担いで、部下である白人と黒人の女ふたりと、足早にマンションの正面玄関、自動ドアをくぐった。

そのまま真っ直ぐコインパーキングに向かう。

マイヤースを殺して、時間はまだ一五分を過ぎていない。

ふと、「彼」は足を止めた。

「どうしたんですか？」

白人女が訊ねるが、「彼」は軽く頭を振って再び歩き出した。


幸い、エレベーターを使う住人はいなかった。

そのまま渡根屋は彼らをＣＩＡのセイフ・ハウスへと案内する。

思わず途中で渡根屋が足を止め、賢雄たちも軽く驚いた。

入り口のドアは開きっぱなしになっていて、そこから玄関先に倒れたふたりのゴツい白人男性の射殺死体が見える。

近づくと、ふたりとも後頭部から撃ち抜かれたらしく、小さな穴が開いていた。おそらく額の射出口から顔にかけてはひどく歪んでいるに違いない。

賢雄たちは靴を履いたまま部屋に上がった。

玄関を入って右手のトイレの中が無人なのを、ユウスケが確認し「クリア」と宣告すると、暁三郎は背中にM4を回し、五インチ銃身の上に橋桁型放熱孔(ベンチテッド・リブ)を持つウィルディ・ピストルを引き抜いて構える。

暁三郎は半開きになったドアの中に飛びこんで、ウィルディの銃口を四方に向けて素早く周囲を確認した。

「クリア」

こればかりはいつもの沖縄訛りのイントネーションではない発音で言う。

「…………」

手の出血も忘れ、呆然(ぼうぜん)と渡根屋が立ち尽くす。

「67式微声手槍だ、これ」

ユウスケが部屋に転がっていた薬莢(やっきょう)を見つけて言った。

「あの野郎、やっぱり裏切ったのか！」

渡根屋が呻(うめ)く様に言った。

「例の〈紙の虎〉か」

「ああそうだ、やっぱりアカは信用ならん！」

渡根屋の口から方言の欠片が飛び出すのを聞いて賢雄は失笑した。

沖縄を怨み、ねたみ、そねんでいる男でも激高すると方言が飛び出すらしい。

隣の部屋で急に引きつるような、息を吸い込む大きな音と、咳き込む声が聞こえて来た。

晄三郎が中に飛びこみ、暫くすると見覚えのある、精液まみれの女に肩を貸しながら戻ってきた。

「……恭子さん？」

眼鏡のない恭子の顔を覗き込んだユウスケが半疑問形で訊ねると、恭子の目の焦点が合った。

「どうしてこんなところに？」

「ゆ、う、すけ……君？」

頭をゆらしながら恭子の目の焦点がゆっくり合ってきた。

「お前、彼女に何をした？」

静かに賢雄は渡根屋に尋ねた。

「お、俺は命令に従っただけだ、こ、この女をレイプしたのはマイヤース支局長だ、ああ、そうだとも彼だ、あいつは……」

後に続く言葉を、渡根屋は口に出来なかった。

ソファに腰を下ろして荒い息をついていた恭子が、いきなり晄三郎の腰のホルスターからウィルディ・ピストルを奪うと、渡根屋の股間を撃ち抜いたからである。

あの晄三郎が対応出来ないほどの素早さだった。

44マグナム弾に男性器を吹き飛ばされ、渡根屋は声にならない悲鳴をあげながらその場にくずおれた。

素早く賢雄は後ろに逃(のが)れる。

明らかに恭子は常軌を逸していた。

「お前が、お前が、お前が、お前がっ！」

叫びながら恭子はウィルディ・ピストルを撃ちまくった。

マグナム弾が渡根屋の肩を撃ち抜き、こめかみを吹き飛ばし、右膝の皿部分を破壊し、身体の数ヵ所に大穴を開けた。

空になったウィルディ・ピストルを握ったまま恭子は渡根屋の死体に駆け寄り、すでに血肉の穴になった股間を、全弾撃ち尽くして遊底(ホールドオープン)が下がりきった状態の拳銃でさらに殴り潰した。

返り血が恭子を染める。

五分ほどそうしてようやく恭子の息が上がった。

そして、その死体の上に恭子は嘔吐（おうと）すると、よたよたと立ち上がってソファの上に横たわった。

恭子の無毛の股間から、じくじくと溢れる精液が革張りのソファの上に滴る。

三人の男たちは何も言わず、ただ黙って目を閉じて荒い息をつく恭子から目をそらしたが、誰も彼女の行為を咎（とが）めなかった。

それは彼女をレイプしそうになったこともある暁三郎も同じである。

獣に襲われれば獣の流儀で返さない限り、終わらないことを彼らは知っていたからだ。

彼女の腰の上に自分のジャンパーを脱いで、そっとかけてやると、賢雄は暁三郎にいった。

「暁三郎、お前こういう場合の《掃除屋》を知ってるか？」

暁三郎が軽く目を見開いた。

「ここはちょうど良い場所だと思う。敵もまさか自分たちが襲ったところに俺たちが潜伏するとは思わない……いい場所だと思わないか？」

「金が……」

「渡根屋はともかくここに転がってる死体はアメリカ人だ。となれば全員クレジットカードを持ってる。それなりの金になるだろう?」

賢雄は冷え冷えとした目で、晄三郎を見つめた。

「ここまで巻きこまれた上に、仲間まで犯された。このまま引っ込むことも出来ん。いや、引っ込めば俺たち全員、バラバラに分断されて殺されるだろう……撤退するときの軍隊が一番弱くなるからな」

晄三郎は黙り込んだ。表情が弛緩し切って魯鈍のように見えるが、この男がこういう表情をしているときこそ、頭は普段の何十倍も働いていることを賢雄は知っている。

「わかった」

沈黙は一〇秒もない。

「淀川にも知らせてやれ……公衆電話かトバシの携帯を使えよ」

晄三郎がのっそりと外に出ていくと、二〇分もしないうちに笑顔のない清掃業者の集団がマンションの中にやって来た。

その間に賢雄たちは金庫室までを見て回り、この部屋の仕掛けを色々と調べた。

監視カメラはこの部屋自体にはなく、逆にこのマンションにある他の部屋と、他のマンションにあるセイフ・ハウスの中が映っていた。

ここはセイフ・ハウス自体を監督する場所だというIASの情報は正しかった。

アメリカらしく自動型の侵入者迎撃システムもあったが、作動しなかったのはおそらく〈紙の虎〉が味方と認識されていたからだろう。

堂々と招かれた客を勝手に判断して攻撃するほどＡＩはまだ進歩していない。

護衛たち六人と、マイヤースの財布は日本での生活のためかどれも分厚く、クレジットカードは賢雄の読み通り数種類が入っていた。

札束は勘定して三分割にし、それぞれ封筒に入れる。

Ｍ４数挺と武器弾薬も見つかった。一小隊が丸三日は戦える分量。

マイヤースの部屋らしい執務室で賢雄は、机の上にある書類の仕分け棚の中、見覚えのある封筒を見つけた。

正確には封筒の内張として貼られたものだ。

その正方形をした英字新聞の印刷された紙には、奇妙な折り目があちこちに走り、小さな点、丸などが描かれているのが、目をこらすとわかる。

紙をすかすように部屋の照明にかざすと、片方の角二つに小さな針の穴が開いているのが分かった。

対角線上ではない。

「なんすか、隊長……それ？」

マイヤースのパソコンを調べるために部屋に入ってきたユウスケが首を捻る。

「分からん」

だが、なんとなく重要物のような気がした。

ポケットに入れたままの、神保町の少女の手の中にあったものと、永の死体があった場所に舞っていた紙。

だがただの偶然かも知れない。あるいは関係者の符丁なのかもしれない。

もう少し落ち着いたら考えるべきだろうと賢雄は判断した。

今は現状の整理だ。

「パソコン（そっち）はどうだ？」

「これ、パスワードだけじゃなくて、指紋認証も使う二重構造ですねー……隊長、ちょっと手伝ってくれます？」

「死体をここまで引っ張ってこなくちゃならんか」

賢雄はいささかウンザリ気味に溜息（ためいき）をついた。

「モロさんだったらあっさり手首を切り落として持って来るんでしょうけどねえ」

それから賢雄たちは苦労して、切り開いてガムテープで繋（つな）いだゴミ袋にマイヤースの死体を包み、部屋まで運んで親指をスキャンさせた。

「パスワードはどうする？」

「それは大丈夫」

とユウスケはマイヤースの背広の内ポケットからＵＳＢメモリのようなものを取りだした。

ただし、こちらには液晶の窓が開いている。

「パスワードマシンです。使用する度にパスワードをランダムで作成表示してここに表示するんですよ」

と言いながら、ユウスケは複雑な一二桁のパスワードを打ち込んだ。

「で、この中で一番新しい計画ファイルは……っと」

「〈ｐａｐｅｒ　ｔｉｇｅｒ〉のファイル名があったら出してくれ」

賢雄は再び死体を背負って下に降りた。

戻ってくると、ユウスケのウンザリした顔が出迎える。

「〈紙の虎〉の資料はなし、全部『書面にて閲覧、持ち出し不可資料』ってあるだけです
……でも、標的は分かりましたよ」

そう言って、ユウスケはアームで支えられたモニタを賢雄のほうに向けた。

「……？」

「紛争前に完成した最新の高速増殖炉〈法蔵(ほうぞう)〉です……大洗(おおあらい)のアレ」

「最新式の高速増殖炉か」

モニタの中には存在地点を示す地図と警備体制、海外から輸送されてくるプルトニウムのこれまでの輸送路が提示されている。

「高速増殖炉か。返還使用済み燃料の輸送ルートが知られても、直接狙われても最悪だな」

「ええ……フランスからの返還は先月から再開したばっかりですからね」

「一グラムでも風上からこっそりばらまけば、一週間後には一〇〇〇万人が死亡か……」

さすがに賢雄も言葉がない。

「ひょっとしたらエクスカリバーⅡで奪った返還プルトニウムを東京に撃ち込むとか」

「そういえば陸上自衛隊が〈サンダーストーン〉を持ってたな」

賢雄が言ったのは自衛隊の持つ155ミリりゅう弾砲（なぜか自衛隊はこの表記になる）、FH70の別名である。

当然、口径はM777と同じ……つまりエクスカリバーⅡが使える。

「春日部(かすかべ)あたりまで砲弾だけ輸送して、奪った榴弾砲を使えば一発で東京都心まで狙えますよね」

「ああ」

ふたりはだまり込み、暫くしてユウスケがぽつりと言った。

「いっそ奴らを見逃して、東京に撃ち込ませてやりたいですね」

賢雄は黙り込んだ。

「俺、これまで年二回ぐらい上京してましたけど、東京がこんなに薄汚い街に見えたのは初めてですよ。なんですかね、この戦勝ムード。何に勝ったってんですかね、中国とはただの停戦協定なのに、沖縄じゃ未だにほとんどの街が瓦礫（がれき）の中だってのに」

ユウスケの声は怒るでもなく、悲しむでもない。

「ここも、沖縄みたいになっちまえばいいのに」

虚（うつ）ろな声だった。

賢雄はだまり続ける。

大人らしく、「そういうことを言うもんじゃない」ということもできたし、「まったくだ」と頷くことも出来たが、どちらも賢雄は選ばなかった。

選べなかった。

日本に再入国したばかりのリマ・シャルニエは、日本に戻って早々、仏頂面の男と羽田空港の国際線ターミナルの喫茶室で向かい合わせになっていた。

国際線は紛争前よりも賑やかだが、利用客はかつてのような観光客は減って、各国のビジネスパーソンが「戦後復興」のドサクサを狙って増えた。

日本政府もそれを歓迎している節がある。

入国ゲートを通って最初に人々が見るものは、壁一面を使った巨大なポスター。

赤字に白抜きの英語で書かれた「ようこそ、勝者の国、日本へ！」の文字に重なって、今なお増殖を続けるアイドルユニットのトップを取っている少女たちの笑顔だ。

だがさすがに喫茶室の中まで、そういう「戦勝ムード」を強調するものはなく、サティの〈ジムノペディ〉が流れている空間は、ほぼ満席なのに静謐でさえあった。

「我々は今回のことから手を引く」

目の前に座った背広姿、厳つい顔立ちの、がっしりした韓国人はそう言い切った。

いかにも体育会系な容貌ながら、フランス語は流暢だった。

「強気のＫＣＩＡにしては珍しいわね」

こちらはネイティブなみに優雅にフランス語を話しつつ笑うリマに、

「今は大韓民国国家情報院だ」

と仏頂面で男は修正した。

「失礼、どうしても子供の頃の知識で言っちゃうからいけないわね」

くすくすと笑いながらリマは紙コップのアイスコーヒーをストローでひと口飲む。

「とにかく、我々は手を引く。人員も引き上げた。今回のことはおそらく、そっちの読み通りだろう。資料はすべて、いつもの方法でそちらに送る」

「了解……しかし、永少尉も浮かばれないわね。純粋な愛国心から、在日なのに帰国して軍に入ったのに離婚、今度は養育費ほしさに危ない橋を渡ってあなたたちに脅されて二重スパイになったらあっさり暗殺……仇も討ってもらえない」

皮肉たっぷりなリマの言葉に、NISの男は僅かに太い眉を引きつらせた。

「我らが好きで自国民の死をうち捨てると思うか？　それに、俺もあの戦場にいた。永少尉とは顔見知りだ」

食いしばった歯の隙間から押し出すような声。

「失礼。真面目な人を見ると、ちょっとからかってみたくなるのが、あたしの悪い癖」

リマはなだめるように艶然と微笑む。

「でも間に合って良かったわ。うちのほうは結局、上の方の決裁が遅れたから、情報はまだまだ足りないの」

「出来れば〈紙の虎〉を八つ裂きにしてやってくれ」

ＮＩＳの男はそう言って立ち上がった。

「それは、彼……渋谷賢雄がやると思うわよ？」

リマの言葉に、男は無表情で応えた。

「しかし、不思議な偶然だな、お前がこの事件が起こる前から渋谷賢雄と同棲してたとは……本当にお前の国の上層部は躊躇と相談ばかりで決めかねていたのか？」

「上層部が無能のときに、下に付いている者たちが先読みをして手を打つことは、どこでもあることでしょう？」

とリマは笑った。

「でもね、琉球義勇軍の中で、ケンユーに目をつけたのはあたし」

リマは腰掛けたまま、ＮＩＳの男を見上げて続けた。

「その国の人間でも、地域の人間でもない、そんな心の虚ろを抱えた人間が好きなのよ……あたしも同じ生き物だから」

「フランスの対外治安総局も面白い工作員を飼ってるものだ」

言い捨てて、ＮＩＳの男は喫茶室を後にした。

晄三郎の連れてきた〈掃除屋〉が作業をしている間、賢雄たちは外に出た。

消耗しきった恭子は、セイフ・ハウスにはつきものの、下の階にある〈予備の部屋〉に寝かされた。

部屋の鍵を開けてくれた一階の管理人は、部屋の中から彼らを見かけると引きつった愛想笑いを浮かべ、頭を下げる。

警察に通報する気配もなかったし、憎悪の視線もなかった……ただ、脅(おび)えてはいる。

「どう説得したんだ？」

賢雄の問いに、短く、

「銭金(ジングワー)」

と晄三郎は答えた。

「政府の人間、言ったら終わり」

ちゃんと説明すると「金を渡し、政府の人間と言ったら黙った」なのだが、沖縄の人間らしい省略語でそう続けた。

「なるほど」

苦笑する。

嫌になるぐらい暁三郎はシンプルだった。それだけに遅滞がない。

必要なら殴りつけ、気絶させ、金を摑ませ、さらに政府の人間だと脅す。

どれも不思議なぐらい嘘が少なく、わかりやすい。

「とりあえずばらけよう……暁三郎、〈掃除〉にはどれくらいかかる?」

「二時間かねェ」

「じゃ、時計合わせろ」

紛争が終わって一年以上たつが、三人ともまだ腕時計をしていた。

「三、二、一、よし、では二時間後」

そうして三人は夜の始まりの人混み(ひとご)の中へと散った。

高円寺らしく、まだファミレスなどの照明が明るく、家族連れも多い。

皆、戦争があったことなど知らない顔で、幸せそうに歩いている。

幸せそうに微笑んでいる、笑い合っている。

確かに失業率は上がり、実質賃金は下がり、税金と物価は上がった。

だが、彼らのほとんどには帰る家がある。

昨日と同じ仕事がある。なくなったら探すことが出来る。

銃弾の音を幻に聞いて夜中跳ね起きることもなく、人の足音に脅えることもない。

不意に爆弾や銃弾、敵のナイフで手足を失う恐怖も感じない。

病（やまい）に倒れれば治療が受けられる。

空を恐怖に見上げることもない。

ここは、一〇〇〇キロ以上離れた「安全圏」で、未だに高円寺は富める人々の街だ。

超高級住宅街であるところの目白や目黒ほどではないにせよ。

いや、どこでも同じだった。

こういう街は戦場から一番遠い。

半年暮らしていただけの頃はそれが有り難くも思えたが、今「戦場」に身を沈めた目からすれば、苛立（いらだ）たしく、腹立たしい。

理不尽な怒りだということは理解しつつ、賢雄は駅前から外れた場所にある、少し寂（さび）れた喫茶店に潜り込んだ。

一番奥のボックス席、壁を背にして座る。

幸い、寂れた外見に見合って客は三分の入りだったので、カウンターの店主も何も言わなかった。

軽くスパゲティを頼む。

三角に切った薄いトースト二枚とコンソメスープ、そしてケチャップを入れてかき混ぜたナポリタンの上にミートソースが掛かったスパゲティがやって来た。

(まるで昭和だな)

そう苦笑しながら、賢雄はスパゲティの麵を一本ずつすするようにしてチマチマと食べた……ここは戦場だ。腹一杯食べるには危険が多すぎる。

だから食べる端から消化していくようなイメージで賢雄はスパゲティとトーストを一時間近くかけて食べた。

それなりに厳つい体つきの男がおちょぼ口で食事をする風景はよほど珍しいのか、ちらちらと店主がこちらを見るが気にしない。

やがて食後のコーヒーが出る。

戦場のコーヒーと違って、たっぷりと濃くて苦い。

ひと息入れた賢雄がさて、どうやって残りの時間を潰そうかと考えはじめた頃合いを見計らうように、喫茶店の扉が開いて、古いデザインの背広を着けた、がっしりした体格の男が入ってきた。

足運びを思わず見る。

温厚そうな、丸顔の五十がらみの男だった。

背中は軽く丸まっていて、腰のあたりに僅かな膨らみが見えた。

（警察か）

賢雄は腰の後ろに銃把を上になるように装着したナイロン製のホルスターに納めたＳＩＧの感触を、背中を揺すって確かめる。

初弾は薬室に装填してある。

銃把を握って引っ張れば撃鉄の後ろの留め具が外れてホルスターから抜けるプルオープンタイプだから、発砲までは一秒と少し。上手くいけばもっと早いかもしれない。

だが、男はわざわざ賢雄をみるとニッコリ微笑んだ。

邪気がない、というより何かを訴えている笑顔だ。

「敵ではない」と。

「いいですかね？」

男は真っ直ぐ歩いてきて訊ねた。

「どうぞ」

いつでも銃を抜けるように背中を斜めにしながら賢雄は答えた。

「あたしは公安警察の三好というもんです。渋谷賢雄さんでしょ？　琉球義勇軍の」

「公安……警察？」

「そう。世間で言う公安ってのは公安調査庁。政府や省庁の外にある民間のヤバイ組織を調べるのがお仕事。私たちはそのうえに政府や省庁内のヤバい連中を調べるのがお仕事、てわけでね」

「……俺と何の関わりがあるんだ？」

「簡単だよ、あたしらの監視対象には左右両極端の思想を持つ自衛官の監視も含まれてる……最近は、あんた方琉球義勇軍の義勇兵さんたちもそれに加わった」

「なるほど。それで俺たちを捕まえに来たのか？」

「ならとっくに撃ってる。あんた方は逮捕勧告して従うタマには見えない」

三好と名乗った男は丸い顔の大きな口をにいっと左右に引っ張るようにして笑った。愛嬌があるが、そうなると丸顔が真四角に見える。

「……こいつは警告って奴だ。お前さんはヤバいヤマを踏んでる。ＩＡＳのアンテナは低い、奴らは何が起こってるか理解してないんだよ。〈紙の虎〉ってなァ、ＣＩＡの支局の一つを壊滅させることがどんなことか、知っててやるような連中だぞ……手を引け。ＩＡＳへの適当な言い訳ならあたしが組んでやる」

どうやらあのマンションでの出来事はもう知れ渡っているらしい。

国家機関ならむしろ当然といえるかもしれなかった。

何しろここは地方の片田舎ではない、東京のど真ん中だ。

「今回のことは多分、うちの政府とアメリカのお偉方の間での合意で作られた茶番劇だった」

三好は低い、賢雄以外の人間には聞こえない特殊なしゃべり方で告げた。

この話し方を、戦場に行った人間以外が使うのをはじめて聞いて、賢雄は驚いたが、顔には出さない。

「いいのか、そんな話をして？」

「構わん。あたしの勤務時間は一時間前に終わったんだ」

「なるほど」

賢雄は男のお喋りに乗ることにした。

「……でだ、核燃料が奪われ、プルトニウムが強奪されるが、大騒ぎになって、適当なところでプルトニウムを放棄して、何人か間抜けなテンサン・エンジェルが捕まる。この前の琉球紛争と重ねて、ウチの政府は非常事態法案のさらなる改正と日米軍事同盟の改編、あと前々から進んでいたアメリカとイスラエルの軍事用サイバー技術の全面輸入と、その見返りとしての武器輸出原則を改正し、これまで禁止されていた兵器類にも転用可能な精密部品の輸出と、その製造による景気回復。双方Ｗｉｎ－Ｗｉｎというやつさ」

「ほう」

賢雄は適当に相づちを打ちながらコーヒーの残りをすすった。

「なんでまた？」

わざととぼけて見せた。沖縄で、ある程度情報が集まる立場にいる連中は、皆うっすらと感じていることを、三好は続けた。

「……まあ二つに割れた中国の上にはロシアが頑張ってる。あの元ＫＧＢの大統領の影響は未だに強い。今度はそこを〈新しい中国〉を味方に引き入れてナントカしようって考えだ……アメリカ人は未だにアカが怖くてたまらないからね。そのついでに国が儲かるようになる、長年与党をやってる連中としてはエビで鯛を釣るつもりなんだろうよ」

「で、〈紙の虎〉はどうなる？」

「なにも。しばらく〈古い中国〉は大人しくせざるを得ない……いずれ狩り出されるにせよ、今回はお目こぼし、そんなところだろう」

「……あんた、随分と親切に教えてくれるな」

賢雄は三好を苦笑交じりに眺めた。

ここまで懇切丁寧な解説をしてくれる理由が分からない。

殺すつもりなら、八〇年代Ｂ級映画の悪役のようにこんなおしゃべりはなく、さっさと撃つなりなんなりするタイプだろうと思う。

大真面目に三好は賢雄を見返した。

「あたしはね、今回の紛争でまた沖縄に借りが出来たと思ってる。特にあんたら義勇兵にはね」

三好は「戦争」という言葉を使わなかった。

それだけで少し好感が持てた。

「そんなつもりはないが」

「個人的に、だよ……琉球義勇兵第三大隊301小隊……あんたがた、東京のお嬢様学校の修学旅行バスを一台助けただろう？」

「ああ、初日だ」

恭子ともうひとり、結城真琴を除いて、最終的には誰も生き残らなかった……ふたりは小隊に残って戦うことを選んだが、避難することを選択した奇跡的な生き残り五名は移動途中に中国軍の装甲車に遭遇、吹き飛ばされた。

通りがかった賢雄たちの小隊が奇しくも報復戦を行うこととなり、戦闘が終了後、死んだ彼女たちの遺品を集めて本土に贈った。

「……その中に、俺の姪がいた。あんたたちに一度は救って貰った上に、遺品まで届けてくれた。それが俺の中で借りになってる」

「……俺たちは助けられなかった」

「それは運不運だ……あの時沖縄にいた旅行者で今も行方不明なのは三万人近い。妹夫婦は葬儀ができた、遺品のスマホとストラップを仏壇に置けた。それだけで充分だ」

「個人的なことで自分の任務を放棄するようなことをしていいのか？」

「それはしちゃいかん」

三好は大真面目な顔でくり返した。

「あたしの勤務は一時間前に終わった。だからこれは勤務時間外の《おしゃべり》だ」

「ってことは俺の資料も持ってるな？　俺はこういうときに引き下がる傾向のある人間か？」

「いや。あんたは仲間のケリはつける、古いタイプの軍人気質（かたぎ）だ。もっとも軍人気質が新しくなった話は聞かんが」

「なら分かるだろう」

「無駄と分かってても言いたくなることはある」

「あんた、善人だな」

「いや、悪党だ。だから今から告げ口をする……明日の朝、戻ったら、渋谷賢雄と奴の仲間は徹底的に〈紙の虎〉を追うつもりだと報告する」

「じゃあ、ひとつだけ頼む」

「なんだ？」

「俺たちが〈紙の虎〉を追うのは当然だ。奴はエクスカリバーⅡを手に入れてる。最新式のGPS誘導砲弾だ。榴弾砲さえ確保すれば、二、三〇キロ先から誤差四メートルの範囲で原発の真上を狙える……砲弾はミサイルよりも小さくて、早い。パトリオットでは撃墜できない、それをあんたの上に警告しろ」

「……あんたは〈紙の虎〉が本気で原発襲撃をすると言うんだな？」

「かつての上司である中国情報部の支部長を俺たちごと殺そうとした上、雇い主のCIAの支局を壊滅させたんだ。奴らは俺たちがやったことにするかもしれんが、違うことは理解してるよな？　そしてあのマンションの金庫から洗いざらい、奴は紙幣と金塊を持っていってる。もう一度戦争をやる以外に、何の使い道がある？　それを持ってトンズラしてくれるように祈ってろ」

三好は溜息をついた。

「もしも、IASのタカハラ氏が手を引けと言ったら？」

「言われたときに考えるさ、じゃあな……勘定は任せた」

賢雄はこの「戦場」に入って初めて好感を持った人物に別れを告げた。

第六章　真琴(まこと)

「彼」が、はじめて人を殺したのは二十二歳、日本に留学するその年だった。

「彼」を棄(す)て、長男のみを育てることを選んだ両親だったが、その長男が汚職で失脚したのだ。

大物の政治局員と呼ばれるようになっていた「彼」の父の処遇は上層部で問題になった。汚職事件の最後の生贄(いけにえ)として長男、そして父が選ばれたが、父は大物過ぎて、そこから別の大物局員たちへ話が拡(ひろ)がることは防ぎたい。

故に「彼」を「説得」に向かわせることになった。

十年ぶりに訪ねる家は、建て替えられたばかりで、ぴかぴかに安っぽい輝きを見せるロココ調の屋敷になっていた。

「彼」も、出て行くときの継ぎ当ての多いボロ服ではなく、真新しい軍服を纏(まと)っていた。

出迎えた長男は「彼」の顔を完全に忘れていて、奥から出てきた父が愕然(がくぜん)としたのを見て、ようやく理解したほどだ。

「どういう、ことなんだ」

父が喘ぐように言うのへ、軍礼服を着用した「彼」は冷たく、

「それはご存知でしょう、父上」

白い手袋で包まれた指先で腰のホルスターのフラップを外した。

中には92式手槍が納まっている。

「兄上とあなたが最後の罪人にならねばならぬ、とのことです」

「誰だ、誰がそんなことを！」

「言う必要はないでしょう」

自分を棄てた父を制裁しに来た、というのに心は驚く程動かなかった。

「と、父さん！　ど、どういうことなんだ！」

まだ二十代半ばのくせに、すっかり太って北朝鮮の指導者そっくりになっている長男がわめいた。

なるほど、完全に父の操り人形だったのだな、と「彼」は理解した。

「お祖父様の名を汚さぬように、潔い責任の処し方を」

「い、いやだ！」

長男が叫ぶその口の真ん中に、「彼」は92式手槍を引き抜いて一発撃ち込んだ。

銃弾は口の中を貫通し、脊椎と頭蓋骨の接合部を吹き飛ばして壁に穴を開けた。

父が長男の名前を叫びながら駆け寄り、抱きかかえる。

「お前の、お前の兄だぞ！」

長男を抱きかかえたまま、父が怒鳴りつけるのへ、

「お祖父様と一族の名を汚す厄介者です。そしてむろん、あなたも」

「彼」は額の真ん中に銃弾を送り込んだ。

銃声を聞きつけて駆けつけてきた年老いた母の、ぶよぶよに太った心臓には三発撃ち込んだ。

同行した政治将校に、「彼」は踵を鳴らして報告した。

「彼らは己の恥を知り妻を撃ち殺し、自らも命を絶ちました、御検分願えますでしょうか？」

「彼」より五つほど年上の政治将校は黙ってただ、頷いた。

ついでに何か記念の品を持ち帰ろうか、と「彼」は一瞬思ったが、馬鹿馬鹿しいとその考えを棄てた。

彼らは記念品が必要なほど、重大な人間ではないし、そんなものを持つのは普通の殺人

者だ。

自分は誰でもない存在になるのだ。

過去や出自は、邪魔なだけだった。

それ以降も、「彼」は必要に応じたときのみ、素手で、銃でナイフで人を殺したが、次第にその頻度は減っていった。

ただ、必要だから殺すだけだった。誰を殺しても感慨はほとんど湧かなかった。

例外は、祖父にこの紛争の真実を伝える手紙を密かに送った時だけだ。

それが祖父にとってどれだけ衝撃的で、何が起こるかを理解しながら「彼」は手紙を送った。

だが、必要だった。

祖父もまた、「彼」にとってはすでに過去の象徴だったからだ。

公安警察の三好を残して喫茶店から出ると、賢雄はそばのコンビニに寄った。

恭子はまだ寝ているだろう。

晄三郎の呼んだ〈掃除屋〉は彼女のレイプの痕跡処理まで面倒を見てくれているはずだ

が食事まではない。

　懐かしい、キャンベルのチキンスープが置いてあった。

　紛争の前、沖縄にいるときはこれと、シーチキンの缶詰と素麺（ソーメン）、メイファーストゥーのビーフシチューが独身男の定番だった。

　チキンスープはほぼ固形のような代物だから薄めるために豆乳を買う……恭子が牛乳不耐症なのを賢雄は覚えていた。

　部下のあらゆることを戦場では知ることになる。あるいは知らないままのことも。

　配属されて自己申告を行ってる最中に、敵の狙撃兵（そげきへい）に頭を撃ち抜かれた高校生は稲福良徳（いなふくよしのり）と言ったが、名乗る前に死んだ五十代半ばの女性の名前は未だに分からない。

　部隊創設当時からの生き残りだった仲地晋作（なかちしんさく）はあのミサイル艦攻略戦の前に、うっかり対人地雷を踏んで吹き飛ばされたが、彼が沖縄のどこに住んでいたかを知っているものはいない。

　誰が死に、誰が生き残るのか、生き残らないのか、分からない。目隠しで剃刀（かみそり）の刃の上を、賢雄たちは全力疾走で毎日往復していた。

　たった半年の戦闘の後、小隊創設時のメンバーは賢雄しか残らず、部隊の八割はあちこちからの補充兵で、一番長いのはユウスケ、晄三郎、恭子と……結城真琴だ。

小隊内唯一の女子高生。

他にも数名の女子高生の志願兵が来たが、皆、死んだ。

頭を吹き飛ばされた者、銃弾ではらわたをまき散らされた者、死に方は様々だ。

結局、賢雄の小隊で女子高生の志願兵で生き残ったのは真琴だけだった。

真琴以外で最後まで無事だった、ただひとりの女子高生兵士が、死んだふりをしていた敵の兵士の銃剣で滅多刺しにされて殺された夜、もう彼女は泣くことも出来ずに呆然と立っていたのを覚えている。

レジに商品を置いて精算する。

ついでに飲み水も二リットルを六本。酒はない。どうせ誰かが買うだろうし、なくても構わなかった。

「お一人で持てますか？」

親切に心配してくれる店員に「ええ」と頷いて賢雄は歩き出した。

賢雄が時間ぴったりに戻ると他の二人はすでに待っていた。

「すまんな、待たせた」

そして苦笑する。

三人ともほとんど同じ物を持っていた。

「酒は誰か買ったか？」

ユウスケも暁三郎も首を横に振った。

「じゃあ暁三郎、頼む」

賢雄は暁三郎の荷物を取って軽く頭を下げた。

「……ッシャョー」

暁三郎が引き返す。

「先に行ってる。用心して戻って来い」

賢雄とユウスケはマンションまで戻った。

恭子の寝かされている部屋はマイヤースたちがいた部屋の真下になる。

ドアを使わなくても素早く移動出来るように隠し階段が付いていた。

中に入ると、丁度〈掃除屋〉の連れてきた白髪の女医が身支度を終えるところだった。

「とりあえず膣洗浄と避妊薬の挿入はしておいた。体力が大分落ちてるのと変な薬を使われてるから、そこの解毒とか考えると早いとこ医者、いや薬物依存症リハビリ施設に連れて行きな……あと三時間は鎮静剤で起きないと思うから、出来ればその間に放り込むのをお薦めするね」

そう静かに告げると、女医は今時珍しい黒革の診察カバンを手に去って行った。

疲れ切った顔で、恭子は寝息を立てている。

「しばらくはここにいたほうが良さそうですね」

ユウスケが言うと、恭子の服を畳んでおいてあるテーブルからスマホの鳴る音が響いた。

綺麗に畳まれた衣類の上に置かれたスマホ。

「真琴」の表示があった。

「どうします？」

無視しようかと思ったが、真琴もまた自分たちの仲間だとＣＩＡや〈紙の虎〉に思われる可能性がある。

まして、敵に捕らえられてレイプされるのは恭子ひとりだけでも充分だし、殺される可能性もあった。

「久しぶりだな、真琴。今恭子は眠ってて出られない」

声を低くして言うと、電話の向こうで息を呑むのが分かった。

今現在、俺たちは厄介ごとに首を突っ込んだ、お前も注意しろ。

そう言って電話を切ればそれで終わりだったが、通話終了のアイコンをタップするのが遅れた……他人のスマホ、しかも自分とは違うメーカーとなるとつい、手の中での動きがおかしくなる。

その間に真琴は声を上げた。

《隊長！　どうして恭子先生と一緒にいるんですか？》

「とある事件の調査を頼まれた。だが厄介なのに絡まれて、恭子が」

レイプされた、とは言えなかった。

「襲われた。幸い命に関わるほどじゃないが、それでも数日は安静にしなくちゃいかん。奴らは俺と関わりのある小隊関係者で、本土にいる人間全員を標的にしてる。お前も気をつけろ。沖縄で拾った命をわざわざ無駄にするな」

たった一年少々前。創設されたばかりで早くも全滅しかけた賢雄の部隊が初めて何とか任務をこなせたのは、真琴と恭子の学校の修学旅行生たちの救出活動だった。

恭子は真琴を庇ってこめかみに傷を負っていて、賢雄たちの部隊に救われたと思ったと同時に気を失った。

真琴は座ったまま失禁し、賢雄はそれを見て見ぬふりをして、手近な生徒の死体からはぎ取った上着で彼女の下半身を覆ってやった。

同行していた海兵隊の女性軍医を呼び、その女性軍医も彼女の失禁を笑わなかった。思えば、それが間違いの始まりだったのかも知れない。

結局、渋谷小隊の女性兵士は、真琴と恭子以外の誰も生き残らなかった。

真琴は、失禁したことを隠してくれた賢雄に好感を持ってくれた。それがそのまま少女らしい義理堅さに繋がり、義勇軍に正式入隊した。

あの紛争中、彼女たち以外にも、様々な都道府県から来ていて戦争に巻きこまれ、生き残った修学旅行生たちが乗る、最後の脱出船を見送ったときには、真琴と恭子に何度も「本当に義勇軍に残るつもりか」と訊ねた。

それぐらい、一時は沖縄における自衛隊と義勇軍は劣勢だったし、ワシントンＤＣの上層部は皆及び腰だった。

本気で中国とアメリカが殴り合いをすれば、最終的にはどちらかが核を持ち出すという選択肢をとりかねない。

開戦前から、中国がふたつに分かれることになる政争が始まっていなければ、そして後の〈新しい中国〉側が核をいち早く押さえることがなかったら、紛争開始三日もせぬうちにキノコ雲が本島の真ん中で立ち上ってすべて終了していただろう。

この頃、義勇軍の三割は上層部の及び腰に腹を立てて現地離隊した、あるいは「長期休暇」を申請した元海兵隊員たち、二割が真琴や恭子のような「紛争が始まったとき、たまたま沖縄にいた観光客」もしくは本土からの移住組で構成されていた。

最後のミサイル艦攻略戦で賢雄の部隊は半分になったが、また補充され、終戦を迎え……真琴が経済産業省の高官の娘だと、そこで初めて賢雄は知った。

紛争終結から一ヶ月、突貫工事で修復された那覇空港から、沖縄からの最初の「観光客引き揚げ用輸送機」が自衛隊によって飛ぶことになったその前日の夜。

真琴はひとりで賢雄の兵舎にやって来て、何も言わず抱きついてきた。

まさか、自分の娘ほどの年齢の少女に恋愛感情を抱かれているとは予想していなかった。せいぜい、相手は自分のことを「面倒見てくれる小父さん」レベルで考えているのだろうと思い込んでいた。

特にたいしたことはしていない。

恭子や死んでいった他の女性義勇兵と同じで、女性ならではの必要な配慮こそしたが特別扱いした覚えはないし、そんな余裕もなかった。

少女は賢雄の胸板に顔を埋め、震える声で、

「お願いです、抱いて下さい」

と呟くように言ったが、賢雄は彼女の好意を単なる〈吊り橋効果〉と、戦場という異常な状況から抜け出せる安堵感から来た思い込みだと判断した。

「まあ待て。お前まだ処女だろう？　一年経っても考えが変わらなかったら電話しろ」

この言葉を彼女に納得させるまで二時間かかった。

賢雄が経験したこれまでのどの戦場よりも厳しく、タフで、難しい陣地攻略だったと思う。

そして、ようやく泣き止んだ真琴の肩を抱いて、賢雄はベッドに座り、ずっと戦場に来てからの思い出話を朝までした。

朝が来て、賢雄は少女の想いに押されて軽く口づけをした。

それだけだ。

だが、表に出たとき、恐ろしい目つきで恭子に睨まれ、「手を出さなかったことは褒めてあげます」と、最初で最後の上から目線の言葉を囁かれた。

思い出して苦笑しながら、経済産業省の中にエネルギー庁があることに賢雄は気がついた。

逡巡は、彼女を利用することから来る後ろめたさか、それとも、彼女自身を危険に巻きこむ罪悪感が生み出したものか、ダメ元からくるのか。

「頼みがある」

突き放すのが半分、藁にもすがりたいのが半分。

「君のお父上は原子力関係に顔が利いたな？　この一ヶ月の間の、高速増殖炉用のプルトニウム輸送のルートと、国内にある五つの高速増殖炉の警備シフト、警備体制を知りたい……ＩＡＳとＭＣＩＡ、いやＣＩＡがらみで、といえば分かる」

タカハラの所属する国際情報統括官組織（ＩＡＳ）から入手する、ということも考えたが、こういう情報はクロスチェックが欠かせない。

――そういう建前のほかに、真琴に何かを頼まなければ、この少女が引っ込まないだろうという予感もあった。

「わかりました」

清々（すがすが）しいぐらい、真琴のほうは逡巡がなかった。

思えば義勇兵の時も、彼女は逡巡せずに任務を引き受けた。

「情報はお父さんと一緒に君が持って来い。今は誰が敵で味方かが分からない、肉親以外信用するな。後で連絡する」

場所を伝え、賢雄は電話を切った。

一瞬、後ろめたさで恭子のほうを見やった。

幸い、まだ目覚めていないようだ。

安堵の溜息（ためいき）をつく――まるで浮気男だが、真琴に心底惚（ほ）れているのは恭子だ。

同性愛に賢雄は嫌悪感はない。中学時代の同級生に気の良い同性愛者がいたし、ＭＣＣＳの中で親切にしてくれた女性上司も同性愛者だった。

結局、同性愛者を恐れるのは見慣れぬものだからであり、そこに「強姦されるかも」という話が尾ひれをつけて泳ぎ回るからだ。

現実にはレイプする同性愛者は異性愛者よりも少ない。レイプはただでさえマイノリティな彼らをより追い込む結果になるからだ。

レイプする人間というのは、性欲の発散ではなくレイプそのものが目的だから、最終的には年齢性別など関係がない。

異性愛者の賢雄としては、自分に対象を向けられたら、「困る」といって拒否すれば良いだけのことだ、とあっさり割り切っていた。

だから恭子の視線を見て、最初に真琴への恋心に気づいたのも賢雄だった。

「あの子は異性愛者ですから」

寂しげに恭子は笑った。

あれは今帰仁の後衛陣地だったと思う。

「それに私は、色々な意味で汚れてます。知ってるでしょう、隊長。私が後衛に戻るとなにをしてるか」

恭子がトイレで下半身裸で待ち受けて男を迎え入れている、という話を中隊長からされて、「風紀のためにも注意しろ」と命じられて呼び出した答えがこれだった。

「心は女しか愛せないのに、身体は男を欲しがるんです……不純です。だから私には彼女に触れることは出来ません」

思わぬ純愛の告白を聞かされて、賢雄は黙るしかなく、結局「目立たないところでやれ」とだけ言って彼女を兵舎に帰した。

そんな恭子がこのことを知れば怒るだろうか。

いや、それよりも少女がここに来ることに驚き、焦るかも知れない。

恭子は未だに真琴の前では「恭子先生」なのだから。

「隊長、いいんすか？」

ユウスケが言うのへ、

「構わん。父親に送って貰えといっておいた。まっとうな父親なら娘がなにをしてるかは知ってるだろうし、危険だと思えば動かんだろう……ダメ元だ」

〈紙の虎〉というより貧侠の手はどこまで伸びているのだろう、と賢雄はふと思った。

仮に、真琴の父まで貧侠であったとしたら。

――むしろ、そのほうが真琴は却って安全だろう。

そう思うと納得出来た。少なくとも納得しようと思った。

そこへ暁三郎が戻ってきて、三人とも一旦上の部屋に上がることにした。

「へえ」

とユウスケが声をあげるほど、〈掃除〉は徹底していて、ここに一〇名近いＭＣＩＡの支局長も含めた死体があった、などとは誰も思わないに違いない。

血飛沫はすべて消え去り、あちこち光り輝くような艶を見せて、新築のモデルルームのようだ。

「ではとりあえず情報をまとめよう」

賢雄はマイヤースのパソコンの前にユウスケを座らせ、自分たちはその周囲に腰を下ろした。

「まず、敵の総数は不明、最低でも数百人。一切の電子的手段をとらず、手紙や公衆電話のやりとりで情報と命令を下している。金の出所はＣＩＡ。明るい《戦後》のため、日本の防衛体制強化のためにゆさぶりをかけて世論に火を付けるための欺瞞作戦のはずだが、どうも《エクスカリバーⅡ》を本気で持ち出した疑いがある」

言いながら、賢雄は自分たちが随分と不利な状況にあることに、改めて自覚的にならざるを得ない。

エクスカリバーⅡと榴弾砲の組み合わせは最大射程二〇～三〇キロ先から原発を狙えるし、原発に輸送される返還プルトニウムを詰めて東京のど真ん中に撃てば、プルトニウムを粉末化して拡散させることも出来る。

武装は数百挺のアサルトライフルと武器弾薬。組織のためなら自爆する青少年まで保有し、ＣＩＡの支局長と支局を全滅させて資金を奪うぐらいに度胸があり、後のことを考えていない。

「恭子さん、何か見てないですかねえ……あ、そうそう、こういう変な物も奴ら発注してるみたいですよ。スキューバダイビングのセットに、タングステンの塊」

「？」

最後のひとつは初耳だった。

「完全な球状で、中は空っぽ。ＣＩＡの発注でＧＥってトコが作ったみたいですけれど、そんな覚えはＣＩＡにはないらしくって、ＧＥからはえーと、長々挨拶があって、本文は《まるでこれは悪魔(デーモン)……》あれ？」

急に画面のスクロールが止まったと思うと、パソコンのディスプレイが真っ暗になった。ＯＳ立ち上げ時の画面が急に始まり「ＭＥＭＯＲＹ　ＥＲＡＳＥ」の文字と、白黒のバーが表示され、ドンドン短くなっていく。

「しょ、消去？　なんで？」

三好の顔が賢雄の脳裏に浮かんだ。

「誰かが告げ口したんだろう。ここの連中はマイヤース以下全滅した、ってな。だとしたらマイヤース名義でアクセス出来るルートと情報が消えるように手立てするのは自然ってもんだ」

「あーあ……貴重な情報が……」

「しかし、タングステンか」

銀座の倉庫に残されたあの亀裂(きれつ)と凹(へこ)みが賢雄の脳裏をよぎった。

「エー、隊長、そういえば」

と珍しく晄三郎は長広舌(ちょうこうぜつ)になった。

晄三郎が輸入された物の中におかしな物がないかをヤクザ仲間に声をかけて調べたという。

ガイガーカウンター、長距離狙撃用の対物ライフル、装甲車。

「奴ら、本気で戦争するんですかね?」

ユウスケがあきれ顔になった。

「こっちは武器が……」

「買う金がない(コーチクゥル・ジングアーガ・ネーラン)」

「あのクレジットカードはCIAのだ、費用にはなるだろ?」

「人手もない(ヒトデモネーラン)」

「雇え」

素っ気なく賢雄は言う。

「ＰＭＣなら今の東京にゴロゴロ居る。お前がこれはと思うのを連れてくればいい」

「どうです、いっそ渋谷小隊再結成、ってのは？」

チャチャを入れるようにユウスケが笑う。

「冗談は後にしろ……それより、お前、睡眠薬を持ってるか？」

「？」

「このところ眠れん。少し強いのが良い」

「覚醒剤(シンポン)系ならいつでもですが、眠り薬はネエ……何でも調達するのはモロさんっしよ？」

皮肉な笑みが暁三郎に向けられ、金壺眼(かなつぼまなこ)がジロリと返した。

「お前、義勇兵時代にコカインとマリファナは使いまくりだったろ？」

「女にモテたからですよ、今は……」

黙って賢雄はユウスケを睨(にら)んだ。

「分かりましたよ。でも飲むときはベッドの上で、って強力なのになるッスよ？」

諦めたようにユウスケが頭を振って、ポケットから青の錠剤を出した。

「そうしろ。多分今夜はしらふじゃ眠れん。ＣＩＡが来ようが、〈紙の虎〉の手先が来ようが、もう寝る」

ここまで車や装備の準備やら調査やらあって、結局まる四十八時間眠っていないが、青の錠剤は自分のためのものではない。

「お前ら、眠れないなら外に出て女でも漁ってこい」

「隊長はいいんですかい？」

「俺はもうちょっとこいつに関して考えておきたい」

正方形の封筒の内張数枚と輸送計画書などを、賢雄はテーブルの上にぶちまけ、並べた。

一瞬、ユウスケの目つきが変わった。

「それ、どこから持って来たんですか？」

「今回の事件で〈紙の虎〉に関わる奴らが持ってた。どうにも気になってな……お前、何か知ってるか？」

ユウスケは首を横に振った。

「ただ貧侠は必ず折り紙をお守りに持ってる、って話は聞いてますけどね」

「何が何だかさっぱり分からんな、やっぱり」

賢雄は内張と折り紙をくずかごへ放り込んだ。

「……まあ、とりあえずみんな休め」

呻くような声をひとつ上げて、暁三郎は出て行き、ユウスケも後を追った。

しばらく賢雄は何もなくなったテーブルの上で腕組みして考えていたが、立ち上がってくずかごの中身を再び元に戻して並べ直した。

「違和感」を覚える物はなんであれ、捨て置いてはいけない。それが死を招くからだ。

この戦場における最大の違和感はこの折り紙だ。

自爆した少女が持っていて、永の死体の側で舞っていた。今は関係書類の中にも現れる。

もう偶然ではない。ただの象徴でもない。

この折り紙は、誰かにとって、もしくは、ある集団において意味のあるものだ。

結局、これしか手がかりはない、と直感が告げていた。

恭子は、起きると猛烈な吐き気に襲われ、慌ててトイレに駆け込んで吐いた。

世界が深く、暗い底に自分を引きずり込んでいく感覚。

「殺さないと……隊長を……中尉を……」

虚ろに呟いて我に返り、口を手で押さえ、また吐く。

吐きながら自分の、ローギアに入った精神状態の中で「ハイになりたければ賢雄を殺すしかないよ」という言葉にならない衝動が囁くのを感じる。

そうじゃなければ世界がお前にのしかかってくる。

潰される、暗く、孤独に、苦しみながら。

世界がお前を糾弾する。

あの薬だ。

恭子は悟った。

奴らが自分を犯すときに代わる代わる打ったあの薬、そしてＶＲシステム。

薬と音と光、映像情報で人の頭の中を単純化して書き替える技術がアメリカのＣＩＡにはあって、それでＩＳのメンバーを捕まえては裏切らせているという話を、沖縄で義勇兵をやってた頃、一緒に戦った海兵隊の女性兵士から聞いた。

恭子は彼女とも肉体関係を結んで、一緒に男あさりをしたりして素晴らしい夜を過ごしたが、ある日、呆気なく銃弾にボディアーマーの隙間を射貫かれて死んだ。

その女性兵士——もう名前も思い出せないが——は、こう言った、ＣＩＡは対象者を捕まえてから二十四時間で裏切り者を「製造できる」と。

人間の心が肉体を、化学物質を凌駕することはままあるが、それは化学物質の量が足りなかった場合だ。

自分の場合は違う。

オマケに死にかけた時、最後の意識で心臓にまで何か太い針を差し込まれた覚えがある。とにかく、恭子は自分の荷物を漁って、向精神薬「シンポン」の蓋を開けて口の中に流しこんだ。

誰かが置いてくれた二リットルのペットボトルから水をがぶ飲みして胃の中に落とし込む。

本来なら空腹時使用は避けるようにと書かれているが、知ったことではなかった。向精神薬で無理矢理精神を研ぎ澄まさせ、ローになる状態から抜けだして中和する。これ以外手はない。

しばらく荒い息をついて、ベッドの端を爪が割れるぐらい握りしめていると、やがて圧倒的な鬱状態は去り、平穏が戻ってきた。

恭子は部屋の中に人がいるのに気づいた。

「何見てるのよ」

人物は、何かを言った。

冷静で、正しい事実を告げた。

恭子はじろりとその人物を睨み付け、溜息をついた。

「私は降りない。見たでしょ？　もうこんな身体になってる。だからこんな身体にしてくれた原因を皆殺しにしてやる。殺して殺して、あたしも死ぬ。だからあんたに頼むわ、あんたにしか頼めない……あたしが薬に負けて、洗脳に負けて渋谷中尉や仲間たちを殺そうとしたら、あんたが私を殺して。それぐらい、してくれる義理はあるはずよ」

人物は何かを言い、恭子は皮肉に唇を歪めた。

「いいわよ、あんたで我慢してあげる。でも一度きりだからね。あんたは下、あたしが上」

そう言って恭子は鮫のように歯をむき出して笑った。

「あとで、あの子も呼んで。穴兄弟よ、いいでしょう？」

歪んだ笑みだった。

階下の物音は賢雄には聞こえない。

ただ、殺意は物音とは関係無しに察知できるから神経の大部分を緩めている。

どちらにせよ、二日以上作戦行動を不眠不休で続ければ、今後もこの騒動に関わり続けることは難しい。

これまで最大二週間不眠不休の戦闘というのはあったが、あれは終わりがあったからだ。

この仕事はいつ終わるか知れない。

アメリカがようやく〈紙の虎〉を疑いはじめたのは間違いない。

マイヤースのパソコンの中身を消去したなら、今ごろ賢雄たちに対してリアクションがあるはずだし、ここを警察に封鎖させればいい。

三好に警告などさせないはずだ。

恐らくアメリカは、マイヤースの仇討(かたきう)ちを望んではいるだろうが、賢雄たちを放置して、事件の成り行きが本当に自分たちの思い通りか確かめようとしている。

〈紙の虎〉たちはまさか自分たちが襲撃したばかりのアジトに籠(こ)もっているとは、少なくとも明日の朝までは気づかないだろう。

奴らが大金を手に国外に逃げるのならそれどころじゃないだろうし、あくまでも原発襲撃、ないしプルトニウム強奪となれば、今は資金を安全なところに移動させて分配しているか、それとも次の作戦を実行準備でもしているか。

自分たちはといえば、明日の朝、真琴が持って来て「くれるかもしれない」資料がなければ立ち往生だ。

その時にはＩＡＳのタカハラに電話を入れてギブアップを申し出れば良い。

あるいは、タカハラから「やめろ」と連絡が入ったら手をあげる。

どちらでもないなら、続けるまでだ。

「しかし、〈紙の虎〉か」

まるで昔の冒険小説だ、と賢雄は苦笑を浮かべる。

個性的な悪党、戦場、謀略機関、国際的テロリスト……十代の頃、養父の本棚に入っていた八十年代の小説そのものだ。

そのまま天井の光に、新小岩でユウスケに殺された、タトゥー入りの白人女から回収した封筒の内張と、永を殺して爆死した少女の持っていた焼け残りの折り紙と、今日マイヤースの部屋で回収した内張をかざしてみる。

小さな、光の点が、どれにもあるのに気づいた。

しばらく、賢雄はそれをじっと見つめ、みるみる表情が消えていく。

ひとつ、仮説が頭の中で組み上がり始めようとしていた。

折り目の付いた紙を、丁寧に、ゆっくりと折り目に逆らわないようにして折ってみる。

「ダメだ」

折り紙の基本は縦に折るか斜めに折るかで始まる。だがこの状態では何がどうなっているかが分からない。

賢雄は爆死した少女の持っていた折り紙をそっと分解することにした。


やがて朝が来た。

恭子は必死に指先まで、コンビニで買ってきたファウンデーションを塗り、タトゥーを誤魔化し、パンツスーツ姿になって賢雄たちの元に現れる。

顔色は艶々(つやつや)としていた。

「さて、行こうか」

賢雄の言葉に頷いて、部屋を後にする。

マンション近くにある喫茶店に、指定時間の前から、見覚えのあるダッフルバッグを手に持って少女はそわそわと立っていた。

学校の制服姿だが、足下はコンバットブーツだった。

「何考えてるんだ」

と賢雄は言いかけたが、真琴は最初から自分たちについて来るつもりに違いなく、咎(とが)めれば情報入手前にひと悶着(もんちゃく)あると考えて、黙ってそのまま喫茶店に入った。

主を見つけた子犬のように真琴が顔を明るくしながらついてくる。

奥の席、壁を背にしたところに賢雄たちは座った。

自分の横で恭子が無理矢理作り笑顔を浮かべているのが分かる。

「お久しぶりです」

ぺこりと頭を下げ、賢雄が「座れ」というまで真琴は席に着かなかった。

何か飲むか、と聞く前に、

「これ」

と少女は制服のポケットからＵＳＢメモリを取りだした。

「父は私に『自分は知らなかったことにするから、お前が勝手にコピーしろ』って言ってくれました」

満面の笑み。

この少女は未だに自分を忘れていないのだ。

どうにも奇妙な気分で賢雄は真琴の顔を見た。

元バスケ部員だから身長は高く、一七五センチの賢雄より僅(わず)かに低い程度だ。

昔と違い、肌は戦場にいるときよりも艶やかで、髪の毛の輝きも違う。

何よりも、制汗剤の匂いが妙に気恥ずかしさを覚えさせる。

もう、彼女は戦場の兵士ではない。

「連れてって下さい」

真顔で、真っ直ぐに真琴は賢雄を見た。

恭子の顔がさらに引きつるのを感じる。

「ダメだ、お前、まだ十八歳だろう。高校ぐらい出ておけ。それにここは本土だ、沖縄と違ってお前のお父さんが助けてくれる。警察だって味方してくれるだろう」

「私、隊長や先生と一緒に行きたいんです！」

声を上げる真琴を、恭子が「まあまあ」と抑えた。

「もうあなたは義勇兵じゃないし、今回のことは本当に危ないの。私も……」

言いかけて、恭子は声を詰まらせた。

「先生、何が一体……」

顔色を見て、恭子は息を呑む。

「とにかく、だ」

賢雄はウェイトレスを呼んでオレンジジュースを注文した。

後衛に下がると、コカ・コーラかこれを真琴に奢るのがいつもの賢雄の儀式めいたものだった。

これからすることは、コーラでは少々目立つ。

「真琴、今回のことはかなり危ない。お前がそんじょそこいらの自衛官よりも優秀なのは俺たち全員が知ってる。それでもついてくるな」

我ながら矛盾していると賢雄は思った。

真琴の父に話をつければよかったのだ。職員名簿ぐらい、ユウスケに頼めば何とかなるだろう――日本の官公庁はその辺のガードが信じられないぐらい甘い。

わざわざ彼女を呼び出しておいて、「ついてくるな」と言えばひと悶着(もんちゃく)あるのは予想出来たはずだ。

なぜこんな選択をした、と賢雄は自問した。

昔の部下が無事かどうか確認したかっただけか。

あるいは真琴だけでも、自分たちがこれから守るにたる平和な世界にいると確認することで、何らかの安心感や使命感を得たいと、自分は心の奥底で願っていたか。

それとも、わずか一年前の地獄のような戦場が、もう懐かしくなったからか。

（惰弱(だじゃく)になったな、俺も）

やはり一年間もぶらぶらしていたのが心身に影響を及ぼしているのだろう。

「お前は俺たちとは違う、本来の人生がある」

自分で口にしながら、全ての言葉が嘘くさいことはわかっていた。

「そんなもの、ないです」

引きつった笑みが、真琴の顔に浮かんだ。

「学校に戻ったけど、義勇兵だってことが知れ渡ったら、『人を殺すのってどんな感じ?』ってクラスメイトだけじゃなくて先生たちまで聞いてくるんです」

膝の上で、ぎゅっと真琴の拳が握られる。

恭子の顔色が変わった。

「それ、本当なの?」

「みんな、軽い冗談のつもりなんです、それは分かってるんです、でもその度に『お前は人を殺したんだ』って言われてる気がして」

それは精一杯に前向きに考えた末、それでもたどり着いてしまう答えだろう。

本来の意味がただの興味本位なのは、賢雄でも分かる。

ほとんどの日本人にとって琉球紛争は「安全な戦争」だったのだ。

沖縄だけが焼け野原になり、それより先はほぼ無事、という。

だから真琴は、他の生徒や教師たちにとって、「冒険をして来たアスリート」ぐらいの気持ちと「人殺しをして来た異常者」という二重の意味の見世物なのだ。

「だが、高校を卒業すれば全部変わる。世界が広がる。外国の大学に行ってもいいだろうし、軍……いや、自衛隊に就職するという手も」

「いやです。隊長の下じゃなくちゃ、ダメなんです、私の戦場は、皆さんのそばにあるんです」

血を吐くような声。

賢雄は自分の惰弱さが彼女に無駄な希望を与えてしまったと知って胸が痛んだ。

彼女は帰りたいのだ。この平和な東京ではなく、すでに存在しない戦場へ。

そこでならすべてがシンプルだ。

敵と味方、生と死。

ふたつにひとつ。

平和な世界の複雑さに、少女は疲れ切ってしまっているのだろう。

いっそ、連れていってやろうか。

そう思った瞬間、停戦協定の日、自分が射殺した中国の少年兵の死体と、料金支払機にめり込んだネパール人の少女の死骸が脳裏によぎった。

やはり、真琴のそんな姿は見たくない。

オレンジジュースが運ばれてきた。

真琴は俯いている。

「ありがとう」

微妙な空気を察して動けなくなったウェイトレスから、賢雄は立ち上がって直接オレンジジュースのグラスを受け取りながらその中に、昨日ユウスケから受け取った睡眠薬をそっと落とし込む。

真琴はまだ顔を上げてなかった。

「まあ、飲め……その間に少し考えよう」

「隊長」

罰する目線でこちらを見る恭子に、

「俺も、確かに戦場のほうがマシだと思うことがある。真琴が感じてることは俺も時折この東京で感じてるし、接してる……恭子、お前もそうだろう?」

言われて、恭子は黙るしかなかった。

「隊長」

少し風向きが変わったのかと真琴は顔を上げた。

「とりあえず飲め。もう一杯お前が飲み終わるまで考える」

そう言って賢雄もコーヒーを頼んだ。

「はい」

喜び勇んで、真琴はストローをくわえた。

「……なんか、戦場で飲んだオレンジジュースみたいに美味しい」

そう言われたとき、改めて胸が痛んだ。

彼女が飲み終えるのを見ながら、賢雄はあれこれと話を聞いた。

戻ってきた当日、父がとても喜んで食事に連れて行ってくれたが、それまで美味しいと思っていた絞りたてのオレンジジュースが嘘みたいにマズイとしか感じられなくなっていたこと、温かい食事が三日続いて、胃腸を壊したこと。

電車で痴漢にあって、その手首を摑まえて次の駅のホームに蹴り出したこと。

賢雄のインタビュー動画をＹｏｕＴｕｂｅで見つけて、泣きそうになったこと。

恭子の退職後、連絡を取り合ってはいたが、なかなか会えなくて、こういう話を打ち明けられなかったこと。

とりとめのない話を賢雄は黙って頷きながら聞いていた。

この少女が愛おしい存在だと再確認する。

やはり、戦場には連れて行けない。

しかもいつ終わるか分からない、誰が敵かも分からない戦場だ。

「……で、ですね……」

やがて、二杯目のオレンジジュースを飲み始めたあたりで、真琴の頭がゆっくりと揺れはじめた。

「あれ……?」

くてん、と少女はテーブルに突っ伏しそうになり、賢雄と恭子が慌ててその両肩を押すようにして支えた。

互いに顔を見合わせ苦笑すると、恭子はそっと席を立って真琴の横に回り込み、彼女の身体をシートに横たえさせた。

「あの……どうなさいましたか?」

ウェイトレスが心配そうに訊ねると、

「どうやら部活の疲れが出たようで……外にお父さんがいらっしゃるんで引き取って貰いますから、ご心配なく」

と賢雄は笑顔を浮かべた。

路地の奥で、フルオートショットガンを構える男がいた。

「この距離なら……」

その背後に立つ女はあまり興味がなさそうだった。

褐色の肌、長い黒髪。赤いタンクトップを張り詰めさせている胸ときゅっとくびれた腰、そしてローライズのホットパンツ……中でも目立つのは豊満なそのふたつの水蜜桃(すいみつとう)の谷間に描かれた天使と悪魔の翼のタトゥーだ。

「さっさと車に戻れ」

罵(ののし)るように言う男の側で女はオペラグラスを取りだしてみる。

「あら」

女の声が弾んだ。自分の「読み」が当たったらしい。

「まさか知り合いか？」

「ええ」

女は喜びの表情を抑え込んで口元を引き締めた。

「俺たちは貧侠だぞ。知り合いだろうが何だろうが構うもんか。〈紙の虎〉の仕事だぞ？お前だってこの惚(ほう)けた国が燃えて灰になるのを見てみたいだろう？」

男は言葉を吐き捨てて銃を握りしめた。

男の片目は白く濁っている——農業研修という名前の奴隷として日本に来た数年前、研修先の牧場主に殴られて失明していた。

牧場主を訴えたが、芸能人でもあったその牧場主は巧妙に司法関係者と繋がりがあり、むしろ男の方が凶暴で凶悪な「ガイジン」として処理された。

男のような人間が〈貧俠〉という言葉の下に集まってる。

最初は日本政府と入国管理局、公安調査庁の手を逃れたり、団結して助け合う程度のネットワークだったが、今はこの国に本格的な戦争をもたらそうと躍起になり始めていた。

「貧しき者は地の底へ、虐げる者と地の底へ」(Poor people go to the bottom of the hell, together with the oppressor too.)

これが合い言葉なのは偶然ではない。

そして今や世界を超えて告げられる言葉になりつつあった。

「このくそったれで甘えた国を、燃やしちまおうぜ、そのためにはあいつらが死ぬ必要があるんだ。〈紙の虎〉が言うんだから間違いねえ」

「そうね、そうかもねえ」

思案顔の女は、肉食獣が獲物を狙うときのように、そっと脚の付け根と引き締まった尻肉を楽しげに揺らした。

鍛えて引き締まったボール状の尻肉に、深く食い込む角度でカットしたデニムのホットパンツの後ろで、ベルトポーチ型のホルスターの中、切り詰めたコルト・ガバメントのようなデザインの銃がある。

女は、そのグリップに触れた。


喫茶店の外に出ると、高級スーツを着こなした灰色の髪の中年男が深々と頭を下げた。

「真琴の父です」

「今回はご協力、ありがとうございました」

賢雄が短く言う。

「でも、俺なんかに、こんなに簡単に情報を渡して良かったんですか？」

「娘は地獄を見てきました」

寂しげに真琴の父は微笑（ほほえ）んだ。

「私は、その地獄を共有出来ない。親としては本当に苦しいことです。妻を亡くした私にとって、あの子はもはや生きがいですから……その娘を戦場から救い出して下さった方の願いを断れば、私は娘に恨まれます。そんな人生は耐えられない」

「……申し訳ありません」

賢雄は頭を下げた。

「いえ、私こそ。娘を置いていって下さってありがとうございます」

「真琴……いえ、娘さんは喫茶店の中で眠ってます。暫く(しばら)したら起こしてやって下さい……そうしたら、あのダッフルバッグの中身をすべて処分して『忘れろ』と私が告げたと、お伝えいただければ」

賢雄は口調を改めて言った。

「本当に、本当に、娘を思いとどまらせていただきありがとうございます」

「あなたの立場は大丈夫ですか?」

「ええ、そこは何とか出来るだけの度量はあります。我々は書類の戦場で戦っておりますから……それと、今朝の新聞です」

渡された新聞はわざわざ折り直してあった。

見覚えのある顔が真正面を向いた囲み記事に出ている。

タカハラの死亡記事だった。

死因はホームからの転落死、自殺の可能性もあるという。

賢雄は黙り込んだ。

これでもう、雇い主はいない。

「どうぞ、ご武運を」

「ありがとうございます」

そういって頭をさげたとたん、銃声が轟いた。

すぐ横の路地から、よたよたと、頭から血を流しながら浅黒い肌のフィリピン系と思しい男が歩み出て、倒れ込む。

真琴の父以外の全員が緊張して銃を構える中、そろそろ秋風が冷たい季節だというのに、むっちりして浅黒く長い脚と、引き締まって持ち上がったヒップの下端をホットパンツから盛大に露出させた女が現れた。

肩に担いでいるのは、AA-12アサルトショットガン……フルオートで「のみ」発射できるというタチの悪い自動装塡型散弾銃だ。

街中、特に至近距離では相手にしたくない銃でもある。

女は、豊かな乳房の張りつめた、小さめのタンクトップに、割れた腹筋を露出させたホットパンツ姿で、賢雄をみてニッコリ笑った。

見覚えのある顔――リマだった。

第七章　紙と虎

「お久しぶり、ケンユー」

女はにこやかに手を振りつつ、右手に握った、コルト・オフィサーズＡＣＰを尻ポケットに突っ込む。

コルト社の最高傑作、コルト・ガバメントことＭ１９１１Ａ１をコンパクトに切り詰めた銃だ。

コルト社以前に、同じ様にガバメントを切り詰めたコンセプトで発売されたデトニクス社のコンバットマスターの無骨さと違い、こちらはスマートにガバメントのミニチュアにも思える優雅なデザインだ。

真珠貝を使った白銀のパールグリップに、銃本体にもシルバーメッキが施され、反動軽減のためのマグナポートがスライド前方と銃身に開いている。

その派手さがリマの褐色の肌に似合った。

銃と足下に頭を吹き飛ばされた死体がなければ、偶然がもたらした朝の再会だ。

リマは自動装塡型のショットガンを天秤棒のように肩に担いで鼻歌でも歌いそうな上機嫌で賢雄の腕にからみついた。

「どういうことだ、説明しろ」

「簡単よ」

リマは笑った。

ビザの更新を終えて帰ってきたら賢雄は行方不明、隣のネパール人の親子は、娘が死んで父親がガス自殺。

警察が来るわ消防が来るわの大騒ぎで、すっかり疲れて外に出た。

そうして喫茶店に入ろうとすると、なんという偶然か、その目の前の道路で同じブラジル系の女が居眠り運転のバスに撥ねられて死んだ。

一瞬冥福を祈りはしたが、リマはそのまま中に入って食事をし、ボンヤリしていると見知らぬ男が声をかけてきた。

「ある重要な仕事があるんだ」

と男は言った。

面白く思ったリマは、上手い具合に話を合わせていくうちに、男が貧俠で、ちょっとした暗殺とその逃亡を手伝って欲しいと持ちかけられたのである。

「……というわけで」

にっこりリマは説明を終えた。

「あなた方がターゲットとは聞かなかったし、あたしは逃走用車両の運転を任されただけだったから標的に興味なかったんだけど、奴が持ってた写真がケンユーでしょ？　それでここまで来てみたらまさにあんただったんで、後ろからコイツを撃ったってわけ」

「んな偶然、信じられるか」

思わず賢雄が口にしても、誰も異を唱えないぐらいの〈偶然〉だ。

「そもそもなんでお前、銃なんか持ってる？」

「持ってたわよ、ずっと。ただ見せる必要がなかっただけ。ケンユーも女のバッグの中身を漁る趣味のない紳士だったもの」

なにを今さら、というあきれ顔でリマは肩をすくめた。

「まあ、信じる信じないは勝手だけどね」

リマは、不器用な中学生が直線定規だけでデザインしたような無骨極まるAA－12を滑らかな動きで構え、しっかりと銃床を肩付けしながら言った。

制止する隙も与えぬ、あまりにも滑らかで素早い動きに賢雄たちが固まるが、

「でも急がないと死ぬわよ」

視線は賢雄たちの背後にある。

「伏せて」

言い終えるか終えないかの前にリマはＡＡ－12を撃った。

ドラムマガジンの中身が回転し、赤いプラスティック製の散弾薬莢が次々飛ぶのを、なんとか発砲前に地面に伏せた賢雄は、視界の隅で捉えた。

転がりながら散弾の向かう先を見る。

道路を挟んで反対側の路地から出てきた男たちが12番ゲージの散弾を喰らって倒れた。手にリボルバーやオートマチックが握られているのが見えた。

敵だ。

さらに隣の路地からも出てくる。

急ブレーキの音をけたたましく響かせながら停まったタクシーから運転手と客が降り立つ。

運転手は伸縮式ストックのついたＭＰ５ＳＤを。

客のほうはスライドが手擦れて地金の銀色が露出した、年代物のグロック17にロングマガジンをぶち込んでフルオート射撃が出来る様に改造したものを手に出てきて撃ちまくった。

銃声とともに9ミリパラベラムの弾ける音が周囲に響く。

車の陰に隠れる賢雄たちに一瞬遅れた真琴の父が、移動しようと焦ってうっかり頭をあげたために、その銃弾にこめかみを撃ち抜かれ、ばったりと倒れる。

声を上げる暇もなかった。

ぽかんと見開いた目と、開きかけた口は、ひどく間抜けに見える。

真琴の父の死体の手を引っ張って車の陰に引き込むと、賢雄は目と口を閉じさせて一瞬、黙禱(もくとう)し、停車した車の陰で腰の後ろからＳＩＧ Ｐ３２０を引き抜いた。

敵の数は増え、撃ち込まれる銃弾の数も増える。

自動車の陰に隠れていても、そのうち盾としては役に立たなくなるだろう。

リマは賢雄たちの隠れた車の隣に停めた、ワゴン車の陰に隠れた。

「襲撃者はお前の相棒だけじゃなかったのか！」

銃声に負けまいと怒鳴る賢雄に、

「貧俠の横の繋(つな)がりは知らないのよ！　偶然だったたって言ったでしょ！」

「俺たちの車は遠くに停めてる、ここをしばらく任せてもいいか？」

「いいけど、一分以上は保証しないからね！」

「持たないんだったら途中で逃げても構わん。最低でも俺たちが喫茶店に入るまで引きつけててくれ」

言って賢雄は他の三人を見た。

全員一斉に頷（うなず）く。

仲間があとひとり、喫茶店に残っていた。

「じゃあ、頼む……一、二の、三！」

賢雄たちは頭を低くしてひたすら走り、リマは頭の上にＡＡ－12をかざし、見もせずに四方へと撃ちまくった。

敵の銃弾は容赦なく賢雄たちの周辺にも撃ち込まれ、喫茶店のドアも窓ガラスも粉砕しながら店内を蹂躙（じゅうりん）していた。

運悪く窓際に腰掛けていた男性客の頭が吹き飛んだ。

モーニングサービスを運んでいる途中のウェイトレスが腹を撃ち抜かれた。

別のウェイトレスは膝（ひざ）を粉砕されて不器用なダンスを踊りながらテーブルの角に派手に頭をぶつけ、首の骨を折りながら倒れる。

その最中、賢雄たちは喫茶店の、砕け散った自動ドアのあった場所をくぐった。

すかさずユウスケがウェイトレスの懐を「ごめんね、ごめんね」と唱えながら探る。

探しているのは財布ではない。

次にテーブルの上に突っ伏した客の背広のポケット。

「あった」

とユウスケは手を握りしめて再び床に這(は)いつくばるようにして賢雄たちの後を追う。

銃弾が飛び交い、粉砕されたコンクリートとガラスの破片が血肉とともに舞う中、床に伏せた賢雄は昨日調達したばかりの「飛ばし」の折りたたみ携帯から電話をかけた。

その間にも銃弾が窓から次々と撃ち込まれ、厨房(ちゅうぼう)前で棒立ちになった別のウェイトレスが頭と腰に穴をあけながら倒れ、料理の置かれたテーブルをひっくり返したが、客は悲鳴を上げる前に頭を吹き飛ばされてデミグラスソースの中に顔を突っ込んだ。

恭子と賢雄、そしてユウスケは何とか眠り続ける真琴を床に引きずり下ろした。

ソファの端に引っかかった真琴のスカートがめくれて真っ白な下着が露(あら)わになるが、即座に恭子がスカートを下ろす。

「引きずれ！」

「こんなことになるんだったら寝かすんじゃなかった！」

「お前の持って来た睡眠薬、効きすぎだ！」

「アレ使ったんですか！　そりゃもう四時間は起きませんよ！」

「喋ってないで手を動かせ（アビランディ・ティ・ウゴカセ）！」

　晄三郎が怒鳴りながらウィルディ・ピストルを窓の外の男たちに向けて撃った。

　二人が頭を吹き飛ばされ、一人が下腹部に銃弾を喰らってつんのめるようにして倒れる。

　恭子は、真琴のダッフルバッグからＭ４を取りだし装塡すると、弾幕を途切れ途切れに張りながら移動を補佐した。

　入り口から飛びこもうとした男の心臓を賢雄はＳＩＧ　Ｐ３２０で撃ち抜いた。

　窓を破って直接侵入しようとしたふたりをユウスケと晄三郎が撃ち殺す。

　裏口に出ると、ユウスケは客のポケットから持ち出してきたリモコンキーのボタンを押した。

　早速近くの路上コインパーキングに停めてあった黒塗りのレクサスＳＣが反応する。

　エンジンもかかった。

「あのレクサスじゃ五人はきついけど、我慢してくれ」

　賢雄たちはなおも残る数名の男たちに銃を乱射しながら車を目指す。

　ドアを開けて中に真琴を押し込め、残りが押し合いへし合いで後部座席に乗り込んだ。

最後に賢雄がＳＩＧを撃ち尽くして助手席に滑り込むと車は急発進した。

男たちも停めていたホンダ・アコードクーペや三菱のアウトランダーなどに乗り込んでいくのがバックミラー越しに見えた。

そしてたまたま通りがかったバイクの乗り手を蹴り倒してそれを奪うリマの姿も。

(逞しいことだ)

そう思って賢雄は小さく笑った。

とんでもない女とセフレになったものである。

だが、笑ってもおられない。

「くそ、このオーナー最悪だ、ろくに整備してねえ！」

ユウスケがわめいた。

定員オーバーの上に、外見だけで中身の整備をしていないレクサスはみるみる距離を縮められた。

賢雄の電話が鳴る。

「ユウスケ、とにかく真っ直ぐ走れ、あと一〇〇メートル逃げ延びろ！」

電話を取ってすぐに切ると、賢雄は命じた。

「なんで一〇〇メートル？」

「いいから！」

「わかりましたよ！」

アクセルをべた踏みにしたユウスケはとにかく必死になって朝の路上を駆け抜ける。

やがて、歩道橋が見えた。

「あれ……」

とユウスケがその人影を視認するのと、相手がぶつけようと車を寄せてきたのはほぼ同時だったが、それがレクサスの後部バンパーに触れる前に、フロントグラスが真っ白に砕け散った。

途端にアウトランダーは蛇行をはじめ、アコードを巻きこんで横転する。

歩道橋の人影がみるみる近づいてきた。

「やっぱ、淀川さんだ！」

ユウスケの声が聞こえたかのように、車で通り過ぎる賢雄たちに軽い敬礼をして淀川裕樹は珍しく無邪気に笑っていた。

しばらく走っていると、真っ赤なドゥカティに乗ったリマが追いついてきた。

しっかりフルフェイスのヘルメットを被っているのは日本暮らしの長さのせいだろう。

とりあえず、後方の安全を確認して賢雄はユウスケに車を停めさせた。

「あんた、何しでかしたの？　貧俠にモテモテじゃない」

ヘルメットを脱ぎ、ケラケラ笑ったあと、開口一番、リマはそう訊ねた。

「めんどくさい仕事を引き受けた」

それだけ賢雄は答えた。

ことが落ち着いてみると、この女は充分過ぎるぐらい怪しい。

ダンサーかデリヘル嬢かも、と以前は適当に見当をつけていたが、さっきの身のこなし、銃の扱い方、殺人への禁忌のなさはどう考えても〈普通の〉ブラジル人ではない。

そもそもブラジル人かどうかも疑わしい。

警戒する顔になった賢雄にいつもと変わらぬ笑顔を浮かべ、リマは手を差し出す。

「報酬」

はっきりと言った。

「いくらだ」

不満はない。こういうところで下手に恩を売られても困る。

「これからも、なら一〇〇」

「そんなにはない。第一、そんな金を渡したらお前、真っ直ぐブラジルに帰っちまうんじゃないのか？」

「あたしの血の四分の一は律儀な日本人の血よ？」

そこまで言われ、賢雄は面倒くさくなって財布の中身を丸ごと抜いてリマに押しつけた。

「多分三〇ぐらいはある。で、頼まれてくれ……あの車の後部座席で眠ってる女の子の保護を頼む」

「……あんたの隠し子？」

「いや、俺のせいで父親を失ったことを未だに知らない可哀想な高校生だ」

「ふうん……」

リマは悪戯っぽい目で賢雄をみて「いいわよ」と引き受けてくれた。

賢雄は車をリマに預け、自分たちは徒歩で電車に乗って移動することにした。

赤羽まで数駅で着いた。

ここの街全体に漂う、すぐに人を傷つけるほど尖ってはいないが、まったく安心も出来ない不穏な気配は、妙に子供の頃のコザの街を思わせる気がして、賢雄は逆に「馴染みすぎる」と敬遠している。

一行は駅からまっすぐ、暁三郎の知り合いだという安ホテルへ移動した。

そしてユウスケは、ホテルの貸し出し用のＷｉｎｄｏｗｓ7が未だに入っているノートＰＣで苦労しながらＵＳＢメモリの中身を開いた。

この一ヶ月でフランスから返ってくる使用済み核燃料は五トン。

いずれもルートはバラバラ、日時もずらしている——一度に襲われて奪われたらそれこそ目も当てられないからだろう。

しかもルートにはいくつもの〈候補〉があって、当日まで組み合わせは分からない。

「おそらくＧＰＳに直接ランダムでルートが出るようなタイプだろうなあ」

ユウスケが呟くようにして画面を見ながら言った。

「エー、準備できタ、早く中に入れろ」

暁三郎が不機嫌そのものの顔で水を張ったバケツと中身の詰まったポリ袋を持って来た。

全員、携帯電話のＳＩＭカードを引き抜いて水を張ったバケツの中に棄て、暁三郎が調達した新しい物に替える。

水の中に棄てるのは、ＳＩＭを経由して本体の時計メモリなどの中に居座って、監視するクラッキング技術もありうるからだ。

元のSIMカードはそのまま財布の中に入れるか、同じくバケツの中に棄てるかした。賢雄はSIMを保護シートの中に入れ、財布の中、折り紙と同じ場所に納めた。棄ててもいいはずだが、何故か、そうしなければいけないような気がした。

「はー、この仕事は金ばかり掛かル」

独特のイントネーションで晄三郎が溜息をついた。

「エー隊長、金にならんばーよ、この仕事、ホテル代、携帯代金、出るばっかりで入らんサー」

「いいじゃんかモロさん。どうせ出た分がっぽりかっ剝ぐんでしょ？」

「どこから？」

「色々あるでしょうが、CIA、公安、内閣調査室、原子力規制庁」

「エー、ユウスケ。お前馬鹿にしてるのか？　お前が挙げたところはみんなヤクザよりもおっかない、命がいくつあっても足らンロー」

「元々俺ら、戦場で一度死んでるでしょうが？　何が怖いってんです？　奴らの何人が本当に戦場で戦ったことがありますかね？　同じ土俵じゃなくていつものモロさん流でやればいいでしょ？　その代わり俺らを囮にしないで下さいよ？」

皮肉を言いながら、ユウスケの目が危険な挑発の色を見せ始めたので、賢雄は立ち上がってふたりの間に割って入った。

「そこまでだ、ユウスケ、言い過ぎだ。諸見座、その辺の工夫は生き延びてから考えよう。俺も知恵を貸すし、これから先、現金（げんなま）が入るときはお前に優先して渡す」

暁三郎は金壺眼（かなつぼまなこ）で賢雄の向こう側に居るユウスケを見やりながら黙って頷いた。

ちょうどその時にノックの音がした。

「諸見座さん、ちょっと」

とホテルの支配人の札をつけた、四、五十がらみの頭の禿（は）げかかった男が手招きする。

無言で暁三郎は部屋を出、荒っぽくドアを閉めた。

すぐに、

「困るよ、こんな人数聞いてない、人数分の部屋を取ってくれ」

哀訴に近い支配人の訴えと、

「銭がないんだよ、どうすればいいんだ？」（ジンガネーランノニ、ヌースレバイーバー）

ドスの利いた暁三郎の声が聞こえた。

「頼むから沖縄の方言で誤魔化さないでくれ！」

どうやら暁三郎はここのホテルにだいぶ借りがあるのか、支配人の声が上ずった。

即座に殴打の音が聞こえる。

「だぁ、だったら話し合おう」

「い、いたいよ諸見座さん、痛い！」

ふたつの声が遠ざかっていく。

「こりゃあ、荒れるねえ」

ユウスケが他人事（ひとごと）を面白がる顔で言ったが、賢雄はうんざりした気分で、

「見てこい、半殺しなら止めないでいいが、本当にヤバくなったら必ず間に入って止めろ。こんなところで余計な道草も人殺しもしたくない」

ユウスケに命じた。

「へいへい」

青年は肩をすくめてドアノブに手をかけ、ちょっと振り向いた。

「ねえ隊長、本当にヤバくなったら、何が何でも止めるんだよね？」

振り向いた目の中に、狂気の光が灯（とも）ったが、

「晄三郎を殺すな。あいつは善人じゃないがこの状況では命綱で、仲間だ」

まっすぐその目を見返して賢雄は言い、ユウスケはわざとらしく舌打ちをしてドアノブを回した。

昼一二時の時報とともに、木枠が外された。

埼玉県の外れ、新人の現代美術アーティストが職人たちに特注で作らせたコンクリートの塊は隆々と、天をついてそそり立っている。

「彼」はその出来に満足した。

こんな僻地（へきち）に現代アートのコンクリート彫刻。これを認めさせるには随分と時間と金が掛かった。

「いやあ、素晴らしい出来ですね」

親のコネでこの屋外近代美術博物館の館長になった中年男がもみ手をせんばかりの態度で「彼」の前にやってくる。

ほっそりした英国製のスーツに身を包むと黙っていれば様になるが、口を開いた途端頭の中が空っぽとだれでも分かる。

だが、そのお陰で「彼」の連れてきた貧侠のひとりをニューヨーク近代美術館（MoMA）の注目する新人アーティストだと信じ込ませることが出来た。

もちろん、それにはこの館長の愛人として潜り込ませた同じく貧侠のキューレーターによる、ベッドでの説得もあったが。

「ええ、すばらしい。職人の方たちには良い仕事をしていただきました」

「彼」は頷いて、再びそそり立つ巨大な柱を眺めた。

これは必要な出費だった。

「彼」は柱の向こう側を見つめ、目を細めた。

「あとは最後の仕上げをして、お披露目ですね。予定通り来週頭には出来ますよ、もうあとは磨くだけですから」

「彼」の隣で、アーティスト役に扮した貧侠が頷き、自分の作品に満足したという顔でなで回している。

「館長、安心してください」

「彼」は気まぐれで我が儘なアーティストを辛うじてコントロールしているそのマネージャー、という役回りだ。

「あの子が作品をなで回すときは、言ったとおりになります」

「そ、そうですか?」

あからさまな安堵の表情が館長の顔に浮かぶ。

この屋外展示物は高名なアーティストが父の故郷に錦を飾りたいから、と無償提供を申し出た、という触れ込みではあるものの、新人芸術家らしい気むずかしい——時と場合によって完成した作品をダイナマイトで爆破した——そんな逸話を吹き込まれていた館長は、予定通りのお披露目が出来るか、最後まで戦々恐々としていた。

「父親を生んだ偉大な祖国に、錦を飾るため最新の注意を払って作品を作ってきましたから、ダメならこの時点で破壊してます」

と「彼」は言葉の外に「館長のおかげで上手くいった」ということを匂わせつつ、さらにこう続けた。

「それに、あの子は父の祖国、日本という国が大好きですから」

「彼」の言葉に含まれた皮肉に館長は気づくことがなかった。

「そういえば、この作品、なんという名前になるんですか?」

「長いタイトルでして……《貧しき者は地の底へ、虐げる者と地の底へ》といいます」

「複雑、ですねえ」

ワケもわからず首を捻ってうなる館長へ、

「ここはきっと、この作品を展示した場所として、歴史に名を刻むと思いますよ」

「彼」はニッコリと微笑んだ。これだけは事実になるだろう。

「やっぱり大洗のほうへ向かうプルトニウムが危ないですね」

ルートを確認した恭子が溜息をついた。

「〈もんじゅ〉じゃ横浜までがやっとだし」

「プルトニウム輸送路を狙うという線も棄てられんな……」

賢雄は頭を痛めていた。

フランスの高速増殖炉計画の失敗と打ち切りにより返還されたプルトニウムは、静岡で陸揚げされる、ということが公開されたのは九〇年代の末。

だが現実には極秘で日本列島の各地で陸揚げされ、移送されている。

日本の原発がプルトニウムを再び燃焼させるプルサーマル計画を推進して一〇年、ほとんどの原発でプルサーマルが行われている。

「メインは静岡だけど、結構な場所で陸揚げされてるんですね」

「とはいえ、港から陸揚げされることは変わらん……それでもこの一ヶ月だと五ヵ所か」

どうにも気になって、賢雄はまたあの内張の紙と折り紙を取りだした。

「またですか？」

「そうだ、ひとつ恭子、検索してくれ」

「？」

賢雄が頼むと、恭子は首を傾(かし)げながら、検索をしてくれた。

「……これだ」

検索ワードは〈折り紙、展開図〉。

幾つものヒットの中から、賢雄は自分の手の中にある、折り目だけが付いた紙と同じ方向と形に折り目が付いいている物を見つけ出した。

「これの折り方を出してくれ」

言われて恭子が折り紙の折り方を呼び出すと、賢雄はそれを見て不器用に、何とか折り紙の元の姿を再生した。

「これ、兎(うさぎ)だったのか」

掌(てのひら)の上にはややくたびれた感のある青い兎が現れた。

そして賢雄はその折り紙に、入手したばかりの〈飛ばし〉のスマホのカメラを向けて、拡大した。

紙同士が重なるところ、折った耳の付け根を折り曲げたところに、英字新聞の文字に隠れて、分割されて漢字が書かれている。

それも日本の常用漢字ではない。

中国の漢字。

耳の付け根にひとつ、前脚の先を表す小さな折り返しにひとつ、後ろ脚にふたつ。

「こりゃ、何て読むんだ？」

「さあ、私、英語は得意ですけど中国語は……それにこれ簡体字ですよね」

恭子も首を捻った。

「探すにはユニコードがいりますね、これ」

「ユニコード？」

「パソコンの中にある言語を表示するための表みたいなものです」

とりあえず賢雄はそれをクローズアップにして写真に撮った。

中国大使館にいる徐にでも連絡を取れば読んでもらえるだろうか。

「しかし、たった四文字で何を示すんだ？」

「画数ですかねえ？　あと文字の読みの音とか？」

「地図と座標か……なあ恭子、ユニコードってのはどういうものだ？」

「そうですね……例えば……」

と彼女はパソコンのキーボードを操った。

「たとえば日本語の《あ》はユニコードでは、「U＋３０４２」というコードポイントを与えられ、コンピューター上で扱うにはUTF－８の符号化方式だとe３８１８２という番号が振り分けられてます」

「その符号化方式だと頭にe以外のアルファベットも付くのか？」

「ええ、多分、ですが……」

賢雄はしばらく考え、恭子に考えたことを口にした。


賢雄の言われるままに作業しながら、恭子は頭の片隅から囁く、

「こいつを殺せ」

の言葉に抗っていた。

自分をレイプして、薬漬け洗脳漬けにした連中の言うことなど、聞きたくない。

だが、ここへ来るまでの間、「シンポン」を切らしたのはまずかった。

何とかバッグの中にある錠剤を取りだして飲みたいが、賢雄の目の前ではそれも出来ない。

手が、腰の後ろのナイフに伸びそうになる。

脂汗がじっとりと身体を濡らしていた。

それだけではなく、子宮も疼いている。

殺したくて仕方がない。殺したら、殺したら、自分にとって恩があり、「彼女」が思いを寄せているこの男を殺したら、ナイフで心臓を抉り、ペニスを切り落とし、顎の裏を斬り裂いてそこから舌を引き抜いたら。

どれだけの絶頂がこの身体を駆け抜けていくだろう。

そんな誘惑がわき起こってくる。

くそったれ。

キーボードを叩き、呼び出したユニコード表を賢雄に向けると、恭子は立ち上がって、

「お薬を飲まないといけないんで、失礼します」とバッグの方へ歩き出した。

足早にならないように、指先が震えないように、早くダッフルバッグの中のシンポンの容器を見つけるために引っかき回しすぎないように、なかなか見つからなくて叫び出したりしないように。

そして、ようやくシンポンの瓶を見つけると、恭子は掌一杯に錠剤を振りだして、口の中に頬張った。

ウェルカムドリンクのつもりか、部屋のサイドボードの上に置かれた埃をうっすら被ったミネラルウォーターの瓶の口を切ってゴクゴクと飲み干す。

それからはき出さないように胃薬も飲む。

これで、大丈夫。

大きく溜息をつく。

時間が経てば薬と洗脳の効力が切れると思っていたが、そうではないことに恭子は恐れを感じ始めていた。

だが、そうなったときは心安らかに殺してくれるだろう……あいつが。

やがてユウスケが戻ってきた。

少し遅れて暁三郎もドアから入る。

「大丈夫でした」

賢雄が問う前にユウスケが言う。

暁三郎はこういうことには我関せずでソファの上にひっくり返っている。

「どうしたんですか、ふたりとも?」

ユウスケが問いかけようとすると、不機嫌そうにホテルの支配人がドアを乱暴にノックして「客だよ」と告げた。

支配人が退くと、

「朝はお疲れ様でした」

淀川が穏やかな笑みを浮かべて挨拶した。

「どうしたんだ？　っていうか、どうしてここがわかった？」

「以前モロさんをこの辺で見かけたんですよ、飲み会の帰りに。うちの会社、ここから近いもんで……」

にこやかに言いながら、彼は賢雄たちが持っているのと同じダッフルバッグと、釣り竿ケースのような形をした特殊なライフルケースを部屋の中に下ろした。

「やっぱ、戦場が恋しいなあって思いまして」

「おい、妻子がいるんだろうが」

「実はとっくに別れてましてて……俺、沖縄から帰って以来、ＥＤだったんですよ。でもこの前の戦闘のあと、ソープ行ってふたりほど潰しました」

苦笑いする賢雄。

「ようこそ小隊へ。まずはスマホも携帯も出せ。ＩＣカードもだ」

「奴の狙いは分かった。変更がなければここに出てくる」

と賢雄は一同を集めて言い切った。

「なんで分かるんです?」

「奴らの指示の仕方がある程度分かった。襲撃時間もな」

「間違ってる可能性は?」

すかさず淀川が冷静に突っ込む。

「分からん」

賢雄は言った。

「だが当てずっぽうに探しても奴らには追いつけない……攻めるには先回りしないとな。なにしろ奴らの持ってる武器が多すぎるし、人数も多すぎる。そもそも貧侠って何だ? 緩やかな慈善団体の繋がりみたいなもんだったと思うんだが」

「表向き、ですよ……まさか実体が破壊工作員のためのボランティア組織だなんて」

「テンサン・エンジェルも同じだ。あっちは有料だが」

「とりあえず、どうしたもんか、だな……」

と考えこんだ賢雄に、晄三郎が「おい、隊長(エー)」と声をかけた。

「どうした?」

「金(ジンネーラン)がない」

「あれだけやっただろう？　ＣＩＡの連中のクレカの現金化が間に合わなかったんだとしたら俺らに銭をねだるのはスジが違うぞ」

「違う、これから原発を襲ってくる敵と、戦うだろう？　何が必要かー？　武器やしぇ、車やしぇ、移動する足に、情報に……俺たち五人だけでも金が足らんサー」

「それぐらいツケといてよ」

冗談交じりにユウスケが言うと、晄三郎は殺意のこもった目で睨み付けた。

「エー糞ガキ、口に鍵かけんと、殺すぞ」

脅しているのではなく、事実を述べただけ、という口調。

「なにいうか、糞ヤクザ」

お互い立ち上がって喧嘩になりかける間に、賢雄は割って入った。

こういうことをするのも久しぶりだ。

「お前自身に金はあるか？」

晄三郎はじっと賢雄を見る。

「ヤバイところの現場に行って写真撮れば種になるぞ」

「何のかー？　隊長」

「強請だよ。警察、原子力関係……襲撃場面を撮影してみろ。それだけでことが終わったら〈お礼金〉にできるだろ、お前の器量なら」

「何割？」

「俺たちは全体の二割を頭割り、残りはお前さんだ。だから今回は貸しにしろ」

しばらく暁三郎は黙り込んだ。

一分ほど、賢雄と暁三郎は睨み合っていたがやがて、四角い顔が頷いた。

「……乗った」

そんな男たちのやりとりをよそに、恭子は物思いにふける表情で、ベッドの上に腰を下ろし、薄汚いタールだらけの壁に肩をもたれかけさせている。


数日後。

自衛隊のものものしい警護の中、日本海側のとある港で、深夜、コンテナが荷卸しされはじめた。

秋はここでは終わりを告げて、吹く風はかなり冷たい。

賢雄たちは数キロ先で、ここまで乗ってきたＳＵＶを隠し、封鎖された港から国道に出るまでの道ではなく、その港を見下ろす山の麓（ふもと）までの道を、徒歩で来ていた。

「淀川さん、ひとりで行かせて良いんですか？」

戦場でもそうだったように、ユウスケが賢雄と一緒に行動することになっていた。

「構わない。あいつは一人でいける。スポッターは要らない、そういう戦い方だっただろう？」

晄三郎は車で待機、恭子は二人よりも港に近いところまで移動して索敵している。

自衛隊の警護もかなり堅い。

対人モーションセンサーまで確認できて、賢雄たちも二キロ圏内に近寄れなかった。

やがて、一見するとありきたりなデザインに見えるが、実は頑丈に装甲された大型トレーラーの荷台にコンテナが固定される。

「動き出しますね」

レンズが他者から反射して見えないように、メッシュ状のパーツをはめ込んだ双眼鏡をのぞき込みながら、ユウスケが言った。

「ところでユウスケ、いつから敵の仲間になった」

木の陰で改めてM４カービンを点検しながら賢雄は不意にいった。

「？」

双眼鏡を持ったまま、ユウスケがぽかんとこちらを見た。

「正直に言えば、今回俺たちがここに来たのはそいつが考え直してくれる猶予を与えたかったからだ……お前に話してなくてすまん」

「い、一体急に何言い出すンすか、隊長？」

賢雄の隣で、ユウスケの顔が歪んだ。

「ホテルで、晄三郎が支配人と揉めただろう？」

「ええ」

「あの時に分かった」

疑惑は、新小岩で貧侠の白人女を、車で先回りして喉と手首を掻き切ったときからだ。

「でも、あの時モロさんはなにも……」

「やってなかった。それは知ってる。敵の仲間になったのは晄三郎じゃない、晄三郎の様子を見に行ったはずの、お前だ」

「な、なんで……！」

「淀川が合流したのはお前たちが部屋に戻ってきてからだが、その前に様子を見て貰ったんだよ……淀川が戻ってくるのはその前、ＣＩＡのマンションにかかってきた電話で知ってた。だから合い言葉を決めてたんだ、お前だったら妻とは離婚、晄三郎だったら妻には男が出来た、ってな……知らなかっただろうが、本当はあいつに女房子供はいないんだ」

「そんな……」

「あの戦場から生きて帰るために、あいつが頭の中で作り出した妄想の家族なんだよ。一家揃って(そろ)の写真は、旦那(だんな)さんがカゼでいけなくなったとき、お姉さんの子供たちと一緒に行楽地で撮った写真だとさ」

「どうして、そんな……第一、なんで俺が裏切る必要があるんですよ？」

　よっぽど動転してるのか、ユウスケは言葉を間違えた。

「お前、殺し足りてないだろう？　本当はもっと、本土まで同じ様に戦争で焼かれて、燃やされて殺し合いをすればいいと思ってる」

「……………」

「俺が暗号を解かなかったら、お前が暗号を解く役割でも与えられたんだろう？　俺たちの役割は〈紙の虎〉本隊を誤魔化すための囮(おとり)だ。自衛隊への攻撃はお前がするのか、それとも別働隊がいるのか？」

　そんな会話をしながら賢雄は、トレーラーがゆっくりと港の出入り口を出て行くのを横目で見ていた。

「ひとつだけ聞かせろ、何故(なぜ)やつらの仲間になった」

　賢雄の表情は穏やかだった。

しばらくの沈黙のあと、

「……隊長の言うとおりですよ、俺、日本全土が戦争で燃えてしまえば良いと思った。沖縄だけじゃ不公平だって」

ユウスケは片頬を歪めた微笑を顔に刻んで話し始めた。

「俺たちだけが戦争やって、殺し合って、仲間殺されて、家も何もかも失って、戦争が終わったら今度は『よくやった』と『可哀想に』の上から目線、そして戦争大勝利の連呼だ」

冬の林に風が過ぎていき、ユウスケの声を運ぶ。

「沖縄県民はアカばかりって言ってた連中が、なんで基地問題で、オレたちが県民同士で内輪もめみたいになってるのか分かろうともしなかった奴らが、『よくやった、君らこそ日本人』って掌返して猫撫で声出して……俺たちは、そんな連中のために戦ったんじゃない」

ユウスケの表情も、賢雄同様に穏やかだった。

「……耐えられないンっすよ」

ユウスケは吐き捨てるように言った。

「俺、実は二ヶ月前からこっちに来てるんです。それで……なおさら思った。でも、これは俺が壊れたからってことも理解ってンすよ。俺はあの戦場で壊れた。人を殺したい、人を刃物で思う存分切り刻みたい欲求を持ってる屑に成り下がった。でも、同時に怒りもある。戦争がなければ、俺は死ぬまでこの性癖に気づかないでいられたかもしれない、ってね」

「仲間になったのはそのあたりか」

「ええ……隊長も、恭子さんも出来れば引きずり込みたかったですがね」

「晄三郎は仲間ハズレか」

「当たり前です」

ふたりは互いに小さく笑い合った。

で、どうします？　とユウスケは訊いた。

「俺が知るか」

真顔に戻ると、賢雄は吐き捨てるように言った。

「お前がどう変わろうが、お前が俺の部下で、今回の戦いでも役に立ってくれたのは間違いがない……そして、全部話してくれた。まだ戦友だ。戦友を殺せるか。だが仲間にも出来ない。どこかへ行け」

それだけ言うと、賢雄は立ち上がり、ユウスケに背を向けた。

「二度と俺たちの前に現れるな」

歩き出す。

一歩、二歩。

ユウスケも立ち上がった。

背中を向ける気配。

賢雄は目を閉じた。

三歩、四歩。

ユウスケが枯れ枝を踏んだ。

折れる枝の音と、コンバットブーツの靴底がそれを踏みにじるように半回転する。

それに重なって、ユウスケ自慢の、優美なラインを描くハンティングナイフが鞘（シース）から解き放たれる「しゅるり」という独特の音を聞きながら、賢雄はかがんだ。

躊躇（ちゅうちょ）なしにＭ４を撃つ。

空薬莢（からやっきょう）が金色の尾を引いて飛び、銃声が轟（とどろ）いて、ユウスケは細い首の真ん中に穴をあけ、大きく笑みを浮かべながら膝（ひざ）を突く。

ユウスケのＭ４は彼自身の、腰の後ろに回してあった。

膝を突いた瞬間、首の骨を銃弾に砕かれたユウスケの頭ががくんと不自然な角度で前に倒れ、そのまま上半身が後を追った。

落ち葉が少しだけ、宙を舞う。

うつぶせに、ユウスケは倒れて二度と動かなくなった。

その銃声を聞きつけて、たちまちのうちに護衛の自衛隊が騒ぎ出す。

輸送用トレーラーのドアが開くと完全武装した自衛隊員たちが飛びだしてくるのが見えた。

二秒だけ、賢雄は落ち葉の中に埋もれるように倒れているユウスケの背中に視線を送った。

ユウスケの身体からしみ出た血液が地面に敷き詰められた、乾いた落ち葉の上に、夜目にも広がっていくのが見えた。

ユウスケが、ハンティングナイフを投げるつもりだったとは思えない。

そんな距離ではなかった。

「投げるナイフは専用の物じゃないと意味がない」と常に言っていたし、そもそもナイフよりもM４アサルトライフルのほうが確実に賢雄を殺せたはずだ。

それでも、ナイフを抜いたのは何故か。それも鞘走る音の出るハンティングナイフを。

賢雄は背を向け、走り出す。

「総員撤収」

無線封鎖を解いて賢雄がヘッドセットに告げた。

了解を示すマイクセットを指で叩く音が三つ返ってくる。

賢雄は振り返らずにさらに走った。

恭子も淀川も、ユウスケに教えた話とは逆で、すでに晄三郎のＳＵＶまで撤収させている。

走って走って、何とかたどり着いた。

「ユウスケは？」

淀川の言葉に、

「殺した」

それだけを賢雄は告げ、晄三郎も恭子も何も答えず、車は無灯火のまま、夜の国道へと飛びだしていった。

しばらく走ると、賢雄の携帯が鳴った。

不審に思いながら出ると、徐文凱の慇懃な声だった。

スピーカーに切り換える。

《〈虎〉の犬は始末したようですね。嘉和軍曹は望んであなたに殺されるためにあんなことをした、仕方のないことですよ》

どうやらどこからか見ていたらしいが、賢雄はこの神様気取りの第三者にカッとなって叫びそうになった。

それを無理矢理抑えたのは、戦場での経験のお陰だ。

「何故俺の電話番号が分かった？」

《我が国のサイバー部隊、ほとんど消滅しましたが、あなたの足取りを追うことぐらいはできます、淀川さんの携帯を張り込んでいたのでね》

あっさり徐は種明かしをした上で、

《贈り物をしましょう……君たちが逃げ回ってる間に、別の輸送ルートが襲われました。現場写真を送ります》

「メールアドレスの設定はしてないつもりだが」

《私たちがすでにしてあります》

遠隔操作で賢雄の携帯電話はすでにハッキング済みということらしい。

それを肯定するように、メールの着信を告げるチャイムが鳴った。

メールを開いてみる。

銃撃されたコンテナの中には、数名の死体が転がり、壁一面に設けられた丸に取っ手をつけたような物がずらりと並ぶ。

その一番下だけが開いていた。

《メールの写真を無事に開けたようですね。右下の開いたケース、ご覧になりましたか？》

言われた場所をピンチアウトして中身を確認する。

そのケースの中は丸く凹んでいた。それも二ヵ所。かなり間は開いている。

開いていなければならないのだ、と賢雄は即座に悟った。

《ＧＥ（ゼネラル・エレクトリック）にＣＩＡ名義の命令文書で作らせた物です。正確な直径は不明ですが七〇年前にロスアラモスで作られた球体とほぼ同じだそうで。純度は核兵器クラス》

「おい……これって〈デーモン・コア〉か？」

賢雄の顔色が変わった。

《ええ、八〇年ぶりに製造された代物です》

ユウスケがＣＩＡのパソコンで読み上げかけた、あの資料にあった言葉の意味を理解する。

「悪魔的な何か」という意味ではなくこのケースに納まっていた半球体を指していたのだと。

そして銀座の倉庫で見た凹み。

あれは〈デーモン・コア〉を受け容れるためのタングステンの棺だったのだ。

デーモン・コアとは原子力開発の歴史において伝説めいたいわくと顚末を持つ物体である。

「最初の」デーモン・コアは、アメリカのロスアラモス研究所で第二次世界大戦末期の一九四五年初頭に作られた。

このデーモン・コアはふたつの姿を取った。

直径数十センチの磨き上げられ、二分割された銀の球体が本体。

最初の姿はその周辺に一定以上の距離を持って積み上げられた炭化タングステンの塊。

問題なのは、分割された銀色の球体の正体が、片方重さ六・二キロずつのギリギリで未臨界量のプルトニウムだということだ。

この半球体同士が接触すると、その瞬間から臨界量に達して核分裂が始まり、大量の中性子線を放ち、閃光(せんこう)とともに周囲の人間に被害を与える。

原子爆弾を製造するための各種の実験に用いられたが、その年の夏、最初の犠牲者が出た。

八月二一日、ロスアラモス研究所で働いていた物理学者のハリー・ダリアンが、手を滑らせて周囲に積んだタングステンブロックを落とし、半球体同士を接触させた。

青白い火花が一瞬散ったという。

この火花により致死量の放射線を浴びたダリアンは、五日のちに急性放射線障害のために死亡した。

二回目の事故は翌年、第二次大戦終結後の一九四六年五月二一日、カナダ出身の物理学者ルイス・スローティンが、半球体の間に挟み込んだドライバーを落としてしまったことで半球体同士が接触、大量の中性子線を放出させてしまった。

ルイスは即座に、コアの上半分をたたき落として分裂反応を停め、周囲のスタッフを守ったが、僅(わず)か九日後に放射線障害で死亡。

ルイスの間近にいた同僚のひとりは助かったものの、残りの生涯を放射線障害によると思われる癌(がん)、白血病などで苦しむことになった。

結局この「最初の」デーモン・コアはこの二つの忌まわしい事故により封印、二ヶ月後にビキニ環礁での有名な核実験「クロスロード作戦」に使用され、世界から消えた。

……はずだったのだが。

「デーモン・コアは幾つ作られた?」

《手元にある資料によれば八組……つまり半球状態十六個が製造、今夜奪われたのは四つになります》

「……原発襲撃じゃなくて小型原爆による大規模テロかもしれんな」

《可能性はあるでしょうね。ただデーモン・コアは基本、核爆弾のデータを得るための道具に過ぎません。確かにプルトニウム自体の純度は核兵器級ですが》

「つまり核爆弾作るためのものってことですか?」

恭子が首を捻(ひね)った。

「ネットに出回ってる原爆設計図のいくつかの数字は隠してはいますが、それは専門家が見れば一発で分かると聞いた覚えがありますよ、地下核実験ならともかく、製造段階のデータ揃(ぞろ)えなんか、今さらいらないでしょう。デーモン・コアも最後は核弾頭の中心部になったわけですしね。あとはポロニウムとかの促進剤と施設があれば」

淀川が肯定する。

「それに核兵器はすでに武器としては〈枯れた〉技術で作られてる。小型化したり特殊化するならともかく、あの形状にするなら核爆弾をどこかでドカンとやるってのが正しいと思いますよ。今の東京ならどこに仕掛けても大騒ぎになるし」

《ただ、四発の原爆を製造するとなれば大規模設備が必要です。それに大きさもかなりのモノになる。ポロニウムが大量にあれば別ですが、プルトニウムメインでデーモン・コアを使えば大きい物しか作れないでしょう》

「何故あんな物を作った？　発電級の、液体プルトニウムだけでも精製するのに手間を取らせるのに……放射性物質で人を殺すなら、金属バケツとウラニウムがあれば出来るだろうに」

臨界量の放射性物質を扱った事故で日本国内で有名なのは一九九九年、東海村ＪＣＯにおけるウラン燃料をバケツでかき混ぜた事件だろう。

あの時は二人が死んだ。

《推測は多数成り立ちますが、もう我々はこの時点で動けません。動けば余計な不審を世界各国に与えるからです。あなたたちが頼りだ……まさか、こんなセリフを琉球人に言う

ことになろうとはね》
「どういうつもりだ？」
《日本における中国大使館の職員としてではなく、中国人民解放軍総参謀部第二部の日本支局長として君たちに依頼したいのです……〈紙の虎〉を暗殺し、その計画を阻止して欲しい》
「CIAを襲え。奴らが親玉だろうが」
《彼らのコントロールからも〈紙の虎〉は逃れた。もう止めるものはないのです。そして今回の襲撃の前に、CIA支局長を含めた日本国内のトップ4までが暗殺されました。日本のCIAは統括者無しで最低でも一週間放置されるでしょう》
「さすがにそうはいかんだろう。イカレた共産主義者が核弾頭を持ってる可能性があるんだぞ？　しかもアメリカ人も多数死んでる」
《三日前なら私もそう思いました……ですが、たった今、ワシントンとロサンジェルス、テキサスでも連続爆破テロが起こりました。貧侠どもがISや民兵、ネオナチたちを招き入れて今全米あげての大騒ぎですよ》
賢雄はユウスケの言葉を思い出していた。

——俺、日本全土が戦争で燃えてしまえば良いと思った——

もはや貧俠の人間は、彼らが中国系か否かという「血」ではなく、そういう「望み」で統一された集団なのだ。

ユウスケは「日本全土が燃えてしまえば」と言った。

貧俠が、自分の国の名前を、あるいは今自分たちを蹂躙(じゅうりん)しているどこかの国の名前を「日本」の部分に当てはめたい連中の集団だとしたら。

宗教ですらない。妄想でもない。失望と悪意で出来た「望み」で統一された集団。

あらゆる民族、宗教、人種はテロリストと化す。貧俠とは主義思想宗教ですらなく、「世間に復讐(ふくしゅう)したい」という黒い感情のネットワークだからだ。

「引き受けた、と言いたいところだが、あんたの望みには長い時間と莫大(ばくだい)な金が掛かるぞ」

賢雄は苦い顔をした。

「魚は獲物をくわえて水の底、また浮かんでくるまで俺たちは待つしかない」

そして、賢雄と徐はしばらく話をし、電話を切った。

朝が来る。

賢雄たちの会話の数時間前。

ニューヨークは夕方の時間帯に移行しつつある。

かつて９１１の名称で知られる同時多発テロで、「アメリカの富の象徴」として破壊された世界貿易センタービルはその悲劇の跡地を囲む形で、六つの「ワールドトレードセンター」の名を持つビルが建てられた。

これを「ワールドトレードセンターコンプレックス」と総称する。

正式には七つのビル、なのだがリーマンショックの影響で、現在に至るも六番目のビルは予定地の選定を続けている。

去年ようやく完成したばかりの５（ファイヴ）ワールドトレードセンターから国立9・11記念碑・博物館を挟んで斜め向かいに見える、１（ワン）ワールドトレードセンターは当初「フリーダムタワー」と呼ばれる予定で、世界三番目の高さを誇る高層建築物でもある。

最上階には展望台があり、入場料が必要だが、９１１の犠牲者、犠牲者の遺族、生存者の家族は無料で上ることが出来る。

その日も、遺族のひとりがこの展望台に来ていた。

彼は警察官で、父も警官として、911の被害を受けた群衆の誘導と救出にあたり、ツインタワーの崩壊に巻きこまれて殉職した。

911にここへ来るのは職務的にも心情的にも嘘くさく、それを避け、あえて、「九月を過ぎて七回目の非番の日にここへ来る」と決めていた。

彼は、夕焼けの空を見上げた。

遠くに飛行機の影が見える。

「?」

彼は首を傾げた。

この時間、この方角に飛行機は飛ばない。

ゆっくりと飛行機が、機首をこちらに向けた気がした。

そんな馬鹿なはずがあるものか。

彼の無意識が愕然と呟いた。

あれから後、どの航空機にも武装した連邦航空保安官が複数乗り込むようになっているのだ。

二度と、あの悲劇を起こさないために。

だが、今、彼の四方八方から航空機のエンジン音を轟(とどろ)かせ、十数機の旅客機が遠くからゆっくりと——実際には時速数百キロの猛スピードで——こちらに向かってくる。

「嘘だ」

彼は呆然(ぼうぜん)と呟いた。

空軍は何をしている、それ以前に連邦航空保安官は何をしてるんだ。

彼が街中で最近よく捕まえる「貧侠」がこの国の市民レベルの奥深く、特に中流階級層に雨水がコンクリートを浸食するように食い込んでいるとは知っていた。

アメリカ社会に深く浸透した貧侠たちが仲間を増やし、再びの同時多発テロを食い止めるためのシステムを部分的に、あるいはほんの数分間だけ麻痺(まひ)させた、とは思いもしなかった。

夕焼けの中、真っ直ぐに、間違いなく、最新鋭のジャンボジェット機は1ワールドトレードセンター目がけて突っ込んでくる。

「貧しき者は地の底へ、虐げる者と地の底へ(Poor people go to the bottom of the hell, together with the oppressor too.)」

若き警官の背後で、それまでのんびりとカメラを構えて街の風景を撮影していた初老のユダヤ人男性が呟いた。

「貧しき者は地の底へ、虐げる者と地の底へ(Poor people go to the bottom of the hell, together with the oppressor too.)」

同じ言葉を、彼のすぐ側に立って同じ様に光景に見入っていた、黒人の老婆が呟いた。

ふたりとも、輝くような笑みを浮かべていた。

若き警官はその表情を見て、弾かれたようにエレベーターに向かって走り、狂ったようにボタンを連打して、この場を逃れようと必死になった。

非番の警官が1（ワン）ワールドトレードセンターの展望室で、迫ってくる旅客機を見つめながら呆然（ぼうぜん）としている頃。

そこから一〇キロ近く離れた場所で、別の「事件」が進行していた。

夕方も五時を過ぎて、地上でラッシュアワーが始まる時間帯に、コネチカット州から来たメトロノース鉄道の車両を降りてきた若者が、颯爽（さっそう）とグランド・セントラル駅の構内を歩いていく。

洗いざらしのジーンズ、よく手入れされた革のジャケット、必要もないのにプレスを利かせたネルシャツ。金髪碧眼（へきがん）の整った顔立ちも相まって、彼はとても幸福そうに見えた。

彼はボストンバッグを手に軽い足取りで、一切迷うことなく星座の描かれた天井のあるコンコースを横切り、地下へと降りていく。

エスカレーターの途中で地上のほうからいくつかの、遠い破裂音が響いたが、彼は気にせずに降りていく。

地下鉄の指定された番号の車両のホームにいくと、行き交う人々のポケットやバッグ、様々な所に入れられた携帯電話、スマートフォン、フィーチャーフォンが鳴り響き始めた。テロ警戒警報だ。

当然、青年のスマホも鳴るが、彼は滑らかな動きで自分のそれを取りだし、情報もろくに見ずに通知を切った。

ほとんどの人々は足を止め、不安げに画面を見つめているが、青年にとってそれは好都合だった。

この不安げな人々の中にあって、泰然とした男女の一団はすぐに見分けが付いた。

アイリッシュ系の女性、中国系の青年、ユダヤ系とスパニッシュ系のふたりの老婆。

「貧しき者は地の底へ、虐げる者と地の底へ」（Poor people go to the bottom of the hell, together with the oppressor too.）

確認のための符丁を口にすると、全員が頷いて同じ言葉を返した。

「僕は、Bです」

青年が言うと、プエルトリコ系の老人が「では、あちらへ」とアイリッシュ系の赤毛の女性と、中国系の青年のほうを掌で示した。

「やあ、よろしく。僕はビル」

「私はクエイシー」

「オレはロバート」

姓は名乗らなかった。

そして、「ワールドトレードセンター」の名を持つ五つのビルに何が起こったかに動揺する人々をよそに、身分証明書と財布をプエルトリコ系の老人の、くたびれた医療用カバンへそっと差し出す。

警護の警官たちも動揺して浮き足だってこちらを注意してないし、ここのホームの監視カメラは昨日から〈壊れて〉いる。

「では我々はここから北上します」

どうやら老人たちと青年たちでチームが分かれているらしい。

「ではごきげんよう」

皆、幸せそうに輝いた表情をしていた。

多分、自分と同じだろうと青年は思った。

今回の〈仕事〉の代金が一律一〇万ドルというのは本当なのだろう。

自分の人生を支えるには不充分だが、誰かの人生を変えるには充分過ぎる金額。

その金額を残し、手渡したい人たちがこの男女にはいて、彼らはそれが出来る喜びに顔を輝かせているのだ。

「では、始めましょうか」

誰ともなくそう言って、彼らは次の地下鉄に乗り込んだ。

老人たちのグループはマンハッタン島を北上、青年たちは別のホームへ移動し、これから北東の方角へゆく地下鉄に乗り込む。

ブルックリン駅で降りると、彼らはそれぞれ、昨日宅配便で届けられた二リットルサイズのペットボトルを取りだした。

黒っぽい褐色をした液体が詰まっているそれは、ラベルもあってマイナーメーカーの炭酸飲料水にしか見えない。

それを、彼らは床にたたき付けた。

異様な行動に、咄嗟に他の乗客の内の数名がこの様子をカメラで撮影し始め、良識的な他の市民は警護の警官にこれを知らせるべく走り、あるいは電話しようとした。

中に入っていた液体と、別の液体をその中で保護するために作られた試験管が綺麗に砕けて、もうもうとした煙がホームの中に立ちこめる。

その瞬間、青年たちは耳と鼻、目尻から細長い糸のような血液を垂れ流しながら倒れた。

彼らだけではなく、他の利用客たちも同じ様に倒れていく。

サリン系の新型毒ガスが発生したことによる阿鼻叫喚の地獄絵図が、ゆっくりとブルックリン駅の構内に広がっていく。

昼過ぎになった。

東京の経団連ビル内はここ数日、アメリカ全土を襲った連続テロの行方と、それによる株式相場の乱高下に対応すべく連日の緊急会議で騒然としていた。

いつもと変わらないのは、清掃員たちである。

控え室にはこの日、久々に出勤してきた清掃員と、今日から新しく入ることになった清掃員たちがいた。

「こんにちは、お届け物です」

いかつい身体の宅配業者が控え室を訪れた。

「入院中の平坂さんからお届け物です」

宅配業者の若者は、すでに末期癌に侵されているとは思えないはつらつとした声で符丁を言った。

この荷物を届けるため、ありったけの鎮痛剤を投与しているのだ。

「おう、お疲れぇ」

笑いながら、久々に出勤してきた清掃員が「平坂」と受け取りにサインした。

そして咳をする。ゴホゴホとハンカチで口から溢れる血を拭った。

彼もまた、末期癌の患者だった……いや、彼だけではない、ここにいるもの、全員が末期癌患者であり、貧俠でもあり、「テンサン・エンジェル」だった。

残された家族に、金を残したいがために、そして避けがたい死を自分の意志で早めるためにここへ来て、この仕事に参加するのだ。

「じゃ、これで！」

宅配業者の若者が出て行き、ドアが閉まるとその重い、三つの箱からなる荷物を「平坂」は控え室の隅にある業務日誌を書くための机に置いた。

「さ、簡単な仕事だ。くす玉を使ったピタゴラスイッチ、そんなところだ……これで一日五〇〇万ならいい仕事だろ？」

全員が笑う。

「さて、そろそろ刑事さんの血抜きは出来たかな？」

そういって「平坂」はこの清掃員控え室の片隅にある、汚物と汚水処理用の流し台のあるロッカーを見た。

新入りのひとりが開けると、そこには天井に着けた滑車を使い、だらりとぶら下がった清掃員の死体があった。

数日前からこの清掃員たちの間に入って色々嗅ぎ回っていた公安調査庁の人間だが、彼らには関係ない。権力の側に居るのなら「お巡りさん」か「刑事さん」で充分だった。

この公安調査庁の捜査官が、何を嗅ぎつけたのかは分からない。

単純にテロを警戒しての形式的な調査業務だったのかもしれないが、どうでもよかった。

「もう三〇分もすれば血抜きも終わるだろう」

告知される半年前までは鼠の死体さえおっかながって触りたがらなかった「平坂」は平然と言った。

「設置は予定通り君たちがやれ、俺はここを掃除する」

「ひとりで大丈夫ですか?」

「なに、道具にはこと欠かない。ここは掃除道具なら全部揃ってるからな」

小話のオチをいう噺家のような口調で「平坂」は言った。

「《貧しき者は地の底へ、虐げる者と地の底へ》だ」

第八章　コア

外務省内では「中国勉強会」と普段呼称されている、実質は中国分析部のメンバーたちはその日の夕方、奪われたプルトニウムが日本とふたつの中国の間でどういう方向に傾くかの意見をまとめるための会議を行うことになった。

だが外務省自体はアメリカで発生した〈第二の９１１〉における対応に忙殺され、省庁内の会議室はほぼ満杯状態で、空いている会議場はひとつしかない。

「こんな古いところで会議するしかないのかね」

溜息をつきながら勉強会の部長は鍵を開けて中に入った。

「仕方ないですよ、我が国はアメリカの……」

と若手の部員が壁の電気スイッチを入れた。

明かりが点き、総員が着席する。

「では会議を始める」

といった部長の声に合わせて、天井の照明が消えた。

「おいおい、こんな時に何だ？　米国対応班（アメリカ屋）のパソコンのせいか？」

一同の間に失笑が漏れた。

一〇年近く前からＩＴ化を目指して各省庁の電気関係は工事して強化してある。ところが外務省のアメリカ関連の部局はとにかくＰＣやタブレット、大型液晶モニタを自前でドンドン持ち込んで使いたがり、その数は年々増え、日米の電圧の違いなどから、今年に入って省庁ビルのブレーカーが落ちるのはこれが最初ではない。

だが、今度はすぐに復活しなかった。

「スマンがスイッチ入れなおしてくれ」

「はい」

一番外周にいた若手の部員が立ち上がり、壁の電源スイッチをいったん切って、入れなおした。

天井にある、薄い円柱状の照明が青白い火花を放った。

「なんだ？」

何度も職員はスイッチを入れなおしたが、明かりはそれっきり点かない。

「一体、何が……」

さてどうしたものかと戸惑う部局員たちの中、部長が、

「しかたない、インターフォンで総務に連絡を。新しい会議室か、電球の取り替えをしてもらいなさい」

と指示を出した。

数分後「天井の照明が点かない」ということで梯子を片手に駆けつけた総務部の職員は、暗闇の中、倒れている中国分析部員たちを発見した。

大慌てで携帯電話を取りだし、何故か携帯が作動しないことに気づいて慌てて来た道を引き返し、走りながら「救急車！」と大声をあげた。


同時刻、経団連の定例の中国関係の会議では、スライド映写機による説明に移っていた。

「これより先月までの〈古い中国〉のほうの経済成長率に関するレポートを見ていただきます」

楕円形の会議室の中央の床が開き、大きな台に固定されたスライド映写機がせり上がってくる。

司会者はリモコンを操作するが、スライドの電源は入らなかった。

「あれ？」

司会者がもう一度リモコンを操作すると、次の瞬間「ごとん」という重い音が小さく響き、青白い火花がスライド映写機を置いた台から放たれた。

暗がりでなくても、誰の目にも映るぐらい強烈な、そして数名がその場で失明するほどの強烈な青白い火花。

彼らは何が起こったのか分からず、戸惑いながら係官を呼び……係官が到着した頃には全員激しい目眩（めまい）と嘔吐（おうと）を感じて床や机に倒れ伏していた。

夜にはこのふたつの出来事はニュースとなって新宿駅前にある大型液晶ビジョンに「速報」として流れた。

だがすぐにアメリカで大量に発生した「第二の９１１」を報道するメインに切り替わった。

人々にとっては海の向こうの出来事も数時間経過すれば「ネットで調べれば良い話」に成り下がる。

秋から冬に切り替わる冷たい風の中、雑踏に紛れて歩いていた「彼」はそんな中、立ち止まり、薄い笑みを浮かべて再び歩き始めた。

CIAの支局が活動を停止している今、賢雄たちにとって〈紙の虎〉と貧侠、テンサン・エンジェルたちを迎え撃つ上で一番安全な居場所は、高円寺のマンションだ。

そんなわけで賢雄たちは翌々日の夜、CIAのセイフ・ハウスに戻ってきた。

ユウスケの荷物は中身も見ずにすべて黒いビニール袋に放り込み、マンションのダストシューターに放り込んだ。

何の感慨もすでに賢雄にはない。

戦死した戦友に対するような感情の揺らぎすらなかった。

むしろ、ユウスケが羨ましいとさえ思えた。

自分をこの国の敵とする立場と状況を選択し、ユウスケはその結果を受け容れた。

すべては選択の結果だ。

だが自分はどうか。

永の死が引き金になってこの事件に関わってはいるが、関わらないという選択をしておけば、真琴の父は死ななくてすんだのではないか。

意味のないことだ。

賢雄は頭を振った。

ここへ戻ってきて気が緩んでいるのだろう。

テレビをつけてみた。

夜のニュースでは閃光手榴弾が経団連の会議室と、外務省の中国勉強会に放り込まれ、かなりの人数が犠牲になり、「二度目の911」を受けて、日本の株価が再び乱高下を始めたという報道が入る。

そしてずっとつきまとっている疑問が賢雄の中に蘇る。

〈紙の虎〉は確かに、アメリカと裏取引をした中国政府から離反し、CIAを騙して独自に動き始め、暴走した。

奴はすでに一介のテロリストに過ぎない。

いまさらCIAのアジトを急襲して、資金の調達をしたのは、休眠状態にあったエージェントをつなぎ止めるために資金が底を突いた、もしくはこれから起こす原発襲撃用の資金が足りなかったから。

だが、引っかかる。

ＣＩＡのアジトを襲撃し、マイヤースたちを殺して今日までの数日間、日本の国家組織以外の動きがない。

他のＣＩＡは何故動かない？

徐の言ったことが本当だとしても、それは米本国の話だ。トップ４まで殺されたら五番目が頭を取る。それがＣＩＡという組織だ。

さらに言えば、あの国は自国民を殺されたら黙ってなどいないはずだ。部屋の中にはマイヤース以外にも、明らかにアメリカ人と思しいエージェントの死体もあった。日本国内の人員があれだけだというのなら、もうとっくに「お代わり」が着いているはずだ。

９１１テロの時、各米軍基地に「外に向けて」置かれたＭ３機関銃を賢雄は思い出す。自国民が複数殺され、自国の面子が傷つけられた。

それも国際的なお尋ね者と化したエージェント崩れに。

何故動かない？

あまりにも莫大な金を、〈紙の虎〉は情報を得るために、輸送車両を襲うために使用している。

本当に、〈紙の虎〉はＣＩＡのコントロールを逸脱したのか。

「隊長、どうも変な噂が流れてきてますよ」

　空っぽになったマイヤースのノートパソコンを、ここへ帰る道すがら買い込んだソフトで起動させ、何とかインターネットに繋ぐことに成功した淀川が、応接室に入ってきて告げた。

「どういうことだ？」

「そのニュース、ｗｅｂだと経団連も中国勉強会も、ほとんどの犠牲者が目の異常を訴え、担ぎ込まれたあとバタバタと死んでいるって話です」

　賢雄は考え込んだ。

　閃光手榴弾のようなものは「青白い光を放った」と証言されているという。

　嫌な予感がした。

　デーモン・コアも臨界を突破すると青白い閃光を放つという。

「すまんが淀川、もう少し詳しく調べられるか、その話」

「ええ、いいですよ」

　淀川は引き受けてくれた。

　恭子にも頼む必要があった――彼女のＳＭクラブには政治家の客も多い。仮に公安や警察にバレても、しばらくの間賢雄たちは見逃されるだろうという読みもあった。

恭子は晄三郎から受け取った「シンポン」をまた大量の水で流しこむと、溜息をついた。

晄三郎は処方箋どおりなら半年持つ大瓶を二つ彼女に渡して去った。

無言であり、金のやりとりはない。

「ハメないの？」

「……仲間が死んだ、暫くそんな気になれん」

相変わらずのキツイ沖縄訛りでぽつりと言う。

そして去って行った。

恭子は見送りもせず、すぐにドアを閉めた。

早速賢雄から頼まれたことを電話をして確かめる……彼女もまた、戦場をくぐり抜けた兵隊として、それ以前に教師として人の名前と顔、電話番号を一致させて覚えておくのは得意だった。

特にそれが政府関係者や政財界の大物ならば。

恭子と淀川の調べたことを突き合わせると、賢雄の想像は当たっていそうだった。

やはりどちらの被害者も防大病院に運び込まれ、自衛隊の化学防護隊が現場を封鎖したと。

公安関係者と思われる死体も出ていて、容疑者は皆、末期癌、もしくは余命を宣告された重篤な病気の患者たちであること。

何名かは逮捕されたが、口を固く閉ざし、何も語らないこと。

そして外務省はおろか公安、自衛隊の特殊作戦群までが慌ただしく動き出していることも聞き出していた。

日本政府、アメリカ政府、そしてふたつの中国政府。彼らの想定外のことが起こりつつあるのだ。

「間違いないな。デーモン・コアはこの二ヵ所に置かれたんだ」

恭子の情報によると、経団連の会議は中国への戦時国債の処理と、復興投資への話し合い、外務省の中国勉強会はその後の復興政策に対する草案をまとめるためのものだったという。

最初はデーモン・コア奪取のことで攪乱を企んだのかと思ったが、原発燃料の強奪が中国政府筋かどうかの確定は日本政府には、まだ公式に存在しない。

　また、こういう核燃料がらみのテロを想定される事件や、核攻撃などは自衛隊と原子力規制庁の管轄で、中国勉強会（分析部）の行動はその後のはずだ。

　今攻撃しても意味がない。優先すべきは原子力規制庁か、自衛隊の特殊作戦群関係だろう。

「でも、なんでそんなことを？」

　淀川が首を捻る。

「貧俠は怨念と絶望のネットワークだと、以前ラジオで評論家が言ってたが、〈紙の虎〉が動かしているとなると、今回はその典型だろうな」

「？」

「〈紙の虎〉はすべてに復讐しようとしてる。自分を生み出した中国という、今はもうない国と、その生き残りに……こんな状況になってみろ、中国側との折衝のエキスパートは日本側にはいないんだ。どうやって今後の話し合いを持つ？」

「ああ……確かに、向こうの事情を知ってる味方がいない状況で政治的な話し合いなんて出来ませんもんねえ」

　淀川が溜息をついた。

「まして、一度は全面戦争手前まで行きかけたばかりの相手だ……〈古い〉ほうだろうが

〈新しい〉ほうだろうがどっちの中国も今頃大騒ぎになってるだろうよ」

「どうします？」

「すべて作動した後だ。今、会議室内にいた人間は全員病院だが、長くは持たないだろう。デーモン・コアからの距離や、その近くに居た時間にもよるが、おそらく一ヶ月以内にほとんどの人間は死ぬ」

賢雄は溜息をついた。

（やはりユウスケを殺さずに、裏切りが分かった時点で捕らえて、生かしておいて吐かせるべきだったのか？）

どちらにせよ今回もまた奴らの実行の後に駆けつけるだけのことだ。

「どれだけの人的被害が及んだか推測出来ない……会議室の、本当に中央部分に仕掛けられていたからな。これで中国との関係は悪化する。死んだ人間の遺族はともかく、仲間を殺された関係者や、中国に対して憎悪を持ったままの上の連中が黙ってない」

「善人を殺される、ってのは良い口実ですもんねえ」

「連中はある意味、俺たちと同じだ」

賢雄はぽつりと言った。

「この程度であの戦争が終わっていいわけはない。もっと徹底的にやって、無事な国民がひとりもいなくなればいい、そう思って行動してる。奴に協力する連中もおおかたはそういう連中だろう」

「なんで分かるんですか？」

「俺が奴の立場になったらそうする……自分たちが戦場で死線をくぐってきたのに、この街や政治家がらみの連中は暢気に戦勝を祝ってるんだ、爆弾の一つも投げつけてやりたいだろうよ」

その場にいた誰もが絶句し、そして頷いた。

ユウスケと俺たちの違いは何だろうと、一瞬だけ賢雄は考えた。

それは、ただのタイミングにしか過ぎない。

自分たちはそれを見つめるまで生活に追われることで凌いでいた。

ユウスケは戦後の生活に追われながら気づいてしまった。

「だが、俺は困る。甥っ子と姪っ子にまで軍服は着せたくない……お前らはどうだ？　明日の朝までにこの件から降りるかどうかを考えておいてくれ」

賢雄は自分の言葉が浮ついた空虚さを伴っていることを自覚していた。

自分はこちら側に残り、ユウスケは向こう側についた。

ユウスケが向こう側についたまま死んだように、自分もこちら側に残り、戦い続けるしかない。

意地のような、あるいは自ら手を下したユウスケへの懺悔(ざんげ)のような感情が、賢雄を捉(とら)えていた。

(難儀なことだ)

頭の片隅で、賢雄は苦笑した。


「俺(ワンネー)、迷わん」

賢雄がマイヤースの部屋で考えごとをしている間、応接間に転がって、あっさりと答えを出したのは暁三郎だった。

「隊長には貸しも借りもある、清算しないと気持ち悪い」

独特のイントネーションでそう言うと、ゴロリと絨毯(じゅうたん)の上に横になった。

「私も、構わないわ」

恭子は唇の端を歪(ゆが)めた。

「もうどうせここまで関わったんだもの、抜ける方法なんかない」

「……でもねえ、私には妻子がいるんですよ」

淀川は溜息をついた。

賢雄は淀川の〈妻子〉についてはまだユウスケ以外には話していない。

「なら、考えることね。別れた、って言っても子供には親は必要だし」

「ですよねえ……」

しばらく腕組みをして、淀川は考えていたが、

「ちょっと表に出てきます」

よっこらせ、と腰を上げた。

「気をつけてよ」

恭子がその背中に声をかける。

「はい」

ドアが閉まると、それまで岩のように動かなかった暁三郎が身じろぎした。

「えー、先生(シエンセイ)。この仕事そろそろ抜けたらどうだ(ヌケンカー)？　あんたの薬、増えてるんだろう？(ヤーヌクスリヨフエテルアラニ)

シンポンは毒だぞ(ドクダバーヨ)、死ぬぞ(シヌルゾ)、俺たち全員(ワンネータージエンイン)、迷惑になるだろうが(メイワクン・ナルアラニ)」

「いやよ」

恭子は引きつった笑顔を浮かべる。

「私は、もう退(ひ)かないの。死ぬなら戦って死にたい。病院で頭を抱えてうずくまって脅(おび)え

て生きながらえるのはいや」

白い、クッションで出来た壁と床の部屋、自傷行為をしないように拘束服。

横に倒れて見る風景。

大学を出たことも、教師であったことも、兵士として生き残ったこともすべて意味のない空間。

牢獄(ろうごく)。

帰ってきてすぐ、セクハラを仕掛けてきた教頭の腕をへし折った彼女は重度のＰＴＳＤであると診断されて入院療法を取らされ、凶暴性が高いと一週間「特別個室」に入れられたのだ。

幸い、それは教頭と仲の良い病院の院長が行った恣意的(しいてき)な行為であることが判明して、彼女は無事に解放されたが、学校を依願退職せざるを得なかった。

「兵隊の傷は兵隊にしか分からない。それに、もう役立たずになるのは御免よ」

恭子は寝転がる晄三郎の肩を摑(つか)んでこちらを向かせた。

「あんたは私をレイプしようとした、あの子も！　そして他の女たちもレイプしたし、殺した。だから、あんたは私の言うことを聞くの。私に要望(おねがい)は出来ないの、分かるわね？」

魯鈍そのものの光のない目で、晄三郎は女の罵倒(ばとう)を聞き、小さく頷いた。

「この前の約束、覚えてるでしょ？　なにかあったら、必ずやってよ……あんたにしかあたしは殺させない。あんたはそうして生き残った仲間たちから憎まれるべきなんだから」

エレベーターで外のコンビニへ行き、いつもの板チョコを数枚購入し、店の外へ出ると一枚の包装を剝がして食べ始める。

淀川のいつもの癖だ……平和な東京に戻ってきて、これをやったときようやく「戦場」が終わったんだと痛感した。

コンビニからエレベーターで上にあがるころには一枚食べ尽くす。

「どうしたもんかなぁ」

人心地がつくと、ぽつんと淀川は呟いた。

脳内にしかいない妻子のことは賢雄の義理堅さからすれば、他の連中には黙っていてくれるだろう。

だから「妻子に会いたいからやっぱり抜ける」でもいいだろうし、他のふたりも「妻子持ちなら」と許してくれるだろう――そうなったら、また不眠症とＥＤの生活に逆戻りだ。

何も感じない、透明な生活。

会社で淀川は狙撃兵(そげきへい)をしていたという話はしていない。

避難所の民間人を護衛する仕事をしていた、とだけ話している。

会社の連中も当初は興味を示していたが、「大した戦闘はなかった」という淀川の言葉に皆納得して、そのうち〈戦争の話〉は他の義勇兵報道の勇ましさの中に消えた。

それでいいと思った。

元から自己顕示欲は少ない。そうでなくてもシステムエンジニア(ＳＥ)はそれを求められる。

戦場では違った。

後衛陣地に戻ってきたとき、避難所の女性たちから声をかけられ、僅(わず)かなカンヅメなどの食料品と引き替えに行ったセックスの時も、最後は淀川の激しさに何人もが彼に夢中になり、紛争が終わるころには、何人かから「また会って」と連絡先をもらうほどだった。

地味で、控えめなＳＥの人生ではあり得ない話だ。

その中のひとりと紛争後連絡を取り、セックスをしようとして、自分がＥＤだと気づいた時の絶望感。

戦場に居たときは自分自身への違和感が半端なくあった。

まだ父母が存命の頃、住んでいた岡山の田舎ではよく猪(いのしし)の被害があり、それをどうにかするために取った狩猟免許であり、ライフル射撃だったが、人を撃つときの罪悪感は動物を殺す時とはまた別である。

自分の命がかかってる、仲間の命がかかってる。そう思って引き金を引いていた。

今回仲間は危ないが他に道がないわけではない。

黙ってこのまま賢雄が引き下がれば良い。

だが——この前、ＳＭクラブから賢雄たちを救出した後、獣の性欲で股間をみなぎらせ、ソープ嬢をひとり、出会い系ＳＮＳで援助交際を申し込んできた女子高生をふたり、それぞれ「もうだめ、死んじゃう、凄い」と言わせたときの充足感。

あれがもうないかも知れない、という可能性が怖かった。

脳内に家族を作り、「帰るべき家庭があるんだ」という、どう考えても頭のおかしい妄想にすがることで何とか生き延びた自分の弱さを淀川は自覚している。

脳内家族のことを思って必死に戦場を生き延びている仮想の自分が、実際の、気弱で控えめなＳＥという自分を支えてくれた。

〈戦場〉にいたときに無理矢理薦められ、吸うようになったが、東京に戻ってきてからはぴたりと止めた煙草を、無意識のうちにコンビニ袋から取りだし、ライターで火を付ける。

高級マンションにしては珍しく、なのか高級マンションだからなのか、ここの廊下は灰や吸い殻を投げ捨てるのは厳禁だが、喫煙は可能だ。

たなびく煙を見ながら考える。

脳内にしかいない〈家族〉はある意味、自分の心の防衛機能で〈生存本能〉や〈直感〉に姿形を与えたインターフェイスであり、自分の運命を切り開くシステムだ。

危険な状況で生きようという気力を沸き立たせ、決断を迫られたときに直感を呼び起こす——少なくとも、淀川はそう信じていた。

この戦場ではどうなんだろうかと思う。

誰が敵か味方か、どこまでが前線で、どこからが後衛の安全地帯か分からない戦場では。

〈〈家族〉はこの戦場じゃ僕を守ってくれないかも知れない〉

引き返すなら今だと思う半面、あの無気力な人生に戻るのかというウンザリした気分。

「ボブ・スワガーにはなれないんだよな、結局」

映画に出てくる伝説のスナイパーの名前を引き合いに出し、自嘲気味に笑った淀川の視界の隅に、光るものが映った。

はめ殺しになったマンションの窓は防弾ガラスなのは確かめてある。

対物狙撃銃でもない限り貫通は出来ない。

目をこらすと、ライフルスコープの光が遠くのビルの屋上から見えた気がした。

「敵か」

賢雄たちに知らせよう、と思って身体を部屋の入り口に向けようとした瞬間、窓ガラスに真っ白な亀裂が走った。

淀川裕樹は、歩き出す前に上顎から頭頂部にかけてを銃弾と、銃弾がまとった衝撃波によって粉砕され、顎から下の身体はそのまま前に向かって倒れた。

このマンションはＣＩＡの支局の建物ではないが、彼らの活動拠点のひとつであり、同時にセイフ・ハウスと呼ばれる、引き揚げた潜入スパイや亡命者などを匿うための施設である。

管理会社は民間だが、管理人以外のマンションの管理、整備関係者すべてアメリカ政府と直取引している企業のダミー会社から送り込まれる。

故に、防御装置も日本では許されない類いの、殺傷力のあるものもある。

さらに、周辺の監視体制は日本政府直々に行われるものとなっていて、マンションがある地域一帯の治安があらゆる状況下でも良いのは、高円寺駅から歩いて数分の立地である以上にこのためである。

特に、セイフ・ハウス内は外の音が漏れないようにしているが、外の音が入ってくるように設計してあった。

淀川の頭ごと防弾ガラスを撃ち抜いた銃弾の立てた異音は、即座に恭子と暁三郎を行動させた。

立ち上がり、壁に立てかけてあった銃を取って恭子が玄関のモニタカメラを確認するが、誰もいないのでドアを開けた。

「淀川さん！」

頭部の吹き飛んだ淀川が、コンビニ袋を片手に転がっているのを見て、声を上げた次の瞬間ドアを閉める。

「どうした？」

異音に賢雄もＭ４ライフルを手にマイヤースの部屋から出てきた。

「敵襲、狙撃です、50口径（フィフティーン）！　対物ライフル！」

「クソガ」

暁三郎が鉈（なた）のように重い罵声（ばせい）を口から漏らした。

「武器はどれだけ残ってる？」

「淀川のライフルとサブマシンガンを入れて四挺（ちょう）、手榴弾（しゅりゅうだん）が一〇発、グレネードは五発、拳銃の弾が一二〇、ライフルは三〇の各員七、後はこの部屋の仕掛け次第」

珍しく暁三郎の声に方言も沖縄訛りのイントネーションが少ない。

この男の直感が、かなり危険な状態だと告げている証拠だ。

ドアモニタを切り換え、マンションの入り口を見ると、自動ドアの防犯ガラスを強行突入用の破城槌で粉砕して中に入ってくる武装した集団が見えた。

全員が目出し帽を被り、彼らと同じM４ライフルとAK74で武装している。

深夜なので管理人はいないが、警報装置が鳴る気配はない。

そして、その数は一個小隊……を超えていた。

「随分と買ってくれるな」

ここのマンションは六階、脱出用シューターで降りられる限界だ。

廊下にでて、エレベーターの出入り口に細工しようとしても、そこへ続く廊下に淀川の死体が転がっているのを見れば、監視されているのは間違いない。

エレベーターが到着し、その横の非常階段の扉が開き、敵が押し寄せてきた。

現在、賢雄たちの籠もるCIAのセイフ・ハウスマンションの外にある、日本の警察や公安と連動した監視、警備システムは全て無効化されている。

〈紙の虎〉と呼ばれる「彼」の手……貧俠の繫がりはそこまで伸びていた。

マンションの半径五〇メートルは封鎖され、映画の撮影ということで警察がピケットラインまで張っているし、「彼」の横では映画用のカメラを構えたいかにもな撮影隊が、戦闘服に身を包んだ男たちがマンションの中へ殺到していく風景を撮影している。

全て貧俠の繫がりであり、所轄の警察関係者にまで食い込んでいた。

貧俠に地位の高い人間はほとんどいないが、地位の高い人間からは決して見えない、上位のものがその地位を維持し、運営するために必要な人材の要所要所に貧俠は存在した。

全員が配置についたと報告があって、「彼」はポケットから折りたたみ式の携帯電話を取りだし、とある人物を呼び出した。

《君か》

深い声は中国情報部の日本支局長、徐文凱(シュ・ウェンカイ)だ。

「ご無沙汰(ぶさた)しております徐少校……いえ、今は大校でしたね」

久々に普通語(プートンホア)で喋りつつ、「彼」はいつものように穏やかな笑みを浮かべる。

「どうやら私のために、外注業者をお頼みのようですが、現在駆除しております……いえ、今のところあなたに手を下す気はありません」

慇懃無礼(いんぎんぶれい)そのものの声で「彼」は続けた。

「あなたには世話になりましたからね。ですが、これ以上我々の邪魔をするならば容赦はしません、祖国の大使館にいても無事とは限らない」

「彼」の言葉に言い返すこともなく、しばらく徐は黙っていたが、やがてぽつりと、

《君にお祖父様の死を知らせるのではなかった》

とだけ返した。

「そのことならお気になさらず、使用人と私は昔から仲良しでしてね。祖父が死んだことは一時間後には知っておりました。これが出来れば最後のご挨拶(あいさつ)になることを祈っております。では」

「彼」は差し回しの車に乗り込んだ。

最後に徐の雇った「外注業者」、渋谷賢雄に電話をかける。結果はこちらも分かっているのだが。

敵はドアの手前まで来たが、それ以後動かない。

分厚いカーテンは最初から閉めたままなので、応接間のソファなどをすべてひっくり返して玄関側に寄せて即席の障害にし、奥の部屋に陣取った。

少し先にある高円寺駅のホームに電車が入ってくる音がサッシ越しの遠くに聞こえた。

賢雄の前で、電話が鳴った。

今時珍しい、備え付けのファクシミリ電話である。

数瞬迷い、意を決して賢雄は受話器を取った。

《やあ、君が渋谷賢雄元中尉か。私は〈紙の虎〉と呼ばれているものだ》

「どういうつもりだ？」

スピーカーに切り換えて賢雄は言った。

《最終勧告だよ》

声は穏やかで、柔らかく、予備知識がなければ、外国人には思えないほど、アクセントも自然だった。

「分かった。手を引く、とこちらが手を挙げたら撃ち殺すつもりだろう？」

《そんなことはしない》

「すでにひとり死んでる」

《私の部下も殺されたからね。覚えているだろう？　ＳＭクラブで、結構な数を殺してくれたじゃないか……永少尉も入れて、二対二十三人、これでも君と君の部下の価値を尊重している》

「三対二十二だ……裏切り者でも元は俺の部下なんでな」
《裏切ったのは嘉和軍曹の勝手だ。私は勧誘はする、だが薬物を使って洗脳などはしないし、レイプもしない。嘉和軍曹がいやだと言えばそれだけですんだ……我々を受け容れたのは嘉和軍曹自身だよ》
「……で、俺たちに白旗を揚げろと？」
《君の依頼人はすでにこの世にいないのは知ってるだろう？……断っておくが私たちは手を下していない》
心外そうに〈紙の虎〉は言った。
《公安調査庁か、それとも自衛隊筋かは知らないが、タカハラ氏を電車の前に突き飛ばしたのは日本の組織だ。君たちがいてくれたほうが私としては助かるしね……すべてを見届ける観客が欲しかったんだ》
「ふざけるな」
言いながら賢雄は暁三郎と恭子に「下がれ」とハンドジェスチャーをした。
《本気だよ。この仕事は人の注目も浴びないし賞賛もされない。頭から最後までを見ていられるのは当人だけだ……君みたいな観客なら大歓迎だよ》
「なるほど。ところであんた、このセイフ・ハウスについてはどこまで仲間に教えてるんだ？」

賢雄はカマをかけてみた。

少し開け放したリビングの窓から、電車の甲高いアナウンスの音が聞こえる。単語は聞き取れないが何か言っていることだけは分かる。

《どこまで？　なにをかね？》

どんな狡猾な人間でも、本当に疑問に思い、好奇心に駆られたときの声はごまかせない。

「簡単な話だ、ここはＣＩＡのセイフ・ハウスだ。お前さんは仲間扱いされて中に入ったから作動しなかった装置が色々ある、って話だ」

《スパイ映画だね、まるで》

「アメリカだからな。どんな馬鹿馬鹿しいことでも本気でやるさ」

《そんな妄言で突入が止まると思うのか？》

「さあね。俺は《ある》とだけ言っておく。信じる、信じないはあんた次第だ」

《悪魔の証明か、ズルイね》

しばらく考えて、〈紙の虎〉は言った。

その背後でアナウンスの声が聞こえた。

賢雄たちの背後でも。

「未だに俺たちの前に顔さえ見せないあんたに言われたくないな」

そろそろじゃれ合いは終わりにすべきだろう。

「そこを動くな、今行く」

言って電話を切った。

きっかり五秒後、ドアが指向性爆薬で吹き飛ばされ、武装した男たちが部屋の中に殺到した。

彼らを最初に出迎えたのは玄関の床の中に収納されていた四角い金属の箱だ。

蜂(はち)の巣箱のミニチュアめいたそれはいきなり数千発の銃弾を発射し、突入してきた男たちの全身に鉛の弾を断続的に数分間にわたって浴びせ続けた。

順番に、ではなくほぼ一斉射撃だった。

そこから応接間とリビング、二階への階段、台所へと続く廊下の真ん中にも同じ物が現れる。

メタルストーム社製の固定式兵器〈メタルストーム〉。箱形の装置の中はすべて弾薬が装塡(そうてん)された数十本の銃身の集合体であり、インクジェットの要領で一分間に数万発の銃弾を一発ずつではなく、一斉に敵に浴びせるという代物だ。

社の名前の由来にもなったこの兵器は余りにも独創的すぎ、対人地雷の一種であると判断されてほとんどの国で採用を見送られたが、こういう形で生産国であるアメリカＣＩＡのセイフ・ハウスの防御に使用されていた。

〈紙の虎〉が知らなかったのは、賢雄の言うとおり、「彼」がここへ「味方」として招かれていたためである。

次々と放り込まれる手榴弾と仲間の死体を盾にした擲弾筒（てきだんとう）から放たれた擲弾が爆発すると、メタルストームは沈黙した。

男たちはドアを蹴破り、奥へと進む。

今度は最も古く、単純なワイヤートラップ……ガムテで壁に固定した手榴弾のピンに細いテグスを結びつけた物を部屋の左右に張り巡らせた罠（わな）が作動し、数名が命を失う。

自分たちがいるところの真下に続く部屋……マイヤースたちにレイプされたばかりの恭子が寝ていた部屋へ賢雄たちは降りる。

そしてさらにこの部屋のリビングの床に隠された階段を賢雄たちは開けた。

つまり、セイフ・ハウスの中枢は三階層に及んでいるのである。

上の部屋を〈掃除〉してくれた晄三郎が雇った〈掃除屋〉たちがここの仕掛けを教えて

くれたとき、もしやと思って調べた時にここを見つけた。

階には非常用の小型エレベーターがある。

賢雄はエレベーターの中に入らず、代わりにありったけの手榴弾と、ダストシュートの中から拾い出してきたユウスケの持ち物を、一脚数十万はしそうなビジネスチェアにくくりつけて下ろした。

起爆タイマーの時間は一分弱でセット。

ドアが開いたと同時に銃撃音がエレベーターシャフトから聞こえ、数瞬後にビジネスチェアにくくりつけたユウスケの持ち物……ありったけのC４爆薬が炸裂(さくれつ)してマンション自体を震わせた。

賢雄たちの居る階のエレベータードアも、隙間から埃(ほこり)と煙を吹き出し、内側に向けて微(かす)かに膨らむ。

「さ、これで地下の駐車場に降りられる。ここは四階だ、すぐだろ？」

賢雄は笑って玄関に続くドアを開けた。

M４ライフルを構え直し、安全装置を外す。

腰にUSマチェットの重さがないのが物足りないが、贅沢(ぜいたく)は言えない。

「吶喊(トッカン)ーっ！」

叫びながら駆け下りはじめた。

途中の階に警戒のためにいた連中は爆発の衝撃と吹き上がってくる煙で動揺し、面白いように蜂(はち)の巣にされる。

外から火災報知器が鳴り響いている。

おそらく周辺のビルの住人が鳴らしたのだ。

拳銃や短機関銃(SMG)の銃撃音だけならともかく、爆発音と火花まで盛大にあがれば無理もなかった。

賢雄たちは階段を駆け下り、一階で待機していた連中が地下駐車場へ降りていくのを狙い撃ちにした。

撃ち殺された人間の中には警官もいた……衣装で化けているわけではないのは、額からこめかみにかけての制帽ずれした皮膚と、腰のSIG P230Jで明らかだ。

それだけではなく、どう見てもただのパートタイムの主婦らしい小太りの女もいた。

どの連中も小ぎれいな服装ではなく、洗いざらしで、生活感のあふれる「普段着」姿なだけに、手にしたM4やAK74、MP5等の銃器類が異常に見えた。

暁三郎と恭子がすかさず弾倉を抜き、予備弾倉を奪う。

賢雄もそうした。

死体は弾丸を使わない。晄三郎に至っては止める暇もなく、死体から財布まで抜いていた。

「貧乏人め」

と呟いたところを見ると、どの財布も中身は少ないのだろう。

地下駐車場のドアにたどり着き、全員に目配せをした後、賢雄がドアを内側に開きながら床に飛びこむようにしてＭ４を敵に向けて撃った。

晄三郎も、恭子もその後に続く。

エレベーターシャフトに傾注していたところを爆破され、半数を失っていた敵は瞬く間に賢雄たちの餌食になった。

「……アマチュアだわ」

もたもたと反撃した彼らの死体を見下ろして、恭子が吐き捨てる。

それぐらい、彼らは統率が取れていなかった。

おそらく精鋭は上のマイヤースたちの部屋を襲撃した連中だったのだろう。

「だが厄介だ」

賢雄は部屋の中で見つけたいくつかの車の鍵のキーレスエントリーボタンを片っ端から押した。

お目当てと思っていたランドローバーは爆風で横転し、破壊されていたが、次の候補にしていたフォード・エクスプローラーは無傷で、すぐにエンジンがかかった。

「乗れ！」

そう賢雄が叫ぶ後ろでドアが再び開いた。

振り向く賢雄の前に地下駐車場に飛び込んで来た十数名の、満身創痍(そうい)の男たちがAKを、M4を構えて引き金を引こうとする姿が見えた。

全員がわめいている。

もう任務でもなんでもない。

殺意と意地がまぜこぜになった機械だ。

戦場で山ほど見たし、自分たちもそうなった。

殺すしかない。

すべての頭の配線が飛んで、相手を殺すという意志だけが身体を動かしている。

わめきながら男たちが引き金を引く。

賢雄たちも振り向きながら応戦した。

恭子が後ろに倒れ、すぐに起き上がって反撃する。

「しねえええええ！」

恭子の眼鏡は割れていたが、出血の様子がないことからすると、どうやら銃弾はボディアーマーに運良く当たったらしい。

数秒の撃ち合いの間に、両者の間には数千発の弾丸が飛び交った。

周囲で跳弾の火花が飛び、いくつかの弾丸の欠片か、コンクリの破片が賢雄の耳をかすめ、頰を切った。

互いの銃の排莢口から大量の薬莢が飛びだして床に跳ねる。

だが、最後は賢雄たちの銃弾が敵を撃ち抜き、全滅させた。

距離が短い、決死の相手との戦闘は銃弾を消耗する。

あれだけあった予備弾倉は全員空になっていた。

死んだ奴らから補充するか、それともこのまま去るべきか、賢雄が考えていた一瞬。

開いたままのドアから、瓢簞のなり損ないのようなものが姿を見せた。

頭から血を流し、片目の潰れたブレザー姿の高校生が、戦場で何度か見たことのある先の尖った、ほっそりした小型ガスタンクのような先端を持つ武器を肩に担いでよろよろと現れる。

「死ね、死ね、死ね」

血まみれの折れた歯が口から声と共に噴き出すのも構わず、片足を引きずりながら高校生は陸上自衛隊の110㎜個人携帯対戦車弾を肩に担いで構えた。

特徴的な肩当てを兼ねた後部グリップはすでに起き上がっている。

もう、誰も生かして帰すつもりもなく、本人も生きて帰るつもりはないのだ。

死ぬのは分かっているから。

だが、高校生は前部グリップを握りしめ、発射することは出来なかった。

乾いた銃声がして、その頭が吹き飛んだからだ。

「間に合った?」

後ろには、別れたときに持たせたAA-12アサルトショットガンを構えたリマが、前と同じ姿で笑っていた。

「今度は誰に、いくらで雇われた」

リマはそのまま前に倒れ込みそうになる少年のLAMの後部グリップを折りたたみ、笑って無言で自分のスマホを差し出した。

《いつになったら首を引っ込めてくれるんだ》

公安警察の三好の声だった。

《もう事態は大きくなりすぎた。お前さんたちの出る幕は終わったんだ。タカハラも死んだ……知ってるだろう?》

「バカをいえ。仲間を殺された。黙ってられるか」

《だろうと思ったよ……リマ君にはあたしの退職金を前借りして、相応の謝礼を支払っておいた。流しのＰＭＣだが腕も立つ。元ＧＳＧ９だからね。来月終わりまでは君たちを裏切らないだろう》

「それを言うなら、ＧＩＧＮよ。それに、あたしの場合はフリーランス！」

リマが訂正する。

《そりゃ失礼》

「俺たちへの謝礼は？」

《あたしの財源は限られているんだ。今回の襲撃までは何とか押さえてやるがね、映画撮影ということで連中が申請してたらしいから、その際に火薬の事故が起きたと言うことでな……そこがあたしの善意の限界だ》

「じゃあ一時間半待たせろ。今回押し込んできた連中の銃器類と財布類はもらうぞ……多分大赤字だからな」

消防車は来たが、ほとんど鎮火……というより破片型手榴弾がメインの爆発だったことをどこかから知らされていたらしく、残った火の気がないかを確認するだけで帰り、負傷者(ほとんど発狂しているか、口もきけない重傷患者ばかりだったが)を乗せて救急車数台が何往復かしたあと、警察がピケットラインを張る中、賢雄と暁三郎は銃弾を受けて肋骨にヒビが入ったらしい恭子を一階の管理人室に寝かせてリマに看病をまかせ、一階から六階までを回って銃器類と身分証明書、財布の類いを回収できるだけ回収した。

中でも賢雄を唖然とさせたのは、上に突入してきた精鋭の中に、陸上自衛隊の人間がいるだけならともかく、その精鋭中の精鋭である、特殊作戦群の人間がいると気づいた時である。

全員目出し帽を被っていて分からなかったが、剝いでみると、見覚えのある顔がいくつかあった。

「なんてこった……」

那覇の奪回に出向いた部隊の中にいた、と賢雄は思い出す。

自衛隊は――少なくとも沖縄に残って戦った自衛隊員は皆勇敢だった。

損耗率が義勇兵と同じながら、本土からの補充が皆無だった彼らのほとんどは生きて帰らず、また生きて帰った者たちも叙勲というものは一切なかった――なぜなら、マスコミと違い、あの戦闘は書類上はまさしく「地域紛争」として処理されたからである。

彼らもまた、日本が戦火にすべて燃え尽くされることを願ったのか。

そして……一番無残に破損した死体が、暁三郎が呼び寄せた〈掃除屋〉によって清められて棺に納められている。

淀川の遺体だ。

「コイツの家族(クニヒャーヌ・ヤーニンジュ)には、骨送(ウク)らんとヤー」

暁三郎がそう言って、珍しく手をあわせた。

「だあ、隊長。家族が見つからんかったら、どこの秋葉原に埋めれば良いかネー」

そう言われて賢雄は首を傾(かし)げた。

「どういう意味だ？」

「こいつ(クニヒャー)、結婚して(ニービチシティ)ないだろう(ネーランロー)？」

コンピューターに詳しい奴はオタク＝秋葉原、というのはいかにも暁三郎らしい情報の古さだった。

「いつ気づいた」

「判るサー。所帯(チネー)持って(エームティ)ないこと(ウラングトゥ)ぐらいはすぐに(スグ)わかるさ(ワカリーサ)」

「私も」

と恭子が頷いた。

「甘いんだもの。奥さんとの話が。普通、所帯持ちはちゃんと奥さんの悪い面も口にするし、子供の話にも失敗談がつきものなのに、淀川さん、甘々な新婚生活の話ばかりなんだもの」

「……気づいてないのはユウスケだけだったか」

賢雄は苦笑した。

そして、息を抜いて周囲を見回すと、死体となった特殊作戦群の男の胸ポケットから、何かが覗(のぞ)いているのが見えた。

「ちょっと待て」

運び出そうとする「掃除屋」を制して、そのポケットを探る。

英字新聞を印刷したような折り紙が出てきた——同じ紙を別の形で折って二枚重ねた物——虎に見えた。

「すまんが、この部屋と下の部屋、全部の死体のポケットを調べろ、ダストシュートは使ってないから、それだけでいい」

「何を探すんですか?」

首を捻る恭子に、

「紙だ。こういう紙。封筒の内張みたいな奴だ、光にすかすと片方の角にだけ穴が開いてる。それと折り紙。鶴でも蛇でも蛙でも兎でも何でも、多分まだ何人かのポケットに入ってる……プロじゃなくて、彼らはアマチュアだからな。それと折り紙が見つかった奴の携帯とかスマホも！」

一時間後、残された死体の中から四つの折り紙と、血で汚れた折り目の付いた紙が五枚見つかった。

折り紙はすべて英字新聞の印刷された二枚の折り紙で折られた虎。折り目の付いた紙は赤。

赤い紙を持っていた人間は難病指定証明書のカードを持っていた。

どれも根治が難しく、末期症状を呈していて障害者手帳を与えられていた。

根城にしていたセイフ・ハウスの真下の階に降りる。

そこもまたＣＩＡの持ち物であり、階層半分が続き間になっていて、賢雄たちは見つけた物を中に持ち込んだ。

電気はすでに復旧していた。

「これを見ろ」

半分に千切れた虎の折り紙と、黄色い封筒の内張を見比べる賢雄は紙をすかしたり揺らしたりしてみた。

やはり折り目があった。

賢雄は特殊作戦群の男が持っていた二つ組み合わせた折り紙を広げる。

広げた折り紙に付いた折り目は内張と同じ。

折り目に逆らわないように、針で穴が開いた側を右にして折っていく。

赤い紙はすべて鶴が折られた後の紙だと気付いて、賢雄は皮肉に顔を一瞬歪めた。

折り上げてみると、折り目にすべてに分割されて文字がある。

賢雄はその折り紙の持ち主たちのスマホや携帯電話の履歴を調べ、ブラウザのブックマークを調べた。

「何を探してるんです？」

恭子が覗き込む。

「ユニコード表だ」

賢雄は言い、「あった」と声を上げた。

他の携帯とスマホを操作すると、ブックマークの中に同じサイトがあった。

簡体字の一六進法のユニコード表になっている。

そしてもう一つ、共通するサイトを見つけた。

版権フリーになった小説をアップロードしてPDF化し、読ませるためのサイトだ。

作品は水滸伝——それも吉川英治などの有名どころではなく、明治時代の名前も知られていない翻訳家の翻訳したものの復刻版である。

一八行の四〇文字を一ページとして区切られている他に、総行数の表示がされている。

それから賢雄はユニコードの一つと、行数を調べた。

誤字脱字の多い本で、無意味に単語が止まっていたり、本来なら別の文字が当てられるところに何故かアラビア数字まで混じっている。

ページの下には常に「誤字脱字はすべて当時のまま」と赤い大きな文字で但し書きが付いているほどだ。

「折り紙に書かれている四文字から五文字の簡体字、そのユニコードと、この本の総行数とを参照しあうと、ひらがなや漢字で四文字から五文字になる……それが本来の暗号だ」

正確にはその最後に出てきた文字の画数。

例えば91E3のユニコードが出たとする。91ページ目、Eは3の鏡文字として読み替えると33文字目、もしくは33行目。

「最初はユニコードがそのまま座標と位置だと思ってたが、多分俺たちを塡める罠として易しく作ったやつを渡したんだろう……彼らが持ってる方が本物だ」

「隊長、いつそんな暗号教育なんか……」

「これの原型は多分、アメリカの物だ。ユニコードと暗号解読本を使った攻撃目標のやりとりは義勇兵の士官教育の基本で叩き込まれた……ゲリラ戦が数年にわたる可能性も予測されるから、と言われたよ。結局使わず仕舞いだったが」

そう言って賢雄は苦く笑った。

「で、その赤い折り紙、どういう情報なんですか？」

恭子の問いかけに、賢雄は、

「リマ、この座標にいる連中に注意を喚起しろ」

と手近なメモ帳に走り書きした座標を手渡した。

「もう遅いとは思うがな……多分、彼らは最後のひとつを仕掛けてから俺たちを襲いに来てる。退職金が欲しかったのか、遺産を残したかったのか、それとも単なる意地かは分からんが」

「ＯＫ」

ひょいとそれを手に取ると、リマは自分のスマホで三好に電話をかけた。

「やっぱ、遅かったみたい……新宿の防衛省で、日米のサイバーセキュリティの専門家会議をやってる部屋で、デーモン・コアが見つかったわ。アメリカと日本のサイバーセキュリティのトップエリート三十四人が重度の放射線障害で病院送り」

「……これが、彼らの目的ですか」

恭子が溜息をついた。平凡な教師だった頃はともかく、今の彼女はそれなりにサイバーセキュリティに関する知識や関心もある。

「以前淀川さんが言ってましたけど、日本と韓国はサイバーセキュリティの脆弱性が酷くて、アメリカやイスラエルの助けがなければ、あっという間に中国にサイバー攻撃されて全部お終いになるって」

「多分、今回は最新機器やソフトウェアのお披露目もかねて貴重なシステムを一杯持ち込んだんでしょうけど、それもこれも全部放射性物質に汚染されておしまい。日本とアメリカはこれからイスラエルにしばらく頼るコトになるでしょうね……二つの中国は今頃溜息ついて安堵してるでしょうよ」

「これが目的だったんですか……一斉に暗殺じゃなくて、日本の核管理の甘さを世界に知らしめて、その上で貴重な対中国の人材をすべて殺して……彼らの資料も汚染して使えなくして」

いや、と賢雄は首を横に振った。

「これは目くらましの手だ。波之上の浜辺に軍艦を砲台代わりに突っ込ませるのと同じだよ……奴はやっぱり高速増殖炉を狙ってる」

「何故分かるんです？」

「奴の声を聞いた。俺そっくりだった。あいつも俺と同じで平和な世の中にいる連中を恨んでる、憎んでる。皮を剝いでやりたいと思ってる。でなければこんな死体の山を築くものか」

「つまり、直感？」

リマが面白そうに笑いながら訊き、賢雄は大真面目に答えた。

「俺たちがいるのは戦場だ……直感以外、何を信じればいい？」

第九章 淫夜(いんや)

電話が鳴る。

太陽電池による充電装置をつけたままの携帯電話を、連日の工事作業に従事して日に焼け、さらに分厚い皮膚になった手が掴(つか)んだ。

《よう》

電話の相手は久々の声だった。

「おい、どうしたんだよこんな遅くに」

携帯電話の主は妻子を起こさないようにそっと外へ出る。

緊急支援で運ばれてきた仮設避難住宅の外は満天の星空で、一年経過してもまだ街の明かりは小さく、心許(こころもと)ない。

ここがかつて「東京のミニチュア」と関東の某大学の教授に失笑されたほど派手に飾られた那覇(なは)の真ん中、牧志(まきし)だとは、未だに電話の主も信じられない気分だった。

《モロ曹長から話来てないかー？》

「……お前ンとこにも来たんかー？」

二人は抑揚が変化する独特の沖縄訛り(なま)で会話を続ける。

《うん来たヨー、明後日までってさ。那覇空港に行って隊記章見せたらフリーパスで飛行機乗れるって》

「お前、行くのか？」

《マッサカヤァー。モロ曹長が宴会(クワッチーサビラ)やりましょうで俺たちを呼ぶかよ。密輸か、人殺しの絡む話に決まってるサー》

「……だよなあ。でも渋谷中尉が呼んでる、ってのが本当だったらどうする？」

《それでお前に電話してるわけヨー》

「まあ、行かないね。東京じゃ放射能物質使ったテロが起こったんだろう？　下手をすると巻きこまれるぞ、銃弾で死ぬならともかく、放射能はいやだね」

《だよなー》

「じゃあな、明日早いから」

《あいよ、すまんなー》

「いいさ、また今度飲もう」

いつ果たせるか分からない挨拶をして、電話を切ると、携帯電話の主は部屋に戻った。

自分の枕元には、義勇兵が解散したときに貰ったダッフルバッグが中身を詰めて置かれている。

妻子には、世話になった、小隊長の親父さんが死んだから葬儀を手伝う、日当も僅かだがもらえる、と言ってある。

沖縄の人間にとって弔いごとは結婚式よりも人生の重大事である。

渋谷賢雄はその名字から勝手に「本土の人」と思われているから、妻も疑わなかった。

東京はもう寒いだろうか。

そんなことを考えながら電話の主は、携帯電話をスリープモードにして今度こそ目を閉じた。

翌日までに、ＳＮＳの書き込みではなく、テキストデータの取り込み画像を添付するという裏技を用いて、デーモン・コアによる一件が世間に暴露され、数時間後には世の中は騒然とし始めた。

原子力規制庁はプルトニウムが奪われた時点で東京の、国会議員や首相、大臣クラスの人間と、いかにもテロの標的になりそうな大勢の人間が集まる場所に放射線のモニタリングポストを置いて測定を始めたが、よもや役所内に仕掛けられるとは誰も考えていなかった。

政府、特に面目を潰(つぶ)された公安調査庁は画像の主を特定しようとしたが、それはアノニマスの手によるものだと判明し、ますます事態は混迷、情報は当然国外にも漏れてＡＢＣ、ＢＢＣ、ロイターがこぞって報じた。

３１１(フクシマ)の記憶はまだ人々の印象に深い。

無理矢理の第二次東京オリンピックの後の不況になすすべもなく荒廃した日本、という印象はすでに世界中にあり、そこへ今回の核物質を使ったテロということであればこれはもう絶好の日本叩(たた)きの口実を与えたことになる。

ワシントン、ニューヨーク、テキサスのオースティン、イギリスのロンドン、テロの連鎖は次々と起こり、対岸の火事とは言え不安に思っていた日本において、核物質を使ったテロが発生したというのはそれこそ膨れあがった不安という名の風船を針で突(つつ)くようなものだ。

風船を突いた後には大混乱が始まった。

〈新邦人〉の教育機関がある新宿には放火が相次ぎ、〈新邦人〉と、彼らに間違えられた日本人への襲撃、その報復と称する焼き討ち、暴行傷害が相次いだ。

靖国神社ではトランク型の手製ナパーム弾が本殿と遊就館(ゆうしゅうかん)の中で炸裂(さくれつ)、本殿が焼け落ちる騒ぎになった後、都内各所のモスクと、キリスト教の教会とそれに付属する教育機関、幼稚園から高校、大学にいたるまでがカソリック、プロテスタントを問わず覆面の集団に襲撃されるという異常事態になった。

誰に狙(ねら)われているか分からない。だからこれまでの〈仮想敵〉とされる人種、国籍を有するものがすべて狙われた。

ふたつの中国大使館にはデモ隊が押しかけ、「お前たちがやったんだろう」の大合唱が始まり、横浜の中華街は七割が放火で焼失した。

それからの三日間、東京都内だけで三〇〇人の死者が出、二〇〇〇人以上の重軽傷者が病院に担ぎ込まれた上、逮捕者は五〇〇人を超え、射殺された暴徒は四十五人にものぼった。

東京以外の国内に目を転じても、同じような事件が続発した。

特にイスラム、アジア系住民を含めた〈新邦人〉あるいは外国人、観光客にまで、トラックやバスで突っ込むようなものから、手製の武器を持った人間が手当たり次第に襲い出すような通り魔的殺人までが発生し、大きく被害が及んだ。

青森で起こった、ベトナム系新邦人の子供たちが斧を持った近所の男性に頭を割られるという画像がＹｏｕＴｕｂｅ経由で世界に広がり、それに連鎖するように自撮りで自分が思い定めた「敵国人」を殺す画像が連続してアップされ、世間を震撼させた。

東京の歴史が始まって以来最悪の事態に、政府は臨時国会を召集、国家非常事態宣言を十数年ぶりに首相が発令させることとなり、自衛隊による治安出動が可決された。

都内要所には第二次世界大戦後初めて武装した自衛隊が各所に配置され、検問所にはアサルトライフルを構えた自衛官と、特別にＳＭＧを貸与された警官たちが入り交じって警戒に当たった。

東京を中心にした〈戦争〉が広まりはじめていた。


高円寺は四日目ともなるとさすがに平穏を取りもどしたが、駅ビルからボヤが出て、そこかしこを機動隊が警戒する物々しい光景が日常化してしまった。

駅前には武装した自衛官が立ち、市民は足早に家路を急ぐ。

「おっかなくって外も歩けないわねえ」

コートにマスク、帽子という姿で外に気晴らしの買い物に出ていたリマが、ＣＩＡのマンションに戻ってくるなり深い溜息をついた。

さすがに六階の部屋ではなく二階にある無傷の部屋だ。

駅前のショッピングセンターは真っ先に狙われ、地下の大型玩具店から出火してほぼ全焼。

中に入っていたショップも軒並み営業停止となって、埼玉近くまで出て行くハメになっての一日仕事である。

「無事にお帰りで何よりだ」

賢雄は彼女から大きなトートバッグを受け取る。

「物価は倍増、キャベツってこの国じゃ貧乏人の食べ物なんでしょう？　それがひと玉五〇〇円もするなんて……でもこんな状態で本当に〈法蔵〉に襲撃をかけるのかしら？」

リマが〈高速増殖炉〉の単語を避けて、その名称を口にしたのがすこし賢雄には面白く、くすりと笑いながら答える。

「かけるだろうね。今東京と日本は煮えくりかえってる状態だ、つまり襲うにはちょうどいい」

賢雄は台所にトートバッグを運び、ＧＥの大型冷蔵庫の中に中身を詰め込むと、のんびりと、リビングにあるソファに寝転がって頷いた。

「おまけに半分戒厳令みたいにしちまってるもんだから人間もろくに動けない。ここへトドメに何か起こってみろ。東京が終わって、日本もおしまいだ……で、お前のクライアントは何って言ってる？」

「とにかく、『取り付くしまもない、のひと言だ』そうよ……日本中がデーモン・コアで大騒ぎになって、しかも今羽田と成田で山のようにこれまで公安が目をつけていた〈貧侠〉関係者が捕まってるんですって……あとひとつ残ってるから、次はどこで使うつもりか、でどこもかしこも大騒ぎ。原発警護はさっさと固めてあるから今さら公安警察が不安定な情報を出すな、って怒られたみたい」

「だろうな。原発攻撃はこの前の紛争でもさすがにやらんかったからな。それよりも目先のデーモン・コアだろう」

「だろうけどねー」

「軍隊が日本に侵入しているという考えじゃないのさ……911以前のアメリカと一緒だ。敵はすぐに見つかると思ってる。肌の色が違う、言葉が違う、外見が違う奴らが敵、未だにそういう認識なんだ」

「素敵ね、八〇年近い平和と豊かさって……でも、奴らはなんで動かないのかしら？」

「混乱は一度に襲ってくるより、波状攻撃で起こした方がより不安を煽（あお）る」

「……つまり、この混乱が一段落するのを待ってる、ってこと？」

「そういう意味ではあと三日もすれば絶好だろうな。大きなテロがあった、一週間近く経過して逮捕者という成果が出ている。多分間もなく警察は、市民を安心させるために何らかの記者会見を行うだろうさ。公安と自衛隊の特戦群は継続して探すだろうが、見つけられるかどうか」

「……そんなに日本の諜報（ちょうほう）組織って無能だったの？」

「無能かどうかは知らんが、集団として大きすぎる。貧俠が中に入り込める隙間（すきま）が山のようにある。だから、いくらでも情報をねじ曲げられる。そのことを考慮して組織を組んでいるかどうかは疑問だ……まして今回頼れる兄貴分のＣＩＡは本国にほとんど戻ってる」

「そうなの？」

「今朝、沖縄にいる知り合いに電話をかけた。東京から来た将校用の連絡ジェットが三機も給油して、アメリカ本国（ステイツ）に飛んでいったとさ。間違いなくＣＩＡは日本に散らばったほとんどの本国局員を引き揚げさせて、休眠状態に入ってる……でなければ俺たちはとっくに立ち退きだ」

「どうするの？」

「そうだな、そろそろ大洗に小旅行しなくちゃなるまい。昔知り合いに聞いたことがあるが、あんこう鍋やら干し芋やら名物が多いらしいし、風光明媚だそうだ……今もそうだといいんだが」

「そういえばモロと、キョーコは？」

「晄三郎は武器弾薬の調達と資金作り、恭子は熱っぽいから寝てるそうだ」

「体調不良？」

「今夜までに治らなかったら置いていく……引き返せるなら、引き返した方がいい」

賢雄の判断はきっぱりしていた。

「ところで、あたしら四人で数百人以上の敵を相手にする、ってことは理解してる？　ひとり欠けても大変なんだけど？」

買い物袋の中身——ほとんど大量の野菜ジュースと、酒と肉だったが——を冷蔵庫に納め終えて、リマは皮肉に笑った。

「ああ」

賢雄はほおづえを突き、テーブルの上に置いた例の「虎」の折り紙を弄びながら頷く。

「どうするつもり？」

「頭を殺せば終わる。今回はそれでカタが付く。あとは知らん」

半分は自暴自棄で、半分はそれ以上思いつかない本音でもあった。

「そこまで尽くすのがあなたの愛国心ってやつ？」

リマは後ろから回り込み、賢雄に抱きつく。

張りのある褐色の水蜜桃がふたつ、薄い布を通して賢雄の背中で潰れた。

その感触を楽しみながら、賢雄は皮肉に唇の端をつり上げる。

「この国の愛国心ってのは政府に逆らわない、って意味のことさ」

そして、リマの手を、自分の膨らみはじめた股間に導く。

リマはねっとりとした手つきで、硬く膨らみはじめたものをなで回しはじめた。

やがて直接手をズボンの中に突っ込み、しごきはじめる。

「俺のはもっと個人的だ。単純に、俺の戦争がまだ終わってない、だから終わらせに行く。それだけだ」

リマは賢雄の耳元で、嬉しそうに囁く。

「ケンユー、笑ってるわよ」

「そうか。久々の戦争だからな」

言って賢雄は立ち上がると、リマをその場に押し倒し、下半身を包むホットパンツと紐のようなショーツをはぎ取って挿入した。

世界が低く、狭く、重くのしかかる。

政長恭子は、太い万年筆のようなものを腕の静脈へ押し当て、底にあるボタンを押した。

医療用「シンポン」を封入したペン型の自己注射器は、彼女の血管中に直接タウリンの塊(かたまり)のような興奮剤を流しこむ。

数分後には何とか息をつくことが出来た。

十二畳もあるベッドルームがそれに相応(ふさわ)しい広大さを持って自分から離れていくのを感じる。

シンポン依存症が重症化しているのを自覚している。

この一件が終わったら、命があったら、そのままリハビリ施設(ダルク)へ直行なのは間違いない。

だが、出来れば戦場で死にたい。

自分をこうしたＣＩＡの連中は皆殺しにしたが、遠因はあの〈貧侠〉とそれを率いている〈紙の虎〉とかいうふざけた暗号名の男だ。

彼らを皆殺しにしなければ終わらない。

強迫観念が彼女を縛り上げ、それが辛(かろ)うじて自我を保たせていた。

そうでなければとっくに恭子は頭を銃で撃ち抜いている。

それぐらい、ＣＩＡの施（ほどこ）した洗脳の囁（ささや）きは日に日に大きくなっている。

沖縄から戻って以来、戦場へ戻りたいと、これまで思ったことはなかった。

今は違う、銃を握っている時以外は、頭の中で仲間を殺せと悪魔が囁く。

ドアがノックされ、思わず枕元の銃を取るが、敵がノックをするはずはない。

「どうぞ」

答えると、

「ハァイ」

脳天気な声がしてリマが顔を出した。

「ゲンキしてるようには見えないわね。キョーコ？」

苦笑する。

彼女は昔、愛を交わした海兵隊の女兵士に雰囲気が似ていた。

だから、気が許せる。

「結城真琴はどうしてるかしら？」

「彼女なら元気……この状態だからお祖父ちゃんたちのことも心配で動けない、あなたが心配するようなことは……まあ、ないと思うわ。彼女、まだ兵隊に染まりきってないしね」

「そう、良かった……」

恭子は安堵の溜息をついた。

「彼女」に初めて恋心を自覚したのは二年前の五月も半ば。

バスケ部の練習の後、「告白された」と担任だった恭子に相談しに来た時だった。

「他校の一年生の男子で、それまで気にも留めていない少年で、でも好意を寄せられるのは嬉しい、でも……」

相談しながら無限にループする彼女の表情は真摯で、いつもの明るくて快活なだけではない、〈少女〉の顔だった。

何よりも「好きではない男子」からの告白をどう断ればいいのか、それとも受け容れてから考えるべきなのか、でも「彼が見ている自分」は本当に自分なのか、と悩みを吐露する少女は自分が失った美しいものすべてを持っていると思った。

だからこれは恋愛と言うより憧れの感情。

そう思ってこれまで過ごしてきたが、結局教師を辞めてSMクラブの女王になって、初めて自分が嘘をついていると痛感するようになった。

あの娘が欲しい。

あの唇を奪いたい。膨らむ胸の先端をついばみ、舌先で転がし、甘い吐息を耳にしたい。

引き締まった腹部をなめ回し、その下にある茂みの奥の秘所を味わいたい。

彼女があげるあえぎ声、絶頂の声を聞きたい。

だがそれは妄想で終わらせられるはずだった。

修学旅行先で紛争に巻きこまれなければ。

たったふたりであの戦場を生き延びたこと、そして真琴を男どもに汚させないですんだこと、自分の本性が壊れていると知られずにすんだことは安堵だったし、少女を守り抜いたことは誇りでもあった。

だからこそ、真琴から離れた、そのはずなのに。

彼女と再会したとき、まだ自分の胸が高鳴るのを感じた。欲望を感じた。

再び遠くなって、ホッとしている自分もいる。

この状態で、もう一度、真琴とふたりっきりになることがあれば、理性を保てるか、分からない。

すべて忘れようと思いつつ、やはり気になるのだ。

「……彼女のことが好きなのね」

ベッドの上、恭子の横にリマは座った。

「……ええ」

こくんと頷く。

「可愛い子だものね、健気だし……ヤマトナデシコっていうのかしら、あれ？」

「ちょっとちがうかな」

恭子は微苦笑を浮かべた。

「何故、抱かなかったの？」

「そういう対象じゃないもの、彼女は……異性愛者だし」

「男にも女にも、同性愛の要素はどこかにあるものよ。じっくり導いてあげれば良かったのに」

「そんな、罠みたいなことはできないわ」

「あなたも純情なのね」

そう言ってリマが唇を重ねた。

いきなりだったのに、嫌な気分にはなれず、むしろ発情している自分に恭子は気づいた。

舌を絡め合い、唾液を交換する。

「あたしみたいな淫乱は嫌い？」

「……好き」

発情した子宮の熱が素直に恭子の口からはき出された。

「私も淫乱だもの」

リマが言いながら、恭子の戦闘服のズボンの中に手を入れた。

ぬめった音がたちまち小さくそこから響き始め、恭子が喉を見せてのけぞると、リマはそこにもキスの雨を降らせた。

もつれ合うようにふたりはベッドに転がり、服を脱ぎながら互いを愛撫する。

やがて全裸になったふたりは、恭子の持ち物の中にあった「前の仕事場」の道具であるローションを全身に塗りたくり、互いの肌を密着させ、女性器同士を合わせて腰を使い始めた。

互いに勃起したクリトリスを擦りあわせ、開いた小陰唇をくちゅくちゅと音を立てながら口づけするように腰を動かすと、女だけの快楽がふたりの脳を灼く。

「私、私……洗脳、されてるの」

切ない息の間から、恭子はこれまで秘めてきたことを口にした。

「隊長を、殺したくて、仕方ない、のっ」

リズミカルに腰を動かしクリトリスの快楽を貪りながらの告白へ、リマはぞわりとするような笑みを浮かべた。

「洗脳、洗脳されてる……の……ああ」

合う。

「違うわ、キョーコ」

リマはその身体を抱き寄せた。

ローションでぬらぬらと光り輝く肢体が密着し、褐色と白の果実が柔らかく潰れて押し合う。

「奴らの洗脳は一週間から一ヶ月かけるわ」

「でも、でも……」

「催眠術みたいに、洗脳はっ、洗脳っ……は……簡単に仲間を殺させたり……しな……いっ」

軽く絶頂を感じながらふたりは腰をあわせてうごめき続ける。

「数時間……じゃ……こころ……の、奥底の……キーワード……を。掘り起こす、だけっ」

リマが硬くなった陰核の角度を変え、恭子のクリトリスを自らの女性器の中に埋没させるようにすると、それだけで恭子の身体が震えた。

男とのセックスとは違う、じわじわと身体の奥から長時間かけて小さな絶頂を積み重ねていく無限の交わりにも似たレズプレイに、恭子は陶然としながら、「でも、でも」と抗う。

「あなた……は、それ……を……自分……で、増幅した、だけっ」

自らも軽い絶頂を味わうと、今度は上下逆になって恭子の上に覆い被さり、剃毛された秘所の奥で優しく指を動かし、恭子の女陰から湿った音を奏でながらリマは微笑む。

「でも……」

恭子のさらなる抗議を、リマは指をくじりながらGスポットを刺激することで止めた。

「人は親しい人間に対して相反する黒い感情がある。あなたは知っているはず」

「………」

また身体を入れ替え、恭子の膣内で指を動かしたまま、今度は恭子の頬にキスする。

「愛してるから殺したい、好きだから泣き顔が見たい……」

「でも、私は隊長には……」

「ケンユーじゃなくて、彼女の泣き顔が見たいんでしょう？」

驚愕する恭子に、リマは微笑む。

「ほら、きゅって締めつけた……ファックしましょう、セックスして、気持ちいいことを思いっきり楽しむのよ、それだけがあなたの中にある黒い物に打ち勝つ唯一の方法」

「来て、しましょ」という短いメッセージが携帯に入り、賢雄は苦笑しながらリマの部屋に向かおうとして、手前にある恭子の部屋の扉が開いているのに気がついた。

艶めかしい、押し殺したあえぎ声が聞こえてくる。

思わず覗いてみると、M字開脚された恭子が、後ろからリマに秘壺を弄られて喘いでいる最中だった。

「もう、もう……また、いく、いくっ！」

びくん、と恭子がのけぞる。

全身、汗とローションでぐしょぐしょだった。

いつもの眼鏡がズレているのが彼女の普段の姿を知る者としては、驚く程艶めかしい牝の姿に見えた。

「おい、リマ……」

「ケンユー、一度ぐらい、いいでしょう？」

引きつって息を吸っている恭子の耳たぶを甘く嚙みながらリマが微笑んだ。

「だが、部隊は家族だ……」

「でも血は繫がってないわ」

戸惑っている賢雄をよそに、いつの間にか後ろにいた晄三郎は服を脱ぎはじめた。

沖縄人らしい毛むくじゃらの身体から、賢雄よりも長さは劣るが太さに勝るペニスがそそり立っている。

そのまま、物も言わずに恭子の脚を広げると間に腰を叩き込んだ。

「ひゃううっ！」

恭子がのけぞって叫ぶのに構わず、暁三郎は削岩機のように激しく腰を動かしはじめた。

「ひあ、ああうあ、おおぅ！」

獣のような恭子の声が響く。

賢雄は自分のペニスが硬く張り詰めるのを感じた。

他人がセックスしている横でセックスするのは初めてだ。

リマが妖しく笑いながら逞しい尻を向け、両脚を広げた。

賢雄はその細い、引き締まった腰を摑み、突き入れた。

女の中は熱くキツく、賢雄を包み込んでくれる。

いつもより賢雄は激しくリマを犯した。

隣の暁三郎に負けてたまるかという思いが、いつの間にか生まれている。

気がつくと朝になっていた。

身体が異様に軽い気がする。

戦場に戻って生き生きしてきた自分を感じてはいたが、生物としての牡の部分は色々とため込んでいたのだと理解する。

晄三郎は赤くはれ上がった恭子の尻肉の奥、リマのディルドーも含め三本のペニスを代わる代わる受け容れたアナルに剛直をねじ込んだまま、そして恭子は眼鏡をどこかに飛ばしたままあどけない寝顔を見せている。

リマ同様にタトゥーを入れた上に脱毛した無毛の下腹部から、賢雄と晄三郎の精液がとぷりと溢れてベッドを濡らしていた。

精液と愛液が乾いて、身体にシーツが貼り付いたのをペリペリと剝がしながら、賢雄はそっとベッドを離れた。

シャワールームに入る途中、ダイニングを見ると、リマはもういつものサイズの小さいTシャツにカットジーンズという出で立ちで台所に立っていた。

卵と肉の焼ける匂いがした。ベーコンだ。

料理も出来るらしい。

苦笑しながら賢雄はシャワーで激しいセックスの痕跡を洗い流した。

昨日、二人の女を代わる代わる犯したが、驚く程激しい反応を見せたのは恭子だった。

彼女は賢雄に犯される時、尻を叩いてくれと懇願し、バックから突き上げながら言われるままに尻を叩くと、もっと、もっとと懇願された。

次第にシンポンの影響もあって叩く力に遠慮がなくなると、恭子は「そうです、そうです先生、私を罰してください。ごめんなさい、ごめんなさい」と叫びはじめ、激しく肉壺を収縮させた。

そして、真琴の名前を叫びながら膣内射精を懇願した。それが自分の罰であるかのように。

思い起こすとまたいきり立ちそうになるので、シャワーで身体を洗うことに集中する。

バスタオルで身体を拭きながらシャワールームを出てくると、リマがコーヒーを淹れている。

「おはよう」

「イイ朝よね。やっぱりセックスは身体にいいわ」

明るく笑う彼女へ、賢雄は昨日、ふと思いついたことを口にした。

「で、フランス政府としてはどうしたいんだ？」

一瞬、リマの目が見開かれ、すぐに苦笑いに変わる。

「いつ、気づいたの？」

「今さっきだ。君の背中に彫られている聖書の文言、あれはラテン語でも英語でもなく、フランス語だった」

「あら」

「……それに、原子力関係で日本と深い関係にあるのはアメリカに次いでフランスだ。原子力関係の商売をしたいなら、フランスが介入するのは自明の理だろう……いや、これはたんなる当てずっぽうだが」

「兵士の直感、ってやつね……なるほど、〈紙の虎〉から生き延びたのは伊達（だて）じゃないみたい」

リマは賢雄の対面に座って食事をはじめた。

「お察しの通り、私の本来の所属はフランス対外治安総局（DGSE）。あなたに近づいたのは、琉球義勇軍がＣＩＡの手先じゃないか、という噂が流れてきたからよ……あなたの故郷、オキナワは民衆的には中道保守、日本の中では異分子だけど、実際の政治的にはアメリカの傘下と私たちは見てるから、義勇軍関係者がこれからの対中国政策に対するアメリカとの距離を表面的には遠ざけつつ、内面的には強化するための尖兵（せんぺい）になると思ってたの」

「つまり沖縄県民全体が義勇軍を中心にしてアメリカの出先機関化すると？」

「ええ。今回は勝ち戦だもの、勝利の美酒は人を酔わせて思想も変える。敗戦したときの悲劇が、勝利の後には美談に変わるのはよくあることよ」

リマの仕草は優雅で、アパートで酒盛りしながらの食事と違って粗雑さは欠片もない。

「まあ、半分正しいな。名目上はMCIAだが、実際の義勇軍は全員CIAの管轄管理にあったからな」

賢雄は皮肉に笑った。日本人でもアメリカ人でもない沖縄の人間という特異さが外国から懸念を呼んでいるという事実。

「じゃあ、ここで君は撤退か？」

「いいえ。私の仕事はあなたの監視……それにあなたとはセックスの相性がいいもの」

「光栄だな……そういえば真琴は本当に無事なのか？」

「それはちゃんとしてるわ。彼女の祖父に今は預けてある。グンマだっけ？　ひどい田舎で移動が大変だったけど、良いところね、アルジェを思い出したわ。空気が似てるのよ」

どうやら嘘を言ってるようには見えなかった。

「お前は、味方と考えて良いのか？」

「裏切りを疑う相手にそれを言うのは哲学的ね」

チャーミングにリマは笑った。

料が届いた。

「答えなら『イエス』よ」

その日の午後、三好から、空港で捕まえた貧俠の数名の自宅から押収された〈紙〉と資料が届いた。

大洗の高速増殖炉は、元々研究用として建設された〈ひゅうが〉を改良発展させた物であり、去年から〈法蔵〉の名前で本格運用が開始された。

通常時の警備は自衛隊の一〇式戦車が高速増殖炉の前、電源施設の前に二両。

三両目は存在するが、〈紛争〉の後、急に不調が続くようになり完全分解、以後はこの二両の「部品取り」用にされていた。

馬鹿馬鹿しい話だが、書類上はこれでも、三両からなる戦車小隊がひとつ存在していることになる。

それと普通科の歩兵が一個中隊。〈紛争時〉は一個大隊が守っていたが、停戦後に縮小された――タダでさえ軍隊というのは金がかかるため、世間の非難を浴びないように早々に縮小されてしまったのだ。

そこから三〇〇メートルの位置に管理棟を配置、増殖炉からは門から含め七〇〇メートトル離れている。

非常用冷却もかねて建物の側(そば)には人工の湖、その中には海の中への非常用取水兼、排水装置もあって一見侵入は容易に見える。が、海の中は自走式機雷などが配置され、これらは独立可動しているし、クラッキング対策はアメリカの最新技術でアップデートされ続けている。おいそれと素人が破れない——運用はともかく管理そのものは横田基地に設置された米軍サイバー部隊が行っているためである。

空は半径二〇〇キロ圏内は航空自衛隊の管轄で、戦時において付近の基地からは攻撃を想定して対空ミサイルまで配備されているし、低空用レーダーも設置されているのでドローンなどの攻撃はほぼ無効と言って良い。だが、排熱やメンテナンスのため、建物自体は装甲強化されたりはしていない。

エネルギー省の説明によれば、基本M(マグニチュード)8にまで耐えられる構造の建物というのはそれ自体がすでに要塞(ようさい)と同じであるという見解らしい。

「……だとすれば、砦(とりで)を崩すのは内側から、ってのが定番だな」

賢雄は資料を読む手を止めて腕組みをして考える。

中に出入りする職員の審査は厳重を極め、特に警備の人間は三ヶ月で全員入れ替わるという仕組みになっている。

一斉に、ではなく徐々に。

だが作業員はどうか。

出自と思想調査まで行っていると、三好の用意した資料にはあった。

三世代遡(さかのぼ)っての〈日本人〉検査と、思想方針のテストまで受けさせての〈愛国者〉証明。

「愛国者、か」

賢雄は鼻で笑った。

思想テストは、琉球義勇軍でもあった。

ただし、現場は人員を早急に補充し続けるため、あの紛争が始まって二週間もしないうちに、テストの答えは、あっという間に〈志願者〉に教えられていた。

義勇軍の半分は戦死したが、国が求める「愛国者」の証明テストなんてその程度の物だ。

とはいえ、全部の人間を裏切らせることは難しい。

貧侠は一瞬で原発を攻略するほどの数を、内部に食い込ませてはいないはずだ。

敷地をどう攻略するか。

門から管理棟まで四〇〇メートル、管理棟からその奥にある高速増殖炉まで三〇〇メートル。

さらに日本が誇る一〇式戦車が二両と、兵隊たちが電源施設を守っている。

電源施設を直接狙うのではなく、管理棟を攻略する方が楽だろう、と判断する。

電源施設からのコントロールも可能だが、それは電脳上の話。

装甲車は目立ちすぎる。たどり着く前に止められるだろう。戦車は持っていない。

だとしたら？

エクスカリバーⅡはそのために手に入れたのではないか。

「問題は榴弾砲ね。こればっかりは兵器だもの、簡単に密輸入なんかできない」

「武器には常に代用品が存在するし、この国で〈作る〉こともできる。エクスカリバーⅡは特に口径の合う榴弾砲ならどれでも運用できる、ってのが売りだ。最悪、目標半径一キロ以内に撃ち込めるなら後はどうにでもなる」

「でも誘導システムを起動させたら居場所が米軍に分かっちゃうでしょうに」

「分かったところで米軍が殺到するまでに相手が全弾エクスカリバーⅡを撃っちまえば意味がない。まして、真上から飛んでくる砲弾だ、弾種がバンカーバスターだったら一〇式戦車ぐらいは軽く吹っ飛ぶ。戦車が何両いようが、一瞬でゼロになる」

「やっぱり米軍呼んだ方がいい案件じゃないの、これ？」

「無理だ、ことが終わるまで米軍は来ない」

「この間のテロ騒動で？」

「違う。データが欲しいからだ」

「え？」

「311の時、福島第一原発に駆けつけたのはアメリカ海兵隊ばかりじゃない。それよりもGEとか君の国のアレヴァとかの原子炉技術関係者もやって来た……原子炉は失敗が許されない。常に完全さが求められるが、人間が運用する以上、事故が起きることは避けられない」

賢雄はいささか皮肉な口調になった。

「事故は起こせないから、どこかの事故は自分たちの安全強化につながる……アメリカは多分、ここで〈原子炉を狙ったテロ〉と〈戦争状態における原子炉防衛〉のデータを取るつもりだ。この国は幸か不幸かアジアでも地政学的に微妙な立地にある」

「原発での戦闘データねえ……でもよく知ってるわね、そんなこと」

「311の時〈トモダチ作戦〉に参加した海兵隊の上級曹長が知り合いでね。祖国(ステイツ)に帰る最後の夜に酔っ払ってこう言ってたよ。『俺たちはスリーマイルで支払った、ロシア野郎はチェルノブイリで支払った、お前さんたちも支払った。だが誰にだ？』ってな」

賢雄は種を明かした。

「全面戦争からテロ戦争のご時世だ。いつアメリカでも原発攻撃、原発ジャックが行われるかしれたもんじゃない……それはフランスもそうだろう？」

「まあね」

「むしろフランスの傭兵部隊に来て欲しいよ。呼べないか？」

「無理ね。今傭兵関係は軒並み背景調査で活動停止状態……貧侠はどこまで入り込んでいるか分からないもの……で、本気で私たち四人だけでやるの？」

「そうなるかもしれないし、ならないかもしれない」

「？」

「とりあえず、武器だな。数を補う武器が欲しい」

「それはミヨシに伝えておいたわ。去年の紛争からこっち、山のように武器が押収されたから、その中から使い物になるものを選んで送ってもらうことになってる……武器だけなら一個中隊ぐらいは用意するって……もちろん、ちゃんと使い物になるのを選ばせて」

密輸武器の類いには、ただの廃棄品の横流しも含まれる。

どうやら公安警察には〈目利き〉がいるということだろう。

「誰が選んでるんだ？　自衛隊の特戦群の奴とかか？　信用できるのか？」

「信用はできると思うわよ」

そういうと、少し悪戯(いたずら)っぽくリマは微笑んだ。

「……なるほど」

賢雄は溜息をついて駐車場に来た数台のバンから、最後に降りてきた、公安警察が雇った〈目利き〉役の人物を見つめた。

「真琴、親父さんの弔いはいいのか?」

「はい」

折り目のきっちりついた女子高の制服姿の結城真琴は、そう言って背筋を伸ばし、見事な敬礼を返した。

目が赤いのは、おそらく夜通しで押収武器類の選別を行っていたからに違いない。

「葬儀は終えました。この非常事態ですからと四十九日は祖父母たちに任せ、自分は小隊長の隊に復帰願います!」

「断る、帰れ」

賢雄は即答した。

「これは学生の出る幕じゃない」

「では武器弾薬の引き渡しを拒否します。それと公安警察発行の武装通行許可証は私が名義人になっていますので、目的地までの移動も出来ませんよ」

にこりともせず、そう言って真琴が片手をあげると三好の部下たちは降りた車にまた戻りはじめた。

「おい」

「ケンユー、私たち、信頼できる仲間をえり好みできる立場じゃないわよ」

リマが後ろから賢雄の肩をぽんと叩いた。

「だがな」

「もう誰が信用できて、誰が信用できないかわからない状態なんだから、素直に信用できる味方は受け容れるべきだと思うんだけど」

「……分かった」

賢雄は溜息をついた。

「以前と同じ、恭子とペアを組め」

「はい！」

少女の顔が明るくなる。

その真っ直ぐさが、賢雄にはどうにも耐えられずに背中を向けた。

千葉から大洗へ続く鉾田市の県道１８２号線と国道51号線の接合部。

コインランドリー前で検問を張っていた警官たちは、大型トラックを停車させた。

すでに辺りは暗く、コンビニなどの深夜営業の店もないこの辺りは深夜ともなればそれこそしんという音さえ聞こえなくなる。

それだけ深夜のトラックの音はひときわ大きく聞こえた。

「はい、非常事態宣言中なんで、免許証お願いします」

ここ数日一〇〇回は繰り返したであろう言葉を口にしつつ、警官は運転席に手を差し出した。

「はい、おつとめご苦労様です」

にこやかな笑顔を浮かべた四十半ばの痩せぎすな男の顔が覗く。

「何運んでるの？」

「起重機です。大洗の方で何か盛り土をするとかで、ほら海浜公園の辺り」

「ああ……あんた、土建屋さん？」

「ええ。昨日まで新宿の方掘ってましたわ」

「大丈夫？　なんかプルトニウムテロがあったって聞いてるけど」

「さあ、そっちは防衛省とかのお話ですから。私らは下水工事です」

「なるほどねえ」

そんな会話をしながら、免許証をチェックし、積み荷表を確認した。

「起重機ね。ちょっと見せてもらうよ」

「おい、品川、イイじゃないか」

若い警官の後ろから、年輩の警官が声をかけた。

「工事現場早いんだろ、いかせてやれよ。どうせこの辺じゃテロやる施設もねえんだし」

「ダメですよ大場さん、指示書回ってたでしょ、トラックや大型貨物の点検は念入りにやれって」

「非常事態宣言が出たから上も舞い上がってるんだよ」

「まあ、ちょっとめくるだけですから」

そう言って若い警官はトラックの後ろに回って、荷台に掛かったブルーシートをめくりあげた。

「な……」

腰のホルスターに納まったリボルバーのグリップに手をかけたまま、若い警官は後頭部から赤黒い物を噴き散らし、ズルズルと道路にくずおれた。

「すみません、真面目(まじめ)なだけが取り柄の奴で……」

ブルーシートの中の人物たちから、透明なビニールシートを渡された年輩の警官は、まるでまだ若い警官が生きているかのように頭を下げた。

「それとどなたかこいつに似た背格好の人を回してもらえませんかね」

警官の要請に応えて、ブルーシートの中からひとり、二十四、五歳の青年が降りてきて手早く服を脱がしはじめた。

「服はコインランドリーで洗って、さっさと着替えましょう。勤務明けまでカカシみたいに適当に立っててくれればいいですから」

「はい」

青年は頷くと、服を脱がされ下着姿にされた警官の死体を、透明なビニールシートで覆い、荷台へと押し上げた。

「この人はあとであたしが責任を持って、大洗の境界まで送り届けますから」

「余計なことはしなくて結構」

荷台の奥から静かな声が答えた。

「終わったら適当な林の中でこの人を着替えさせてください。あとはバス停まで送ってくれれば充分です」

「すみません」

年輩の警官はぺこりと頭を下げた。

そして、トラックはゆっくりとまた動き出した。

一時間後、少々生乾きの制服を着けた青年は警官の業務に就いた。

高円寺のマンションに、晄三郎が戻ってきたのは深夜一時。

「どうだった?」

賢雄の質問に、

「後は運次第サー」

とだけ答え、真琴をみて訝(いぶか)しげな表情を見せた。

「子供は(ワラビンチャーヤ)ダメだろう(ナランロー)、隊長」

「武器と引き替えだ」

「お荷物(ウニモッツン)と引き替え(ヒキカエナー)じゃ割に合わない(ワリアワンサー)」

真琴がキツイ目つきで晄三郎を睨(にら)み付けた。

「そう言うな。真琴が役に立つ兵士なのは間違いない」

「子供(ワラビンチャーナ)は家(ヤーニ)に帰らせろ(ケーラセ)」

「モロさん、言いたいことがあるなら標準語で言ってください！」

真琴の言葉に、晄三郎が金壺眼(かなつぼまなこ)でじろりと睨み付けた。

並みの女子高生ならそれだけで失禁しそうな目の力だが、戦場帰りの真琴は、構わず傲然(ごうぜん)と睨み返した。

「晄三郎、真琴、そこまでだ。俺たちはとりあえず人数が足りない。ひとりでも銃が撃てるのがいるのは重要だ」

物も言わず、晄三郎は自分の部屋に引き揚げた。

「恭子、真琴を頼む」

賢雄も自室に引き揚げる。

「明日は朝が早い。頼む」

「あの、隊長……」

呼び止めようとする真琴に軽く手を振って、ドアを閉めた。

真琴はぽつん、と取り残される形になる。

結城真琴の意気消沈ぶりを見て、恭子は胸が塞がれる思いだった。

「……やっぱり迷惑だったんでしょうか」

すっかりしょげ返った少女の横顔を見れば、彼女が賢雄にどういう思いを抱いているかは丸わかりだ……いや、以前からそうだった。

殺されかけた自分たちを助けにあの少尉が部隊を率いて現れたとき、この少女はそれまでの恐怖から安堵に切り替わった、というだけではなく、そこに〈勇者〉の姿を見たから失禁したのだということを、恭子は知っている。

「あなたは若いから、隊長としても戸惑ってるのよ」

「そうでしょうか……先生」

「先生はもうよして。私は教師じゃないんだから」

「私にとっては先生です」

そう言って真っ直ぐに見つめる真琴の視線が、賢雄とは別の意味で恭子には辛い。

「こんなタトゥーだらけの身体に、ピアスまでしてるのに？」

自嘲しながら恭子はそれまで着ていたブラウスを脱いだ。

驚きに凍り付き、息を呑む真琴の顔を、恭子は自暴自棄な快楽とともに見つめた。

わかるかしら、このタトゥーはひとつひとつ、あなたのために彫ったのよ。

ピアスはあなたへ肉欲を抱いたことへの懺悔(ざんげ)。

私はあなたを愛してる、でもあなたは愛してくれない。

それを身体で納得するためにタトゥーを彫って、穴を開けた。

あえて言語化すればそうなるであろう感情が、一気に恭子の中に溢(あふ)れる。

「それでも……」

だが、彼女が驚愕(きょうがく)したのは一瞬だけで、すぐにいつもの純粋な生徒の目で恭子を見つめる。

ああ、この目だ。

この目に恭子は恋した。

「先生は、先生です」

そして、その正直さ。

真琴にとって恭子はどこまでいっても〈担任の先生〉であって、恋人にも友人にもなれないという宣告だと気づかない純粋さ。

あの、次々と人が死んでいく戦場で、彼女は変わらなかった。

クスクスと笑い、恭子は口元を覆うふりをしながら、舌の上に隠し持ったシンポンを三錠載せた。

「そう?」

恭子はすっと真琴に近寄って抱きしめながら、その唇を奪った。

驚愕する少女に構わず舌をねじ込み、シンポンを飲み込ませる。

「せ、先生っ、何を……!」

突き放そうとして真琴はよろめき、床に押し倒された。

あまりのことにシンポンを飲み下したのが喉の動きで分かる。

「気持ちよくなるお薬を飲ませたの。シンポンってあるでしょ?」

「あれは……戦闘高揚薬だから危険だって隊長が……」

「ええ。でもね、飲むととおっても気持ちよくなるのよ」

恭子は真琴のスカートの奥にある、清潔な白い布に包まれた秘毛に触れた。

「ひっ!」

さりさりという柔らかな手触り。戦場で教えたとおり、ひとつまみだけを残して剃っているのを感じ、それだけで恭子の女陰から愛液が溢れて下着を濡らす。

どうせ死ぬかも知れない戦いにいくのだ。死んでも悔いがないように、思いっきり戦って死ねるように、正気の根源になるすべてを破壊する必要があった。

この少女を犯す。

あんな男なんかにくれてやるものか。

そう割り切ると、頭の芯が痺れるような高揚感が湧いてくる。

笑いながら、恭子は運命に感謝した。

「や、やめて下さい、せ、先生……」

恭子はタブレットケースから、ジャラジャラとシンポンの錠剤を口に直接流しこんだ。

美しいから、不釣り合いだから、ではない。

欲しいから、奪う。無残に散らせる。

半年の間、あの地獄で彼女を守り、一年間、我慢した。

もういいだろう。

制汗剤スプレーの匂いのする首筋に唇を這わせ、優しい、女にしか出来ないタッチでしばらく入り口と膨れあがったクリトリスを弄り、くすぐっていくと、やがて真琴の身体から力が抜けた。

指先が濡れる。立ち上る少女の牝の匂いを鼻孔に嗅いで恭子は興奮した。

「だ、ダメです先生……ダメです……」

うわごとのように繰り返しながら、真琴の身体は恭子の指を求めてくねる。シンポンの副作用のひとつ、性欲昂進が始まったのだ。

「なに……これ……自分でいじるより……イイ……」

「いいでしょう？　これからもっと良くしてあげる」

シンポンをキメた状態で処女を失ったら、そのままアクメを感じたら。この子はもう私と同じモノになる。

ぞくぞくとする。

背筋の中を真っ黒な血が駆け上ってくる。

ああ、こんなに簡単なことだったのだ。

「シンポンファックはいいわよ」

自分の声とは思えない黒い声が響いた。

「いやぁ……こんなのは……こんなのは違う、違うのぉ……」

「でも、あなたのヴァギナはこんなに絡みついてくるわ。蜜が溢れてる、オマンコは喜んでる、ファックしたいのよ。あなたも私もファックが好き、だってお薬飲んでいるんだもの……そうでしょう？　お薬の力よ、それには逆らえないの」

「お薬……薬……薬……ああ、なんて……先生……ヒドイ……」

恭子は自分の人生で初めて、ディルドーではなく股間にペニスが生えていれば良いのにと叶わぬことを狂おしく思った。

「さあ、行きましょう、私の部屋……へ……もっと凄いことになるわよ。朝まで寝かせてあげない。戦場でもオマンコを弄ってあげる」

わざと下品な言葉使いが口を突いた。

処女の真琴は耳まで真っ赤にして、元の恩師の嬲る声に耳を傾け、指先に引き締まった腰を震わせている。

スポーツで引き締まった腹筋、処女ならではの下腹部の膨らみ。

ここにあの黒い、ラバー製のディルドーを突っ込み処女を散らせる。

自分だけが見えている彼女の身体の変化を考え、恭子はそれだけで軽く絶頂を覚えた。

「さぁ……」

「いやあ……」

弱々しく少女は恭子を突き飛ばした。

それはどんな強い力よりも勝る拒絶の意思表示だった。

「先生……いやぁ……」

恭子はカッとなって真琴の頬をはたいた。

「あなたは、私のものになるのよ！」

さらにもう一発、はたこうとした恭子の手首を、男の手が摑んだ。

「そこまでだ、恭子」

困り果てた表情で賢雄は言った。

「俺は真琴を説得してくれと頼みはしたが、薬を使ってレイプしろとまで言った覚えはない」

「隊長！」

真琴は声をあげて賢雄にしがみつき、床に膝を突いた恭子は呆然（ほうぜん）としてふたりを見上げた。

数時間前、

「すまんが、恭子、真琴を説得してくれ、あの子もお前の言うことなら聞いてくれるだろう」

武器弾薬の量を確認し、チェックリストを再チェックする真琴の後ろ姿を眺めつつ、賢雄は恭子の肩を叩いて囁（ささや）いた。

「あの子はまだ子供だ。今度の戦場は生きて帰れる可能性はゼロに近い」

「分かりました」

そう言って恭子が頷いたとき、気になる目の光があったのは分かっていた。

だが、それがこういう形になって出てくるとは思わなかった。

少なくとも合意の上で、と思っていたのだ。

こんなレイプのような形になるとは想像もしていなかった。

そして今。

真琴は明らかに体温の高くなった身体で、賢雄にしがみついている。

やむなく、ベッドの上に腰を下ろしたが、彼女は賢雄の膝の上に座る形になった。

「隊長、お願いです……耐えられないんです」

熱に浮かされた顔で、真琴は賢雄の顔を覗き込んだ。

「わ……私の、初めて……」

そこで少女は言いよどんだ。薬が性欲を増幅し、身体を発情させている。リマや恭子たちのような牝の匂いが賢雄の鼻をくすぐったが、やはり少し乳臭い感じがした。

真琴が処女だという先入観があるからかもしれない。

生真面目(きまじめ)な部活少女で、開戦初日に暁三郎にレイプされかけた恭子を見て、暁三郎を撃とうとしたのもその潔癖さからだ。

今、真琴は賢雄の膝の上でもじもじと身体を動かしている。

女の匂いに、賢雄も反応していた。

賢雄のものは、真琴の引き締まった太腿(ふともも)の付け根にある、三角地帯を硬く突き上げていた。

「わ、私……もう十八になりました。だから、だから」

たかが戦場で命を救われただけで、この少女はここまで自分を思ってくれている。

賢雄は覚悟を決めた。

「分かった。お前は俺の女だ」

賢雄は真琴の頭を抱きしめて言った。

シンポンをキメてのセックスは癖になると言われているし、実際、これまでも何人かそういう女も男も見た。昨日シンポンを使った恭子の乱れようも獣じみていた。

処女喪失がシンポンを使った状態であれば、それは生涯身体に刻まれることになる。

本当か嘘(うそ)かは知らないが、シンポンを使った処女を抱くと、その女はシンポンが抜けても一生、その時の男でなければ性的快楽を得ることが出来ないという。

「いいな?」

ひょっとしたらそのことで、真琴は生涯自分を恨むかも知れない、あるいはことあるごとに賢雄を縛ろうとするかも知れない。

構うものか。

賢雄は覚悟を決めていた。

この子はもう立派な女で、兵士だった。

明日、いや数分後にどうなるか分からない世界で、安寧な生活を棄てて、自分とともに戦い、抱かれることを選択した。

親子ほども年の離れた男に。

どうしてなのかは分からないが、そういう道を選び、今ここにいる。

元には戻せない。

賢雄はベッドの上で身体を入れ替えながら、真琴を仰向けに寝かせた。

「俺は、処女を抱くのは初めてだ」

ここで処女かと聞くのは愚かだった。真琴の反応を見れば分かるし、よしんばそうでなくても、彼女にとってこれが自分との初体験なのだということにかわりはない。

「ら、乱暴にしてくださっても……構わない……です」

激しく胸を上下させながら真琴が微笑む。

引き締まった長い両脚を辿って白い下着に辿り着く。

シルクの手触りのそれは、中から分泌された愛液でぐっしょりと濡れていた。

「すごいな」

思わず呟くと、彼女は顔を真っ赤にして両手で覆った。

初々しい反応に賢雄は微笑みながら下着を脚から引き抜き、制服のブラウスを優しく開く。

ショーツとおそろいのブラを外すと、同年代の少女としては大きめの乳房がほとんど横に流れずにぷるんと震えて解放される。

先端をついばみ、ゆっくりと揉みしだくと硬く尖る。

「隊長……キス……してください……」

言われるままに、賢雄は少女の唇を奪った。

ねっとりと舌を絡めると真琴は目をつぶり、うっとりと賢雄の舌にたどたどしいながらに舌を絡めてくる。

掌の中では熱を持った乳房が興奮して張り詰めていく。

賢雄は唇を離すと、両手で左右の脚を持ち上げ、ひとつまみの和毛が残るぷっくりとした丘の真ん中に舌を差し入れた。

女の愛液独特の生臭さは薄く、うっすらと表現しがたい甘い匂いがした。

大声をあげて少女がのけぞる。これまでのことで大分濡れているが、それでも賢雄の指や舌でさらにほぐす必要があった……硬い小さな蕾には自分のペニスが本当に入るのか、というほど固く閉じられていたからである。

一〇分ほどかけて真琴のヴァギナを舐めしゃぶると、そこから太腿、爪先まで舐め、また元の場所に戻る。

最初は声を上げていた真琴だったが、次第にしゃくり上げるような声に変わり、身体を何度も震わせるだけになった。

その度に舌先に感じる処女の肉壺の入り口が収縮する。

「た、隊長……お願い、来て……来て……」

か細い声が哀願した。

かき回されたヴァギナから溢れる愛液はすっかり白濁し、クリトリスが立ち上がり、小陰唇が開いている。

そろそろだろう。

賢雄は口を離すと、入り口に己の凶器をあてがい、一気に腰を進めた。

狭い肉の間をこじ開ける中、ペニスの先端が酷く柔らかく、柔軟な物に触れ、それを破る感触が伝わってくる。

「あううっ！」

真琴が叫びながらベッドのシーツを握りしめる。

構わず、賢雄は動き始めた。

真琴の中は恐ろしくキツく、賢雄を締めつけていたが、やがて弛緩(しかん)したかと思えば、今度は律動し、収縮をはじめた。

薬の力か、驚く程の短期間に肉体がセックスを受け容れ、順応しているのが分かる。

「真琴……」

呟いて賢雄は少女の唇を吸いながら、いっそう激しく律動を行う。

やがて、溜めに溜めた白いマグマが少女の子宮から溢(あふ)れかえる勢いと量で噴出した。


リマはこの一連の騒動の外にあえて身を置いた。

セックスは好きだが、男女の情愛が絡むと面倒くさくなる。まして年の離れた男女で、片方が処女だ。

三好に連絡を入れた。

《あんまり良くない状況が次々出てきた……今日になって、沖縄の普天間(ふてんま)から連絡が来た。横田から到着するはずの、未開封のエクスカリバーII砲弾が二〇発とその管制システム一式がふたつ、それと新品の榴弾砲と、廃棄処分のポンコツが一門と、同じく廃棄処分されるはずだった榴弾砲の予備砲身と機関部が一門分、入れ替わってたとさ》

「今頃？」

リマは冷笑した。

《紛争後の基地再建でそこまで書類チェックが回らなかったそうだ、交換された日付はこの書類によると先月の末だ。とっくにそっちについてるだろうな》

「榴弾砲と、それで使える知性化砲弾(エクスカリバーII)……原発を襲うには最悪の組み合わせね」

《だが上は取り合わん。未だに〈紙の虎〉が中国人工作員だというところから抜け出せてない。まだ要人暗殺を企(たくら)んでいると思い込んでいるんだ……デーモン・コアの行方(ゆくえ)をまだ追ってるよ。正直、チヨダとはいえ、外事警察でもないマル自の班長風情じゃどうしようもない。理事官も若いのに代わって、あたしのコネは通じん》

三好の声には深い疲労の重みがあった。

《原子力規制庁にも声をかけたが、あちらはあちらで議員先生からやいのやいのと叩かれてそれどころじゃない。モニタリングポストの数が圧倒的に不足してるし、議員先生より

も役人のほうに価値があるとは口が裂けても言えんしな》
「バックアップは望めない、ってわけね」
《だが貧侠（むこうさん）もそんなに人数は動員できないはずだ。といっても数百人はいるだろうが》
「どうして言い切れるの？」
《このところ、テンサン・エンジェルや貧侠が起こす目くらましの事件が多すぎる。公安に目をつけられた貧侠の中心人物と目される連中が軒並み空港から偽パスポートをつかって逃げだそうとした一件もふくめて……それと金だ。テンサン・エンジェルのサイトに、この三日でたったひとりのクライアントが二億も突っ込んでる》
「？」
《支払いに使われてるEマネーの決済者の身元番号が皆おなじ、もう隠す必要もないからだろう……そうなるともう主力は大洗に集結しつつある。だが多すぎる人数なら目立つ、ましてこの非常事態宣言の最中だ》
「GPSでエクスカリバーⅡの位置は割り出せないの？」
《米軍によると相変わらず切ったままだそうだ……どこまで本当かは分からんし、確かめようもないが》
「……結局あたしたちが最後の頼みの綱、ってこと？」

《渋谷中尉の考えが正しければ、だ……ひょっとしたらあたしらの想像は全部外れてて、奴らはとっくに知性化砲弾を抱えて中東に売りさばきにいってるのかもしれんし、中国でテロを起こすつもりなのかも知れない》

自分で自分の言うことを信じていない口調だった。

「そういう確率は低いわね」

《出来れば原発襲撃が成功したとき、内陸側ではなく、太平洋側に猛烈な突風が三日間ぐらい吹いてくれるのを祈るばかりだ》

「ありえないわ」

《分かってる。だがここまで来たらそんな神風(かみかぜ)でも吹いてくれないと、この国は滅びる》

「カミカゼ、ね……安心しなさい、カミカゼなら、わたしたちが、それよ」

苦笑とともにリマは電話を切った。

朝が来た。

あれから五回も賢雄は真琴を求め、真琴もまた賢雄を求めた。

ほんの二、三時間の眠りだが、頭の中は冴(さ)えている。

賢雄が目を醒ましてて身を起こすと、真琴も無言で起き上がり、その背中に抱きついてきた。

「ありがとうございます、隊長」

「礼を言われることは何もしてない。俺は未成年を犯した犯罪者だ」

苦笑しながら賢雄は言った。

「法律なんかどうでもいいんです、私、隊長に抱かれたかった」

久々に若者のように熱いもので胸が一杯になり、賢雄は真琴を抱きしめた。

「わかった」

賢雄は真琴の耳に囁いた。

「お前は、俺が守る」

ふたりでシャワーを浴び、真琴は制服を折りたたんでベッドの上に置くと、もってきた自衛隊の野戦服に袖を通した。

賢雄も同じ様に野戦服に身を包み、防弾ベストを兼ねたタクティカルベストを羽織る。

ふたりとも腰に「最後の武器」USマチェットを挿し、琉球義勇兵のワッペンを袖に縫い付けていたのを見て、顔を見合わせて小さく笑う。

マンションの部屋を出ると、同じ様に野戦服とタクティカルベストに身を包んだ晄三郎と、憔悴しきって目を合わせようともしない恭子、そしてリマが待っている。

「さて、何人集まってるかな？」

「運しだいサー」

晄三郎が珍しく唇の端を曲げて笑みを作った。

そのまま、空のエレベーターを先に送り、階段で地下の駐車場まで降りた……もうここを〈紙の虎〉や貧侠が襲撃するとは思わないが、念には念を入れる必要があったからだ。

扉のノブに手をかけ、賢雄は深呼吸した。

万が一、だれもいなかったとしても、平然と次の命令を全員にくださなければならない。

紛争が終わって一年以上。渋谷小隊は過去のものだ。

沖縄に残った連中もそれぞれ、復興の世界を生きている。

何を今さら、と言われても文句は言えない。

未だに戦場に身を置こうとする自分たちがおかしいのだ。

覚悟が決まった。

ノブを捻り、扉を押す。

非常扉を開けて地下駐車場に入ると、そこには賢雄たちと同じ、琉球義勇兵のワッペンを袖に縫い付けた新旧様々な状態の野戦服に身を包んだ男女が三十四人、並んでいた。

「ご無沙汰しております小隊長殿！」

一同の中で最も高い階級章……まだ新しい上級曹長の階級章をつけた男が前に進み出て敬礼した。

「嘉手苅政則上級曹長、申告いたします、渋谷小隊存命者総員三十四名、ご要請によりまかり越しました！」

「生き残りの八割か。思ってたよりも多いな」

賢雄はぽつん、と言い、熱い物が目頭に溜まりそうになるのを振り払うように、そこから声を張り上げた。

「最後に確認する。お前たちの戦争はもう終わった。正直言えばここから先はどうなるか分からんし、いつ終わるか分からない戦いだ、オマケに援軍はない」

「関係ありませんよ、小隊長」

嘉手苅上級曹長の後ろから声が飛んできた。

「どこにいたって結局戦場なんですから、戦後と戦前があるだけですよぅ」

別の声が飛んでくる。

「そうそう、沖縄で道路工事やるより、鉄砲担いで走りまわる方が似合ってますわ、俺ら」

暢気な声に一同がどっと笑った。

それだけで、賢雄は不思議な感慨に胸が満ちて来るのを感じた。

沖縄で、戦場でたった半年にも満たない付き合いの連中はそれでも海を越えてここにやって来た。

もはや故郷とは関係のない〈本土〉を守る戦いに。

自分のはじめた個人的な戦いのために。

同時に、この中で自分だけが本当の意味で戦うための建前を持たない存在だということを痛感する。

本当の親を確認しようがないために、日本人とも自分を思えず、かといって沖縄の人間であるとも確信出来ない。

ふわふわとした根無し草のような自分を。

だが、ひとつだけ言えることがある。

自分にはやはり、戦場が必要なのだ。
身体の中をこれまで以上にアドレナリンが駆け巡るのが分かる。
戦場が、好きになってしまったのだ。
純情な少年が、手の届かない初恋の人を思い続けるように。
「すまん、みんな。感謝する」
それだけ言って賢雄は頭を下げた。

第十章　戦場再び

「彼」は広大な屋敷ではなく、敷地の片隅にある車の〈車庫（チェクウ）〉の中で育てられた。

「彼」の顔を、両親が揃（そろ）って二メートル以内の範囲で見たことは、物心ついてから一度だけだ。

十歳の時、肺炎で死にかけた時、赤いフィルターの煙草、紅河公社の「道（タオ）」を吸いながら、実父は藁（わら）を詰めただけの布団を敷いた木のベッドに寝かされた「彼」を冷然と見下ろしていた。

実母はまだ狼狽（うろた）えていたが、それは息子の安否を心配してではない。

目の前の少年が、腹を痛めて産んだ自分の息子と思えなくなっているほど遠い存在になっているのに、死ねば「息子」として葬るべきか否かを迷っているからだ。

つまり、すでにふたりは「彼」への情愛など存在しない〈他人〉として現れた。

「このままいっそ死んでくれた方が良（よ）い」

実父ははっきりとそう言った。

「でも、そうなれば葬儀は」

「家の前にでも死骸(しがい)を放り出して警察に電話すれば良い。行き倒れの死体で処理してくれる。哀れな乞食の子供が、政治局員の屋敷まで物乞いに来たが、力尽きたと思うだろう」

「旦那様、お医者様をせめて」

「彼」の面倒を見てくれたのは軍人上がりの梢(チョウ)という男だった。

実父が軍役に就いていた頃に、演習で父を庇(かば)って片脚を失い、車の整備士として屋敷に雇われて、「彼」の養育係を押しつけられていた。

だがこの梢のほうがよほど実父よりも父らしかった。

片脚を失ったとき、男性機能も失った梢は子供が作れず、妻との間にあった息子は軍役に就いている間にこの世を去っていたから、梢夫婦は「彼」を本物の息子のように可愛(かわい)がってくれた。

教師だった梢の妻は文字を教え、歴史を教え、数学を教え、梢は屋敷の書斎からこっそり本を持ち帰り、走り方、拳(けん)の握りかた、そして休みの日には屋敷の自動車に「彼」を乗せてドライブに連れていき、近くの森の中において銃の撃ち方と格闘技を教えてくれた。

「坊ちゃまは生き延びねばなりません」

梢は言った。

「坊ちゃまはまだ子供です、子供はまず、生き延びて、目標を見つけねばならんのです」

梢は大真面目だった。

「生き延びて目標を見つけたらどうするの？」

「そこからは命がけで目標を達成するのです」

「目標を達成したら？」

「次の目標を探すのです」

「次の目標も達成したら」

「その次を」

「その次も達成したら？」

「その頃には、次々に目標が見つかるようになっています」

にっこりと梢は笑った。

「ですので、梢の今の目標は坊ちゃまを立派な大人に育てることでございます」

「彼」に微笑んだ父のような梢が、額を床にこすりつけて医者を、病院を、と懇願したが、両親は取り合わなかった。

「梢、お前の恩義にはこれまで手厚く報いてきたが、この子のことは話が別だ」

冷たく父親は突き放した。

ガレージの外で車の停車する音が聞こえ、慌てて使用人が飛び込んで来た。

「大旦那様でございます！」

役者のように整った顔をして、くわえ煙草でこちらを悠然と見下ろしていた実父が、明らかに驚き、慌てて、煙草を口から落とした。

ガレージのドアが開いて、制服に制帽姿の厳めしい老軍人が入ってきた。

「その子が、お前の次男か」

老人の声は大きく、高熱で喘いでいなければ、「彼」もベッドの上に起き上がって直立不動になるような鋭さを持っていた。

「は、はい、父上」

「彼」の父はとっくに直立不動になっていた。のみならず母も、梢も……いや「彼」だけは安堵の笑みを浮かべていた。

老人はガレージ隅のベッドまで靴音高く歩み寄ってくると、横たわる「彼」を覗き込んだ。

「良い顔をしている……龍顔じゃ」

厳めしい顔立ちが、笑うと驚くほど優しく見えた。

「わしはこの子が気に入った、貰っていくぞ」

「ち、父上！　この子は……」

「《一孩政策》に反したのはお前たちの罪であって、この子ではないわ！」

老人は父を大喝し、これで「彼」はこの老人を「味方」だと認識した。

「梢元伍長はお前か？」

「はい、将軍閣下」

直立不動で梢は答えた。

「我が孫をここまで良く育ててくれた。礼を言う」

「ありがたくあります！」

「お前には我が息子が恥ずべき待遇を与えてすまない。良ければわしとともに北京に赴き、新しい職に就く気はないか」

「は、し、しかし……」

「安心せよ、この子はわしが育てる」

「いやです、将軍閣下」

「彼」は初めて老人に向かって口を開き、熱く節々が痛む身体を起こした。

激しく咳き込み、梢の妻が背中をさする。

そして何度も唾液を飲み込み、「彼」は祖父を真っ直ぐに見た。

「生みの親は別となりましたが、私の父母は梢夫婦です。将軍閣下のお望みであろうとも、私は梢夫婦の子供として生きたい。そして梢の目指していた一兵卒からたたき上げた、立派な軍人になりたいのです」

将軍の目が底光りして孫を睨んだ。

大喝が飛んでくるだろうことを予想して、身体を強張らせる。

だが老人はふと肩の力を抜くと、ニッコリと笑った。

「そうか、お前は父母の恩は梢夫婦にあるというのだな?」

老人は両手を「彼」の肩の上にのせて、はっきりと言った。

「良かろう、お前はわしの子ではなく、梢夫婦の養子として届け出させよう。夫婦にはわしの下で働いてもらう……なに、ここほどではないが、それなりに仕事のある屋敷だ。責任を持って指揮する者が欲しいと前々から思っておったのだよ。それに老人は若者よりも早く死ぬ。このまま梢夫婦にいてもらう方がお前のためには何かと良かろう」

しかし皮肉にも五年の後、梢夫婦は呆気なく北京で交通事故に遭って死に、「彼」は老人の下で育てられることになる。

そしてそれは老将軍と、少年だった「彼」にとって絶妙のタイミングで互いに肉親であることを確かめるにはうってつけのこととなった。

梢夫妻の死から十年かけて、「彼」はこの、毛沢東の最後の薫陶を受け、毛沢東の未亡人で権力を一時的に握った悪名高い江青時代に一度だけ投獄されたものの、その後は軍と政治の間を蠢く海千山千を相手にしぶとく生き残り、水滸伝の「黒旋風」こと李逵と劉邦の腹心・樊噲を愛し、映画俳優では何故か高倉健を好んだ老人との絆を深めつつ、日本への興味を覚えるようになっていった。

梢の夢であった〈立派な〉軍人への道を歩みながら、もう一つ、別の感情が自分の腹の中に膨れあがりはじめるのを自覚したのはいつのことか。

中国の中で、正式な書類の存在しない自分は何者なのか。

親に棄てられ、他人に育てられ、祖父に認められてようやく人間としてこの国で認められたが、生まれた時からの証明記録は「彼」にはない。

長男はその頃、実父の跡を継いで政治局員になり、やがて失脚し、「彼」は実父母とともに兄を〈処置〉したが、引き金を引いた瞬間も、死体を見ていても、「彼」はなぜか快哉を叫ぶ気になれなかった。

侮蔑の心はあったが、怨みすら自分は肉親に抱いていなかった。

実の父母が他人であるように、自分の与えられるはずだったものをすべて受け取り、分けようとさえしなかった兄に対しても、他人にしか思えなかった。

だとしたら、自分は何者なのか。

唯一、「彼」の幸せは梢という〈他人〉と祖父という他人に近い血縁者が「彼」を保護してくれたということだ。

幸せだと自覚しながらも、腹の中に開いたままになった穴が、年齢を重ねるごとに広がっていくのを「彼」はずっと感じながら生きていた。

〈紙の虎〉の暗号名を与えられて日本に潜入してからは、更にだった。

この国では自分は中国人ですらない、日本人でもない。表向きは誰でもない。

諜報(ちょうほう)活動を行い、独自のネットワーク〈貧俠(ピンシア)〉を生み出し、それを増やし、伸ばしていきながらも、「彼」の胸には常に大きな穴を自覚せざるを得ないものがあった。

赤いラベルの泡盛が、賢雄は嫌いだった。

賢雄の養父は教師であったが、厳格な性格の反動からか、酒乱の気があった。

赤いラベルの安い泡盛を養父が買ってくると、養母は必ず妹と自分を早く寝かしつけた。

子供の頃ならそれでもいいが、中学生になると夜の八時はまだテレビが見たいし、宿題や課題もあった。

中学に上がるとき、自分が何者なのか、祖母と養父から聞かされていた。

どういう出自の人間かも。

学年主任と教頭を兼任するようになったあたりから、養父の酒を飲む回数と量は増えていった。

毎日のように泡盛の五合瓶を買ってきて、それを飲む。時には足らずに更に五合、養母に買いに行かせることもあった。

やがて賢雄をたたき起こして絡むようになった。

中学生を相手に政治の話をし、職員が如何に頭が悪いか、生徒たちがどれくらい貧困が原因で向学心を失っているかを語り、答えを何故か賢雄に求めた。

最初は〈厳格な父〉の酔態に賢雄は動揺したが、次第に酔漢のだらしなさに幻滅するようになっていった。

言っていることは立派だが、中学生の養子に向かって延々とそれを垂れ流すということは、父が現実においては何もできていない証明である、と気づくのに大した時間は掛からない。

やがて賢雄はそれなりに自分で世の中を新聞や本で調べ、意見を持つようになった。

自分なりの意見と見解を、酔って自分の意見が絶対正義だという父親にぶつけるが、父親はノラクラとそれを「酔っているからわからん」でかわし、自分の言いたいことだけを投げつけてきた。

時に賢雄の失敗であったり、妹の成績の悪さであり、この世のありとあらゆることは賢雄がだらしないからだと言わんばかりのものだった。

それでも賢雄は耐えていた。養母の「あれは酒が言わせていることだから」というなだめの言葉もあって、我慢していた。

ある日、決定的なひと言が飛んできた。

「お前の目は灰色だ、アメリカ人の血が入ってる、だから沖縄の人間の心がわからんのだ」

賢雄は思わずカッとなって養父に殴りかかっていた。

生まれて初めて、他人を本気で殺したいと思った。

一発殴った、二発殴った。三発目。

養母が泣いて賢雄にすがらなければそのまま養父を殴り殺したかも知れない。

これは親族集めての騒ぎになったが、意外なことに養父は、例の賢雄に冷たい祖母から叱(しか)られた。

「お前が悪い」

　祖母ははっきりと言った。

「養子をもらうとき、私は言ったはずだよ、『この後に本当の子供が出来ても、この子を実の子と同じ様に育てねばならないよ』と。『それはただ金を与えて服を着せて飯を食わせて学校に通わせることだけではないよ』と」

　一族のものが「しかし」と取りなそうとするのを「お前は差別の味方をするのか！」とこの老婆は怒鳴ってはね除けた。

「酒を飲んで子供にグチを聞かせるのも下の下なら、私ら沖縄人が戦前戦後、ずーっとやられていたことを、私が坂氏嘉要の名を捨てて渋谷に改姓した原因になった人たちと同じことを、あんたはこの子にしたんだよ？　お前は父親として失格だ、何が教師か。辞めてしまえ。お前に人の子を叱ったり教えたりする資格はない」

　以来、父親は酒を断ったが、実の親子ではないだけに、このことは深い亀裂になった。

　賢雄はこの一点において、父が死んだ今でも許していない。

　数年後、賢雄は地元の高校を出た後で基地従業員になり、そこから非公式に組織されていた最初の琉球義勇兵になったとき、父は激怒したが何も言えず、母と妹はただ泣いた。

「俺たちはこの国にとって存在しない、やつらもやつらの国では存在しない……何のために戦ってるんだろうな、隊長？」

戦場で、嘉和ユウスケにそう問われたことがある。

「良い質問だが、答えなんかない。なるようになってここまできた。世の中の八割はそんなものだ。でなければあの戦場で弾に当たった奴、当たっても死なない奴、当たらない奴の区分けを誰がしてるのか、って話になる」

「流れ流れて死にに行くか」

「死ぬとも決まってないし、生きるとも決まってない。だが俺たちはまだ殺し足りないし、死に足りないんだよ」

「真琴ちゃんもそうかもしれないよ？」

「あれは別だ。あれは俺に合わせようとしてる。自分の中に俺の幻を作って、それと本物の俺を混同してるんだ」

と答えたが、それは「小隊長として」の役割を演じただけだ。

実際にはＭＣＣＳの職員から義勇兵になり、九〇日間の訓練を終えてワッペンを縫い付けた野戦服だけを着けて（彼らは正式には民兵扱いなので礼服はなかった）、海兵隊司令官の前で敬礼したとき、自分は何者だろうかと改めて問うた。

沖縄の人間といえば姓と血筋から否定され、日本人かと言われれば、それは本人にとってしっくりこないし、書類をひと目見た者は「沖縄の方ですね」と処理する。

死んだＭＣＩＡの渡根屋のような、日本を棄ててアメリカ人になりきろうという気にもなれなかった。

あの紛争が始まったとき、戦場で答えが見つかるかと思ったが、結局、何も得られないまま、流れ流れて東京へ行くことになる。

だが、ずっと腹の中には膨れあがっているものがあった。

なんで自分以外の人間はこんなに何も悩まないのか、考えないのか。

それは他者とは違う〈穴〉のように感じられた。

決定的に欠けて、埋まらない〈穴〉。

「ケンユー、起きて」

ハンドルを握るリマの声に賢雄は目を醒ました。

〈法蔵(ほうぞう)〉の敷地内に停めたSUVの中、賢雄は目を醒ました。

腕時計を確認する——午後二時。

高円寺のマンションからこの〈法蔵〉まで車で二時間だが、さらに数時間かけて索敵しながらここまで来たので時間が掛かった。

今のところ、敵らしいものは見つけられないままだが〈紙の虎〉の折り紙に書かれた情報が正しければ、あと六時間後にことが始まる。

そして、国道51号線から少し入ったところにある通称〈ゲート1〉の前で車を降り、カメラに公安警察からの書類を見せると、しばらくあってからゆっくりと装甲されたゲートが開き始めた。

〈紛争〉の一年ほど前から〈法蔵〉の周辺から金網は消え、代わってコンクリートと装甲板で覆われた数メートルの高い塀が建設されるようになった。

しかし、刑務所や軍事施設のように監視塔はない。

〈造るべきだったな〉

賢雄は車の速度を緩めてゲートを通りながらそう思う。

〈法蔵〉の敷地面積は広大で、東西南北に広がっている。

東側を通っていた国道51号線は結果敷地内で中断される形となり、敷地内にあった冷却水確保用の湖は上から分厚いコンクリと鋼板で蓋をされていた。

かつて西側にあったゴルフコースは半分の大洗側を接収され、無理矢理盛り土をして広大な土嚢となっている。

この放棄できない拠点施設を一個中隊と戦車二両で守るというのは少々問題だ。

戦車は非常時においては、敷地の奥の電源施設に一両、ゲートから四〇〇メートルの距離に新設された管理棟の近くに一両。

肝心の高速増殖炉の建物の上に、櫓が増築されて自衛官が歩哨に立っているのに気づく。

自衛隊も努力はしているらしい。

現場の涙ぐましい、と上につくのが組織としては問題なのだが。

警護している自衛官たちは戸惑いながら賢雄たちを迎え入れた。

東京のテロは理解しているし、ここにも何かあるかも知れないとは思っていても、彼らが所属する自衛隊ではなく、公安警察から人が送られてくるとは考えもしなかったからだろう。

日本の役所的にはあり得ない越権行為に等しいが、彼らを戸惑わせているのは、やって来たのが原子力規制庁の役人や、公安警察の特殊部隊ならともかく、琉球義勇兵だという事実だ。

自衛隊としては、琉球義勇兵に対し、同僚が琉球紛争で肩を並べ戦った〈戦友〉という認識がある。

指揮官である広江礼一三佐はしばらく考えた後、自衛隊本部に無線を送った。

本部からの指示が戻ってくるまでに一時間かかったが、「人員を確認して警備指揮下に入れるべし」というものだった。

そこから数名を経由して、琉球紛争を経験した自衛官のひとりを呼び出し、賢雄と対話させ、顔写真のメールを送って身元確認をさせた。

「では、我々の指揮下ということでよろしいですか？」

「はい、ありがたくあります」

賢雄は敬礼で返した。

「……とはいえ、我々は敵の規模も詳細も分かりません」

「大人数……おそらく最低でも中隊規模なのは間違いないでしょう。それと多分、榴弾砲も持ってる」

榴弾砲と聞いて江広三佐の顔色が変わった。

「まさか……国内ですよ？」

「普通の兵隊じゃなくて諜報関係の組織したゲリラです。自前だけではなく、ここにあるものを使う可能性がある」

「まさか」

「盗まれたのは米軍のM777です」

「155ミリですか……」

広江三佐の顔が、暗澹(あんたん)としたものに変わった。

「一〇トン積みの専用トラックがあれば、車載兵器になりますよね、アレ」

「ええ。ただ専用トラックまでは奴らの手には渡ってません」

「それは……よかった」

「とりあえず、歩兵は何人いますか？」

「現在、二個小隊がここの守りについてます、それと我々一〇式戦車が二両……本来は三両欲しいところですが、敷地の問題がありますから」

広江三佐はアスファルトを傷めないようにゴムパッドの付いた履帯(キャタピラ)を装着した一〇式戦車を見やった。

アジア最新鋭、最高性能を謳(うた)われる戦車だが、それでも「戦場の王」と呼ばれる榴弾砲の直撃には敵(かな)わない。

「一応、半径三〇キロ圏内に無人偵察機(ドローン)を飛ばして、榴弾砲がないかを確認してもらおうと意見具申したのですが……空いてるドローンがあるかどうか、と」

溜息交じりに広江三佐は言った。

「では、こちらはこちらで出来ることをしましょう」

「？」

「鼠を狩り出すんです……少々ご迷惑がかかるかもしれませんが、それは我々が勝手にやった、ということで目をつぶっていただけますか？」


「彼」は、軽い仮眠から目を醒ました。

「彼」を起こしに来た貧侠の仲間が驚いた顔をしている。

「あなたはいつも起こしに来いと仰るが、起こせたためしがないですね」

英語で言いながら、屈強なイスラエル人の貧侠は笑った。

「なるべく自分で起きることにしているのですが、私も完璧ではないのですよ」

苦笑しながら「彼」はベッド代わりの弾薬箱から起き上がった。

トラックから降りると、茨城県側のゴルフコースの真ん中に着いていた。

すでに日は落ちている。

かつて青々としていた芝生は、「彼」の仲間である貧俠の手によって病害が広がり、広範囲で立ち枯れを起こし、今日から三日間の昼夜を問わない突貫工事で芝生を入れ替えることになっているのだ。

依頼人であるゴルフクラブの管理責任者は、出迎えてすぐ胸に風穴を開けられて、ポカンとした表情を浮かべたままブルーシートにくるまれているところだった。

「わざわざ労(ねぎら)おうとしてくれたんですねえ」

このゴルフコースの職員である仲間の貧俠がしみじみと言う。

「善人は本当に早死にをする」

無言で「彼」は運び出されていく死体を眺めた。

罪悪感はない。

「彼」の仕事と目的は死を生み出すことなのだから。

ただちょっと袖(そで)を動かしたら近くに咲いた花を落としてしまったという程度の感慨はある。

これから、数万、数千万の死を生み出しに行くのだ。

そして、ここが終われば次は自分の祖国だ。

映画の中で道化の顔をした悪党が言っていたとおり「恐怖の正体は、それが公平であること」だから。

「第一襲撃部隊、準備、終わりました」

「第二襲撃部隊、準備終わりました」

「第三襲撃部隊、準備終わりました」

起こしに来てくれたイスラエル人がさしだしたタブレットの中からの報告に、「彼」は頷き「ご苦労」と労いの言葉をかけながら歩いていく。

タブレットに映し出された向こう側は、エンジン音と排気ガスの煙が作業用のライトに照らし出されて、ラリーのスタート地点のような騒ぎだ。

だが、エンジン音だけは驚く程低い。これはマイクの性能が悪いのではなく、実際に低い排気音を出すように作られたマフラーであり、エンジン部分のカバーだからだ。

こういう新しい仕組みを使うのは「彼」の好みではないが、ここで一度作戦はクライマックスを迎え、実戦となる。そうなれば情報のリアルタイム共有は勝敗に即つながるので仕方がなかった。

ゴルフコースのひときわ高い丘になっている広大なグリーン、そのど真ん中に、巨大な砲身がそびえ立っていた。

脇には屈強な男が六人と、頑丈そのもののノートパソコンを持った太った日本人の男が居て、鉛のケースに入れてあった砲弾が次々と、通常の砲弾箱の中に移されていく。

「榴弾砲、整備終わりました！」

屈強な男たちの筆頭が言うのへ頷き、「彼」は弾薬をもう一度数え直す。

持ち込んだ通常弾五〇発のうち二〇発、エクスカリバーⅡは二五発あったがここには一〇発。これ以上は持ち込めなかった。

その代わり、残りはすべて春日部の〈前衛芸術〉が消費することになるだろう。

淡々と、「彼」は準備の進捗を訊いた。

「エクスカリバーⅡの準備は？」

「整ってます。ただ、GPSを使用すると多分アメリカ軍にも自衛隊にも探知されます、そうなったら三〇分以内にここへ爆弾が落ちるか、ヘリが来るか、ですね」

「撃ち始めたら止めるな。全弾撃ち尽くして、生きていたらさっさと逃げたまえ」

「はい、リーダー」

「彼」はこの計画を推進する前から〈紙の虎〉とは自ら名乗ることはなく、今も偽名さえ使わずに単に「あなた」もしくは「リーダー」とだけ呼ばせていた。

本名などそもそも「彼」にはない。記録がないし、梢と祖父が呼んでいた名前も本当に両親がつけたものか分からない。

第一、名前など記号に過ぎない。

死ねばみな最後は骨になり、灰になり、消え去る。血肉も、その人物の記録も無意味だ。

そのことを、まずこの平和に慣れきった国に教える。

次に何も考えなくなった祖国の民に、祖国を切り離して自分たちだけは無事だと思っているもう一つの祖国の民に、そうやって広げていく。

意味などない。意義もない。

何かを得るためではなく、この世のすべての人間から奪うだけが目的だからだ。

現在この場にいる貧侠はほぼ全員そうだった。

国籍も、主義主張も関係ない。

ただ、自分以外の他人が幸せになるぐらいなら、自分が不幸になってでも相手を害したい、あるいは自分の命と引き替えに何かを残したいとだけ願う人間たち。

最初の数名は洗脳術を駆使して「教育」した。

だが、その数名が数十名を作り、数十名が数百名をつくる辺りからは、何もしない。

悪意は伝染し、同じ悪意を持つ者同士は連帯する。

インターネット、中でもＳＮＳという無限に広がる網は、網の目に引っかかる。一国においては数少ない個人を世界中からさらってくるのにぴったりな道具だった。

ひとつの国において一%しかいない人間でも、一〇〇以上の国から集まればかなりの数になる。

まして、人口一〇〇万の国も、六億の国も、割合が同じだとしたら、世界中から集められる数はどうなるか。

そんな〈一%の人間〉をコアにして、そこから濃度の違う悪意の連帯を作っていけば、それは国際的なネットワークになる。

あとは「彼」が相応(ふさわ)しい者を選び出し、金を与え、仲間内の名誉を与える。

人は誰かに認められると動くようになる。

今回の高速増殖炉襲撃は、次の段階への第一歩だった。

今回の作戦が終われば、成功するにせよ、失敗するにせよ、「それが可能かもしれない」という事実が世界に流布(るふ)される。

世界を革命するのではない。永遠に混沌(こんとん)へ突き落とす。

この小さな島国は格好の生贄(いけにえ)だった。

第二次大戦においては〈カミカゼ〉なる、〈自己犠牲〉をシステム化しても、一切の叛乱(はんらん)を招かない国民性で世界を驚愕(きょうがく)させた。

何もかも失ったはずの第二次大戦後、冷戦体制によって再び〈黄金の国〉と呼ばれるまでに上り詰め、金融崩壊の後も世界で上から数えた方が高いGDPを誇る、理想の社会主義めいた全体主義の国。

政府のルールに従っている限りは最低限の安全が無担保で保障される国。

無思考であることが最大の世渡りである国。

そこが死の灰で覆われれば、それが第二次世界大戦の生み出した「戦後」の終わりの始まりになる。

「では、諸君。一〇分後に出発する」

「彼」は静かに言った。

「しかし、前線に出る必要はないのでは？」

イスラエル人の貧俠が他に聞こえぬようにそっと囁いた。

「こういう大がかりなことは、最後が肝心です。臨機応変に指揮を執り、責任を持てる者がいる必要性がある……何しろそれが貧俠の〈心意気（プロパー・スピリット）〉ですからね。そして指揮官の誠意でもある」

「ですが、あなたが死んでは……」

「私は死にません」

「彼」は笑顔でそういった。

ある意味、嘘ではない。

夜風が頬を撫でる。

北から来て西へ向かう風だ。

一〇年近く前から毎年この日、大洗から東京へ向けて真っ直ぐ風が吹く。

この風に乗れば、死の灰は遠く東京を越え、岡山あたりまで届く。

それが始まりだ。

戦場で銃弾を浴びて即死するのではない。

いつも通り目覚め、生活し……あるいは政府勧告で恐慌を来して避難しながら。

空の上から舞い降り、地表を吹き付けてくる風に乗ってくる、目に見えない死神の鎌に脅えつつ。

死神の鎌の先端で少しずつ切り刻まれ、その傷口からじわじわと生き腐れていくような恐怖を味わいながら滅んでいくことの始まりなのだ。

必ず死ぬとは限らない。

だが、〈確実〉に、〈安全〉に、生き残ることは不可能。

死ぬかもしれず、死ぬよりひどい生を生きるかも知れない恐怖。

そんな状況に晒され続けて、東京都民一五〇〇万、関東近郊数千万人は理性を保っていられるか。

「彼」は笑みも何も浮かべない。

今回のことで、貧俠の名前はさらに大きくなり組織も大きくなる。

失敗したとして、それは車庫に棄てられていた「彼」のようにコインロッカーという場所に「棄てられて」人生が始まった渋谷賢雄という人物の能力ゆえのことか、自分自身の思考の欠点か、あるいは人材（貧俠、テンサン・エンジェル）のシステム的な欠陥が引き起こしたのかの判定がつく。

安全な場所でその報告を聞くのは公平ではない気がした。

失敗、成功、どっちに転んでも「彼」には問題はない。

今回の作戦自体が壮大な実弾射撃演習にすぎない、と世界が思えばいい。

そして〈次〉に脅え続ければいい。

そのうち、貧俠の中から、あるいは他の世界のあちこちに必ず存在する闇の中から、誰かが立ち上がってきて本当に実行するだろう。

アメリカがウサマ・ビン・ラディンを「殺した」ことで、中東が永遠の混沌に陥ったように。

夜の一一時に警報が鳴り響く。

全作業員、職員の退避を命じる高レベル警戒警報。

非常事態宣言態勢下で泊まり込んでいる職員、作業員は戸惑いながら緊急手順に従う。

「どういうことなんですか？」

突然やって来た見慣れぬ軍服の集団が警備の自衛隊と話をしていたかと思ったら始まったこの騒動に、職員たちは詰め寄った。

「毒ガスによる原発襲撃の可能性があります。安全管理の最終作業員、職員以外の方たちはただちにここを退去してください」

眼鏡をかけた女性兵士が声をあげる。

「紛争」時に作られたマニュアルに従い、職員は最低人数五人を残して移動用バスに乗せられ、移動していく。

異様だったのは、自衛隊ではない軍服の集団が職員や作業員たちにまで銃口を向けていたことだ。

彼らはバスが門をくぐるまで銃口を下ろさなかった。

そして残る現場作業員たちはひとまとめに管理センター地下の〈控え室〉に入っていく。

毒ガス攻撃があると想定された場合、ここに彼らはひとまとめに入れられ、攻撃が去ったと外の自衛隊員が判断するか、あるいは二四時間後にロックが解除されるまで中に入ったまま出られない。

管理センターの中にも琉球義勇軍の兵士が入った。

「どういうことですか？」

「念のための警護です」

とだけ嘉手苅政則上級曹長は告げ、沖縄の人間らしく真っ黒に日に焼けた顔に人なつっこい笑みを浮かべた。

ちなみに、ガスマスクは首から下げている——これも公安警察の三好から送られた〈押収品〉のひとつだ。

「は、はぁ」

とはいえ、銃を持った連中がこういうところにいるというのは、やはり〈ガス攻撃〉というものが行われる可能性の高さを示しているようで落ち着かない。

「やはり隔壁閉鎖をした方が良いんでしょうか？」

「まあ、タイミングというものがありますから」

嘉手苅は笑う。

「ちょ、ちょっとトイレに」

真っ青な顔になった職員がひとり、手をあげる。

嘉手苅は黙って頷き、職員は司令室を出た。

職員が出て行くとき、嘉手苅が手元の無線機のスイッチを軽くＯＮ／ＯＦＦしたことは気づかない。

職員はそのままロッカールームを過ぎ、本当にトイレに駆け込んだ。

ただし、女性トイレだ。

一番奥の個室に駆け込み、鍵をかけると便器の上に立って天井板を押して外した。

一ヶ月前から残業の合間に部品を持ち込み組み立てかけた状態の、ベレッタ社製ＡＲＸ１６０アサルトライフルを取り出し、最後にフレームと銃身、薬室部を止めるピンを打ち込んで組み立て、箱形弾倉を塡(は)め、装塡棹(チャージングハンドル)を引く。

ＡＲＸ１６０はイタリア軍を含めたカザフスタン、アルバニア、メキシコなど数ヵ国で現在も使用されているアサルトライフルである。

装弾数はＭ４アサルトライフルと同じく三〇発の箱形弾倉を持つが、職員が組み立てたのはカザフスタンの特殊部隊が使っているのとおなじバージョンだ。

このバージョンの口径は通常の5・56×45ミリＮＡＴＯ弾よりひとまわり大きい、旧ソヴィエトのＡＫ47が使用しているのと同じ7・62×39ミリ弾。

この弾丸は世界のどの軍用ライフル弾よりも安価な上、安物の防弾ベストの貫通はもちろん、高級品であってもその着弾衝撃で標的を行動不能に出来る。

「よし」

意気揚々と外へ出た職員を、眼鏡をかけた女性兵士――恭子の銃口が待ちかまえていた。

反射的に引き金を引くが、かちりと空しい音を立てて、撃針は解放されたが銃弾は放たれなかった。

素早く再びチャージングハンドルを引いて7・62ミリ×39弾を排莢し、次弾を装塡して引き金を引くが撃発しない。

呆然とする職員の顎と腹に、恭子は素早くＭ４の銃床を叩き込んだ。

顎と腹を殴られてうずくまる男の背中にさらに銃床を振り下ろすと、手からＡＲＸ１６０を蹴り飛ばし、恭子は素早くボールギャグを相手の口に嵌め手首を結束バンドで縛り上げた。

「悪いわね。ここの女性トイレに入ったとき、天井の埃がなんで便器に落ちてるんだろうと思って開けたのよ……ここ、もう一つ女性トイレがあったら良かったのにね」

恭子は職員の腕をねじり上げて部下たちに引き渡す。

「隊長のところまで連れていって。他に仲間がいないかどうか尋問する」

時間があればね、という言葉はあえて飲み込んだ。

身体の中に行き場のない怒りと殺意が渦巻いている。

結局あれ以来、真琴は自分と一切口を利かず、目も合わせず、賢雄とリマの車に乗ってしまった。

そして今、真琴とリマはこの敷地内にいない。

早く、敵が来て欲しかった。

明らかに自分がおかしいのは自覚出来るし、それは周囲の人間も同じだ。

放り出されなかったのは、小隊の仲間だという恩義と、敵味方を識別できる判断がまだできると、意外にも晄三郎が言い出してくれたからだ。

感謝する気はなかった。

自分をレイプしようとした男だ——ペニスと体力はともかく、人として最低最悪なのは間違いない。

ややもすれば真琴さえもレイプしたに違いないのだ。

奴に感謝はしない。借りを返して貰っているだけだ。

敵が来れば、その貸し借りの話や、真琴の話も忘れられる。

ただ、殺せばいいのだ。

銃の反動と硝煙と血の匂いの中に身体を沈めそのまま死ぬ。それが一番自分に相応しい末路だと恭子は決めていた。

真琴とリマは敷地の外、西側の元ゴルフ場の巨大な土嚢の麓に、いつの間にか自生した茂みの中にいた。

リマが狙撃手として淀川の残した狙撃用のM24ライフルを構え、真琴は彼女のそばでライフルスコープでは見えない、広い範囲を双眼鏡で眺めながら、敵が近距離で待ち伏せした場合、いつでもその襲撃者を倒せるように装塡済みのM4を握っている。

真琴は護衛兼観測者の役回りを与えられていた。

死んだ淀川はひとりでいることが多かったが、通常、戦場における狙撃兵には当然の処置である。

「どう？　見える？」

「確かに、山の向こうで妙な煙が上がってますね」

双眼鏡の倍率を上げながら真琴は頷いた。

五分前、スコープを覗いていたリマが「おかしなものが見える」と言いだし、〈法蔵〉内の賢雄に連絡を入れたが、真琴には見えず、首を捻っていたのである。

「……あれ、本当に排気ガスなんですか？」

「こういうものは見間違えないモンよ」

片目にアイパッチをしてリマが笑う。

「あと五分もしたら先頭車両が多分山頂を越えてくるわ」

「……分かりました」

やがて、オフロード用のランドクルーザーが山頂部を越えてくる。

その荷台に積まれた機銃よりも、運転席の屋根に装着された大きな装置をリマは狙って撃ち抜いた。

装置はレーザー測定器。

丘を降りながら運転席の中にあるか、あるいは遠隔で原発内の様子をリアルタイムで計測し、送信、ミサイルや榴弾砲のシステムとシンクロして命中率を上げるためのシステムだ。

四台のランドクルーザーの装置と、荷台に積まれた、工業用ロボットアームに無理矢理溶接して、遠隔操作出来るようにしたと思しい機銃に向けてリマは銃弾を撃ち込む。

「これで数分稼げた」

空薬莢を回収しながらリマは言った。

敵は運転席の窓からデタラメに銃弾を放っていて、銃火(マズルフラッシュ)こそ派手だが、拳銃弾を使用するＳＭＧらしく、弾丸はこの近くに飛んでこない。

先陣はおそらく勢いだけの素人を集めて編成しているのだろう。

本物のプロは彼らの後にやってくる。

「とりあえず、迫撃砲はあの山の向こうなのは間違いないわ……やっぱりもう少し奥まで調べるべきだったわね……行くわよ」

リマは立ち上がり、近くに枝葉を被(かぶ)せて隠していた陸自のオフロードバイクのスターターを蹴った。

真琴もそれに倣(なら)うが、またがってキックペダルを踏むとき僅(わず)かに顔を歪(ゆが)めた。

「ロストバージンの翌日にしちゃ、ハードすぎる仕事よね」

振り向いてリマが微笑む。

「だ、大丈夫です」

真琴は大真面目に答え、ふたりは山の麓をぐるりと一周するべく、マフラーの音を極端に小さくする加工を施された偵察・伝令用に改造されたカワサキＫＬＸ２５０のアクセルを開いた。

「砲撃、お願いします」

リマの連絡から数分後、ランドクルーザーのエンジン音と銃声がして、賢雄はヘッドセットのマイクに声を入れた。

すでに敷地内の門ギリギリまで出張っていた、二両あるうちの一両の一〇式戦車の砲塔が微調整を終えて砲撃を開始した。

腹に響く砲声と一瞬後の着弾音とともに、元ゴルフ場の巨大土嚢の中腹まで降りてきたランドクルーザーが三両ほどまとめて吹き飛ぶ。

「着弾確認！」

一〇式戦車に搭載されたサーモセンサーでエンジンの熱を感知しての射撃である。

《一体、何台くるんだ？》

《これで終わりか？》

《本部！　こちら〈法蔵〉、襲撃（デングリ）あり、繰り返す、襲撃（デングリ）あり！　送レ！》

周波数を合わせたヘッドセットから、混乱したゲート1で応戦している一〇式戦車に乗る自衛隊員の声が聞こえてくる。

その中、指揮官である江広の声が冷静に隊員たちに指示を与え、戦車は攻撃を続ける。

賢雄たちは炉心施設の近くで動かない。

「わ、我々も討って出るべきでしょうか？」

普通科（歩兵）の士官が、おずおずと訊ねてくる。

自分たちを歴戦の勇者として見込んだ上でのアドバイスを欲しがっているのだ。

「今は動くべきじゃありません、敵は数が多い上に、知性化弾頭（エクスカリバーII）の使える榴弾砲を持ってます……相手が塀を乗り越えて来てからが勝負です」

自衛官は息を呑（の）んだ。

賢雄の言葉は「いずれ戦車は潰され、敵がこっちまでくるから覚悟しておけ」という遠回しの言い方だった。

暁三郎は恭子とともに管理ビルの中にいた。

腰には例の刀がある。

おそらくこれをまた使う事態になるだろうことは間違いなかったので、ヤクザ仲間を使って取ってきてもらった。

ちらり、と晄三郎は恭子を見やった。

明かりを落として赤い非常灯のみの廊下を進む恭子は、左右に首を振り、何度も舌打ちし、肩を揺すっては装備品の位置を直し続けている。

先ほど打ち合わせをしたときはまだましだったが、それでも冷や汗をかき、苛立たしげなのは変わらない。

部下たちに無意味に怒鳴り散らしたりはしていないが、恭子の様子は明らかに不安定だった。

「モロ分隊長」

晄三郎の部下の饒平名二郎が囁く。

「政長曹長、なんか危ないかんじですけど大丈夫？」

晄三郎ほどではないが独特の沖縄訛りで訊ねる部下へ、

「黙ってろ、馬鹿」

短く言って晄三郎は睨み付けた。

この男は敵味方に容赦がないが、戦場で部下に対し、どんなに無愛想でも手を挙げることはまずない。

最初に賢雄に止められたからだ。

殺されるはずだった彼を救ってくれた賢雄は、それほど晄三郎にとっては大恩のある人物という認識だった。

そして政長恭子は、彼にとって仲間だった。

薬でボロボロになっていても、明らかに戦場で「しくじる」ことが目に見えていても、それでも仲間だった——なによりも彼女自身が戦場で死にたいと願っていることが晄三郎にはよく分かっていた。

「えー、非常階段は爆破したかー？」

饒平名に訊く。

「あ、今終わるところですよ」

彼の言葉を肯定するように、建物の外にある三階から上へ直通で続く建物外の鋼鉄製非常階段の建物各階への接続部が、適量のＣ４爆薬で爆破される音が響いた。

後は自衛隊の車とロープで引っ張り、建物から引き剝（は）がすだけでいい。

これで敵は正面から来るしかなくなった。

「三階かネー」

晄三郎は呟いた。これはメインの戦場がどこになるか、という意味である。

六階建ての建物はエレベーターを停止した場合、三階まではまっすぐ上ってこられるが、それ以後は建物の東側にあるもう一つの階段を使わないと上れないようになっている。

迎撃するならここだった。


一〇式戦車の上に連続して雷が落ちた。

エクスカリバーⅡ、というアーサー王の持っていた伝説の剣と同じ名前を番号の前に持つ知性化弾頭は、正確に真上から貫通弾となって戦車を貫き、その車体の底に触れた瞬間に爆発した。

砲塔が膨らんで車体から浮き上がり、砲身が根元からへし折れたと思った瞬間、ハッチなどの部品が吹き飛び、次いで車体が裂け、砲塔が四散し、炎と爆風が夜空を焦がす。

地面に伏せた賢雄たちの上を恐ろしい勢いで破片が飛んでいく。

長く続く悲鳴は、側にいる自衛官や賢雄の部下たちがあげたものだった。

悲鳴は安全な状態か、最期にあげるものだ。

危険が迫る中、安全な場所であげる悲鳴は危険な状況への心構えを作る為の儀式である。

賢雄の部下たちはそれを知っているが、自衛隊員たちはおそらく本能であろう。

戦車の破片のひとつが背後に控えていた自衛隊の16式機動戦闘車にぶち当たって大きな音を立てた。

爆発の煙が夜風に流されていく中、賢雄にはひとつだけ分かったことがある。

「一発目が戦車ってことは……〈ニューク・ロック〉はかかったままか」

賢雄は安堵した。

あの調子で一〇発も炉心の上に落とされたら、いくら頑丈に出来上がった炉心とはいえ、持つはずがない。

〈紙の虎〉と豊富な人材を誇る貧侠たちもそこまでは出来なかったらしい。

だとすれば、やはり管理棟を占拠して暴走させる手段だろう。

さらに天空から来る砲弾の姿をした雷は、鋼板とコンクリートで出来た塀を連続して破壊した……さっきの一〇式を破壊した時に得たデータを反映させて、壁に砲弾を集中させたのだ。

（急ぐことにしたか）

賢雄は相手の覚悟と、規模を見て取った。

（やはり、エクスカリバーⅡを温存出来るほどの数のプロはいない。二割以上が素人だ）

二割以上を素人が占めている部隊で長時間戦闘は無意味だ。

これはほとんどが素人の琉球義勇兵を指揮していた経験から知っている。

最初は高揚している素人たちも三〇分経てばアドレナリンの効力が切れて冷静になり、脅えだす——そうなる前に次々と状況を進め、「我々は勝っている!」と言い聞かせてさらにアドレナリンを放出させる必要がある。

あるいは——賢雄はめったにしなかったが——「逃げたら殺すぞ」と脅すことで恐怖のアドレナリンを分泌させること。

中にどっと押し込んでくる数百名の貧侠を乗せた数十台のオフロードトラックやバイクが銃弾をまき散らしながら中央管制室と炉心、さらにその背後にある電源施設を目指す。

〈法蔵〉の電源施設はこれまでの日本における原子力災害の反省点を踏まえ、四段階に分かれ、うちひとつは完全防水状態で土の中にある。

だがそれ以外の三つは地上だ。

「総員、迎撃用意!」

賢雄は声を上げて中央管制室のビルの入り口前に積まれた土嚢に銃を据えた。

塀を破壊して中に侵入してきた敵の半分はこちらに突っ込んでくる。

撃て、とは言えず、賢雄は横に居る陸曹長の階級章をつけた自衛官に目線を送った。

賢雄よりも十歳以上は若い自衛官は頷いて声を張り上げる。

「総員、撃てーっ！」

据え付けられたMINIMI分隊支援火器が数挺吠え、賢雄も自分のM4を撃ち始めた。

同じ5・56ミリ高速弾だが、MINIMIの発射速度はM4よりもゆっくりめで、ベルト弾倉による給弾は無限に続くかのように途切れない。

たちまちのうちに敵は頭や手足、胴体を撃ち抜かれてバタバタと倒れるが、それでも後から湧いてくる。

「一個連隊（二〇〇〇人）はいるんじゃないのか？」

誰かが悲鳴のような声をあげたのをかき消すように、電源施設を守るべく進出してきたもう一両の一〇式戦車が吹き飛ぶ轟音が、辺りをなぎ払うように響いた。

ゴルフ場の真ん中で、太った貧侠の男は背中を丸めて折りたたみ式の机の上に置いたノートパソコンを開いて着弾位置を修正した。

「くそ……中央管制ビルだけ高濃度ジャミングかよ」

呟きながら修正に修正を重ねる。

エクスカリバーⅡはあと八発残っている。

これで周辺を固めている三個小隊を壊滅させ管理室を乗っ取ればこちらの勝ちだ。

げほ、げほと咳(せき)をする。

男はもう長くなかった。

エイズを発症したと知った時は、もうこの世の終わりだと思った。

すべての人生の繋がりが断ち切れ、人生そのものが終わると。

真面目に生きて来た。だがそのせいで太り、〈醜い夫〉を拒絶するようになった妻と、夫婦の交わりがなくなって結婚四年で離婚された。

ひとりで生きていくのはいやだなあと四十になる前に思い、生まれて初めて出会い系サイトに登録した。

二十歳(はたち)ぐらいの少女の面影がある娘だった。

一〇万で生で、中出しOK、と言われ自棄(やけ)になっていた男は、言われるままに金を払い、朝まで女を抱いて、七回、その中に射精した。

そしてHIVに感染したと知ったのは四十七の今年だ。

ゴムなしの性交渉はあの一回こっきりだった。

さらにもう末期症状であり、感染症により余命半年だと知った時、貧俠に入る決意をした。

自分が死んでも世界が続くのがどうにも我慢出来なかった。

家庭のために頑張り、ストレスで食い過ぎて太った彼を棄てた元妻も含め、すべて巻きこんでやりたい。

純粋にそう願っていた。

どうせ死ぬのだ。気まぐれな病原菌と抗体の流れでいつ死ぬのか脅えるのではなく、自分で選んだ戦いの結果として死にたい。

だから、〈法蔵〉が吹き飛べば死の灰が流れてきて死ぬ、ということに恐れがない。

イヤープラグをして砲声を直接聞かないようにしながら、発射音とその衝撃に内臓を揺さぶられる気持ち悪さに耐えながら、彼は砲弾修正を続ける。

リズミカルに砲撃は続く。

エクスカリバー弾頭を撃ち尽くしたら、あとはこれまでのデータを元に修正を行う。

修正した着弾データが出ると、彼はその数字を叫んだ。

理解したと、榴弾砲を操る六名のうち、発射指示をする指揮官が肩を叩き、彼は次の着弾データを収集、発射されると弾頭から送られてくる情報を元に、そして微妙に風の動きや流れを配慮して着弾位置を修正する。

二両目の一〇式戦車を二発のエクスカリバーⅡで倒した。

次は管理棟だ。ただ破壊するわけにはいかない、管理棟を破壊すれば原子炉は自動的に安全運転を持続する設計になっている。

暴走させるには管理棟側が操作するしかないのだ。

榴弾砲の斜角と方角の修正数字を叫ぼうとした瞬間、男の頭を、M24狙撃銃の銃弾が撃ち抜いていた。

男が倒れるのを見た、他の榴弾砲に取りついていた貧侠の兵士と、その護衛たちが応戦するよりも早く、次々と長距離狙撃で彼らは頭を、心臓を貫かれて死んだ。

「どう?」

M24狙撃銃の装塡棹を引いて排莢し、元ゴルフ場の東側にある林の中で最後の一人を撃ち倒したリマが聞いた。

「全滅です。もう人はいないと思います」

周囲を双眼鏡で確認して真琴が言う。

内心、真琴はリマの腕前に舌を巻いていた。

素早く、無駄がない。

紛争中、一度だけ淀川のスポッターになったことがあったが、彼でさえどんなに早くても「待つ」時間があった。

リマは銃を構えて寝そべり、スコープを覗き、ちょっとスコープのレティクルを弄ると
すとん、と引き金を落とす。

ボルトを引き、次々と撃つ。まるで当たった瞬間だれがどう動くのかをあらかじめ知っているかのように。

「じゃ、あれを爆破したらさっさと戻りましょう」

だが当人は腕前を誇るでも、謙遜するでもなく、フラットな態度のまま立ち上がると、腰のホルスターから真琴たちが使っているのとおなじSIG P320を引き抜いて撃鉄を起こした。

「了解」

慌てて真琴もM4を構えて後を追う。

同時刻、埼玉県春日部市の高台に作られた〈前衛芸術〉が東京へ目がけて火を噴いた。

コンクリート製の〈前衛芸術〉の中に納められたM777榴弾砲の砲身と機関部は、デ

タラメに東京の中心、霞が関方面へ目がけて砲声を轟かせた。

その横では元ゴルフ場でリマたちが始末したのと同じパソコンを使った、こちらは痩せぎすの少年が、撃ち込まれるエクスカリバーⅡの飛翔軌道をリアルタイムで修正する。

装填器が後退し、屈強な元兵士たちが独特の、先の曲がりがきついＭ７７７用の装填棹に次の砲弾と火薬を入れ、閉鎖する。

少年が数字を読み上げるとすでに最初の発砲で擬装の「芸術品」であるコンクリートはひび割れ、崩れてむき出しになった砲身を、彼らは微調整して砲撃を続ける。

一〇発ほど撃ったあたりで五台ほどのパトカーが来る。

ドアを開けて防弾ベストを着けた警官が殺到しようとするのへ、土嚢を積んで作られた小さな陣地に据え付けられた、ブローニングＭ３機関銃が吠えて応じた。

50口径弾は装甲車、あるいは航空機の外壁ごとテロリストを射殺することを建前に作られた、対物狙撃銃にも使われるほど、強烈な威力を持つ。

警官隊の身体は文字通り後ろへ向けて吹っ飛び、装甲も施されていない国産の一般車両であるパトカーは、紙切れのようにボロボロにエンジンブロックを撃ち抜かれ、やがて揮発したガソリンに引火して次々爆発する。

炎上するパトカーを背後に、砲撃は続いた。

二〇分後、最後の一発を撃ち尽くしたのち、ようやく到着した自衛隊の特殊作戦群に彼らは射殺されたが、のちに、彼らのほとんどが生活保護を打ち切られた貧困者である事実が判明した。

少年は日本で生まれたタイ国籍の持ち主で、帰化申請もはねつけられ、来月強制送還される予定であった。

榴弾砲の砲声は止んだが、人の群れは停まらない。

たちまちのうちに賢雄たちは建物内に撤収を余儀なくされた。

最後の一〇式戦車を失ったばかりではなく、管理棟の北側、蓋をされた夏海湖の中程が爆破されると、中から数名の貧侠が素早く現れ、ジャベリンミサイルを立て続けに撃ち込んだことで、第二、第三電源を守る中隊が全滅したからである。

永の指示書リストにあったダイバー用具一式の意味を賢雄はようやく理解した。

あれは海にある緊急取水口から蓋をされただけの夏海湖の中へ潜り込み、スティンガーを射手とともに輸送し、奇襲するための手段だったのだ。

「やっぱり最後はここを狙うか」

第一、第二、第三電源はこれで落ちた……同時にそれは中央管理ビルが陥落した際、外から〈法蔵〉を守る手段が消えたということを意味する。

「現時点で最も階級が高いものは？」

「あなたです、中尉」

賢雄よりも年下の陸士長が言った。

「アメリカ軍との合同演習は？」

「はい、去年やりました」

「やり方は知ってるか？」

「はい、あわせられます」

硝煙と仲間の血でよごれた顔で陸士長は頷いた。

「ですが、我々は民兵です。彼らとも大分違うやり方になります。我慢していただけますか」

「……わかりました」

「隊長、来い！」

ビルの中まで撤退した賢雄たちを、隔壁を開けた晄三郎の分隊が誘った。

一緒に戦っていた二個小隊は人数が半分以下になっていた。

「階段を上れ！　三階で作戦を立て直す」

「隔壁があるんですよ？」

「全部コンピューター制御だ、それぐらいの対応策は持ってると仮定しろ。三階の椅子、ソファ、机、なんでもいい、バリケードを築け！　ないよりはマシだ！　自販機があればなおいい！」

敵の武装はほとんどがＡＫ74、Ｍ４の前バージョンであるＭ16Ａ2、つまりライフル弾などの小口径高速弾である。

標的へ与える衝撃力ではなく、貫通力に特化しているため、微妙な硬度のもの、あるいは硬軟取り混ぜた材質相手だと、素材を貫くごとに推進力を拡散され、あるいは、あさっての方向へと飛び去ることが多い。

硬度の違う金属やプラスティックがランダムな空間を持って詰まっている自販機は、こういう場合格好のバリケードになる。

飲料水系の物なら、今度は液体まで入るからなかなかに頼もしい。

ただし数百人の銃撃に永遠に耐えられるわけではない。

一斉にクラッキングされて隔壁が開かないように、各階でコントロールしているサーバーを替えて、非常時には遮断、パスワードロックで各階ごとに解除——それが管理棟のシステムになっていた。

「彼」には相手の指揮官、渋谷賢雄の思考が手に取るように分かった。

資料を読み込んでいるなら、おそらく上の階……こちらが天井を爆破して一網打尽にされないように……で待ち伏せする。

考えすぎだよ、君は。

「彼」は苦笑した。貧俠はこれまでの戦闘ですでにかなり数を減らし、三〇〇人、大隊程度にまで戦力を下げている。

そして派手な爆薬やロケット兵器は、外の中隊をかたづけるためのジャベリンで品切れ、あとは管理室のドアを吹き飛ばすための少量のC４爆薬があるだけ。

オマケに生き残りはほとんどが銃どころか刃物さえ握ったことのない素人ばかりだ。

幸い、中核となるべきベテランやプロの軍人たちは「彼」の周囲に残してある。

降りた隔壁をあげるため、貧俠のひとりであるハッカーが壁の配線を掘り出し、直接ＰＣに回路を繋いで、自作サーバーにもなる容量をもつノートＰＣでクラッキングを行っている。

「どれくらいかかる？」

仲間の声に、

「あと二分ください」

とハッカーはいい、事実、二分後に通路を左右から塞いでいた隔壁がゆっくりと上がり始めた。

「これがあと四階分もあるのか」

ゲンナリしたように「彼」を起こしに来たイスラエル人、ヤハドが呟いた。イスラエルには軍役の義務があり、彼も当然ベテラン兵士だ。

「たかが六階分だよ。消防車が来た場合、六階から上の火事は消せないからね。そこも考えた非常対策だ。ＣＩＡのアジトのような武装した警備システムがない分、こちらの方が楽だ」

そうしている間にも別のベテランに率いられた数人が、斥候として上の階へと移動しはじめた。

案の定、二階は誰もいなかった。

この新しく建てられた管理棟は戦争時の攻撃を想定しているため、各階を移動するためには必ず建物を対角線上に横切らねばならない、という構造になっていた。そして、三階の奥で銃声が響き始めた。

黒い、アンダーソン&シェパードのスーツを身にまとった「彼」はアサルトライフルを片手に、仲間たちの元へ悠然と歩き始めた。

攻撃を始めてから一時間近くが経過している。

埼玉のほうの砲撃はすでに終わっていたが、今頃自衛隊の東部方面軍に潜り込んだ貧俠たちがそれぞれ行動を起こしているはずだ。

数名は取り押さえられるだろうが、彼らには横の繋がりがない。

「一時間後に別働隊が動く」というあやふやな情報だけを与えてある。

実際には誰も来ることがなくても、彼らは「別働隊が来るかも知れない」と考え、警戒のため身動き出来なくなる。

ECCMとDDoS攻撃は日本国内のSNS用、軍事、警察のサーバーにこの時期最も集中して行っている。

噂が噂を呼び、拡散が拡散を呼ぶ。さらに都心への砲撃が加わればどうなるか。

「あと一〇〇分……いや、九〇分か」

呟いて「彼」は三階へ向かう階段で初めて身体を低くした。

「九〇分でカタをつけたまえ」

ヤハドに告げる。

「もうちょっと短く考えた方が良いでしょう」

と彼が答えた瞬間に、爆発音が次々と轟いた。

「ブービートラップか、この短時間で」

「彼」は感に堪えかねたように呟いた。

「彼らは本気でここを時間まで守り抜く気だ。素晴らしいね」

ひょっとしたら生きた渋谷賢雄に会えるだろう、と「彼」は思った。

相手が来たとき軽く銃撃をして、敵をこの自動販売機数台で作った遮蔽物近くまで深く誘導させるのがまず第一だった。

赤外線による動体センサーのブービートラップの誤作動率は高い。

それでもあえて賢雄が使用したのは無線信管がなかったからだ。

ロープ状に成形された屋内突入用のＣ４は、蜘蛛の巣のようにこの階の壁と天井裏に貼り付けられている。

職員が休憩したり、資料書類の整理などを行うここの階だけ、壁は普通のアルミ枠と薄い鉄板で出来た仕切りであり、天井もまた、本来の天井との間に空間を作って、各種配管を通すため、分厚い合板を使って作られた〈覆い〉の一種だ。

センサーが一番奥まで来た敵を感知して無事に作動すると、壁と天井に細長い爆発が一斉に起こって広範囲に吹き飛び、通路を進んでいた先行の貧俠たちを巻きこんだ。

管理棟に窓があるのは一階だけ、残りはすべて壁である。

そこを銃の下に取り付けた、あるいは手に持ったフラッシュライトで照らしながら次の連中が突入してくる。

「撃てーっ！」

出来上がった暗闇の中、賢雄たちは赤外線暗視装置を使って銃撃をはじめた。

銃火の明かりが、瞬間瞬間に暗闇を切り取り、瓦礫(がれき)の中で撃ち殺される敵兵と、それを乗り越えてくる新しい貧俠の姿を映し出し、やがてあちらからも銃撃が始まった。

廊下の突き当たり、東の階段へ向かう辺りに自衛隊員との力業(ちからわざ)で一階と二階から引っ張り上げた自販機、それを土嚢代わりにしての応戦が始まる。

本当を言えば階段から上り終えたところの床すべてを吹き飛ばして渡って来られないようにするという手も考えたが、手持ちのＣ４ではとても足りないほど、この管理棟は頑丈に造られていた。

非常階段の切り離しでさえかなりの量を使用したほどである。

M8に耐えられる施設は要塞と同じというのは伊達ではないかもしれない。

だが、今はただの戦場だった。

賢雄は早くもAKの弾丸でボロボロになり始めた自販機数台の陰で、素早くM4の弾倉を取り替え、ついでに手榴弾のピンを、銃身に装着された多機能レールに引っかけて引き抜いた。

「手榴弾！」

暗闇の中、味方に向けてそう叫ぶと、レバーを飛ばして二秒数えて投げ、再び自販機の陰に隠れながら暗視装置のスイッチを一時切り、耳を塞ぐ。

屋内戦で手榴弾を使うときの基本だ。

爆発と震動が敵の中を揺るがし、火薬の煙と破片と悲鳴が狭い通路内に反響する。

撃たれて死んだ連中の持っていたフラッシュライトの明かりが完全に消え、建物内は再び闇の中に落ち込んだ。

暗視装置のスイッチを入れ、銃撃を再開する。

「隊長、弾！」

晄三郎が叫んだ。

弾切れが間近い、という意味だ。

次々と他の小隊の連中からも声が上がった。

「よし、久々にやるぞ！　総員、着剣！　吶喊準備」

賢雄は途中まで撃っていた弾倉を外し、新しい最後の弾倉を叩き込んだ。

「なにを……」

疑問を呈する自衛官に、

「斬り込みです。皆さんは我々が出たら周辺の破片を集めて土嚢を強化してください」

賢雄は答えつつさりげない命令を混ぜると、仲間たちに向かって声を張り上げた。

「行くぞ！」

全員が手榴弾のピンを抜き、安全レバーが飛ぶ音が連続した。

何の打ち合わせも、合図もなく、一斉に手榴弾が飛ぶ。

銃撃が止んだということで動き始めた貧侠たちの足下にも、手榴弾が転がる。

連続して爆発が起こった。

「吶喊ーっ！」

爆発の煙も収まらぬ中、真っ先に飛びだしたのは晄三郎だ。

腰の刀を抜いて、後退した階段の敵の中に躍り込む。

敵のフラッシュライトの光が通路内に右往左往して交錯する。

瞬く間に数人の首が飛んで、血飛沫(ちしぶき)が壁と天井に飛び散り、切断された人の首が手すりを越えて階下に落ちていく。

悲鳴をあげる者、銃を撃とうとする者――だが、味方を撃つ可能性が引き金を引く指に躊躇(ちゅうちょ)を与え、刀という時代錯誤の武器ながら、近接戦ではもっとも有効な武器のひとつを握りしめた男ひとりの凶暴さを止め損ねた。

そこへ賢雄たちが飛び込んで来た。

広大な屋外で砲撃のバックアップもなしに突撃をかけるのは近代戦において愚かの極みだが、閉鎖された屋内であれば、充分有効な手段といえる。

晄三郎の後に続きながら撃ちまくる。

こちらは一直線、味方を誤って撃つ心配はない。

階段一杯に詰まった敵を殺しまくる。

銃の弾薬が尽きれば敵の銃を奪った。

それが間に合わない時には腰のUSマチェットを抜いた。

重くて分厚く、頑丈なUSマチェットは至近距離で振り回せば日本刀よりも懐に入れる分だけ、敵にしてみれば始末に負えない。

切断された手指が飛び、マチェットが喉に、心臓に突き立てられ、引き抜かれた。顔を真ん中から上下に分断し、刃をかわそうと反射的に突きだされた掌を斜めに切断し、腹部に突き刺さる。

顎が飛ばされ、顔全体が削ぎ落とされ、飛ばされた耳が白い壁に貼り付いた。

渋谷小隊はこのとき、貧侠という羊の群れの中に躍り込んだ魔獣だった。

周囲にあるものすべてを食い散らし、階段を下へ、下へと進んでいく巨大な生き物だ。

誰も喋らず、ひたすら怒号をあげるかまるっきりの無口で、ただ、ただ、ただ死を振りまいていく。

味方からも敵からも琉球義勇軍が「首狩り部隊」と呼ばれた所以だ。

階段にも手すりにも、骨片と肉片が飛び散る。

誰もが獣のように吠えていた。片方は殺される恐怖に、片方は殺す狂気に。

そして、いつものように賢雄と恭子と暁三郎だけが突出していた。

三階から一階までの死の突撃の間に、誰もが血でまみれ、持っている武器は当初のM4やSIG、ベレッタではなくなっている。

暁三郎の刀だけが血染めのままで無事だった。

敵が、不意に途切れた。

賢雄が手を広げて皆を止める。

一瞬遅れて重機関銃の咆哮（ほうこう）とともに階段が砕け散った。

「撤収！」

賢雄の声に全員一斉に背を向け走り出した。

重機関銃の掃射が一旦止むと、再び敵が押し寄せ、持ち込まれたサーチライトとともに銃口が上に向けられたが、その頃には賢雄たちの姿は階段から消えていた。


賢雄たち琉球義勇兵のしたたかなところは、この無謀な突撃行為から撤退に移る間に敵の死体から武器弾薬を回収している点にある。

階段手前に作り上げたバリケードに戻ると、自衛官たちは先ほど落とした天井の瓦礫（がれき）を集めて自販機の上に被せて即席の土嚢を強化していた。

血まみれの賢雄たちを見て、自衛隊員たちは啞然（あぜん）とした。

「い、一体何を……」

「ちょっとしたトッカン……いえ、突撃です」

とだけ賢雄は答え、そこへ部下たちが奪ってきたアサルトライフルや弾倉をすべて集める。

「ＡＫが七、Ｍ４が五の十二挺、弾薬がＡＫが三〇〇、Ｍ４は二〇〇ってとこか」

弾倉を外し弾を詰め替えながら、琉球義勇兵のひとりが血まみれの顔に笑顔を浮かべた。

「はい、素人同然の連中で助かりました」

「い、一体……」

彼らが何をしてきたのか、理解出来るがしたくない自衛官に、賢雄は血まみれの顔を軽く手で拭いて、

「とりあえず雑魚は掃討しました。問題はこれからです。これから来るのは少数精鋭、本当の戦争屋です。覚悟してください。今度吶喊する時は、あなたたちも一緒です。そうじゃなければここは守れない」

「わ、我々も？」

自衛官の顔が暗がりの中でも分かるほど青ざめた。

「大丈夫です」

賢雄は励ますように自衛官の肩を叩いた。

突撃ではなく別のことに相手の思考をそらせる。

「あと三回、敵の突撃に耐えれば、この戦いは終わります」

無責任な言葉ではなかった。

通常、軍隊が「敗北」したと指揮官が判断するのは全軍の二割以上を失った時だ。

賢雄はこれまでの戦闘で、今現在の相手の数が、総数で二〇〇〇、現在は一〇〇人前後だろうと読んでいた。

おそらくあと二回突撃してきたらそれも終わるだろう。

だが、二回といえば三回目があった時に人は心が挫ける。

「ほ、本当ですか？」

沖縄で一緒に戦った自衛官たちと同じとは思えないぐらい、この自衛官たちは若く、経験がないのだろう。賢雄の言葉にあっさりとすがってくれた。

「ええ」

頷きながら、同時に賢雄はもう一つの考えが確信に変わっているのを感じた。

この現場には〈紙の虎〉自身がいる。

（直接指揮してなけりゃ、こんなことにならない）

そうでなければ、いくらプロでもここまで敵の戦意が高いはずはないし、プロならこの時点でもう撤退している。

貧俠の主がいるのだ。

(奴は作戦室にこもってるクズ野郎じゃない、オレたちと同じ前線の兵隊なんだ)

貧俠という無味無臭の、強烈な蠱惑の毒を放つ本体がいる。

だからこそ戦場のプロたちが撤退もせずに戦いを挑み続けてくるのだ。

(もしそうなら)

賢雄は確信とともに思った。

(やつは死に際を楽しんでやがる。計略を楽しむ陰謀家や愉快犯じゃない、兵隊なんだ)

再び肩を叩いて自衛官を励まし、自分のＭ４を構えながら、賢雄はぞわりとした笑みが浮かぶのを感じていた。

おそらく、〈紙の虎〉はここで死ぬつもりなのだ。

(兵隊というより、戦士の魂とでもいうべきか、この場合は)

そんなロマンチストのクズ野郎がこの世に実在して、敵として自分の前に居る。

賢雄は獰猛な笑みが浮かび続けるのを止められない。

その現実が、面白くてならないのだった。

(いいだろう、必ず殺してやる)

恭子は撤収時、右肩に被弾していることに気がついた。

戻ると同時に腰のベルトポーチの中から消毒液を兼ねた、血液凝固剤の個人注射器を取り出すと、傷口に迷わず突き刺した。

激しい痛み。針の先が銃弾の底をかすめる感覚を感じながらボタンを押す。

中に充塡（じゅうてん）された半液体状の出血吸収剤が血を吸って膨らみ、元の血管の流れを阻害しないようにしながら出血を防ぐ。

これで二時間は持つ。

恭子はタブレットケースからシンポンを口の中に直接ふり出して齧（かじ）った。

どうせ死ぬのだ、ここで、この場所で。

あっという間に再装塡された弾倉と、ＡＫ、Ｍ４が配られる。

恭子はＡＫを受け取った。

階段から人の気配を感じた。

「来るわ」

恭子は土嚢代わりの自販機の上にＡＫの銃身を乗せた。

悪鬼のような集団が突っ込んできての、階段での大殺戮とその後に現れた風景は、素人の貧侠たちをほとんど散らせるに充分な物だった。

派手に撃ち殺されることを望んでいるものにとって、頭をナタで割られ、首をへし折られながらやってくる集団に「殺される」ことを自覚するというのは衝撃だ。

こうなる展開を読んでのＭ２重機関銃の配置だったが、これによって「救われた」ことから起こる「気抜け」は防げなかった。

逃げる素人の貧侠たちを、あえて「彼」は咎めなかった。

「死に場所がここじゃなかったというだけのことです」

残ったヤハドに「彼」は言った。

「所詮アマチュア、ですか」

「はい」

「殺されるに任せれば良かったのに、そうすればいつか彼らの弾薬も尽きるしナイフも折れる。体力も尽きる」

「ああ、そういえばその手がありましたね」

くすりと「彼」は笑った。

「ですが、無駄な消耗戦は楽しくありません」

「今のあれは昔の日本軍がよくやった《バンザイトツゲキ》でしょう？　随分と無茶をする」

「皮肉なものです。琉球が日本に占領される戦争の時は、侍たちが《首切り》をやるのを見て琉球の兵士は逃げ出したと聞いていますが」

「彼」は自分の爪先に転がる生首の小山に軽く黙禱（もくとう）した――神を否定する共産主義の国に生まれ、軍人として育った男には、それ以外死者を弔う術（すべ）はない。

「彼らが首狩り族になって日本人を含めた貧俠の首を飛ばすのだから」

「さて、あと四〇分」

「部隊の再編、終わりました」

ヤハドと「彼」に、アフリカ系の貧俠が声をかけた。

「全四十七名、いつでも突撃できます」

小隊よりやや数が多い。

「四十七人か」

「彼」は苦笑を深くした。

「我々も侍ですね」

「彼」の言葉の意味を計りかね、ヤハドは首を捻（ひね）った。

ある。

M777榴弾砲は小型で軽量の類いだが、それでも三トンを超える重量の鋼鉄の塊である。

となれば、二度と使用出来ないように爆破するにも簡単にはいかない。

まして兵士としての訓練と実戦を経ているとはいえ、女ふたりである。

二〇分かけて爆破準備を終えようとしていたリマの耳に〈おかしなエンジン音〉が聞こえた、というので真琴は自分よりも場数を踏んでいる彼女の指示に従い、爆破準備を切り上げて、二〇〇メートルほど離れた、ゴルフ場の林の中に隠れた。

やがて、驚く程静かなエンジン音を響かせて、グリーンそばへと真っ黒い、機体番号すら書かれていない輸送ヘリがホバリングし、そこからロープを下ろして目出し帽に完全武装した集団が地上に降りてきた。

ヘリのローターの起こす風圧で小石や砂が飛んでくるのを庇いつつ、ゴルフ場の照明に照らされた榴弾砲のそばに男たちは近づく。

持っている物は沖縄での記憶も懐かしいSCAR－H。

ピカティニーレールに装着された近距離光学照準器もEO－tech製ホログラフィッ

クサイトの最新型だ。

ヘリは彼らを残して去って行った。

五人の男たちは完全に訓練された兵士の動きで周囲を警戒しながら榴弾砲周辺に転がる死体を確認していく。

懐まで漁ると、財布と携帯電話、腕時計までリーダーらしい男の取りだした袋の中に放り込んだ。

一瞬、晄三郎と同じく金品を奪うような輩なのかと真琴は勘違いしそうになったが、すぐに違うと思い直す。

どれも金品貴重品であると同時に身分を証明する物だ。

貧俠の仲間か、否か。

双眼鏡越しにそれを見ていると、リマがいきなりライフルを撃った。

リーダー格が右の膝を砕かれ、悲鳴を上げて転がる。

二人が左右からリーダー格を引っ張ってバンカーまで引きずっていき、残り二人が真琴たちのいる方角へ発砲する。

慌てて真琴は地面に伏せ直した。

だがリマは慌てず、ライフルから手を離し、スコープを覗き込んだままポーチから遠隔爆破用のリモコンボタンを取りだして、押した。

一瞬の間があって、榴弾砲に仕掛けておいたC４が爆発し、男たちを吹き飛ばす。

「さ、生き残りに話を聞きに行きましょうか」

真琴が唖然（あぜん）としている間にリマは立ち上がり、服の埃（ほこり）を払おうともせずに歩き始めた。

どうやらこのリマという女には迷いというものはないらしい。

敵味方と分からない者はとりあえず撃って、無力化してから事情を調べる、という発想は真琴にはなかった。

その背中を慌てて追いながら、彼女はこれから先、賢雄のそばに居続けるなら、彼女のような女性にならねばならない、という思いを強くしていた。


次にやってきた連中はとにかく早かった。

これまでの烏合（うごう）の衆とは違い、いきなり擲弾筒（グレネードランチャー）を撃ち込んできた。

賢雄たちが察して四階に移動していなければ土嚢代わりにおいた自販機と部屋の破片もろとも吹き飛ばされていただろう。

今度の敵はそこから迷うことなく走ってきた。

三人ずつ、ひとりが移動する時はふたりがカバー、ということを繰り返す。動きに無駄がない。

自衛隊の部隊も併せて、こちらが僅かに人数では上回っていたが、さすがに小隊の中に死傷者が出始めた。

四階は所内の事務処理をするためのサーバーが並ぶコンピュータールームだ。サーバーと事務処理用のPC、および非常時に使うマニュアルやプリントアウトしたものを束ねたキャビネットファイルが迷路のように立ち並び、そこを更にパーティーションが区切る中、銃弾が飛び交った。

ライフル弾は簡単にPCや液晶モニタを貫き、サーバーに風穴を開ける。如何に敵の位置を一瞬で感知し、素早く動き、正確に停止し、射撃し、また移動するかの繰り返しになる。

疲弊しきった賢雄たちよりも自衛隊は健闘した。

重要施設を守るために、彼らもまたM4アサルトライフルの改良版、H&K社のHK416とノクトビジョンを使っていた。

M4になって正式に銃身を包むバレルジャケットも含め、照準器の装着用に装備されるようになったピカティニーレールの上に、日本製のタフな近距離光学照準器を装着している。

相手はＡＫ74がメインだったがそれぞれ最近アメリカで販売されるようになったピカティニーレールに、こちらもまたアメリカの特殊部隊で好まれる、ＥＯ－ｔｅｃｈのホログラフィックドットサイトを載せ、ストックも木製のオリジナルではなく、アタッチメントを装着して銃床の位置を移動させられるようにしたものだ。

銃火は滅多に闇を斬り裂くことはないが、それだけに必ず誰かが倒れ、うめき、動かなくなった。

賢雄もその闇の中にいた。

銃を使うことは諦め、ＵＳマチェットを引き抜いて待ち伏せる方式に変える。

命令しているわけでもないのに、他の渋谷小隊の人間も同じ様にしていた。

ノクトビジョンに映る風景では、すでにＰＣデスクが幾つもひっくり返り、ファイルキャビネットが倒れているのが分かる。

自衛隊は善戦してると言えた。

彼らが銃器でバックアップをしてくれるから、賢雄たちは追い散らされた敵を待ち伏せして手足をマチェットで切り刻み、脳天を割ることが出来る。

不意に、暗闇に鋭い笛の音が鳴り響く。

その方角を見るよりも先に、賢雄は床に伏せた。

ブローニングM2重機関銃の咆哮と派手な銃火が部屋の中を稲妻のように染め上げ、曳光弾の混ぜられた50口径機銃弾がすべての物を貫いて部屋の中をなぎ払う。

最初は肩の高さ、次に返す時は腰の高さ、さらに地面全体をなぎ払うように射角が変わる。

自衛隊員のほとんどは、回避に間に合わなかった。

濁流のように発射され続ける、直径一二・七ミリ、長さ一〇センチ近い弾頭は当たった部分を着弾の衝撃と貫通力、さらに周囲に纏った衝撃波で問答無用に引きちぎる。

第二次世界大戦から一〇〇年近く世界各地で、いまだに採用され続けている大口径の重機関銃は、代わる物が未だにないからだ。

賢雄は素早く後ろに回していたAKを構えると、M2の射手を狙って撃った。

肩と胸に数発喰らってのけぞる黒人兵士のすぐ背後から、別の兵士が出てきて撃とうとするのへ、また銃弾を叩き込み、本体を狙って銃弾を撃ち込む。

何とかベルト弾倉を引きちぎり、装塡口を歪めた。

別の兵士がまた機関銃に取りついて引き金代わりの親指レバーを押し込んだが一発発射された以外は沈黙し、さらにそこへ生き残った自衛隊と賢雄の仲間が弾丸を浴びせる。

そして敵は再び銃撃に切り換えて突入を再開した。

賢雄たちも山刀(マチェット)を鞘(さや)に戻して銃撃しながら進む。

自分たちが勝っているのか、負けているのかはもう分からない。

壁にも床にも天井にも弾痕(だんこん)が走り、すべてのものが銃弾で引き裂かれ、人の血で染まり、それでもなお彼らは殺し合いを止められなかった。


政長恭子は待ち望んでいた死の瞬間に狂喜乱舞しながらそれでも手足を機械のように動かしてマチェットを振り、銃を撃った。

目の前に居るものはすべて敵だ、と脳は思考を停止し、ひたすら前に出ていく。

ブローニングM2が沈黙してしまえば、もう彼女を止めるものはなかった。

通路を進み片っ端から撃ちまくる。

銃弾が彼女の手足を何度か貫いたように思えたが、脳内麻薬が放出されて止まらない状態の彼女には関係がない。

ただ本能の赴くままに左右に飛び、走り、撃ち、殴り、斬る。

生き延びるという心があるから人は動けなくなる、それはどんな熟練の兵士でも同じだ。

だが今の恭子は薬と、真琴に行おうとしたレイプ未遂の傷がすべてを解放していた。

死を恐れない兵士は無敵だ。

撤収を告げる英語と日本語の声が相手側から聞こえ、敵が撤退を始めても、恭子は後を追おうとした。

足が血で滑って倒れなかったらそのまま敵を対角線上にある階段まで追いかけていったろう。

「大丈夫か、恭子」

フラッシュライトが点いて、賢雄が彼女の腕を摑んで立たせてくれた。

「何人残っている？」

他の仲間に訊ねながら、賢雄は恭子に背中をむけた。

敵がまだいる。

だれかが恭子の耳に囁いた。

「喜舎場、生きてます」

「大野、なんとか」

「前平、生きてます」

仲間たちの声と手にしたフラッシュライトの明かりが壁に天井に交錯する。

敵は、まだいる。

「……生き残ったのはうちの小隊だけ十四人か、随分減ったな」

「まだ来ますかね、隊長」

「来るだろうよ」

そうだ、目の前のコイツだ。

腰のSIG P320にはまだ銃弾が残っている。

「今度押し込んでくる時には……」

作戦を話し始めた賢雄の後頭部目がけ、恭子は銃を抜いて撃鉄を起こし、引き金を引いた。

引き切る前に、彼女の胸の真ん中から、銀色の氷柱(つらら)のような物が生える。

「このバカ野郎(クヌ・フリムンヤー)が」

押し殺すような声で暁三郎が恭子の背後から日本刀を突き立て貫通させたのだ。

ああ。

恭子は微笑む。

終わる、これで終わる。

辛い人生、悲しい人生、全部終わる。

永遠のＯＦＦスイッチ。

二度と目覚めない人生。

真琴も、賢雄も、もう関係ない。

この下らなくて薄汚い政長恭子の人生は、終わり。

恭子は絶命しながら前のめりに倒れ、その拍子にＳＩＧは一発だけ銃弾を撃ち出した。


何が起こったのか、賢雄には分からなかった。

気がつくと全員の視線が自分の背後にあり、振り向くと恭子が背中から暁三郎に貫かれ、穏やかな笑みを浮かべながらゆっくりと、賢雄の頭に突きつけていた銃口を下げ、倒れた。

倒れた拍子に死への名残か、恭子の握っていたＳＩＧ Ｐ３２０が一発、銃弾を発射して、床に穴を開ける。

きいん、という涼しげな音がして、これまで暁三郎の荒いと言うにも馬鹿馬鹿しい、滅茶苦茶で激しい使い方をしても刃こぼれひとつしなかった日本刀の切っ先二寸（約六センチ）ほどが折れて飛び、闇の中に消えた。

そのまま暁三郎は恭子の背中にのしかかる格好になる。

一〇秒ほど、全員固まっていたと思う。

そして、のそのそと暁三郎は恭子の上から退いた。

見る必要もなく、もう恭子の身体の下には溢れた血が広がっていく。

彼女の首の後ろに刻まれた「memento mori（死を忘れるなかれ）」のタトゥーが薄闇の中に光って見えたのは気のせいだろうか。

「馬鹿野郎（フリムン）が」

言って、暁三郎は二寸短くなった刀を鞘におさめた。

「薬での神がかりでおかしくなってた（クスリンカイ・カミガカイティ・カニハンデテタ）けどヨー、ここまでイカレる（ゲレンニナ）とは思わんかったさー」

吐き捨てるように言う。

「ディア・フィーバー……か？」

賢雄は恭子の心を知らず、戦場における精神錯乱の一種と判断し、暁三郎は賢雄にそれ以上何も言わなかった。

「真琴には、このことを言うな。恭子はただ戦闘中死亡した、いいな」

生き残り全員が頷いた。

リマの起こしたM777榴弾砲の爆発は、最初に膝を撃たれたリーダー格以外の全員を巻きこんでいた。

そのリーダー格も、腹部に分厚いタングステンで出来た榴弾砲の砲身の欠片（かけら）を受けていて、長く持ちそうには見えない。

タングステン鋼の破片で斬り裂かれた腹からはみ出た腸が、堆（うずたか）く積み上がって湯気を立てているのをゴルフ場の生き残ったライトが照らしている。

「さあ、あんたはだぁれ？　ＣＩＡ？」

「殺せ……殺してくれ……」

助からないと観念したのか、男はブルックリン訛（なま）りの残る英語で答えた。

「あんたが喋らなきゃ、放置したままあたしたちは帰る。喋ってくれたら今すぐ殺す……この様子じゃ死ぬまで時間かかるわよ」

数瞬、男は迷い、

「カリグラム・ウォーターの者だ……雇い主は知らん。ただこの騒動で動くものは、原発職員以外は日本軍だろうが誰だろうが皆殺しにしろと言われた。総動員でボーナスが一八〇％となれば、誰でも乗るさ……」

「やっぱりアメリカの傭兵会社(PMC)ってわけね。何か言い残すことは？」

「先に地獄で待ってるぞ、糞ビッチ」

言って、男は弱々しく、だがはっきりと血まみれの拳に中指を立てた。

「ありがと(メルシィ)」

リマは約束通り、レミントンM24狙撃ライフルの銃口を男の額に向け、引き金を引いた。

「急ぐわよ」

「一体、どういうことなんですか？」

リマの見せる、余りの冷徹さに対して、いささか引き気味になりながらも訊ねる真琴に、

「カリグラム・ウォーターはアメリカの傭兵会社の最大手で、日本に支社を持つ数少ないところよ。一般じゃない戦闘用の社員が五〇〇名、一個大隊はいる……それが全員〈法蔵(ホーゾー)〉に向かってる……アメリカはこの一件を隠してやる代わりに日本政府になにかまた要求するつもり」

「それってつまり」

「ケンユーたちは皆殺しってことよ」

リマは林の中に隠してあったバイクに戻るとキックスターターを蹴った。

無線封鎖は続いている。

「ライト消して！　このまま行くわよ！」

リマは走り出した。

ヘリコプターの飛び去る羽音を聞いて、「彼」は一階へと続く階段を振り返った。

足音を殺した気配が殺到するのを感じ、「彼」が「伏せろ！」と叫びながら一時的に安置された死体の山の陰に伏せた瞬間、銃弾が「彼」のそばを通り抜けた。

「敵だ！」

仲間たちに叫びながら「彼」は振り向いてＡＫを乱射した。

入ってきた完全装備のカリグラム・ウォーターの傭兵たちはＳＣＡＲ－Ｈの下に装着された擲弾筒を発射した。

階段で幾つもの爆発が起きる。

ビル自体を揺るがすような爆発音で賢雄たちは緊張し、次に首を捻った。

こちらに飛んできた弾丸や擲弾筒の起こした爆発ではない。

「誤作動でもさせたんですかね？」

「いや、もっと厄介なのが来た、ってことだろう……総員、戦闘態勢」

「い、一体何が来るって言うんですか、渋谷中尉！」

三人だけ生き残った自衛官のひとりが押し殺した声で囁く。

「分かりません」

賢雄は新しい弾倉を装着したＡＫ74を構え直しながら言った。

「ただ、分かることは相手は擲弾筒（グレネードランチャー）を持ってるってことだけです」

銃声が奥の階段のほうから散発的に轟いた。

やがて静寂が包む。

フラッシュライトの明かりが向こう側に灯（とも）る。

「原発警護の自衛隊のみなさんですか？」

流暢（りゅうちょう）な日本語が聞こえた。

「我々は、アメリカ海軍特殊部隊〈シールズ〉の者です。応援に駆けつけました。あなたたちを襲った敵は我々が殲滅（せんめつ）しました、どうぞ安心してそこから出てきてください、事情を説明します」

この嘘つきめ。賢雄は口の中で罵（ののし）った。

シールズの連中は口が裂けても自分たちがシールズだとは名乗らない。せいぜいがアメリカ海軍のもの、程度だ。

「た、助かったぁ！」

緊張の糸が切れたのだろう、自衛官が立ち上がった。

止める間もなく、他の自衛官たちも立ち上がる。

銃声が轟いて、自衛官たちは全員頭を撃ち抜かれてその場にくたりと膝を突き、棒きれのように転がった。

賢雄たちが射撃を開始すると相手も散開して応戦する。

擲弾筒を装着したSCAR－Hを狙って賢雄たちは射撃を集中し、暗闇で銃火が互いを照らしあう中、賢雄は腹を決めた。

擲弾筒を使われない距離に飛びこむより他にない。

自衛官の腰に、手榴弾が下がっている。

それをピンを抜かないまま相手に放り込んだ。

手榴弾は床で跳ねる。

ノクトビジョンの粗い画像で、しかも速い速度で飛んできた物をシルエットで手榴弾と判断しても、ピンと安全レバーが飛んでいるかどうかは分かるはずがない。

当然全員が床に伏せる。

「吶喊ーっ！」

賢雄は叫んで飛び出した。

生き残った十四名が後に続いた。

彼らが体勢を立て直すのに二秒。

その間に撃ちまくった。

移動射撃は当たらないとされているが、狭い廊下なら話は別だ。

廊下を進みながら四人が倒れた。賢雄が最初のひとりの首に銃弾を叩き込み、ふたり目に取りかかる時にさらにふたりが頭を吹き飛ばされた。

賢雄も数発の弾丸を防弾ベストに受けた。肋骨が折れるのが分かる。

仰向けになりながら地面へ飛び、スライディングした。

アドレナリンのおかげで肋の痛みは小さく感じる程度にとどまった。

相手が懐に飛びこまれてSCAR－Hの銃床を撃ち込むよりも先に、顎の裏にフルオート射撃にセットしたAKの銃口を押し当てて引き金を引いた。

天井が落ちた虚空目がけて、血と脳漿を纏った弾丸がヘルメットを突き破って飛び出す。

賢雄はそのまま、次の敵へ銃口を向けて引き金を引く。

スライディングの勢いが止まると、立ち上がって膝撃ち。その間に晄三郎たちがさらに奥へ。

ほんの数秒、ほんの一〇秒。

だが相手もプロだった。

すぐにナイフを抜いた敵に味方の三人が滅多刺しにされた。

敵の規模が中隊程度だと賢雄は見て取った。

なら、まだやれる。

ＡＫを棄て、腰のＵＳマチェットを抜きながら走る。

分厚い刃物を引き抜きながら床に飛びこんで転がり、手近な敵の足首を叩き斬る。

立ち上がりながら敵の腕を斬り上げ、隣の敵の頭をヘルメットごと斬りさげる。

高速弾を防ぐヘルメットも、力任せに叩きつける、鈍器も同様の質量のＵＳマチェットの刃を受ければ、破損しつつその衝撃を、被った当人に伝達する。

その結果、無理矢理勢いよく噛み合わせられた前歯が散った。

くるりと刃を持ち替えて喉へと切っ先を突き込み、引き抜きながら回転し、太腿を抉る。

その勢いで階段を転がるように駆け下りながら、ふたりの首を飛ばした。

味方二人が腹と頭を撃ち抜かれて階段を滑り落ちていく。

三人目の首でマチェットが嫌な音を立てて、へし折れる。

すぐにマチェットから手を離し、三人目の手からＳＣＡＲ－Ｈを奪うと下に居る連中目がけて乱射した。

首から血を噴き出し続ける三人目を盾にしながら銃撃を繰り返す。


晄三郎は自分が普段と違うことに気づいていた。

身体はいつものように動いているはずなのに、どこか重く、鈍い。

相手の懐に飛びこみながら肘(ひじ)を入れ顎を掌底(しょうてい)で突き上げ、銃を奪い撃ち殺す。

これまでの〈吶喊〉では出来たことが、今はうまく出来ない。

恭子の顔がちらついた。

これまでの人生で、味わったことのない感情。

四角い岩のような肉体は頑健で敏捷(びんしょう)で、容赦がない。

怪我ひとつ今も負っていないはずなのだが、晄三郎は何故か身体のあちこちに亀裂が入っている気がした。

なにも変わらない。これまでも二度、戦闘で恐慌状態に陥った味方の兵隊を殺したことはある。今回もそれだ。

何もそれまでと「違う」はずはないのに。

暁三郎がレイプしようとして抵抗されて出来ず、そのことをいつまでも根に持って、あれこれとこちらに指図し、セックスでさえ主導権を握らせたことのない女。

政長恭子。

名前を思い浮かべただけで心がすっと冷える。

もうあの女はいない。

陰気で、身体はともかく器量もそこそこで、薬物依存症で、ひがみ根性の塊で、同性愛の気がある元教師。

SM嬢として男女の別なく、ディルドーで尻穴（アナル）を掘っては喜ぶような女。

これまでの暁三郎の人生に山のようにこんな女はいた。

ヤクザとして食いつぶしたこともあれば、殺したこともある。

三十六年の極道人生はそういうものだった。

それなのに、何故かあの女の身体に刃を吸い込ませたとき、自分の半分を持って行かれたように思えてならない。

奪ったＨ＆ＫのＵＳＰで五人目を片付け、六人目にかかろうとした瞬間、排莢口に空薬莢が引っかかって停まった。

即座に銃を捨て、踏み込みながら腰の刀を抜く。

そのまま突き上げようとした。

だが先端二寸を失った刀が相手の顎の裏に触れるより早く、敵の手が腰のホルスターからＨ＆Ｋ・ＵＳＰを抜くのが早かった。

暁三郎の顔面に四発の９ミリパラベラムが撃ち込まれ、低い鼻と金壺眼を粉砕しながら、自分のもてあます感情に悩んでいたヤクザの脳を破壊し、後頭部から抜け出て壁に食い込んだ。

「この……馬鹿者（フリムン）が」

残った唇からその言葉を吐き出しながら暁三郎の身体は前に動き、自分の頭を吹き飛ばしたＰＭＣの兵士の身体をタクティカルベストごと、股間から喉元まで逆袈裟（ぎゃくけさ）に斬り上げ、そのまま前のめりに倒れた。

「彼」は仲間の死体の中から這いずり出た。

咄嗟（とっさ）の判断で仲間の死体の山の中に身を隠したのだが、何とか擲弾筒の攻撃を防ぐことはできた。

用心してすぐには立ち上がらず、這ったまま上を見る。

悪鬼のような男たちが、自分たちを襲った連中を相手に戦っていて、それが恐ろしい勢いで近づいてくる。三階にいたのが二階に降り、やがてこの一階に続く踊り場まで来る。

あれが首狩りか、と「彼」は思った。

「行け、行け！」

叫びながら一階からさらに数十人が上ってきた。

慌てて「彼」は仲間の死体の下に隠れる。

隠れたとき、手の中にありがたい手応えを感じた。

ＡＫ74のグリップ。そっと全体を手で触るが、曲がっているわけでもへし折れているわけでもない……「彼」と同様、死体の山の下に埋もれていたので無事らしい。

ＡＫの頑丈さは一ヶ月泥の中に沈めても、手榴弾の爆発に巻きこまれても、その真上でない限りは作動すると言われるタフさの伝説があるし、それがほぼ事実だと「彼」は実体験として知っていた。

敵は「彼」をそのまま無視して通り過ぎていく。

敵の敵が味方なら、今の「彼」の味方は琉球義勇軍だ。

「彼」は死体の山の中から立ち上がり、ＡＫの重さを確認した。

間違いない、弾は入っている。

仲間である貧侠たちの血にまみれ、ボロボロの背広姿で「彼」は素早くボルトを引くと、振り返ろうとする敵の背中目がけて引き金を絞った。

撃ちながら階段を駆け上がり、彼らの銃を奪う。

ＳＣＡＲ－Ｈを奪い相手の腕をへし折り、防弾の盾にして散開しようとする彼らを撃ち殺す。

面白いように彼らの防弾ベストに穴が開くのが銃火の閃光の中に見える。

中国の古い言い伝えにある「矛盾」の逸話と同じ様に、彼らは敵の防弾ベストを貫く特殊な弾頭を使用していたのだろう。そしてそれは自分たちに向けられることを想定していない。

笑いながら「彼」は撃ちまくった。

上から相手を潰しながら一階に降りていくと、下から階段を上って来ながら敵を殺しまくっている男がいた。

スーツ姿でどこかで見たような風貌の男。

だが賢雄の理性とは別に、身体は勝手に動いてＰＭＣの兵士たちを撃ち殺し、斬り裂き、骨を砕く。

やがてふたりの間に挟まれたＰＭＣ、最後の一人の心臓を賢雄のＳＣＡＲ‐Ｈが貫き、延髄を後ろからスーツ姿の男のナイフが抉った。

ふたりの間に幕のように存在したＰＭＣだったものの死体が階段を転がり落ちていった。

男は片手にナイフ、片手にＰＭＣの人間の物だったらしいＨ＆ＫのＵＳＰを持っていて、それを構えた。

賢雄も飛び下がりながらＳＣＡＲ‐Ｈを構える。

二人は二秒ほど睨み合った。

「あんたが、〈紙の虎〉か」

ほぼ直感だったが、男は頷いた。

どことなく、自分に似ているのが気にくわなかった。

顔を構成する目や鼻そのものは似ているわけではない。

第一、あちらのほうがより端整な顔立ちをしている。

だがどうしても賢雄にはこの男が、自分が実の両親と裕福な家庭で育っていたら、ひょっとして、と思えてならなかった。

「休戦しないか？」

男は言った。

「休戦もなにもなかろう。ここでケリをつけないか？」

「こいつらの援軍がすぐ来るぞ」

「お前を差し出せば終わるかもしれん」

「ならさっさと撃て」

「…………」

賢雄は怪訝な面持ちで〈紙の虎〉を眺めた。

今頃になって肋骨が痛む。おそらくアドレナリンの与える黄金の時間が終わりを告げているのだ。

「で、どうする？」

「逃げるんだ」

「お前たち、ここで死なばもろともで、原発を暴走させて吹き飛ばすつもりじゃなかったのか？」

「もちろんだとも。だが原子炉を暴走させて吹き飛ばすにはそれなりの時間が掛かる。もう誰も手出し出来ないレベルになったら、私たちはここを脱出する予定だった」

「…………」

俄（にわか）には信じがたい話だった。

これまで戦ってきた貧侠はみな絶望と自棄と、自殺願望の塊にしか思えなかった。

その親玉が、自殺願望そのものだからだろうと賢雄は考えていた。

「うそだ、逃げ出す予定なんかない。何を考えている？」

「私がこの国でやることは予行演習だ。本番は私の国……いまはふたつに分かれている中国だよ」

男の目を見た。

転がる死体の手にした銃器類に装着された、あるいは僅かに生き残った賢雄の部下たちの手にしたフラッシュライトの光に照らされた〈紙の虎〉の目は不思議に澄んでいて、嘘を言っているようには見えない。

だが、この男は数百万の人間を動かして今回の出来事を引き起こした張本人だ。

ポル・ポトの目は澄んでいた、と子供の頃にコザの街で仲良くなった元海兵隊員の老人は言っていた。

老人は若い頃、暗殺者（ウェットワーカー）として当時のカンボジアに潜入し、狙撃銃の照準器越しにポル・ポトを見たのだという。

「引き金を引く前に、中止命令の連絡が入って俺は引き揚げた。命令だったからな……撃っておくべきだったかもしれんが、あの目をみて指が正確に動いたかどうかはわからない」

遠い目をして、しみじみと老人が頭を振ったのを賢雄は覚えている。

こいつも、恐らくその類いだ。

だとしたら直感で信じてはいけない。

理屈だ。

こいつが俺たちを填めて何の得がある？

油断させて奥の管制室に入るのか？　だが一人で原子炉を暴走させたりできるだろうか？

原発の職員の中に貧侠がいるのなら、とっくに管制室の中で銃撃の音がしているはずだ。

管制室の職員に貧侠はいない。

となれば、こいつの仲間はいない。

「私は、ひとりだ。一人では何もできない。この国は諦（あきら）める」

どこまで本当かは分からないが、同じことはこの日本では二度と出来ないのは間違いない。

「いいだろう。もうこっちの味方も残り少ない」

管制室の連中は時間が来たら、賢雄たちが呼ぼうが呼ぶまいが、逃げ出すように言ってある。

彼らを逃がすためにも、賢雄はもう一働き必要なのは確かだった……巻きこんだのは賢雄の行きがかりと意地だからである。

だが、この男をどこまで信用出来るか。

イソップ童話の「カエルとサソリ」を思い出す。

池を渡りたいサソリを気の良いカエルが乗せてやるが、サソリはカエルに感謝しながらも、最後はカエルを刺して一緒に沈んで死ぬ、という話。

(俺ははたしてカエルか、サソリか)

賢雄は銃を下げた。

「武装解除はしないのか？」

「お前が俺を撃てばお前は死ぬ。何もできないままにな。お前はそれが出来るほど馬鹿じゃないと見ただけだ」

「なるほどね」

「彼」は初めて渋谷賢雄という男を間近で見た。

どことなく、自分に似ているようにも思えた。

自分がまともな親の下に育てば、そして健全な愛国心を育てることが出来れば、こういう顔になっていたかもしれない。

ともあれ、間違いなく自分より健全な精神構造なのは、休戦協定を受け容れてくれたことだけでも明らかだ。

「しかし、良く殺してくれたものだ。私の敵も、味方も」

「殺さなければ死ぬからな」

賢雄は死体から武器を剝がした。

「彼」も同じようにする。ライフルを持っても賢雄は咎めなかった。

敵にしてはやる、と思っていたが、それだけではなく、敬意を払うべき相手なのだと

「彼」は認識を改めた。

「最後に聞かせろ、お前たちは誰から札束を貰ってたんだ？　やっぱりアメリカか？」

不意に賢雄が聞いてきた。

「そのとおり、アメリカだよ」

「彼」は素直に答えることにした。

「元々あの紛争は中国共産党の若手幹部が、中国の半分だけでも民主化してしまうために組み立てた筋書きだ」

　SCAR－Hの擲弾筒の装塡を確認し、

「アメリカからすれば、共産主義の悪夢が半分以下になるまたとない機会だ。そして負債はすべて韓国、日本、フィリピンをはじめとしたアジア圏が背負う。日本はこれで防衛と軍事に目覚めてアメリカのよいお得意さんになってくれる、日本が軍事関係の整備を本格的に始めればアジア圏全体が装備統一の足がかりになる。サイバー軍事関係もついでに売り込んでいける……楽なものだろう？　だから私たちが動くための金はすべてCIAから出てる」

「何故MCIAのマイヤースを殺した」

「あいつは私のことをシナ人の犬と呼んだからだ。アメリカに尻尾を振る犬だと……時期が来たら殺すつもりだった。楽しかったよ」

「なるほど、面白いが、そんなものだろうな……その金を持ち逃げして面白おかしく暮らそうとは思わなかったのか」

「私は共産主義者で軍人だ。妻子もいないから金の使い道なんて知らん」

ここは韜晦するべきだと思いながら、口が勝手に動いていた。

仕方なかった、この男は自分をずっと追いかけて、ここまで立ちふさがってきたほどの相手なのだ。

命懸けの殺し合いをする程の相手は、ある意味、戦友と同じだ。

どうして戦友に、命懸けの戦場で嘘を言う必要があるのか。

「この国に潜入して、日本人になりきり、中国人であることを棄てて、何者でもない存在に自分を作り替え、貧俠とテンサン・エンジェルを作り上げた。この異国の地で戦い続けることだけが目的の生き物だ。それを、『何もかも終わった。すべての組織を解体し、身を引け。恩賞は保証してやる』と言われても行く場所はない。私にとって世界すべてが戦場だ。戦い続けることだけが仕事だ。今さら他のことが出来るか」

言葉の終わりは吐き捨てるようになった。

「国を見捨てて、マフィアやヤクザと手を組もうとは思わなかったのか?」

賢雄の声は不思議に優しく「彼」の耳に響いた。

まるで、もうひとりの自分が労ってくれるように。

危険な兆候だった。

戦友と同じとはいえ、この男は敵だ。

だが、「彼」自身の精神のバランスをここで取らねばならなかった。

(後で、殺そう……この男の部下もすべて)

そう決めれば、気が楽になった。

ここから先は精神力が生き死にを分ける。フラストレーションは発散するべきだった。

「男がひとつの旗に忠誠を誓ったのだ。他の旗に今さら忠誠が誓えるか」

吐き捨てるように言った。

「だから、復讐か」

寂しげに賢雄は「彼」を見た。

「羨ましいな、お前はそんなに国を愛しているのか」

皮肉ではなかった。

この男は本気で自分を羨ましがっている。

そのことに軽く驚き、そして「彼」はこの話題はここできり上げるべきだと思った。

「私は、いや、私と同じ工作員、そして貧侠の連中は腹が立った、それだけだ……もっと日本も、中国も血を流すべきだったんだ」

気がつくと、これまでずっと腹に溜めて誰にも話をしていなかった本音が口から出て、「彼」は驚いたが、もっと驚いたのは相手の答えだった。

「だろうな」

賢雄はＳＣＡＲ－Ｈの予備弾倉を、防弾ベストを兼ねたタクティカルベストのポケットに詰めながら頷いた。

「俺たちだけに手を汚させて、自分たちは安全なところで、賢しらな顔をして、戦争に勝った負けたと喜んで、勝ち方負け方の指南をしてるような連中は、どこの国の連中だろうと皆殺しにしてやりたいよ」

暁三郎と他の仲間の死体に手を合わせる。

手を合わせたまま賢雄は踊り場の上を半回転し、「彼」の部下たちの死体にも手を合わせた。

「俺はあの世（グソー）は信じんが、信じてる奴はいけるといいな」

ぽつんと呟く。

最後に、暁三郎の手に握られていた、先端の欠けた日本刀を鞘に納め、腰に差した。

「彼」が資料で理解しているよりも、よほど思い入れのある部下らしく、賢雄は金壺眼の男の顔の上に自分のジャケットをかけてやり、数秒目を閉じて黙禱（もくとう）した。

賢雄は暁三郎の死体を数秒、見つめた。

この凶暴な男がどうして自分にここまでついてきてくれたのかを考える。

だが、恐らくそれは当人にも分からないことなのだろう。他の部下たちも、同じだ。

血を流し足りないのは、流すべきだったのは、世界や世間ではなく、自分たちのほうだったのだろう、とようやく結論した。

視線を部下たちの死体から外す。

生き残ったのは五名、そして制御室で最終ラインを守っている嘉手苅上級曹長たちを合わせて十三名。

賢雄は死んだＰＭＣの男の一人のヘッドセットを拾い上げ、耳に当てていたが、やがて顔を強張(こわば)らせた。

「どうやらあと五分で増援(おかわり)が来るぞ。二個小隊だ」

「逃げるかね？」

「バラバラに逃げても各個で狩られる。ここで増援を潰す。それから逃げる」

「無茶を言うんだな」

「大勢相手に戦うには最低二回は頭を潰す必要がある」

「で、どうやって戦うつもりだね？」

訊ねると、賢雄はニヤリと「彼」を見つめて笑った。

「お前はどうやって奴らの背後から出現したんだ？」


山をバイクでいく途中、真琴とリマはＰＭＣのヘリを二回見ることとなった。

どちらも〈法蔵〉に向かって行く。

リマが不意にバイクを停めた。

「どうしたんですか？」

と訊ねると彼女は暗視装置を跳ね上げて真琴に振り返った。

「ひとつ、聞くわ。素直に答えて」

「はい」

「賢雄以外に、生きていたらどうしても助けたい人はいる？」

一瞬、真琴は言葉に詰まった。

おそらく、昨日までなら恭子の名前を挙げていただろう。

だが、今の彼女にそれはない。出来れば助けたいが、賢雄のほうがすべてだった。

「隊長だけです。あの人だけ生きていてくれればいい」

きっぱりと言い切った――戦場においては「選べないことを選ぶ」ことが必要なことを、彼女は叩き込まれている。

出来れば仲間はひとりでも多く救いたいが、出来ないのであれば。

究極のエゴイズムが結果として死を遠ざける。

善行も悪行も生きてこそ――この言葉を戦場で教えてくれたのは恭子だったが。

その言葉を聞いて、彼女はようやく敵を殺せるようになった。

その恭子も今は彼女の人生から排除する決意がある。

「良かった、私もよ」

笑うとリマは再び暗視装置を戻し、バイクのアクセルを開けた。


ＰＭＣの兵士たちは見事に賢雄たちのやり方に引っかかった。

死体の山の下に隠れた賢雄たちを見逃し、過ぎ去ったところを銃撃され、浮き足だった瞬間、あちこちに〈紙の虎〉の手で張り巡らされたワイヤーで起動するブービートラップと、その先の手榴弾、対人地雷で吹き飛ばされた。

貧俠を率いる男は、不意打ちを受けた彼らがどう動くかを完全に、正確に予測して、彼らの足が向くところへ、確実にトラップを仕掛けていた。

さらに前に殺されていたＰＭＣの兵士たちの持っていた閃光手榴弾が一斉に、辛うじて残っていた天井と階段の踊り場で次々と爆発し、新手のＰＭＣたちが装着している暗視装置のリミッターを振り切らせた。

そこへ、死体の山の中から賢雄と〈紙の虎〉が飛びかかったのだ。

ふたりはまるっきり同じ動きで、影と実体のように敵の懐に飛びこみ、喉を掻き切り、銃を奪った。

二頭の巨大な虎に襲われたように彼らはふたりの男に翻弄され、あっという間に数を減らした。

最後のひとりは辛うじて銃を投げ捨て、ナイフを抜いて賢雄を突き刺そうとした。

クラヴ・マガ、と呼ばれるイスラエル式の格闘術にある、とにかく早く連続して刺殺する技。

賢雄は相手の一撃目が来る前に、思いっきりその懐に飛びこみざま、晄三郎の刀を抜いた。

相手の分厚いコンバットナイフの刃と、厚重ねの山姥斬がぶつかり合って火花が散る。

連続して火花は散り続け、だが、賢雄が相手の手首を斬った。

一瞬怯んだ傭兵の首を、山姥斬が飛ばす。

首の骨を切断するとき、再び澄んだ音が響いた。

刀の柄の付け根、はばきと呼ばれる部分から、刀は折れた。

折れた刃とともに傭兵の首が飛び、壁にぶつかって階段を転げ落ちていく。

それが、最後の敵だった。

ここにはふたりしか生き残りがいないと知らなかったため、用心しすぎたのが敵の敗因になった。

「たったふたりで中隊規模の敵を壊滅か、伝説だな、こりゃ」

賢雄は柄だけになった刀を放り出し、血で染まった壁にもたれかかり、溜息をついた。

足下は血肉と硝煙とコンクリートの破片、銃弾の破片、空薬莢で埋まっている。

「証明は出来ないだろうね」

クスクスと、死んだＰＭＣの上に腰を下ろして〈紙の虎〉と呼ばれた男は笑った。

死に果てたＰＭＣたちの銃に装着されたフラッシュライトが幾つか点灯したままになっており、ボンヤリと階段を照らす。

「さて、そろそろ私はいく。もうやることはやった……見逃してくれるかね？」

賢雄は片手をあげて頷いた。

「俺はそもそもお前の計画を止めるのが目的で、お前の死は望んでない」

「そうだ、目白にＣＩＡの日本支局がある。そこの金庫の暗証番号を教えよう。私にはもう不要だが、彼らに持たせておくのも業腹だからね」

男はボロボロになった背広の内側から革張りの手帳を取りだしてめくり、とあるページを引き裂いて指に挟んだ。

「これからの君にはいるものだろう？」

「まあね」

苦笑を浮かべて賢雄は上へ、男は下へと降りていく。

男の手が紙切れを渡した。

「この番号で必ず金庫は開く。信じてくれ」

「もちろんだ」

賢雄が頷いて、階段の途中でふたりがすれ違う、瞬間。

乾いた、小さな銃声が轟いた。

〈紙の虎〉の手にいつの間にか握られていたナイフが賢雄の首へ浅く刺さり、そして賢雄の腰の後ろ、最後まで手をつけていなかったマニューリンリボルバーが〈紙の虎〉の眉間(みけん)へ向けられて、硝煙をたなびかせた。

すでに分厚く血と肉と骨が塗り重ねられた階段の上を、仰向けになったまま、〈紙の虎〉だったものが滑り落ちていき、踊り場で停まった。

「……『最後に教えておくれ、なんで自分も死ぬと分かっていて僕を刺したんだい、サソリ君』とカエル君は言いました」

無表情の死体の顔を見下ろして、ぽつんと賢雄は昔聞いた童話の最後の部分を呟いた。

甥っ子たちにこの話をしたのは確か、紛争の前だったと思い出す。

最後まで、どこまでが本当のことで、どこまでが韜晦なのか、賢雄には理解しがたい相手だった……いや、本当は理解していたのかもしれない。

だが、もう確かめる術(すべ)はない。

死とはそういうものだ。

「一緒に水の中に沈みながら、サソリ君は言いました。『ごめんよ、でも仕方がないんだ。だって僕はサソリだから』」

声は暗闇に虚(うつ)ろに響いた。

静寂の中、時間が来たらしく、管制室の扉が開く音が賢雄の耳に聞こえた。

そして、遠くから来るエンジン消音装置付きのヘリの回転翼とエンジンが立てる僅かな音も。

賢雄は殺したＰＭＣの兵士たちの装備品から手榴弾を片っ端から取り上げ、集めた。

まだ一五分ぐらいの時間はある。その間にやれることをやる必要があった。

やがて、ヘリから降りて中に突入してきたＰＭＣの男たちは、建物を揺るがす爆発音とともに、これまでの戦闘に耐え抜いていた階段がついに崩れて落下してくる破砕音に耳を塞がれ、砕けたコンクリートのあげるもうもうとした煙に視界を奪われた。

終　章　紙風吹きて

二週間が過ぎた。

公安警察の自衛隊監視班の班長、三好大三(だいぞう)は、自分の席に着くと、今や絶滅寸前の駅売り新聞紙を広げた。

三好は、都内で買える新聞は地方紙も含め、毎朝全紙買うようにしている。

すべてを二〇分以内に読み、使えそうな記事、気になる記事をスクラップするのはこの手の仕事の基本だからだ。

結論を言えば、世界は平穏を取りもどした。

アメリカの〈第二の９１１〉はＩＳ系列の新規テロネットワークグループの犯行とされ、全米十二ヵ所の本拠地がＮＳＡとＣＩＡ、ＦＢＩの共同部隊によって強襲。犯人グループ数百人の大量検挙と首謀者三十六人の射殺でけりが付いた。

東京の砲弾騒ぎは、永田町界隈(かいわい)の住人たちが先の〈デーモン・コア〉犯人グループの射殺という形でおちつき、貧俠と呼ばれる存在は〈テンサン・エンジェル〉というサイトに出入りしていた殺人請負の民間人であり、今回の事態は日本政府を恐喝した〈犯罪〉であり、テロではない、という結論が導き出された。

〈テンサン・エンジェル〉のサーバーの〈持ち主〉が数十人検挙され、リストから登録者数千名が検挙されたことになった。

言い換えにしか過ぎない、苦しい言い訳だが、マスコミも世間もこの話を受け容れた。

大洗にある高速増殖炉〈法蔵〉は平常運転、職員、作業員にも怪我人はないままであったが、警護に当たっている陸上自衛隊の一個中隊と戦車二両の乗務員は、

「原発警備任務終了後、次の任地に向けての訓練中の不慮の事故」

で死亡したことにされた。

在日外国人、新邦人のデマによる襲撃は警察によって逮捕者が二〇〇名を超え、今回ついに去年成立したネット治安法による、ｗｅｂ上の襲撃扇動行為を仄めかした連中、賛同した連中も含めた逮捕者が出て、なんとか格好が付くこととなって終焉。

世間は何事もなく、今が「まだ戦後」であることを受け容れた。

三好は黙々と新聞を読み、切り抜きを作り終え、今日の作業に取りかかろうとしたところへ、呼び出しがあった。

二時間後、三好は目白にある、とあるビルの奥の部屋に立っていた。

天井は高く、部屋は広く、暖房は効いていて、いかにもアメリカらしい分厚い絨毯とアメリカ国旗が掲げられるその中は凄惨な殺人現場だった。

ほとんどが射殺死体だが、拳銃、あるいはＳＭＧを持っていて、何名かは上着の下から抜きかけたと思しい格好で事切れているさまはここが日本であるとは思えない。

警察も鑑識も入ることが出来ない、特殊な場所……ＣＩＡ日本支局。

いきなり上に呼び出しを喰らい、渋谷賢雄がらみのことでとうとう何らかの処分が、と思いきやここへ送り込まれた。

「ミヨシさん、こちらへ」

あの貧侠騒動の際、更迭されたＣＩＡの日本支局のトップに代わる新しい人物が三好を招いた……いかにも切れ者という感じの黒人男性だ。

流暢な日本語は、ハーバードで習ったのだという。

「こちらは、中国大使館の徐さん。徐さん、こちらは日本の公安警察の三好さんです」

ＣＩＡの日本支局長の紹介に、三好に向き直った白いスーツ姿の男が優雅に微笑んで会釈した。

一瞬、どこかで見たような、と思った三好はその顔を記憶から呼び出し、緊張した。

〈古い中国〉である中華人民共和国の中国人民解放軍総参謀部第二部、そこの日本支局長、徐文凱だ。

徐のほうは三好のことを知っているのか、いないのか緊張もせず、温和な笑みで「中国人民解放軍参謀部第二部、日本支局長の徐といいます」と手を差しだした。

「あ、はぁ」

間抜けな声を上げて、徐の手を三好は握った。

「挨拶はすみましたね？　ではこちらへ」

CIAの日本支局長は歩き始める。

「お互い、苦労しますねえ……渋谷さんのことで」

歩きながら徐が小さく囁き、三好はこの男が、少なくともこの場においては味方だと確信した。

CIAの日本支局長はがっしりした背中を向けつつ、時折振り向いて彼らがちゃんと自分についてきているかを確かめる。

ふたりは長い廊下を歩いて突き当たりのエレベーターに乗った。

最上階へたどり着くと、そこには銃弾で幾つもの穴が開いた天井や床、そして広い部屋の奥には巨大な金庫の扉が開いて、空っぽの中身を晒(さら)していた。

「発見時のまま、手は触れていません」

近寄ると、空っぽになった金庫の扉の裏には、壁の向こう側からデカい鼻のキャラクターが覗き込むさまが描かれた古いアメリカの落書き「Up yours BaBy(おとといおいで)」のA2サイズのステッカーが貼(は)られている。

CIAという役所のセンスではないし、壁一面の血飛沫(ちしぶき)を、そのステッカーは被(かぶ)っていない。

恐らく、全てが終わった後に貼られたものだろう。

中に入ると、金庫の奥にある空っぽの棚が目に付いた。

幾つもの棚の中、三好の目線の位置に、女文字と分かる“No Serch Me.(探さないで)”の文字がびっしり印刷された、見事な一枚紙で作られた複雑な折り紙の虎と、同じ紙で折られた鶴が、寄り添うように置かれている。

三好の目に虎の折り紙と鶴の折り紙は、高級なひな人形のように見えた。

「この金庫には一昨日まで三〇〇〇万ドル分の現金紙幣と金塊が入っていました。私が昨日、羽田からこちらへ着くと、もうこうなっていましてね……」

三好は口笛をふきそうになった。

（たしかに高級品だ、こりゃ）

目の前にある虎と鶴の折り紙は、数十億円分と引き替えに置かれたひな人形ということになる——皮肉の利いた話だった。

「監視映像は襲撃時間の間、カメラが外部からハッキングを受けて停止させられていて残っていないのです。生き残った職員もおりません……ミヨシさん、徐さん、あなたたちはどちらだと思いますか」

「なにがです？」

いっそ英語で答えてやろうか、と思ったが自分の英語は英検三級も通らなかったことを思いだし、三好は薄い笑みを浮かべているとも、無表情とも取れる顔をして聞き返した。

「ここを襲撃したのは〈紙の虎〉なのか、それともあなたの意向を受けて〈紙の虎〉と戦ったシブヤ・ケンユウ氏なのか」

じっとこちらを見つめる青い目を、三好は苦笑いして見返した。

「さあ……あたしはただ一度だけ、渋谷さんに会っただけでして」

「私も分かりませんね。私も渋谷氏とお会いしたのは一回だけ、〈紙の虎〉に至っては未だに捜索している最中です」

と徐は肩をすくめて見せた。

ふたりとも嘘（うそ）は言っていない。実際に顔を合わせたのはそれぞれ一回きりである。

「まだ対外治安総局（ＤＧＳＥ）リマ・シャルニエのほうがよく知っているのでは？」

徐がさりげなくフランスの情報組織の名前を出したが、ＣＩＡの新支局長は動揺せず、肩をすくめた。

「彼女も行方不明なんですよ……フランスは英国（ＵＫ）の次に我々が嫌いですしね」

「では、これからは用心なされることですね……強盗にしては計画的すぎる」

徐は突き放すようにいい、ＣＩＡ新支局長は顔をしかめた。

三好に向き直り、

「で、どう思われますか？　ミヨシさん」

と食い下がってきた。

「あたしは渋谷さんか、それとも〈紙の虎〉さんのやり口かどうか、判定できる自信がないですが、渋谷さんじゃないと思いますよ、多分」

三好は相手の目を見ながら堂々と嘘をついた。

公安警察の人間には必須（ひっす）の技術だ。

もっとも、すべて嘘とも限らない。

「渋谷さんはただの兵隊だ。あたしだって今ここにつれて来られて、ここが噂に聞く目白のＣＩＡ支局かと知ったぐらいだ。第一そこの金庫は暗証番号で開くものでしょう？　あの人に金庫破りの知り合いはいないはずです」

三好はひょいと肩をすくめた。

徐のほうは、

「〈紙の虎〉なら有り得るかも知れない。貧侠はどこにでも潜り込む……ただ貧侠なら、内通者を作るからここまでの血は流されないでしょうし、あんな遺留物を残していくとも思えない。お話ししたように我々にも、〈法蔵〉の事件以後の〈紙の虎〉の生死はわからないんです……ＣＩＡとしてはいかがなんですか？」

問い詰めるつもりが逆に質問をされた新しいＣＩＡ支局長はますます顔をしかめ、そして諦めたように溜息をついた。

「我々としても、ふたりの生死は不明、としかいいようがないのですよ。死体は……少なくとも歯のカルテや、ＤＮＡが採取出来るような死体は見つからなかった」

「どうやらどちらにせよ、これでこの〈紙の虎〉を巡るお芝居は終わりのようですな」

三好は笑った。どっちが生きているかは三好にも分からないが、なんとなく自分が連れてこられた事情の確信は持てた。

ＣＩＡの日本支局は金品だけではない〈なにか〉を奪われたのだ。

それを自分たちが持っているかを確かめたいのだろう。

念のために、重要容疑者ふたりが所属していた国の諜報機関関係者を呼び寄せ、「これからＣＩＡは生き残ったほうを狩りだし、処分する」と警告したのだ。

もしもお前たちの国が関わっていたら容赦しないぞ、と。

馬鹿馬鹿しい話だった。

自分たちアメリカ合衆国に逆らう個人など、存在しないと今でも思い込んでいるのだ。

中東のＩＳを、未だにテロ集団としてしか認識出来ないように。

同時に痛快でもあった。

この、ほぼ完璧な監視技術の完成しつつある世の中で、どちらか、生き残ったほうは文字通り〈幽霊〉になっている。

だからＣＩＡは何も摑めず、こんなことをしているのだ。

自分たちは、襲撃者こそを〈英霊〉と呼ぶべきかもしれない。

日本にとって、絶対に抗うことの出来ない組織に対してこれだけのことをして、今現在もなお生きているのだから。

「帰らせて貰いますよ……ああ、ここのことは他言無用だってのは理解してます、あたしも年金が欲しいんで」

三好は踵を返した。

言い残した声は、どこか楽しげで、残された新支局長は不愉快そうに鼻を鳴らした。

「では、私も」

と徐が頭を下げた。

ふと三好はエレベーターの中、前を向いたまま徐に向けてこう囁いた。

「これからはお互い、用心して自分の身は自分で守らないといけませんな」

「ええ、全くです」

徐もまた、三好を見ようともせず、そう呟いた。

「あなたの国が羨ましい。いつでも最悪の時はカミカゼが吹いてくれる」

「さあ、生き残ってここを襲撃したのがあのふたりのうちのどちらにせよ、あるいはそうじゃなかったにせよ、カミカゼだといったら多分、あたしらはぶん殴られるでしょうな」

「全くです、ええまったく」

楽しげに、徐は笑った。

三好も小さく笑った。

どこかで、あのふたりのうちどちらかが生きていて欲しい、と本心から思った。

エレベーターが一階に到着した。

「いい日だ。晴れ渡っている」

空を見上げて徐が言った。

「ええ、でも今夜からは冷え込むそうですよ」

「そうですか。気をつけましょう……ではごきげんよう」

「じゃ、また」

ふたりは玄関を出て別れ、生きている間はそれっきり、二度と会うことはなかった。

徐の言うとおり、その日の空は珍しく晴れていたが、東京にはその翌日の夜から、珍しく深い雪が降って全てを銀世界に変えてしまった。


ＣＩＡ日本支局の襲撃者の足取りと正体は、その雪に消されたように、ようとして知れないままである。

軍事考証協力／佐藤武

単行本版解説

細谷正充

神野オキナという名前を見て、すぐに作品タイトルを挙げられる人は、ライトノベル・ファンであろう。そう、作者はライトノベル業界の、ベテラン作家なのである。そのことを知らずに本書を手にした読者も、少なからずいると思うので、まずは作者の経歴から記していくことにする。

作者は、一九七〇年、沖縄県に生まれた。別名義で作品を発表していたが、神野オキナ名義のデビュー作は、二〇〇〇年一月にファミ通文庫より刊行された『闇色の戦天使（ダークネス・ウォーエンジェル）』となる。これは、第一回ファミ通エンタテインメント大賞（現・エンターブレインえんため大賞）の小説部門に佳作入選した『かがみのうた』を下敷きにして、新たに書き起こされた作品である。内容は、謎の精神寄生体に憑依（ひょうい）された少女と、精神寄生体に憑依された姉が両親を殺したことで、世間から疎（うと）まれている少年を主人公にした、アクション物である。ちなみに作者は「あとがき」で、『かがみのうた』執筆の動機として、大藪春彦（おおやぶはるひこ）の作

品を読みショックを受けたことだといっている。また、『かがみのうた』を強く推した選考委員の朝松健は解説で、

文体は二十代の頃の大藪春彦を彷彿とさせる。シャープかつ抒情的でいながら、非情で乾いている。しかも、詩さえ感じさせる。

ストーリーは、脂の乗り切っていた頃の平井和正ばり。超能力アクションがぎっしりと詰め込まれている。

さらにムードは菊地秀行の「妖獣都市」やコマンドポリス・シリーズと通底するものがある。架空ガジェットの独創性は目をみはるばかりだ。

と絶賛している。まさに、大藪春彦―平井和正―菊地秀行という、日本のアクション・エンターテインメントの流れを受け継ぎながら、フレッシュな魅力を発揮した作品だったのである。

以後、作者はライトノベルの世界で活躍。次々と上梓される作品群には、大きな特徴があった。ふたつのルサンチマンである。ひとつは少年少女の、大人に対するルサンチマンだ。ライトノベルの読者層は若者であり、必然的に主人公が少年少女になることが多い。

そして大人や社会に対するルサンチマンやレジスタンスが表明される傾向にある。それを加味した上でも、作者のルサンチマンは強烈であった。『闇色の戦天使』から一貫して示された大人へのルサンチマンは、神野作品の特徴となっているのである。

そしてもうひとつが、沖縄の本土に対するルサンチマンだ。もちろんこれは作者が、沖縄に生まれ、沖縄在住であることに起因している。実際に作者と話をすると、沖縄が被害者・本土が加害者という、単純な善悪で色分けしていないことは、よく分かる。しかし沖縄人の本土に対する複雑な想いは抜き差しならぬものがあるようだ。こうした沖縄の本土に対するルサンチマンは、二〇〇〇年十月に刊行された『南国戦隊シュレイオー』から早くも表明され、猫耳宇宙人が沖縄にやって来る、テレビアニメ化もされたヒット作『あそびにいくヨ！』へと繋がっていく。

二〇〇三年から一五年にかけて書き継ぎ、全二十巻で完結した『あそびにいくヨ！』が、いまのところ神野オキナの代表作といっていいだろう。だがそこで作者は止まらない。『疾走れ、撃て！』を始め、多数のシリーズを展開し、ライトノベルの世界で活動しているのだ。その一方、二〇〇八年から一〇年にかけて、時代小説専門誌「ＫＥＮＺＡＮ！」で、『黒指のカイナ』を連載。舞台が沖縄、主人公が少年という、いかにも作者らしい設定を使いながら、初の時代小説にチャレンジした。二〇一七年現在、諸般の事情で単行本化されていないが、もっと知られて欲しい作品である。またWeb連載を経て、二〇一二年に双葉社より刊行された『タロット・ナイト　星詠みの騎士』（原題『星詠みは背中を押す』）は、現在ならライト文芸と呼ばれるであろう作品だ。

このようにライトノベルをメインとしながらも、徐々に一般文芸にも筆を伸ばしてきた作者が、ついに決定打となる作品を上梓した。それが二〇一七年八月に徳間書店から、書下ろしで刊行された本書『カミカゼの邦』である。翌一八年に第二十回大藪春彦賞の候補になり、受賞は逸したものの、斯界に実力を知らしめた。なお本書には、「読楽」二〇一七年八月号に掲載された前日譚「スウィッチブレード」が新たに収録されている。この文庫が、『カミカゼの邦』の決定版といっていいだろう。

魚釣島や尖閣諸島の騒動を発端に、日本は攻めてきた中国と戦争に突入した。戦場となったのは沖縄である。そこに〝琉球義勇軍〟の渋谷賢雄たちがいた。作中でも書かれているように、民兵という概念が一番近い兵隊たちである。捨て子であり、特異な体験の持ち主の渋谷。殺人淫楽症の気のある嘉和ユウスケ、選抜狙撃手の淀川裕樹、やくざ者の諸見座晄三郎、修学旅行に来て戦争に巻き込まれた高校教師の政長恭子と生徒の結城真琴など、個性的な部下と共に戦場を駆け抜けていた。マチェットを振り回し、〈首狩り部隊〉という綽名を持つ彼らは、過酷な戦いを生き抜いてきた精強である。だからであろう、今回も困難な任務を命じられ、血みどろの戦いを繰り広げることになるのだった。

と、粗筋を書くと、本書が近未来の日中戦争を描いた、ミリタリー小説だと思われるかもしれない。ところが沖縄を蹂躙(じゅうりん)した戦争は、序章で終わってしまう。中国がふたつに分裂してしまい、戦争どころではなくなるのだ。形としては日本の勝利。しかし渋谷は戦争ではなく、沖縄を舞台にした紛争だと思っている。

そんな渋谷は戦後、あてもなく東京で暮らしていた。リマというブラジル人のセックスフレンドはいたが、それ以外は満たされない。ところがある日、戦友だった元韓国陸軍の永(エイ)少尉と再会する。怪しい儲(もう)け話を持ち掛けられ、後日、永を訪ねるも、彼は殺されていた。わずかな手掛かりを頼りに、永の死に関係しているらしい〈紙の風〉と、事件の真相を追う渋谷。だが何者かが、彼の命に懸賞をかけた。また、さまざまな情報機関が接触してくる。やがて集結した、かつての部下たちと共に、相次ぐ危機を乗り越えていく。そして敵の目的が判明したとき、渋谷たちは新たな戦争に身を投じるのであった。

第二章に至って、ようやく理解できたのだが、本書は戦後を生きる兵士の、新たな戦争の物語である。激戦を生き残ったものの、戦後の空気に馴染(なじ)めないでいる渋谷。沖縄の惨禍を他人事(ひとごと)のように思い、上から目線で勝利を喜ぶ本土の人々に怒り、時には暴力に及ぶ。東京での彼は、戦後の彷徨(さまよ)い人のようである。

しかし永少尉の死から始まる騒動で、渋谷は覚醒した。殺さなければ殺される極限状態。新たな戦場を得て、彼は躍動する。そんな渋谷のもとに、かつての部下たちが集結する展開が熱い。

とはいえ部下たちも、それぞれに戦争を引きずっていた。特に女性教師だった政長恭子の転身は、驚くべきものである。凶暴なやくざである諸見座眺三郎が、一番変化がないところも、現実に対する皮肉を感じる。そんな彼らが、渋谷のもとに集まるのは、単に部下だったからではない。彼らには彼らの事情と心情があるのだ。そこがきっちりと描かれている。だから個性的な面々の戦いに、心が昂るのだ。

さてここで、あらためて作者の抱えるルサンチマンを振り返ってみよう。渋谷賢雄という大人が主人公であるため、少年少女の大人に対するルサンチマンはない。現在の作者の年齢や、本書が一般文芸であることを考えると、当然のことである。

では、沖縄の本土に対するルサンチマンはどうか。渋谷の感慨を通じて、色濃く表れているといっていい。しかし読み進めるうちに、渋谷のルサンチマンの対象が、本土では収まらなくなる。彼が憎むのは世界だ。何かの犠牲の上に成り立っていながら、その事実から顔を背ける〝平和な世界〟に対するルサンチマンが、立ち上がってくるのである。

　おっと、堅苦しいことを書いてしまったが、本書はユニークな設定の上で繰り広げられる琉球義勇軍の新たな戦争を描いた、冒険アクション小説である。渋谷たちの行動に容赦はなく、敵を殺すことに躊躇(ちゅうちょ)しない。


　抱きついた瞬間、賢雄たちは制服の上着の中、脇の下に挟んでいたUSマチェットを抜いて相手の頭に叩きつけた。

　思いっきりの膂力(りょりょく)で撃ち込んだ分厚い山刀(マチェット)は最初の兵士の頭頂部から鼻の下までを見事に叩き割った。

　手首でUSマチェットをこじりながら引き抜き、血飛沫(ちしぶき)を避けるように身をかがめ次の兵士のアサルトライフルを持った右腕を脇の下からすくい上げるように肩口までを叩き斬る。

　素早いが力任せの斬撃(ざんげき)。

　右腕が飛んで、壁にはね返る。


　といったような激しくも冷酷な戦闘シーンを、ワクワクと堪能すればいいのだ。最初から最後まで、これほどの密度でアクションを描いてくれるとは、嬉(うれ)しくてならない。大人の冒険小説やアクション小説が減少した今、実に得難き作品なのである。この他にも、興趣に満ちたストーリーや人間ドラマなど、見どころは多いのだが、贅言(ぜいげん)を費やす必要はあるまい。無心に読んで、楽しんでもらいたいのである。

ところで作者はよく、座右の銘として〝換骨奪胎〟を挙げている。幼い頃から、小説・漫画・映画・アニメなど、ジャンルを問わずエンターテインメントの洗礼を受けてきた作者にとって、過去の作品の影響を受けるのは必然であり、これを表した言葉といえよう。それを知っているので、映画『ランボー』の原作になったデイヴィッド・マレルの『一人だけの軍隊』や、ベトナム帰還兵がセントラルパークを戦場に変えるスティーヴン・ピータースの『公園(セントラル・パーク)はおれのもの』、あるいは工藤かずやと浦沢直樹が組んだ漫画『パイナップルARMY』に収録されている「五人の軍隊」のエピソードなど、いろいろな作品のことが頭を過(よぎ)った。だが、もっとも意識したのは初期から中期にかけての大藪春彦作品だ。大藪が一連の物語にぶつけた、滾(たぎ)るような世界に対する憎しみ。それと通じ合うルサンチマンが、本書に溢(あふ)れていたからである。

中国・韓国・北朝鮮との関係は悪化し、もしかしたら本当に戦争が起こるかもしれない。アメリカはドナルド・トランプを大統領に選び、ヨーロッパではテロが続発し、移民問題が吹き上がっている。日本は政治と経済で問題が続出。どこもかしこも、クソったれな世界になっている。そんな世界の今を、作者は真正面から撃ち抜いた。これにより、大藪春彦の系譜に連なる作家であることを、堂々と表明したのである。

本書によって神野オキナは、新たなステージに上がった。優れた才能を持つ作者が、これから一般文芸の世界で、どのような作品を発表してくれるのか。これほどの物語を読んでしまったからには、期待が留まるところを知らない。神野作品が生まれるならば、このクソったれな世界を生きる価値が、まだあるのだ。

文庫版解説

仁木英之（小説家）

摩文仁の丘。眼下に広がる穏やかな海。
悲しくて、忘れることのできない、この島の全て。
私は手を強く握り、誓う。奪われた命に思いを馳せて。心から誓う。
私が生きている限り、こんなにもたくさんの命を犠牲にした戦争を、
絶対に許さないことを。
もう二度と過去を未来にしないことを。

良かった、日本は無事だ。

一つ目は二〇一八年六月、糸満市摩文仁の平和祈念公園で営まれた戦没者追悼式において、浦添の中学生が読み上げた詩の一部だ。そして二つ目は、本作中で壊滅した沖縄から

本土へ渡ってきた主人公が耳にした、誰かの呟きである。

私が初めて沖縄を訪れたのは作家になって間もない頃だから、もう十年ほど前になる。那覇に住む小説家の友人を訪ねた私は、摩文仁の平和祈念公園近くに宿をとった。友人は那覇市街に住んでいた。沖縄のスケール感をわかっていなかった私は、レンタカーもあるから本島最南端近くの八重瀬にある宿から那覇までもすぐだろうと高をくくっていたが、それは大きな間違いだったことに空港からのドライブ中に気付かされた。

ただ、見知らぬ土地に滞在したために思わぬ発見もあった。

沖縄といえば青い空に白砂のビーチ。海岸にはリゾートホテルが点々と続き、ダイバーが色鮮やかな熱帯魚と戯れ、珊瑚の群落に目を驚かせる、というイメージを抱いていた。実際、本土の旅行会社に行って沖縄旅行のパンフレットを手に取ってみれば、ほとんどがそういった写真で占められているはずだ。

だが、八重瀬から摩文仁、喜屋武にかけての海岸線は岩がちで荒々しい。なだらかな農地が続いたかと思えば斜度の急な丘陵に深い木立も現れて、那覇から名護にかけての都市部とも北部やんばるの深い緑とも違う、清らかな寂しさに似た気配が漂っている。

だが、海岸沿いの岩場を下りて水の中を見てみれば、砂浜でないからこその透き通った磯に色とりどりの生き物が息づいていて、決して寂しい場所でないことを教えてくれる。

裸足（はだし）で歩くのを躊躇（ちゅうちょ）する尖（とが）った岩々の向こうには、はるか琉球弧（りゅうきゅうこ）に連なる太平洋の水平線が一望できる。

かつてここを鉄の嵐が襲った。

沖縄戦のことはもちろん知識として知ってはいた。戦争にまつわる歴史ドキュメンタリーが好きだったので、人よりも多少は詳しいと自負もしていた。だがそれは、歴史上の事件について知っているだけであって、その場所や息づいている人について理解しているわけでは全くない。

優（すぐ）れた小説は人の心を揺さぶると共に、未知のことを教えてくれる。既知（きち）と思い込んでいたことを、実は何もわかっていなかったのだと思い知らせてくれる。

わかっていない者にわかっていないと理解させる方法は限りなくあるし、小説家なら少なくともいくつか技を持っているものだ。だが、本作で提示される方法には驚嘆（きょうたん）した。

世代にかかわらず、ＳＮＳは一般的になった。身近な人だけでなく、その道のプロフェッショナルの知見や意見に触れられる一方で、根拠の明らかでない情報や、はっきりとした悪意も否応（いやおう）なく画面に表示される。もちろん、それらを見ない選択肢もあるが、何を見て何を拒（こば）むかは結局自分で選ばなければならない。

本作で示されるのは、起こりえるかもしれない事件に関するタイムラインだ。

日本人がある一地方で起きた破滅的な災厄に対してどのような態度をとるか。東日本大震災の時に明らかになった。多くは真摯なものだった。しかし、そうではないものもあった。

知識も見識も生煮えな人間は、自らが秘かに抱いていた願望の方向にたやすく誘導される。誰かが提示したあやふやな結論を信じ込み、反論されるほどにそれが真実だとかえって依怙地になる。実際にその地と人々のことを知り、学ぼうとする人こそ少数派だ。

著者はそれをまず読者に提示する。あのタイムラインはもしかしたら、ある種の試験薬なのではないかと考えた。沖縄という地が再び戦場になった時、本土の人間であるお前たちは何を思うのか。その問いを突き付けて物語は始まる。だが、この物語は決して説教くさくはならない。すさまじいエンタメの奔流が、一気に迸り始めるのだ。

本作を著した神野オキナという作家はライトノベルの世界ではビッグネームだ。アニメ化した『あそびにいくヨ！』をはじめ、多くのヒットシリーズを世に送り出してきたベテランである。私は一冊だけライトノベルを上梓したことがあるが、自由度の高さと制限の多さに苦労して結果を出すことができなかった。その第一線で活躍し続けるのはただ事ではない。

ライトノベルの書き手が一般文芸で本を出すことは今や珍しいことではない。だが、多くはライト文芸と称される、若者向けの比較的柔らかな作品を出すことが多い。そんな傾向の中で、神野さんがごりごりの国際謀略バイオレンスアクションを書いた気魄には敬服するばかりだ。

私は一九七三年生まれで、平井和正の大ファンだった。その流れで大藪春彦の著作にも触れたが、作中に満ちる煙硝と血と、その時にはまだ知らなかったエロスの匂いに大いに興奮したものだ。

かつて開高健が、官能小説作家がスーとかハーと書くところを、イアン・フレミングは００７でガンとカーで書いて大成功した、と評したことがあった。読者層が楽しみ喜ぶものが何かを適切に選び、濃厚に描写することこそがエンタメとしての成功の鍵であると。

詳細に描写された蠢く男女の肉体を読む喜びと、無機質に光る武器やメカの活躍を読む楽しさはさして遠くない。むしろ重なっている。

神野さんはガンとカーはもちろん、スーとハーも大盛にして読者の前に並べてくれる。そうそう、こういうのが読みたいんだと斜めに読み進めることは、徐々に上がる熱量の前にもう許されない。

煙硝と血と、そして異性の濃密な香りの中で巨大な陰謀がうねり、やがて主人公は〈紙の虎〉という暗号名を持つ男と、そして己自身と対峙していくことになる。

紙の虎とは外面を紙で覆われたいわゆる「張子の虎」を意味すると思われる。首を振り続ける玩具であるが、もともとは中国南方で家や土地の守り神として崇められた虎爺をルーツにしているらしい。

中国でもごくわずかではあるが張子の虎の用例があって、毛沢東が敵対する勢力を罵って見掛け倒しの張子の虎呼ばわりしたこともあった。では張子の虎を暗号名とする敵が弱いのか、というともちろん違う。彼は「貧俠」を組織し、常人では躊躇うような工作に従事させる。貧俠、という言葉はおそらく神野さんの造語だと思われるが、思わず声が出た。

皇帝専制の時代が長く、今でもある種の抑圧が続く体制の中で中国の秘密結社は連綿と命脈を保っている。古くは私塩商たちの結社から始まって、白蓮教、天地会、青幇、紅幇と大きなものだけでも数多い。

彼らは同業者の組合的な意味だけでなく、アウトローたちの受け皿にもなってきた。現在はどうか。貧困や病、そのほか今ある枠組みの中で救済を望めないものはどこに行けばよいのか。宗教や医学ですら救えない者たちは？

それを救うのは「俠」の精神である。貧俠の特筆すべきところは、苦しい者が自ら俠客となって誰かを救うことだ。義侠、任侠を体現する存在となるのは一種の快楽でもある。様々な事情で苦しい状況にあり、もはや命を捨てるしか道がない時、その命を英雄となるために使えるとなれば、人はどう行動するだろうか。

本作での貧侠たちは多くが登場してすぐに命を散らすが、主なキャラクターたちに負けぬインパクトを読者に与える。物語の中でも暗い側面を表す者たちのはずなのに、彼らの活躍ぶりには一種の爽快感すら覚えるのだ。

紙の虎の中は空虚だ。だからこそ、中にあらゆる悲劇と絶望を取り込むことができる。それは、紙の虎自身も主人公の賢雄にも共通している資質かもしれない。

カミカゼは吹き去り、人々はいずれ嵐を忘れるだろう。嵐を遠くから見ていた人の記憶からはさらに早く消え去るだろう。だがそのカミカゼの吹き荒れた場所には、命と存在を賭けて戦った者たちがいる。そこもまた我が祖国の一部であり、人々は大切な同胞であることを、決して忘れてはならないのだ。

二〇一八年六月

この作品は２０１７年８月徳間書店より刊行されたものに、「スウィッチブレード」（「読楽」２０１７年８月号掲載）を収録し、加筆・修正しました。なお、本作品はフィクションであり実在の個人・団体などとは一切関係がありません。

徳間文庫

カミカゼの邦(くに)

2018年9月15日 初刷

著者 神野(かみの)オキナ

発行者 平野健一

東京都品川区上大崎三―一―一 〒141―8202
目黒セントラルスクエア

発行所 株式会社徳間書店

電話 編集〇三(五四〇三)四三四九
販売〇四八(四五一)五九六〇

振替 〇〇一四〇―〇―四四三九二

印刷
製本 大日本印刷株式会社

ISBN978-4-19-894389-9 (乱丁、落丁本はお取りかえいたします)

徳間文庫の好評既刊

大沢在昌
パンドラ・アイランド上

平穏な暮らしを求め、東京から七百キロ離れた孤島・青國島に来た元刑事・高州。〝保安官〟――司法機関のない島の治安維持が仕事だ。着任初日、老人が転落死した。「島の財産を狙っておるのか」死の前日、彼の遺した言葉が高州の耳に蘇り……。

大沢在昌
パンドラ・アイランド下

転落死、放火、そして射殺事件。高州の赴任以来、青國島の平穏な暮らしは一変した。島の〝秘密〟に近づく高州の行く手を排他的な島の人間が阻む。村長の井海、アメリカ人医師オットー、高州に近づく娼婦チナミ……真実を知っているのは？

徳間文庫の好評既刊

矢月秀作

紅い鷹

　工藤雅彦は高校生に襲われていた。母親の治療費として準備した三百万円を狙った犯行だった。気を失った工藤は、翌日、報道で自分が高校生を殺したことになっていることを知る。匿ってくれた小暮俊助という謎の男は、工藤の罪を揉み消す代わりにある提案をする。そのためには過酷なトレーニングにパスしろというのだが……。工藤の肉体に封印された殺し屋の遺伝子が、今、目覚める！